一个人的西部

成长日记

[1981—1982]

雪漠 著

人民文学出版社

图书在版编目(CIP)数据

一个人的西部:成长日记:1981-1982 / 雪漠著. —北京:人民文学出
版社,2022(2023.11重印)
ISBN 978-7-02-017135-4

Ⅰ.①一… Ⅱ.①雪… Ⅲ.①散文集—中国—当代 Ⅳ.①I267

中国版本图书馆 CIP 数据核字(2022)第 074684 号

责任编辑　陈彦瑾
装帧设计　黄云香
责任印制　苏文强

出版发行　人民文学出版社
社　　址　北京市朝内大街 166 号
邮政编码　100705

印　　刷　河北新华第一印刷有限责任公司
经　　销　全国新华书店等

字　　数　427 千字
开　　本　880 毫米×1230 毫米　1/32
印　　张　21.5　插页 7
印　　数　10001—13000
版　　次　2022 年 9 月北京第 1 版
印　　次　2023 年 11 月第 2 次印刷

书　　号　978-7-02-017135-4
定　　价　98.00 元

如有印装质量问题,请与本社图书销售中心调换。电话:010-65233595

西部小村

一家人

梦想之灯

读书

端午节

教书生涯

回家

写作

与父母

父与子

与恩师雷达

追梦一生

# 目 录

## 1982 年

# 与四十年前的自己面对面（序）

## 1

很多年前，我就有了将日记整理出版的打算。我的想法是，虽然我已经写了自传体长篇散文《一个人的西部》，讲了我是如何从四十年前走到今天的，但是，用语言去描述一个人的样貌，永远不会比照片的展示更直观；同样，用语言去描述四十年前的我、描述我四十年来的变化，也永远不如日记的展示更直观。不过，光展示还不够，我还想以今天的眼光打量四十年前的自己，通过对当年日记的观照和解读，让读者更直观和深入地感受到一个人的成长和蜕变。

为此，大约七年前，我在雪漠文化网开了"息羽听雪"栏目，连载我解读当年日记的文章，虽然没有持续多久，但整理日记的工作这些年一直在进行着。眼下，几百万字的整理稿，只等机缘成熟时陆续结集出版。

这本书收录的，是1981—1982年，我十八九岁时的日记。那时，我刚参加工作不久，身处穷乡僻壤，满目苍然，心中充满向往，却找不到通往成功的路。那时节，我的伙伴只有自己，于是，我开始用日记的形式跟自己聊天。如今读来,那些日记中有颇多好笑的地方,但我还是能从那影影绰绰中,看见一种引领我走到今天的品质,以及我从内心面对和改变一些毛病的足迹。

当然,这类琐碎的解读文字,并不是所有人都喜欢的,更有很多人吃惊于雪漠的不通人情,也为雪漠的"大无畏"而惊叹。虽然不同的人,看到的风景不一定一样,但很多喜欢这类文字的人,都从中看到了希望——他们发现,雪漠原来也是有血有肉的人,不是一个遥不可及的标签。而不喜欢这类文字的人,恰好也是因为这个原因。

这不奇怪,我常说,有一百个读者,就有一百个雪漠。每个人从雪漠身上看到的,都是他们自己的期待和失落。他们按自己的期待塑造着我,也希望我能像他们期待的那样,但我偏偏不是那样,也不想那样活着。我更愿意撕掉外界给我的一切标签,本真地活着。

很多人身上都有标签,尤其是得到了公众认可的那些人,他们身上的标签,比一般人更重,但他们宁可忍受那沉重的负担,也要努力地维护着那些标签,为什么?因为标签可以给他们带来利益,他们放不下利益,所以就放不下标签。

我跟他们的不同,就在于我放下了标签带来的利益。我更在乎的,是用四十年后的眼光,去看一看四十年前的自己,看看自己是从什么地方出发的,为啥后来能一步步走出西部,实现梦想,取得一些人们所认为的成就。我知道,当我把鲜活的自己展示出来,读者们就自然能得到自己需要的东西。因为,人生的问题其实差不多,当年的我,也许就是当下的他们。我能走出来,说明他们也能走出来。

所以,这本书有两个主人公,一个是四十年前的我,一个是四十年后的我,这两个我,以日记为载体在对话,在聊天。

当然,四十年前的我听不到四十年后的我在说什么,就像我们不知道自己四十年后会是什么样子，会怎么看今天面对的很多问题，又会如何选择。但与此同时，四十年前的我，又代表了很多读者的当下，也许在具体的想法和做法上，我们会有一些不同，但某些心情，比如为了梦想和某个看不见的目标，在迷茫中不断追问和努力的那份心情，我想，大家都差不多。所以，四十年前的我，只是一个平常人——四十年后的我，也是一个平常人，我只想用平常人的身份，来聊一聊我走过的路，遇过的事，有过的挣扎和纠结。所以，这里的我，只像朋友那样，跟读者们说着心里话，也跟日记里的自己说着心里话。

我在乎的，仅仅是这个掏心掏肺的说话过程。别的，对我来说，并不重要。

## 2

现在回头看看当时的那段岁月，确实觉得挺有趣的，按常理来看，像我那样，没有任何背景、不苟合世俗、不迎合庸碌、不妥协、不钻营、不搞人际关系的西部农民的儿子，几乎是不可能成功的。任何一个正在迷茫期或失落期的人，如果看到我的故事，如果从我四十年前的日记里感受到一种熟悉，他们就必定会产生一种巨大的信心，因为他们会相信，只要懂得方法，愿意努力，能够坚持，自己就能改变命运，就能实现自己的梦想。

这个世界上，有太多人丢失梦想了，以至于有些小说甚至在写堕落的必然性，其实，它们所谓的必然性不过是一些借口。我更想向世人证明，这世上有很多种成功，堕落能换取的所谓成功，终究逃不开失败的结局。真正的成功，并不需要付出堕落的代价，它只需要恒常地自省、自律和自强。

　　四十年前的我，不过是一个很寻常的青年，没有很高的智慧，没有过人的天赋，没有任何--种迹象预示着今天的成功，但有一点我跟别人不一样，就是我有向往，这种向往，让我超越了现实，坚持不懈地朝着我仰望的地方走着。很多年来，我几乎已经忘掉当时的一切了，看到日记的时候，我觉得很遥远，就像一个发生在梦里的故事，又非常熟悉，时常会激活一些相关的记忆，但无论是日记里记载的往事，还是被激活的记忆，都显得如此遥远。这种遥远感在提醒我，我和过去的自己，已经在不同的世界里了，我在这个世界里观望当时的他，明白他所面临的一切，也知道他未来会怎样，他追求的那个东西是什么样子，但当时的我，是迷茫的，因为我没有老师。你想想，一个没有老师，连好书都看不到的青年，竟然都能通过不懈的寻觅、学习和向往实现梦想，这世上，还有什么人不能做到这一点呢？

　　当然，光有向往还不够，雪漠能从四十年前的那个青年，成长为四十年后的自己，最重要的原因是自省、自律、自强。这三个要素，从来没有离开过我的生命，所以，我才能跨越生命中的低谷、挫折和坎坷，走出不知道往哪儿前进的迷茫，走向我所向往的光明和觉悟，写出我认为有意义的文字，成为一个世上有他比没他好的人。如果说，我的成功有什么秘诀，那么一定就是这三种品质了。

## 3

　　当年，在"息羽听雪"栏目连载我解读日记的文章时，我曾这样说明自己的写作目的：

为了展示一个人由迷到悟的过程；

为了示现一个人战胜欲望和兽性的过程；

为了告诉人们，任何人只要像我一样，也会实现梦想，让心属于自己；

为了告诉大家，神异卓异非至人，至人只是常；

为了告诉人们，不靠装神弄鬼，也能赢得世界；

为了告诉世界，有时候，我其实不在乎你，无论你如何看我，我都会写我想写的文章；

为了告诉一些文友，写文章本身就是目的，可以没有稿费，没有喝彩，没有功利，只享受说话的快乐；

为了记录一个跟雪漠有关的世界，为了定格那个在雪漠心里存在、在现实中早已为岁月所掩埋的世界。

关于这批文章，儿子陈亦新老说，你能不能稍微讲讲章法？

我说，我早就不在乎章法了——也可以换一种说法，我早就不在乎写文章了。我只是在展示自己的心，展示自己一路走来的所得，至于世人如何看它，我根本不在乎，就像我不在乎世界如何看我。因为，雪漠需要的，不是世界的认可，而是对一些人真实的启发。在通往梦想的漫漫旅途中，雪漠愿意充当一个被解剖的标本，甚至愿意亲手握住手术刀，一刀一刀把自己剖开，让你看到那颗静静跳动、却充满温度的心。

所以，回望过去，雪漠若是真有值得称道的地方，就是日记里记载的那最初的二三十年。你想想，一个多情的、敏感的、向往爱情的青年，要拒绝诱惑，过二三十年的苦行僧生活，这也许是一种奇迹！所有真正想要战胜自己的人，都会明白其中的艰难和困苦。

但是，这条艰难困苦的路，雪漠走了二三十年，最后才终于战胜自己，成为一个能自主心灵和命运的人。

我常常想，当年，要是我没有用写日记的方式进行自省，还会不会有今天的我？回答是不一定。因为，我在面对这些日记的时候，其实也是在面对自己的心，在反省自己，在总结自己，而不仅仅是记录自己。

这一篇篇的日记，就像一块块砖头，分开放的时候，它们不怎么起眼，因为它们很质朴，很随意，没有特别的设计，也没有吸引眼球的卖点，但它们汇集在一起的时候，就是一个世界。它们就像一个个心灵影像，甚至影像都没有它们那么真实，因为影像照不出我的内心活动，不知道我有过怎样的迷茫，也不知道我是如何一步步走出迷茫，走出黑暗，走进明白和光明的，但我的日记知道。世界上再也没有哪个载体，会比日记更了解我的心路历程，了解我是如何一步步走到今天，所以，想要直观地展示我有过的灵魂历练，解读日记是最好的选择。一篇篇的日记，最后就会构成一个无比真实的雪漠世界。这个世界会告诉人们，一个普通人如何能由迷到悟，走出困境，最终战胜自己。

所以，解读这些日记的时候，我不想要才华，不想要智慧，只想真诚和随意，就当是自言自语，或是跟知心的朋友聊聊天。你看，这样如何？

我甚至还想要耍贫嘴，如何？

我还想逗个乐子，如何？

我还想偏激刁钻几次，如何？

我还想单纯地享受一下说话的快乐，如何？

…………

我还有太多的想法，此刻先不说了，我们书里见，如何？

1981 年

# 6月3日　十八岁，第一篇日记

在过去的很长一段时间里，我都有写日记的习惯。这是跟托尔斯泰学的，断断续续，我坚持了差不多四十年，就是在这四十年中，我从一个文学青年，写成了一个作家。如今看来，写日记就是我最早的写作训练。后来，因为事情多，也因为没有念头，没啥要写的，就停了好长时间，但前几年，我又重新开始写起了日记。这时，其实我已经不需要写日记了，我的日记，是为历史写的——我想通过日记形式的记录，来定格一些东西。有时，不只是定格时代，定格生活，也是定格我这个标本。你知道，在我的眼里，我不仅仅是自己，也是一个生命标本，一种生活方式的标本，我在展示自己的时候，并不是需要谁去理解我，而只是想展示一种思维，一种生活，一种超越的可能性。仅此而已。这一点，在我的生命中是一以贯之的。

我的第一篇日记写于我十八岁那年，从那些青涩的文字中，我总能看到自己过去的梦想。有梦想，是我从小到大最大的特点。即使在最贫困的时候，我也还是坚信自己有着美好的未来。就是这样一种心态，让那些非常稚嫩的文字，总在不经意间透出一种生机勃勃的气象。而且，我那时无论做什么都很认真，所以，从我当时的日记中，你也许看不出什么文采，但你一定可以感受到一颗非常真实和虔诚的心。

下面，就给大家看看第一篇我称之为日记的文字。

## 1981年6月3日　星期三　晴

今天，我是第一次写日记，就几乎忘了。我越来越感到时间的流逝和光阴的迅速，也深深觉得自己无知和可怜。过去的岁月留给人的只能是长叹和悔恨，可后悔有什么用呢？我没有时间叹息。我知道，对过去的后悔是一种麻痹上进心的毒药，会让人失去信心的。

我本来打算写一封信，来批驳那些尊敬老人的"正人君子"，可是我刚开了个头，就由于其他原因放弃了。今天不想写，就没有写，然后明日复明日，拖了近一个月了，可见十几个明天不如一个今天。我决定明天写，就是明天，决不食言。

这几天，我的心情好像不太愉快，我不知是什么原因。有时同学待人的热情也化为乌有，也许这有某种原因，但我觉得对人的热情要始终如一，不然就会被人看成是朝秦暮楚。

由于时间的关系，再不能往下写了。


这篇日记中的雪漠，你是不是觉得有点陌生？这就是四十年前真实的我。他的性格，有些已经从我身上消失了，被人生的历练给磨掉了，但也有一些，是我一直保持到今天的，比如反省和自责。

我对自己总是非常苛刻，虽然我很自信，但自省仍然伴随了我几十年。即使到了现在，我也仍然会不断地反省自己，希望自己在一些事情上能做得更好。如果出现了一些问题，我更会反省自己，找出自己的错误，要求自己不要再犯。

在教育学生的时候，我对他们最重要的要求，就是要懂得反省。虽然我总是想给他们一份好心情，但我更希望他们能从我这儿学到真东西，改变庸碌的命运。所以，我要求他们必须自省，也会在明知让他们难受的情况下，依然毫不留情地说出真话，因为我知道，改变命运远比一时的情绪更加重要。而且，很多问题，别人即便能看出，也不会告诉他们，那么他们就会重蹈覆辙，甚至有可能变得更加愚昧。因为，很多时候，当局者迷，人们对自己的行为总会习以为常，不知道自己有什么毛病，这时，就需要有人告诉他们。我要是也跟那些不说真话的人一样，学生们跟着我，又能学到什么东西呢？当然，他们跟我一起做贡献社会的事情，这种行为本身就在充实他们的生命，让他们的人生更加快乐，更有意义。但在这之外，我还是希望能多给他们一些东西，让他们能打碎小我，成为真正能够承载文化的容器，日后，将我们所承载的这种有益世界的文化，再传播给更多的人，影响更多的人，为世界送去清凉。但是，假如我的话不起作用，我就不会再说了，更不会再见这样的人。

一般情况下，我只跟三种人见面：一种是我的老师，这类人很多，三人行必有我师；一种是朋友，我们可以真诚地交流；一种便是学生，我们可以一起成长。在这三种人中，我最看重第三种人，因为第三种人最需要我，但前提是他们愿意听我的话，否则，他们跟我相处就没有意义了。

我难道感受不到他们的疼痛吗？当然不是，我虽然已经五十多岁，历尽沧桑了，但我的心还是像婴儿的皮肤般柔软，看到别人的难堪和疼痛，我的心也会痛。可即便这样，如果下一次有机会说这类话，我也还是会毫不犹豫地说。为啥？因为我想让他们成长。成长是免不了疼痛的，就像挤破身上的脓包，清理其中的脓水，一定会很疼，但不接受那疼，不去挤它，脓包就会一直存在，影响你的健康和洁净。所以，我身边人的日子一定不会太好过，我也只会选择一些愿意这样生活、愿意在我的鞭打下成长的孩子，带在身边。

不过，我还有一个习惯，就是打一棒给一粒糖，也就是在教训完他们之后夸夸他们，或是说个笑话，逗逗乐，这样他们就会破涕而笑，但我收拾他们时说的话，却依然会留在他们心里，时时提醒他们提起警觉。

如果说教训代表了我的智慧，那么逗乐就代表了我的慈悲，也代表了我对学生们的理解和包容。这两个要素，不管少了哪一个，都不会有那么多人聚到我身边，跟我一起做事。

这个特点同样体现在我的写作里。有人不理解我的一些文章，对于那些说风凉话、冷嘲热讽的人，我虽然不认同，却没有轻视，更没有仇恨，我理解他们，也能包容他们。为啥？因为我知道世界是个大幻化游戏，一切都在哗哗哗地变，那些嘲笑也罢，讥讽也罢，谩骂也罢，都只是一种情绪。我不会在乎他们的情绪。哪怕他们讥讽谩骂的人是我，也一样。我不会在乎别人如何对我，我在乎的，是在该说话的时候，我有没有说出该说的话。我很少非黑即白，也没啥看不惯的东西，在我看来，谁有谁的生活，谁有谁的活法，我们不要轻易对别人指手画脚。人活于世，能管好自己、做好自己，已属不易，哪里还有精力去管别人呢？

记得，当年我还解读过几位大作家，比如陀思妥耶夫斯基和托尔斯泰等。他们都是非常伟大的作家，我一直很喜欢他们。我之所以解读他们，是希望大家能多看看他们的书，从他们的书里得到一些营养。但我发现，很多人对这类内容的兴趣不大，于是，我也就没有了继续解读的热情。

我就是这样，一旦发现什么事意义不大，就觉得没必要再继续下去了。因为，那些大作家的生平啥的，百度上一搜，就能搜出来，不需要我花生命去介绍——当然，我的解读跟百度肯定不一样，因为别人没有我的视角和感受，我写一个作家时，肯定能写出别人看不到的东西。

这不是我在自说自话，而是很多读者给我的反馈。他们之所以喜欢读我的书，而且喜欢一遍一遍地反复读，原因之一，就是我书里那种独有的东西。他们说，那是一种看待事物的特殊方式。也许真是这样。也有很多人说，我的观点总是一针见血，一下就说到人骨子里去，或许他们想表达的也是同一个意思吧。文化和经历赋予了我一种独特的视角，于是，我总能看到别人看不到的东西。别人在我的书中，就总能得到意想不到的收获。

时下的世界上流行的是功利文化、欲望文化，这类文化符合人类惯有的动物性需求，如果感受不到另一种文化的气息，得不到另一种文化的滋养，很多人就会觉得世界只能这样。虽然他们感到热恼，感到被困，甚至感到窒息，感到自己身不由己地被裹挟，就像狂风中的落叶，但不知道自己该怎么办，该如何抵御欲望对自己的侵略。只有接触到另一种活法，发现有些人原来可以活得那么自由，那么快乐，那么充实有意义，他们才会发现，世界怎么样，原来取决于人的视野和格局，也就是人看待事物的角度。角度不同，自己感受到的世界自然会不同，心灵的负担和束缚自然会少很多。这时，他们肯定不会患上抑郁症。如果明白这个道理的人多一点，能够实现梦想、改变命运的人或许就会更多一些。

我为啥要花时间解读这些日记，因为我想通过解剖自己的过去，让大家看看我经历了怎样的成长过程，我是怎么变化的，而且我还想写出偶然性中的必然性。当我写出这些时，大家一旦对照自己，就会知道自己该怎么做才能改变命运。我写《一个人的西部》，其实也是这个目的。

《一个人的西部》就像镜子，照出了我一路走来的那些日子和生活。但前者的独特，在于它不但谈了我自己，还谈了孕育我的那块土地，以及那块土地上的人。同样的三十年，我实现了脱胎换骨的变化，而他们，却只是从没钱变成了有钱——有些人还是像以前那样，既没钱，也没有出路——样子从少年变成了老人，如此而已。虽然有时，那书显得有点唠叨，因为它除了主题之外，还说了许多我知道的零碎，但恰好就是这些东西，构成了一个独有的世界，其中的很多东西，早就从世人的视野中消失了，而我，却想用文字把它们打捞起来、保存下来。这个心愿看起来有点理想主义色彩，甚至有点天真，但正是它，构成了雪漠的写作意义。如果我不写，几十年以后，就更没有人知道了。

其实，不只《一个人的西部》，我写所有书时都有这个念想，它可以说是我的一种情怀。包括这本《成长日记》也是这样，我在解剖自己的时候，也是在追忆和保存一个逝去的年代。所以，我不想在文字上花太多工夫，只想说说话，哪怕你觉得这通篇的大白话太敷衍，没法给你带来很美的阅读体验，也没关系，能及时地留住一些记忆，总比眼睁睁看着它们消失要好。

你们说，是吧？

回到前面的话题：自省。

就像这篇日记里写的那样，我一直很清醒，总是能敏锐地发现自己的错误，然后责备自己，并且大多会在自责后改正。当然，有些毛病不是一次就能改掉的，但我很少纠结。我知道，一味地纠结，是很难改掉毛病的。这样的自责，也没有正面的意义，只会给自己增添烦恼和麻烦。

此外，我很有主见。比如，我在日记中写到，我想写一篇批驳"正人君子"的文章，对这件事，我有点印象。那"正人君子"是一位年长的亲戚，我不记得他当时具体说了啥，总之，我不同意他的观点，就跟他辩论了一下，他就训斥我，说我不尊重老人等等。于是，我就想写一篇文章，来反驳他。

其实，我不是听不进他的话，而是不同意他的观点。我从小就很有主见，思想很独立，所以，一遇到不同意的观点，我就喜欢跟别人辩论。包括在读书的时候，我也会辩论——当然，我没法跟作者辩论，但我会在眉批中把自己的观点写出来。而且我有个特点，就是不管对方是谁，哪怕对方是比我高明很多的人，甚至是伟人，我也会直言不讳。解读陀思妥耶夫斯基的时候，我说过，即使我很喜欢他的书，也仍然会在读书的同时跟他辩论。有时，我会把自己的观点写出来，或写在书里，或写在日记里，或写在文章中，总之，就是自言自语地跟想象中的对象辩论着。

这当然跟我的成长环境有关系，从小到大，我都很孤独，写这些日记的那段日子，几乎是我一生中最孤独的时候。虽然现在我仍然很孤独，但这种孤独里没有期待，没有寂寞，也没有热恼，而四十年前那个不到二十岁的小雪漠不是这样，他的孤独，就像灵魂中一抹无法消解的疼痛，在漫长的岁月中一直伴随着他。所以，日记除了是他练笔的工具之外，其实也是他的朋友。有了文字，有了书，他就会进入另一个世界，不再感到孤独。

刚才说过，我总是自言自语地跟想象中的对象辩论。很多时候，我都会假想出一个空间，那个空间除了我之外，还有我的辩论对象。

我说一句，他反驳一句，然后我再反驳一句，他再反驳一句，这样一直辩论下去，直到我觉得所有问题都说清楚为止。这个"他"，其实并不存在，只是我想象出来的一个人物。整个辩论过程，只有我一个人在唱双簧戏，我想通过辩论来训练自己的思维。

刚上武威一中的时候，我会借同学的自行车骑车回家，从城里到我家，有二十多公里路，骑车大约需要一个多小时。在那漫长的旅途中，我总是自言自语个不停。我的口才，应该就是这样练出来的。

几十年过去了，我仍然喜欢辩论，但我宽容了许多，也包容了许多，别人的小看法、小情绪，我已经不在乎了，是非对错我也不在乎了。只有在大是大非的问题上，我才会跟别人辩论。但这时的辩论，其实已经不是辩论了，而是尽自己的本分，说自己该说的话。此外，我一般不会主动找人辩论。这就是我的第二个特点。

我的第三个特点，是敏感，跟陀思妥耶夫斯基一样，别人一个很小的细节，我都能读出很多信息。所以，小时候我总是觉得很压抑，心里很有负担。训练到后来，我就不觉得有什么负担了，因为我学会了不在乎别人的看法。一来，我发现很多东西都会很快过去，无论好坏；二来，我的心里装了更重要的事情，没地方放那些小计较、小看法和小情绪。

写这篇日记的时候，我显然很在乎别人，因为我还没有破除执着。记得，那时节，我的情绪经常会随着同学们的态度而变化，同学们对我热情一些，我就觉得很开心，很温馨；同学们对我冷淡一些，我就觉得很难过，很失落。比如这篇日记中说的，我觉得同学对我的热情突然间荡然无存了，然后我又说，我觉得热情应该始终如一，否则就会让人觉得朝秦暮楚，其实，我只是在表达自己的失落。

我从小就很重感情，很看重朋友，那时，我不明白很多东西都只是情绪、感觉，不断在变化。即使有的朋友刚开始跟你很好，只要你们之间发生了让他们不高兴的事，或是你跟他们产生了冲突，他们对你的态度就会立刻改变，你们的友情也很可能会发生变化。能相守一生的朋友，其实并不多，情感必然是善变的。但人们大多意识不到这一点，才会把很多东西看得很实在，想牢牢地握住它，让它不要变化。所以，人类世界就多了很多矛盾和冲突。

我的观察力和分析力虽然很强，天性中又有一种非常敏锐的直觉，常常能把别人的心态把握个八九不离十，所以，我很容易就会发现别人对我的想法，也很容易会发现别人态度上的改变，但究竟来看，这也只是我的一种错觉，是我把善变的东西看得太实在了，以为它可以不变化。这种错觉，以及它带来的期待，小时候给我带来了很多烦恼，我的心很容易就会感动，也很容易就会疼痛。但正是这个特点，让我有了成为作家的可能。

作家是需要敏感的，如果一个作家不敏感，对生活中的很多东西视而不见，他就很难写出好文章。但如果一个作家只有敏感，没有爱和智慧，他就很难写出伟大的文章。后者，可以看作是敏感的一种升华。

我的一个学生在文章中说，我的敏感里暗藏着一种悲悯，这甚至成了我作品的基调。他是对的，我的敏感中确实藏着一份爱。我是因为爱而敏感，也是因为敏感而更爱。这就是一种升华了的敏感。

这时，你的心像婴儿的皮肤一样柔软，一点点触动，你就会有所感觉。但这种感觉不会让你产生烦恼，更不会让你痛苦，它只会让你对生命和人性有更深的理解，也会有更深层次的同情。这种更深层次的同情，就是我那个学生所说的悲悯。

日记中的我，还没有达到这种境界，但我心里也有爱。我就像一棵充满了水分的小树，非常细腻，但也非常柔弱。我需要成长的养分，一天天长高、长大，变得更加强壮，而且成长不会让我的水分枯竭，变得坚硬，它只会让我的水分更加充盈，让我的眼中始终溢满大悲的泪水——当然，这都是后话了。你慢慢地看下去，就会明白我是如何变化的，通过我的疼痛、反思和超越，你或许就能得到一些有益的启发，可以把当下的生活过得更好，也能让人生变得更有意义。

# 6月5日　四十年前的金钱投影

十八岁那年，我从高中毕业，考上了武威师范。武威师范属于中专院校，不是大学，但即便只是考上武威师范，当时也是一件不太容易的事，尤其在我的家乡。我们那个村子里，要是有个孩子考上了武威师范，人们就会觉得他跳出"农门"，成了干部。因为，武威师范当时的校长说过，师范生毕业后，是干部编制。所以，虽然我没能考上大学，但也算是给父母争了口气，光宗耀祖了一回。

进入武威师范之后，我正式开始写日记，在日记中练笔。我对家乡最早的描写，就是从那时开始的。虽然以现在的眼光来看，我那时的文笔还很嫩，但我当时毕竟只有十八岁，又生长在一个偏僻的小村里。在我出生长大的那个环境里，我的作文属于比较好的那一类，甚至可以说是最好的。主要原因，你看了下面的日记，或许就会明白——我的作文写得很自由，没有一般应试写作的那种套路，也总是喜欢发表一些议论，或者进行一些思考。

我的日记里记下的，大多是一些思考性质的内容，比如前面谈到的"自言自语"。今天的这篇日记里，恰好就有类似的内容，我记录得不是很完整，也缺乏细节，只有一些零星的想法，但你还是可以了解个大概。

你还会发现，我在日记里的自言自语很有意思，与其说是写作训练，其实更像是思维训练。虽然我没有长篇大论地写一些东西，但看得出，相对当时的环境而言，我的思想是比较自由的，对一些问题很有自己的看法。而且，我的思考中还明显透露出愤青的味道，有些愤世嫉俗，也有些向往爱情。

## 1981年6月5日　星期五　晴转多云

昨天晚上，我在电厂，没有带本子，没写日记。

今天，我下午才回到家中。

我家尽管贫寒，但没有富人家的勾心斗角、尔虞我诈，我的家充满了生气，充满了笑声。

农村太美了，我骑着车子，一边欣赏着田野的风光，一边想着我那些幼稚可笑的想法，我真是太天真了，总把世界看得太善良，没有看到假丑恶。如今世界，"钱"字当先，有钱不仅可以买到一个人的肉体，还能买到一个人的灵魂——哪一个女青年不倾慕有钱的阔少年？一个青年只有才华和美貌，没有钱，就不能赢得一个姑娘的爱情。我曾经认为：只要才华出众，就能得到幸福和甜蜜的爱情，可现实只能让天真者变得老练，使老实者变得狡诈。什么"姑娘是一块纯洁无瑕的冰"？少女确实是冰，但不是受到温暖就会融化的，相反，温暖只能使这块"怪冰"更冷酷，更高傲，更不可一世。尽管这样，这些女青年还堂而皇之地，以年龄或影响学习等所谓的合法理由，拒绝贫穷但有志的青年对她的爱慕，反而嘲弄小伙子"可笑""幼稚"，以为自己是正义而宽宏大量的。但我想：假若这个贫穷青年的父亲一下子变成了高级干部，恐怕这位聪明的女郎绝不会用这些理由来拒绝的；假若这位青年瞬息间变成了清华大学的学生，也许这位冠冕堂皇的少女就会推翻前边的拒词吧！

我不否认金钱有威力，但我深知，光有花不完的金钱并不是真正的幸福，生命的价值是创造更好更美的生活。如果一个妙龄姑娘嫁给一个年逾花甲的百万富翁，也不能算什么幸福吧？金钱啊金钱，你太可恶了。

当一个青年小伙儿爱上一个比自己大几岁的少女时，也应该向她表达爱慕之情。爱情的融合是不能受年龄限制的，大几岁算不了什么。如果这个少女已失身，也不应嫌弃，因为这个少女此时心情已经够沉重的了，不应当去揭人家心头的伤疤。如果嫌弃，就只会和侮辱少女之人成为"同案犯"，与他站到了同一立场上，也是少女的仇人。一个人肉体的纯洁固然重要，但心灵的纯洁却是最重要的。

当一个青年失去女友的爱恋时，不应悲伤，也许女友有充足的理由，不应强求，更不能以身殉情，不能以自杀、残杀为结局。要冷静，想开一点，明白灵魂已经背叛，躯体有何恋处，要把失恋当作人生的补药对待。

夜已很深了，但心猿意马难以驾驭，拼命扯住其缰绳，赶快休息吧！（十一时后）


这篇日记，俨然是一个正义的小伙子，在"爱情"面前的严肃宣言。现在看来，它无论是观点还是文字，都非常幼稚，尤其是谈论金钱的那个部分，当代人看到，一定会笑掉大牙的。但我还是想保持原貌，毕竟，它代表了多年前的我。

不过，那时的我，要是没有这种观点，也就不可能花那么多年，去毫无功利地静修和写作了。所以，有时的幼稚，对人的一生来说，可能反倒是一件好事。当然，不静修、不写作也没啥，我当年那些不幼稚的同学，也大多找到了他们想要的幸福——他们中的一些人发了财，成了小财主，一些人没有发财，当了小官或小职员，生活也过得很滋润。可见，无论你幼稚还是成熟，上帝都会给你一份礼物。有时候，对那幼稚者，上帝可能会给得更多一些，在凉州，这有俗语为证，叫"傻人有傻福"。

从这篇日记里对金钱的理解，你可以看出当时的我是没有钱的，那时节，我还是一个空有远大梦想的穷小子。正因此，我对人们的功利才会有这么深刻的感受。另一方面也可以看出，我对当时流行的金钱观，是很不认同，甚至非常反感的。

这种反感有个很直观的理由，就是我的敏感。因为敏感，我总能从别人的态度中读到一种歧视，这种歧视的源头，正是贫穷。我总是发现自己因为贫穷被人看不起，这种屈辱感，以及无力反抗所带来的愤怒，是年少时的我想要改变命运的动力。不过，即使想要反抗，想要脱离这种受辱的局面，我也没有向往过金钱，没有想过要成为有钱人，用金钱的力量去赢得别人的尊重。我想赢得的成功，是能在肉体消失后依然存在的成功，它是超越金钱和物质的。在我心中，只有这样的成功，才能证明我的价值，也才能让我拥有真正的尊严。

那时节，我并不觉得这种想法有多了不起，似乎一切都是理所当然的，但四十年后，用一个旁观者的眼光来回顾，我就发现了自己当年的了不起——一个十八岁的非常敏感的孩子，虽然深刻感受到了金钱的威力，却依然没有受到诱惑，依然知道自己需要什么，无论在当时还是现在，这都是很少见的。尤其是现在，因为现在的科技很发达，各种商品、各种享受一应俱全，它们全方位地刺激着人们的物欲，同时也刺激着人们对金钱的渴望。很多农村孩子本来都很纯朴，可一旦进了城市，就会开始吃喝玩乐，心中的欲望越来越多，人也变得越来越功利，最后甚至可以为了利益打破底线，伤害自己最亲近的人。没几个人可以在欲望中保持清醒，看清楚自己到底需要什么，又可以拥有什么。

我之所以可以始终如一地做到，是因为我十岁就发现了死亡和无常，从那以后，我的生命中就出现了一个参照系：生存和死亡。无论遇到什么事，我都会把它放进这个参照系里。这时，我就会自然而然地发现什么最重要。所以，我对金钱物质等东西，向来欲望不大，也从来没有为钱放弃过自己的坚持。当然，生活实在太艰难时，只要不影响正事，我也会想办法挣钱。比如，当我完成人格修炼时，《大漠祭》的初稿也写完了，那时，家里仍然处于吃不上饭的状态，于是我就做了点小生意，贴补家用。可一旦赚够了生存的钱，让家里人能吃得上饭，我就立刻将生意转让了，因为我不想再浪费生命。我始终认为，在这个世界上，有些事比金钱更重要。就像国外某富翁说的，裹尸布上没有口袋，死亡来临时，你挣了多少钱，都带不走，物质也一样，它们最后都不会属于你。既然这样，我为啥还要用一辈子去争取这些东西？为啥不用宝贵的生命去做些更有价值的事，创造一点比肉体更永恒的价值？

当然，十八岁的时候，我也想成功，我当时所追求的改变命运，就包括了成功。那时节，我所认为的成功，就是成为一个优秀的作家，写出能留下的好作品。但后来，就连这种想法也变了，因为我发现，想要成功的欲望过于强烈，已经把我牢牢地束缚住了，我的心失去了自由，甚至无法正常地生活。当我认识到这一点时，我就放下了一切，通过心灵修炼，最后才终于得到灵魂的自由。这段特殊的灵魂历练，我也写进了《一个人的西部》，有兴趣的朋友可以去看一看，它定然会给你带来一点启迪的。

我想，如果少了最初对灵魂的重视，我今天的一切，也许就是另一种样了。至于我为啥会在日记里发这一通议论，具体原因我已经记不清了，只模模糊糊地记得，可能是前一天去贾家姑爹（我姨父）工作的电厂时，有一位朋友跟我说了他的遭遇：他爱上了一个女子，那女子不爱他，嫌他太穷，可回绝时没有说实话，而是找了一个冠冕堂皇的借口，说自己不想太早谈恋爱，担心影响学业。我听说之后非常气愤，就在日记里写了那些话。那些议论，现在看来很滑稽，但从中可以看出我对灵魂的重视，这就像一种不变的基因，我从很小的时候一直保持到现在。我后来之所以能完成自己，就跟这个基因有很大的关系，它代表了一种改变命运的必然性。

那时的我，已经把肉体和灵魂分开谈了，在我眼中，肉体怎么样不重要，身份、年龄和金钱等东西也不重要，它们只是一些表面上的东西，我不在乎这些东西，只在乎灵魂层面的事情。后来，我之所以跟农村户口的鲁新云结婚，而没有去找"双职工"，就是因为我不在乎外在的东西，包括户口所关乎的利益，我只在乎我们之间的爱情。因为类似的原因，我做过很多别人觉得很傻的选择，放弃了很多大家都想要的东西。但到头来，事实总会证明我的选择是正确的，也是必要的。从小到大，我都是这样，一直坚持着自己独立的价值取向，从来没有被环境同化过。

除了静修之外，写日记也是我坚守自己的方式。在日记里，我一边记录现实，一边分析现实，哪怕现在看来有点幼稚的分析，当时也让我保持了清醒，看清了一些扼杀人性的现象，因此我才能随时发现诱惑和陷阱，坚守自己独立的个性。

那时节，我总是在日记里思考，发现各种现象之间千丝万缕的关系，这种穿透表象看内在的思路，对我的整个人生，都有非常重要的影响。它最明显的作用是，我从小就不会被表面的繁荣和热闹所迷惑，总是能看到诱惑背后的陷阱，因此总能保持冷静，不去随波逐流地追逐一些东西，也就保持了人格和思考的独立。

同样得益于这样的思维，我遇事总能冷静地思考，发现事物背后的真相和关联，看清各种选择有可能导致的结果。因此，我的生活态度一直比较正面和积极，生活的磨砺总会化为我的动力，让我更加努力地成长，而不是沮丧萎靡，放纵自己。

我是从十八岁那年开始跟随松涛寺住持吴乃旦师父学习一些修心养性之法的。我能保持个性，拒绝同化，这时的修心起了很大的作用。它帮助我保持了心的安宁，让我有了足够的能量和力量，去拒绝环境中的诸多干扰和诱惑。我在日记里显露出的独立思维，跟这时的修心，或许也有一定的关系。

不过，这篇日记也显露了我当时的一些偏见，比如，我也像很多凉州人那样，对富人有偏见，觉得富人家里就一定会充满勾心斗角。为啥？因为凉州人老说"为富不仁"，这跟别处人说"无奸不商"一样，都会在潜移默化中影响你，让你形成一种偏见，影响你对特定群体的理解和判断。一般情况下，你很难发现自己内心的偏执，只有在遇到问题，下意识地做出某种选择，或产生某种情绪时，你才会发现，自己原来有着这样的偏见。可即便你发现了它的存在，也很难破除，因为它是一种固有的思维模式，在你的生命中，已经形成了一种固定的程序。要完完全全地清除它，光是发现还不够，还得持之以恒地训练，学会提起警觉，不去跟随，慢慢消除它背后的分别心。

# 6月6日　家乡的端午节

十八岁时，我的一个非常鲜明的特点，就是愤世嫉俗，这跟我的灵魂追求有关系。当一个人对高尚有很强烈的追求时，他自然就看不上外界那些不高尚的现象，很多人不能容忍人性中的卑琐，不能容忍身边人那些不完美的行为，都是这个原因。

所以，在我当年的日记里，你会看到很多显得有些偏激的文字，跟我现在的文字很不一样。用一个我常打的比方来说，当年的我，就像刚踏上西天取经之路的孙猴子，身上还有很大的火气，需要通过唐僧的调教和九九八十一难去调伏猴心，等到该经的都经过了，该磨掉的都磨掉了，才会呈现出现在的这个样子：虽然依旧会时常做出怪相，但心里一片光明祥和。

闲话不多说，先看接下来的日记。

## 1981 年 6 月 6 日　星期六　多云

今天是端阳节，家家户户门口都插上了避邪的柳枝，据说今天是屈原投江的日子，也是伍子胥自杀的日子。这两位古代爱国名臣，尽管雄心勃勃，但都以悲剧告终，我尽管很佩服他们的爱国之心，但我觉得他们是软弱的，与其自杀，不如组织义军，抵御外来侵略，可他们都可怜地自杀了。虽然以"成功"变"成仁"，可"仁"也有环境，正当国家危亡，百姓逃难，自杀有何益？顶多让后人纪念纪念。假如屈原不投江，而组织楚国人民抵抗秦国，楚国也不至于那么快就灭亡吧！倘若伍子胥不自杀，而再来几次"卧薪尝胆"，恐怕勾践也坐立不安吧。以国君命令为重，还是以国家存亡为重，这是他们没有处理好的最大问题。生命诚可贵，轻易不要自杀。

我想把我的可笑经历写一篇文章，来自嘲一顿，就是怕写不好。还是不要怕它，放心写吧！（上午十一时）

我星期日回校。

她简直像一位公主，像一颗星，可望而不可即。我不知道她为什么那样，若真因为我草率，也还情有可原，但如果因为她早有意中人呢？真可怕，我真怕是美梦一场，惊醒后只有惆怅、徘徊……我有时气愤地想：算了吧，我就当一个独身主义者！但社会会议论，人言可畏。而且她那成熟的举止、动作、微笑，也让我爱不忍抛。气是爱的具体表现。

可惜啊，后悔啊！可恶的社会风气，我诅咒它。


日记是端阳节那天写的，我记得，那天恰巧又是二十四节气中的芒种。端阳节一般叫端午，凉州人叫五月端午。凉州的习俗是，五月端午那天，人们会做两件事：一是折了柳条，插在大门的两侧；二是吃油饼子卷糕。油饼子卷糕听着复杂，做起来其实很简单，先炸上一张烫面油饼子，然后卷上混合了枣子、红糖的黏糯米。我小时候，这真是一种美食，比过年时的吃食还好。过年时，凉州人一般也就是做个叫炉盔子（也叫炉扣子）的馍馍，大年三十，再多炖一大锅烩菜。像油饼子卷糕这种美食，只有在五月端午才能吃到。那一天，母亲会做上满满一盆子，给我们一人一个。那时的我，最喜欢过端午了。在凉州人的说法里，有两种美食最好，一种是肉，另一种就是油饼子。关于它们，凉州有一句俗语："福不可重受，油饼子不可卷肉。"意思是，你要是用油饼子卷了肉吃，连老天爷都会嫉妒的，那样，定会折了你的福。它虽然是提倡勤俭节约、感恩惜福的思想，但也可看出油饼子在凉州人心中的地位。

炸油饼子要用清油。我小的时候，凉州是没地方买清油的。那时的农民，只有在每年的生产队决算时，才能分到一点儿清油。我们一家人大约只有五六斤，但那已经是我们一年的所有用油。平时做饭，母亲一般不用清油，只有家里来亲戚时，母亲才会用点儿油。那所谓的用，也仅仅是用一根筷子绑几根布条儿，像我们用毛笔舔墨那样，在油瓶中蘸一下，再在烧热的锅底"闹"一下，就这。有时候，家里若来贵重客人，母亲也会在做好一锅面条后，用铁勺盛一点儿油（不多，大约一调匙），在火上烧热，然后撒上葱花，浇到做好的汤面条中，这样看起来，那锅里就有了油花儿。母亲会将漂在上面的油花儿、葱花儿特意先舀给客人，然后，再在锅里用力搅一下勺子，将那油花儿搅匀了，自家人再吃。这样，我们就都能沾一点油星儿。

这时，你便明白，能在端午节吃一块油饼子卷糕，对那时的我们来说，是多么奢侈的一件事。一般情况下，母亲不会多炸油饼，也就一人一块，或是多上个一两块。为了防止我们贪吃，也为了让我们懂得"细水长流"的道理，她总将多余的那一两块油饼子偷偷地藏起来。但不论她藏得多隐秘，只要我找，就总能找到。那时的家里没啥家具，只有几个箱子，都是几十年前的旧货了，上面黑黑的一层，已看不出啥木头。所以，只要是"好吃头"，不管母亲怎么藏，藏到哪里，都逃不过我的法眼。

不过，那时的美味，现在看来，也不过如此。因为现在吃的东西多了，油饼子卷糕也不稀罕了。但我看到这篇日记时，想起它，还是觉得很温馨。我记起的是吃它时的感觉。有了那感觉，就有了一种家乡独有的味道。

后来，我在一些高档酒店也吃过炸油饼，但总是没有母亲的那种味道。母亲炸油饼，有她的诀窍：每次做油饼前，她都会先放几粒小米，在开水锅里煮。那小米很快就会开花，等那小小的米花开到都碎了，她再将那清清的米汤倒在备好的面粉上，用筷子搅和成稀软的面团。等面搅均匀了之后，她就把那面团揪成拳头大小，再擀成小饼，然后放在油锅中炸。母亲做油饼很老到，做油饼与炸油饼总能同步进行，等做完油饼，也就差不多炸完所有油饼。

我写上面的日记那天，正赶上过端午，所以心情应该很好。但内容好像不怎么明亮，也许是因为话题的缘故，毕竟讲的是两位名臣的自杀。不过，看得出，日记里的我，还是有点意气风发的味道。

日记中对屈原和伍子胥的说法很有趣，比如组织义军，抵抗侵略啥的，说明那时节，我也是崇尚暴力的。那时的我，并不知道，无论有几个屈原和伍子胥，无论他们怎样组织义军，都挡不住历史的车轮。而且，在屈原和伍子胥那时节，君王要他们死，他们是必须得死的。这已经成了他们的命运。普天之下，莫非王土，他们不能不死。当然，他们也可以逃。伍子胥就是从楚国逃到吴国的。但有时候，逃也不是办法。正如《大漠祭》中老顺的说法："你能逃过自己的命吗？"所以，我虽然不提倡自杀，但他们走到了那一步，已经不得不死了。要不死，只有一个办法，就是不要走到那一步。当然，这说法简单，但真要做到，就必须改命。要改命，就要改心；

要改心，就要有智慧。没有智慧，他们想不死，命也会推着他们走到那一步。命是啥？就是他们的思维。思维看不见摸不着，但人生的内容，往往就是它定的。

前些天，我给一些人看了这日记，想叫他们看看过去的雪漠，他们却说了另一个观点，很有趣，在这里也跟大家分享一下。

他们说，看到我谈历史人物、分析历史事件，觉得特别正常，特别自然而然，但事实上，他们在学校里学历史，很少想到能这么学，老师似乎也没有想过能这么教。所以他们一直不知道，原来历史这么有趣，常常是学了就忘掉，记不住什么东西。他们说，如果自己知道学历史可以主动思考，当年就不会学得那么痛苦了，反而有可能会迷上历史。

其实，很多东西都是一种习惯，思考也一样。你从我的日记里就可以看出，思考是我的习惯，不管历史还是现实，不管过去还是当下，只要进入我的视野，引起我的注意，我都会思考。因为习惯思考，我的思维才会自由、独立，不受身边环境的约束。相反，如果我习惯了机械化地接受，习惯了拷贝别人的思想，我也会像很多人那样，对什么都没有爱，都不好奇，把一切都当成完成任务，只管完成，不求深究。很多学生和老师就是这样，所以他们的思维才会僵化。

但这不怪他们，这本来就是应试教育的特点。比如命题作文，正常人对一个话题，肯定会有自己的想法，但所有的命题作文，都会有作文范本，老师给分，往往也有自己认为的标准答案，你符合他心中的标准，他就给你高分，你不符合他心中的标准，你的分数就会很低。这时，家长就会要求你按模板来学习，而不会叫你独立自由地思考，因为这样不能保证你得高分。这样的教育下，孩子就会慢慢变得刻板，慢慢对新事物失去兴趣，慢慢变得功利，变得实惠，变得算计。一个个鲜活的生命，就变成了流水线上的产品，看起来长得不同，脑子里装的东西却差不多，都是别人填进去的，或社会常识，或家长灌输，都不是自己的东西。

历史也是这样，老师教历史时，只关心我们能不能把试卷填对。但历史人物也是人，他们的经历也是经历，无论君王还是布衣，无论大事还是小事，都是这样，跟我们身边的人发生的事，或这个时代发生的事，本质上是一样的，我们在学习历史的时候，为啥要把他们的故事当成一串数据？为啥不好好想一想，他们是谁？他们为啥要这样选择？他们的际遇、结局是什么决定的？他们如果选择另一条路，命运会如何？我们如果是他们，我们会如何选择？我们能不能做到他们做到的事情？他们的故事，承载着怎样的人性密码和命运密码？……只要你意识到他们是活着的人，对他们有爱、有同情，对人性和人类的命运也有关注，你就一定会有思考。

人们爱小说，爱电影，爱照亮人心的经典，经典作品总是让人一遍遍地看，不管过了多少年，也不会过时，不就是这个理由吗？人性总是相似的，什么时代都一样。只是，我们生活在故事里时，总有一些东西看不清楚，看发生过的故事，尤其是看历史中发生的故事，反而会清楚很多，因为我们是局外人，也因为我们已经知道结局了。但其实，我们从这些故事里看到的东西，也是可以用在自己的生活里的。所以，我看历史故事的时候，总是喜欢把它跟现实经验结合在一起。其实，历史本来就跟我们每个人都有关系，因为历史就是人的故事。

我从小就爱听贤孝，贤孝是啥？就是历史，只不过它是唱出来的历史，课本上的历史是写出来的历史，本质上其实都一样。我小时候就喜欢听贤孝，那时节，我们村子里没啥娱乐，大家最喜欢的娱乐，就是听贤孝。那场景，我写在了《大漠祭》里。现在，想起那画面，我还是会觉得很惬意。你想，烟雾缭绕（很多人都在抽烟）的房子中央，一位瞎仙在全情投入地拉着三弦子，唱着贤孝，他沧桑的声音随着那烟雾，飘满了整个屋子。乡亲们都听得津津有味，有些人甚至忘了吸手里的烟。瞎仙唱到动情处，一些敏感的小女子，还会悄悄地抹眼泪——对，敏感的我也会。所以，你想，在这种环境下长大的我，怎么可能不爱历史呢？

孩子们不喜欢历史，就是因为没有感觉到它的有趣。如果我们的历史书能改一种编法，或者我们的老师能改一种教法，不要只讲数据，不要只讲现象，把数据和现象变成话题和故事，讲一个个活过的时代和个人。这样，所有孩子都会喜欢的。

我虽然是在填鸭式教育环境里长大的，但我喜欢观察、分析、思索，然后形成自己独立的观点。正是这套程序，让我成功地规避了被同化、被消解、被扼杀掉活性的危险，拥有了一种主体意识，总是活得非常清醒而自信，但也让我看起来很奇怪，跟那时节身边的人都不一样。对这，我自然是不在乎的，因为我看到了一种普遍存在的庸碌，而那正是我想要远离的。

你要知道，独立的精神、自由的思想，是人类的权利和享受，是上帝送给我们每一个人的礼物之一，如果我们忘掉它，或看不到它，就太可惜了。

从这篇日记里，你还可以看出，那时节，我对一个女子有过朦胧的好感，但也仅此而已。我只是迷恋她的举止和微笑，除了知道她的名字，我对她没有任何了解。那时，我对爱情的理解还停留在生理需求的层面。瞧，从日记里看来，对她的好感还挺强烈，确实在我心里激起了一些波浪。

但到今天，我已经想不起那女子的模样了，也没了当时的那种感觉。好感也罢，爱情也罢，只是一种感觉。有时，它保持得长一些，深一些，但终究会过去的。很多人在失恋时，都痛不欲生，但如果遇上另一个不错的对象，他又会全情投入在另一段感情里。所以，对爱情的来来去去，有时你不用太在意。

这些过去的文字，虽然很幼稚，但很真实，有时候，真实高于一切。因为，随着时光的流逝，我的很多看法都变了，回味过去，就像是看另一个人似的。唯一没变的，是其中透出的从一个孩子成为雪漠的基因。

四十年后的我，看四十年前的我时，时不时就会发笑。没关系，"雪漠"不是一天炼成的。

我们的成长需要时间。

# 6月7日　电厂的一段小故事

我在《一个人的西部》中写了很多过去的事，也写了很多帮过我的人，贾家姑爹就是其中之一。当时，因为没钱，我在武威师范读书时只吃馒头，很少能吃上别的，但一去姑爹那儿，就不但能洗上澡，住上舒服的房子，有好一些的环境看书学习，还能吃上很多平日里吃不上的好吃的，比如肉包子等。对那时的我来说，这样的生活就像天堂一样，我根本想不到，几十年后，我会有自己的楼房，会有自己的学生，会有自己的团队，还会带着一班有梦想的孩子一起往前走，更会有余钱可以开出版公司，可以把图书翻译到国外，可以引进国外的好书，可以在各地建书院……这些，我当年都没有想过。

当然，我当年也很有自信，相信自己将来一定能成功，但成功了之后会怎么样，能做些什么，我是不知道的。很多时候，人只能想象自己见识过的，对于自己没有见识过的，连想象或期许里，都是不会出现的。

我们先来看日记。

## 1981年6月7日　星期日　多云

今天我回校途中，顺便带了一个孩子。我从来没有用自行车捎过人，刚开始我想推托，也完全可以推托掉，可我想，人活着没有不用人的，一个人在力所能及的前提下帮助人是快乐的。今天我尽管累，但心情是很愉快的。

我在十点左右到学校，又到电厂，我知道我今天的早回并非无意，只是"落花有意，流水无情"，"有情反被无情恼"啊！

她说的话尽管有道理，可是她并没有完全了解我的情况，我的姑爹马上要退休的，若退休，能有什么好的环境呢？再有几次见面的机会呢？她不了解情况盲目嘲弄我，对我气恼，这能怪谁呢？


这篇日记里说我帮了个人，至于是谁，我早没印象了。

我经常忘了自己帮过谁，但我始终记得谁帮过我。每当我回想起那些得到帮助的片段，回想起那些帮过我的人，我的心里就会很温暖，觉得自己虽然也遇到过困难，但总能遇到好人，我很幸运。

从他们的身上，我总能学到很多东西，比如如何去帮助别人。很多细节，自己不一定能想到，可一旦从别人那儿得到帮助，觉得很温暖，就会明白别人要是得到自己的帮助，也会觉得很温暖。孔子说，己所不欲勿施于人，反过来其实也一样，己之所欲亦施于人。当然，我说的己之所欲，不是欲望的欲，而是一种需要。谁都有难处，遇到难处时，若是能得到别人的帮助，哪怕只是一个微笑或鼓励，别人都会很开心的。因为这表示有人在关心他。哪怕你的帮助最后改变不了什么，这种陪伴的力量，也能慰藉困难给他带来的痛苦，帮助他坦然地接受结果，继续往前走。所以，那时我总是提醒自己，以后要像他们帮我那样，多去帮助别人。

不过，说不清从什么时候开始，我就跟日记里写的不太一样了。写这篇日记的时候，我还有帮人的概念，还会告诉自己，谁都有需要帮助的时候，帮人是一件很快乐的事。后来我就不这样了，我不再去想帮人快不快乐的问题，也不再觉得有人因此受益就很满足、很快乐，因为，对我来说，那"帮"就像穿衣吃饭一样，是一种日常行为，既是日常行为，就不会着意去想，也自然不会放在心上。

但我还是把别人的帮助放在心上，也总想让他们在世上留下一点痕迹。所以，你总会在我的书上，看见一些名不见经传的名字。

这日记里，又提到了上一篇日记中的女孩。

我对那女孩的好感，发生在武威电厂。那时节，武威是有电厂的。电厂靠烧煤炭发电。但电厂的电，大概只供给城里人，我记得，那时的乡下是没有电的。小时候，我家用的是油灯，自家制作的：用个玻璃瓶盛油，找块薄铁皮卷个小筒儿，卷些棉花，当捻子，再找块铁皮桎梏了捻子，放在瓶口上。当时是轻易见不到玻璃瓶的，妈就总是提醒我小心，但油灯还是经常被打翻，我家的被子上或席子上，就老是有一股煤油味。

小时候我看书用的就是油灯。虽然那灯光很微弱，但它却照亮了我的一片世界。我在看书时，不讲究姿势，不讲究条件，不讲究环境。只要有书，无论周围多嘈杂，我都能静得下来。有时，我也会趁着日落后还有余光，尽可能地多读书，直到摸黑。我总是争分夺秒如饥似渴地沉浸在有书的日子里。后来，有电灯了，我也总是躺着看。我不喜欢坐着看。按说，这诸多不好的习惯定然会让我近视的，但怪的是，看了半辈子书，至今我的眼睛既没近视，也没老花。

那时节，武威的电厂虽然发电，但我只在姑爹贾森林那儿才看到过电。姑爹是电厂职工，平时专门烧锅炉，看澡堂子。他在电厂里有个套间。在那时的我看来，他真是阔极了。那白墙、水泥地、办公桌，都是乡下轻易看不到的东西。我们乡下白墙少，一般只是土墙。妈爱美，就在土墙上贴几幅画，大多是宣传养猪的。每天一睁眼，我就能看到满墙的猪。再后来，妈就用报纸糊墙，用以掩尘，于是我就能看到满屋的字了。我的视力很好，能躺在炕上读墙上或是屋顶的报纸。2006 年，美国一家电视台采访我时，那些记者看到用报纸糊的墙，很是惊奇，就举了摄像机，拍个不停。

你想，电厂那雪白的墙，怎不叫我惊喜？那种白，嘿！

桌子也是。我家是没有桌子的，只有一个小炕桌，一尺五寸方圆，我平时写作业，就是趴在那上面的。就那样，我从七岁趴到十五岁，背倒也没驼。所以，我一见电厂那办公桌，就很喜欢。那时节，我的梦想就是能有这样的桌子学习，对房子，则是想都不敢想的。

我对城里的房子产生幻想是十年后了。某次我进了城，跟妻睡在表弟楼房的地上，那感觉，像住在童话小国里。那时，我就想，啥时候，咱能有这样的房子就好了，但心里却觉得，这辈子，别想了。

为啥？没钱！

那时我怎么会想到，二十年后，咱也有了楼房呢？

那时节我的眼中，看澡堂子的姑爹有很大的权力——澡堂子只在星期日开放，平时是不开的，但热水天天有，时时有，因为姑爹同时也烧锅炉，给厂里供开水，有些想在规定时间外洗澡的人，就得巴结姑爹。

有时候，厂外的人也会来洗澡，但这样的时候不多。

一天，厂外来了一个想洗澡的年轻女子。

我日记中的感慨，就是冲她发的。

我在情感上没有儿子陈亦新发动早，他是初中恋爱的，我高中毕业，上了师范，还没真正跟女孩子说过几句话。

来洗澡的女子上卫校，现在想来，当时她的岁数应该有二十多了，反正比我大。

虽然我在日记中写到了她，但我们并没有说多少话。只记得，她告诉了我她的名字，还问了我的年纪，这名字，倒是今天还记得。毕竟，她是进了我日记的人。但我们之间没有多少交流，也没有交往。那时，她会在每个礼拜天来洗澡。她每次来时，我几乎都在姑爹的屋里读书。她一来，姑爹就会给她开澡堂子门，不一会儿，就听到哗哗的水声。

这就是那时所有的故事。

但就是这个简单的故事，引发了我日记中的许多感慨。可见，我确实是一个多愁善感的人，生活里的很多细节，都能引发我的联想和感触。这让我的书，多了许多感性的描写。那些大段大段的心理描写，最早，就是从这些日记里训练出来的。现在想来，日记真是我的训练场，它训练了我的文学感觉。

如果当时不写日记，我会不会爱上写作？真的说不清。至少，我成为作家的时间，可能会往后推上几年。因为，日记是最能让人释放心灵的地方，在这里，我那种自言自语的习惯，得到了很大的发挥和发展。其实，写作的本质，就是在自言自语，是在跟自己说话，不同的，仅仅是自言自语的内容。

在日记里，我还为那女子着急呢。现在想来，她定然早谈恋爱了。她显得很成熟。她说，你跟我弟弟一样大。

她还说，好好学习，你还小。

那时，我很气她的这些话，觉得她在嘲弄我，我甚至想，等我以后当上作家，你会读到我的书的。

我总是能将生活中出现的许多东西，变成我向上的动力，无论是顺缘，还是逆缘。这成了我成功的一个重要原因。我很少怨天尤人，从来都是随顺因缘，化烦恼为菩提的。瞧，这篇日记中，只是一次小小的不期而遇，也成了我后来成为作家的一种小小推力。

不久，那女子转学了，转到了一个叫宝鸡的地方，就再也没有来过电厂澡堂。在那时我的眼里，宝鸡是个比天还要远的地方，因为我能看到天，却看不到宝鸡。

只是至今，我都没有去过宝鸡。

后来，姑爹贾森林退休了，每天早上，他和姑妈畅凤英在凉州广场里锻炼，他打着镲，姑妈和一群中老年妇女扭秧歌，每天扭一个多小时。再后来，他们的儿子贾忠延英年早逝，姑爹和姑妈从此没了心情，不再到广场锻炼了。

后来，姑爹贾森林死了。

后来，姑妈畅凤英也死了。

四十年中，凉州的很多人都死了。

# 6月8日 我的武术师父贺万义

　　四十年前的我，跟今天的我还有一个不同，就是那时我有读书以外的爱好，下面这篇日记，就讲了我当时一个很重要的爱好：武术。

　　凉州有尚武的传统，喜欢武术的凉州人很多。我爱武术，除了环境影响之外，也是因为武术能强身健体。可见，我从小就是一个非常理性的人。或者说，我是一个将感性和理性完美融合的人。理性，意味着我总会冷静思考；感性，意味着我很容易受到触动，产生某种情感性的思绪。我的这两种个性特征，在我的所有作品中，都有非常明显的体现。我能成为作家，跟这种个性有很大的关系。因为，虽然作家需要敏感，但只有敏感，没有理性，也不会成为大作家，有时，还会变成一个很有才华的疯子。

　　我常常说到凡·高，凡·高就敏感到极致了，大自然也好，人也好，都会给他无穷的触动。你看他的画，每一个笔触看起来都有点笨笨的，但在那笨笨的背后，又有一种超乎常人的细腻，就像直接从多情水里捞出来的一样。无怪乎，他的情感总是那么强烈，不是把他爱的人惹恼，就是把他爱的人吓走。最后，他掌控不好感性的马车，就真的成了疯子。

　　对某种东西过于热爱，本来就会变得疯狂，就像有人说的，"不疯魔，不成活"。但光有疯魔，不能在适当的时候退一步，与某种东西保持距离，也会活不下去。凡·高死时，只有三十七岁。虽然很可惜，而且有人说，他不是自杀的，但他其实也很难活下去，因为他深受精神疾病的折磨，他最后的那幅《麦田上的鸦群》，几乎已经预示了死亡的临近。

我在写出《新疆爷》之前的五年练笔中，也陷入了一种类似的精神困境，如果我没有进行心灵修炼，或者没有放下成为作家的渴望全身心地投入静修，我大概也会是一样的结局——当然，当年的我，还没有真正打开文学艺术的宝库，没有写出真正的天成之作。

说得有点远了，还是回归主题吧。

不过，什么是这部书的主题呢？不就是翻着日记，自言自语地述说那些昏黄的记忆吗？

那么，就让我们仍然从日记进入记忆吧。

你瞧，久远的时光里，有一个小小的我，他幼稚过，青涩过，愤慨过，纠结过，发奋过，也深深地痛苦过……

## 1981年6月8日　星期一　多云

好几天我都没有到北街去学武术，不是我不去，是师父家做木匠活，他很忙，等师父闲了再说吧。我认为一个人有爱好，尤其是正当的爱好，没什么不好的。有人听说学拳，就一副怪样，好像学武术有什么不光彩似的。我认为：如今的世道，文武全才最好，只有有了壮实的身体，才能不辜负国家那么多年的培养，不能刚工作就抱药罐子，否则纵有浑身文才又有何用。其实，爱好武术的人并不一定喜欢打架，而打架的人并不一定会武术。

我前一天说过一个天大的谎话，可笑。

日记中提到的师父，叫贺万义，当时是凉州有名的拳师，精少林拳。他的师父叫苏效武，是马步青骑兵军的十大武术教官之一，在武威历史上算是赫赫有名。

贺万义是我外公的师父。凉州人管外公叫外爷爷，当面叫时，会去了"外"字，只叫爷爷。我的外爷爷叫畅高林，是武威洪祥乡新泉村人，是个职业锢漏匠。很小的时候起，爷爷就挑了那锢漏匠担子，走街串巷。关于他的详细情况，我以后再谈，这里专谈跟练武有关的事。

外爷爷年轻时练过武，师父就是贺万义。他叫师父贺爷，贺爷叫他畅爷。他们本是亲家，后来又互为师徒，互相学习武术。我见到贺万义时，他岁数并不大，也就五十岁的模样，但在凉州人看来，年过半百就很老了，说是"人上五十，夜夜防死"。所以，我到五十岁时，一想这数字，心里就唏嘘：我咋也五十了呢？

在我忍不住感叹时，妻就会骂，是活老的，又不是混老的，谁不老呀？但我心里，还是遗憾，觉得自己还没活好，就一下子老了。

在武威一中上高中的时候，我每周去贺爷那里学武。贺爷住在凉州城北街的一条小巷里，如今，随着旧城改造，那巷子早没了。当时，贺爷住的是平房，房子很老，有个很大的车院，但后来全拆了。有时候，贺爷会在那个大车院里给我教拳，有时，也在他家的小屋里教。屋子很小，但他老说，"拳打卧牛之地"，说完，他就给我比画。他比画一阵，我就会了。小时候，我记性很好，几乎能过目不忘，所以学啥一学就会，再加上学武方面很有天赋，我每次去上课，都能很快学下当天的功课，不会占用贺爷太多的时间。于是，没多久，我就掌握了贺爷的很多拳法。为此，贺爷非常高兴。

贺爷没有正式工作，教拳也不收费，我去学拳的那时，他以孵小鸡为生，老见有人来抓小鸡，但收入，大概不会太高。凉州的练武人，大多清贫，很少有富的。他们的那身本事，要是到了别处，可能会好过一些，但窝在凉州，就只好清贫了。

贺爷虽清贫，但在那时我的眼中，他却是大富翁，因为他在城里有房子，我没有。

贺爷学下了苏效武的几乎所有功夫。他身体很壮，很高，样子像武松，却娶了个瘦瘦的女子，看起来身子骨很瘦弱，但后来，贺爷早死了，贺奶奶至今还活着。

看来那练武，并没有让贺爷长寿。强壮的死得早，瘦弱的活得长，这咋有点像老子说的话了呢？关于贺爷的故事，我在《一个人的西部》中，写得很详细。感兴趣的朋友，可以参阅。后来，我将这一段生命体验，写入了长篇小说《凉州词》。

日记中还谈到了我对锻炼身体的一番领悟，这理念同样贯穿了我的一生。不过，在闭关的二十年里，我其实是亏待了自家身体的。为了节省时间，我忽略了锻炼。直到四十岁后，我才训练自己，将锻炼身体当成生活习惯。

至于我日记中说的编谎，当时编了个啥谎，我早就忘了。我不知道自己说过啥谎话，但在妻的眼中，我说了一辈子谎话。她说，我啥都不行，就编谎行。她将我的所有小说创作都当成了编谎。这说法，倒也说出了艺术创作的真相。而那真相，实际上，就是一种高于生活的想象。

# 6月9日　向往书里的侠客

这篇日记谈到了武侠小说。

最早的时候，我最喜欢的小说不是托尔斯泰的书，也不是陀思妥耶夫斯基的书，而是武侠小说。武侠小说里写的那种生活，就是我最想过的生活。我常常幻想着，自己的武功能在乱世中发挥作用，能解救那些陷入危难的百姓。所以，我最早的理想并不是当作家，而是当侠客。

记得当初，我甚至为了当侠客，认认真真地练过好久武术，直到三十岁走入关房，我舍掉了修心、写作和读书外的一切，才告别了练武的习惯。后来，我让陈亦新也练武，所以他的身上也有功夫。

在我的印象里，我人生中最早的跟练武有关的经历，大概就是小时候光脚在麦田里奔跑。记得那时，麦田已经被收割过了，麦茬子就在我的小脚板上戳出一个个血口。那画面，后来又走进了我的小说《西夏咒》中，成了小阿甲的一段经历。至于我为啥要在麦茬地上奔跑，记得是因为我想练轻功，我甚至觉得，要是这么跑下去，我就会像孙悟空一样飞起来。

这种为了理想奋不顾身的态度，也是我的一个重要特点。后来，它又被我用在了真正的练武、修心和写作训练上。我在《一个人的西部》中写过一个细节：我为了让自己不打瞌睡，就用冷水浇头，然后打开窗，把头伸进冬天寒冷的空气中。武威的冬天非常冷，尤其是早晚，一桶水放在外面，用不了多久就会结冰。所以，每当我把脑袋缩回屋里时，我的头发上往往会结满了冰碴子。就是那样，我才慢慢战胜了睡魔，让自己能把三点起床的习惯坚持下去。但我不建议大家学我，因为这种对治睡魔的方法太极端，容易生病，我之所以没有生病，主要原因就是练武，身体素质比较好，如果既不运动——对我来说，练武也算是运动——又这么折磨身体，要不了多久，我的健康就会被摧毁，也就不可能像后来那样实现梦想了。

虽然我后来放弃了武侠梦，但早年对侠客生活的憧憬和追求，仍是我生命中一段非常重要的经历，至今回想起来，我还是觉得非常美好，非常温馨。

有我四十年前的日记为证。

## 1981年6月9日　星期二　阴

今天看完了《三侠五义》，我被众侠客那种嫉恶如仇、见义勇为的举动所打动。我不是没有路见不平拔刀相助的勇气，而是没有那种本事。我的眼中存不得半粒沙子，看到不平总会气得发抖，看到受难的人总是极其同情，尤其对那些乞丐，见到总要施舍一点，但这能有啥作用呢？

有人最近在报纸上评论说，《三侠五义》不是好书，其主要罪名是侠客最终都成了官，为地主阶级服务。请问：一个真正的好官不为国家服务，为谁服务？包公是清官，为百姓申冤，为大众操劳，侠客保着包爷断案，能为百姓做多少好事？能除去多少贪官暴吏啊？这本来是好事，可是评论家却说，侠客不应该听包爷调遣，不能当封建地主阶级的"鹰犬"。如果当今世界出来几个侠客，尽管打抱不平，但不服国家管制，能算好事吗？

若服从管制，他们又会被后世的评论家说成是统治阶级的"鹰犬"。

我反正认为：《三侠五义》是部好书。

《三侠五义》是我早期最喜欢的小说之一。

小时候，我看了很多类似的小说，经常幻想着自己也能练出一身好本领，过一种行侠仗义的生活。后来，我的梦想虽然变成了当作家，但是，对武侠小说的热爱，我保持了很多年。

现在想想，武侠小说真是成人童话，每一个想要当英雄，现实中却没有这种能力或勇气的成年人，都会在武侠小说里找到一种满足感，似乎在阅读的同时，自己也做了一回英雄。也许，这就是人们喜欢童话的原因。

童话就是一个梦，一个想要而不可得的梦。

很多文艺作品的本质，都是在打造一个梦——既是作者本人的梦，也是读者的梦。你打造的这个梦甚至不用很真实，有时，它哪怕玄幻离奇，明显不会在现实中发生，跟现实生活迥然不同，只要它在情感上是真实的，在灵魂层面是真实的，读者也会在阅读的过程中，拥有一种梦想而不可得的生活体验。这种体验，我们就称之为童话。

当侠客就是我最早的梦想，我一遍一遍在小说中温习这个梦想，无数次幻想着自己也能飞檐走壁，也能解救百姓于水火之中，也能仗剑走天涯，也能"路见不平拔刀相助"，但正如日记中所说的，我并没有那种能力。

为了弥补这个遗憾，我开始练武——这就是我，即使明知自己没有这个能力，也许不可能过上这样的生活，也还是会为了心中的一点向往，义无反顾地向它走近。我是一个相信奇迹的人。所以，写这篇日记的时候，我虽然发出感叹，但事实上并没有退缩，也没有"认命"，而是像上面那篇日记中说的，踏踏实实地拜师习武。

从童年时代到三十岁左右，我一直没有停止练武，每天早上都在这上面花两个小时，甚至在我最珍惜时间的时候，也是这样。上师范时，我还找人按书中的描写，置办了一些侠客常用的东西，像裹腿之类。其做法是，将沙子装入缝好的条状布袋，绑到腿上。那时节，从一起床，我就绑了裹腿，一直到晚上睡觉才取掉。那裹腿，有三五斤重，习惯了后，一旦取掉，就有种身轻如燕的感觉。我还有夜行衣，还有石锁，还有飞镖，后来还做过梅花桩之类，总之，跟武术有关的东西，我尽力置办了许多。而且，我真的做了一些近似于侠客的事，很有趣，在《一个人的西部》中，我也写过它。

说来也怪，好些孩子不爱看文学经典，却喜欢看武侠小说，尤其是金庸、古龙的小说，总能引起他们的巨大兴趣。记得有一次，我在电视上，还看到有孩子学着《射雕英雄传》里的梅超风，练起了九阴白骨爪。而我们那个时代，武侠小说和武侠电影，也确实掀起过一股武术热潮。可见，比起文学价值，那些武侠小说更吸引人的，可能是想象力。

在妻眼里，爱编谎的我也有很丰富的想象力。只是，武侠小说的想象力，是故事层面的，而我的想象力，却是灵魂和艺术层面的。故事上的想象力丰富一些，就能创造出好故事，让人在阅读过程中产生愉悦感；但灵魂和艺术上的想象力过于丰富，有时反而会伤害阅读体验。

在这篇日记中，我也反思过一些关于文学的事。当时，人们都反对《三侠五义》这本书，但他们反对是他们的事，我并没有受影响。

我的思想，总是在跟外面的世界辩论着，哪怕报纸上宣传得天摇地动，也改变不了我。

但是，跟一些名家比起来，我就成熟得很晚了。在我的年龄，他们中的很多人早就成功了，有些人一生里最重要的发现和发明，正是在二十岁前后出现的，而我在接近二十岁的时候，却仍在发着这样一些现在看来很幼稚的议论。但我也没办法，对于生命个体来说，成长环境太重要了。在什么样的环境里生活、长大，虽然不一定能决定人最终的高度，却几乎一定能决定人成长的速度，尤其在最初的时候。

即使是赫尔岑、索尔仁尼琴那样的大作家，如果生活在另一个时代、另一个国家，或者当时的社会没有那么动荡和复杂，也可能不会像后来那么伟大。换句话说，他们虽然有自己的过人之处，但总体来说，他们的成功，与时代背景有着很大的关系——特殊的时代迅速成熟了他们的思想，也迅速成熟了他们的文笔。这就是所谓的时势造英雄。

四十年前，中国的信息不怎么发达，我的家乡那样的西部小村更是这样。从童年时代到少年时代，我一直读不到什么好书，也一直没有遇到多少出色的人，有梦想的人，就更少了。虽然有些同学的成绩很好，但他们没有远大的理想。比如，那时我们班上学习最好的人，后来都当了老师，成绩一直名列前茅的那两位，直到现在仍然在小学里教书——当然，教书也很好，但那时我希望遇到的，是能够在梦想上指引我的老师，以及跟我有着共同梦想的伙伴，最好还能比我更优秀。这样，我们就可以互相学习，互相督促，互相鼓励，甚至也可以互相批评，互相指出对方的不足，就像我的学生们早起诵读时说的："坚定信念，勇猛精进。同舟共济，共创未来。"

如果那时我身边有这样的人，我就不会这么孤独、这么迷茫了，或许也可以进步得快一点，但我经历的磨炼，也许就会少一些。所以，很多境遇的利弊都有两面性，是福是祸，只看你如何对待。能汲取营养，记住教训，它就是福；否则，它就是祸。

不过，一直在小学里教书的那两位同学中，有一人在快到五十岁时，突然有了梦想，想当作家，也写了很多文字。我看过他的作品，他对现实充满了不满，见了我，也时不时会发出我四十年前发过的一些牢骚，可他的文字，却离作家太远了。

见到有了梦想后的他时，我就像见到了四十年前的自己，但我的那时，是允许犯错的，因为我当时才不到二十岁，有三十多年的时间矫正自己。如果一个人到了五十岁，仍然牢骚满腹，他的生命质量到底怎么样，就很难说了。我们暂且不谈他有没有成为作家的可能，只看他是否活得快乐，可单纯这一点，就值得我们深思。临近老年突然有了梦想，还时不时发出怪声，却拿不出什么成绩的他，就被人们当成了疯子，就像我也曾经在很长时间里，被人们当成了疯子一样。如果你想知道我那时的情况，或是想要知道人们怎么说他，你可以去看《一个人的西部》。当我听到人们对他的议论时，我也就明白了，当初人们是如何谈论我的。当然，别人怎么说，随他们就是，现在我是不在乎了。当时，我确实有些在乎，甚至会感到愤怒，这在四十年前的日记里就有体现，但即便这样，我也还是可以放下，因为我更在乎自己的成长和梦想——我和那位同学最大的区别，便是我很早就确立了梦想，没有虚度半点光阴。而他，因为没有很早确立梦想，就在花花绿绿的世界里迷失了，受了几十年的诱惑，过了几十年的庸碌日子，心早就乱了，装满了垃圾，这时，再想像我四十年前那样追逐梦想，就会困难得多。

世界就是这样，当你没有独立的眼光，心缺少主体性时，呈现在你面前的世界，就是一个险恶的江湖，以及能吞没一切的大染缸。古往今来有太多的人，就是这样迷失的。要是我当年没有通过修心、读书和写日记来坚守自己，没有锻炼出清醒和自信，没有时时自省、自律、自强，我会怎么样？我也会在不知不觉中迷掉。没有任何意外。

而哪怕我从一开始就很清醒，也确立了梦想，从现在的他，到现在的我，之间也有整整四十年。就是说，哪怕起步得很早，这条路，我也走了四十年。

所以，我老是说，人的成长就像是种树。你不要期望种子一落在地里，就马上长成参天大树。这是不可能的！成长，需要时间。

直到现在，我仍在成长，比如在文学上，我一直在寻找一种新的可能。

现在看来，《三侠五义》真的算不上好小说——从文学的角度看——但直到今天，它仍有无数的读者。可见，它也有自己独到的东西。或许，就是这种独到的东西，吸引了过去的我。现在，国内还有很多像过去的我那样的读者，他们不在乎思想和艺术，只想看到一个好故事，得到一种阅读的快感。我想，作为一个作家，不应该忽略这部分读者的声音。所以，我也在看一些畅销书，想要从它们的身上，吸取这个时代的营养，实现雪漠的进一步成长。

# 6月11日　省吃俭用买杂志

在我的生活中，许多东西都消失了，许多习性也消失了，只有一种东西一直伴随着我，那便是书。明白之前，我最喜欢书。明白之后，在红尘中，我最喜欢的，还是书。

对每个城市，我唯一的期待，就是书店。要是一个城市里没有好书店，我就会觉得很遗憾。

不过，现在，很多书店都消失了，它们都被网购取代了。没办法，这是时代的发展趋势，这个时代已经走向数字化了。人们的消费习惯也变了，都喜欢网购了，因为网购的书要比书店里的更便宜。于是，实体书店的生存就越来越困难了，有些，不得不倒闭。

我也会网购书籍，但是，少了书店，就少了一种捧着书本慢慢品味、慢慢选择的感觉。所以，我每周至少要去书店一次。在那途中，我会有一种年轻时赴约的感觉。读书和逛书店，甚至成了我尘世中唯一的享受了。当然，这也是我对实体书店的一种支持。下面的日记，就写到了我在买书时，非常慷慨的消费观。

## 1981年6月11日　星期四　晴

我昨天买了几本杂志，今天又买了几本书，我本月的生活费连着几天买书已经基本上花完了，而我却不着急，车到山前必有路。

我今天看了《工厂奇人》这部中篇小说，它写得太好了，有自己独特的风格，特别地揭示了现实社会中对于穿着新颖的青年人的非议,点明了"头发和服装并不是检验思想的唯一标准"这个基本道理。青年人都是爱美的，为什么不能让他们的生活多样化呢？当然，人的仪表美固然重要，但它只有在才华和道德的衬托下，才会有更迷人的魔力。

我要做一个刘树民式的人物，但我不会去学他那种玩世不恭的表面现象，我只能像他那样幽默，像他那样待人处事。他是一个不可多得的男子汉啊！

我讨厌那种无话找话的人。我的生活并不空虚，很有乐趣，可有人说我"内心空虚""有眼不识泰山"——好一个泰山啊！我也常有玩世不恭的儿戏现象，但这是我在表达对现实的不满，我为什么不能用这种反常态度来发泄一点儿愤怒呢？

我最早的阅读——除了童年时代的小人书——是从文学杂志开始的。

80年代，杂志的发行量很大，动不动就上百万，因为那时的书没有现在这么多。现在的文学杂志，能上十万的，也没几种了，更别提百万了。老有一些杂志号称十万，其实也就五六万，这也算很不错了。一些省地级刊物，发行量才几百，不像网站，一篇文章的点击量，动辄几百万、几千万，这是纸质媒体不能比的。所以，网络时代的传播，真是不得了。

在这个时代，想要传播信息或某种文化，又不学习网络的传播技术，不借助网络的传播力量，而纯粹守着自己原有的那块阵地，是没有出路的。所有抱残守缺，不能与时俱进者，无论是人，还是文化等，都会很快被岁月之水冲得干干净净。

回到这篇日记。

我上师范才真正开始写日记，有一个重要原因，就是读师范时，我有了闲时间，不用再像高中时那样苦读了。那时，我们有生活补助，大概是每个月十几二十块钱，具体多少，我记不清了，但吃饭是够了。现在想来，那时真的让人感到很温暖。因为国家不但不收我们的学费，还给发伙食费。那样的好事，如今也只能活在记忆中了。

同样，只能活在记忆里的，还有家乡的人情味。前年回家，我发现，新一代凉州人中，有很多人都没有继承上一代人的美好品质。可见，随着贤孝等传统文化的日渐式微甚至消失，优秀的凉州文化，也在慢慢被功利文化所改变。它还能生存多久？说不清。

据说，如今在全国各地，整体的文化走向都是这样。也有人很怀念过去的日子，那时，生活虽困难，但可以夜不闭户，现在，别说不关门了，要是门关得不够牢靠，半夜都可能会叫人给撬开的。前些时，听说某个城市出现了一些冒充快递入室抢劫杀人的事件；还据说，老人跌倒在马路上，都没人敢扶了，因为新闻上报道过好几起老人诈骗事件，导致人心惶惶。

随着人类欲望的过度膨胀，这世界，真要疯了。怪不得，一些人看人时，总带了怀疑的味道。现实虽是这样，但我们还是要明白，这个时代，人与人之间需要的，不是怀疑，而是真诚，不是欲望，而是清凉。

四十年前的凉州大地上，人们还是很在乎人格、品德和行为的，在《一个人的西部》中，我就写了家乡留给我的很多温暖回忆。那时节，那里有着浓浓的人情味，有人吃不上饭，邻居会给他饭食；有人住不上房，村里人也会给他凑钱盖房。如今想来，这种文化的美好，在今天这个时代，真是童话了。

可见，少了人文的发展，经济即使高速发展，也不一定代表社会在进步。

上师范时，我读了很多杂志，每月都买几种或是十几种，一般就是文学杂志。通过文学杂志，我知道了那个时代的阅读口味，但是，我自己更追求一些有个性的故事。

这篇日记中谈到的《工厂奇人》，是我在一本文学杂志上看到的，今天，我还大致记得那故事。它的主人公，是一个有能力有个性的青年。这一点，跟当时的我很像。那时节，我也追求个性，是走进任何一个人群，都能被一眼认出的那种人。这个特点，我保持了很多年。后来，我不太注重个性了，但人们仍然觉得我很有个性——当然，我早年的个性是外在的，需要外在的符号去衬托，比如长头发、大胡子等，现在的个性却是内心里散发出来的，哪怕我的发型跟别人一样，胡子也没啥特别，别人在跟我接触的时候，也仍然会觉得我跟其他人不一样。不过，我还是像过去那样，留着长头发，蓄着大胡子，没有改变我一贯的造型。它们甚至已经变成了我的符号，人们远远地走过来，哪怕看不见我的脸，只看到我的长头发和大胡子，也知道对面是我。这，或许也是我日记中那种独特基因的延伸。

曾有人问我：雪漠老师，您不怕有人看了您的长发和胡子而失去信心吗？我说，不怕。这种人，正是我要拒绝的。你想，世上比长发和胡子更重大的事多多了，要是这都会让他失去信心，那他这辈子是不可能有信心的。

现在想来，青年时代保持一点个性，哪怕是外在的个性，也很好，对自己的一生没啥坏处。因为，能保持个性的人，一般都有主见，能坚持自己。那些看起来很顺从、很普通的人，如果只是外表上的顺从和普通，倒也没什么，如果连内在，他也没有个性的话，就很容易被环境所改变。一个轻易会被环境改变的人，一生里很难有大的成就。真是这样的。我的那些师范同学中，有个性的，后来都有了不错的人生轨迹，无个性的，就叫人海淹没了。无一例外。

我小时候，最鲜明的个性，就是宁可饿肚子，也要买书。不过，那时节的学生，都喜欢看书。只要是喜欢看书的人，哪怕学习成绩不太好，也会有长进的，而不喜欢看书的人，大多就庸碌了。

看书，是个补充人生营养的过程，尤其是看一些好书。喜欢看好书的人，大多很上进，他或许没什么钱，没什么地位，但他的人格一般不会太差，而且他有一定的修养。他对人生，也许没有太高的物质需求，但他对精神世界，是一定有所要求和追求的。他必然渴望成长，也必然会不断学习。而且，因为专注于精神世界，专注于思考，他会有相对强大的心灵，也会很有主见，不容易被世界所改变。相反，如果一个人不看好书，也不进行其他方式的学习，他的命运也就定格了。

我能一直保持个性，并且能一直进步，就跟我的读书有分不开的关系。因为，好书给了我更高的眼界、更大的胸怀，原本就很有主见的我，才能一直都清醒地做出取舍。此外，好书也帮助我积累了丰厚的学养，如果不读好书，没有足够的学养，我也不可能成为今天的雪漠。当然，对我的人生起决定作用的，还是修心，但读好书对我的影响确实非常大，它们两者，相辅相成，不可偏颇。

# 6月12日　我的愤青基因

我的性格中，有两个非常明显的特点，一是超然，二是愤青。这两个特点，总是非常和谐地出现在我的生命中。

当我是修道者时，我就超然了，对红尘诸事都不太在乎，放下了对今生的所有执着；当我是作家时，那愤青味道，就会时不时冒出，它甚至成了我当作家的一个重要原因。我想，要是没有那些愤青习气，我也就不会创作《大漠祭》《猎原》《白虎关》了。因为，最早的时候，我写小说的目的，就是想替农民们说说话。

那愤青气，跟其他的许多基因一样，同样可以追溯到四十年前，大家先看看下面的这篇愤青日记。

## 1981年6月12日　星期五　晴

今天学习了包括《红蝙蝠公寓》在内的几本书，里面的故事惊险恐怖、曲折有致，但我的心却被另一件事深深地控制着。

有个同学给我讲了个真实的故事：他的同学有个表妹，那女孩酷爱学习，常到一个男老师的房间里去请教，可万万没有想到，别人说她和老师发生了不正当的男女关系，从此同学责骂，社员疏远，最后她被父亲打骂后还被赶出了家门，就连曾经爱过她的表哥也对她敌视起来。人言可畏啊！可一个无力软弱的少女有什么办法呢？后来她竟弄假成真，真的和那个老师发生了淫乱关系。最后，她破罐子破摔，常和火车站的流氓鬼混，一个十九岁的好姑娘就这样被流言毁了。

为什么世道这样复杂？为什么人心如此冷酷？

苍天啊，睁开眼看看吧！

日记开头谈到的事，具体是什么，我早已忘了，那有关《红蝙蝠公寓》的故事，我也忘了。四十年来，时光把许多对生命没啥大用的东西都过滤了，也包括一些对我当时的生命产生过影响的人和事。每个人，都是这样。很多事情发生时，人们都觉得天塌了，心也不受控制了，会时时想着，自己的后半生可能就这样了，但一切很快又过去了。

生命的火车，一直向前行驶着，窗外会闪过许许多多的风景，有时你喜欢，有时你害怕，有时你觉得乏味，有时你生起贪心，但无论咋样，那火车，都不会停下来，它会把一切都抛在身后，让一切都成为一场记忆。所谓的人生，其实，就是由无数记忆组成的。

所以，《金刚经》说："一切有为法，如梦幻泡影，如露亦如电，应作如是观。"

不过，四十年前，我并不明白这道理。那时节，我对现实有诸多不满，老是发牢骚，也老是为了一些跟自己无关的事情而气愤，是典型的愤青。

对静修，这也许不好，但对于一个作家来说，这其实是一种非常好的习惯。因为作家不能不关注身边的世界，不能不关注现实和当下，也不能没有一种责任感。没有责任感的作家，很难写出大作品，因为，他的作品里会缺少一种对人类苦难、人类命运的关怀和悲悯。

索尔仁尼琴就有关注身边世界的习惯，他也是一个典型的愤青——他当了一辈子愤青。对身边的世界、百姓的生活，他总是义愤填膺，总是发出长篇大论的感慨，总想打抱不平，总想为苦难的百姓解决一些实际问题。

小时候，我也是这样的人。这种情结，同样反映在我的侠客梦里。我总想帮助一些不受命运眷顾的人。看到人们的苦难时，我总想力所能及地做些事情。可惜的是——我不知道该不该可惜——后来的我，很少愤青了，因为我变得越来越平和，少了怒气，也少了看不惯的种种情绪，只有在特别需要的时候，我才时不时地愤青一下，写一些文章，说一些该说的话，但我的心中，却不太在乎那外部世界。

在我眼中，外部世界就像是一盆沸水，只要欲望的火焰还在燃烧，它就会冒出各种各样的水泡。那些水泡，五花八门，此起彼伏，每一个水泡，就是一个事件。它冒出之后，很快就会破灭，再冒出，再破灭……如此循环往复，永不停息。明白那规律后，我就不想再去理会那些转瞬即逝的水泡了。我知道，无论我理会还是不理会，它都会破灭的，这是它的宿命，而我更想做的，是熄灭那水盆下的火焰，给这个世界带来一点清凉。尽管我一直在做着自己该做的，但我同样也明白，这火，不是谁想熄，就能熄得了的，因为它在每个人的心里。

但是，在一些大是大非的事情上，我还是要说话。

有时候的愤青，已不是看得惯或看不惯的问题了，而是一份正义感。这个时代，最缺少的，就是这。大家想想，面对社会上那么多不好的事情，有几个人能大义凛然地站出来，说些公道话？而更可怕的是，一些有正义感的人，即使挺身而出，也得不到应有的保护和支持。这不能不说是社会的一种悲哀，是时代的一种悲哀！

"二战"时期，一个牧师写过一首忏悔诗。诗中说，纳粹杀害共产党时，他没有说话，因为他不是共产党；纳粹杀害犹太人时，他也没有说话，因为他不是犹太人；后来纳粹追杀天主教教徒，他同样没有说话，因为他是新教教徒；最后，纳粹要杀新教教徒时，也就没有人站起来为他说话了。就是这种"人人自保"的思想，最后导致了集体的悲剧。要知道，每个人都不能独善其身，如果在邪恶面前，只顾及自己，最后受惩罚的，往往就是自己。现在社会上，很多不正常的现象，就是这样逐渐多起来的。

纵观周围，你还会发现一个奇怪的现象：在现今时代，人们常常会觉得正义感非常可疑，人们不去肯定善行，不去效仿善行，不去参与善行，反而会质疑善行，攻击善行和阻碍善行。这是一种什么样的心态？那些行善的明星、名人总是受到质疑和嘲讽，不但其善行得不到大范围的肯定和效仿，一旦闹出点负面新闻，舆论还会变得非常兴奋，显示出一种近乎疯狂的猎奇心理，这又是一种什么样的心态？

我曾看过一个节目。在那节目中，有一个民间的公众人物想利用自己的影响力，去做一件善事，帮助一群徘徊在生死边缘的穷人。但是，响应和关注这一事件的人却空前地少。后来他发现，原来，人们当时都在关注一个时尚话题，而那样的话题，至今仍充斥着我们的整个网络。这件事暴露出的，正好是我们这个时代、我们的文化，在正义感上的缺失。

虽然舆论是自由的，但舆论的角度和内容，却反映了时代的选择。如果一个时代，面对一个痛苦无助的群体，却连点击一下鼠标那样的善行，都选择了忽略的话，这个时代的正义感，就很值得怀疑了。这个世界上，可以有不同的声音，可以有不同的角度，但不能缺少悲悯的声音和态度。社会需要的不仅仅是监督和谴责，也是包容、关怀和帮助。而不幸灾乐祸，不落井下石，更是人类最基本的善意。

要知道，有些人之所以会作恶、堕落和自杀，其原因之一，就是遇到困难和危机时没有得到帮助和宽恕，甚至连一个善意的微笑都没有得到，仅仅是受到了拒绝、嘲讽和排挤，这时，他就会感到绝望，觉得世界非常冷漠。相反，有些人虽然犯了错，却能够自省、改过和升华，其原因之一，也是在痛苦无助时得到了宽恕和帮助，感受到了人间的温暖，觉得自己还有希望。

你想，假如我日记中提到的那个女孩受到舆论的攻击时，有人肯站出来为她说些公道话，她还会堕落吗？所以，负面的能量，很难带来正面的结果。

这些话，就像我"肚里的孩子"，当它们随着我的观察逐渐成形时，无论它们美还是丑，我都必须生下它们。我的小说，我的文化书，我的文章，都是这样。哪怕人们不喜欢它们，会非议它们，它们也还是我不能不生出的孩子。我的这些日记，就是一个个这样出生的"孩子"。

现在想来，我其实一直都跟现实格格不入。在正式闭关写作以前，我当过老师，当过教委干部，但我一直没能融入我生存的那个环境，我甚至一直在犯忌。所以，我的身边，总有无数的逆行菩萨。他们总是用特殊或非一般的方式来帮助我，正是他们，让我没有偷懒，没有停下成长的脚步，使我变为上足了劲的发条，可以走出很远。我真的很感谢他们！如今，回头看当年，也让我发现了自己的"不合群"。

没办法，我要是"合群"，就要改变自己的个性。而那种个性，正是我不想改变的。正是因为保持了这种个性，我才成了今天的我。

从这篇日记就可以看出，从十八岁或更早时开始，我就总是在关注一些跟自己不相干的人和事，也总会发出一些跟自己不相干的议论，总是显得非常幼稚。或者说，我一直显得很幼稚，在对世间法的理解上，我甚至不如陈亦新和他的母亲。我老是做一些叫人笑掉大牙的事，老是活在自己的世界里，老是说一些自己认为该说的话，老是抒一些自己认为该抒的情，老是管一些自己认为该管的事。就这样，我犯了一路的忌讳，做了一路的"错事"——当然，这是别人的想法，我自己并不这样认为——一直走到了今天。

四十年过去了，我的生活发生了很大的变化。最初，只有我一个人怀揣着梦想往前走。后来，有家人陪着我走。再后来，有那么多读者陪我一起走。但不管生活如何变化，我的身边，都一直很少出现能交心的朋友。我始终是孤独的。于是，我就在文字世界里跟自己交心。自言自语也罢，让心灵自由流淌也罢，本质上都是这样，都是跟自己的心灵对话，发出一些内心深处最真实的声音，抒发一些让自己无比陶醉的诗意。在这种对话中，我总是忘了自己的孤独，忘了有没有人在听，忘了有没有人能懂，也忘了有没有人会非议。那个世界里没有人为的一切，只有一个最真实的灵魂在倾诉。在这种忘记一切的倾诉中，我常常陶醉了自己，酣畅无比。我的所有作品，都是这样诞生的。

四十年来，我一直这样跟自己交流，同时跟世界交流，未来，我仍然会继续这样交流下去，因为，这才是本来的雪漠。

当然，我不仅仅在说，也在用行为实践着自己的说。因此，世界才会听到我的话，那么多读者才会被我感动。言语的真实，需要用行为来支撑和证明；言语的力量，也需要用行为来验证和呈现。

这些，都是我后来才慢慢发现的，四十年前，在我写下这些日记的时候，其实我并没有意识到这一点。用文字记录和诉说，只是我的本能，有时，甚至跟成为作家的梦想没有关系，跟写作训练没有关系，也跟定格记忆没有关系。然而，冥冥中，这些"目标"都一个个地实现了。我人生的轨迹，也随着这些看似幼稚的文字，一点点被记录了下来。

需要提及的是，记下那个可怜女子的遭遇时，我并没有想到，几年后，我的生活中也会发生非常类似的故事，而故事的另一位主人公，就是我后来的妻子鲁新云。可见，那个男老师当初如果做另一种选择，那女孩即使深陷舆论风波，也不一定会像后来那样堕落的。很多悲剧，只要其中一个因素变一下，就不会发生了——如何变一下？改变心。心一旦不同，多么坎坷曲折的故事，也会变得像童话一样，"后来，他们幸福地生活在一起"。

# 6月14日　早年的凉州混混

这篇日记，是我在见到小混混欺负人后写的，它同样体现了我的愤青基因。

我的愤青气，在过去的很多日记中都有体现，像下面这篇日记中，就同时体现了四十年前我的三个特点：一是嫉恶如仇，二是侠客情结，三是关注现实。

说起来，在这三个特点上，四十年后的我，除了不再嫉恶如仇，好像也没有太大的变化。因为我仍然关注现实，仍然有一种侠客般的情怀，所以才总是说一些自己认为该说的话，即使被人误解，招人反感，也不改初衷。区别是，我不再嫉恶如仇了，因为我的心里既没有"仇"，也没有"恨"，很多批评某些现象的文章背后，甚至没有需要抒发的愤慨。而之所以我并不愤怒，却还是写了一些有着评判色彩的文章，是因为世界需要。有时，有些毛病，人们已经习以为常了，如果没人指出来，把它放在阳光下，让人看到它的阴暗，人们的价值观就会出现混乱。

现在，很多人的价值观已经很混乱了。前段时间，我看到两则孩子杀了至亲的新闻，起因都很简单：一则是母亲批评孩子，给孩子的压力太大，孩子一时失控就把母亲杀了；第二则是爷爷不让孙子打游戏，批评了几句，孙子一怒之下就把爷爷杀了。你想，如果现代社会还像过去那样，认为百善孝为先，而不是推崇欲望，甚至变相地推崇仇恨和暴力，孩子们会轻易杀掉自己最亲的亲人吗？所以，该说的话，还是要说。这也是鲁迅先生当年不当医生，改当作家的原因。

但这里我先不多说，先来看看小混混当年给我带来的感触。

## 1981年6月14日　星期日　阴有阵雨

昨晚在电厂写信，没有写日记。

一个城市小姑娘碰倒了农民的自行车，打坏了铃子，姑娘的母亲不但不道歉，反而盛气凌人地说："谁碰来？你为啥当场不抓住？活该！"农民火了，说："你不讲理，我也不讲理！你说声对不起，我就算了，你还这样耍无赖！"说着将女人卖汽水的瓶子拿了两个，举了一会儿却又重新放下。那女人火了，就叫女儿去喊她的儿子。不一会儿，几个流里流气的小子挤进人群，嘴里喷出一大堆脏话，其中一人还给了农民一个耳光，把农民的鼻血都打了下来。但那农民有什么办法呢？周围人也只看热闹。那群小子大概是女人儿子的同伙，他们狂笑着，那女人脸上也露出了自豪的神色，好像儿子成了民族英雄。我肺都气炸了，可惜我拳力尚轻，对付不了这些恶狼，不然，哼！定然给你们点颜色看看。武功啊！何时上我身？文才啊，为啥仍然学不精？

练！

看到这儿，一些朋友定然笑了，但雪漠在十八岁的时候，真是这样的，血气方刚，毛毛糙糙。

四十年前的凉州街头，老是出现日记中的这类场面。

当时，是凉州城最乱的时候，据说，那时节，全国都这样。到处流行"打砸抢"，人人都没有安全感。我读师范时有个同学，人很瘦，但听说他打人很野，在凉州城里很有名气。他的秘诀只有一个字，就是"狠"，一出手，就往死里整人。时不时地，他就带上一班兄弟出去，到处惹是生非。那时节，各街各巷都有老大，他们各自带一班人，经常斗个不停。所以，那时的女孩子，夜里一般是不敢单独出门的。

从日记里就可看出，对于当时的社会现状，我感到非常心焦。于是，我花了很多精力去练武，早上也练，晚上也练，每天都会练上三四个小时。站桩更是每天的必修功课。不过，那时的站桩，其实也是我修定的一种方便。我把站桩和观修融合在一起，悄悄地修了好长时间。

那时，我怀着一腔救世情结去练武，满心以为，只要把武功练好，就可以行侠仗义，解救弱小百姓于欺辱之中了，但我并不知道，无论你有着多好的武功，世界都是那样，不会因为你打倒了几个或几群小混混，就有啥改变。义和团的那些拳师当初练武，也许有着跟我相似的想法，他们也想救世，也想打抱不平，也想改变混乱不堪的社会，但他们的积极救世，只是将当时的局势搞得更糟糕了而已。这个真相，他们当时肯定看不出来，若是看出来了，他们就不会这么鲁莽了。就连我自己，也是好几年后才看明白的。因为我发现，武力和暴力总是引来新的武力和暴力，永远没有尽头，于是，我就从过去的认可以暴制暴，变成了今天的反对暴力，倡导真善美。当然，我这时的倡导，已不是为了改变社会，我只是在说自己该说的话，做自己该做的事而已，能不能改变一些东西，是另一回事。

我上师范时的凉州，还是一个小城，到处都是低矮的房屋，街头老是出现那些由几间平房组成的大院子，许多单位就在大院子里。

有时候，那些大院子，就成了打斗的现场。某次，我跟一位同学上街，仅仅是看不惯一些混混欺负百姓，管了点闲事，就招来了一院子的混混，足有上百人，那场面很是危险。我们边打边逃，才终于脱险了。

平时我跟同学上街，一般都会结伴，便是结伴，也时不时会碰到打架的事。那时的打架，仿佛也成了一种交流方式。有时，各街各派的混混头头之间会单挑，就是头头们单对单地决斗，武器不定，由各人自由选择。一条街上的小混混，也时不时会跟另一个街头的小混混混战，用得较多的是砖头之类。无论你多有本事，一顿砖头砸过去，也会血肉模糊的。除了砖头之外，当时还流行一种砍刀，说白了，就是现在用的小切刀。一次，一个小混混一个飞脚踢了去，另一个小混混用切刀迎接他，立马就砍断了前者的脚筋。所以，我们后来练武时，必须要同时练眼功，以求能发现对方袖里暗藏的砍刀。除砍刀外，当时还流行一种三角剐刀。那时的五金店里，有卖这种刀的。更多混混用的武器，是一种自制的钢鞭，有用自行车链条做的，有用弹性很好的钢丝绳做的。这些武器，是那个时代的许多小混混随身带的工具。其实，便是真的练好了武功，遇到这种武器，我也不敢说就能占上便宜。

那时的师范宿舍，也是平房，我们就住在平房里。平房里发生过很多故事，但后来，平房和故事们都消失了。其中一个故事，我写进了《西夏的苍狼》，成了紫晓的一段经历。

在《西夏的苍狼》中，有个叫高老鸹的人。我读书那时节，高老鸹的原型就住在师范里。据说，他在那时凉州城的混混江湖四海扬名。还据说，他手很麻。在凉州的方言中，"手很麻"的意思是下手很毒。但我认识他后，发现他看不出多么狠毒，显得很老实。跟他混熟后，我还试着跟他过了几招，也没见他有多厉害，反倒觉得他没啥气力，人也很笨。当然，要是真打起来，也许他会是另一个样子。在那时，他一见我，就显出非常尊敬的神态。他不爱读书，骨子里却尊敬读书人。这也是凉州的民风使然。尊重文化，已渗入凉州人的血液里了。我当作家后，参加过几次朋友的聚会，虽然我无权无势，但每次去，他们总是将我让到上席，哪怕有很多当官的在场，也大多这样。这说明，他们对文化，比对权势看得更重。每当回忆凉州，这个细节总会让我感到很温暖。

在师范的时候，我看过一次校。记得那是个夏天，放暑假后，我没回家，和几个同学留在学校里，看大家的行李。那时，每到放假的时候，学校管总务的老师，就会开几间大教室，给各年级各班分了区域，叫专门放置行李，几百上千件行李，就会码满好几个教室，在教室旁边，再叫住些人，防小偷偷行李。

那次，我跟会抽烟的同学学会了抽烟，他们告诉我，文章是烟熏出来的，不会抽烟，写不出好文章。他们举出一个个大作家的例子，我于是就信了。至今，我还记得第一次抽烟之后那种奇妙的、晕晕的感觉。后来，我写文章时，就真的离不开烟了。不抽烟，我就没法进入那种状态。再后来的一天，我看到一本书上说，要是抽烟，智慧气很难进入中脉。此后，我才坚决戒了烟——可见，假如有一个坚定的目标和梦想，戒掉很多坏习惯，或许就会比那些没有目标和梦想的人要容易许多——要是我不戒烟，可能早叫熏死了，因为后来，我常常抽得要死要活，往往是一篇文章还没写完，就已经一地烟头。

现在想来，过去我的一些坏毛病，多是跟别人学的。孟母三迁是有道理的，跟什么样的人接触，确实会染上什么样的习性，就会在乎什么样的规则。而那些规则，其实还是各个领域的人自己造出来的，不管什么规则，都是一个游戏。

不过，其实我跟人接触不多，因为我天性中就能耐得住寂寞。虽然有时也想跟人交流，但大部分时间，我总能静静地待着。包括过去那段愤青岁月。

第一次留校看行李时，我体验到了假期留校的好处。那时节，几乎所有人都回家了，偌大的学校里，除了我，还有不多的几个人，他们要是也出去玩，学校里就只有我，非常安静。这时，我就会开始读书。那次，我从学校图书馆里借了很多书，一到没人，我就如饥似渴地读，暑假结束，学生们渐渐回校时，我已看了很多书。于是，后来我教书时，就经常假期不回家，留在学校里看校园。整个校园里，常常只剩我一个人，我就能静静地闭关。正是从那时起，"耐得寂寞真好汉，不遭人嫉是庸才"成了我的座右铭之一。

能不能耐得住寂寞，几乎决定了人的格局和成就。因为，人的心里如果塞满了小是小非，塞满了红尘中的各种俗务，就很难看见小圈子以外的东西，更难以看见文化的命运、人类的命运、众生的命运，这时，他的格局必然会很小。一个格局很小的人，无论做什么，都只可能有一些小成功，想要取得大成功，是很难的。所以，很多人之所以只想过好小日子，不想花太多的生命去贡献社会，其实不是因为他们不善良——他们也许很善良，见到有人遇到困难时，他们也可能会伸出援手，而且他们很可能有自己的底线，不会做伤害别人的事情，也不会老是想要占人便宜，但他们的心里装了太多小事，也装了太多红尘中的小情小爱，于是就没有空间装大梦想、大抱负了。这时，他们永远都不会有真正的家国情怀，更不会有关注整个人类、所有众生的大情怀。所以，他们即便很聪明、很有能力，也做不了什么大事，只能把小日子给过好，把家人给照顾好。这当然没什么不好。但是，当他们寻求价值感、存在感的时候，却会无奈地发现，世界其实不在乎他们。他们的来和去，无论闹出多大的声音，都会很快归于空寂。他们留不住什么东西，也留不下什么东西。发现这个真相的时候，他们的心也许就会扎痛。

其实，国内有许多有才华的孩子，你上网一瞧，随便哪个博客网站，都有很多能写出好文章的人，很多人的文章中，还有明显的灵气。可惜，其内容，多是些小情调，没有大眼光，也没有大追求，故而难有大格局，也难有生命和文化的厚度。这显然局限了他们的进步。好多人，就成了杂志的写手，或是文艺青年，只在业余时间写点东西，发发小感慨，抒抒小情绪。虽然这样也很好，这样的生活也很惬意，但是，他们分明跟一种更大的可能性擦肩而过了。有时，我也会替这些孩子感到可惜。

我可惜的原因是，这些能写出好文章的孩子，其实大多有过自己的作家梦，他们之所以没有成为作家，其中一个很重要的原因，就是耐不住寂寞，无法沉淀自己。对他们来说，生活中有太多吸引他们的内容，世界上也有太多的好东西，不享受，人就老了。所以，他们选择了错过。这个世界上，很多人都是因为耐不住寂寞，才丢失了梦想的。各行各业都是这样。所以，能耐得住寂寞，也是我走到今天的原因之一。

# 6月15日　也曾是敏感青年

前面说过，我非常敏感，一个瞬间出现又瞬间消失的细节，也会被我捕捉到眼里。我的眼睛，就像雷达观测仪一样灵敏。假如我没有修心，很难说今天会怎么样。因为，如果不修心，我就不可能窥破虚幻；如果不能窥破虚幻，我就会执着于情绪，不知道任何情绪都会过去；如果执着于情绪，又过于敏感，我就很容易会痛苦，生活中也会出现很多不和谐因素。

四十年前，我因为敏感，曾经主动或被动地失去过很多朋友——当然，直到现在，我仍然会主动地离开一些朋友。但这时，敏感给我带来的，已不是计较、愤怒或失落等情绪了，而是一些做出判断的依据。区别是，前者在干扰甚至左右我的心，而后者只是真心观照下的一种妙用。其分水岭，就是心是否属于自己。

接下来的日记涉及我的三个特点，第一是感恩，第二是敏感，第三则是修心。在我的日记中，这是第一次明确地出现修心的内容，但这次，我还是想重点谈一谈敏感。然而，我的目的不是谈敏感，而是谈我如何对治敏感，如何妙用敏感，如何让它从烦恼变成智慧，利益我的生命。

## 1981年6月15日　星期一　晴

晨修两小时。

同学石生辉真好，每天总能叫醒我。可是，他既然能叫醒我，他自己为啥不早起呢？幸好有他，我才能早起晨修。

上个星期，她去了电厂几次，但星期日偏偏没去，不知道，她是不是故意避开我？要真是那样，就有些可笑了。我是个有血气的人，绝不做爱情的奴隶，更不愿被人小看。若是红尘中没有我喜欢的女子，我是宁愿做苦行僧，也不会随便找个人结婚的。其实，当和尚也挺不错的，我总是想当和尚，要是当了和尚，就可以脱离凡尘了，就像松涛寺的吴乃旦师父那样。

暂写到这里吧，我要晨修了。

这篇日记中谈到的"她"，就是前文提到的那位常来电厂洗澡的女孩。我们仅有数面之缘，但我当时对她非常倾心，她的一些有心或无意的行为，就常常出现在我那时的日记里。在日记里，我经常分析她当时为啥那么做，其原因是不是跟我有关，然后谈到自己关于爱情的一些看法。而那些猜测，其实只是我心灵世界的倒影，跟她没有太大关系的。

在我的生活中，发生过很多相似的故事，有时，我甚至会因为过于敏感，不再联系或拒绝一些令我失望的朋友，因为我觉得他们不值得交往。而令我觉得不值得交往的原因，往往就是不真诚，或不够真诚。四十年来，我变了很多，这个标准在我心中也变化了。我仍然在乎一个人的真诚，也珍惜那些真诚待我的朋友，但我渐渐能容纳那些待我不够真诚的人，只要他们有向往，愿意跟我一起做事，一起贡献社会，我就会给他们净化心灵、从不真诚变得真诚的机会。

十多年前，我是定然不会这样选择的，尤其是还没离开武威的时候。那时节，即使面对朋友和熟人，只要我捕捉到他们在态度上的细微变化，而这种变化，又让我觉得他们在应付我，或是对我弄虚作假，我就会马上远离他们。有时的远离，甚至是几年、十几年或一辈子。比如，我出了《大漠祭》后，就有了一点帮人的能力，那时，我总想帮一帮家乡的文友。有一次，几位编辑来找我，我就想约几个文友过来，帮他们牵个线，让他们和那几位编辑认识一下，以后或许能在人家的杂志上发表文章。但我打电话给那些文友时，有人却用一种防备的语气跟我说话，也许是不相信我会无条件地帮他，以为我想从他那儿得到什么，或是让他帮我做事。于是，我一挂断电话，就立马把他的电话号码从我的手机上删除了。QQ好友或微信好友也一样，假如我问他们的姓名或联系方式，他们却含糊推诿，不愿告知，我就会顺便把他们给删掉。在过去的多年里，我删去了很多对我不真诚，哪怕只是偶尔不真诚的朋友。

四十年前，当我远离这类朋友时，我的心里是有点愤怒或失落的，但后来，我对他们的远离，就渐渐跟情绪没啥关系了。我虽然不计较也不愤怒，但我不愿在不真诚的人身上浪费时间。所以，我在观察对方真不真诚的同时，其实只是在选择真正值得交往的人，以此来节省自己的生命，避免无谓的浪费。不过，再后来，我发现自己不是在选择朋友，而是在寻找不再跟太多人联系的理由。因为，我始终不希望生命中有太多的人，不想把过多的时间用于跟人交往，我总想给自己空出更多的时间，好做我该做的事情。所以，我才会设置一个选择标准，来过滤那些不值得花费时间的人。现在看来，那标准，也许太偏激了，但正是那偏激，为我换来了更多的生命和空间，让我成为今天的雪漠。

过去，在与人的交情上，我追求完美，对爱情，我也同样追求完美。如今想来，我追求的完美，在世上几乎是不存在的。所以，我很少有朋友。陈亦新老说，水至清则无鱼，我这种性格当不了官。

虽然他并不希望我当官，但还是觉得，我有时该糊涂些。现在，在有些事上，我也会糊涂，但这时的糊涂却是一种智慧，在这种智慧的观照下，我清清楚楚、明明白白地做着自己的选择，并朝着目标走，所以，更不可能糊涂地去浪费自己的生命了。

但是，后来，通过修心，我的心渐渐变了，我不再在乎别人，也变得更加宽容了，我想的，只是如何做好自己。这样一来，我也就没有那么敏感了。我的命运也在慢慢地变化着。从十九岁参加工作开始，差不多有十多年的时间，我都没有得到什么领导的喜欢。直到原武威教委主任蒲龙出现后，我才有了真正赏识我、待我好的领导。似乎蒲主任给我开了个好头，此后的领导，就都待我很好了。一笑。另一方面，这也印证了那句话：心变了，世界就会变。当然，我不是在求当什么官，或是有很多朋友。那变化，其实是修心后自然而然出现的。

但是，在信仰方面，我依然要求完美。因此，我不希望自己有太多的学生，只希望自己能培养几位有纯粹信仰的人才，能传承文化就行。对那些真想跟我学东西的人，我会倾囊而出。

我说过，敏感是一个作家的天赋，但若处理不当，便会为自己带来烦恼。所以，敏感的人最好能升华敏感。想要升华敏感，其中一种方式，就是学习。比如，我总能发现别人身上的优点，将它变成我自己的营养。我不会放过任何一次学习的机会。当你虚心去向对方学习的时候，你看见的就是美好。你的敏感就变成对美好的敏感了。

再有就是关爱。人和人之间之所以容易产生矛盾误会，很多时候是因为缺少了真正的理解和关爱。如果能用敏感来感受别人的疼痛，更多地设身处地为别人着想，也许很多问题就不存在了。

而且我发现，即使朋友真在某个时候对我有误解和敌意，也只是他们一时的情绪，很快就过去了。我总是会想到他们的好。哪怕他们真的有害我之心，我也会将那"害"，当成是对我的另一种好。一头老牛，是很容易懒散的，多几只牛虻，时不时戳一下，它就不会昏昏欲睡了。

所以，别人眼中的小人，我真的很少当他们是小人，在我眼中，他们都是我生命中必需的牛虻。

前些时，有人四处造谣生事，我虽然不随喜这种行为，却总能看到那些流言对我的提醒，从而防备一些可能出现的过失，所以，我总是感恩这些造谣者，将他们对我的诽谤，当成是对我的一种善意。别人每每提起的时候，我也总会为他们祈福。过去的日子里，我遇到的那些违缘，如今看来也确实是助缘，因为它们，我才能防患于未然，没有出现一些过失。可见，只要将岁月稍稍放长一些，很多在某个阶段害过你的人，就变成了帮你的人，他们害你的行为，甚至会对你的一生有好处。所以，不要在乎别人是在害你，还是在帮你，也不要觉得他怎么样，你只要吸取其中的营养，让自己成长就对了。

对待个性中的敏感也要这样。敏感虽然会让你痛苦，但换个角度，它就成了好东西，可以让你感受到别人感受不到的一些细微、深入的东西，要是你搞创作，它还会为你提供很多别人没有的好素材。

如果有了这种眼光，很多像过去的我一样敏感的孩子，就会少了许多烦恼。

这篇日记中提到的同学石生辉，是我上师范时的同学。那时，我们一个宿舍，每天早上，他都会准时叫我起床。他是第一个早上叫我起床的人，我一直都很感激他。现在，他在甘肃古浪的一个学校教书。

# 6月16日　我为什么学外语

　　最早解读这篇日记时，是七年前，当时我正在学外语，再次解读这日记，我正好又开始学外语。每次学，都像是从头开始。因为我记不住任何英文单词，可以说是过目即忘，跟小时候刚好相反。三十岁以前，我是一目十行，而且好多东西只要背上一次，几十年后都会记得。如果那时我有机会学英语，我的英语一定会非常好。可见，人是需要珍惜和把握每一段时光的。有时，最好的学习时机一旦过去，以后再想补上，就很难了。因为各种因素都不一样了。

　　像现在，我学不好英语的原因不是别的，就是我没有分别心，不管啥念头，总是自来自去，一会儿都留不住。从智慧的角度看，这当然是对的，但从背诵的角度看，这又给我带来了很大的麻烦，因为我不管多努力地背，一离开那背诵资料，脑子里就会一片空白。可见，智慧和知识是两码事。有人说六祖只是不愿造原子弹，否则连原子弹都能造出来，这只能说明他没有进入真正的智慧境界。要是他进入过，他就会知道，智慧是通晓万物运作之理，明白万物的本原，而不是把自己变成杂货铺。

　　好的一点是，我的学习，成了学生们的榜样。每次我一学外语，身边的很多学生也会开始学外语，他们会下载各种外语学习 APP，会买一套又一套各种类型的英语教材，也有人买英文原版书，或通过看电影学英文。这说明，我的学习行为虽然没让我自己精通外语，但引起了学生们学外语的兴趣。这当然也很好，也算是一种意义。另一种意义是，学习英语就像一种脑部运动，你要是经常做类似的运动，大脑退化的速度自然会减慢。很多人没多大年纪，脑子就变得越来越迟钝，这就是不爱学习，只爱消遣的缘故。有时，人要想健康，确实不能让自己太好过。但你如果接受了这样的生活，也就不会觉得不好过了，反而会觉得这才是最好的生活方式，因为它让你清醒，让你上进，让你充满了生命的活力，让你能把晚年过得有声有色。同时，也让你的生命无论在哪个阶段，都有无数的可能性。

不过，我也不完全是外语盲。英语，是我接触过的第二门外语，我学的第一门外语是俄语，有日记为证：

## 1981 年 6 月 16 日　星期二　小雨

我昨天开始学俄语，没想到我的记忆力那样好，可以进行简单的对话。我要坚持学下去，争取在两年之内达到基本的翻译水平。我很爱好俄语、文学、武术、唱歌，等等。

有时，我也会显得玩世不恭，不知内情的人或许会认为我不正派。但是，我不管他们怎么看，只要我内心纯洁就行了，这比起那些外表实在而内心肮脏的人总好上几百倍吧。

在我早年的日记中，这是第一次出现学外语的讯息。上高中时，我学的是俄语，那时真的下了功夫，因为当时想考大学。高考时，我的俄语分数不高，四五十分，但在那时，也算是比较好的分数了。因为我们总共只学了两年——说是两年，其实也就是每周两节课而已，学不上什么东西的。

上师范时，我又捡起了俄语，就有了上面的这篇日记。对于俄语，我学了整整六年，当时花了很多时间，但是没有用。闭关写作的二十年，我抛下了一切，其中也包括俄语。待得出关时，我已记不起多少俄语单词了。当初，我的水平，是已经能看原著的，可是今天，除了还记得几篇课文之外，我什么都忘了。这说明，对于俄语，我虽然花了时间，但在我的生命中，却没起大用。那时节，像这类事，我还做了很多，现在想来，我的青少年时期，许多时间还是浪费了。

某一年，我跟《飞天》杂志的李禾老师谈了学俄语的事，他劝我别学了，因为学习语言需要环境，学上多好，一旦不用，也会全忘了。他就学过很多年英语，后来都忘了。他叫我把时间用到创作上。我觉得他说得有道理，但那已是几年后的事了。后来，李禾老师去世了。他确实一直没有用上英语。再后来，我才发现，学英语，即使用不上，也是有用的——可以锻炼大脑。因为长期的静修，我的分别心和念头完全消失了，记忆英语单词很是困难。于是，我的学英语，就成了一种对大脑的训练操。

当然，我想学英语，也不只是想训练大脑，我是真的想学好英语。未来，我们是一定会走向世界的。那时，会英语和不会英语，定然会不同。我去北美考察时，亲眼见过许多在国内很牛的人，包括一些大学教授，在北美却过得很憋屈，原因正是不懂英语。在一个英语国家，如果不懂英语，哪怕手上有翻译器，身边有能为你翻译的人，你的沟通，也一定会受限。所以，虽然因为忙碌，我中断英语学习已有七年了，而现在也依然忙碌，但我仍然想学英语。只是，当你已经将无分别智状态打成一片，无比稳固了，却又要走出它，去死记硬背时，效果可想而知。可无论如何，我学英语的心没有死。

从四十年前的学俄语，到今天的学英语，说明了一点：我是一个不满足于现状的人，我总是在挑战自己，最怕死于安乐。每次觉得有些安逸了，或是形成固定模式了，我就想打碎自己，从头来过！所以，虽然我不一定能做成每一件想做的事，但我一直在超越当下的自己。

这，也是我生命里很重要的一个基因。

许多时候，我的学习，不是功利地学，不是为了得到什么，或达到什么目的，而纯粹是为了打碎自己，实现新的成长和超越。当然，这也是因为我天性就爱学习。当你天生就爱做某事时，你不会在乎能不能做成，因为做的过程就很快乐，做就是你的目的。我能一直写作，即使决定以后不当作家，也没有停止写作，就是这个原因。

任何人都是这样，面对任何事都是这样，爱就是最大的理由。没有爱，就需要坚持，有了爱，就谈不上坚持，而是享受、沉迷。因为你在乎的是过程，是有没有玩得尽兴，而不是能玩出个什么结果。

进入五十岁后，我还迷上了绘画。我最喜欢画的动物有两种，一是鹰，二是骆驼。我喜欢鹰的势，也喜欢骆驼的韧性。这两种东西，我都有。

因为有势，我做事时很有魄力，一旦决定，就会勇往直前，不会退缩，更不会给自己的失败寻找理由。所以，我的一生中，很少有萎靡的时候，我一直处于一种乘风破浪的状态，哪怕有时乘的是逆风，我也毫不畏惧。

因为有韧性，我做事就能坚持，我会像骆驼那样，就算扛了很重的东西，就算在糟糕的环境里跋涉很久，也还是能咬着牙坚持下去，直到我见到生命中的绿洲。当然，我跟骆驼不一样的是，骆驼会停下来，但我不会。我会一直走。即使走穿了千万双铁鞋，即使见到了灯火阑珊处的伊人，我也仍然会继续走。因为那走，已经变成我的一种生命习惯了。不同的，仅仅是走的目的。

关于鹰，我常给朋友们讲一个流传很广的故事。那故事，我也不知道合理性有多少，但我非常喜欢它。

据说，鹰可以活一百二十岁，但一般的鹰只活四五十岁，它们多是饿死的。因为，当鹰活到四五十岁时，它的嘴头和爪子就变钝了，再也抓不到东西吃了，要是不想办法，它们就会饿死。所以，好鹰们会在生命的关键时刻，做出一种选择，要么饿死，要么重生。

选择重生的鹰，会在石头上磕去嘴头和爪子，饿上十多天，长出新的嘴头和爪子。这个过程，血肉模糊，异常惨烈，但重生的鹰会焕发出新的活力，再活上五六十年。

这个故事非常好。但我想，这样的鹰，也许不是鹰群中的大多数，好些怕疼的鹰，也许，都选择了饿死。

五十多岁开始学英语的我，就有点像那毁去旧武器的鹰了。

这同样体现在我四十年前的基因里。

我一直想走出去，去看看另一片更大的天空，这是我的梦想。

四十年前开始，学了六年俄语之后，我虽然没能达到翻译水平，但能阅读俄语原版书了。当时，在清华大学读书的同学叶柏生——就是在《一个人的西部》中死于车祸的那位青年科学家——也给我买了很多资料，我利用闲暇时间，把俄语学习坚持了下来。但岁月并没有因为我的梦想，而放弃它无常的规律。当我选择了闭关，拒绝了世间法的许多东西时，我的世间梦想似乎也被屏蔽了。但是，那梦想之火一直没有熄灭。

所以，后来的定居岭南，然后到山东，然后再回到岭南，在我的生命里，是很自然的事。当然，更也许，它们都仅仅是中转站，我总是愿意看到更大的世界。我已经实现了读万卷书，接下来，我真想走万里路。

当然，我的走，不是一般意义上的走，更有着一种自以为的所谓使命。

不过，我眼中的使命，其实也是命运或宿命的另一种说法。

我不信命，但我信造命。当然，有时候，我眼中的"命"，也许仅仅是一个梦想。

# 6月19日 我对学习成绩的态度

我从小就很好学，但我一直不是学霸，我最接近学霸的一次，就是前几年考驾照的笔试——我拿了满分。在我上学的时候，这样的事情是从没发生过的。为啥？因为考驾照的笔试题，都跟行车安全有关，是非常必要的知识，但上学时学的知识，是不是真对人生有用或有益，却不一定。这样的观点，直接影响了我上学时的学习态度。这一点，在下面的日记中体现得非常清楚。

## 1981年6月19日　星期五　晴

早上练功两小时。

前几天因为静修，没有写日记。

今天跑了一晚上，没有买上《神秘的大佛》的电影票，白费了一个多小时，没有学习俄语，计划没完成。

不过，对学习，我的标准跟其他人不太一样，班里同学单纯追求书本知识，学校也以此检验学生的学习质量，我却对此不以为然。我觉得，学习不能局限于书本知识，所以我的学习范围，远远超出了书本。对课本知识，我也是专门学其中那些对写作和人生有利的东西，从来也没有死记硬背地追求高分。

考试时间马上又到了，但我还没有开始复习。我一般是在考试前一个晚上才开始复习，不把时间过多地浪费在为考试而进行的无谓劳动上。

　　我更愿意多看书，多静修。

　　我更愿意提高自己的素质，当然也包括人格素质。

　　日记中谈到的对待学习成绩的态度，影响了我几十年，后来也一直影响着陈亦新。因为这种态度，陈亦新甚至从高中退学，将所有时间都用来修心、读书和写作。而事实也证明，他当年的选择很可能是对的，因为他在一步步实现他的梦想。

　　我第一次解读这篇日记时，陈亦新刚从安徽回来，合肥新开了一家香巴会馆，志愿者在那儿办了一场讲座，陈亦新应邀去讲课。那次，他只讲了一堂课，但据说反响很好，所有听众都为他鼓掌。其中一位听众是企业家，来听讲座之前，他刚参加完一个收费三十五万的培训。他说，他本来觉得那个培训很好，想出钱叫妻子也去参加，这次听了陈亦新的课，却发现没有这个必要了，因为，那些培训师讲的，陈亦新也都讲了。我跟陈亦新开玩笑说，你帮他省下三十五万，他给了你多少？陈亦新笑道，一分也没给。我也笑了。世界就是这么有趣。陈亦新又说，有个人听完课后非常感动，就拿了一串很好的天然蜜蜡手串，想送给他，据说那手串价值好几万，但他没要。我当时就表扬了他，说他做得对，这才是雪漠的儿子。

　　我提起这件事，是想说明，陈亦新的讲课水准，其实不输于培训公司的那些高级讲师，在自我修炼方面，他更是超过了那些讲师。为啥？因为陈亦新讲的东西是从实践中来的，是真实的感悟，也是真实的智慧，而那些讲师只是在传递知识。传递知识和传递智慧当然不一样。

　　其实，很多年前，就有一些培训公司想请我们去讲课，我都拒绝了，因为这是一个金钱的游戏，我怕自己一不小心会被裹挟，就没时间做自己喜欢做的事情了。

一直以来，我都很喜欢庄子，他宁愿躲在一个地方编草鞋度日，饥一餐饱一餐，也不愿改变志向，不愿去当相国。我也一样。因为我很早就明白，只要健康、开心，人一辈子花不了多少钱，我们最该做的，并不是挖空心思去赚钱，而是珍惜时间，好好做那些自己该做的事。所以，我们一直没有开培训学校，虽然有时也会办培训班，比如雪漠创意写作班等，但一年也就两三次，不会太多，每次的收费也不会太高。对于一些贡献突出的人，我们甚至会免费让他们参加，以此作为一种感恩回馈。

倒是有人读了我的书，用书中的知识去做培训，可不管他们的口才有多好，都无法改变听者的心和命运。为啥？因为他们得到的是知识，而不是我所说的智慧。我所说的智慧，是本体智慧，佛陀拈花一笑时传给大迦叶的，就是这个智慧。它跟言语无关，但言语可以承载它；它跟文字无关，但文字可以承载它；它也跟图案无关，但图案同样可以承载它。它的载体有无量无数，但无量无数的载体都不是它本身。同样，承载了它的语言，也不是它本身。除非那些讲师照着我说的去修，去实践，去亲身验证那种智慧，否则，他们就算把我的书倒背如流，也开启不了别人的智慧。这就是传统文化一直强调传承和实修的原因。也像我常说的，智慧必须是理与证的结合，缺一不可。

瞧，我又扯远了。

我想告诉大家的，其实是我的学习观。

前段时间，我老是看到孩子自杀的新闻，其原因不外乎没交作业、没做作业、考试没考好等，这些在我们看来很小的事情，为啥压死了本该天真快乐的孩子，让他们对人生过早地绝望？因为家长和老师给了他们太大的压力，整个环境都是功利的，让他们有一种强烈的窒息感。他们想要做一个好孩子，想要让老师和家长满意，但他们总是做不到。这种无力感会让他们越来越疲惫，越来越绝望，越来越无法摆脱恶性循环，最后，当他们彻底绝望，再也不想挣扎，再也无力变得优秀，只想摆脱眼前的痛苦，让自己松一口气时，他们就会选择自杀。当然，那可能只是一个瞬间的冲动，但有时的生与死，只是一瞬间的事。所以，如果家长们关心自己的孩子，就不要只在乎他们的成绩，不要因为将来的一种可能性，就让孩子活在痛苦、焦虑和恐惧里。首先要自己学会选择，自己找到主体性，自己找到人生的定盘星，然后教会自己的孩子去寻找，甚至带着孩子去寻找，做孩子最坚实的后盾、最好的榜样，以及最可靠的伙伴，这样，你的孩子才会是幸福的。

至于成绩，我觉得不重要，未来的很多东西，都不是它能左右的。它只是一个标签，而我们却把这个标签的力量过分放大了。要知道，生命是鲜活的，它有无数种可能，任何一个标签，都不能束缚一个活着的心灵，一个鲜活的生命。很多人之所以被束缚了，只是因为他们产生了错觉，把自己拴在了并不存在的"拴马桩"（各种标签）上，让心失去了自由。只要打碎错觉，心灵自然会恢复自由，生命的天空也会变得广阔。

这个想法，贯穿了我的大半生，在过去的几十年中，这是一个非常重要的习惯。对于大部分学生在意的成绩、名次、表扬等，我一般都不太在意。我不是传统意义上的好学生，我的成绩在班上都不算最好的。我总是到了考试时，才发现该学的没有学，但考完试，就又去干别的事情了。我所说的别的事，最早有两种，一是读书，二就是修心——在日记中，有时我会称之为静修、练功。后来，又多了一样，那就是写作。很长一段时间里，我几乎把所有生命，都用来做这三件事了。再后来，又加上了一项：培养人才，我想培养一些能传承优秀传统文化的人才。我对人才的培养，跟培养陈亦新一样，侧重的都是人格和智慧，当然，这要体现在做事上。

真正的复兴传统文化，要学以致用，单纯地阅读和背诵，达不到真正的效果。真正的效果，是人格、德行和境界上的提升，这需要实践，需要在挫折中历练，需要真正地做到像庄子那样，对毁誉都不放在心上，否则，人的格局和境界大不起来。

从这篇日记中，你还可以看出我的另一个特点：珍惜时间。学习是一种习惯，也是一种氛围，只要你用心，它就一定能为你提供某种营养，让你在某个地方成长。人生中的很多行为，不一定要达成某个功利性的目的，有时，没有功利之用的行为，仍然有着非功利之用，而这种用处，比起功利之用来说，或许才是更重要的，因为它们跟好书一样，也是作用于心灵的，能让心灵变得更加豁达，更加积极，更加博大。

不过，我的不在乎成绩，其实对我的人生也是有伤害的，因为，它虽然让我有了更多的时间去读书，却也让我没能考上大学，没能接受更好的教育。我觉得，如果当初能接受更好的教育，也许我就能成为一个更好的作家——当然，要是我过早地进入一个花花绿绿、充满欲望的世界，就容易被花里胡哨的东西所诱惑，丢掉自己的志向，对文学和静修再也提不起兴趣。这时，我也会像大部分人那样，老老实实地完成学业，然后竭尽全力地找一份好工作，在城市里定居，然后娶妻生子，过一种我认为的庸碌生活，让每一天都在追名逐利中混过去，最后一事无成，碌碌终生。

所以，我的一些学习习惯，大家虽然可以借鉴，但最好不要盲目模仿，尤其不要机械性地模仿。因为这些习惯跟我的个性、我的追求等，有很大的关系。每个人都要选择适合自己的生活，不能盲目地照抄别人的生活。同样，大家也不要学陈亦新高中退学，陈亦新的选择，也跟他的个性、追求和智慧有关。

几十年来，我一直很在乎无用之用，我对无用之用的追求，远远超过了我对有用之用的追求。几乎可以说，我对有用之用很少下什么功夫，但有趣的是，当我追求无用之用，并且认真生活、认真学习的时候，我在有用之用方面也在进步着。可见，有些东西是不用刻意去追求的，当你的智慧启动了，你有了敏锐的观察力和感受力，也有分辨、选择和拒绝的能力时，你基本上不可能是一个一事无成的人。读书也是这样，只要你不是在功利地读书，而是在读一些有益身心的好书，那么你即便不记得内容，你的价值观、思维模式、人格境界也会渐渐地改变，所以，看似无用的书，对你的整个人生却有大用。

也许，这才是我不在乎成绩却能成功的原因。

# 6月22日、23日　真诚招致的伤害

前面说过，我跟人交往的底线，很长时间里一直是真诚，不作假。这是因为我自己一直都很真诚。哪怕有时为了顾及对方的心情，或训练对方的心性，我也会说上几句善意的谎话，但那谎话的背后，还是一片真心。

从小，我就是这样。但小的时候，我时常会因为付出真心而被伤害，因为对方不一定想听真话。有时，人明知逆耳的真话对自己更有意义，却偏偏喜欢听好话。这就是人性的弱点之一，能超越的人不是没有，但肯定不在多数。哪怕是那些在一个领域很有成就的人，也不一定就能虚心地接受批评。不过，这也意味着他们很难打破自己的局限，很难取得更高的成就。所以，人想成长，本身并不难，难的是克服人性中的自私和虚荣。很多人可以容纳自己对自己的批评和挑剔，却无法容忍别人对自己的批评和挑剔，就像很多母亲可以自己责骂孩子，却容忍不了别人说她的孩子不好。

先看两则日记：

## 1981 年 6 月 22 日　星期一　阴

前两天学校演电影，后来又去电厂了，所以没写日记。

"逢人只说三分话，未可全抛一片心。"这话有道理。我把友情毫不保留地送给了一个朋友，待他如待小弟，他有过错，我总是毫不保留地指出来，可得到的却是冷笑。也许，说真话要看对象，不该把所有情感，都真实地暴露给别人看。

我的性格太活泼了，做起事来，不像某些"正人君子"，我爱开玩笑，显得有失风度，这要改掉最好。但我想，快乐总是好的，不应该把活泼、快乐当成是轻浮。

## 1981年6月23日　星期二　多云

昨天，我跟赵××顶了牛，今天我向他认错了。人在这世上，总得让人三分。我的好胜心太强了，无论什么事情总想把人驳倒，胜过别人，但我绝没有嫉妒心，这一点是问心无愧的。

做人应该礼貌待人，对别人热情友好，以原谅别人的过错为主，不放过自己的过错，任何逃避责任的事都是不应该做的。

自我分析，自我反省，始终是我日记的重要内容。

从内容上看，这两篇日记说的很可能是同一件事，但有着不同的视角和说法。

第一篇日记中，写的是真诚招致的伤害。

因为真诚而受到伤害，是过去的我常常遇到的。几十年来，它就像我的影子，只要我站在太阳底下，就会有一条长长的影子，无论我走到哪里，它都会紧紧地跟着我，没有任何办法。陈亦新曾经劝我，叫我不要老是发出议论，不要老是评论别人，但我总是不长记性——当然，或许我也是不想长这个记性，因为，要是我不说真话，为啥还要浪费生命说话呢？

我也知道，只要我现身说法，就一定会引来揣测、误解和非议，但我要是不拿自家说事，又该拿谁来说事呢？说自家，有人会不理解；说别人，对方又会怪我指手画脚。不管怎么说，都会有人不满，有人非议。所以，好多聪明人就选择了不说话。他们不说，我就只能"我不入地狱，谁入地狱"了。毕竟，我的话虽然会引起一些人的误解，却也能让另一些人反思自己，升华自己，变得更加优秀。所以，我的说真话，还是有意义的。

再说，好些朋友坐着火车飞机，甚至远渡重洋来找我，其中的一些人，还是与我素未谋面的陌生人，他们为的，不就是想听我说上几句真话吗？还有那些买我书的人，他们要是想听好话，可以去看心灵鸡汤，为啥还要看我的书，听我絮絮叨叨地谈人生，谈感悟，谈过往？所以，面对这些令人感动的朋友，我如果不说真话，就真的像孔夫子说的那样，失人了。

很多时候，我分享经验，都是因为有人需要这些经验；我讲自己，也是在讲自己改变命运、提高生命质量的方法，在讲一种思维、文化和生活方式。我不仅仅是在讲自己。很多时候，单纯讲道理，别人是听不进去，也不爱听的，所以，我只能把自己作为标本，解剖给人看。当一种文化通过我的经历呈现出来时，人们就会实实在在地感受到它的力量，感受到自己生命中的一种可能性。除此之外，我别无他法。

写这本书，我也是这个目的。

四十年前，我在日记里分析自己，因为我想走出一条路来，让自己改变命运，实现梦想；四十年后，我分析写日记时的自己，分析四十年来的变化，因为我想展示这条路，展示沿途的风景，展示自己是如何一路走来的。因为，现在和将来，也许有很多人都想走这条路，而有些人，更是正在走这条路。他们的心中可能充满了不确定，不知道有些困难是不是只有自己才会遇到，有些毛病是不是只有自己才有，这时，如果他们看到四十年前日记中的我，就会明白，哦，原来每个人都要经历一个过程，并不是只有他们，才会遇到挫折、坎坷和失败。而且，当我把自己摔过跤的地方写出来时，他们也许就不会在那个地方摔跤了。更也许，他们会因为得到启迪，能够早一点成功。这当然是最让我开心的事。

所以，我一直在写，不同的入口，不同的人群，会让我写出不同的书。但每一本书中，都肯定会有一些相似的内容，因为不同类型的人看似有着不同的问题，也有不同的解决方法，但有些核心的东西，大家都是一样的。要是我在这本书中写了，在那本书中就不写，有些人就有可能会少吸收一些营养，因为他们不一定会每本书都看。

对我来说，每一位读者，都是我的朋友。从小，我对朋友就很热情，自己觉得某些经验很重要，就会希望朋友们也能借鉴。这个观点，决定了我对待朋友的态度——每当看到朋友身上的毛病，我就会担心他们因为这些毛病吃亏，也知道，就算他们不会吃亏，只要这些毛病依然存在，他们的成就就会相对小一点。于是，我就会把他们的毛病说出来。这时，有些朋友会感激我，有些朋友则不会感激我，只会觉得我让他们丢脸了，心里很不舒服。第一篇日记中，说的大概就是这样的事情。

你看我的日记，就会发现，我从小就喜欢自我分析，自我检讨。有时，我会看到自己的优点，但更多的时候，我是在发现自己的不足。

当然，这个时期的日记还显示出了另一种东西：强烈的自尊心。小时候，我的自尊心确实很强。从小，妈对我说，娃子，要争气，不要让人望笑声。这"不要让人望笑声"，就是一种自尊。我过去那么努力地学习，那么努力地想要写出好文章，除了一个大的梦想之外，其实也有一点小心思，那就是不想让人看扁了，不想叫人望笑声，觉得我是吹牛大王，觉得我爸妈白白供我读书了。所以，那时节，我也有向人证明自己的心思。因此，我常会敏感，常会捕捉到别人的弦外之音，也常会受伤。当然，有时，那真是别人的弦外之音，而有时，那不过是我自己心灵的显现。但对我来说，它们都一样让我备受伤害。如果我不静修，不提升境界，这种受伤的感觉，就会一直伴随着我，我的生命质量肯定不如现在这么高。或许，我还会因此得抑郁症的。

今天我看了一篇文章，它的标题的大意是，他们逃过了枪林弹雨，却没有逃过世人的流言蜚语。流言蜚语为啥会让人受到伤害，感到痛苦，甚至痛不欲生？就是因为人的自尊心。当一个人在乎自己的名誉时，就不能容忍别人说一些不公正的话，觉得自己的尊严被践踏了。但这个世界上，偏偏有各种各样的声音，没有人能阻止别人的非议。我们可以同情，可以理解，可以为他们说公道话，但不可能杜绝这样的声音。你瞧，我不是连自己都活在非议中吗？这些年，我的变化不是不被人非议，而是即使被人非议，我也不在乎了，依然能过好每一天的时光，做好自己的事情，享受自己的明白、快乐、宁静和自在。对我来说，这才是最大的收获。

不过，即便在敏感、容易受伤的小时候，我也依然有另外一种眼光，这一点，在这两篇日记的前后对比中，表现得特别明显——最初，我会因为敏感的性格而感到委屈难过，但很快，我就会检讨自己，调整自己，觉得不能一味责怪别人，要从自己身上找原因，于是，我就发现了自己当时的好胜心，然后跟对方道了歉。

对方是不是一点错误都没有，只是我自己好胜，才产生冲突呢？

不一定，但我更在乎自己有没有做错。如果我真的有错，那么就算对方也有错，而且他没有承认自己的错误，更没有向我道歉，我也仍然会跟对方道歉，因为我认识到自己的错误了。换句话说，我从小就有自己的标准，这个标准跟别人怎么样没有关系。

就像第一篇日记中说的，我一直想改掉自己真诚的"毛病"，但努力了这么多年，一直也没有改掉。看，在这些日记中，我总是一次次地提醒自己，但在现实中，又总是一次次地犯。这也是我一直保持到现在的个性之一。直到现在，在每次讲课时，我仍会直言不讳地指出一些"大师"的错，原因仅仅是担心那些错，可能会误导读者，使他们也犯一些根本的错误。

因为固执地保持自我的这种个性，我在很多地方都不受欢迎。在日记里，你应该可以直观地感受到这一点。于是，我的人际关系，也一直处于两个极端：爱我的爱死，骂我的人也不在少数。我一直都有种孩子般的率真，我的心里没有那些杂七杂八。所以，我有时的开口，就很可能会叫人感到意外——甚至让他不舒服。因为，我常常会点出他不想承认，或没有发现的毛病。有时候，碰到一些跟我说真话的人，我也会马上抛出真心，但很快，我就会发现，这世上的许多人，其实都是好龙的叶公。他们的喜好，根本经不起考验。当他们期待的某种东西，包括信仰，真的出现时，他们又会感到害怕。因为他们放不下成见，不能全然地信任，这样，自然就接受不了真话。这种现象很普遍，这种人，是很难真正改变自己的。不能真正地改变自己，就掌控不了自己的命运，因为他始终会随着巨大的命运惯性波动，始终都控制不了自己。

老祖宗说信受奉行，就是这个原因。一个人只有高高兴兴地接受真话，高高兴兴地改正毛病，才有可能升华，才能自主命运。所以，人在面对信仰时，除了热情，还需要一点真正的理性，当然，更需要一种信心。

我曾写过一首诗，表达自己的这个发现：

> 叶公好龙今犹在，可惜卿卿不自知。
> 月在天空正皎洁，但尽凡心莫相疑。

这是我的一声叹息，也是我的一种祝福——那诗中的"卿卿"，当然不一定是指女性。

一跟朋友聊天，我总会交心。这让我有了很好的朋友，但不多。其实，我也不在乎多不多，在很长一段时间中，我联系的朋友，只有寥寥几人。因为，曾经有些我完全真诚地对待过的朋友，后来都离开了我。后来我才明白，原来朋友间的真诚是必要的，但一定要注意分寸，要含蓄和包容。有些话，在心里说可以，只要一出口，友情也就完了。

所以，在凉州的某段时间里，害我的人——当然，那是世间法意义上的害，长远地看来，他们其实都在帮我——都曾是我的朋友。那时，我根本不知道，自己由于一贯的真诚与坦率，曾那么深刻地伤害过他们。看着他们先后离我而去的背影，我总是唏嘘，也才明白，朋友像庄稼一样，需要阳光，但如果晒得太厉害，那庄稼也很难成活。

在说不说真话这一点上，孔夫子做得非常好。他发现朋友错误的时候，一般只会劝一次，尽尽心，然后就不再说了。我却不然，我老是说呀说呀。我总是觉得，只要真的对朋友好，只要真诚地指出他的毛病，他就一定会变好。

但后来，我才发现，人是很难改变的。

季羡林也说，他一辈子都想看到坏人变成好人，但他活了九十多年，却没有发现一个坏人变成好人。他说得也许有道理，人是很难改变的。许多时候，坏人就像毒草，是基因的问题，无论如何浇水，那基因都摆脱不了毒性。

不过，很多事实也都证明了坏人是可以变成好人的。曾经杀过人的密勒日巴便脱胎换骨，超凡入圣了。所以，虽然无论我如何真诚，都改变不了很多朋友的毛病和习气，但也会出现例外，那便是真正有信仰的人。

这样，我的说真话，也就成了一枚试金石。

许多时候，我对自己的人生都有选择，对朋友、对学生，也是这样。

所以，我也一直在变化着，我不断寻找着自己的不足，然后毫不留情地改掉它。这是我保持了一生的特点，也是我能走到今天的一个最重要的原因。我希望，那些真的想要改造命运的人，也能像我一样，接受自己的毛病，然后改掉它。不要回避，也不要恐惧，更不要对自己失去信心，就像小时候妈妈对你不离不弃一样，将那个充满毛病、老是做错事的自己拥入怀中，完完全全地接受他，全心全意地去帮助他。你要相信，这将是世上最伟大的救赎。

# 6月24日　对爱情的幼稚说法

　　在下面的这篇日记中，我再次谈到了对爱情的态度，可见，十八九岁时的我，也像很多同龄的男孩子那样，对爱情感到好奇，同时也非常向往。不过，因为我没有真正地经历过爱情，所有对爱情的态度，都只是一种憧憬和想象，于是就显得非常幼稚，有点纸上谈兵的味道。当我真正经历过爱情之后，我才终于明白那是什么感觉。后来，我才写出《无死的金刚心》中琼波浪觉和莎尔娃蒂之间的爱情。有读者将其称为世上最美的爱情，也许真是这样，因为，它始终是超越功利，超越实惠，充满牺牲和成全的，正是这样的爱情，成就了一个有血有肉，但又实现了超越的琼波浪觉。其实，琼波浪觉的身上，也有我的影子。

　　看过《无死的金刚心》的读者，看到这篇日记里对爱情的想象时，可能会哑然失笑的，因为，你怎么能想到，这篇日记的写作者，跟《无死的金刚心》的写作者竟是同一人呢？所以，有追求的人是会改变的，我的经历证明了这一点。

## 1981年6月24日　星期三　晴

　　我最近真正地感觉到，外貌并不能决定一切。

　　有一个姑娘，相貌平常，但举止稳重大方，性格活泼温柔，她所具有的一切都是那样得体，让很多人赏识。而我动作轻浮，说话粗野随便，臭自尊心过强，这样也许会让周围同学对我有不好的看法。也许，他们会认为我是个没感情、没抱负、没毅力、没理想、没事业心的青年，会认为我玩世不恭，是个不懂得人情世故的青年，而我的内心世界谁可以了解呢？我嫉恶如仇，有同情心，我会把我的爱毫不保留地献给我的事业，献给学生们。当我桃李满天下的时候，我的学生们总会理解他们的老师的内心世界的。当然，和我接触过的一些朋友也认为我直爽、坦白、不虚伪，愿意和我接触。人的交往，与人们之间的感情、性格、气质、品德有着密切的关系。

爱情对于青年，既是幸福的甘露，又是辛酸的泪水，并不像电影小说中描述得那样奇妙。有时的一种偶然，会让一个人获得幸福，也会加深他的痛苦。失去某种机会，会使弹奏美妙恋歌的瑶琴断弦，更会让心中有火种的人寒心。世上有人却不珍惜这种机会，更轻易让它流逝，这是多么可惜啊！也许有的姑娘心中也有创伤，也失去了少女应有的纯洁，但这又有什么关系呢？心灵的纯洁胜似肉体的纯洁，不要认为自己配不上所爱的男子，便随意拒绝，或保持沉默，只要把原委向男方说了，他也会谅解的，如果不谅解，就算了吧，一个不理解别人痛苦的人怎能受到姑娘的钟爱呢？反正，我是这样理解的，也许有人认为可笑、荒唐，但也没关系。有钟爱姑娘的小伙子也应该向对方求爱，碰个钉子算得了什么？是利剑就要赠给壮士，是瑶琴就要赋予知音，这是很平常的道理。

我认为，我爱好武术还是很好的，也许有人斥责我不抓紧学习，可他们懂得什么？没有壮实的躯体安能多干工作，多做贡献？况且如今世上流氓成群，难道该对受害者视而不见、听而不闻？难道应该屈从于一个小流氓？我酷爱武术，这是我除文学之外的最大的爱好，原因就像一个拳师所说的那样，"不要刚为人民工作就抱药罐子"，这位老人七十多岁了，看起来还像五十多岁，精神焕发，要是我能像他那样，就能为人民多工作十几年了——这该多培养多少学生啊！而且，武术只是我的业余爱好，并没有影响学习，相反，它促进了我的学习，现在我的记忆力十分好，基本上算过目不忘，这总比死记硬背，整天背书本强得多吧！总有一日，我拳术高强，身体强壮，文武全才，文可以教出人才，武可以打抱不平，让小流氓闻风丧胆。

看到这里，你一定掩口而笑了。

呵呵，我自己也笑了。

不过，大家别忘了，这篇日记，写于四十年前。那时候，我还仅仅是个青涩的孩子，而整个社会，又都是这种腔调。有一天，我还看到二舅舅畅国权写于"文革"时期的一本日记——那时节，他每天都要写一首诗献给毛主席，其中有一首诗是这样写的："站在新泉望北京，红心向着天安门，毛主席呀毛主席，国权永远怀念您。"他日记中的新泉是他所在的那个小村。那本日记里，都是这样的文字。那个时代有部诗集，叫《诗刊》，里面的诗，也大多有着相同的味道。

所以，人是很难超越环境的。

在这篇日记中，我再一次谈到了少女失贞的问题。其实，我的身边并没有出现过失贞的少女，但那时的杂志，老是会引发一些"女子失贞后怎么办"之类的话题，比如，失贞后要不要告诉男朋友？会不会痛苦？如果觉得痛苦，如何摆脱这种痛苦？如何走出失贞的阴影？

这个时代，当然也有类似的话题，比如明星的外遇、官二代的闯祸、贪官有没有受到惩治、如何成功等等。所有的话题，都反映出这个时代所面临的问题，或是这个时代所关注的问题。

我们那个时代，少女失贞的问题得到了广泛关注，报纸上、杂志上，老是出现这种话题。到了现在这个时代，还有谁会关心这个问题呢？现在，类似的问题早就不是问题了，没有人会为失贞而纠结痛苦的——当然，也有一些人有着类似的情结。我知道的一些人中，就有因为这事陷入纠结，甚至跟女朋友分手的。但是，很多纠结过的人，后来都不纠结了，因为他们发现，这个时代就是这样，已经没人在乎了。大环境变了，人自然也就跟着变了。

明白这一点，你便明白了，我的日记中为啥会出现这种内容。那时的我，也喜欢关注社会，喜欢讨论杂志报纸上的一些时事热点。

不过，我的日记里，还是出现了一点点跟以前不一样的东西：我在生活中找到了一个标杆。这个标杆，是一个行为非常得体的女子，她的存在，让我照出了自己的不得体。

寻找参照系，调整自己，让自己变得更完美，是我保持了一生的习惯。

我总是把别人当成镜子，把世界当成镜子，照出我自己的"美中不足"。至今，我仍然可以发现别人身上许许多多的细节，我就是通过参照他们的这些细节，一直在校正自己。

刚进入文坛的时候，我不知道文坛的很多规矩，因为我的父母不知道，我身边的朋友也不知道，没人教我。当然，一些作家朋友知道，但他们很少告诉我，因为那是行内的秘密。在鲁迅文学院的时候，有个别朋友告诉过我一些东西，至今，我一想起，就会感恩他们。因为，他们完全可以像很多人那样含蓄，那么我就少了一些进步的机会。

　　我是一个闻过则喜的人。一听到有人指出我的不足，我就会非常感激他。现在也是这样，有时候，一些学生也会指出他们认为的我身上的不足来，对于他们的意见，我一直都很重视。我知道，无论我们的想法是否一样，他们的话中，都定然有值得我汲取的营养。因为，那是他们用生命积累下来的宝贵经验。而且，我也很珍惜他们提出意见时的那份真心，他们是真心希望事情能做得更好。在我的心中，只要是忠言，就不会逆耳。

　　所以，我总是在和他们交流的过程中，反思自己，校正自己。当然，有时的校正，不仅仅是为了我自己，也是为了做事。

　　小时候，我还看不出家庭教育对一个人的重要性，长大了，我才发现，原来自己什么都不懂。因为我一接触世界，就会发现很多陌生的东西，对于那些规则，对于那些人情世故，我一无所知。我的父母斗大的字不识几个，自然没有教过我这些，我身边的朋友也没人能告诉我这些，后来在接触社会的过程中，我不断观察，不断分析，不断反思，对很多原来不懂的东西，才渐渐明白了。多一段经历，就会多一种见识，所以，你不要计较有些经历会让你失去些什么。有时，短暂的失去，会换来一种更加宝贵的东西，它利益的，很可能是你的一生。

　　虽然我后来常常离群索居，但是我的经历并不简单，甚至比一般人还要更丰富一些，因为我待过学校、待过政府、待过文化单位，也去过很多大学演讲，还出国考察过好几次，并且在国外建立了文化研究院的办事点……这些经历，让我发现了很多独特的现象和规则，也认识了各种各样的人，他们每一个人，都能让我发现自己的某些不足。我就是在一次又一次的校正中，成为了今天的雪漠。

　　至于日记中关于武术的那段议论，现在想来，也是对的。"为人民多工作十几年"的说法，虽然显得有些酸，但确实是我那时的真实想法。

写这本书时，我给自己定了两个规矩：一是保持历史原貌，二是说真话——这些日记当然也是如此，刚开始写它们时，我没想过要给别人看，后来，一步步发现，所谓的自己其实不只是自己，也是一个升华自己的案例，于是才有了解读日记的想法——因为，我之所以写这本书，就是想让大家知道，这四十年来，雪漠是怎样一步步走到今天的，我有什么经验，我有哪些教训，我是如何学习的，我的观念发生过怎样的变化，为什么会发生这些变化，这些变化，又让我的命运产生了怎样的改变，等等。

这些信息，就是我这个生命个体的密码，每个人都有这样的一串密码，只要将它解读出来，你就会明白这个人为什么会成功或失败，有哪些个性，导致了他后来的命运轨迹，他如何修正自己，才能有更好的命运。对世界来说，每个人最宝贵的价值，就是这些信息，未来世界有可能关心和需要的，也是这些信息。能挖掘出这些信息，这个生命个体的存在就是有意义的；如果不能挖掘出这些信息，任何一个生命个体的一生，都仅仅是很快就会消失的记忆。

所以，虽然我自己看到这些日记时，时不时就会发笑，这说明它们露出了我的"猴子屁股"，但也没啥，我现了丑，也许别人就会少现些丑。因为，只要他们看了我的经历，在我摔过跤的地方，就一定会格外小心，那么他们就能少现些丑了。这时，我的现丑，也就有了价值和意义，我就没有白现丑了。

当然，我讲得比较随意，想到哪儿讲到哪儿，读者也许会漏掉一些信息。所以，我专门写了一首打油诗，作为对我成功经验的一种概括：

远离恶友防染污，害群之马当清除。

狂慧起者佛不救，勿因慈悲陷迷雾。

觉者自觉会大笑，迷者自迷随他去。

卿当守护心中月，清光遍照有妙音。

理解这首打油诗，要抓住几个要点：第一，远离恶友（会勾起你的贪嗔痴，让你不再宁静、不再知足、不再宽容的朋友或信息），尽量不要让这类人和信息进入你身处的环境；第二，不要极力地挽救一些不想自救的人，不要因为盲目的同情而不懂选择；第三，看破无常放下一切，自然会得到觉悟之乐，从此不再为世界的变幻而烦恼，看不透的人不愿放下，就只好在无常变迁中患得患失，所以，对内对外都要做好选择；第四，如果能开启自己的本体智慧，就好好守住它，不要让洁净的心再被欲望污染，等到守护成为本能，智慧自然会照亮人生。

当然，写这篇日记时，我还没有明白上面所说的这些信息。我还在黑暗中寻觅。但我的心中有一个向往的太阳，它在照亮我，让我即使在受到挫折和打击时，也依然没有怀疑过自己的追求，依然没有被其他的东西所吸引，偏离自己该走的路。这一点很让我感到欣慰，也很让我感到庆幸。

另一个让我欣慰的是，这篇日记中说，"我会把我的爱毫不保留地献给我的事业，献给学生们。当我桃李满天下的时候，我的学生们总会理解他们的老师的内心世界的"，这是我四十年前对自己的期待，也是我四十年前对未来的期待，而现在看来，我真的实现了当初的期望。

这就够了。

# 6月25日　关于违纪和金川的记忆

　　我从小就不是一个守规矩的人，而这篇日记中，就记录了我的一次违规经历。在我的前半生中，这样的经历非常多，因为我总是很抗拒一些形式化的东西，只想做自己觉得有意义的事情，于是，就免不了跟不一样的人发生冲突。

　　当然，四十年后的我，已经不是这样了。我明白秩序的意义，明白秩序对群体的重要，也能理解和包容别人的行为，所以，我不会去挑战规则和秩序，也不会在小是小非上与人冲突。如果有些规则和秩序妨碍我做事，我就会脱离那个游戏，选择另一种适合我的生活。比如，我不会选择需要坐班的职业，也不会去当官，尤其不会担任什么实职，因为我需要大量的自由时间，去做我该做的事。简单地说，四十年后的我，虽然依旧保持个性，却有了不同的眼光、心态和格局，因此就有了不同的处理方式。

　　先来看看当年的我。

## 1981 年 6 月 25 日　星期四　晴

　　今晚自习课，我没请假，就和同学去看电影了，但那电影却没什么意思，太不值得了。电影叫《情天恨海》，剧情很普通，我可以从头猜到尾，这有什么意思呢？更恼人的是，在看电影回来的路上，我们遭到了学生会干部的指责。虽然被指责一下也没啥，但是，看电影有什么不好？他们为啥堂而皇之、理直气壮地说我们？他们其实心里也想看，但不敢看，表面上就指责我们。真是一群伪君子。

我不怕你们，也不想巴结你们，你们想说就说吧。我只知道，看电影也是学习，尤其对文科班的学生，更是这样。学文，是需要从创作中吸收营养的，他们没有理由指责我们。而且，面对他们的指责时，我没有示弱，我以嘲弄的笑声和不屑一顾的眼神反击了他们。在场的学生之中，也没人支持他们，大家都报以白眼和讽刺，这就是他们虚伪的结果。

我给表妹写的信，寄出去有好几天了，一直没有收到她的回信，哪怕一个字都没有。是不是我信中有什么话刺伤了她？但我也没写啥呀，我只是说，现在的青年，交个异性朋友也没什么不好。这能有啥别的意思呢？她是不是觉得我已经有了异性朋友？还是觉得我有意想要刺伤她？我没有这些心思的，我的心是纯洁的。

我要去练武术了，暂写到这儿。


如前面所说，早年的我，有时是不守纪律的。

日记中的那天，原本要上晚自习，我却偷偷跑出去和几个同学看电影，而且没有请假，被逮住时，还当场对巡夜的学生会干部报以白眼，回来之后，又在日记里大发牢骚，说他们是伪君子。可见，早年的我，个性鲜明，也不受管束，定然是一个不受领导欢迎的人。

这是实情。

从小学，到初中、高中，包括工作的前十多年中，我几乎没有遇到过喜欢我的领导，虽然也偶有领导赏识我，但大部分领导总是会骂我，他们将这样的骂统统叫作批评。现在想来，他们当年的那种批评里，其实有很多侮辱人格的话。但在那个年代，上级骂下级，就算说再难听的话，也是很正常的现象。记得那时开会，要是哪次领导没骂我，我就会觉得很意外。从学生时代起，一直到在单位工作，这骂就不绝于耳，我也就习惯了。

一次，有个会算命的朋友说，领导不会喜欢我。我问为啥，他说，我命相中伤官，是典型的文人命。我早年也研究过算命，很小的时候，我就喜欢看舅舅收藏的那些命书，而且一看就迷。但我从来不信命，我觉得我能造命。这也是我一直在修心破执的原因，我相信，只要一直修下去，自己就可以改变命运。

确实，当我修到最后，明白了，实现了超越时，我的命就变了，好些领导都对我很好，这说明我不再伤官了。

其实，你从我十八岁时的日记中大概也可以看出，早年的领导为啥不喜欢我——我一直很有个性，总是坚持自己的想法，虽然也会反省，但只要我觉得那么做没错，就不会改变自己。我是那种典型的不听话的人。而凉州人对一个孩子，最好的评价就是他听话，可见，我这样的属下，领导们有多头疼。于是，他们就常常在会上批评我。就算他们知道，不管他们怎么批评，我也不会改变自己，他们也还是会批评，因为，不批评我，他们就管不了别人。这好像有点杀鸡儆猴的味道。那些巡夜的学生会干部也是这样，学生会派他们巡夜，就是叫他们管束那些不守规矩的学生，他们要是不管，反而是不对的。但是，过去的我不管这么多，只要我自己认为是对的，就不会过多地考虑一些别的东西。不仅如此，我还会巧言令色，说出一大堆冠冕堂皇的理由，反驳他们。

比如日记里的这件事，虽然看电影对我来说也是一种学习，目的是让我更好地写作，更好地实现梦想，但学校里不只我一个人，规矩也不是为了限制我一个人的。我们那个年纪，正是玩心很重的时候，如果没有梦想，没有向往，就容易在娱乐上消磨时光。而在我们那里，像我那样，真正能自省上进的人，其实并不多。我们学校，是一个充满了"小猴子"的群体，如果没有规矩的约束，他们就会整天想着怎么去玩，最后不学无术，毕业后做了老师，更是会误人子弟。所以，我们不能完全排斥规则，反而要承认，无规矩是不成方圆的。最初的守规矩，不是为了扼杀你的鲜活、消解你的个性，而是为了约束你的猴心。它就像孙悟空头上的金箍一样，其目的，是让你向上，远离欲望的干扰。当你超越欲望时，规矩对你来说，自然就不重要了，你可以自主地选择很多东西，因为，就算没有规矩的约束，你也不会违反规矩。后来，我也给家人制定了一些规矩，比如每天必须五点起床，因为这样不但对健康有益，还能养成勤奋学习、珍惜时间的好习惯。相反，如果早上习惯了赖床，睡到七八点才起，一整天都会懒懒散散，做什么事都拖拖拉拉，这样下去，一辈子不知不觉就给耗掉了。

瞧，小时候不喜欢规矩，排斥规矩的我，后来竟成了规矩的制定者，多有意思。它说明，人确实是会变的。过去，你站在山脚下看世界，后来，你站在半山腰看世界，再后来，你站在山顶上看世界，三种高度，看到的东西怎么能一样呢？所以，很多人都跟小时候的我一样，都是用山脚下的视野，去衡量别人在山顶上看到的风景，于是才把一些东西当成约束，不懂得借助它的力量，去塑造一个更有定力、更清醒、更宁静的自己。其实，它就像孙悟空头上的金箍，有了它，孙悟空才能调伏猴心，否则，孙悟空就始终是花果山上的一只小毛猴，永远不会是斗战胜佛。

当然，不同的紧箍咒，其目的也不一样，最初，你可以自由地选择一个紧箍咒。比如，你想破执解脱，就选择修心的紧箍咒；你想当官，就选择官场的紧箍咒；你想做生意，就选择商场的紧箍咒。每一种紧箍咒，都是为了叫你守住一些东西，拒绝另一些东西，最终实现向往。不过，一旦你选择了一种紧箍咒，就要忍受它给你带来的痛苦。要知道，有些人之所以明知自己有啥毛病，却怎么都改不了，就是因为他们选择了一种紧箍咒，却又不愿忍受痛苦。于是，那紧箍咒给他们带来的，也就只有折磨了。

我虽然上了武威师范，但我选择的，其实是另一种紧箍咒。所以，我在行为上，跟很多一般意义上的好学生都不太一样。对那好，我有自己的标准。我的标准，就是人格。那时我也许还认为，守不守学校的规矩，是另一回事。这样无视纪律，无视集体，当然是不对的。

从我那时的捣蛋和巧言令色中，你还能看出，我的起点真的不高，我现在的一切，都是修出来的。所以，你要相信，只要真心去修，一切都可以改变。

这篇日记中谈到的表妹，是我二姑妈——别处叫二姨妈，我们那儿，把姨妈也叫姑妈——的女儿。二姑妈叫畅桂英，是我妈的二姐。她住在金川，那儿现在叫金昌，是全国著名的镍都。

写这篇日记之前，我一个人去了金川，那是刚考上师范时的事。那次，我在那儿待了十多天，却忘了给妈打电话报平安——那时打电话很不方便，因为没有公用电话，打电话得通过邮局转——因为正赶上社会大乱，妈就以为我出事了，村里人也老是讲一些年轻人被杀的故事，妈就觉得天塌了。一天，她去洪祥公社（后来改为乡，又改为镇）请秘书打电话到姑爹单位，问我的情况。正好姑爹回单位了，就接到了电话。妈后来说，她那时已打定了主意，要是姑爹说没见着我的话，她就立马碰死在公社的办公桌上。

正是那次去金川的时候，我见到了日记中提到的表妹。表妹是一个很可爱的女孩子，在一家冶炼厂上班。那时节，表弟老是谈一些故事，也说过表妹的恋爱故事，我就在信里劝表妹，说现在的青年，交个异性朋友也没什么。她没有回信，我就写了日记里的那段文字。

姑爹姑妈待我非常好，因为我已经考上了师范，他们觉得我跳出了"农门"。那时，对我未来的工作，他们很上心，还希望我在毕业后，能分配到金川。后来，我也真的想去，但在关键时刻，我还是退缩了。现在想来，退缩是件好事，要是我到了金川，虽然生活会很好，但肯定就没有现在的雪漠了。因为，我可能会失去了解凉州的机会——我在《一个人的西部》里说过，能够走遍几乎整个凉州，是因为我在教委工作，有下乡调查的机会，如果没有那机会，而是在学校里当老师，我是不可能跑那么多地方的——那么，我就定然写不出"大漠三部曲"了。

后来，金川也出了一些作家，他们的文学观念比我新，书也比我畅销，但在生活的展现方面，他们的作品没有"大漠三部曲"厚重。所以，想要写出"大漠三部曲"那样的作品，是不能缺少一种生活历练的。

金川的姑爹叫蔺国渠，在消防队当厨师。他们家里条件不错，姑爹的厨艺也很好。那些日子里，他每天都给我做很多好吃的，像鱼之类的——那是我第一次吃鱼——还有很多我没见过，更没吃过的好东西。所以，那次去金川，印象最深的，就是吃得很好。姑妈是裁缝，我一去，她就给我做了很多新衣服。直到今天，想起那段日子，我仍然觉得很温馨。那时节，人们还是很重亲情的，所以，在亲戚间，我也有过一些温馨的回忆。虽然其他亲戚都说"蔺家姑爹"人情味淡，但对我，他的人情味却是浓到了极点。

姑爹长了长长的眉毛，人们都说那是寿眉，意味着将来会长寿，但在十多年后，姑爹却忽然死了。拥有一双"寿眉"的他，也没能长寿。通过一些类似的现象，我发现民间的很多说法，其实大多不准。

姑爹死的时候，我正在闭关，离群索居，并不知道那消息，也就没去参加姑爹在金川的追悼会。过去，我跟表弟蔺银胜的关系很好，尤其是那次去金川，我们处得很和睦，也很亲近，但因为姑爹追悼会的事，他误解了我，很是伤心，觉得他爸那时对我这么好，我却连追悼会都不肯参加，他觉得我是个没良心的人。因为这，表弟一段时间误解了我。

我当年闭关写作，曾引起很多人的误解。许多同学、朋友、亲戚都觉得我没有人情味，因为许多该参加的礼节性的活动，包括婚礼和葬礼等，我一般都不参加。有些是不知道——大家已将我隔到圈外了——有些是知道，但我没时间去。这样，好些人就误解了我。

不过，有时候想来，或许他们也没有误解我。比如对亲情，我确实看得比较淡。我虽然很感恩过去帮助过我们的那些亲戚，也总会尽量多去看看他们，但我心里对亲人没有执着，因为我知道，即使我们之间有血缘关系，即使中国人总说血浓于水，亲人也不一定是跟我最亲的人。而事实上，除了少数帮过我的亲人——我把他们都写进了书里——更多的亲人，都显得疏远冷淡。有些亲人虽然曾经跟我很亲近，曾经对我很好，但一点误解，或一点利益，就会让他们对我疏远，从此形同陌路。亲情跟世间的很多情感一样，也是无常的。在很多亲戚的身上，我都看到了人情冷暖。便是现在看来，对我帮助最大的，也确实是老师、朋友和学生们。我生命中许多感人的事，也都发生在那些看起来没有血缘关系的人群中，比如，我的读者，我的学生。在这个世界上，相对而言，或许他们是最懂我的一群人。有些人还给了我他们所能做到的最大的帮助，其中的一些人，甚至跟我没见过几面。

于是，我信了一位学者对信仰的理解。他说，信仰在没有血缘关系的人群中，建立了一种超越血缘的关系。这当然不是他的原话，我也忘了这句话最初是谁说的。只是，当时觉得有道理，就把大概内容记下了。

这些话，又扯远了，本来是想谈亲情的，却又扯到了对亲情的超越上去。没办法，"超越"已渗入了我的生命，要是哪天，雪漠不谈超越了，或许也就不是雪漠了。但雪漠即便是在谈超越时，也是有情有爱的一个人，尽管他心里已放下了很多东西。

所以，十八岁那年的金川之行，还是一直鲜活在我的记忆中，那段逝去的时光，就像墙上的黑白照片，溢着浓浓的沧桑，也溢着暖暖的温情。

修订本书时，我想到了姑妈畅桂英，打电话给表弟，问她的近况如何。表弟回复说，他妈三年前就往生了。死后的三天里，身体一直很柔软，表情也很祥和。姑妈畅桂英跟我妈畅兰英一样，一直念佛。也许因为她们都有信仰，子女们都很好。

姑妈畅桂英死了。

《一个人的西部》中曾在寒冷的冬天用自行车载过我的陈泽年也死了。

日记中记载过的许多人，都死了。

天地显得一片空寂。

瞧，我又东拉西扯，好像真成了一个絮絮叨叨没完没了的老头子。

# 6月26日　第一次情伤

记得我说过，雪漠作品中的人物都是雪漠，坏人是我打死了的雪漠，好人是我向往或实现了的雪漠。这是有道理的。

从以上的日记中，你定然会发现我四十年来的变化。了解我的朋友都知道，年轻时，我是非常偏激的，有一种"宁为玉碎不为瓦全"的刚烈。

所以，在我过去的性格中，是有嗔习的。后来，我窥破了虚幻，作为烦恼的嗔没有了，那嗔习才渐渐没了。其具体呈现是，我可以明辨是非，却不会执着于是非。因为我知道，无论啥，很快就过去了。

不过，这是后来的事了，在我早年的日记中，那嗔习是非常明显的，你可以再看看下面的这篇日记。

## 1981年6月26日　星期五　晴

给程写的信，寄出已好些天了，她一直没有回信。我真的很想知道，她到底咋想？我也是有尊严的，却受到了这样的漠视，凭啥？

我爱我的家乡，爱我的父母，爱我朝夕相处的同学们，也爱我的事业，我愿意为它献出我毕生的精力，做一个真正有益于人民的好教师。而且，我既不愿被人控制，也不愿控制别人，更不会将自己的幸福建立在别人的痛苦之上。我想，有着一腔真情，有着远大志向，有着高尚品格的我，应该是值得女子去爱的。但是，我不仅常常沉浸于不被理解的痛苦之中，有时还得不到回应。

为什么我火热的真心，却换不来真情呢？这太不公平了。

难道是因为我太幼稚吗？是的，我没有经历过风风雨雨的时代，没有走过充满泥泞的小路，所以总是对一切充满了美好的幻想，不知道世界上还有假恶丑，但我从来不觉得这是一件丢人的事情。我觉得，这样的人，远比一些阴谋家和存心想要陷害别人的人，来得更可贵。

我也不需要别人的同情和怜悯，我不是弱者，更不是懦夫，虽然我也并非勇士，但我知道，生活的道路，是需要自己去探索的，被人同情，被人怜悯，意味着自己的无能。那不是我所追求的。我是一个有血性的青年，不管世界怎么样，我都要坚持自己的梦想。

这样的我，为什么得不到别人的爱呢？

难道正是因为我太幼稚和单纯？还是因为我家境贫寒？或是因为她被深深地伤害过，怕我会加深她的伤口？还是怕自己会伤害我，宁愿狠心地割席断交？

她过去那些虚情假意、堂而皇之的理由，和对我的好心劝告，都不是我想听的，我只想听她说出自己的心里话。

但那些真实的理由，恐怕同样让我很难接受吧。

因为，家境贫寒只是暂时的，将来我工作了，成了作家，这种情况很可能会改变的；爱情的创伤也没啥可怕的，只要有了新的爱情，心灵的伤口，就定然会痊愈的。最后一个理由，就更不值得提倡了，因为，既然我已经提出了这种荒唐的问题，就做好了各种准备，什么都能接受的。哪怕，将来遇到灾祸、疾病和意外（写到这里，我的心狠狠地收缩了一下），我也会毫不犹豫地跟她结合。

对这次相遇，我是很珍惜的，但为啥，我却得不到回应呢？难道，我的一颗真心，还不能让她感动吗？虽然她的冷漠没能扼杀我的爱情，但这盆冷水，叫我清醒了许多。我也在思考，她是不是一个值得我爱的女子？要是，将来她进一步地伤害我的自尊，我的爱情之火，可能就会完全熄灭的，我绝不祈求别人用爱情或同情来施舍我。

如果她真是因为我的幼稚单纯，或是家境贫寒而拒绝我，她日后，就一定会后悔的，因为，我一定会成功，爱情的挫败，并不能让我颓废，更不能否定我的价值。我一定会成为优秀作家的。

唉，人生的苦果，未免太酸涩了，现实的道路，也未免太曲折了。我真希望，自己能将挫折当成生命的营养，尽快地成长，尽快地成功。不过，我也相信，这只是一时的打击，它定然不能让我长期苦恼下去的。

从此以后，我要更加拼命地学习，实现自己的理想和志向。

其实，比起爱情的创伤，自尊心受到的伤害，更让我难受。那女子并没有王昭君之貌，也没有李清照之才，凭啥不尊重我呢？

那时，她口口声声地说，自己要节省时间，她真是为了这个，才拒绝别人的爱情吗？她现在，真能如此科学地分配时间，做到一切都井井有条，不被所谓的琐事干扰吗？她真能一直坚持到成为医学家吗？

　　姑娘们在面对爱她们的男子时，总是显得傲气十足，把纯洁和美貌当成炫耀的资本，却不知道，心灵的纯洁，远比肉体的纯洁更加重要。她们为啥不想想，如果对方也用同样的借口来拒绝她们，自己会有啥感觉呢？

　　我虽然总是用玩世不恭的态度来发泄闷气，但我从来不想欺骗别人，也不想伤害别人，更没做过任何一件直接伤害别人利益的事情。这些，已能证明我心灵的纯洁了吧？难道，这不是一个值得自豪的优点吗？

　　希望那些高傲的女子，不要只懂得肉体的纯洁和物质条件的优越，也能看到纯洁心灵、高尚品格的可贵！

看到这里，我又笑了。

这还是雪漠吗？是，也不是。写这些话时，他仅仅是个迷茫的孩子。他有远大的梦想，却不知道哪条路可以实现；他有朦胧的爱情，却得不到他人起码的尊重；他更有济世的大愿，但它们统统是隐在雾岚背后看不见的远山……在我早年的日记中，这类内容很多，有时会叫人笑掉大牙的。但它们也不是完全不可取的，现在看来，那文字中，甚至有点陀思妥耶夫斯基短篇小说的味道呢。

这篇日记里提到的程，便是我在电厂遇到的那位女子。写下这日记的时候，她已到外地读书了。那时节，我们住在学校的集体宿舍里，每晚睡前，大家都会讲一段自己过去的故事。十八九岁的男孩们最感兴趣的，自然是关于爱情的话题。那时，我再没有更难忘的记忆，就谈了那位电厂的女孩，没想到，同学们就极力怂恿我，叫我给她写封信。记得那时，全宿舍同学你一句、我一句地，拼凑了一封有那么点意思，却没有明显感情的情书，然后，就前呼后拥、兴高采烈地，跟我一起到邮局投下了那封信。

那过程，俨然成了班里的节日。同学们的热情都饱满到极致，好像那男主人公不是我，而是他们一样。大家每天都会围了我，去校门口等邮差，没去的同学，也会每天问我：收到回信了吗？收到回信了吗？所以，那时的我，当寄出去的信石沉大海以后，定然觉得很丢脸，于是，就写下了上面的这篇日记。

小时候，很少和女性交往的我，是非常敏感的。这敏感，也许成就了我的作家天分。瞧，人家只是没回信——后来我才知道，她根本不知道有人给她写信，那信，在卫校收发室的窗台上放了好几天——就惹来了我那么多有趣的辩论。当然，我的敏感不是只对爱情的，它的本质，其实是一种敏锐的观察力。只是，小时候的我，总是把敏感用于生活中的小事，每逢发现一个细节，就会无限地发挥想象，进行分析，甚至补充剧情，不亦乐乎。于是，别人一个不经意的行为，或一句不经意的话，一个不经意的表情，在我心里，就会变成一个有前因后果、详细剧情的故事。现在想想，真的挺有意思。

我从来没有排斥过自己的敏感，有时回顾，我还会感激自己敏感的个性。如果说，我有作家的天分，这种敏感，或许也是其中之一。不过，如果只有敏感，却不能升华的话，它就只能给人带来烦恼。所以，如何让敏感生起妙用，比敏感本身重要得多。单纯敏感，却管不住自己的心，不明白那嗔心和外境都会很快过去，就不能息灭烦恼，也无法成为作家，至少，成不了真正伟大的作家。

在以前的书中，我也谈到过这一点。我心中的作家，首先要有高尚的人格，他的所有作品，都必须能够呈现他的人格，以及这个人格所承载的智慧。所以，文字不是最重要的，文字精致也好，拙朴也好，都不要紧，最主要的，还是文字背后的人格。如何培养高尚的人格？首先就要找到自己的真心。在真心的观照下，放下小我，放下得失，放下是非，放下期待和悔疚，放下贪婪和嗔心，消解一切让内心生出负面力量的东西，让心像风平浪静时的大海那样，深邃而宁静，这时，你的人格自然就是高尚的，因为你无我无私。这时，你的敏感才可能生起妙用，让你写出真正有价值的文章。否则，再精美的文章，也不过是一点点情绪。

你想一想，如果没有我四十年后的变化，没有我对这种变化的解读，或者说，没有四十年后的我，单纯是一个失恋青年在自言自语，对读者来说，有多大的价值和意义呢？当然，它也有意义，因为它可以引起一些人的共鸣，让人们在读它们的同时，能够释放自己的情绪，得到一时的慰藉，感受到自己不是孤独的，但这种作用是短暂的、弱小的，经不起风风雨雨的考验，甚至经不起一个小小的打击。所以，作家要想写出真正伟大的作品，需要依赖的既不是天赋，也不仅仅是对生活的体验和历练，而是智慧和人格的培养。我希望，读这本书的朋友们，也不要只看四十年前的我，或只看四十年后的我，而是要看那个过程，看看一个孩子，是如何从小苗长成大树的。

你一定要明白，所有的价值，都来自于升华后的心灵。没有升华，敏感就没有意义。所以，明白之后，对于我享受到的那份清凉，我总是非常珍惜，也总是运用各种方式，利用各种机会，分享它、传播它，希望更多的人也能享受到它。这成了我明白后，依然笔耕不辍的重要原因。

# 6月28日 “我们”就是社会

　　我的另一个重要特点，就是关注社会民生，这一点，在我的几乎所有日记中都有体现。下面的这篇日记中，同样出现了这类内容。但人性是复杂的，并不是每一次好心帮人，都会被对方理解和接纳，有时，对方因为怀疑和戒备，不但有可能会拒绝你，还有可能会像下面的日记中那样，让你非常难堪。对于大部分人来说，这都是一件打击热情的事情。遭遇一次可以，两次可以，三次也可以，但如果遇到的次数多了，你是不是还会保持初心，一如既往地热心下去呢？

　　有些人不行，帮着帮着，就心灰意冷了。但有些人可以，比如我就是这样。虽然我在日记里发了很多牢骚，但下次遇到类似的场景，我还是会义无反顾地伸出援手。至今的大半生里，我一直是这样。四十年前，我是一边发牢骚，一边帮人；四十年后，我连牢骚都没有了，哪怕明知自己的帮，对方不但不会随喜，有可能还会产生不好的情绪，我也仍然会做我该做的事，说我该说的话，既不执着被帮者，不执着帮的结果，也不执着帮的行为本身，只是随缘地做事，随缘地帮人。

　　这也是我的一个非常重要的变化。

　　下面来看日记。

## 1981年6月28日　星期日　晴

　　今天，我碰到一件怪事：一个青年推着一辆载着大油桶的自行车，在我前面走着，车子忽地倾斜了，向路边倒去，青年吃力地扶住车子，想把油桶扶好，但那桶太重了，车子始终倾斜着，青年显得手足无措。见状，我急忙跑过去，说："同志，我帮你把车子扶好吧，你好收拾一下油桶。"谁知他两眼一瞪，气势汹汹地对我说："不收拾！""可你的油桶斜了。""斜就斜！"说罢，他狠狠地瞪了我几眼，摇摇摆摆地推上车子，往前走了。

我那火热的心，为啥会换来这样的冰冷和刻薄呢？我百思不得其解，只觉得，想帮助一个人竟这么难。到底为什么呢？难道是我的衣着打扮，不像电影上的那些英雄们那么朴实、整洁？但衣着能决定一个人的心灵吗？难道我以后，最好各人自扫门前雪，莫管他人瓦上霜，对那些需要我伸出援手的闲事不理不睬吗？

虽然我的日记中第一次记录这类事，但无论之前还是之后，这样的事，都经常在我的生活中发生。我总是非常热心地帮助别人，对方却总是莫名其妙地非常冷漠，有时，甚至会对我冷嘲热讽，让我下不了台。也许是因为，他们从来没有见过我这样的人，也觉得我有些莫名其妙吧。直到今天，还是这样。比如，时不时地，网上就会出现一些文字，我一看那些文字，就知道自己的好心又招骂了。

即便这样，我也能理解那些骂我的人，而且明白这是一种必然。为啥？因为每个人都有自己的习气和所知障，而消除了习气和所知障的明白人，在这世上是必然会孤独的。我为啥说"月在天空正皎洁，但尽凡心莫相疑"？就是因为明白人已经把整个心都掏出来，袒露在你面前了，奈何你就是不看那真心，偏要找上面的阴影——当然，你想找阴影也可以，只是，你就算找到了阴影，也不会因此受益，但是，你若是用一颗同样袒露的心，去感受对方那颗真心的温度，而不是用机心去找阴影，你也许就会得到觉悟。

我自然也明白，十八岁时的我，即使把一颗真心袒露在别人面前，也不一定能给别人带来真正的利益，因为我当时还没有明白，我自己的心里还充满了习气和所知障，还会为一时的现象而感到烦恼，我怎么可能带给别人清凉呢？然而，当时我没想这么多，只是单纯地想把自己觉得好的东西，分享给自己认为需要的人，或只是像这篇日记中所说的，做一些举手之劳的事情。所以，同样的热情和善意，在不同的阶段，自然会有不同的表现方式，也自然会有不同的效果，这很正常。否则，我为啥还要用四十年，来成为今天的自己呢？

但是，大家不能因为我也有过这样的时候，就觉得这也没啥。不要有这种想法。我之所以展示这些日记，是为了告诉你，当你处于这样的境遇时，要怎么超脱出来，怎么升华，而不只是让你能舒服一些，自信一些的。

你要明白，当时的我，只有十八九岁，我可以用四十年走到今天，而你可能已经三四十岁，甚至四五十岁了，如果你还不能走到正道上，改变自己，你要什么时候才改变自己呢？所以，一定要记住，我也有过毛病、烦恼和所知障，之所以我能战胜自己，超越过去的自己，是因为我一直在自省、自律、自强，无论遇到怎样的打击，无论遇到怎样的挫折，我都没有丢失过自己的向往，更没有退缩过。不管是谁，只要能像我这样，最后就一定能完成自己。

所以，遇到有人批评你、指出你的错误，甚至对你冷嘲热讽时，你不要觉得难堪，也不要觉得沮丧，更不要退缩和逃避，你要承认自己的毛病，接受别人对你一切的质疑和非议，允许别人有自己的选择。同时，你更要改变自己——你可以像我那样，一方面追求梦想，一方面读书，一方面进行传统的心灵训练，也可以像社会上的很多有识之士那样，做一些贡献社会、无私无我的事情，慢慢培养自己的慈悲心，慢慢消解小我的局限，久而久之，你就会越来越完美，堕落和痛苦也会离你远去。这就像洗衣服，你看到衣服脏了，觉得那污垢很丑陋时，你该怎么做？是不是应该把污垢给洗掉？肯定是。当然，也有一些人会选择视而不见，继续穿着肮脏发臭的衣服。但久而久之，那肮脏发臭就会变成他的本质，他会和他的衣服融为一体——除非，他已经消除了分别心，净垢无别了，这另当别论。但即便这样，他也仍然要首先洗去那脏，实现了净，才谈得上后来的净垢无别。

前面我也说过，在修心中，忍辱是很重要的一关，因为大部分人都在乎名誉，在乎面子，在乎别人对自己的看法，都希望自己在别人眼里是完美的，受到质疑、非议和指责时，心里都会不舒服。除非他非常自知和自信，不需要依靠外界的认可，这时，他就会坦然接受自己的不完美，甚至丑陋，因为他相信自己会改变。这样的人，心灵非常强大，也非常健康，但这样的人不会太多。很多人即使很优秀，很有涵养，也不一定能有这样的胸怀，可见，忍辱这一关不好过。过不了忍辱这一关，你就很难不烦恼、不受伤，你的命运轨迹也不会改变，你会不断因为外界的刺激，陷入类似的困境和窘境，内心受到巨大的折磨。

为什么有些人能够接受一切的批评和非议呢？因为他们明白，自己控制不了别人怎么想、怎么说、怎么做，但他们可以改变那个引人非议的自己，也明白自己是为自己而活，为自己的理想和追求而活，不是为了别人的眼光而活的。这时，他们就会相对理性。但这样的人也还是有弱点的，因为，他们仍然认为外界的现象是实有的，他们只是学会了接受而已。而一旦外界的动荡超过所能承受的底线，理性无法驾驭，他们就会受到伤害，产生烦恼。所以，明白人不追求理性的约束和控制，他追求智慧，追求慈悲，追求对万物真相的洞察。

什么是万物的真相？《心经》说"远离颠倒梦想，究竟涅槃"，那"颠倒梦想"，就是真相。用《金刚经》的话说，就是"一切有为法，如梦幻泡影，如露亦如电，应作如是观"。一切的风光都会过去，一切的荣耀都会过去，一切的出丑露怯也会过去，一切的痛苦难堪同样会过去。把不断变化的现象，当成固定不变的存在，觉得以后都会这样，就是"颠倒梦想"。认知万物那假有（即无常）的本质，不再执着、逃避或牵挂，就是洞悉了真相。这时，一切都不能影响你的安然和幸福，一切都不能让你失去自在和自由，你也就达到了究竟涅槃。

这个道理听起来很简单，大部分人都能听懂，但为啥一回到生活之中，很多人还是会烦恼痛苦呢？因为，烦恼和习气会催生一种负面的力量，这种力量会欺骗你，让你把一时的现象当成恒常存在，执幻为实。最糟糕的是，虽然你知道你需要指引，需要过来人告诉你该如何往前走，如何解决目前遇到的困难，如何改掉自己的毛病，但你还是会不自觉地排斥苦口的良药。为啥？因为它会让你难受。逃避痛苦，趋向快乐，是人的天性。但你也知道，依靠逃避得到的快乐，终究不会长久，外境一旦出现变化，你的心就会随之动荡，快乐和安宁也会随之消失。所以，最根本的安心之法，还是在明白人的指引下，得到觉悟解脱，契入真理的境界。因此，你要时时提醒自己，既然你相信那个开药的人，就不要怕药苦口，味道只是一时的，最关键的，还是能治好病。

瞧，不知不觉又扯远了。

回到之前的话题。

小时候，一旦帮人反而受到伤害，我就会觉得委屈，但慢慢地，我也就不在乎了。因为我一直在修心。哪怕刚开始的几年，我还不知道什么是真心，也不知道什么是真相，但心灵训练让我渐渐有了定力，能控制自己的情绪了，也就不会那么容易被外境给牵走了心。这时，我开始有了另一种眼光，从自己的感受，明白了别人的感受——别人要是好心好意地提醒我，希望我能变得更好，而我不但不接受，还跟他针锋相对，他也会觉得委屈的。后来，我就时时提醒自己，永远不要伤害帮助你的人，人家只要是好心，不管他们说的话对不对，都要随喜。再后来，我就不在乎别人怎么对我了，只要我自己尽力了，做了该做的事，结果如何，也就不重要了，于是，这类内容，就慢慢从我的日记里消失了。

不过，我们固然不该行善而求回报，但面对社会，我们还是要提倡随喜善行。就是因为现在的很多人都不随喜善行，好心总是得不到好报，甚至有很多人会利用别人的善意来犯罪，敢于帮助他人者，才会越来越少。我印象最深的，就是有人扶了摔倒的老人，反被敲诈，于是双方就闹上了法庭。帮人者以为，只要一上法庭，就会有人为自己说些公道话，自己问心无愧，总不至于被定罪的，谁想，连法官都质问他："你既然没有撞他，为啥要去扶？"按那法官的逻辑，所有帮人者，都是因为心虚。如此推理，日记中那人的油桶，定然就是雪漠撞歪的了，不然，我为啥去扶？

再没有比这种话更能影响社会风气了，因为，连法官都这么说，一般人会如何想？每个人在遇到需要帮助的人之前，如果都会想一想，自己的行为会不会被人歪曲，久而久之，就再也没有人敢去帮人了。

许多时候，看起来只是一两个细节，但要是扩散出去，就会影响整个社会。

孔夫子就非常明白这个道理。《论语》中说，子路救人时，别人送他一头牛作为答谢，他接受了，孔子知道这件事后，夸他做得对，因为他这么一接受，很多人就会学着他去救人。后来，子贡在国外赎了一个奴隶，按国家的规定，他可以去政府领赏，但他拒绝了。这行为看似高尚，孔子知道后，却批评了他，因为，他一拒绝，其他人就不会在国外赎奴隶了。你想，人家要是赎了人，到底是去领赏好，还是不去领赏好？领赏吧，就会被很多人说他不够高尚，不学子贡；不领赏吧，他又会很不甘心，因为他毕竟是花了钱的。于是，好些人就索性多一事不如少一事了。

所以，永远不要觉得事情很小，就不在意，要知道，小事要是处理不好，最后往往就会影响大事。因为，社会风气，就是由一件件的小事积累而成的。

有段时间，很多人转发了一些关于乞丐的内幕，说是有人在组织乞丐骗钱，如何如何。这文章震惊了很多人，但我没转发。人问我为啥不转，我说，我怕我转了之后，很多人看到真的乞丐时，也不会给钱了。因为乞丐们外相上都一样，谁也看不出哪些是真乞丐，哪些不是。好些真乞丐，如果遇了这事，生活就会雪上加霜。所以，我虽然相信那文章也许真有其事，但我更相信，这世上，确实有很多乞丐吃不上饭，他们真的需要我们力所能及地给一点零钱。所以，面对乞丐时，一般我都会给他们一点钱，不多，但代表了我的心。这时，他们到底是不是真的乞丐，对我来说并不重要。

当然，有时候，人们也不是没有同情心，只是在看到别人乞讨时，总是会想到他们在骗钱之类。也许，真有一部分人是这样的，但乞丐中的大部分人，定然是真的困难。

有些人还会问，他为啥不去工作？这种问法也是不对的。因为，有很多人，即使想找工作，也不一定能找到工作。

以我身边的人为例吧，要是我的母亲无地可种，或是家中出了祸事，或是她外出遇到意外，不得不流落到城市里，就定然是找不到工作的。你想，一个年过七旬的老人，又没什么文化，谁会给她工资呢？要是她没有亲人，或是亲人不养活她，她不去乞讨，怎么活？要是她去乞讨了，别人却不给她一分钱，她仍然有可能会饿死的。我的父亲亦然。我的妻子，五十多了，身体很好，但她没啥特长，就算去打工，也不一定能马上找到能做的工作。只有陈亦新和陈建新这样的年轻人，才有可能找到工作。你这样一想，就会明白，这社会上，有些人，是真的需要帮助的。

有一年的圣诞节，我叫陈亦新和陈建新去体验生活——像流浪歌手那样卖唱，看看社会如何对待他们。于是，他们精心打扮，很卖力地去唱，唱了一整个晚上。但是，虽有很多人围着他们听歌，我举了帽子走近时，人群却总是一哄而散——那天的卖唱活动，我也是参与者之一。我们当然不需要那钱，我们只想看看，我们的公民，能冷漠到什么地步。要知道，卖唱毕竟不是乞讨，他们是付出了劳动的。可两个年轻人在圣诞节卖唱了一夜，却只挣到一元钱。可想而知，那些乞讨者有多难。所以，我就告诉学生，以后遇到卖唱的孩子，不管你听不听，都最好能给他哪怕一元钱。

就像前面说过的，在这篇日记中，我虽然问过自己，要不要"各人自扫门前雪，莫管他人瓦上霜"，但后来，我还是一如既往地帮人，就像那时节，我曾无数次规劝自己，不要逢人就掏出真心，但我还是一如既往地真诚一样。不过，我后来的帮，其实已经不在乎对方如何了，我只是在帮自己。要是太在乎别人的反应，就不是真正的帮了。

所谓的帮，看起来是利益了别人，其实是成就了我们自己。

所以，我总是愿意当愚人，故自号"大痴居士"。虽然我老是被一些人误解，我的好心也老是得不到好报，但我还是乐此不疲地去做一些别人眼中的傻事。我从来不在乎别人如何待我，我只在乎我如何待人。在这一点上，我正好跟曹操相反，他是"宁可我负天下人，不可天下人负我"，我是"宁可天下人负我，不可我负天下人"。无论对方如何待我，无论社会如何待我，都不重要，重要的是，我有着怎样的心，有着怎样的人格。明白了这一点，你才会明白我常说的那句话："世界是调心的道具。"

这几十年来，在别人需要帮助的时候，我总会毫无保留地帮助他，倒是自己也没有帮穷。反而从一个没有钱的穷小子，一天天变得衣食无忧，还做了很多利众的事。要是我真的冷漠的话，现在，就只是一个还在凉州街头发牢骚的老头子。我有些旧日的同事，几十年前在发牢骚，几十年后仍在发牢骚，只是年轻的脸皮变成了沧桑的老树皮，他们的心，没有丝毫的改变。

你想，要是连我们自己都不改变，社会怎么会改变呢？社会就是无数个"我们"组成的，"我们"不变，世界是不会变的。

# 6月29日 一个微笑

下面这篇日记体现了我的另一个特点：容易被细节打动。

我一直都是这样，这跟我的敏感有很大的关系。很多时候，一个别人可能不会在意，而且稍纵即逝的小细节，却会在我的心里停留很久很久，每当想起，我的心里就会浮出暖意。

说来也怪，每次我想死记硬背，都会功亏一篑，但对于那些感动了我的人、事、画面，几十年后我还是会清晰记得，甚至就连别人当时的表情，也是清晰无比。可见，有些东西不是依托于记忆力而存在的，它是一种生命体验。

当然，从这篇日记里，还能看出其他的一些信息。

你先看日记，我一会儿慢慢对你说。

## 1981 年 6 月 29 日　星期一　晴

让人的情感发生变化的，往往是一件偶然的小事。这确实是真的。

今天，我经历了一件事：她微笑着看了我一眼，那笑，很温柔，让我平静的心湖顿然起了微微的波澜。由此，我发现，她也有着少女的一面啊，这完全推翻了她给我留下的印象，或许，以前那想法只是我对她的偏见吧！可见，想要真正了解一个人，是多么不容易啊！

　　前些日子，我看了一部小说，里面有这样一个情节：一个男子对一个姑娘说，你不妨把简历填在婚姻介绍所的登记表上，并注明你是团委书记，恐怕投你票的人并不是太多吧。那小说想表达的是，一个女子有好的政治身份和较高的地位，也不该骄傲。要在平凡的工作岗位上，做出不平凡的事。不能把自己在身份上的优越看得高于一切，这只能引起别人的反感和厌恶。

　　过去，我之所以不太喜欢她，也是因为这个原因。不过，今天看来，她的身上，也有一些我不了解的闪光点。

　　以现在的眼光来看，这篇日记的格局简直是小极了，只写了一个女孩的微笑改变了我对她的看法。

　　从文中看，那女孩的条件很好，以前很高傲，这一点让我对她有些反感，但后来，她突然朝我笑了一下，我对她的感觉就发生了变化，觉得她其实也很好，过去，可能是我不了解她而已。可见，微笑是多好的一件事，简简单单的一个微笑，就能融化人与人之间的矛盾。

　　在公开场合，我一般不爱笑，在我保存的照片中，一发现有笑的，我就会删掉。因为我笑得不好看，有点像夜叉，尤其在我肆无忌惮地大笑时。小时候，没人教我礼仪，也没人告诉我，微笑时要动哪几块肌肉，露哪几颗牙齿。所以，我一高兴，就会忘形地笑。记得小时候，我会笑疯，就是笑得完全失去分寸，笑得满地或满炕打滚。每每这样，妈就会骂我吃了笑屁。长大后，我也常常会这样，不过，人们不说我吃了笑屁，而说我笑得很爽朗。不知道，是不是他们选了个好听些的说法？

　　当然，我那放肆的笑，有时候也能感染别人，让别人也开心。

于是有人就说，在城市里，这样的笑太少了，尤其是那些白领，他们的笑中，总是带着几分郁闷和自嘲，能笑得这么放肆、这么不顾仪态、这么逍遥自在的人，真的不多了。在《西夏的苍狼》中，我还说出了一个关于笑的小秘密：现在的笑，成了一种油彩，也成了一种工具。这样的笑，已经不是笑了。

笑，其实是心灵的出口。只要是真心的笑，就总能感染人心。

尽管这样，我的笑还是很少上照片。我看过几张自己大笑的照片，那模样，完全成一个魔了。所以，每当有人说我像魔时，我也觉得他们说得有道理。我相信，人们只要看了我笑疯的外相，就会觉得我真是魔。

我不敢在公开场合大笑的原因，除了太像夜叉，还因为我的牙长得不太好看。小时候，没人帮我矫正牙齿，我又抽过十多年烟，牙都被熏黑了，那模样，真不好看。所以，我总是跟家人一起才会"原形毕露"的。这并不是说我不爱笑。

虽然我不爱公开地笑，但我还是喜欢看到笑容，许多时候，我一看到对我笑的人，就会将心掏给他。我一直想有点城府，但一直胸无城府，心里一有事，总会在脸上露出来，所以，我永远当不了官。

从这些日记中可以看出，许多时候，我们对别人的看法，其实多是由主观想象构成的。因为对方条件好，很高傲，我们就认为他们不好，但只要人家一笑，我们就会觉得他们很好。对方是不是真的好，我们是不在乎的，我们最在乎的，其实是对方对我们的态度。这样一想，我们就明白，其实对方在乎的，也是我们的态度。

微笑，便是一种态度。

从我的日记中，还可以看出，我的另一个特点，就是对热衷于政治，或是在政治上有成就的人，持有偏见。这偏见，直接影响了我的大半生。我不爱当官，也不喜欢跟当官的打交道。

年近半百之后，我才发现，我的偏见其实不是一件好事。因为，我从许多政治家身上学到了很多东西，尤其是西方的那些政治家，比如林肯，比如甘地，比如富兰克林，等等。

有时，关注政治，不是为了参与政治，而是为了有另一种眼光。文化是一种眼光，政治更是一种眼光，一个有政治眼光的文人，肯定比不懂政治的文人更成熟。因为，他肯定会看到后者看不到的东西。只是，我的这一发现太晚了。现在，因为习性的原因，虽然我明白政治的重要性，也从政治中吸收了营养，而有了政治眼光，却也懒得介入了。当然，主要还是因为，我发现，政治也是一种游戏，我不想玩这游戏。于是，我就给自己定下了一条戒律：不谈政治。

这是我明白了政治的重要之后的一种政治眼光。

现在想来，在明白政治的重要性之前，对政治的拒绝，更像是一种自我封闭。这样，你会拒绝去了解很多你不了解、不喜欢的东西，那么，你就会少了另一种看待世界的眼光，虽然这对你的安详和快乐，也没有多大的影响，但作为一个文人，少了一种眼光，格局上小一点，总会是一种遗憾。

瞧，不谈政治的我，就只好谈一些鸡毛蒜皮了。像这篇日记中的微笑，就是这样。

虽然微笑是小事，但要是我们遇到的都是微笑的话，那这个世界就太美了。

你想，那些往人群里扔炸药，往电影院里放艾滋针，闯进幼儿园里砍人者，如果过去遇到的都是微笑，还会这么做吗？

我们虽然左右不了政治，却能左右自己的微笑。

# 7月17日　闲话名言

这篇日记中，仍然显示出了我年少时的愤青气，每逢见到不平事，我的心里就会充满愤慨，为弱者抱不平。同时，我也联想到自己生活中的一些细节，那些细节同样让人不快。但看得出，那时节，我虽然还是会感到委屈、发出议论，也还是想要证明自己，但内心已经不再苦闷了，那种期待被人理解的情绪淡了，反而觉得这样也挺好，换回了清静的时间，可以静静地积蓄力量。

另外，这里也透露出了我当时的一种学习习惯：摘抄名言。当时，我经常会摘抄一些名言，还会背诵，为的是增长自己的学养，也为日后的写作做准备。但用上的不多，大多成了一种被我吸收消化的营养。

先看看这篇日记。

## 1981 年 7 月 17 日　星期五　晴

前几天去松涛寺了，所以没写日记。不过，这也不叫啥日记了，只能算是"瞎记"。

今天上街时，我碰到一件不算奇怪的怪事：一群流里流气的小混混，竟然公开嘲弄一个卖冰棍的姑娘。他们对那姑娘说："啊！这么漂亮的姑娘，咋还上街卖冰棍咧？"姑娘羞得满脸通红，他们反而捧腹大笑。对他们的这种举动，我很是反感，我想，卖冰棍有啥不好？为啥要嘲笑人家？比起社会上那些白吃五谷的人，卖冰棍要强上太多了！

我也常常遇到这种令人不愉快的事，无论在高原，还是在其他地方，我买东西，或干别的事情时，总有一些人会像躲避瘟疫那样避开我。这一方面让我很开心，另一方面也让我有些不快。因为我觉得，他们之所以避开我，就是因为我穿了一身"坦克服"，这套衣服有些异于常人。学校也有人这么说，有时，还有人把我当成小偷。后者最是让我难受。其实，穿奇装异服的并非都是二流子，表面上中规中矩的也不一定全是正人君子。这些，都只是一些世俗偏见罢了。令我开心的是，人们都不愿接近，让我节省了不少时间，也避开了不少麻烦，所以这也不是什么坏事。

"走你的路，让人们去说吧。"只要我内心纯洁、心地善良，表面的东西不要紧，总有一天，我会证明自己的，那时，定然会"天下谁人不识君"。

"生气是利用别人的错误惩罚自己。"何必呢？

尼采的这句"看到女人，别忘了你手中的鞭子"也不错。

从日期你就会发现，我的日记开始出现大块的断裂，这是因为我时常要出离静修。后来闭关写作更是这样，我常会很久都想不起要写日记。那时节，我总是忽略了很多概念，忽略了很多经历，只是沉浸在清明的境界之中。于是，稍一恍惚，就会过去几天、几个星期、几个月，甚至好几年。所以，我的日记中就充满了断裂。有时，我也会试着把漏掉的日记补上，但更多的时候，我什么都想不起来，也没啥想写的感觉，就只能由着它漏掉了。我的忘性一直很好，总是记不住自己兴趣不大的事。

现在，更是这样。有时，我甚至不记得自己上一句说了啥。因为我不执着任何一个话题。许多时候，我的话题，是根据我看到啥而决定的。我总是在自己的境界里，随遇而安，随缘任运。觉得自己该说话了，就说说话；觉得自己不该说话，就静静地待着，做自己该做的事。对任何话题，或任何事情，我的兴趣都不大，也不在乎，我享受的，仅仅是谈话的过程本身。当然，我也享受一个人静静待着的时光。有人找我了，我就陪他聊聊天；没人找我，我就一个人待着，写写字，喝喝茶，看看书，也很好。

瞧，现在我也是在聊天。我不记得自己聊了些啥，反正，想到哪儿就说到哪儿，一不小心，就离题太远了。当然，你也可以说是跳跃性思维，因为我这时的思维确实是跳跃的。上一个话题，跟下一个话题，其中不一定有关联。我从小就这样，思维特别灵活，这篇日记里也是，短短五百字，就讲了四五个话题。

还有一件事，虽然看起来刚好相反，但本质上是一样的，也能说明我的一种状态：十多年前的某一天，我在武威广场转悠——当时我还没离开武威——突然，我看到远处的地摊上有个佛具非常精美，于是就径直走过去，拿起来仔仔细细地看。没看一会儿，我的肩膀就狠狠地疼了一下，我抬头一看，才发现周围站了很多熟人，他们都在望着我笑。其中一人说，你这家伙，怎么看得这么专心，叫你那么多声你也不理，拍你你也没啥反应，非等拍得这么用力，你才抬头看看我们。说真的，我虽然能感觉到有人在拍我，但那拍，其实一直没进到我心里。因为，看到那佛具之后，我的眼睛里就没有其他东西了，一切在我的世界里都消失了，就像被屏蔽了一样。不知道的朋友，都以为我架子大，不愿理人，他们哪里知道，即使在人潮汹涌的街头，我的心里、脑子里，也是一个人都没有的。为啥？

因为我安住在自己的境界里，要么用手机处理一些事情，要么背诵唐诗宋词，要么修心。所以，即使在外面，我也像待在关房里一样，有一个独立的世界。但这样一来，很多事情就自然被我搁在了心外。

比如，雷达老师生前经常劝我写短篇，因为短篇也有影响力，而且短篇更适合忙碌的现代人，读起来没有压力。我虽然把恩师的话听进去了，却仍然没写。我至今的一生里，只有在练笔阶段，也就是写出"大漠三部曲"之前，才写过中短篇，《新疆爷》《入窍》《长烟落日处》，都是那时写的。那时节，我很想把小说往长了写，但我写不长；等到我终于能写出长篇时，我的小说，就再也写不短了，动辄就是一个世界，恢宏博大，气象万千——没办法，大海无论咋挤，都没法把自己挤进杯子里，我能做的，就是舀出一杯水来，让你感受一下大海的气息。

所以，我很少主动写短小的文章和小说，即使出版社来约稿，我又不忍心拒绝时，也只能从长篇小说里挑一些相对独立的章节给他们。前几年，敦煌文艺出版社向我约稿，我就发了一些长篇小说的节选给他们，他们一看，就问我要中短篇的新作，我笑道，我哪有什么中短篇新作呀！所以，虽然我把恩师的话放在心上，也买过很多短篇小说，但直到今天，我仍然没有专门写过短篇小说。我的绝大部分时间，都是在空寂中度过的。对修心来说，这种状态当然很好，因为修心需要拒绝外缘，安心于道，我的成就，便得益于这种离群索居的生活。

日常生活中的我，是一个连好吃的都会忘掉的人。我总像是安坐在一个空寂无边的世界，被一团混沌所包裹，混沌中有各种景象，看似其中也有我，其实没有一样能进入我的心。我守着我该做的事，随缘应对身边的一切，却不把一切放在心上。于是，我成了一个无心人，但我同时又是最有心的——我说的有心，是有情感，有悲悯，对别人的疼痛和喜悦都能感同身受。

很多年前，我就是这样了，目标坚定，从不把闲事放在心上，若有念头，也会随它自来自去——最近，我连念头都没有了，这样心当然清静，可背不成东西，一段短短的英文版自我介绍，我背了一个多星期，却还是没有背下来。我开玩笑地说，六十多岁的婷妈，光是打篮球时听我放录音，都能背下来，可我死活都背不下来。往往是声音一离开我的嘴唇，就从我的脑子里消失了，没有任何办法。所以，直到现在，我熟练掌握的语言也只有两种：一种是地地道道的武威话，一种是凉普，也就是凉州版的普通话。因为没有念头的干扰，我做事非常专注；但同样因为没有念头的干扰，所以我记不住东西，就连话题，也都是随顺当时的环境和需要。哪怕有人骂我，我听完也会忘掉。倒是那骂我的人，自己耿耿于怀，总是放不下，纠结烦恼了好长时间。有趣的是，每当我遇到该收拾的人，打定主意收拾他们时，我甚至能想起十年前的事。可见，智慧跟记忆力没有关系。有时候，记忆力太好反而是一种负担，因为你会把该记、不该记的东西都放在心上。

因为心里不放闲事，我就能多做些正事了。不过，就连那正事，我也不会挂在心上。我总是闲了心做事，享受那做事的每一个当下。人们看我总是很忙，手脚不停，表情也很严肃，却不知道，我心里正乐着呢。为啥？因为我干啥迷啥。有人看到我跟孩子们一起搬书，觉得雪漠老师竟然也搬书呀，心里就感动得不行。而实际上，捣弄书是世界上最让我开心的事情之一。除了去书店，除了涂鸦画画写字，我最开心的就是捣弄书，当然也包括搬书。我老说，我是这个群体里的搬运工之一。我有个好身体，其中肯定有搬书的一份功劳。

我将别人认为累的事当成了享受和锻炼身体，自然会做啥都很享受，都能乐在其中。

瞧，我又走题了。继续说那正事儿。

虽然写日记是我最早的写作训练，但在写日记之前，我也写过一些其他的文字。那些文字就像我的日记一样，都很嫩，但我大多保留下来了。很小的时候起，我就有保存资料的习惯。从上初中到现在，很多东西，我都作为历史资料保留着，包括我高中时获得的作文竞赛奖状等。它们都是我生命的印记。说不定，以后谁想要了解雪漠，还要翻它们来用呢。

当然，有些资料，除了对以后研究我的人有用，对当下一些想学习我的人，也会很有用，其中最典型的，就是这些日记等文字资料。虽然这些文字没有什么可读性，反而会让一些认为雪漠有写作天分的人大吃一惊，觉得雪漠以前原来也很普通，但里面有一种东西，它能说明我为啥能成为后来的雪漠。孩子们看了这些内容，除了对自己生起信心之外，或许也能得到一点点启迪，因为，他们会发现一种思维，这种思维也许是他们没有的。正如前言中所说，这就是我解读过去日记的原因之一。

正常情况下，我很少会回顾过去，但如果有相应的机缘，比如写这本书，或写《一个人的西部》《一个人的西部·致青春》那样的书时，我就会翻开过去的文字，尤其是过去的日记，回顾过去的自己。有时，看到一些文字，我就会想起相应的场景，但有时，即便看到详细的文字描述，我也想不起那时到底发生了什么。可见，当时觉得重要的事情，隔上一段时间，就会不再重要，甚至连占据记忆空间的价值都消失了。不过，不管记得还是不记得，看到昔日的文字，我都会觉得很温馨，有一种久违的感觉油然而生，让我觉得非常感动、非常幸福，尤其在回忆一些远去的、自己遗忘已久的画面时。或许，这就是命运对我的另一种馈赠吧。

人生不断在过去，经历也不断在过去，很多曾经的遗憾，也许曾经带来了巨大的痛苦，每当想起，心里都像扎了刺一样疼，但时间隔得再久一些，久得自己已经对很多东西都释然了，那些疼痛和遗憾，也就变成了温馨往事的一部分。能够享受这份温馨，其实也是人的福报。

我继续说这篇日记。这篇日记中第二次提到了松涛寺，我就是在这一年开始学习修心的。关于这段经历，我在《一个人的西部》中写得较多，这儿先聊聊别的。

这篇日记中，还记录了我青年时的另一个习性，爱穿奇装异服。

2000 年之前，我很少照相，寥寥几张照片中，我总是穿得跟大家不太一样。从小，我就不喜欢大众化的东西，喜欢寻找一些独特的、有个性的东西。不仅仅是衣服，发型和阅读口味也是这样。所以，从不循规蹈矩，也是我的一个特点。也许正是这一点，让我身边的很多人都觉得我很另类。

在一些凉州人的眼里，我是个名副其实的"二杆子"，也就是不安分的人。年轻时，他们觉得我是小二杆子，现在，应该也升级了，是老二杆子了。我想，我"二杆子"的特点，也许会保持一生的。因为，我不想循规蹈矩地过一辈子，其实就连一阵子，也不想。我就是因为不想循规蹈矩，才追求心灵自由的。我只想自在逍遥地活着，为了这个目的，哪怕跟一些规矩发生冲突，也没关系。我不想讨好任何人，也一直不愿迎合别人的看法。我没啥可畏惧的，我只按照心中设定的标准来要求自己。

在这篇日记中，我引用了三个名人的话。第一句是但丁的"走你的路，让人们去说吧"，这句话影响了我的一生。至今，我还是这样做的，在没有饭吃的时候，我都是这样，吃得上饭时，我更不怕别人说啥了。

第二句名言是"生气是利用别人的错误惩罚自己"，这是爱迪生说的，我也很喜欢，就老是用它来提醒自己。从这一点，你就可以看出，过去的我是很容易生气的，这跟我的愤青气有关。每个人喜欢的东西，其实也代表了他自己——要么代表了他目前的心境，要么代表了他向往的心境。

像第三句名言，尼采的"看到女人，别忘了你手中的鞭子"，就表现出我当时对女人的一种偏见。当然，这似乎跟日记里提到女子被欺负的事没有什么关系。我的思维总是这么跳跃。

虽然，我也有欣赏的女性，还经常会同情一些女孩子，但是，在那时节，我对"女人"这个性别，是真有偏见的。当时我没有想过，自己后来的读者和学生中，竟大多是女性。这一点很有意思。当然，这跟我在作品中对女性的描写有关。虽然十八岁时，我引用尼采的名言，表达了一种偏见，但没过太久，我就发现，并不是所有女人都要让你使用鞭子的。在女性群体中，功利实惠的女子只是一部分，还有很多女子是有向往，有追求，富有同情心和理想主义色彩，甚至能为自己所爱的人或事业牺牲一切的。于是，我的作品中就出现了很多美丽的女性形象，我对女性心理的描写，也充满了理解和悲悯，让很多女性读者都很受触动，也非常感动。这说明，人的想法确实是不断变化的，偏见也是可以破除的。

其实，在过去的人生中，对我帮助最大的，除了几位贵人恩师外，便是女子。其中包括我的母亲和老婆，也包括很多女读者和女学生。从她们那些帮我的行为中，我甚至总能感受到一种母爱的味道。因为，在很多事情上，她们都显得无我、无私和无畏，非常了不起。这让我对"女性"有了非常大的尊重。

当然，给我制造麻烦的人中，也有女子。孔夫子说过，"唯女子与小人为难养也"，姑且不论这句话对不对，有时候，有些女子确实很难伺候。我对时间抓得很紧，对跟我打招呼的人，我一向都是不多搭言的，因为一搭言，就会出现无数的可能性，至少得一路招呼下去。要是遇到武侠小说中的某类女子，将我的不理不睬，当成某种态度，就可能会对我生起仇恨，进行诽谤。在这一点上，男子中虽也有小人，但一直纠缠的不多，至今，无论过去对我有过多大意见的朋友，都不曾有过一些下作的行为，他们都有底线，但你要是遇到上面的那类女子，情况就不一样了。

前些时，同样因为我的"傲慢"，就招来了类似的情况，有时对方的那种下作，是令人发指的。后来，尼采的那句名言，又一下子活了过来，在我心中，时不时地发光。

不过，雪漠的"鞭子"，只是一种警觉。我不会对任何人使用鞭子的。

在修道传统中，对女性，就很是警惕，还有"女难"之说。这除了上面的那些原因外，还有一个重要原因，就是一旦在男女关系上纠缠不清，一生就荒废了。我的很多朋友，都是因为遇了几次女难，就丢掉了梦想。我当然不希望自己的宝贵生命，也被类似的事情所占据，因为，用同样的时间，可以做更多能产生正面意义的事情。

所以，雪漠会举起心里的鞭子，拒绝那些不值得花费生命去见的人，但我也希望，那些让我举起了鞭子的人，也能有一种更加高贵的向往，对自己有更高的要求，能真正地自省，实现进一步的升华，不要再去追求一些心外的东西了——不管那东西是啥。

# 7月19日　我眼中的凉州女人

关于凉州女人，我写过很多文字，有人喜欢，有人反感。喜欢的人，觉得我写出了凉州女人最美最无我的一面；反感的人，嫌我写出了部分凉州女人的实惠和功利，还有人，觉得那些关于偷情的情节很扎眼，总的来说，就是觉得我丑化了凉州女人。

其实，人性本来就是复杂的，尤其是在社会发生巨变，质朴的价值观受到冲击，人们变得越来越功利的大环境下，人性中的复杂，更是会表现得格外明显。当我把自己观察到的一切，真实地写出来时，其中必然会有一些让人看了舒服的内容，也会有一些让人看了不舒服的内容，这很正常。所以，虽然有些人说，我丑化了凉州女人，但也有很多人因为读了我的书，对凉州女人肃然起敬。就像我常说的，"世界是心的倒影"。

当然，也有些文字，只是我某个时候的情绪，本来，过了也就过了，可文字一旦被定格下来，也就由不得自己了。就像这些日记中的很多情绪，也许我刚写完，它们就消失了，但因为形成了文字，还被保留了下来，它们也就被定格了。所以，情绪永远都不能代表我，也不能代表我表述的对象，因为一切都在变化。

说起来，我在文字中评价凉州女子，就是从下面的这篇日记开始的。前面虽然也浮光掠影地说过一些，但像这篇日记这样，大篇幅地议论，之前从没有过。从中可以看出，那时的我，对凉州女子，确实是有偏见的。

## 1981 年 7 月 19 日　星期日　晴

最近，同学们无论提到哪个少女的名字，都会有人骂她破鞋，不知是那少女真的不珍惜自己，还是引人嫉妒招来了谣言？这种事，虽说跟我没啥关系，也没啥好评论的，但我还是可以说说我的观点吧？

有一位同学说，少女总爱把纯洁和漂亮当成高傲的资本，我觉得，即使真是这样，也是正当的。只是，有些姑娘没有这些资本，却还是傲气十足，看不起别人，就显得有点不可理喻了。

少女应该是温柔可爱的，但为啥我们身边，总有一些少女显得冷酷、可恶、卖弄风骚和故作高贵呢？这难免令人觉得有些可笑了。

记得，前几天，我陪一个同学到幼师班去，这位同学只想玩玩手风琴，却遭到了冷遇，原因是家境贫寒。幸亏，我没遇到这种情况，要不然，我定然会冲冠一怒的。我觉得，人与人之间的关系，应该是纯洁和高尚的，但我看到的，却大多是赤裸裸的金钱和利益关系，这让我觉得可悲可叹。

不过，如今的凉州女子中，又有多少人不是向钱看的"先进"人物呢？

所以，有时我想，干脆当个独身主义者吧！这也许是幸福的，但或许，苦恼会大于幸福吧！不过，就算苦恼也没啥，即使在爱情上不得意，也可以收获事业上的成功，而且，后者才是最重要的。

以后，我不想谈那么多爱情方面的问题了，我要大篇幅地讨论人生观和爱情以外的问题。

我上师范的那时，班上同学没几个谈恋爱的，就连有过恋爱经历的人，也不多。我们对女孩子的了解，大多处在一种想当然的状态，有时的文字中，还有一种吃不到葡萄，就说葡萄酸的味道。

好像这也是我青春期的一个特点。

对美好异性的向往，充满了我生命中很长的一段时间。但是，在四十岁之前，除了妻子，我很少跟异性有来往。即使有来往，我也大多显得很严肃。朋友说过一句很有意思的话。他说，雪漠一见女性，就把自己放在供台上，变成了神像，到时候，想下，也下不来了——这当然只是我那时的外相，我的内心，就像这篇日记中所说的那样，是敏感、多情而偏激的。

虽然在这篇日记中，我说以后自己不想谈爱情方面的话题了，要大篇幅地谈论爱情以外的事情，但事实上，在后来的日记里，我还是写下了很多关于爱情的文字。现在看来，那些文字虽然显得有些可笑，但我可以理解，毕竟，那时的我只是一个没有谈过恋爱的十八岁的毛头小伙，即使有时显得很偏激，即使他对爱情充满了向往。

我心中的爱情，总是很纯洁，就像我对人际交往的那种向往一样。或者说，那种纯洁的交往，一直是我交朋友的原则。对待朋友，我从来都是真诚的，从不想从他们那儿得到一些什么东西，哪怕人家觉得很正常，我也不愿意——呵呵，要是朋友有好书，那就另当别论了。一见好书，我总是"原形毕露"，欣喜若狂，来者不拒。有时，学生们也会送我一些书，我总会欣然接受。对好书的爱，我是永不满足的，生命不息，爱书不止。在其他方面，我没大的兴趣了。熟悉我的人都知道，我最怕的，就是给人添麻烦。

现在看来，日记里那些关于爱情的文字，其实是很有趣的，陈亦新他们看到时，总是笑得满地打滚。你会发现，里面充满了超于常人的敏感、偏激和幻想。连我自己也不得不相信，对爱情的幻想，成了我训练想象力的一个重要方式。

在前面的文章中，我曾说过，我对女性的几乎所有向往，后来都出现在我的小说中，像《大漠祭》中的莹儿、兰兰，像《猎原》中的豁子女人，像《白虎关》中的月儿、《西夏咒》中的雪羽儿，等等，她们其实都是我向往的女性。当然，莹儿和兰兰的身上，也有我和妻的影子，但她们的很多东西，其实都体现了我的一种向往。也正是因为这种向往，我才能塑造出鲜活的她们。

在那时的现实生活中，我跟女性的交往非常少，这不是别人不好，而是我的期望太高了。我总是希望，身边的女子，会像我向往的女性那样。但事实上，除了不多的几人外，我身边没有那样的女子。对其他凉州女子，我的评价大多不高。原因我也说过，在生活中我遇到的，多是追求实惠的女人，更有不利己而害人者。

比如，《大漠祭》完稿之后，我们曾开过一家图书公司，由鲁新云负责，雇用了几个凉州女子。正是在那个时候，我们经历了在凉州的第一次被伤害。

这事发生的那时，我们在搞一个公益性文学协会，一个女子串通几人，撕毁了我们的所有档案，还破坏了好些办公设备，包括沙发，也被他们用刀子给割坏了。此外，他们能想到、能做到的许多坏事，他们都做了。那些事，对他们没啥好处，但他们偏做，因为他们不想叫我们好过。这是典型的损人不利己。我平时对他们很好，该给的都给了，也很尊重他们，他们是没有理由做这事的。后来，我想来想去，才终于明白，他们是看到报名参加活动的人多，觉得我肯定赚了不少钱，于是心理不平衡，生起了怨心。这种心态，凉州俗称"见不得叫花子端定碗"，意思是，谁比他们过得好，他们就恨谁。这种现象，在凉州不在少数。

不过，现在想来，凉州女子绝大多数还是很好的。干坏事的，毕竟只是个别。而且，我说她们大多实惠，那是针对外人，她们对自己的家人，又最是无私，近乎于信仰。这样的参照系，注定了她们在有些事情上的局限与狭隘。当然，她们这样，也不能全怪她们，这是历史文化和地域文化的使然。

尽管在我的作品中，对凉州着墨较多，对凉州人剖析得也最多，但凉州也好，凉州人也好，其实都是我看世界的一个窗口。人性都是一样的，我文章中出现的许多东西，好的、不好的，其实都不是只有凉州才有，也不是只有凉州人才能做得出的。他们反映出的，不过是人性大海中的一滴水，及其背后的文化。其中，文化与人性、文化与命运的关系，也是我一直在探索的。我的作品中那些女性的命运，真的讲出了很多女性的故事，所以，虽然是我塑造了那一个个的角色，编出了那一个个的故事，但读过它们的人，却都觉得它们是真实发生过的，那些女子也是真实存在的，就像自己身边的人一样熟悉，又说不清到底像谁。其实，她们并不是具体的哪一个人，而是分别代表了女性灵魂中的某个侧面，是真实灵魂的再现。所以，读一读她们的故事，想一想她们的命运，对每一个女性，甚至对每一个男性，或许都会有所启迪。

女性是个非常有趣的性别，好的好到极致，分明是菩萨；坏的也实在不堪。解读前面的日记时，我用"下作"一词，来形容女人最糟糕的一些行为。有人就问我，哪些行为是我认为最下作的？我答曰：流言。所以，世间就有"长舌妇"这一称谓，专指那些爱说闲话的女人。

传播流言是一种典型的小人行为，许多其他方面非常好的女子，也往往容易在这一点上犯错，一些品质有问题的女子，更是这方面的高手了。她们如果觉得自己受到了漠视，就有可能会自以为是、异想天开地生起嗔心，大造流言，毁人慧命。孔夫子说，"近之则不逊，远之则怨"，指的正是这类人。这类人，是最需要我们生起警觉的。

需要说明的是，后来，我还是遇到了一些非常优秀的凉州女子。

# 9月6日　日记是灵魂的镜子

日记对我来说，是生活的一种记录，也是一种写作训练，更是一面镜子，从很早的时候，我就时时借这面镜子来观照自己，因此总能及时发现毛病，及时自省和改正。

前面我经常强调反省和忍辱的重要，在这里，我还要再说一次，因为，我能升华最重要的原因，就是时时自省。懂得自省的人，品质往往不会太差，命运也不会太糟糕。如果你不但能自省，还能在生活中找到一面面镜子，一个个标杆，时时对比，寻找自己跟对方的差距，借这个差距来调整自己的行为，弥补自己的错误，对自己的成长就会更加有利。

看过我日记的朋友，就会明白这是我的肺腑之言。我就是这样一步步走过来，才终于改变了命运的。相反，很多人之所以改变不了命运，甚至在离改变命运只有一步之遥时，反而堕落了，也是因为不明白这个道理，或者做不到。所以，我最希望大家能从我的日记里吸收的营养，就是自省。

下面的这篇日记，讲的也是自省。这类内容，在我早期的日记中比比皆是。

## 1981年9月6日　星期日　多云

今天是中秋节。

老想去静修，就自己找了个地方。整个暑假，转眼间就过去了。

因为一天四座，还要做大礼拜啥的，时间抓得很紧，就一直没写日记，这让我很是后悔：日记是反思自己的最好途径，要是一个人不"吾日三省吾身"，一生就会糊糊涂涂地过去。虽然有些人说，糊涂是福，但比起那种糊涂的幸福，我更愿意清醒地活着，哪怕那会让我非常苦恼。所以，写日记这习惯，我一定要坚持下去。

今天我回了趟家取月饼，回校的路上，我差点干了件蠢事，幸好悬崖勒马了，否则我一定会陷入痛苦的深渊。不过，即使没干那事，我还是很后悔，因为我当时确实很生气，也有些冲动。试想，要是我真做了那事，跟那些混混有啥区别呢？那时，哪怕有潘安之貌、苏轼之才，又有什么意义呢？对一个人来说，品质才是最重要的，别的，都是其次。

另一件让我后悔的事，是近几天一直没上晚自习。虽然我也不是在混日子，而是去静修习武了，但是，相较而言，恐怕还是学业更加重要吧？毕竟，它关系到我的梦想，如果没有学识，将来我如何做一个优秀的人民教师，如何为人民服务呢？另外，许哥退役了，我可能要重新开始了。

还有，我没有很好地利用时间，计划也定得不够好，好像也没干啥，暑假就过去了，真可怕。我在分配时间、珍惜生命这方面，还是个孩子呢。以后，一定要更加努力、更加自律一些。

另外，我也要学好外语。


西夏之前的武威人，是不过中秋节的，只过中秋日。

在周朝，一到中秋这天，司裘官要向周天子献良裘。那时节，气候比现在冷很多，天子一换皮袍子，臣民们就要穿厚衣了。

西汉时，一到中秋，各郡县的官员要赶着车，拉着拐杖，去慰问年过七十的老人，赠送拐杖，供以肉粥。这在《汉书》里有记载。武威磨嘴子出土的鸠杖很有名，这是西汉某个中秋日，武威郡姑臧县的官员慰问老人的国家礼品。不过，在汉代，挂拐棍是有规定的，五十岁老人，只能在家里挂；六十以上的，只能在乡里挂，不能违制的。

汉武帝把河西走廊纳入汉朝版图，把原住的匈奴人迁到沿黄河的边郡去了，再用了十年时间，把中原汉人迁到河西走廊，以五家为一个邻，以五邻为一个里，由政府出资，丈量土地，配以耕牛，打庄盖房，设郡开县。前些年，武威出土了一个铭旌，上有"平陵里""西夜里"等地名。平陵里以陕西移民为主。平陵里死了一个人，各邻要出面组织发丧，举个灵旗子，在前导引，经过井字形的街道，往磨嘴子去埋葬。五个里可组成一个族，有点像现在的街道办。按规定，一万二千五百户人家，才能凑成一个乡。西汉末，武威郡的人口还不到四万户，就设了东南西北四个乡。那时节，七十以上的老人很少，武威郡官员在中秋日去慰问老人，也送不出多少拐棍和肉粥，因为没多少七旬老人。

东汉后，有了道教，武威的中秋日内容也丰富了很多，这一天要望月，要朝拜太阴星君，就是月宫娘娘。按照道家的说法，这天是月宫娘娘的诞辰日，百姓要用面做个女人，捏几只青鸾鸟，蒸熟后，供月宫娘娘，求她保佑家人平安。

小时候，过中秋时，我妈妈也要用面做娘娘，坐中间，围一堆的面鸟儿。蒸熟后，妈还要用食色，用姜黄或是红曲，在面上点一些图案。这供物，叫"朝娘娘盘"。"朝娘娘盘"要摆在院子里，要上香，要烧印有娘娘图样的月光纸。那时节，我家是没庄门的，妈要我们看着那盘，不然会有人偷。据说，要是村上不生育的女人偷去吃了，就会生下儿子的。要是谁娶不上媳妇，偷了这盘，也会交上好运。

五凉后，佛教传入凉州。佛教认为，中秋日是月光菩萨的生日，信众们要举办法会，要歌颂月光菩萨的功德，要唱月光菩萨心咒。

在武威的传说中，月饼源于唐代。那时节，李渊在太原，当晋阳宫监，裴寂是副手。李世民看到天下大乱，也想反了取天下，但他爹不肯。于是，李世民就派龙山县令高斌廉，带了巨款，叫他在赌博时故意输给裴寂，从此，裴寂成了李世民的助手。裴寂设计，把晋阳宫里隋炀帝的宫女送给李渊享用。按法律，李渊睡人家隋炀帝的宫女，要被杀头的。李渊怕被杀，只好造反了。起兵时，裴寂进献宫女五百人、粮食九百万斛、杂彩五万段、铠甲四十万副，又烙了圆形的胡饼，按人头发下去，当军粮。这胡饼，是有馅的、分层的。李渊以之献月，后遂称月饼。

当然，这只是一种传说。

武威人的月饼分层，有塔形，也源于佛教文化，用面，加以姜黄、红曲、胡麻馅等，大的有车轮大，小的盘子大。很是好吃。

下面，接着谈今天的日记。

我常常想，要是我没有用写日记的方式进行自省，还会不会有今天的我？答案是不一定。因为，我在面对日记的时候，其实也是在面对自己的心，我一直在反省自己，在总结自己，而不仅仅是记录自己。我常在日记里反观这一天，或是这段时间做过的事情，看自己是不是浪费了时间，有没有生起坏的念头等，要是有，我就会在日记里谴责自己。

在这篇日记中，这种个性表现得非常明显。

日记里提到的"蠢事"，我大致还记得。那天，一位农民碰倒了我的自行车，可他不但不道歉，还气势汹汹，动手动脚。当时，我差点就忍不住，跟他发生冲突了，好在，后来还是忍住了。那时节，我的武功已经很不错了，要是真动手，恐怕会伤了他。所以，回去后，我一直很后怕，尤其是写日记时想起，心里更是非常后悔，觉得自己不该动怒的。那时，我还想到父亲最初的担忧，他当时不希望我学武，怕的就是我会打架闹事，要是我打伤了那个农民，不就真成打架闹事了吗？当然，就算被父亲说上两句，或是被旁人议论几句，也没啥，我自来不管别人，但我过不了自己那一关。我对品格的要求，始终很高，就像日记里说的，我觉得，要是一个人没有好的品格，就算有很好的外表和才华，也没有意义。品格才是最重要的。要是真把人给打伤了，在我心里，跟人格垮台就没啥区别了，对我来说，这是很可怕的。

这种观点和个性，我一直保持到了现在，因此，即使在最血气方刚、最年少无知的时候，我也没有留下什么污点。

我在跟人相处时，从来不会计较他的身份、地位和才学，当然也不在乎他长得好不好看。我关心的，仅仅是他的品格怎么样。所以，我身边的孩子，品质大都很好。他们也一直在用自己的行为证明着自己。从他们的一些细节中，我能看出，他们一天天在成长，所以，我觉得非常欣慰。

当年，我也像他们一样，一直在自省，一直在成长。写下这篇日记之后的多年里，我很少跟人发生过类似的冲突——参加工作后有过几次——也许就是因为我在日记中的时时自省。

记得，我读师范的那时，回家多骑自行车。早年的凉州乡下，没有柏油路，所以，我总是从满是溏土的乡间小路上呼啸而过，带起一路风尘。小路旁多是农田，比如玉米地等，每逢骑车经过，见到那满目的金黄或嫩绿，我的心情就会非常愉快。于是，我总是一边骑车，一边唱歌，每一次回家，都像是一次短途旅行。现在，我不这样了，回家时，我总会细心观察周围的变化，要是去旅行，我更会张开观察之眼，看周围的一切。于是，那所谓的旅行，就成了另一种采风。也因此，我每到一个地方，都会发现一座文化宝库，将所见所闻所感整理成文字，便又是一部新书。

有人说，我的眼睛很毒，即使在一件很小的事情上，我也能捕捉到很多信息，他是对的。因为，不管经历什么事，我都会站在更高处，看我眼前的一切，包括我眼前的人。我不会只听他说了什么，而总是会更关注他的行为、态度、关注点和选择，同时，看他是如何做事的。当我掌握这些信息时，无论对这件事，还是对这个人，我都会有一个基本的了解。于是，我也就有了人们所说的"第三只眼"，能从生活中不断地汲取营养。

为啥我不注重别人说了什么？因为，人的想法一直在变，说法也一直在变，如果总是着眼于这些表面的东西，结果就会经常改变。那么，相对不变的是什么呢？是人的行为和选择，因为，人的行为和选择背后，有着相对固定的思维模式，这个思维模式，就代表了他。除非遇到一些对他冲击很大的事，否则，人的思维模式是很难改变的，相应地，他的命运也很难改变。所以我常说，心变，则命变；心不变，则命不变。同样道理，想要真正地了解一个人也罢，预测其命运走向也罢，都要观察他的选择和行为，不能只听他说了什么。

当然，十八岁时，我还不明白这些，更做不到这些，但我天生就喜欢分析，也有这方面的能力。而且，我喜欢关注他人，喜欢关注世界，也喜欢深入他人的心灵，触摸他人的灵魂。这些特质，从我早期的日记里就可以看出。后来，我能成为作家，也许就是因为这些特质。

那时节，凉州除了玉米地外，麦子地也很多，小麦是凉州当时最主要的农作物。而现在，凉州的乡下却已看不到小麦了——河西走廊曾是国内著名的商品粮基地，现在却没有人种小麦了，这变化，不知是好是坏。

因为师范在城里，离家不算近，足有二十多公里路，我每次骑车回家，就要花去好长时间。那段路上，我最大的享受，除了欣赏风景，就是观察沿路的一切。日子久了，就连哪儿有几户人家，哪儿有几棵树，我都了如指掌，也会不时地写进我的日记。可现在，一切都陌生了，因为很多东西都消失了——过去，凉州到处是庄稼地，到处是白杨树，现在少了许多，很多地方都盖了房子，或开了厂子，有些工厂，还占用了大片大片的耕地，土路也没了，都成了柏油路。有一次我回家，看到一条好宽的公路，刺穿了原本的田地，田地上当然已经没有庄稼了。其中一条公路，叫金大公路，关于它，凉州人争议很大，有人说它该修，有人说不该修，主张不该修的人，正是觉得它占用了大量的耕地。

至于凉州为啥只种玉米，据说是为了给民勤供水，可即便种玉米，凉州农民也要控制亩数，不能太多。总之，一茬子领导，就有一茬子政策，忽而叫农民搭温棚，忽而叫农民建园子，忽而叫农民栽梨树，忽而叫农民砍梨树……家乡的面貌，就时时变化着。有时想来，我真的有些百感交集呢。

不过，哪儿都一样，整个世界都是这样，总是在变化着。

此外，这篇日记里也谈到了静修。

记得，那时节，几乎每次从师范回家，我都会去松涛寺，因为那寺院就隐在沿途的一丛树林间。要说"隐在"，其实也不算，因为寺门口的松树非常抢眼。沿途的杨树都不高，那几棵松树，就像鹤立鸡群一样，从杨树们背后射向天空。我远远地看到它们，就知道松涛寺快到了。

那几棵松树长得很高，枝干遒劲参天，看得出有些年岁了，松涛寺的大门也一样，看起来非常古老。而那所谓的寺院，却没啥特别之处，仅仅有几座土眉土眼的土房子，远远没有鸠摩罗什寺气派庄严。但是，据说那几座土房子，是吴师父以一人之力修起来的。为这，吴师父很操劳，平日里的伙食也很简单，就是几口白开水，几个干馍馍。那些干馍馍，都是周围的百姓们供养的，他一次不会吃太多，剩下的，总会挂起来，风干，这样就能放得更久一些。每次去寺里，看到半空中那串干馍馍，我就特别感动。那时我就觉得，真正能代表松涛寺的，并不是这些土房子，而是吴师父的行为所承载的精神。

因为这份感动，也因为吴师父的教导之恩，我在很多书里都写过他，比如《西夏咒》《一个人的西部》《匈奴的子孙》等。

但也许是因缘使然，跟吴师父学习时，我没有入道。从这篇日记里可以看出，虽然当时的我还没有生起真正的定力，也没有开智慧，但是对修道，我已经非常热衷了。

# 9月8日　计划总是行不通

十八岁时，为了不虚度光阴，我总会给自己定一些任务和计划。虽然总是完成不了，但它代表了我的一种向往，有了这种向往，有了坚持不懈的努力，我就会进步。相反，如果我没有这个向往，不对自己提任何要求，不给自己定任何目标，我就会很快忘掉自己的梦想，丢掉自己的初心，最后，甚至有可能会失去修道的动力。很多人就是这样走偏的。所以，很多时候，制订的计划哪怕行不通，也比不制订计划好。因为，它的本质其实是一个警枕，结果如何，并不真的重要。

先来看下面的日记。

## 1981年9月8日　星期二　多云

不知为啥，我定下的计划，总是行不通。可见，真正地实践自己的想法，不是一件容易的事情。对学俄语，我下了很大的决心，但直到今天，都还没有真正地开始。

时间过得好快啊！

今天就写到这儿吧，希望明天能有实际行动。

在这篇日记中，我第一次提到了"计划"。

那时节，我给自己定下了许多任务，有学习任务，也有静修任务，但除了每天的晨修外，其他的很多任务，我经常会完成不了。因为我的心还很不稳定，一遇事，就容易被牵了去，这样就会忘了其他事。好在还有日记，每次一记日记，我就会想起自己忘了的东西。

每天的晨修，是我一直坚持的。最早的时候，我是五点起床，除了洗漱之外，我做的第一件事，就是晨修。修到七点，我再去做别的事。后来，我觉得这样不够，就把起床的时间改成三点，从三点一直修到七点。再后来，我能相对自由地安排时间了，就从三点一直修到中午十二点，下午再去处理其他事情。又过上一段时间，我有了闭关的可能，就索性躲进关房，整天静修——当然，对我来说，写作也是修，我有时的修，就是通过写作来进行的——所以，晨修是我从十八岁坚持到现在的习惯，对我来说，它早就成了一种生活方式。

为什么要在早起后马上静修呢？因为，你一旦进入日常的工作和生活之中，时间就不能由自己来掌控了，你随时都可能接到电话或信息，要去做个什么事情。如果你把静修安排在这样的时段，就容易出现变动，很难固定下来，也很难形成生活习惯。但三点到七点之间，尤其是三点到五点之间，一般是不会有人来干扰你的，因为大家都在睡觉，整个世界都沉浸在睡眠中，万籁俱寂。所以，清晨是一天里最宝贵的时间，一定要用来做最重要的事情。

说起这些，我才突然发现，我在这条路上，真的走了很久很久。你看，我已经长了那么多白头发，长了那么多白胡子，还有了孙女。小孙女叫上一声爷爷，时间就突然有了长度。还有我的那么多作品，真的摆起来，也许已经比我还高了。但我心里没有那么多时间，也没有那么长的路，自己好像永远都在起点上，永远都在展望前方，准备踏上新的征途——瞧，世界不是正在向我敞开怀抱，等待我在她提供的舞台上，演绎出新的故事吗？我的当下，永远是崭新的；当下的我，也永远是充满生机和活力的。

但我还是感恩自己走过的那条路，感恩当初那个想尽一切办法，在早上三点起床的自己，因为他的努力，才有我今天的一切。我的一切，都是从最初的晨修开始的。所以，我深深地感恩记忆中的那个我。

我想，如果没有他的坚持，我可能早就迷了吧。

我也想告诉那些有向往的孩子，所有的坚持，都要从清晨五点的静修开始，能把这个行为形成习惯，在生命中坚持下去，才有后来的一切。如果你连这个行为都无法坚持，想在此生觉悟，是不可能的。

其实，虽然我无数次在日记里忏悔，觉得自己的毅力不够，不然就不会完成不了计划，但事实上，我从小就比很多人都自觉，也都有毅力。无论学习，还是做其他事，我都不需要别人来监督，总是自己就能把自己监督得很好。如果换成另一个人，跟我身处同样的环境，各种条件都一样，他也许就会很难坚持下去，其过程也会艰辛很多，漫长很多，甚至有可能随时都会中断。为啥？因为他也许没有我的自觉，也没有我的毅力，或者说，他的向往也许不会像我这样，不但清晰强烈，而且历久弥坚。

我认识很多放弃了梦想的人，他们也曾经有过文学梦，曾经渴望过写出优秀的作品，但五年之后，十年之后，或二十年后，他们就放弃了。光是我身边就这样，何况全世界有几十亿人？所以，放弃梦想的人，远比坚持梦想的人要多得多。我相信，假如我没有坚持自省、自律、自强，我也会成为其中的一员。那么，今天这个在文字里絮絮叨叨、反反复复地说着人生，说着梦想，说着超越的人，就不会出现了；他的那摞可能比人更高的作品，也就不会出现了；很多因为他的作品，改善了生命质量，实现了超越的人，也会有另一种命运。无论对我来说，还是对世界来说，这恐怕都是一种损失吧。

所以，我一直对学生们很严格，我要求他们一定要早起打卡，一定要早起诵读，一定要每天填精进表——目的是给自己打考勤，知道自己每天都把时间用在了哪里——就像我当年一样。我当年就是这样一步步走过来的。现在，就连我那个才八岁大的小孙女，也养成了早起打卡、诵读、静修的习惯。我相信，只要能坚持下去，他们一定会像我一样，慢慢地战胜自己，完成自己，实现梦想。而我的小孙女那么大的孩子，也会拥有一个快乐的，能完全由自己选择、由自己掌握的人生。

# 11月23日　生命中的过客和眷属

　　过去，我在日记里记录了很多人、很多事。写下他们时，我总是觉得他们很重要，对于其中的一些人、一些事，我甚至有过大段大段的描写。当时，我总以为他们会在我的生命中待很久，我们会一起走很远的路，但后来，他们却永远地消失了，其中的很多人，甚至仅仅跟我是一面之缘。这时我才明白，有些人虽然进入过我的生命，跟我的生命却没有产生真正的关系。无论对我，还是对他们，我们在彼此的生命中，其实都是不相干的人。

　　想来，真正跟我的生命相干的，只有那些帮过我，或跟我一起做事的人，其他的所有人，哪怕跟我有血缘关系，也会渐渐从我的生命中消失。留下的，仅仅是一点或朦胧或清晰，却又无法确认其真伪的记忆。这就是人与人之间的真相。

## 1981 年 11 月 23 日　星期一　阵雨

　　早上练功两小时。

　　3 月时，我收到了她的来信，不知道她是怎么想的，信中语言含蓄，令人费解。我很想知道，既然她不喜欢我，为啥还要给我写信呢？我那第三封信，都写得那么绝情了，为啥她还要勾起我的心思，让我像猜谜一样猜她的心呢？算了，我索性不猜了。

反正，就算我们谈恋爱了，最后也往往会分手的，又不一定能结婚。将来的事，谁说得准呢？我也不知道自己将来会如何。不过，她看起来很有社会经验，但愿她将来能得到幸福。

在我心中，她真像一个谜啊。我常常猜想她的经历：她在什么样的家庭中长大呢？她的举止那么成熟有礼，应该是有背景的孩子吧？也可能，她有过不寻常的遭遇，甚至有过坎坷的经历，要不，她怎么会那么成熟呢？她好像跟我提过她的表哥，她是不是被表哥追求过，后来，为了摆脱那无休止的纠缠，才狠心转学的呢？我对她的事，真是一无所知，毕竟，我们之间，只有数面之缘而已。

今天，我看了一本中篇小说，叫《晚霞消失的时候》，那本书写得太美了。真的，看后很长时间，我都感到很痛苦，郁闷的情绪时时笼罩在心头。我总是遗憾那结尾，觉得不太理想。我不明白，作者为啥不把结尾写成男女主人公成为朋友呢？现在这样，未免太绝情了。

我想，对于我来说，还是静修要紧。其他的一切，过了也就过了。


日记里的"她"，仍是我在电厂认识的那位女子。前面的一篇日记中，我提到自己写信给她的事情，后来，她给我回了信，再后来，我们还通过几封信，但很快，就失去了联系。我们之间，始终没有发生过什么实质性的故事。不过，我们的每一次通信，在我当时的同学心里，都是大事。我总是跟他们聊我和那女子的故事，他们也总是盼望我能收到回信。

现在想来，学生时代的友情真是单纯，后来，跟我关系最好的朋友，就出现在同学这个群体里。便是没有成为朋友的同学，在生活中，跟我的关系也一样很好。所以，每次想到同学，我总会觉得温暖。

从这篇日记中一本正经的叙述来看，这个女子的出现，曾经是我生命中的一件大事。我用了很大的篇幅来写跟她的交往，来猜测她的故事，猜测她对我的态度为何若即若离，她的举止又为何如此成熟，但实际上，她并没有占据我太多的生命空间。很多其他的人和事也是这样，我都曾一本正经地写到他们，还为将来的相处，做过各种假设，但事情并没有像我以为的那样发展，他们当时的重要，也很快就从我的心中消失了。随之消失的，就是日记中对他们的叙述。想来，那所谓的重要，在我的一生中，也只是某个瞬间的一点情绪而已，就像偶然飘过眼前的云烟，一闪而过。

其实，每个人都是这样。

每个人的生命中，都有着各种各样的过眼云烟。其中的很多片段，在发生的当下，都给了我们一种"重要"的错觉。当时，我们是那么在乎它们，以为它们会一直留在我们的生命之中，至少会留得稍微久一些，但某个不期然的瞬间，我们就会发现它们已经消失了，相关的人消失了，感觉也消失了，一切都消失了，心中残留的，只有一点淡淡的影子。一切都很仓促，连一句简单的告别都不一定有。有时，连那影子也不一定能留下。就像我翻开这些日记时，里面的一些人、一些事，我都已经不记得了。每当我看到那些陌生的名字、陌生的记述，我就会感觉到时光的飞逝，感觉到一切都是那么遥远——几年之后，或十几年之后，你再来看今天的一些记忆，或回顾今天的一些事情时，你的心中一定也会产生这种感觉。因为，这就是经历的真相。

我所说的真相，就是一切都会过去，无论当下看来多么真实，无论当下的感觉多么浓烈，都会过去。当你明白这个真相时，就会少了很多烦恼的。

你瞧，在我十八岁的日记中出现过好几次的这位女子，其实一直没有在我往后的人生中出现过。我一直没有生起想去见她的念头。对我来说，她就像一阵风，在我十八岁那年，偶然掠过了我的生命，仅此而已。

我们生命中的很多故事，很多存在，其实都是这样的风。

所以，对眼前的很多事情，我们真的不必太在乎的。

要不，你也可以去看看你的日记，看看有多少事你现在还在意，有多少人现在还留在你的生命中。如果你没有写日记的习惯，就好好地回想一下，看看自己还能记起哪些生活片段，有哪些片段，你是永远不会忘记，永远在你心中占据重要位置的，又有多少人，对你来说一直都很重要。当你细细回想，就会明白我的这番话。

五十多年来，真正能留在我心里的，只有那些真正在我的人生中留下痕迹的人，也就是我前面说过的，那些帮过我的人。因为，如果没有他们的帮助，我的人生轨迹可能就会不一样，甚至，有些事情的成功，可能会延后很多，也需要我付出更多的努力和心血。所以，每一个帮过我的人，哪怕他只给了我一丁点帮助，对他自己来说，只是做了一些举手之劳的事情，我也永远忘不了他。

那么多年过去了，我却依然没忘记当年帮我抄过书稿的那些人，不管他们是我的朋友，还是我的同事，我都一直记着他们。当然，他们也许不会知道，因为我不一定会去见他们，也不一定能经常提起他们，更不一定能给他们些什么，但每次想起他们，我都会想起他们对我的帮助，然后心里充满了感恩。

另外，我还记得自己读过的那些好书，比如这篇日记里提到的

《晚霞消失的时候》，就曾经给过我极大的震撼。就像日记中说的，那真是一本很美的书，充满了诗意，至今我还记得它的内容，包括书中一些很好的句子，我也没有忘掉。但最难忘的，还是那结尾——书中的男女主人公不但没有成为朋友，还从此再不联系，从彼此的生命中消失了，仅仅留下了一段很美的回忆。日记中说，十八岁时，我觉得结尾不该这样，这样太残酷了，但现在想来，这才是最好的结尾。因为，它用结束来定格了最美的瞬间，因为这种让人心痛的遗憾，也许男女主人公永远都不会忘掉对方。我的生命中也有过这样的人，他们虽然已经从我的世界里消失了，但因为过去的美好，比如他们对我的帮助，我心里还是记着他们，甚至时不时就会想起他们，想起他们曾经的付出。而有些人，因为只是浮光掠影地相遇过一场，没有太多的交集，也没有值得去回忆的细节，我也就把他们给忘掉了。

总的来说，我记得的人，大抵有六类：一是帮过我的人，二是让我学到过东西的人，三是跟我一起做事的人，四是给过我书的人，五是与我有过相对长时间交往的人，六是带给我伤害的人。当然，许多伤害，现在看来并不是伤害，我早已理解了他们，曾经的那些故事，也作为一种生命的印记，留在了我记忆中。

不过，有时候，我表面上忘了的那些人，也会时不时浮出我记忆的湖面，一起被激活的，是跟他们有关的许多往事。这说明，对他们，我并没有真忘，只是我的记忆暂时屏蔽了他们而已。

我很少回想往事，总是待在我当下的宁静里，只有在遇到某事、某人，或到了某处时，我才会想起跟他们有关的一些细节。

所以，我每到自己喜欢的一个地方，就会买书，因为这本书，这个地方就一直会出现在我的生命中。因为，每次看到那书，我就会想起那座城市，想起那座城市里的朋友。

还记得《无死的金刚心》中的一句话吗？"觉悟是涌动的大爱，绝非无波无纹的死寂。"是的，我明白了世界的无常，我看到了生命的真相，我知道一切都不会永恒，但我的心头仍然溢满浓浓的诗意——你也可以说是多情，我确实是一个感情非常丰富的人。

我还有个习惯，喜欢将朋友的号码存入手机，过节时，只要时间允许，我就会一边给他们发短信问候，一边念一些祝愿的话。这甚至成了我跟许多朋友联系的唯一方式。现在，有了微信就好多了，我会将一些朋友的通信方式标上星，想他们了，就上去看看。

对于那些伤害过我的朋友，或是曾给我带来不快的朋友，我虽然记得他们，但他们大都成了我命里的过客。每次想起他们，我的心里虽然不再不快，却总会有些唏嘘和遗憾。这时，我就会提醒自己，不要像他们那样伤害别人，要尽量地帮助别人——我总是记着"己所不欲，勿施于人"，自己不随喜的事情，我是不会对别人去做的。不仅如此，我还总是记着"己之所欲，先施于人"，也就是总把自己喜欢的东西跟别人分享，这样既可以给对方一份好心情，也为我们的友情留下了一个纪念。

还有一些朋友，正是因为印象太好，我也就不再见面了，因为，我怕我们一旦再见，就会伤害之前的印象。

我的生命中发生过很多这类事。若是将时间定格在某一点，之后再也不相见，再也不发生新的故事，我和一些人之间，就只有美好的回忆。但只要过了那一点，我们之间的故事继续发展下去，就会出现一些不美的剧情，之前的美好，就会受到伤害。所以，每当发生这类事，我的心头就会充满饱满的情绪，然后发出"人生若只如初见"的感慨。每逢见到与他们有关的物件，比如他们送我的书等，我的心里也会无比地沧桑和唏嘘。我多么希望，我想起他们时，记起的都是他们的好，而没有他们的不好。但人生就是这样，没到盖棺论定那天，一切都可能发生变化，你永远不知道，那变化到底是好还是坏。不过，其实那不好的事，过上一段时间再回想，心中就只剩下诗意了。所有的经历，都是相遇的记录，也都是活过的痕迹。

日记中记录的那个女孩，也许就是这一种。

在2009年之前，我的生命中也有许多过客，后来，他们都远去了。那一年，我客居到了岭南。雷贻婷是第一位专职志愿者，大学毕业后，就跟我一起做事。后来，又来了一些专职志愿者。能一起做事的人，就不再是生命中的过客了，他们其实也成了我的生命本身。

我总是将读我书的人分为四类：一类是读者，他们读我的书；一类是粉丝，他们喜欢我的书；一类是学生，他们学习我书中的知识；一类是弟子，他们跟我一起做事，用生命来实践真理。这四类人，我都会珍惜。按传统的说法，他们都是我的生命眷属，因为他们跟我的生命发生过联系。所以，在我眼中，他们就跟我同体了。这同体，也是"同体大悲"的同体。

我们要像珍惜自己的生命那样，珍惜我们的生命眷属。这眷属，包括你的朋友、学生、同事，也包括你的家人。

1982 年

# 3月2日 关于表妹表弟的记忆

在我早期的日记中，表妹蔺志存是常常出现的人物，她便是前面提过的，金川姑妈畅桂英的女儿。以前，我还留着她写给我的信，同样也留着很多朋友的信。它们不仅仅保留了我们之间的一些美好记忆，也是我生命的痕迹。

说来也有趣。我从小就坚信自己会成功，所以一直都有保存资料的习惯。那时，我总是自以为是，认为那资料不是为自己保存的，而是为历史保存的。现在想来，很是有趣，但那时，我真是觉得，有朝一日自己成功了，成为了大作家，那些资料的作用就会显示出来。

于是，早年时，我就总是开玩笑，把跟自己有关的文字和物件，说成是文物。这当然是少不更事了，你想，若是你总把自己想得很伟大，有几个人会喜欢你？所以，我的"轻狂"，曾经让很多朋友都不太舒服。就是现在，我这习气，还是会时不时地冒出来，让人觉得我"目空一切，非常狂妄"。

先看我的日记：

## 1982年3月2日　星期二　晴

早上练功两小时。

2月28日，我收到了表妹25日的来信，让我倍感亲切，我很想念她和表弟。写到这里，思绪仍是很乱、很杂，但充满了温馨——我总是想起那十多天里的一切，想起可爱的表弟和表妹。此时，他们好像又走出那信，坐在我身边，对我说话……啊，到了今天，一想起那信，我仍是浮想联翩，但又有什么办法呢？这也不是我能控制的，那么，便随缘吧！

刚看完《平静的朋友》，那电影，塑造了许多旧时代的英雄人物。其中，小佳是个酷爱唱歌的姑娘，为了救战友，最后饮弹而亡，她的命运催人泪下；排长是个个性鲜明的青年英雄，为了祖国，冒死奋战异乡；最可笑的是赵珍，在那影片中，她虽然也有转变，但正是那转变，有些招人反感。你想，男友要上前线了，她就分道扬镳；被抛弃的男友凯旋，她又含情脉脉地重投对方怀抱。谁知道，在这种转变背后，藏着什么样的理由？

表妹蔺志存个子不高，比我小一岁，人很活泼，对我也很好，甚至有亲戚想叫我娶她。

十八岁时，表妹经常跟我通信，后来，她嫁人了，我们的书信来往就少了。

在我的亲戚中，也有许多人，一见我就不舒服，主要还是因为我们不是一类人。那时，我老谈文化，谈命运，谈人生，这些话题，他们不爱听。他们的话题，除了吃喝之类，便是其他享受。所以，我们见面时，总是不太开心。那么，我跟他们便很少见面，甚至不见了。现在，我早已理解了他们，觉得他们谈啥都好，只要能健康地活着。

直到现在，我还是不喜欢跟太功利的人来往。早年，有人如果请我参加一些活动，我一般都会拒绝。以前，我不喜欢在文化活动中加入商业图谋，我讲课时，也不愿签名售书。我只喜欢给一些有共同喜好的朋友，送去一个祝福，一份好心情。但近几年，我明白了一个道理，这是个商业时代，做任何事都要遵循这个时代的规则，借助这个时代提供的平台和渠道，才可能有好的效果。我虽然不在乎那结果，但我愿意遵循规则，把事情尽心尽力地做好，让更多的人接触到大善文化，并且得到清凉。

对我们的选择，大多数人持理解态度，但也有一些人不理解，觉得不免费叫人看，就不是在传播大善文化，而纯粹是一种商业行为。比如，多年前的某一次，武威新华书店开我的作品发布会时，安排了签名售书的环节，我也应邀参加了，有朋友就觉得我在卖书，心里便疙里疙瘩的，有些不愉快，因为是他在买我的书，而不是我送给他。后来，也有一些场合，出现了类似的情况，我就总是叫人误解。再后来，我索性接受了所有误解，甚至也开起了公司和网店，借助这个时代的渠道和方式，来传播我们承载的文化，同时也建立一种健康的造血机制，让文化传播事业能一直运作下去，实现我们的更多构想，比如建书院、将图书翻译发行到海外各地等。于是，这些年，研究院在文化传播方面有了许多成绩，但与此同时，也出现了各种各样的声音。

其实，在这样的时代，商业是最好的传播方式。有时我们主动给一些人送书，但那些人却会因为太轻易得到，反而不去珍惜。所以，签售也好，直播带货也好，有时就是一个传播的杯子，只要我们用这些杯子的时候没有功利心，而是抱着一种真诚的心态，希望对面的人能够获益，能够解除心灵的热恼，得到清凉和幸福，那么无论我们选择哪一个杯子，都不会违反我们传播文化的初衷。如果有人误解，也没关系，我不能因为别人的期待和误解，就不做事。

当然，我也能理解一些朋友。早年，亲戚们一谈实惠、功利的东西，我也会反感——可见那时我修得还不好。闭关前，我甚至给一些亲戚发了绝交信，叫他们别再打搅我，其原因，就是想躲开一些功利的人和事，腾出生命空间，做我该做的事。不过，我那时绝交的，只是我认为人品不好却常来打搅的那几位，我并没有一棍子打死所有人，跟所有人都绝交。

但是，在这一点上，我还是希望大家别学我。因为，如果我当时能好好沟通，也许就能做到既不绝交，也能让对方不来打搅，这样，就不会给对方造成伤害了。我觉得，大家完全可以做得更好。

现在想来，我当时的做法，是偏激了些。但在那时，我实在别无他法，不这样，我的生命就耗光了，根本不可能成为今天的雪漠。因为在凉州，亲戚间总是来来往往，有时一拨人来了，在城里一住就是好几天，刚走，不几天，又会有另一拨人来，又会住上好几天。每一拨人来，我都得陪着，不然，他们就会觉得我冷落了他们，一样不高兴。所以，我要是怕得罪人，不事先表明态度，这辈子就会耗在这种事里，什么也做不了了。

这绝不是危言耸听，这是事实。只要我们一反省，就会发现，那些可有可无的交际应酬，竟然占据了我们的很多生命时空。有些朋友还会发现，自己还没好好活过，竟然就老了。于是，我的一些朋友，就专爱在过年时旅行。他们倒不是不想陪老人，而是怕亲戚交往浪费太多时间。相比而言，他们宁可多走几个地方，长长见识。要是多了一种文化眼光，那出游，也就更有意义了。有些孩子对我说，他们很想知道，假如雪漠学好了外语，到俄罗斯或是美国、澳洲那样的地方，生活上一段时间，他会写出怎样的作品？他的作品会展现出一种怎样的色彩？呵呵，我也想知道。不过，我也像那怀胎的母亲，虽然孩子就在自家肚中，却不能预测它到底是啥样子。更多的时候，我只是在给它补充营养，等待着它在某个时刻降临。我唯一能预知的，就是它的诞生，总会带着当下生命的所有信息。所以，要是我能进入一个更大的世界，接触一些不同的文化和生活，就一定会写出新的东西。对于这一点，我自己也很期待。

在我写过绝交信的亲戚里，没有表妹，更准确地说，早在我给亲戚们写绝交信之前，我跟她已没有来往了。

我们最后一次来往，是在 90 年代，某次，我跟妻去金昌办事，住在她家。她妈不在，我就给表妹打了电话。她回到娘家，给我们开了门，当时，她取了把刀，将一个苹果削成两半，一半给我，一半给妻，我们接了，但没有吃，理由跟分着吃梨差不多。现在想来，那其实也没啥，可能只是表妹的习惯，但那时，我们的心里还是有些不舒服。

当时，我们要外出办事，表妹就顺手将钥匙给了我，叫我办完事直接回来。这是很让我觉得温暖的一个细节。但是，表弟很快回来了，又拿回了钥匙。他说，自己会在屋里等我们，不用带钥匙的。我们就将一些东西放在姑妈家，自己出去办事了。回去时，我给表弟打电话，他却一直没接，我们有心回武威——因为事办完了——但我们的东西还在他家。于是，我们只好傻傻地站在门外，敲了很长时间的门。最后，开门的是姑妈，她说，她还以为是别人在敲门，所以没开，后来听出是我们，才开的门。

这件事，对我影响很大。从此之后，我无论去哪儿，都不会住在亲戚家里。因为，表弟要回钥匙的那个细节，让当时的我受到了深深的伤害——一种不被信任的伤害。从这事以后，我就没再跟表妹一家人有过接触。

当然，现在想来，他们其实也没做过分的事。现在，我自己也不轻易将家中钥匙给人的。所以，我也就理解了那时的表弟。

表弟和表妹，是我小时候非常喜欢的两个人，那时我一直以为，他们会有大出息的。尤其是表弟，他有理想，天分高，长得帅，胸怀大志，家庭环境和学习环境也好，按说，是会有一番成就的，但四十年过去后，我有些替他们可惜了。

我常常怀念小时候的表妹和表弟，毕竟，跟他们初次相遇，是我第一次进入城市人的生活，感受到城市人的生活氛围。那时候，他们一家人对我都很好，给了我很多温馨的回忆，每次想到那时的事，想起他们给我的点滴关怀，我总是觉得很温暖。那时节，我还是个孩子呢，给不了他们啥，但他们却仍然待我那么好，所以，我一直都很感谢他们。

我总是想，要是表弟表妹别长大，那该多好！

# 3月17日　骚动的年代

一些朋友常常向我吐露他们内心的苦闷，多是情感上的问题。可每当谈完，他们又会不好意思，因为，在他们眼中，我就像天生的清教徒，从来都不会有情感上的苦恼。其实，看过这些日记的人都知道，在我能自主心灵之前的多年里，我也会在日记中流露一些情感。在点点滴滴的文字里，你会发现，我也有过骚动的年代。

## 1982年3月17日 星期三 晴

早上练功两小时。

3月1日给金川去了一封信，不知为啥，至今收不到回信。也许，我对柳某的指责伤了表妹的自尊，她不愿承认自己只是众多女子之一？也许，她只是在试探我？但不管怎样，她不回也好，反正，一个多情女子，又表里不一，也不值得我留恋的，就此分道扬镳也好。

昨晚，我梦见一个善良的女孩，她看起来很害羞，像小燕子似的跑来跑去，后来，还微笑着给我留下了一首诗。那诗，很像谜语，我怎么猜，都猜不到那谜底。她说，要是我猜出了，她就把爱献给我。在梦里，我猜啊猜啊，急得满头大汗，一跺脚，却醒了。梦里的思念、迷茫、怅惘，还笼罩在我的心头。不知为什么，那个女孩并不美丽，甚至有些冷酷，梦里的我却爱上了她。想想，我也很有意思。

那个小燕子般的女孩，在我的生活中其实并不存在，也许是因为我当时太渴望爱情，梦里才会出现这样的故事。

正是因为有过日记中谈到的那种经历，我才能理解一些孩子在情感上的早熟。既然我们每个人在年少时都向往过爱情，那么我们的孩子对爱情有向往，其实也很正常，没必要大惊小怪的。我们的大惊小怪，其实是一种执着。当我们想开点时，就会发现，许多东西，只要设身处地地想一下，我们就能理解的。

像我，十八九岁时，也是情感丰富、渴望爱情的，那时我时时会抒情，时时会波动，但这并没有影响到我后来的明白。为啥？因为我做到了两点：一是不要忘了自己该做的事，时时自省，时时向往；二是凡事有分寸。所以，我们可以多情，但千万别变成一头丧失理智的驴子，要明白"世界是心的倒影"，要"让心属于自己"，要做到"世界是调心的道具"——它们是我三本小书的名字，但这三个名字，其实也是修心的三种境界。

这篇日记中，提到了一封寄到金川的信，那封信是写给表妹的。说到表妹不回信时，我显得很受伤，而且这种受伤中，还有一种超越亲情的味道。其实，在我读师范的两年里，我和表妹一直相互有好感，只是彼此都没有捅破那层纸。许多亲戚也都劝我娶了她，但"近亲"一直是把剑，总是在斩断那丝若有若无的情愫。

日记中提到的柳某，跟表妹在同一个工厂里打工，我听表妹提起过他。那时，我似乎还见过他，长得很帅。但我到金川的时候，却听说此人很糟糕，跟好几个女孩都有不正当的关系，于是，我就在信中劝表妹别跟这类人接触。在当时的社会上，这种人介于黑社会和流氓之间，或是打架，或是鬼混。一年后，中央就发起了"严打"运动，好些人就叫毙了。

后来，我向一位金川的朋友打听过那位柳某，他倒是没叫毙了，但也没有发迹，只是从一个小混混，变成了一个老混混，仅此而已。

我身边的许多小混混，后来都变成了老混混。这是他们不变的生命轨迹。想要改变这种轨迹，只有一个办法，就是不要再混，好好活一回，做些值得用宝贵的生命去做的事。

所以，我常常告诉身边的孩子，叫他们一定要想明白，记住自己这辈子做什么来了，千万不要当混混。

人这辈子，总要做些啥的，不然，一辈子就混没了。

不过，我说的混混，不是在骂人，而是对一种生活状态的形容。有些人一直不明白自己该做什么，于是就随波逐流，追名逐利，结果活了一辈子，什么也没留下，对这种人，我就称之为混混。我所认为的一些混混，甚至是时下受到大众追捧的人物。虽然他们也能发出很大的声响，过上很好的日子，但他们的成功，只是一时的成功，他们只是在追逐流行和时尚，不管混出了什么名堂，最后，都会被时光扫得不知去向。在一茬一茬的人类中，混混总是占大多数，而大多数的混混向往的，也只是一些比他们更大的混混而已。

读这些日记时，我才终于明白，我身上那些被人认为是毛病者，其实是我能走到今天，能做这么多事的基因。这些基因一直伴随着我，从十八岁——或更早——直到今天。四十年来，我的想法变了很多，个性和习惯也变了很多，这一点却一直没有变。我虽也时时发出感叹，觉得有时的真话并没有多大意义，因为，有时，人们真是听不进真话的，但到了下一次，再一次遇到大是大非的问题，我还是会说出那些不中听的内容。这么多年来，我一直没有改变。

# 5月6日　别人的故事是自己的营养

　　我早年的日记里，记录了很多别人的故事，比如那个女学生因为流言而堕落的故事，还有这篇日记里的故事。

　　这些故事都在打动着我，我总想把它们记录下来，甚至写进我的小说里，为故事里的人物说说话，把他们的痛苦说出来。但另一方面，这些故事也是我的老师，它们总在告诉我某种东西，让我生起警觉，尽量避免在自己的人生中出现这类事。比如那个女学生的故事，记下它的两三年后，我认识了我的妻子鲁新云，当时她是我的学生，而且她也像那个女孩那样，经常来找我请教问题。所以，最初跟她交往的时候，我非常小心，唯恐自己处理得不好，会让她陷入那种命运。但后来我们还是在一起了，也不可避免地引起了人们的流言蜚语。跟那个男老师不同的是，我一直陪在鲁新云的身边，跟她共同面对所有的闲话，最后也真的跟她结了婚。所以，她没有陷入那个女学生的悲惨命运，反而活得非常幸福。讲故事的意义，有时也在于此。

　　每一个故事，都代表了一种命运，同时也承载了关于这种命运的所有信息，如果你有足够的智慧，能够将其中的密码全部破译出来，你就会从这个故事中受益。对的，你可以学习；不对的，你可以避免。这样，你就可以规避很多未来有可能出现的问题，让自己的人生尽量圆满一些。

　　但有时，人对自己的命运是有心无力的，明知该怎么样，却还是拗不过心灵的惯性。所以，所有理上的明白，都必须配合事上的实践。否则，你很难改变自己的心。如果改变不了心，在命运的风暴中，你就是一片无助的落叶。

## 1982 年 5 月 6 日　星期日　晴

早上起得有些早，静修状态不是很好，但总算修完了。

今天，我听到了一个令人气愤的悲剧故事：

一个小伙子和一个姑娘相爱，姑娘没上过学，双方之间又没有引线人，姑娘就拼命地自学文化，为了跟小伙子通信。后来，他们终于能比较顺利地通信了，但没过多久，小伙子就参军了，离开了家乡。小伙子走后，姑娘的父母就给姑娘定了亲，因为他们不同意女儿和那小伙子结婚。姑娘的婚事定得很近，在 2 月 2 日，她就写信和小伙子商量，叫小伙子带上一位战友回家探亲，不要叫她家人起疑，然后她再悄悄地跟上他的战友一起走。小伙子答应了，真带了一位战友回家乡，但那战友不认识姑娘，小伙子就找到一个叫蔡和川的好友，说自己先走，叫他把姑娘送到自己的战友那儿，他们在车站会合。小伙子很相信蔡和川，因为蔡和川过去常帮他们传递书信，但蔡和川这次却骗了姑娘，说那小伙子没叫自己带啥口信。

结果，小伙子等不到姑娘，只好回了部队；姑娘以为小伙子失约了，也只好悲恸欲绝地嫁了人。

社会环境和传信的小丑，造就了这样一场爱情悲剧。

从小，我就总是在别人的故事里感动自己，在别人的故事里流自己的泪，也总是把别人的故事，当成我的镜子，用镜中景象来提醒自己，希望自己的生命中不要出现类似的剧情。比如前面说的，流言带来的痛苦，还有这篇日记中所说的，中间人导致的误解和错过等等。因为这份警觉，我后来谈恋爱时，就杜绝了一些不好的东西。

我总说，要学会做生活的有心人。能从别人的故事中读出命运的密码，还能将这份收获运用到自己的生活中，就是我的有心。如果大家也能更有心——比如，我在解读这些日记时讲过的话，大家如果能用到自己的人生中，很多有可能发生的挫折，甚至悲剧，都会被扼杀在胚胎阶段。

先来看看这篇日记。

这篇日记中谈到了父母对子女婚姻的干预，在早年的凉州，这类事经常发生，凉州的父母总会为了利益，左右子女的婚姻——大多是女儿的婚姻——有时，就会导致一些悲剧。在中篇小说《长烟落日处》中，我谈到了很多父母亲手制造的爱情悲剧，比如，丧妻的农民陈卓，后来又娶了个年轻女孩，那女孩已经有心上人了，但她的父母想不花钱给儿子娶老婆，就用女儿来换亲，结果，女孩在新婚的第二天就自杀了；农村少女玲玲跟同村一个很穷的农民相爱，还有了孩子，但她的父母死活不同意他们结婚，玲玲怕未婚先孕会给父母丢人，也怕陷入村里人的流言蜚语，就用自焚来掩盖秘密；玲玲的妹妹香香也爱上了那个农民，但父母仍然不同意，还把她许配给有钱的老道，于是，她就跟那农民偷情，老道发现后，就设计把农民给害死了……类似的故事，在那个年代的西部实在太多了。当然，城市里也有这类故事，甚至，直到今天，有些家庭还是会上演类似的剧情。有些实惠的父母，为了不让女儿嫁给穷小子，甚至会以死相逼。可见，人类的命运，并没有因为时代的更替，而发生本质上的改变，改变的，其实仅仅是形式。

有趣的是，父母对子女婚姻的干涉，有时也会导致另一种意想不到的结局。

比如，很多年前流传着一个故事：有个领导年轻时在甘肃工作过，他非常优秀，但没有当地户口。他当时跟一个兰州女孩相爱，那女孩把他带回家，希望父母能同意他们的事，但她的父母却没有同意，理由是他没有兰州户口。于是，他们就在女孩父母的阻挠下分手了。后来，他做了领导，那女孩的父母有啥心情，可想而知。但有些事其实说不清。现在看来，那对父母当初要是同意女儿嫁给他，当然很好，可假如那个女孩嫁给了他，他还会不会成为后来的他，就是未知数了。很多时候，女人确实会影响男人的命运，而男人的命运里，也藏着女人的命运。

这是闲话了，回到我的日记。

这篇日记中的故事，在我的生活中没有出现过，因为我汲取了教训，一直没有做类似的事。当然，也有一些事，是我们即使知道，也很难避免的，比如流言。我虽然知道有些事会引来流言，但我和妻真的相爱了，身份的特殊，导致我们的相爱一定会伴随流言，这是我无论如何也无法避免的。我唯一可以控制的，就是自己不要做出伤害女友的事情。

这就是我在读故事时的收获。

过去，我读过很多故事，虽然它们大多没有走进我的小说，但却走进了我的生活。每一个故事，都给我提供了智慧的滋养，让我意识到命运的其中一种可能性，也告诉了我，如果不想要那样的剧情，我该如何选择。通过不断学习、实践和成长，我才走到了今天，而我过去的人生，也没有留下大的遗憾。所以，对我读过的每一个故事，我都非常感恩，对那些真诚地跟我分享故事的朋友，我也非常感恩。

不知道，读了我的故事的你们，又能得到怎样的启示呢？我谈到的这些故事，能不能引起你们的思考，能不能让你们有所收获？如果可以，我用在解读日记上的这么多时间，也就没有白费了。

# 6月3日、7月6日　多情的理想主义者

下面的日记中，谈到我认识了一个女子，这个女子是亲戚给我介绍的对象，我们几乎没有相处过，但她还是走进了我的日记。

进入师范不久，就有亲戚给我介绍对象，因为师范生毕业后会当老师，在那时，这是一个不错的条件。于是，时不时就有亲戚给我介绍对象，我的日记中，就时不时会出现一些女孩的名字。这些名字，有些是真的，有些是化名，因为有些名字我已经忘掉了，只能用化名来代替。第二篇日记里的"丽月"就是化名，虽然我在日记里写到自己动心，但我还是把她的名字给忘了，说明我对她的印象其实不深。

不过，我们见过面，还通过信，亲戚们给我介绍的女孩中，有些我连面都没见过。但即使我们见过面，也只是浮光掠影地相遇了一下，很快就从彼此的世界中消失了，没有发生过任何故事。所以，人与人之间的缘分很奇怪，从日记中看，与妻相识之前，我的生命中出现过好几个女子，但即使是一些以相亲为目的见面的女子，也没有太长的缘分，往往是还没来得及发生故事，就已经草草地结束了。

日记中的这个丽月，也是这样。她在我家乡的信用社工作，是正式工。我以前就知道她，但没什么了解，对她的印象也不太好。因为，当时有很多人传她坏话，说她玩弄了好几个男老师的感情。所以，当亲戚想把她介绍给我时，我心里非常犹豫，不知道见好还是不见好，于是就写了第一篇日记。但后来，我还是在亲戚的劝说下跟她见了面，还对她有了改观。于是，就有了第二篇日记。

现在想来，那女孩其实很平常，胖胖的，样子不太出众，那些男老师之所以去找她，跟亲戚把她介绍给我一样，也是因为向往双职工（两口子都是正式工），所以，人们传的那些坏话，其实有点捕风捉影的味道。但即便如此，这些话也还是影响了我对她的印象。可见，人言可畏是有道理的。我常说，虽然修道者追求的境界是毁誉不惊，但对于人言，我们还是要有敬畏之心，要懂得敬畏世界，敬畏一切。不懂得敬畏，凡事欠缺分寸的人，往往会遇到更多的挫折和坎坷。

另外，当我发现自己对别人的误解时，也就理解了那些听信闲言，对我产生误解的人，因为他们并不了解我。一旦他们真正地了解了我，对我也许就会有另一种看法。

## 1982年6月3日　星期四　多云

早上练功两个小时，状态很好。

一年来，因为抓紧时间静修，脑中杂念不多，没有多少写东西的欲望，日记就中断了。

最近，我认识了一个女子，过去，跟她虽然没什么接触，但很多人都说她不好，因为她造成了很多恋爱悲剧。这样的女子，我能接受吗？

听说真正的修道需要独身的，我得多想想。

## 1982年7月6日　星期二　多云转晴

清晨修两小时。

　　昨晚回到家中，心情有些不快，修心快两年了，心却仍然不属于自己，丽月的样子老是在我脑海中出现。一个我曾经讨厌过的女子，竟能引起我的好感，真是一件怪事。我算不算轻浮呢？我想应该不算吧。可惜啊，认识她几年了，从来没想过要去了解她，却在离开的前几天，才对她产生了好感。

　　不知道她对我有啥感觉呢？今天见面时，从她爱笑的闪光的眼睛中，我看得出，她很喜欢我。尽管我看起来有些玩世不恭，但是我相信，她的慧眼，一定会看出我是一颗裹着泥巴的珍珠。

　　好吧，我决定听亲戚的话，表个态。

　　看来，修心并没有让我没有感情，这是好事，还是坏事呢？


　　从我早年的日记中，你就可以看出，我真是一个多情的人。我的生命中，时不时就会出现一些打动我的人和事——有时，甚至只是一个细节，比如第二篇日记里，丽月那"爱笑的闪光的眼睛"。我从讨厌她，变成喜欢她，其实只是因为她那双透出了诗意的眼睛。我在那双眼睛中，看到了我的梦。

　　但这时，她并没有明确表示过自己的态度，既没有说对我有好感，也没有说不喜欢我。十九岁的我，还只是一个憧憬爱情的男孩，我对令自己心动的女子，总是抱有一份美好的想象和向往，我总是希望她就是我在等待的人，她的心中也有一份美好的诗意。

　　那时节，亲戚说服了我，我给丽月写了信，表示了自己的态度。不过，那封信写得很含蓄，虽然也隐隐约约地表达了我的好感，但仍然在谈理想和文学，而且显示了我的才华。那时，我总是喜欢卖弄才华，以为这样就会让女孩子崇拜我，对我更有好感，我根本不知道，男女交往是不能显示才华的。于是，老是显示才华的我，就一直没有女朋友。便是男同学中，跟我经常交流的也不多，他们同样不喜欢老谈理想的我。

瞧，永远在向往着自己的理想，这也是我的基因。每当看到这样的自己，我就会想起堂吉诃德。我在游记《堂吉诃德在北美》这本书中说过，我其实就是现代版的堂吉诃德，不管身边有没有桑丘，我都做着一个属于自己的梦，也永远在为这个梦而努力着。写那本书时，我早已忘了过去，解读这些日记时，我才惊喜地发现，原来我从十八岁时就是这样，还将这形象一直保持到了今天。后来，我有了一些学生，他们都是我的桑丘，都在跟我一起追梦。

有一次，有个学者在《文学报》上发表了一篇文章，专门批评我，叫《雪漠的乌托邦梦》，看得出，他虽然没有读过我的小说，但还是抓住了我的某些特点：我总是在追求一个属于自己的梦想世界。

记得我当时在写给丽月的信中，也谈了梦想，她定然发现了我的"不正常"——在那种时候，我总是会原形毕露——后来，就没给我回信，并终止了跟我的交往。但我没有改变自己，后来，我也给另一个女子写信，写了很多。信中仍是原形毕露地大谈理想、大谈将来、大谈事业，幸运的是，那女子并没有终止跟我的交往，反而相信了我，做了我的女朋友，最后还跟我结了婚。当年写给她的信，我一直保存着，要是有一天，你看到它们时，定然会笑疼肚皮的。三十年后，我到法国文人协会演讲时，说自己不要任何主义和概念，中国驻法使馆的文化参赞蒲通先生说，其实雪漠也有自己的主义，叫理想主义。现在想来，还真有道理。

谈梦想的毛病，我一直保持到了今天，只是对象变了，从当初的个体，渐渐变成了一个群体，于是，我的身边就出现了一个个桑丘，人们叫他们雪粉。就像过去的很多人不理解我一样，现在，很多人也不理解他们，就连他们的亲戚朋友，也老是觉得他们不正常。这世上，已很少有人相信奉献和梦想了，大家都实惠得可怕。

这也是我过去很少跟女子交往的另一个原因——不是说所有女子都实惠，而是说，早年我的身边多是功利的女子，非功利的女子很少。

另外，学习紧张和我的敏感，也是制约我跟异性交往的重要因素。

学习紧张对交往的影响，不需解释了，至于敏感，那时节，我总是敏锐地发现她们身上不完美的地方——主要是功利之类的毛病——要是我在她们身上发现一个我不喜欢的细节，我可能就不再跟她们交往了。我说的交往，甚至是一般的交往。就是说，我不再跟她们见面了。所以，我生活中出现过的很多人，总是只出现了一两次，就从我的视野中消失了——从我的日记中看，我总是被一个个的女子拒绝，她们总是以不回信的方式，退出我的世界，但现实生活中，是我在拒绝身边的功利。过去，我以坚持自我来拒绝功利的个体，也拒绝功利的世界；现在，我对身边的世界更是有了选择。我当年的闭关，其实也是在拒绝一个功利的世界。这种坚持和拒绝，让我的社交圈子越来越单纯、干净。

我一直在追求单纯和干净，而且，过去我不但追求自己灵魂的单纯和干净，也希望身边的世界是单纯干净的，尤其是我的伴侣。我对每一个走进我生命的女子，都抱有这样的想象和期待。所以，每当我发现她们原来不是这样时，我的心中就会产生一种浓浓的失望。想来，她们对我也有某种失望吧，因为她们也会发现，我并不是她们需要的那种男人。在她们看来，也许我甚至不是一个生活在现实里的男人，我好像一直活在我的梦里，或者说，一直在努力地将我梦里的世界，带进现实生活。

当然，她们也可能意识不到这些，她们也许只是觉得我很怪，跟她们想象或熟悉的人不一样，她们需要的，是跟她们一样的，生活在红尘里的人。

这也是制约我和异性交往的原因。

从十多岁起，我就一直在寻找我的梦中人。

我作品中无数的美丽女子，其实都代表了我的这种寻觅。我总是将一个个与我相遇的女子，都当成了梦中的"她"，哪怕对方其实非常寻常。比如这篇日记中的丽月。我甚至会在我的作品中，赋予她们另一种生命——《白虎关》中的月儿，原型就是两个寻常女子，我将她们合二为一，再融入我的一种梦想，最后就形成了作品中的"她"。那个"她"曾经功利虚荣，但是，在红尘中跌跌撞撞，带着身心的伤痛回到家乡之后，她得到了一份真爱，在这份爱中，她一点点升华着自己，最后成了一个宁死也不愿伤害其他生命，用惨烈的死亡来定格美丽的女子。所以，我把身边的女子不曾出现的蜕变，放在了小说里，让文字去创造一种我身边不曾出现的女子——我梦中的仙子。换句话说，我作品中那些美丽的女性，都是从我的梦中走出来的人。在这一点上，我也有点像堂吉诃德，因为他也把邻家那个寻常女子，当成了他的女神，而他心中的那个女子，其实只是自己的一种幻想。

丽月跟我见过两次面，因为她非常实惠，所以我们就只见过两次面。有人也许会问，要是你娶了那些非常实惠的女子，比如丽月，还会不会成为今天的雪漠？我会回答，不会。因为，在实惠的女子眼里，雪漠在很长一段时间里，其实是没有本事的人。要是她一天天抱怨和蔑视，就会摧毁一个男人的自信。很多男人的自信，就是被自己的父母和妻子摧毁的。

所以我非常幸运，在我的生命中，最好的礼物，就是那些一直在欣赏我的眼睛——先是父母，后来是我的读者和学生。

日记中谈到的丽月，后来有了非常实惠的婚姻。几年前，在一次公交车上，我碰到了她，她已经变成了一个非常胖的老太太。我认出了她，但她没有认出我。

我一直记得她那"爱笑的闪光的眼睛"，就在日记中定格了她。

# 8月25日　教书生涯开始了

写下面这篇日记时，我已经从师范毕业，到了南安中学教书。

记得那时很有意思，我一心想着去金川，跟表弟表妹在一起，却没有去成，于是，我心里非常苦闷，觉得诸事不顺。但我当时并没有想到，过不了多久，我就会认识鲁新云，那时，南安这个地方，对我就有了另一种意义。

其实，南安的住宿条件很好，对于学习来说，也是一种便利。只是，希望落空的时候，人往往只会感到失落、怅惘，而很难感受到当下的生活所给予的东西。只有在失落的心情平复之后，或是遇到了什么令他惊喜的事情，他才会发现，原来这样的生活也挺好。我当时就是这样，虽然我理性上明白，去不成金川已成事实，而南安中学也有它的好处，但我还是觉得很失落，甚至觉得我曾经向往的教师生涯非常漫长——这当然也只是一种情绪，所有情绪都在变化着。但由此可见，我的心当时还不属于自己，还会为了一时的境遇而烦恼。好的一点是，我没有因为想象和现实之间有落差，就丢掉自己的梦想，也没有因为生活方式的突变，就手足无措。我仍然在鼓励自己，仍然在向往梦想，仍然在自省。

另外，这篇日记中出现了别人对我的忠告。说起来，那只是很简单的一句话，但我听进了心里。那时节，虽然我的身边有很多声音，我也时常会为了一些声音而辩驳，但我分得清哪些声音是真正对我的人生有益的，并且能够虚心地接受。这也是我能走到今天的一个很重要的原因。

## 1982 年 8 月 25 日　星期五　多云，小雨后转晴

今天是七夕节，按习俗，我把自己的书搬到太阳下，晒了一个小时。

漫长的教书生涯开始了。

也许"漫长"并不确切。也许它恰如其分。

人生是拼搏，如疯如狂的拼搏。不甘愿落后的人啊，拼搏吧！

对书的思恋，对朋友的想念，使我的心情无法平静。

接连的打击——到金川美梦的破灭、到双城的惊醒以及许多意想不到的挫折——使我连喘气都感到困难了。幸好，南安这所一向不被我重视的学校住宿条件竟这样好，使我苦闷的气闷得以暂时地疏解。

现在，我准备先积累素材，形成我自己的风格后再从事创作。

感谢侯老师说的这样一句话："年纪轻轻的，不攻书，为何贪看电视？"


武威人把七叫巧，喝酒划拳时，七不喊七，而是叫"巧"。

人们管喜鹊叫"七巧"。

小时候，我爱唱口歌儿："七巧七巧戛戛戛，明个来了姑妈妈。姑妈姑妈你坐下，你的丫头十七八，我的娃子核桃大……"

七月七日那夜，天琴星 α 座——也就是我们说的织女星——正好出现在东方人的头顶上。据说，织女星是新石器时期的北极星，又大又亮，能指明方向。当时人的东西南北，就以织女星为参照。

按老祖宗的说法，织女星是彝兹氏发现的。彝兹氏就是传说中

的西王母，她生活在河西走廊的祁连山焉支山中。在九千多年前的一天，她在焉支山对面的龙首山的顶峰，立起大木，系上罗绳，向天探寻，终于发现了织女星。最早的历书《夏小正》中说："七月，初昏，织女正东乡。"

相传，西王母发明了树皮搓绳术，单股为"玄"，双股称"兹"，三股作"索"，所以她是纺织的祖师奶奶，人称"织女"。汉代之后，弇兹氏有了一串新的名字：玄女、玄帝、王素、素女、须女、帝弇兹。秦汉以前，弇兹氏在地为西王母，在天就是织女星。

在九千多年前的母系氏族社会，弇兹氏的子民就在武威这一带生活，上古武威多鸾鸟，汉代唐代设鸾鸟县，因为青鸾鸟是弇兹氏的侍从。按武威老祖宗的说法，室、壁二宿是武威在天上的代表星宿，要是天象中室、壁二宿被犯冲，地上的武威就要发生大事。前凉第一主张轨是天象通，他常躺在武威城里的衙门大椅上，夜夜看这室、壁二宿，室、壁二宿一有啥变化，张轨就知道武威要出啥事。

在南北朝时期，凉州还生活过一个大星象学家郭黁，他担任过前凉西平郡郡主簿、后凉太常、西秦散骑常侍、后秦太史令等。《资治通鉴》中说：前凉张天锡末年，前秦王苻坚想要西上，西平郡太守赵凝叫郭黁占卜。郭黁说："如果西平郡在二月十五日这天走失犯人，秦王苻坚的大军必到，张天锡的王运必终。"赵太守就严令所属各县，要看好罪犯。到二月十五日，鲜卑族的折掘给赵太守献马，赵太守见送来的不是骏马，很生气，就把献马者关入马棚。献马者怕被惩罚，趁着夜深人静，逃往他乡。次日，赵太守将此事告诉郭黁，郭黁说："张天锡必亡！"不久，河湟地区就被苻坚占领。

前秦王苻坚末年，姑臧城的当阳门震颤，太守梁熙问郭黁原因，郭黁说："这是有关四方少数民族的事。会有两个国王来朝主上（指符坚），一个能回到他的本国，一个会死在姑臧城内。"一年后，西域鄯善王及前部王朝觐见符坚后西归时，鄯善王患病，死在姑臧城内。

符坚的部下吕光建立后凉后，很信任郭黁。西海太守王祯叛乱，郭黁建议吕光出兵镇压，右丞吕宝认为不能去。郭黁说："如果出师不胜，我甘愿认罪。"吕光于是出兵，不久凯旋。

后来，吕光年老昏庸，后凉政权日渐腐朽，郭黁就和仆射王祥发动叛乱。老百姓见活神仙也起事了，以为必然会成功，纷纷响应。吕光一见不妙，马上召回了出征在外的儿子吕纂，两家一交战，郭黁就败了。离开姑臧时，郭黁又预言："凉州（姑臧）的谦光殿，日后留着辫子的人要来居住。"不久，鲜卑族南凉王和匈奴族先后占据了姑臧。

郭黁精于天象易断，但性格残忍，又有野心，渐渐失去民心，自己也被姚兴的追兵杀死。凉州人笑他："麻眼儿卦算得好，还是跌到坑里了；拳棒手打得好，眼窝一世青着哩。"说他算别人算得好，却算不出自己的祸事。在《晋书》中，记载有郭黁对室、壁二宿的研究内容。

按老人说法，织女星高照，人会变巧。室、壁二宿高照，家运、城运会很好。武威人常说三星高照，这三星，就是指织女、室、壁。

记得我刚参加工作时，周边村里的喜鹊很多，树上黑压压的，河湾里也到处都是，地埂上，院墙上，有很多喜鹊粪。从早到晚，充满喜鹊的叫声，怪的是，一到七月七这天，天地就一下子寂了，看不到一只喜鹊。老人说，喜鹊都飞到天河上去了，要给相会的牛郎织女搭桥。七夕一过，满天满地的喜鹊叫声又会响起。不过，喜鹊的样子变了：脖子上没毛了，尾巴也秃了。汉代刘歆的《西京杂记》上说："织女渡河，使鹊为桥，故是日人间无鹊。至八日，则鹊尾皆秃。"汉代应劭的《地理风俗记》也说："七夕，织女当渡河，使鹊为桥，相传七夕，鹊首无故皆髡，因为（桥）梁以渡织女故也。"村上的老人的说法，跟古书上的内容一样。

小时候的七夕之夜，娃儿们会钻葡萄架。老人说，这一夜，牛郎织女正在天河的鹊桥上，说着悄悄话，说是心里干净的娃儿，就能听到他们说啥。我也凝神听过，可听了好几年，除了促织的叫声，也没听到啥情话，也许是心不干净吧。

明代冯应京《月令广义》上说："天河之东有织女，天帝之子也。年年机杼劳役，织成云锦天衣，帝怜其独处，许嫁河西牵牛郎，嫁后遂废织妊。天帝怒，责令归河东，但使一年一度相会。"

据说，武威人崇拜七夕，也事关城运。隋末，武威人李轨建立了大凉国，都城就在武威城。他问一班大臣，咱们凉州建了张凉、吕凉、秃发凉、沮渠凉，怎么就搞不长久？大臣答，这是不敬弇兹大星的罪过。弇兹氏在河西地面上存在了几千年，他们的挺木牙交据说是中华正统的华表。我国初建，一定要敬奉弇兹女神。于是，公元618年的七月七日，凉国皇帝李轨就建了一个玉女台（明代改为凤凰台），李轨在台上摆满果品，向织女星遥遥致祭，他把弇兹女神当成了凉国的社稷之神。

唐代的七月七日，也要搭高台，献上瓜果，拜织女星。不过，多加了一项赛事：宫廷里的女子要比赛穿七孔针，哪个先穿完，有奖。穿得迟的，则要责罚，斥为粗女。所谓七孔针，就是一个针上有七个眼。女人们都要拜星穿针的。这一日，织女星正对地面，易得智慧，可以乞求多子、多富、多巧。

七月七日这天，还可以端一碗水，放在太阳下，晒久了，水面上就有了一层尘膜。你叫女子拿了七眼针，轻轻放在水面上，如针能漂浮，说明女子手巧。如果针落到水底，说明这女子拙笨。

到了七月，武威的麦子也收了，细心的人家会把麦秆儿编个盒子，到了七月七，对着织女星祈祷，再捉个蜘蛛，放进麦秆盒里。第二天开盒观察，要是蜘蛛结了网，预示着这家人要走巧运，会五谷丰登，衣物充足。这个风俗也有历史依据，五代王仁裕《开元天宝遗事》说："七月七日，各捉蜘蛛于小盒中，至晓开；视蛛网稀密以为得巧之侯。密者言巧多，稀者言巧少。民间亦效之。"

七月七这天，文人还要晒书本，也许是为了乞智慧吧。

我们接着谈日记。

早年，我经历过很多挫折，比如没有考上大学的挫折，情感上的挫折，计划落空的挫折，等等。正如这篇日记中所写的，正当我满心期待，想要开始新生活时，命运给了我当头一棒。当然，现在看来，那并不是当头一棒，而是帮我做了一个更好的选择，可那时的我并不明白。

人生就是这样，很多时候，一些际遇到底是挫折，还是助缘，要过上很长一段时间才能看清。但有些原本可以成为助缘的事，也确实会完完全全地变成挫折，因为人一直在抗拒它，一直不能从中汲取营养，也不能随缘地做好接下来的事。我跟很多人不一样的，就是我会迅速接受眼前的一切，始终将目光聚焦在人生的大目标上。所以，我的前半生虽然有小苦闷，却没有大痛苦。

刚到南安中学时，我的生活发生了很大的变化，因为我从学生一下成了老师。南安中学地处偏僻，环境又不好，没有图书馆，附近也没有买书的地方。这种变化，定然会让当时的我受到冲击。所以，我只能用住宿条件还不错来安慰自己，纾解自己内心的苦闷。

我还记得，当时的生活非常单调，刚开始不太适应的时候，我就喜欢下了班去看电视。但我很快就意识到，这是一种浪费时间的行为。虽然电视剧里演的也是生活，它可以给我启发，还可以为我提供一些素材，可有时我看的节目并不好，不真实，也没有太多的含金量，纯粹是解解闷，慰藉一下内心的苦闷和寂寞。更可怕的是，借电视节目来消磨时光，会迅速让人变得懒散，丧失进取心。如果我不警觉，不对自己有更高的要求，我很快就会丢掉初心，觉得自己没必要这么辛苦。很多人都是这样，没有太大的野心，也没什么进取心，只想舒舒服服地过日子，享受这种舒适简单的生活，自娱自乐。虽然这也没什么不对，但我心里始终有一团火焰，希望自己的生命能更有价值，希望自己能为世界做出应有的贡献，希望自己终究不是历史中的一粒尘埃，希望自己的存在能比不存在更有意义。所以，我这样的人，在那块土地上注定是一个特殊的存在，总会引起别人的注意，也总会引来议论的声音。然而，我虽然有着强烈的向往，对未来也有清晰的计划和期待，但我并没能马上戒掉看电视的习惯，在后面的几篇日记里，你就会发现，我还在谈电视节目，还在忏悔自己看电视。所以，当时为了对治这个习气，我确实花了一些力气。可见，欲望化的习气一旦养成，想要戒掉，就不那么容易了。

那时节，我每次看完电视，就有一种犯罪般的愧疚感，总觉得自己在堕落，因为这时我应该看书、练笔的，而我却在看电视——那一刻，在书本、梦想和看电视之间，我竟然选择了看电视，你想，对那时的我来说，这有多可怕？于是，我不断在日记里忏悔，不断在日记里提醒自己，希望自己能振作起来，希望自己能戒掉陋习，希望自己能超越对舒适和享受的渴望，集中精力，做好自己该做的事。后来，我才终于战胜了自己。

现在想来，我很感激日记里提到的那位侯老师，因为，假如没有他的那句话，我就有可能会给自己找借口。

瞧，很多时候，一句看似不经意的话，对有心人来说，却是一个非常重要的警钟。而梦想的实现，或是在某事上取得重要成功，也往往是因为，某个关键时刻，有人刚好说了一句关键的话，让他学会了选择；或刚好发生了一件事，让他得到启发，或受到推动，做出了正确的选择。

我看过一个访谈节目，受访嘉宾是一位闻名国际的马来西亚籍导演，他在受访时说，当年从马来西亚到台湾时，他本来想报读商科，但报考的时候，一位老师告诉他，选择专业一定要选自己喜欢的，于是他报了电影和戏剧。听取那位老师的建议，对他的人生起了关键的作用。

我对我的学生，也有类似的提醒，有些人明白我的心，能照着去做，他的人生也会因此变得不同；有些人，我说了，但他们不听，久而久之，我就会远离他们。我就是这样，虽然我对所有人都有美好的祝福，但我的存在如果对他没什么意义，我就会从他的生命中退出，也会允许他从我的生命中退出。因为，我不想为无意义的交往浪费时间。这就是我的吝啬——对时间，我总是很吝啬，我只想把它留给真正需要我的人。

当然，这些都是后话了。

进入南安中学之后，我做的另一个非常正确的选择，就是加倍努力地追求梦想。因为，梦想破灭的感觉很不好受，当时的我，虽然很快接受了现实，在南安中学安顿了下来，但我实在不想一辈子都待在这里。我始终觉得，我的天空在外面，我不能一辈子待在这个偏僻的学校里。如果一直待在这里，我就很难增长见识，日子久了，我就会变成一个平庸的人。那时节，一想到这，我就会感到害怕，然后对学习和静修抓得更紧。

所以，命运的轨迹，很多时候都说不清，看似不太好，没有实现当时的目标，但不一定就是坏事，只要你心怀梦想，不懈努力，每一种际遇的背后，都可能是一片美好的风景。真正可怕的，是一个人忘掉了自己的初衷，背弃了自己的梦想。

这几十年里，我见过太多这样的人，他们都因为一时的偏离，最终南辕北辙，愈行愈远。所以，能够始终明白自己要什么，不管眼前的处境怎么样都不忘初心，是我最大的幸运。

我的一位学生跟我说过他叔叔的故事，他的这位叔叔高中前成绩很好，可上了高中，却开始叛逆，而他的爷爷——也就是他叔叔的父亲——不懂得如何引导孩子，就打他骂他，想用粗暴的方式让他听话。这种教育加重了叔叔的反抗，他不但没有被驯服，还开始赌钱，没多久，就被学校开除了，只能回家做农民。但曾经的好成绩，又让他不甘心做个农民，于是他继续赌博，借赌博来纾解内心的苦闷，逃避不如意的现实，但他还是很不快乐，日子也越过越差。他难道没有改变这一切的机会吗？我那学生说不是的，他曾经也赚过一些钱，给家里盖了大房子，还做过村里的干部，他完全有机会做一些有意义的事，但他改不了赌博的陋习，最后，就把所有钱都给输掉了，曾经让他非常风光的大洋房，也显得毫无生气。

所以，人最重要的不是有很好的际遇，也不是一时的成功或失败，而是有梦想，有向往，心态也积极。每一条路，都有它的特殊性——它是诸多原因所导致的——也都有它独特的风景，不管你喜不喜欢，都可以好好地走路，好好地欣赏沿途的风景，让自己的脚力更健，让自己走得更稳，也让自己更懂得如何去学习。

我继续说这篇日记里的事。

日记里也说过，南安中学的住宿条件很好，这不仅仅是我的自我安慰，也是当时的实情。当然，我说的好，不是多么舒适，而是为学习提供了方便。在武威师范时，虽然学校有图书馆，城里也有书店，看书和买书都很方便，但毕竟是集体宿舍，七个人住在一间屋子里，没有一个人住一间房子那么自由。南安中学人比较少，所以我一人住一间宿舍，怎么安排时间，都不会影响到别人，这让人感到特别自由。也是从这个时候开始，我加大了学习的强度。一来，我心中有一个坚定的梦想；二来，我想改变命运轨迹，离开这个束缚我的地方，走向一个更大的世界。但这时，我并不知道这条路到底要走多久，于是，就只能说"漫长"了。可见，当时我是比较迷惘的，在我眼中，未来充满了不确定性，这种不确定性，给我带来了巨大的压力，也给我带来了努力的动力。后来，我之所以那么勤奋，有很大一部分原因，就是现实的不如意，以及一种急切地想要改变现实的心情。

我始终相信，不管眼前的状况怎么样，命运都是可造的。

早年，我学过命相学，也给人推过命，有一次，我推算到一个朋友会在某个时候出现命难，结果他真的在那个时候死了。后来，每逢给人看命相，我就会脊背冒汗，因为我能清晰地看到他的命运轨迹，但我同时也知道，他即使提早知道一些东西，也改变不了命运的走向。再后来，我就毅然决然地放下命相学，专事修心，用以造命，我坚信"我命在我不在天"。

传统文化中有很多造命之法，总结起来，可分为两种，一种是世间法的造命，另一种是出世间法的造命。我收录于《一个人的西部》中的《雪漠造命歌》，那是典型的世间法造命，概括为八个字，就是"诸恶莫作，众善奉行"。而出世间法的造命，则需要证悟空性，这时，二元对立消失，你的心就是法界，你便能跳出三界外，不在五行中。因为，境由心造，当你实现无我时，你命相中的五行啥的，跟你心中那周遍一切的智慧和慈悲相比，也就微不足道了。

这篇日记中还提到一个信息：积累素材。不过，我的积累素材，是从师范时期就开始的。解读之前的日记时，我说过，我一直在观察周围的人和事，也时时在做记录。这除了是我天性中的习惯之外，也是在为将来的写作做准备。而且，正如这篇日记中所说，我在寻找自己的写作风格。可见，从那时起，对文学，我已经有了自己的思考和追求。在这方面，比起同龄的甚至包括许多比我年长的文学青年，我显得更加早熟。

这跟我的生活环境有关。大家都知道，我在西部小村里长大，那时的生活很简单，日出而作，日落而息，除了听听贤孝，亲近自然，几乎没有什么娱乐活动。这种单一的生活，延续了千年，但也因为它，西部老百姓的精神世界异常丰富，凉州贤孝等优秀传统文化，就是在这块土地上诞生的。这样的生活背景，给了我快乐简单的童年和少年，让我能静静地感受生命最本真的状态，对精神和灵魂也有了更多的思考。因此，在感知力和感悟力方面，我比大部分人都要强许多。如果说我有作家天分的话，这就是最好的天分。有了这个天分，我即使不当作家，当画家、音乐家等，也会比别人更容易成功。你去听西部的贤孝和民歌花儿，就会知道我说得没错——我在《白虎关》等书中，收录了许多花儿和贤孝的唱词，有兴趣的话，你可以去看。创作贤孝和花儿的人，不是作家，也不是艺术家，他们没有受过任何专业训练，甚至没有上过学，但他们有一颗质朴的心，他们在用自己的心感受这个世界，花儿对他们来说，就是一种表达内心感受的方式。文字其实也一样，当一个人足够真诚的时候，他的文字一定可以打动别人。

这么多年来，我除了不断地练笔，训练自己的文字驾驭能力之外，就是训练自己的心，让自己的心中没有杂质，让自己的心能跟外界连通，能像感受到自己的苦乐一样，感受到外界的苦乐，同时，也让自己能够看破，不要沉迷在那些虚幻的情感之中。只要完成了这个训练，我就不用再去刻意地追求什么风格了，质朴和真诚，就是我的风格。不过，那时节，我还不明白这一点，在当时的我看来，形式还是很重要的——当然，形式确实有它的意义，有时，艺术追求是需要通过形式来实现的。比如，《大漠祭》和《西夏咒》肯定不一样，要是用《大漠祭》的写法来写《西夏咒》，后者就会是另一种东西。虽然那样不见得不好，但我的每一部作品，都有它自己的面貌和使命，《西夏咒》除了承载我想说的话之外，也实现了我在艺术形式上的探索。在我的所有作品中，它至今仍是独一无二的。

当然，生活背景还给了我另一种东西，那就是创作基调。西部文化的熏陶，让我从小就深爱这块土地，对这块土地上的文化，对这块土地上的人和事，我有着浓厚的兴趣，所以，在日后的创作中，我也总会将西部文化与文学创作相结合——其实，也不能算是将它们两者结合，因为，西部文化就像我骨子里的东西，是挥之不去的。只是，我心中的西部文化，跟很多人认为的西部文化不一定一样，它是我通过观察西部大地，提炼和升华出的思想深意，也就是"取其精华，去其糟粕"的那个精华。它是一种有着超越智慧和悲悯精神的文化精髓，它超越了对欲望的渴求，向往一种精神上的觉醒，以及一种超越小我的大爱。这种大爱，让千百年来的西部人能在困苦中抱团取暖，共同熬过许许多多的艰难。但是，随着时代的变化，这种传统文化精髓正在被人遗忘，功利和实惠一步步占据上风，有时想起，我总会觉得心痛。于是，我就在《白虎关》中记录了这一变化。

整部"大漠三部曲"，就是对某个时代的西部人的定格，在那套书中，你会看到那个时代的西部生活图景，也会看到那个时代的西部人的处境，还有他们的言行思维中透露出的西部文化气息。当然，虽然我很爱那块土地，以及那块土地上的父老乡亲，每当想到他们，我总会心痛，但我并没有在"大漠三部曲"中回避些什么。我写出的，是西部大地上的众生相，其中有美好、感人的地方，甚至能够震撼人心，但也有贪嗔痴具足的部分，让人无比痛心。我花二十年写那套书，不仅仅是想展示一种活法，更不是想唱赞歌，我也是想展示一种命运——西部人的命运。我经过二十年的历练，终于在心灵上走出了西部，也终于知道了很多西部人为啥走不出西部，是什么导致了西部人的贫苦，这些，我都写进了那三部书中，所以，我希望西部的父老乡亲们能看看它们。

有人于是说，我是挖掘西部文化的有心人，但对我自己来说，那些关于西部文化的叙述，其实并没有太多的目的，我的心里甚至没有"挖掘"这个概念，我只是在用文字表达着自己心中的乡土，以及我在这块土地上感受到的一切，包括那些形态各异的灵魂，还有我生命深处的很多记忆。或许，这才是我写作的本质。

# 9月7日　和睦家庭出现裂痕

这篇日记中记录了家庭纠纷对我的冲击，在我的日记里，这是第一次出现类似的内容。

写这篇日记前，我从来不知道我的家庭也有纠纷，我的父母也会不和，就像我在日记中说的，我以为自己的家庭一直都很和睦，甚至为自己拥有这样的家庭而自豪，但我突然发现了真相。对十九岁的我来说，这是一个极大的冲击。对那些挑起纠纷的人，我感到非常愤怒，甚至有一种仇恨的情绪，在日记中，这是我第一次显露出这种情绪。

当然，见到社会上的不平事时，我也会觉得愤慨，觉得自己要是有很好的武功，一定要让他们好看。但那种愤慨，跟这篇日记中显露出的愤怒不一样，日记中的我，被深深地刺伤了——父母受到伤害，家庭遭受无妄之灾，而我却对那些制造事端的人无能为力，对我来说，这是一种很深的伤害。

虽然我在日记中说，我饶不了他们，但实际上我什么都没做，只是调解了父母之间的矛盾，让父母重归于好。那时节，我们那儿到处都是这样，到处都是谣言，到处都是不负责任的言论，很多人身上都有一种损人不利己的习气。我知道，面对这个现状，拳头没有用，声音大也没有用，唯一有意义的，就是成为作家，说出该说的话，就算改变不了现状，也能让一些人看清自己。这就是意义。

至于个人情绪，我写完日记没多久，它就消失了，所以，我还有一个特点，就是从小就不记仇，哪怕再怎么跟别人争辩，当时有多生气，也会很快放下。这也是我一直没有因为冲动，做过太糟糕的事情的原因。还有一个原因，就是我的心里有一条坚不可摧的底线，不管别人怎么做，我都不会超越这个底线去报复，并且始终反省自己，希望自己能破除嗔习，做到宠辱不惊。所以，对真理的向往，对善美的追求，从小就像一个保护罩，让我隔绝了很多不好的命运。我的命运虽然坎坷，但没有种下太多恶的种子，人生轨迹能始终朝着自己期待的方向发展，就是这个原因。

## 1982年9月7日　星期二　晴

我真没想到，我引以自豪的和睦家庭竟出现了裂痕。

一想到那个可怕的夜晚，我的心就感到战栗了。

妈妈呀，你怎么连这点推测力都没有啊！你哪里知道，他们的险恶，用心之良苦。你想过没有，如果你有个三长两短，那可怎么办呀！那时候家破人亡，我的弟妹们，该怎么办呀？你哪里听到过，一个男子能和自己的情敌那样要好吗？为什么这件事早不发生迟不发生，偏偏发生在我师范毕业时呢？为什么你所相交的友人，都是些父亲深恶痛绝的人呢？

毒蛇啊！我饶不了你们！

上面的日记，我是在父母纠纷之后写的，当时的整个过程，我原本记录得很详细，但出于对父母的尊重，我把它们给删掉了。剩下的内容虽然没有写到底发生了什么事，但你大概也可以看出，是我母亲听信别人的挑拨，跟父亲闹了矛盾，而且非常激烈，母亲几乎愤怒到了寻死觅活的程度。

前面也说过，这类事，我们那儿很多。我童年时，父母经常因为村里人的挑拨闹矛盾，那时节，这类情况不仅我们村子里很多，凉州的很多村子里都这样。跟邻村人交流时，我总能听到这类故事。这跟凉州人当时的生活状态有关系。我说过，凉州乡下的生活很单调，平日里没有太多的娱乐消遣，人们闲来无事，除了听听贤孝，就是聊些家长里短，许多破坏和睦的闲话，就是这样传出来的。一件事，一传十，十传百，往往就变了样。最后的结果，往往不是最初说话的人可以预计的。因为，每个人的思维都不一样，同一句话，不同人总有不同的理解。所以，老子强调守中、少言是有理由的。当然，有时也是小人存心作祟，于是，一些有可能幸福的家庭，就变得不睦了。

但母亲跟我说她和父亲的纠纷，这是第一次。那时，不知为啥，父母总是躲着我，从我很小起就这样。我没有跟他们翻过脸，也没有朝他们发过火，但他们就是怕我。也许因为我不像一般的孩子，不会老是黏着他们，跟他们非常亲昵，我的心里虽然跟他们亲近，可外相上，我总会跟他们保持一定距离。所以，我们之间，始终有一种对彼此的尊重，不像一般的亲子关系。我刚学会坐的时候，我们家照过一张全家福，按常理，我这么小的孩子，拍照时不是被奶奶抱着，就是被妈妈抱着，但我不是，相片上的我，一个人坐在一张非常高大的木椅上，小手放在脖子上挠痒痒，神态还挺安详。左右两边的矮凳上，分别坐着我的外婆——凉州人叫外奶奶——和妈妈，后面站着我身姿挺拔的爸爸。后来那照片被收在了《一个人的西部·致青春》里，很多人看了，都说我跟一般孩子不一样，小小的时候，身上就有一种让人不能亵渎的味道，就连自己的父母，都会不由自主地生起敬畏之心。他们说，这也许是一种与生俱来的信息。

我不知道是不是这样，但从我懂事起，父母对我的态度，就明显跟其他父母对孩子不一样。那时，他们一旦吵架，其中一方得理了，或不想吵，就会对另一方说："我要告诉陈开红！我要告诉陈开红！"对方一听，声音立马就息了。在那时，这真是一句比什么都管用的话。如今想来，倒也觉得有趣。

但他们当时也就是说说而已，在日记里记录的这件事之前，我从来没听他们说起过这类事。以前，我就算看到了，也只是知道个大概，这次，是母亲亲口向我告了状，把事情清清楚楚地说了一遍，还发了许多牢骚。我一听，就知道有人挑拨离间。当时，我心里虽然怪妈妈，觉得妈妈不该轻易相信别人的闲话，却又心疼妈妈的难过，于是就在日记里写下了这些话。后来，我尽量地开导父母，他们才慢慢地好起来。

不过，我的父母其实感情很好，他们虽然一辈子吵吵闹闹，却没有分开过。我刚到岭南时，曾经把母亲也接过去，想带着她在那儿生活，可她只待了一个月，就嚷嚷着非要回家，而且理由非常充分：那块土地上，有陈家的三代祖宗，还有她的老汉和她的二儿子，她搬去岭南了，他们咋办？我一听这话，也就没法再说啥了，就把她送了回去。她刚踏进庄门（凉州人也叫砖门，意思是家门，过去老百姓建房子多用土块，只有在建家门时，才会用些砖头，把大门建得相对气派一些），脸上就露出了开心的笑容，欢欢地说，这下，我的心就实了。

这就是我的父母，非常可爱。

我的父亲七十多岁因为胃癌去世了，母亲一个人过了二十多年。想来，她也很寂寞。但那块土地有一种独特的思维，那儿的人相信死去的人还在，只是自己看不到而已。于是，母亲的寂寞也就少了一点。但每逢想起她立在寒风中的身影，我的鼻子就会发酸，她个子不高，又很瘦，大风吹过的时候，她的身子显得特别单薄。

我总想把她接来身边，移居山东那时，也是这样，但她去了就牙疼，待不上几天，又嚷嚷着要回来。她就像一棵老树，根已经深深地扎在西部的泥土里了，要是强行把她的身子搬去别处，她的心就会被扯得难受，始终安不下来。于是，我就随顺了她。后来，我们在武威建了书院，就在我的家乡陈儿村，离我家很近。这下，妈就不孤单了，时常有义工、志愿者们陪着她，就像我在她身边一样。所以，我对那些陪在母亲身边的义工和志愿者们，还多了一份作为儿子的感恩。

这样的家庭，无论哪一个时代，无论哪一块土地，都有很多。每一个家庭都有自己的故事，也都有自己的悲欢与离合。

有人因为赚钱离开了家乡，有人因为梦想离开了家乡，但无论原因是什么，老家的家里，都有一对或一个等待的老人。有时，他们是游子心中的牵挂；有时，孩子却已遗忘了他们。于是，他们就活在了等待里，总是期待着远方的孩子能常回来，看看他们。

老人的生活是单调的，这种单调的生活加重了他们的寂寞，也加重了等待的痛苦。

我常希望，在他们寂寞的心中，能多一点活着的意义。比如，在武威建雪漠书院时，我也希望妈能参与，因为，如果她的心里能燃起一个希望的小火苗，她晚年的生活就会非常精彩，她会觉得青春又回到了她的身体里，还会觉得自己不再寂寞了。如果她将奉献作为自己的快乐，她就会变得更加快乐——这不只是我对妈的祝福，也是我对所有寂寞老人的祝福。我很想告诉他们，有时，让自己不再寂寞很简单，让自己不再孤苦也很简单，只需要转换自己的思维，将自己的爱无限地放大。首先影响自己，然后影响自己的家人，再然后，影响自己的朋友和亲人，接着，影响自己身处的整个小环境……这样，这种生活理念慢慢就波及开了。

# 9月8日　爱美的十九岁

解读前面的日记时，我说过我的妈妈爱美，其实我也很爱美。尤其在年轻的时候，为了让居住的地方美一点，我也会像妈妈那样，在墙上贴一些画报。不过，妈妈贴的是养猪的画报，后来是报纸，其目的，主要是遮住那黄黄的土墙。我十九岁时的爱美，则是想给生活增添一些诗意，这样，就算我一整天都待在屋子里，不能接触大自然，也能通过那些诗意的小物件，享受大自然带给我的诗意和温馨。

现在，其实我仍然爱美，我屋里的很多藏品，都是我觉得很美的东西。每当我看到很美的东西——它不一定是外表上的美，也可能是气质上的美，气息上的美，或者精神上的美——就会把它带回家，或收藏在家里，或分享给朋友们，让朋友们也能感受到我感受到的美。包括我的写作，有时也是在传递着我感受到的美。但它不一定是感官的美，更多的时候，它其实是一种精神层面的美。这种美给人的感动，也许是更深刻的。

## 1982年9月8日　星期三　晴

想要完成计划，原来这么难，一整天下来，除了在静修、外语和历史上小有收获之外，其他计划都没完成。不过，今天也有值得一提的事：我美化了生活环境。

开桔兄送了我一些画报，我把它们贴在了墙上。现在，我一看到画上的那些冰川、草原和碧波荡漾的湖水，心就会陶醉，浑浊的大脑中，也总会产生一种清新明快的感觉。优美的环境，总是能陶冶人的情操。

我看得出，开桔兄自己也很爱这些画报，但他送我时，丝毫没有流露出一点吝啬。可见，他也成熟了。他还建议我，要我注意语言和风度。这个意见很好，我是个单纯的人，虽然并不轻浮，但总让人觉得天真、不老练。以前，人家说我文静、幽默、有智慧，但现在，总有人觉得我不够踏实。哎，真后悔没能更好地管束自己，以后要特别注意细节，给人一种老成持重的感觉。

以后，每天都要带上记事簿，为写日记服务。


这篇日记中提到，开桔兄送了我一些画报，我用它来美化了我当时的居住环境。

这里说的居住环境，是我在南安中学的宿舍。来到南安中学之前，我一直没有自己独立的空间。在学校，我住的是集体宿舍；在家里，我们也是一大家人睡在一张炕上。现在的孩子，也许很难想象我们那时的生活，因为现在的孩子大多是一个人一张床，甚至一个人一间房，哪怕房子小一点，也起码有自己的独立空间。我们那时没有这么好的环境，想给自己创造一个独立空间，就要想尽方法。

比如，读师范时，我带了个小箱子，那箱子很小，只有一尺宽，可以放在床上。那时，我把日记和喜欢的书都放在里面，然后一般情况下上锁，免得有些好奇的同学会翻开来看。虽然那里面放不了多少书，但总算是一个相对独立的、属于我自己的领地，此外，我是没有秘密的。当然，其他同学也没有。当时不觉得怎么样，因为我已经习惯了这样的生活，但有时，还是会渴望一个独立的空间，希望能好好地做一些自己的事情。每当这样想时，我就会坐在床上，用那个小箱子做书桌，做我喜欢做的事情。我在师范读书时所有的日记，就是在那个小箱子上写的——这样说来，那小箱子也见证了我的一段生命历程。

在师范读书的时候，我很喜欢抄名言名句和诗词，前面的日记中谈到的几句名人名言，就是我趴在这个小箱子上抄下来的。当时，我还抄下了《红楼梦》中的大量诗词。现在，虽然我早已有了自己的书房，而且自己的书房还很大，有很多书，有先进的电脑、先进的设备，但是，当我解读这篇日记时，想起当年的那张小小书桌，还有那个趴在小书桌上的青涩的身影时，我的心里还是会暖流涌过。不管过去了多久，不管经历过多少难忘的瞬间，过去的那段岁月，都像是烙印一样，铭刻在记忆里，每当我将目光投向那个所在，它就会闪闪发光。我甚至还记得当时的满足感——现在想来，趴在小箱子上抄书、写日记时，真是我一天里最快乐的时光。那种精神上的愉悦和满足，是现在坐在多好的书桌上都没法比的。因为，那时的我，是最接近梦想的时候，也是最接近自由的时候——所以，你看，自由也是一个相对的状态，只有在它难能可贵的时候，那种幸福感才会格外地强烈。世上一切都是这样。

总之，那段时光虽然艰苦，但给我留下了童话般的记忆。

不过，我人生的每一个阶段，好像都有一种童话色彩。我好像一直在一个个没有童话的地方，创造着属于自己的童话。

到了南安中学后也一样，我把它也当成了童话的又一个起点。

用现在的眼光来看，那"条件不错"的宿舍，其实很一般，因为房子不大，只放得下一张床和一张办公桌。但仅仅是这么小的一个空间，就让当时的我得到了极大的慰藉，还发出了南安中学的住宿"竟然这么好"的感叹，可想而知，那时节，一个普通乡村教师的愿望是多么微小。当然，我之所以发出感叹，是因为那是我的第一个独立空间，刚住进去的时候，我就幻想着在这间小屋里做各种我想做的事——不过，我所有想做的事，也不过就是练武、静修、读书和写作，也没什么别的。但即便是这些，过去也必须想尽办法地去做。所以，能够拥有一个完全由自己安排的空间，对我来说真是一个意外惊喜。于是，我就像现代人买第一套房那样，开开心心地装点了我的小屋——这件事也给我留下了很深的印象，所以，我也把它写进了《一个人的西部》。

日记中提到的开桔兄是我的堂兄。小时候我们就爱一起玩，长大后，在同一所学校里工作，自然也很亲近。记得那时，我总趁有空，跟他聊天，我们时不时就会聊些人生哲理之类的话题。就像日记中所说的，在当时的我看来，他在很多方面都比我强。事实也可能真是这样，但他跟我不一样，他没有梦想。因为没有梦想，所以他死心塌地地做着中学老师，后来，当了一个学区（管理整个乡镇里所有学校的机构）的工会主席，虽然没有实权，但不用上课，日子过得很滋润。我想，要是我也没有梦想，或是不修心，我肯定过得不如他，因为我肯定混不到工会主席的位置。不过，第一次解读这篇日记时，堂兄刚好给我打了个电话，说他在家里养羊——他还没有退休，却待在家里，那工会主席的位子上，也许又坐了别人。

虽说"无官一身轻"，但在武威，无论大官小官，抢的人都很多。有时，为了一个位子，人们甚至会不择手段。我听说，有一年，凉州城里某个学校的总务主任病了，据说患了肝硬化，另一个学校的一个老师就花钱活动，从原本的学校调到了前者的学校，为的，就是在那总务主任死后接他的位子。谁知，等了十多年，那主任一直没死——至今都没死——为了安慰他，校领导就让他当了工会主席。

堂哥在当时的电话里还说，现在有闲时间了，就想看看我写的书，于是，我就给他寄了两本。我们还在一起时，他也爱看书，时不时就会给我讲些故事。我从五六岁起就爱跟他泡在一起，有一部分原因，就是他会给我讲故事。那时的故事，一般是杨家将之类，我总是听得津津有味，现在想来，也是一段遥远的，让人感到温暖的回忆呢。

所以，堂哥在我的生命中，也是一个给我带来过温暖的人。

日记里提到的画报，其实是《大众电影》杂志。那时节，这是很畅销的杂志，到处都能看到，杂志上时不时就会出现一些名山大川，也会出现一些美女。我去南安中学后，堂哥就送了我几本《大众电影》，我就把它扯开，贴在窗边，做我的墙裙。那些花花绿绿的风景和明星们，一直陪了我两年多，直到我后来被调到北关小学。

在南安中学教书那会儿，我教全校的音乐和地理。地理课有教学挂图，上面也有风景很美的图画，如大海、冰川、草原等，这些，都是家乡没有的风景。我的家乡，除了农田、沙漠和戈壁外，再没别的风景了，所以，我就把那些挂图也挂在房里，那没有风景的地方，也便有了风景。我就总是像日记中说的那样，心旷神怡，陶醉其中。

我美化房间环境的另一个原因是，我每一天都会花很多时间待在屋里，出去的时间不多。那时节，我每天都给自己定计划，每天都会检查自己完成任务的情况，但有时因为贪玩，或是叫别的事打扰了，就会完不成任务。这时，我就会在日记中表达自己的懊恼。不过，因为我有打考勤的习惯，所以我知道自己一天里都干了什么，分别用了多少时间，所以，在懊恼之外，我更多的是生起警觉，尽量做到自省、自律、自强，把可以节省的时间都节省下来，于是就没有像一些孩子那样，把生命给玩过去了。而且，这种每天或每周的反省，让我一直没有出现大错，才能走到今天。换句话说，反省的习惯，是我生命中最重要的基因之一。

参加工作后，我跟异性的来往仍然很少。虽然我所在的学校有女老师，但我跟她们一直不太亲近。有时，也会有些新来的女老师，但我跟她们仍然走得不近。我在《一个人的西部》中说过，陈亦新结婚时，我想请一些当初的女同事，但有些找不到，有些请了却没来，可见，我跟她们的关系，真的一般般。

不过，那时节，我跟很多同事的关系都很一般，跟我最亲近的，就是堂哥开桔。没课的时候，或学习学困了，我就会去他宿舍，跟他喧谎儿——也就是聊天，这是西部方言。我们会海阔天空地聊，我甚至可以跟他大谈特谈我的梦想。那时，他是为数不多的喜欢听我谈梦想的人，而且他真心地相信我能成功，因此老是鼓励我，从没说过泼我冷水的话。现在想来，他那时的鼓励，跟父母对我欣慰地微笑一样，也是早年我最好的动力。

但他并不是一味地鼓励我，时不时地，他就会给我提些意见，告诉我要注意些什么。比如，这篇日记里就谈到，他提醒我要成熟一些，要注意言谈和风度。因为，我总是喜欢开玩笑，也总是显得不那么老练，甚至有些天真。当时我也觉得这样不好，下定决心要成熟一些，但四十年过去了，我还是像个孩子，想伪装也伪装不成大人。这也是没办法的事。在这一点上，陈亦新比我强多了，他考虑问题，总是比我周全。因此，遇到一些问题时，我常会咨询他的意见。

不过，有一次，一个朋友谈到陈亦新，他说，陈亦新很优秀，只有一点不如我，就是他很成熟，而我，一直都像个孩子。他还说，不知道这会不会影响陈亦新的成就。按他的说法，倒是我的孩子气，成全了我。

也许，他说得有道理。我的所谓墨宝，以及后来的画作，在我眼里，其实就跟孩子玩泥巴一样，是没规矩的。我虽然也想靠它们换来研究院的一些经费，但我在玩它们时，心里真是没啥概念和目的。我总是先熟悉墨性、笔性、纸性、水性，等它们都听话之后，就像孩子们玩时那样，喷出我心中的一种感觉。所以，无论我的字，还是画，都显得非常嫩，但感觉很浓，一看就知道是雪漠的手工制作。于是，有些画，还没推出，就叫人收购了。

有真心，有童心，没框框，没规则，也许就是我写字画画的秘密吧。

虽然年过半百了，虽然经过了很多事，但我终究没像十九岁的日记中期望的那样，变得成熟，看来，这辈子是无望了。没办法，就像我未满一岁的孙女对成人的许多游戏不感兴趣一样，我也一直对仕途不感兴趣，既然这样，那成不成熟，似乎也与我没啥关系了。而我玩自己感兴趣的东西，就像孙女玩手中那些花花绿绿的没有价值的纸片片一样，是没有任何目的的。所以，直到今天，我还能从孩子们的身上学到很多东西。看来，我还是不想长大。

# 9月10日　我的第一首诗

　　我写过很多诗，但在《西夏咒》出版前，我从没想过要出诗集。后来，为了文本效果，我在《西夏咒》中加入了几首小诗，没想到大家都很喜欢。于是，我就把过去的一些小诗收集起来，出了第一本诗集《拜月的狐儿——雪漠的情诗或道歌》。没想到，在没怎么宣传的情况下，那书卖得还不错，说明大家还是很喜欢看我写诗的。

　　看过那本诗集的你肯定很难想象，下面的诗，竟然也是我写的。看过长篇史诗《娑萨朗》后的你，肯定更会如此。所以，我在文学和智慧的路上，也经历过一个漫长的过程，并不是一下就成功的。

　　不过，下面的这首诗虽嫩，作为人生中的第一首诗，也不错了，起码比很多打油诗要强。而且，从那内容中，还可以看出我后来很多作品的影子——对人的关注，对弱者的同情等。这一点，在我的第一部中篇小说《长烟落日处》中表现得也很明显。甘肃的文学批评家陈德宏先生看过这篇小说后很激动，专门写了评论文章，预言说雪漠将来一定是个大作家，是一棵大树。不知道，他看过我后来的作品，是否会感到欣慰，觉得我到底没让他失望？

## 1982年9月10日　星期五　晴

　　最近我嗓子痛，身体不太舒服，影响了很多事，像静修、读书、学习等，都受到了影响。不过，静修虽然因为疼痛状态不好，但总算坚持下来了。

　　但是今晚我很开心，因为写出了一首描写恋爱悲剧的小诗，收获很大。全诗如下：

　　　天若有情天落泪，地若有意地悲愤，
　　　戏水鸳鸯难成对，意外姻缘反成功。
　　　少年郎君多才气，眸中淑女娇滴滴，
　　　郎才女貌龙凤配，海誓山盟月下立。
　　　可恨父母谋高位，嫁女权翁无愧悔，
　　　女儿不是负心人，眼中泪如银珠坠。
　　　诉尽旧情吞尽怨，淑女赴河郎悬梁，
　　　空中落下无情刀，鸳鸯言恨离人间。
　　　白云拂袖洒悲雨，清泉失声荡碧波，
　　　鸿鹄忧怒发猿鸣，杜鹃啼哭血溢窝。

　　这首诗或许还不算太好，但也并非轻薄之作，我准备在这个星期日给报社投稿，试试我的运气。

　　另外，白天时，我做了一件蠢事，真后悔，以后要注意。

　　看了上面的诗，我忍不住一阵大笑，因为自己当年实在是天真、幼稚又可爱，也真是麻袋片上绣花——底子太差。但是，便是这样，在那时的学校里，我的文字也还是比很多人都强。可见，对于一个想当作家的人来说，我的成长环境，真是不太好。

　　后来，我究竟有没有投稿，现在我已经忘了，只记得，此后的六年里，我一直在锲而不舍地投稿，但投出的稿子总是泥牛入海，没任何回音，就连退稿的稿签，我都很少收到。那时节，没人能教我写作文，没人能指导我创作，更没人能告诉我什么是好诗，什么是好文章，我的文章到底哪里不好，如何才能更好。所以，在很长时间里，我看不到一点儿希望，只能像没头苍蝇那样，到处寻找自己的出路。不看这日记，我真的不会相信，就连这样的诗，当年也能让我沾沾自喜许久，甚至还想投稿呢。现在看来，真是笑话了。

幸好，我只有小孩子的心，单纯而热情，虽然也想成功，也想出人头地，也想改变命运，但写作对我来说，其实是一件好玩的事情。我就像小孩子玩泥巴那样玩着文学，玩了六年，才突然"小悟"，写出《长烟落日处》。又过了十二年，我突然"大悟"，才写出《大漠祭》们。所以，我的文学之路能一直走下去，是因为我真的爱写作，而不只是为了成为作家、改变命运。当然，写出《长烟落日处》后准备写"大漠三部曲"，却发现自己无从下笔，就连合适的文学感觉都找不到时，我陷入了焦虑和痛苦，渐渐变得绝望——我在《一个人的西部》中记录过那段时光，尤其是最后的五年，那真是梦魇一样的日子。后来，我实在熬不住，就决定不再当作家，不再靠写作来改变命运。但即便在那个时候，我也仍然在写作，而且是像刚开始那样，开开心心地写作，单纯地享受着写作的快乐。所以，如果没有这种快乐，没有这种无功利的爱，我也许早就不写作了。

如果说我有什么写作秘诀的话，除了人格训练和基本的文字训练，最大的也是最关键的窍诀，就是无功利地爱——爱你生活的这个世界，爱这个世界上的人，爱你的生活，爱你生活中的一切，包括你自己、你的亲人、你的朋友，跟你擦肩而过，或有过一面之交的人，甚至也包括你在书中、报纸上、网络上看到的人等。有了爱，对生活有了思考，你的心里自然会涌出文字。

你可以去看托尔斯泰的《村中三日》，那本书很短，写的就是主人公在村里见到的人和事。他把这些事情简单记录下来，就成了一本很有意义的书。我还听说有一个人，他给自己设定了一个任务，就是每天记录自己看到的事情，记录自己所处的时代，等到他不在了，就把这个任务传给他的子孙，由他的子子孙孙一代代地传下去。这也是一种创作。类似的创作，以及其他的很多创作，都没有别的原因，只是因为爱，因为想为自己活着的世界，做一点力所能及的事情，甚至不考虑结果，不考虑能不能流传，只为了自己心中的一点温情。其实，这也是写作的本质，所有的写作，只要能回归这个本质，写作者就会很快乐。

我的写作也是这样，虽然我一直在搜集素材，但我所有的作品，都是有感而发的，并不是为了写作而写作。甚至也包括上面那首令我沾沾自喜的诗。

那首诗，是以堂哥的故事为原型的，当时堂哥跟一位女子相爱，但受到了女子家人的阻挠，女子在百般抗争之后，只好嫁给了别人。不过，这首诗中有大量想象的成分，因为那女子没有投河，我堂哥也没有上吊，他们两人虽然很相爱，但最终还是向命运屈服了，有了各自的家庭。那段悲剧的爱情，也变成了各自的人生中，一段模糊的记忆。

生活其实很有趣，当时觉得没有出路了，觉得没意思活了，但要是真活下去，也就活下去了。人是很强大的，面对苦难时，跨过去就对了，没必要寻死觅活的。不过，这首诗倒是有一点《白虎关》的味道，看得出，我很欣赏西部女子捍卫爱情时的那种刚烈。

在《长烟落日处》中，我塑造了一个为爱殉情的少女，在《白虎关》中，被迫嫁给屠汉的莹儿也似乎死了——在第一版中，莹儿是真的死了，但很多批评家都不乐意，很多读者也不乐意，他们都觉得莹儿不该死，至少不该这样死。他们的理由是，莹儿要是会轻易去死，何必在沙漠里九死一生地活过来？既然沙漠没有杀掉她，豺狗子也没有杀掉她，为啥一段不如意的婚姻，一次不堪的经历，就能让她放弃生命？所以，后来，我把《白虎关》的结局改了一下，让莹儿的结局变得昭然若揭，却又没有定论。

为啥我没把莹儿的结局直接改掉，让她活着？因为，她要是活着，从某种意义上说，《白虎关》就死了——或者说，我依托《白虎关》传递的某种东西就死了。

你想，要是莹儿没有死，苟活着，做屠汉的婆姨，她还会那么美吗？——当然，她的外表仍然会很美，但要是没了对爱情的坚守，莹儿也就不是莹儿了。因为，如果生活可以逼得她放弃信仰，放弃等待，就可以逼着她放弃其他的很多东西。最后，她就会变成她妈那样的女人，也是最让我心痛的那类女人——失去了所有的诗意和梦想，从一个灵丝丝的很美的女子，变成一个充满算计的功利实惠的婆娘。用鲁迅的话来说，就是"将人生的有价值的东西毁灭给人看"。

虽然，我也可以写一个这样的结局，让《白虎关》变成一个彻底的悲剧，但我不愿意这样。因为，我始终相信人心之中的那盏灯，相信人类精神中一种宝贵的东西。我的所有写作，都渗透了我的这种理念。要是我写了一个绝望的故事，告诉大家，在生活面前，你没有任何选择，只能堕落，那么我的写作就失去了意义。我为创作"大漠三部曲"而付出的二十年，也会变得像是一个令人唏嘘的笑话——哪怕在很多人眼中，这并不是笑话，而是一件令人习以为常的事情。

是的，生活中有很多这样的故事，很多人的命运轨迹都是这样，莹儿、月儿、兰兰这样的女子很少，多的是莹儿妈这样的女人，但我还是希望，文学在展现人类真实的生存处境之外，也能承载人类精神世界的光明。也就是说，它既能让你看到脚下的大地有多泥泞，也能让你看到头顶的星光有多美好。有了这点对美好的向往，你即使双脚插在泥里，心也可以是干净的。这是我对文学的一种期待，或者说，这是我对文学的一点坚守。这份坚守，贯穿了我的整个文学生涯，甚至也包括那个寻觅的阶段。

当然，我所认为的高于生活的选择，并不是指自杀，而是指一种对堕落的拒绝。我并不鼓励自杀，也不鼓励轻生，我认为，人既然活着，就要珍惜生命，努力地提高自己的生命质量，让自己活得更加快乐，更加积极，更有意义。但是，我仍然向往一种形而上的精神，向往一种艺术化的选择，这种选择可以超越生死，可以超越功利，可以超越一切让人堕落、变质的东西。这时，死亡已经不是死亡了，它成了一种象征，象征着一个人宁愿去死，也要守住自己的追求，不愿被庸碌的世界所同化。所以，莹儿的死，比她的活更难，也更震撼人心，更有力量。

也有读者说，莹儿的死，是以毁灭实现定格，以死亡使其永生。这种说法有它的道理。因为，一旦莹儿这样的女子勉强着活下去，或者走进繁华的城市，被欲望的喧嚣所淹没，丢失了自己，变成一个贪慕虚荣的、可以用爱情和肉体来换取富贵生活的女子，类似于因爱而升华之前的月儿，莹儿代表的那个意象，也就死去了。

《白虎关》看似讲了三个女子的故事，其实讲了三种意象，或者说三种升华和坚守。围绕着它们，有很多堕落、同化、放弃和妥协，但它们始终坚守着自己。所以，《白虎关》既有对生活的真实刻画，也有对生活的超越，它的本质，是一个灵魂寻觅和灵魂超越的故事。如果失去了后面的那层意义，我也就不需要花去二十年来写它和《猎原》《大漠祭》了。

不过，虽说《白虎关》是一种高于生活的创作，但事实上，我确实遇见过一些为爱轻生的女子。其中一个女子，是我表姐，她长得很美，对爱情也很看重，跟一些实惠功利的女子不一样，可惜，她爱上了一个不值得爱的男人，最后伤透了心，就喝农药自杀了。后来，每当想起她，我就会觉得遗憾和心痛。

人们说爱情会让人变得盲目，这种说法是有道理的。很多很美的女子就是因为所嫁非人，结果陷入了一段让人痛苦的婚姻，比如那些遭到家暴的女子。更可怕的是，大部分家暴行为，都是在他们的孩子面前进行的，孩子因为在这样的环境中长大，心灵就容易变得残缺，失去爱和信任的能力。甚至有些孩子会学习自己的家长，日后也这样对待自己的伴侣。所以，很多在家暴家庭里长大的孩子，婚后也会家暴别人。可见家庭环境的重要。

我能成功，除了诸多的内在因素之外，也有一个非常重要的客观原因，那就是我生活在一个健康的家庭里。从小，父母就给了我充分的关爱、尊重、认可和信任，这让我一直很自信，虽然生活中常会遭遇坎坷和挫折，却没有留下任何的童年阴影，也没有出现什么人格缺陷。所以，这是父母给我的一个很重要的礼物，也是命运给我的一个很重要的礼物。

每一对父母，与其给孩子送很多物质上的礼物，不如给孩子一个最好的自己，一个向上、有爱的家庭环境，无论对孩子的当下还是一生，这都是最重要的。

在这篇日记中，我说自己做了一件蠢事，很后悔，但我忘了当时自己到底做了什么。我倒是记得，写这篇日记的那天，正好是教师节，也是我过的第一个教师节。但没什么特别的，尽管当时的很多宣传墙上，都写着尊师重教的内容，可事实上，我们那儿当时并不重视教师。唯一能让我感受到自己过了一次教师节的，就是放了半天假。

其实，越是偏僻的小地方，对教育就应该越重视，因为教育是孩子们唯一改变命运的机会。我之所以那么勤奋地读书，那么想要考大学，就是想受到更好的教育。只有受到更好的教育，我才能有更高的眼界，才知道很多事情该怎么做，好文章该怎么写。我之所以刚到南安中学时，内心这么苦闷，就有这个原因。可现实是，越是这样的地方，往往教育越不受重视，因为人的眼界打不开，没有见识。于是，这块土地就陷入了恶性循环。想要打破这种循环，就必须出现很多有见识的人——不能只有一个，因为，只有一个这样的人时，他容易成为众矢之的，被大家所排斥和压制。最后，他不是心灰意冷地离开，就是什么都做不成，只能混同于众人——不是老子的混同于众人，而是非常无奈地熄灭内心的火焰，让自己像庸碌的大多数人那样活着。我如果一直待在那儿，没有走出来，可能就会这样。但我是不可能一直待在那里的，因为我一直想要走出来，也一直在自省、自律、自强，一直在通过我所能触及的所有途径让自己成长，让自己变得更好，更有见识和眼光。这样的人，就像翱翔在高空中的鹰，它永远不可能像老母鸡那样，心甘情愿地在自家窝前转悠。

不过，在这篇日记里，我看不到一点雪漠今天的样子，甚至看不到一点未来，因为，写这篇日记的人，连自己的真实水平都还不知道，也不知道真正的成功到底是什么样子。这时，他该往什么方向走呢？所以，我们觉得日记中的他很滑稽，是因为我们知道故事的结局，知道他最终会实现梦想，走出家乡给他的一切束缚和局限。

如果我们不知道，这时看他，就会觉得非常心酸——要知道，很多人都是这样，包括那些北漂的人，还有那些苦苦坚持着梦想，却久久不能成功的人。没有人告诉他们，他们为什么不能成功，他们的努力为什么得不到回报，他们的未来到底在哪里，他们还要坚持多久，才能到达那个他们想到的地方。他们跟当初的我一样，唯一能够依靠的，只有三个词：自省、自律和自强。如果他们不能明白这一点，未来的路就会很长，也会非常艰辛，而且不一定能到达他们期待的彼岸。

所以，我很感谢自己从小就能自省、自律和自强——虽然这篇日记中提到的不多，最后也没说我到底做错了什么事，但你一定能清晰地感觉到，我仍然在反省着自己，并且对自己提出了更高的要求。

这一特质，贯穿了我所有日记的始终，在我的生命里，日记就像一双时刻盯着我的眼睛，每次想到它，开始写它，我都会提醒自己，什么该做，什么不该做，什么该学习，什么该拒绝。正是因此，我才没有迷失在庸碌里。

# 9月12日　日记里的文学训练

　　之前的日记，我都写得比较简短，也比较随便，从下面的这篇日记开始，我才真正有了练笔的意识。所以，它跟前面的日记明显不一样，那些对日常生活的描写，也有了那么点小说的味道。

　　其实我的文学感觉一直都还不错，虽说前面的日记中有许多幼稚的味道，但撇开那些观点不看，文字还是很干净的。这大概是因为我的心一直比较质朴，没有那么多卖弄的东西——当然，写诗或散文，或是写信给别人的时候，有时还是会忍不住卖弄一下文笔，但其他的时候，尤其是写日记，我还是比较朴实的。所以，文字是一个人心灵的镜子，从文字中，你可以清晰地看到这个人的性格。造作的人，难免会有造作的文字；朴素的人，一般也不会在文字中设计。

　　我看过一些人对影视的评论，他们也说，最上乘的表演，就是最真挚的表演，是你变成那个人物，然后去过他的生活，这时，你的表演就没有表演的痕迹，显得特别真实，别人也会相信你饰演的角色。这种说法，跟写小说一样，最好的小说，就是真诚的小说，你看不到作者设计的痕迹，只看得到小说里的那个世界，以及那个世界里的人物，你会沉浸在那些活灵活现的生活里，随着那些人物一起喜，一起忧，好像他们的故事就发生在你眼前一样。"大漠三部曲"之所以感动了无数人，就是这个原因。在我的作品中，"大漠三部曲"是最没有功利心的，我没有任何思想要表达，也没有想过我写给哪一种人看，只是无功利地写出活在我心中的那些故事、那些人。所以，我一直说，这也许是我最好的小说。

## 1982年9月12日　星期日　多云转晴

晨修后，吃了碗臊子面，就进城了。

现在，我每两周进城取一次杂志。上次进城，我请广场旁那报刊零售亭的女子帮我留一些杂志，今天进城，我就是去找她的。

一开始，我没见到她，就问附近的一位姑娘，姑娘说她可能卖报去了。我想，卖报，不是在剧院门口，就是在影院门口。但我两个地方都找了，都没见人。我正扫兴地往回走，突然，一个熟悉的身影闯入了我的眼帘——没错，是她。

我望了她一眼，就掉过头去，假装没看见。我从余光里看到，她也望了我一眼，也没好意思打招呼，就和附近的一位妇女聊了几句，我听到她说："我爸拿去了我的钥匙，结果我连班都没上成。"我想，她大概是说给我听的吧？我就装作没听见，朝报亭走去，她又望了我一眼，骑车走了。我想，她大概还会回来的。

果然，我没等多久，她就来了。她说："我爸爸拿着钥匙，我连班都没法上了。"她的脸上泛着红光，眼神显得特别遗憾。我也无可奈何地笑了笑。"你下午来吧？"她说，语气近乎恳求了。"什么时候？""十二点多也可以。""那你不休息了？""没关系。""不，你中午休息吧，我两点再来。"我离开了。

两点多时，我来了。一会儿，她也来了，可惜有点小事缠住了我，完成时，我发现她去买瓜。想过去吧，怕妨碍人家吃瓜，我就没过去。她吃完瓜，我正想过去，她又去买瓜了。这下，我不能再等了，就走到了报亭前。她来了，看见了我，快步走到前面。有一位中年人截住了她，大概是她爸，她皱了皱眉。另一位姑娘也走过来，笑着把瓜递给她，她红着脸生气地推开了。"不看眼色。"她小声嘀咕了一句。哦，有我在，她不好意思吃瓜，哈哈。我暗自笑了。因为有她爸和那位姑娘在，我怕她难堪，就没打招呼。那位姑娘不知好歹，又把瓜递给了她。"哎呀，你有个完没有。"她的语气又气又急，脸又红了，无可奈何地对我笑了笑。那位姑娘就神秘地瞅了我几眼，也笑了。

好不容易闲下来了，她就把杂志取了出来，递给了我。"《小说选刊》呢？"我发现没有《小说选刊》，就问道。"哎呀，忘了。"她的脸又红了，显得很不好意思。"那……那我再给你找一本，你下次来取。""找不到就算了。"我说，然后给了钱，就离开了报刊亭。

在很长一段时间里，我一直用日记来练笔。我的日记充当了很多角色：灵魂的镜子、自省簿、监督者、谈心朋友、写作练兵场、生活记事簿，等等。过去外出的时候，有两样东西我是不会忘掉的，一是正在读的书，二便是日记本。别的，就可有可无了。现在有电脑了，我外出时，就总是带上电脑，无论登山，还是做别的，我一般都不会把电脑给放下。这样，我就随时随地都可以工作了。

三十年后，我还会见到这篇日记中所写的女子，她已经有点胖、有点老了，但即使过了这么久，每次见到她，我还是会感恩她过去对我的照顾。毕竟，在我最需要学习的时候，她给我提供了一些便利——当然，她给我提供的便利，也会给她自己带来收入。那时节，我可是她最大的客户呢，每月，我大概会订几十本杂志，各种各样的都有，大多是文学杂志，除日记中写到的《小说选刊》外，还有《青春》《小说界》《当代》和《收获》之类。这些杂志，在当时都比较畅销，我几乎都看。所以，我的床上，就堆满了书和杂志。

因为常买书，读师范时，就有好多人向我借书，那时我很大方，总是几十本几十本地借出，后来，借书者却没有把它们还回来，所以，早期的杂志和图书，我一本都没能留下。而且，我发现，把我的书借走不还的人，对那些书其实未必会看，有时，借了也就是放在那儿，很快就忘了。再后来，我就在书架旁贴了张纸条，写了"免开尊口，概不外借"，我不希望自己用养命钱买下的书，只能被别人当作一种可有可无的点缀。这想法，当然也没错，但后来我还是变了，那变化，是随着修心状态而出现的。

修心有进步时，我就专门买书借给别人；修心更好时，我就开始给别人送书；现在，全国几乎所有大学的图书馆和各省市的图书馆里，都有我捐赠的书了。从对待书的态度上，就可以看出，我也在一天天进步着。

过去，除了修心、写作、读书外，我戒掉了生命中所有的喜好，我只玩一个游戏，那就是心的游戏。而且我不跟别人玩，我只跟自己玩。我从不管自己比谁强，或是比谁弱，我只想战胜自己。

因为我清清楚楚地看到，在死亡面前，我得到的一切，都会离开我，所以一切的毁誉，一切的得失，一切的是非，都没有那么重要。重要的是，我的心到底怎么样。如果我无论经历什么事，心都能不动不摇，我也就成功了；如果还有什么事能撼动我的心，那么，我就还需要继续修。此外的一切，都无关紧要。

有时，很多人看到一些东西，心就会波动，或是害怕，或是迷惑，或是欣喜，其实不用这样的，那些东西只是一粒又一粒的小石子，你只要观察，它投进你的心湖时，有没有激起一些泥沙碎石，就够了。因为，能影响你的，不是外境，而是外境在你心中激起的那些东西。我说的"一点清光净，石子投波心，非为荡涟漪，只是试水深"，就是想告诉你这个道理。只要你提起正念，观照外境，就会发现外境像水的涟漪，很快就会消失的，它没有别的意义，只是对你的一种训练和考验。你要从外相中汲取营养，完善自己，但你不要过于在乎那外相，也不要过多地去思量，因为思量没有用，它就像漩涡，你不离开它，它就会将你拖入水底。所以，最好的办法，就是对照外境修正自己，让自己的心自由，让自己的智慧能主宰自己，不要在乎那些情绪，时刻坚定你的向往之心。

我就是这样一路走过来的，二十多年后，我才洗去了所有的习气障碍，得到了一颗完全属于我自己的心灵。当然，我经历过的一切，也仍然留在我的记忆中，当我想起时，心里就会觉得温暖，比如这段想尽办法买杂志的经历。

记得那时节，每次取回杂志，都是我最幸福快乐的时刻。我的一生中，没有比读书写作更快乐的事了。便是现在，有时忙上几个月，我也会犒劳自己，其方式，便是拒绝诸事，好好读它几天书。

另外，这时的日记虽然有了点小说的意思，但还远远不能构成小说。但是，我从这个阶段起，有了在日记里进行文学训练的意识，这种训练一直持续到我进入正式的文学创作之前。有缘的读者，还会看到我后面的日记，有些日记，还真有点小说味了。

# 9月13日　遇上漂亮女学生

从 1981 年下半年，我的日记就开始断断续续，有时，间隔的时间还特别长。这跟我的静修有关，说明我的念头很少，没什么想要表述的欲望。但是，从师范毕业，到了南安中学工作之后，我的日记开始频繁，从中，可以看出我最初到南安中学的时候，情绪确实有些波动，心也不太安定。当时我并没有想到，来到南安，会让我跟生命中一个很重要的人结缘，那就是鲁新云。可见，生活处处有意外，你永远不知道明天会发生什么，也不知道眼前的因缘会带来怎样的剧情。每个人能做到的，就是珍惜当下，过好每一天，给未来种下正面的种子。

我跟鲁新云的相遇，出现在我参加工作的第二个月。

1982 年 9 月 13 日，她第一次出现在我的日记中：

## 1982 年 9 月 13 日　星期一　晴转多云

她很腼腆，动不动就脸红。

她的眼睛很美，又大又圆，黑白分明，透出一种天真的神气，小巧玲珑的鼻子，秀气得像玉雕一样，睫毛又很长，更衬托出双眼的秀美。

"你感冒了？"我听到她剧烈地咳嗽，问。

"没……没有。"她的脸唰地变红了，显得妩媚而娇美，大眼睛像是躲避什么似的，惊慌地瞥向一边。

"有没有喝药？"

"不，真的，我没感冒。"她慌乱极了，脸上只有眼睛里有点白色，其他地方都变得通红了。

"这有什么不好意思的。"我在袋子里装了些药片，递给她，"带回家喝吧。"

她不说话，头更低了，脸也更红了。

她临走时，没拿那药片，我记起了她放到桌上的药片，递给她。她迟疑了一下，没接。"这……"

"没关系，我还有。"

她接了，但仍然红着脸，给了我一个甜甜的微笑。

哎，这个小丫头！

这篇日记中写的女子，便是鲁新云，那年正上初三。后来，她每天都到我宿舍里问一些问题，来的时候，总会带上另一位较胖的女孩，这样一来，就会衬得她更加美丽。

鲁新云遇到我的时候，已经十八岁了，我比她大一岁。她之所以这么晚才上初中，是因为她三年级时辍了学——她妈生了小弟弟，需要人带，她只好辍学，在家带弟弟，等弟弟长大后，她才重新上学。这样一来，她就等到了我。十八岁的女学生，遇到了十九岁的男老师，没有早一步，也没有晚一步。真有种命中注定的味道。

一般的男孩子，在十九岁时，可能还不懂事，包括那时节的我。而一个女孩子，到了十八岁可就是大姑娘了，对感情的事，要比男孩子明白得多。所以，现在想来，我的堕入情网，其实是在劫难逃的。

后来我想，要是那时，另一个大姑娘追我的话，我会不会娶她？呵呵，还真不好说。那时节，我啥也不懂，虽然看过很多书，还读了老庄等经典，智慧比一般的孩子要高，但是我没有谈过恋爱，对男女之间的事不太了解，又天性多情，许多时候，一个女孩不经意的微笑，就能感动我。所以，好多事情，还真说不清。不过，有一点是肯定的：即使一个女孩子在我不懂事的时候，当了我的妻子，也不能保证她就能维持一辈子的婚姻。记得那时，有句很有名的话：一个傻瓜也能赢得男人的爱情，但只有聪明的女子才可以守护它。

所以，要是一个女子不是真的足够优秀——我说的优秀，是人格上的优秀，比如，她要善解人意，要懂得什么是真正的爱，要有奉献的行为——她就会在我后来闭关的多年里选择离开我。或是，我也可能在发现婚姻的真相后，选择出家。

在那时的班上，鲁新云的学习不好，字也写得像苍蝇爬过的印迹，按当时的标准来看，她真的不算太优秀——我不是想说她不好，我想说的是，虽然她没有这些别人都在乎的东西，比如成绩、才华啥的，但她的命运并没有变得不好。相反，三十多年后，谁都会说她命好。比起成绩和才华，很多女子定然更想要她的命运，但现实中，很多人都没能如愿。

村里跟鲁新云同岁的，有很多女孩子，这些女孩子学习都比她好，但命运后来都不如她，其中也包括她的妹妹。为啥？因为她们不修心，在行为上不如她。

鲁新云的妹妹跟她在许多方面都很相似，只有一点不太一样，就是鲁新云一直在听我的话修心，一直在跟我做事，一直在读书，一直在无我地奉献，她的行为感动了无数人。于是，只有初中文凭的她，后来仍然赢得了广泛的尊重。

修心是真的能改变命运的，因为，修心能让一个人减少贪婪，减少仇恨，减少愚昧，趋向伟大。当一个人好好实修的时候，他的个性就会改变，他的行为和选择都会改变。那么，他的命运就自然会改变。

伟大是一种德行，而不是一时的想法，每一个人都可以有伟大的想法，但一个人是不是真的能有伟大的行为，还要看他能不能真的放下小我，放下一切，将生命融入更大的存在。

虽然鲁新云的世界里只有自己的家人，但她每天念诵四遍《金刚经》，一遍回向给众生，一遍回向给家人，一遍回向给所有的冤亲债主，一遍回向给跟我们有善缘的人或学生。

在上面的日记中，我谈到了与鲁新云最初的相遇。她比一般的女孩子漂亮，虽然穿得很朴素，但显得很大方。初见时，就给我留下了深刻的印象。

她家离学校较远，中午时她来不及回家吃饭，就会在出门时带上点馍，午饭时间留在教室里，跟弟弟一起吃馍。有一天，我给她和她的弟弟送去一壶开水，下午，她来还水壶，第二天，仍这样。我们就这样，以水为媒介，在一送一还之间，开始了我们这一生的缘分。

我们的缘分很有意思，开始的最初，我们是师生，也许是因为这个缘故，也可能是因为我的性格，总之，从遇见她的那一天起，我就在帮助她，给她出主意。这一点很有意思。这篇日记就记录了我对她的第一次帮助。从那天开始，我帮了她四十年，往后，也会一直帮助下去。当然，后来，也是她在帮我，她承担了家里的一切，给我提供了最大的便利。所以，我们的婚姻一直很让人羡慕。

鲁新云很认真，对我有种净信，做啥事，都会照我安排的去做，无论早年的学习、练字，还是后来的修心，都这样。她也很有智慧。每当我们想往大里做一些事业时，她总是叫我们干更重要的事，说挣钱是为了吃饭，有饭吃的时候，就不要太贪财，要抓紧时间写作，为世界多留下一些东西。

瞧，鲁新云也算是我的善知识了。

# 9月14日　我跟同事的一次争吵

从进入南安中学后的日记来看，我跟同事们的相处不太顺利，虽然当时，我在堂兄的劝告下，也想改变自己，让自己变得更成熟，但现在看来，当时的忏悔，并不完全是正确的。因为，在当时那个环境里，很多成熟有修养的人，至今仍然庸碌地活着，别人对他们的抬举，并没有让他们改变庸碌的命运。倒是当初他们认为不成熟，太儿戏，得不到重视的我，改变了命运，走向了更大的世界。可见，很多时候，环境里约定俗成的观点，并不一定就是正确的。但当时，我没有老师，没有人告诉我什么样的观点是对的或不对，我只能自己分析，自己观察，自己探索。你想，现在的很多人，真的比当时的我幸运多了。起码他们有老师，老师能告诉他们该怎么做。

当然，我后来确实改变了一些，至少外相上看不那么玩世不恭了。所以，这类营养，只要用得得当，还是有意义的。

还有一个细节很有意思，从那个细节就可以看出，当年的我，跟四十年后的我，确实是有区别的——日记的最后，说到"行动见于明天"，现在我是不可能这么说的。我知道，每个人都不一定有明天。所以，理所当然地等待明天，将希望寄托于明天，还没意识到自己在拖延的我，显然还有很长的路要走。

## 1982年9月14日　星期二　阴

今天，我和彭老师吵了几句。

那家伙心胸狭窄，又心术不正，但是，以前由于敬佩他的渊博知识，我还是很尊敬他的，现在，我却不能容忍了。他把我当成了天真的小孩子，把我对他的尊敬当成了逢迎拍马。哈哈，他大错特错了。像他那种爱揭人短处的人，是不值得我去尊敬的。一个人缺乏自知之明，真是可怜！

不过，开桔也给我提了意见，他说我太儿戏、太顽皮了，所以得不到别人的重视，只要我能改掉这些缺点，就是一个胸有大志、有修养的人了。

唉，我也想改，可是我这个毛病已成习惯了……不过，我会努力改掉它的。一个人如果不能改掉自己的坏习惯，他就毫无价值了。所以，我一定要让自己成为一个老成持重、柔中带刚、有智有谋的人，还要不儿戏，不轻易说笑，凡事严肃认真，给人以成人之感，要让人肃然起敬。

一定要记住，学习固然重要，但修养也不能忽视。

行动见于明天！从明天起，我一定要小心改过。

明天，明天！

上面所说的彭老师，是民勤人，教化学，教学质量好，在学校里很有威信，但一直轻视我，时不时就讽刺我、嘲弄我。那天，我实在忍不下去了，就回敬了他几句。

在日记的开头，我说自己敬佩过彭老师，其实不是的，自从修心后，我明白了一些道理，也知道自己比别人懂得多，就有些自傲。但这时的所谓知道，其实有点狂慧的味道，因为我做不到。这世上，本就没有天生的圣人，每个人生来，都是有毛病的，只要能自省、自律，毛病就会越来越少。所以，不要怕自己有毛病，也不要嫌别人有毛病，更不要因为别人有点毛病，就把人家一棍子打死。

当然，我虽然自视很高，但身边却很少有人认可我，因为，在那时的南安中学，我是年龄最小的老师，而且我说话不太注意，常会令人不舒服，于是就总是受到彭老师这类人的攻击。有时，我也会反击，然后我的处境就能好过一些，但有些同事还是因为我年龄小而轻视我。你想，我当时才十九岁，作为学生的鲁新云，竟然才小我一岁，有几个跟鲁新云一样，因为家里有事而推迟上学的学生，甚至比我年龄都大。再加上我的个性也很孩子气，有些年长的老师，自然就把我当成毛头小子，不放在眼里了。后来因为我的改变，我的境遇慢慢有了一些变化，但我终究是不懂人情世故，所以，我跟同事们一直都不怎么亲近，一直游离于群体之外，被同事们当成异类。

便是现在，我仍是很多人眼中的异类，在每一个圈子里，我都不是他们的自己人。不过，我本来就不属于任何一个圈子。除了去鲁迅文学院和上海作家研究生班上学的那几年外，文学圈里一般很难出现我的影子，因为我很少参与他们的互动，始终游离于文学圈之外。前几年，我刚开始写字、涂鸦时，还有书画圈的朋友叫我加入美术家协会啥的，我同样拒绝了。为啥？因为，每一个圈子都有自己的规则，进入那个圈子，就要遵循那个规则。我不想遵循那些规则，不想玩一些游戏，也不想在任何一个圈子里得到什么，反倒想自己建立平台，帮一帮那些没有平台的作家、书画家们，让他们有一个展示自己的地方。我想，只要有平台，有供需双方，就慢慢会有影响力的，这样，就自然能帮助别人了，不一定非得向哪个圈子借力。

任何时候，我都想建立自己的规则，制定自己的标准，无论文学、书画，还是文化，都是这样。这种人不容易成功，容易一败涂地，不过，要是他成功了，就有可能开宗立派，开一代风气之先。

这又是闲话了。

在这篇日记中，我谈到了我的童心。那时节，虽然我的骨子里很严谨，但表面上我又是很儿戏的，做什么都让人觉得像是在玩，行为举止也不成熟，充满了孩子气，显得有点儿玩世不恭，这让很多人对我产生了误解。所以，我所有的处境，其实都源于我的性格，这是自作自受，是怨不得别人的。

后来，我自己也发现了这一点，就一边修心，一边有意地改变行为，慢慢地就变了。这种变化开始很慢，但一有体验，就很快了，真有一种顿悟感，就是一下子明白是怎么回事了，于是烦恼就消失了。但在成就之前，有时在经历事情时，也可能会犯毛病的，所以我一直在事上渐修，犯一点毛病，就清除一点，有时不能一下清除掉，就慢慢来，多清几次。时时调心，时时观照，时时警觉，时时自律——便是在不能自律的时候，我也明白应该自律——这样，心就渐渐变了，行为也渐渐如法了。

其实，很多读过我书的朋友，都明白很多道理，因为我在书上，把很多道理都写得非常清楚，但是这些道理如何运用到行为中去，就是另一回事。很多人一遇事，就方寸大乱，有时不是不明白道理，而是缺乏警觉。警觉这个东西，别人是帮不了你的，必须自己注意，自己要是不愿提起警觉，不愿精进起来，别人就很难帮助你。

遇事时警觉、观照、调心，就是实修，这比座上修几个小时更加重要。不愿实修的人，很难改变毛病。

不过，一开始，我也做不到在当下实修。从我早年的日记可以看出，那时，我总是说明天如何，总是将改变的可能性放到明天，但到了后来，我就慢慢地改变了，我不再说明天了，我总是说当下。

不推到明天，而安住当下的时候，我才算开始了真正的修。

另外，从日记中可以看出，在写日记的那时，我并没有发现自己的毛病，仍是将彭老师说成了"心胸狭窄，又心术不正"。其实，许多时候，无论遇到啥事，根本的原因还是在自己心上。因为有这样的心，人家才会用这种态度对你。大概到了三十多岁之后，我的心渐渐变了，就发现了这个事实，于是，我眼中的世界也就变了，有了另一种色彩。

# 9月15日　能信受奉行的女朋友

　　我对鲁新云的感情发展很快，基本上刚见面没多久，我就知道自己喜欢上了这个小丫头。但我的内心很纠结，而这篇日记，就简单记录了我的纠结。其实，要是我发挥作家的天分，详细写一下我的这种纠结的话，也许我的作家潜能就会发动得更快——这当然是后话了。

　　看完下面的日记，你会发现我纠结的原因很有意思，身份和担心闲话，这两个理由当然是司空见惯的，任何一对师生之间一旦发生了感情，老师的心里就肯定会出现这种纠结——假如那位老师是真心爱那个女学生的话。但还有一个理由，可能会让很多人都非常吃惊：鲁新云学习不好。这样的理由，很少出现在现实生活中，但它真是我的一种内心活动。这说明，我对学业是很在乎的，但我在乎的不是成绩，而是那种喜欢学习的态度。我是一个热爱学习的人，在学习上也花了很多功夫，这方面的不同，甚至让我在爱情的选择上有了迟疑。所以，热爱学习，重视学习精神，也是我的一个特质。

　　我能走到今天，能有这么丰厚的学养，就得益于我的这个特质。否则，一个出生于西部农村家庭的孩子，是很难走到我这一步的。

　　另外，日记的结尾还提到了我在静修时打瞌睡，这是很多人都会遇到的情况，因为这时心还没有属于自己，不能完全控制身体。现在，我肯定不会这样了，我甚至可以自主地控制自己睡多久。如果我告诉自己的身体，要三点钟醒来，那么一般不用闹钟，我就会自动在那个时候醒来。这就是心对身体的控制力。从这个细节，你就可以看出正念对身体的重要。

现在，无论是西方还是东方，强调正念训练的人都很多，这是对的，正念确实对人的生命有着重要意义。

但这里，我暂且不展开说，我们先看下面的日记。

## 1982年9月15日　星期三　多云转晴

我很喜欢她，但并不是因为她漂亮，而是因为她温柔。可是我不能跟她在一起。一来，我的职业不允许我这样做；二来，人言可畏；三来，她的学习实在不算太好，如果她有很好的学习精神，我也许会更爱她的。

不过，如果我的爱能感化她发奋学习，也是一件好事，那么，我跟她在一起就是有益的。但考虑到人言可畏，我还是要三思，毕竟我是老师，她是学生。

虽然我不能跟她在一起，但我还是希望她能做个聪明的女子，能发奋学习，在这一点上，我愿意帮助她。

晨修总是瞌睡，但还是坚持吧。

我跟鲁新云接触最早的理由，确实是想帮助她，当然，这也是那时最好的理由。事实上，除了她，我还帮助过其他很多学生，但别的学生都不像她那样老实地实践我的教导，后来，也就渐渐疏远了。

呵呵，看来，信受奉行不但能成就出世间法，也能成就世间法。

这里的世间法，指的是人与人之间的关系，但其他的世间法成功也是这样，想要在红尘里做成一些事情，也许要听前人的话，听老师的话，这样就容易少走弯路，更快地成功，同时规避一些可能发生的危险。

瞧，我又回到了这本书的主旨上。

不过，如果忘掉这个主旨，也就不是我了。

我继续谈南安。

以现在的眼光看，我调到南安的时候，南安还很落后。但那时，它也算是我们乡里的繁华之地了。因为，整个洪祥乡都很是偏僻落后。所以，能分到南安，做的又是中学老师，已经很好了。不过，这是到了后来，领导为了惩罚我，把我往小学里调，我才终于明白的。因为，我从南安调去的那个北关小学，比南安中学更偏僻，环境也没有中学好，要自己做饭。总之，各种因素聚集在一起，我就终于明白，为啥对乡村老师来说，从中学调到小学，差不多等于有权的京官被贬为偏远地区的小地方官了。可见，人类的很多感觉，是对比产生的。如果我没有去过金川，去不成金川对我来说就只会是一个概念，不会有实质上的打击；同样，如果我没有在武威城里待过，一直在乡村里念书，回到乡村学校教书，我也不会觉得有啥失落，反而会觉得理所当然。所以，没有对比，很多情绪是不会产生的。

当时的我，并没有想到这一点，但我还是很快接受了现实，除了因为我改变不了现状之外，也是因为我为人很乐观，我总是觉得，哪怕现在再不好，只要我努力，一切都会改变，因为我的目标本就不在这里。这种乐观和信念，让我能接受眼前的一切。

我在南安工作那时，学校附近的一个村庄旁边，有个规模不太大，又比一般农舍大些的供销社。它相当于现在的小卖部，或小超市，我们买东西都去那里。那儿离学校不远，我们出了校门，向南走，穿过几个农舍，就会见到一间窗子上安了钢筋的大房子，那便是供销社。1982 年，凉州农村还不算富，一眼望去，一片干黄，到处都是土房房。便是那供销社，与寻常农舍的区别也不大，但寻常农舍不安钢筋，因为没有安的必要，也没钱安。不过，即便是现在，凉州农村也不富，仍然到处都是土房房，到处都是土黄色，不像广东的农村，到处都起了几层小洋楼。从农村的建设水平，就可以看出当地经济发展到了什么程度。

我第一次见鲁新云，便是在供销社门口，她买了点东西准备出门，我刚好进门，就相遇了。从现在还能记得那细节来看，那时的相遇，在我心中真是留下了很深的印象。在当时的南安中学，她算得上校花了。对于那个心中充满了浪漫，却一直没谈过恋爱的我来说，遇到一个有好感的女子，自然会生起许多联想。

近些年，老是听一些学生说自己有很多毛病，那很多的毛病里，对异性的渴望是主要毛病。其实，在人的一生中，性与情是跟食物同等重要的事，所以古人说："食色，性也。"即便你坚持修心，在还没能完全控制心的时候，对异性有点渴望也是很正常的。你看，十八九岁的我也修心，但我过去的日记中，不也出现了大量对异性的描写吗？这说明，当初的我，也跟无数的男孩子一样，是需要异性的。便是在1995年开悟之后的几年里，因为习气的原因，我仍会产生一些波动。直到后来打成一片，心完全属于我自己，对异性的渴望才彻底消失。

而且，当时为了降伏对情爱的向往，我也是花了大力气的。因为，天生多情给了我当作家的可能性，也让我对情感有了很大的执着，我虽然知道独身对静修更好，但我的心底里总有一种期待，希望自己能拥有一段美到极致的爱情。这种渴望，让我每次遇到有好感的女孩时，心里都会出现波动。然而，我跟异性的交往很少，大部分时间都在学习、读书、修心和练武，我期待的那类故事就很难发生了。

所以，在遇到鲁新云之前，我的渴望和现实之间，总是存在着很大的距离。你可想而知，遇到鲁新云时，我的心产生了多大的波动。

我有个习惯：我总会用自己心中的期待，去想象现实中出现的人，而且，我爱的，往往是自己心里的那一个。只要没发现对方有大的毛病，我心中的"她"就会很美，比现实中的她要美得多。相反，如果我发现了对方的毛病，尤其是实惠功利等毛病，我心中的那个"她"就会被打碎，我就会重新认识眼前的她，或者直接远离她的世界，也让她远离我的世界。

对美丽女子的向往和想象，让我在《大漠祭》《猎原》《白虎关》等书中塑造了很多优秀女性。但是，男性读者和女性读者，对这类角色的感受有时会不太一样。男性读者往往跟我一样，觉得这些女子很美；而有些女性读者则觉得我笔下的男性角色很好，女性角色的塑造却不一定成功——其实，她们只是不喜欢这类个性的女子。比如，在鲁迅文学院上学时，作家出版社编辑张懿玲就说过自己不喜欢莹儿，她说，《白虎关》中的莹儿没什么特点，还不如杀人的王秃子有个性。她当然有她的理由，很多人也更喜欢《猎原》中的豁子女人，觉得她够鲜活，够真实，但莹儿其实也很真实，她的原型就是鲁新云。写莹儿时，我跟其他女子没有深入接触过，只能按自己对鲁新云的印象来塑造她。不过，虽说有些人不喜欢莹儿的个性，觉得她过于完美，但也有很多人喜欢她，尤其喜欢她的守候。

我也喜欢她的守候，在《无死的金刚心》中，我也塑造了一个守候的女子——莎尔娃蒂，她就像鲁新云一样，等了她爱的男人一辈子。不过，鲁新云比她幸运，因为鲁新云可以跟我视频，而莎尔娃蒂却只能给她的爱人写信，到了最后，那信也像泥牛入海，没有回音了。但正是这种充满悲剧色彩，却又无比坚定的等待，感动了无数的读者，大家都觉得那是世上最美的爱情。

说起米，我还是很喜欢我的小说，尤其是"大漠三部曲"，那可是我花了二十年锤炼出的作品，它的出版，对我来说有着不一般的意义，因为，能够写出它，说明我已经完成了智慧和人格的修炼，进入了人生的另一个阶段。

只可惜我的读者不一定爱读它，至今，我的大部分读者，都是因为喜欢我的《空空之外》《老子的心事》《雪漠智慧课程》等文化书而接近我的。

其实，读雪漠作品是不能不读雪漠小说的，如果不了解小说中的雪漠，就很难真正地了解文化书中的雪漠。因为，我是先有小说，再有文化书的。正如先有四十年前的我，才有了四十年后的我。若是你不了解四十年前的我，不知道我是如何走到今天的，你心中关于雪漠的图像就是不完整的。所以，先读我的小说，再读我的文化书的那部分读者，对我的了解总会更加深刻。

北京有几位读者，就是因为看了《西夏咒》认可我的，国外的读者中，也有人是读了《大漠祭》《无死的金刚心》认可我的。因为，用文学的语言叙述灵魂寻觅的过程，总比直接跟你说道理、说思想，给你带来的冲击更大，就像电影往往比文字更容易击穿人心。而且，孕育了雪漠的那块土地，你只可能在我的小说中看到——当然，后来又有了《一个人的西部》《一个人的西部·致青春》，现在更有了《一个人的西部·成长日记》。写这些书，是为了让更多的人能了解我生长的土地，了解我早年的经历，了解我寻觅的过程，了解我是如何战胜自己、如何超越环境，最后成为这个让很多读者喜欢的作家的。这些内容，也许能帮你解决一些实际问题，比如追梦过程中遇到的诸多迷惑，等等。

《一个人的西部》出来时，读者们就说这类书太重要了，因为它在告诉大家，就算一个人在贫苦人家里长大，或在穷乡僻壤长大，也不要紧，只要他肯自省、自律、自强，并且坚守向往，那么哪怕他有很多毛病，也能渡过一切难关，改正所有毛病，成为他想成为的自己。所以，要坚定自己的信念，坚决改正毛病，不要妄自菲薄，也不要犹豫拖延。

同时还要记住，自省必须伴随着自强、自律和向往，否则就没有意义。很多人虽然也反省自己，也知道自己犯了错，知道自己有什么毛病，但他们缺少一种坚决改变的意志，他们总是在无休止地自怨自艾，这是毫无意义的，只会让他们陷入消极，一蹶不振。所以，我总是说，过多地去想自己的问题，不如好好做利众的事。当你好好做事的时候，也就没有心思去想那些所谓的问题了。过上一段时间，你或许就会发现，那些问题统统都不见了，你也有了战胜自己的信心和勇气。所以，重要的不仅仅是发现，更是实践，没有实践的发现，很难发挥真正的作用。因为，单纯去记忆知识，是很难让一个人升华的，升华需要改变思维习惯。

从我的日记中可以看出，那时节，我虽然喜欢鲁新云，但我跟她的接触，还是为了帮她。哪怕这种理由看起来很幼稚，但总比没这理由好。因为，没有这个理由，是很难让我们两人在这种接触中升华，而不是堕落的。

至今，我还保留着当时写给她的很多情书——她看完又还给了我——从那些情书中可以看出，我真的一直在帮她，帮了她四年。后来，她成了我的妻子，我们仍一直彼此帮助对方。我的帮，成全了她；她的帮，也成全了我。

# 9月16日　阅读对写作的启发

十多岁时，当作家就成了我的梦想，于是我为这个梦想做出了很多努力。其中一种努力，就是不断地买杂志，了解读者们喜欢什么样的文章，也买很多书。当然，很多时候，我买杂志和买书也是因为爱。

就像前面的一篇日记中写的，我买杂志，一般是在凉州城的书报亭里预订。我总会提前告诉那书报亭的女孩，我想要哪些文学杂志，她就会帮我留下，等我去了，她就一起给我。那时，我读的文学杂志很多，尤其是办得好的杂志，我一般都会买来读。那时节，我几乎所有的钱，都用来买书买杂志了，在伙食上，我克扣自己克扣得很厉害。其他方面，我更是很少用钱。这一点，也是我跟很多十几岁的年轻人不一样的地方，更是我能走到今天的一个重要原因。总结为四个字，就是懂得选择。

比如，我既然选择当作家，选择修道，就注定要放弃一些世俗的享受，如果我不能放弃那些享受，却还想当作家，还想修道，后者就成了一个安慰自己的借口。就像道家故事中的马钰一样。马钰是王重阳的弟子，也曾是王重阳最大的供养者，最初他放不下如山的家财，在修道上就一直没有长进，后来在妻子孙不二的提醒下，他放弃了所有的家财，才终于成就。

所有的故事中，无论哪个领域，成功都必须能够舍弃，包括人格修炼和文学修炼。而后两者，很多时候其实是相辅相成、不可分割的——如果托尔斯泰没有宗教素养，没有伟大人格，他绝对写不出那些伟大的小说。如果索尔仁尼琴没有革命梦想，没有一种为这个事业牺牲自己的觉悟，他也绝对写不出《古拉格群岛》等书。在所有的领域，人格境界都是成功的基石，几乎没有一个人格上失败的人，能爬到真正的巅峰。而就算他真的很强大因而真的摸到了巅峰上的石头，他也会很快掉下来。因为，就像中国人的老祖宗所说的，"德不配位，必有灾殃"。

那时节，我每逢买回一批杂志，就会像饥饿者见到美食一样，风卷残云地把它们"吞"完。但不管怎么风卷残云，我对自己看过的东西，都一定会有所思考。有些思考，我也会写进我的日记。

下面的日记，就源于某杂志中的一篇文章。

## 1982年9月16日　星期四　阴转晴

坚持晨修，想来对写作是有好处的，至少想象力比以前好了很多。但两年来，除了想象力的变化，坐禅对我的影响好像并不明显。

今天，我看了方文的《春》及其评论，里面谈到了方文的创作经历，那经历的曲折艰辛，让人不由得有些害怕。不过，说到这篇文章，虽然方文作为一个年轻的中学生，竟然能写出这样一部作品，不能不说他是与众不同的，但曹阳同志的评论中，也指出了他作品的一个致命问题：不真实，对生活挖掘不深，生活素材不够。这大概是他最大的不足之处了。要是他取得了现在的成绩，就骄傲自满，将来未必能成大器的。我也是这样，这是最令我担忧的地方。我的作品中，对人物的挖掘和对现实的评价，我都不大满意。

我很感谢曹阳同志对方文的批评，这也可以说是对我的批评，真及时，我想大部分文学青年都有这样的缺点，尤其是我。

要多观察思考，多挖掘生活啊！开红同学，更不要忘了积累！

日记的开头提到了晨修，还表露了一种焦急，觉得自己修了两年，怎么还没有大的进展呢？其实，写日记这时，我并没有修满两年，而且也不是毫无进展的，至少在日记中，就可以看出一种心境上的变化。我之所以说没有明显的影响，是因为我的心还不属于自己，外境发生了什么，我很容易就会被牵引了去，这一点，让那时的我很懊恼。

其实，心属于自己，是开悟之后的事，如果没有修出制心一处的定力，没有见到真心，还有执着，人很难真正地控制自己的心。但这需要一种因缘，也需要长期持久的训练。那时，我还没遇到真正能让我觉悟的老师，所以只能慢慢地积累资粮。

上面说过，我从师范起就有买文学杂志的习惯，在南安中学教书时，我对杂志更是看重。就是凭借它们，身处偏僻农村的我，才能知道当时的文学界发生了什么事，文学的风向标有啥变化。但后来我慢慢明白，当下的文学潮流其实不重要，因为不管啥潮流，都会很快过去，重要的是，你的作品有没有写出世界需要的东西。如果世界需要你的作品，不管现在流行什么，你的作品都会有自己的一席之地；如果世界不需要你的作品，不管你的作品多符合潮流，那潮流一过，它也会被扔进废纸篓，迅速被人忘记。不过，当时的我还不懂创作，我根本不知道，所谓的创作跟我写的这些日记一样，就是说出自己内心的话，说出自己看到了什么，经历了什么，有怎样的思考和感悟。当我把这些话说出来时，就是当下最好的创作——问题是，我心里的话，值不值得让世界去听？我是为了发泄情绪，慰藉寂寞，让自己站在镁光灯下，赢得大家的掌声和关注，还是为了分享一些东西，让需要这些东西的人受益？不同的心态，不同的境界，写出的东西自然不同。而不明白这些，不知道文学之路到底该怎么走的我，也只能这样跌跌撞撞地一步步去尝试了。

但不管怎么说，这些杂志还是给了我希望，在没有找到正确的路时，它们让我觉得，我跟文学是有关系的，这对我来说，也可以算是一种安全感。不过，更重要的是，看书和杂志，本就是我那时最美的享受。不管生活中发生了什么事，不管同事们如何嘲笑我，如何看轻我，如何觉得我是吹牛大王，只要通过杂志和书进入文学的世界，我就会觉得自己非常幸福，甚至，只要看一眼我心爱的那些书，我的心里就会荡漾着莫名的幸福感，就像躺在一泓温水里一样。

日记中谈到的《春》，是发表在某文学刊物上的一篇小说，作者是一个叫方文的中学生。按他的年龄来看，能写出这样的作品，已经很不容易了，但正如那位叫曹阳的编辑老师所说，他的文章表面看来辞藻华丽，却只是在掩饰内容的单薄和虚假——当然，最初我是看不出来的，只是觉得他写得很好，很有才华，但编辑老师一说，我细细看，就发现真是这样。当时，这个发现对我的震动很大，甚至影响了我后来的生命轨迹——此后的多年里，我一直在观察思考和挖掘生活，也在有意识地进行采访。没有条件时，我就采访身边的人，比如贤孝艺人，学校附近的农民等，后来进入教委，有了四处考察的机会，我的采访就遍布了整个凉州。正是因此，六年后，我才能写出人生中的第一部小说《长烟落日处》，并且在甘肃省一举成名。

《长烟落日处》发表后，一位叫李本深的著名作家给我写了一封信，说我的小说"中气十足"，小说中的素材可以"论堆儿卖"。他的意思是，我的小说生活底蕴非常丰厚，而且素材多得有点浪费了，足够一般的作家写好几部小说。他说得没错，但我倒不觉得这是浪费，因为我不是想靠小说卖钱，而是想在小说中展现老百姓的生活，生活中有什么，我的小说中就有什么，力求写出生活的全貌。当然，我不可能泥沙俱下地写，我只能在日常生活上斩一刀，让它露出横截面来，然后，我就写好那个横截面。写"大漠三部曲"时，我更是这样。你会发现，生活底蕴的深厚，是我所有小说的基调之一。唯一显得有些单薄的，是《西夏的苍狼》，但那是相对我其他作品而言的。没办法，我毕竟是客居岭南，不是从小就生活在这儿，体验生活需要时间，采访和沉淀也需要时间，可我却要在签约的短短一两年中，就写出一部长篇。因此，我也就只能在艺术上做出牺牲了。但即便这样，那还是一部好小说，据说，很多大学生都喜欢它。

所以，这篇日记中的感慨，对我后来的文学创作有着深远的影响。而那位叫曹阳的编辑可能不知道，他偶然的一篇文论，竟然在一段迷茫的岁月里，为一个他不相识的文学青年，点亮了一盏小灯。

不过，看过那篇文章的人一定有很多，其中定然也有一些文学青年，他们也定然在文学创作的路上探索着，但为啥我能因此大受裨益呢？因为我不但有理想，也会立刻行动，决不拖延，更决不空想。

我从小做事就不拖拉，一有决定，必定马上行动，这也是我一生中最重要的行为准则——虽然在前面的日记中，我说了"行动见于明天"的话，但事实上，我的追求也好，改变也好，都是从当下开始的。

有一次，我跟陈亦新吃饭，在聊天中我突然有了一个灵感，想写一个寻找灵魂的外星人，于是，第二天，我就把这篇文章给写了出来。后来，它作为重要内容，被我放进了《西夏的苍狼》中。看过的朋友就知道，它即使被单独拎出来，当成一部中篇小说发表，也是好小说。

此外的很多作品也是这样，我都是刚有想法，就会马上开始写。正是这种"行动总在当下"的生活习惯，让我有了这些年的上百本书。

呵呵，又说了一大段不是闲话的闲话。

我们继续说南安中学的那段日子。

我教书那时，文学在凉州很热门，几乎所有老师都爱读书，我买来的那些文学杂志，就成了学校的公物，大家传来传去，用不了多久，就全被翻烂了。我固然很心疼，但它们毕竟是被看烂的，又不是被放烂的，再说，我也早看完了。所以，我就没有放在心上。

那时节，爱读书的人很多，想写书的人也很多，光是我们学校，就有很多这样的老师。每逢吃饭，他们就会研讨文学作品——当然，我也会参加，虽然我跟他们不那么亲近，但一说到文学的话题，我们的距离就瞬间被拉近了。所以，文学真是好东西，它不但向人展示丰富的心灵和世界，为人提供美和诗意的享受，让人能看到头顶上的星光，还能把本来疏离的人们聚在一起，让原本孤独的人不再孤独——当然，真正不孤独的时候，是热爱文学的人沉浸在文学作品中的时候。那时，他自己就是一个世界，这个世界里没有是非，没有伪装，也没有功利和实惠，只有一颗颗彼此袒露的心，在诉说着一切的悲苦和喜乐。在这个世界里，再孤独的人，都不会觉得孤独。或许，这也是那些老师喜欢文学的原因吧。

我知道，就连人们觉得最可恶的人，心里也有一份属于自己的柔软，他们只是被一种东西封闭了，把柔软的自己给藏了起来，或是压抑住了而已。所以，回顾过去时，我不但感激那些为难过我的人，也能从记忆中的一些细节里，感受到他们复杂的内心世界。我相信，他们的心里也有过闪光的东西，只是他们没有像我那样去追寻，最终把这个东西给丢失了，最终连自己都不敢再回想。

我还记得，在南安中学教书那时节，每逢开"饭间研讨会"，老师们就会热火朝天地发言。而且，每次研讨会都会设定一个主题，大家的讨论都是围绕那个主题的。现在回想起来，一些老师当时的发言其实很好——在凉州，真正的精英大多集中在教师群体里，因为学校有浓郁的学习氛围，在那种氛围的熏陶下，大家即便不再是学生了，也没有丢掉学习的习惯。经常看书学习，有了思考和积累，人自然就有了很好的见识。离开学校后就不一样了，大多数走出校门，走入社会的人，后来都会丢掉学习的习惯，像我这样一辈子热爱学习的人很少。即使有些人能够坚持——比如那些想要改变命运的底层青年——也只可能是少数，大多数人定然是浮躁的。除非像我后来那样，建立一个平台，迎接所有想要学习和成长的朋友，大家一起来创造一个积极向上的小环境，借这个小环境的氛围，来抵御大环境的影响。总而言之，什么样的环境，必定会培养出什么样的人；而不同的人，也往往会根据自己的追求，选择不同的环境。

现在想起，我还是觉得那段岁月很值得留恋，但那时跟我聊过文学理想，也说过自己想要写书，并且确实很有才华的人，却并没有写出过哪怕一本书，有些人甚至没有在报刊上发表过文章。四十年过去了，真正成了作家的，只有我一个人。想起曾经意气风发的他们，我真的觉得有些遗憾。但没有办法，无论什么时候，美好的梦想假如不落实到行动，都没有任何意义。

调到南安中学后，进城就很远了，但我仍会常常进城，因为我要买书。记得那时，我认为的好书很多，一些不常见的书，那时大多都能买到。于是，我每月的工资，除了吃饭之外，差不多都用来买书了。当然，刚工作时我的工资很低，一个月只有二十九元五毛钱。不过，在很长一段时间里，我的工资一直很低。所以，我过得一直很拮据，直到后来开了一段时间的书店，再后来《大漠祭》出版，我们家的生活才慢慢地好起来。

如果换了别人，他说不清会不会放弃梦想，去努力赚钱，尤其在有了老婆孩子，却不能给老婆孩子好一点的生活，只能让他们跟着自己过苦日子时，那种强烈的心灵冲击，往往会让人选择妥协、放弃。但我即便在那个时候，也咬着牙忍住了。正是这种忍耐，让我的生命有了厚度，也让我更能理解这块土地上苦苦挣扎的那些人，或者说，让我更能理解尘世中所有苦苦挣扎的人，以及他们放弃或坚守梦想时的心情。很多时候，我的作家天赋，也是被这点点滴滴的生命体验唤醒的。

需要说明的是，我的读书，跟我学习历史、学习他人一样，也是充满思考和自我对照的，我并不仅仅是在享受。每逢学到一些东西，我就会用来反省自己，完善自己。所以，好书也是我的老师，它们教会了我如何做人，如何做事，教会了我如何实现梦想。在很长一段时间里，它们甚至是我唯一可以找到的老师，尤其在文学方面。

成为作家之前，我的文学老师不多，细算来，也就是《飞天》杂志的冉丹、李禾、李云鹏等人，所以，我对他们一直很感恩，直到今天，想到他们时，我的心里仍会感到非常温暖。毕竟，他们在我什么都没有，什么都不懂的时候，给了我无私的指导。这样的人，对很多文学青年来说，就是希望。

不过，认识他们是因为《长烟落日处》，在更早的时候，我不认识任何编辑，我的老师只有书。每次翻开那些文学杂志的时候，我就会羡慕那些在上面发表作品的作者，觉得他们能在上面发表文章，还能得到编辑的指导，真是太幸运了。当然，我也知道这是他们自己苦来的。我相信，每一个做出成绩、得到收获的人，都曾经付出过旁人不能想象的努力，忍受过旁人不能想象的痛苦——包括很多人们觉得轻易成功了的人。所以，每逢这个时候，我就会给自己打气，让自己更加努力地去学习，因为我相信，所有努力都会在我的生命里留下痕迹，它们永远都不会白费的。

那时节，不仅我有这样的心情，几乎所有文学青年都有过这样的心情。在他们——包括那时的我——看来，能够认识文学杂志的编辑，是一件非常了不起的事情。那时，有个骗子就打着认识《当代》杂志编辑的旗号，到处骗人，并屡屡得手，可见，当时的文学青年有多么无助。

不过，当时的文坛，还是给文学青年提供了一些机会的。比如，当时有很多笔会，积极进取的文学青年可以主动去参加，在那些笔会中，你只要足够优秀，足够有见识，就会认识很多文学杂志编辑，以及很多跟你一样有梦想的文学青年。我早年就做过类似的努力，但那已经是写这篇日记的两年之后了。因为那次笔会，我认识了《红柳》杂志的编辑和一些当地的文学青年，它成了我年轻时最重要的文学事件，直接影响了我那时的文学生涯。

所以，有时，光是努力、向往和埋头苦干还不够，确实要有一些善巧的智慧，懂得向外界借力，否则，单凭自己的思考，成长一定会相对慢一些，因为自己的见识是有限的。不管你如何运用有限的见识去努力做事，你的成果都会受到你自身境界和层次的限制，日子久了，你就会觉得很累，也很难突破自己的瓶颈，只有找到优秀的伙伴、优秀的群体、优秀的老师，从他们身上随时学习一些东西，看到自己的不足，你才可能不断地成长。

当然，这种胸怀和眼光本身，除了是我与生俱来的一种东西，也得益于我读的那些书。我的文学鉴赏力这时还不高，但我没有迷过坏书，也就是那些教你去功利，教你去欺诈，教你不择手段地取得胜利的书。也是因为没有读过那些书，永远在读有正面营养的书，我才能一直向正确的方向成长，而没有在恍然不觉中走上歧路。所以，好书是我早年最重要的营养来源，我现在不断在倡导读书、读好书，就跟这段经历有很大的关系。

很可惜的是，现在国内喜欢读书的人不多了，阅读率高的，往往是一些娱乐性质，或是境界跟自己差不多的书。真正的好书，知名度或许很高，但阅读率不一定高。我的一位学生说，他微信上的好友，大多喜欢发一些关于饮食、娱乐、生活的信息，关于书的信息，发者不多，就算偶然有人发关于书籍的内容，从发出的图片来看，也多是一些青春文学类的流行读物。还有一位学生说，她每次在微信好友圈转发一些经典、哲学类的好文章，回应的人都会很少；她发一些个人的小情绪和小感悟，点赞的人就会很多。

其实，这种现象并不奇怪，所谓曲高和寡，如果你的观点超越了主流的声音，跟你产生共鸣的人必定会很少，相反，符合大众认知，才更容易赢得大众的共鸣。这也是人们热衷于口水式写作的原因之一。甚至还有很多人，把传统文化当成了心灵鸡汤，或励志读物——当然，传统文化是励志的，因为它会告诉你如何解决烦恼，如何更好地生活，如何让自己快乐，如何面对生活中的错误，当这些问题都解决时，人当然会活得自信。但现代人不了解传统文化，很多人更愿意看安慰式的文字，也只需要一时的温暖。

# 9月17日　女生问题引起警觉

虽说我早年跟异性相处不多，对女生的追求也不太成功，但刚参加工作的时候，我的异性缘还是很好的，不但遇到了鲁新云，还有很多女学生对我表示了好感。这篇日记就记录了当时的一些情况。

记得那时，这样的情形让我非常担忧。我一方面期待鲁新云来找我，另一方面又不希望有那么多女学生来找我。可见，虽然年轻时的我多情，但我并不滥情，也不风流。我只是期待一份至真至美的爱情，没得到的时候，就会不断地期待和寻找，仅此而已。一旦拥有了一份美好的爱情，哪怕还没有确定关系，我的心也不会再为其他的女子动情。可见，敏感的人虽然会不断地发现细节，但如果他的心中没有执着，也没有期待，很多细节就不会让他的心产生波动。

## 1982年9月17日　星期五　晴

我是一个年轻的男老师，房子里却老是进来一些女学生，这真是让我为难。

的确，年仅十九岁的我，跟学生们很接近，尽管不太风流，也还是能让一些女孩子倾心的。我看得出，一些人与其说来找我问问题，不如说别有用心。但是我又不能不解答她们的问题，毕竟她们是女孩子，既然来找我，我不回答，她们会很难为情的。再者，我也怕她们对别人说：陈老师只会唱歌，别的一窍不通。

但是，如果我回答了，有了先例，就会有许许多多的女生接踵来问问题。这或许会让其他学生对我产生误解，以为陈老师就知道和女学生来往。二来，这也有可能会影响我和同事之间的关系，让那些女生的代课老师不太愉快。他们很可能会想：你看看嘛，人家明显看不起我，觉得你陈老师有多大的能耐。第三，我也怕自己一些无意识的行为，让个别女生产生遐想，要是这样，我就太对不起学生的父母了。再者，跟女生的交往，也会影响我的学习，而且未必能产生某些人所说的爱情动力，等等。

呜呼，民办教师难当，青年民办教师更不好当。

最近还发生了一件让人难为情的事，观修时，眼前老是会出现她，真烦人！

日记中的一些议论虽然幼稚，但可以看出我当时的一种担忧。刚到武威南安中学教书时，我才十九岁，跟那些学生的岁数差别不大。加上我当时教音乐，歌又唱得很好，一些女生就很喜欢我，老是来找我。我不好拒绝她们，又怕引起日记中担忧的那些问题，就写了这篇日记，既是对一段生活的记录，也是在提醒自己，希望自己在这个问题上能警觉，不要无意中犯错误。所以，后来我善巧地拒绝了一些女生——除了鲁新云。再后来，人们开始传我和鲁新云的闲话时，一些女学生也反对我们交往，就跟这段故事有关。

那时，鲁新云上初三，她常常会拿一本书，到我房里来问一些疑难问题。当然，她不是一个人来的，有一个女生总是陪着她，但渐渐地，老师之间还是有了议论。一些好心的老师，也在善意地提醒我，叫我注意影响。他们说得当然有道理。对男人的成长来说，如何处理好跟异性的关系其实很重要。我的几位朋友，就在这问题上荒废了大量的时间，最终一事无成。还有我的一位亲戚，各方面素质都很好，但是婚姻问题上不如意，就耗费了无数时间，做啥都不成功，真是可惜。十九岁的我虽然没有谈过恋爱，也没有与女子纠缠不清，但我却清醒地认识到了这一问题，并开始提醒自己。

　　不过，在当时的旁人眼里，我的恋爱还是犯错了，因为鲁新云是学生，我是老师，按约定俗成的规则来说，老师和学生是不能谈恋爱的。尤其对强调安守本分的凉州人来说，这种带有一种反叛色彩的行为，更是他们不能理解的。于是，我们周围说啥的都有，当时，也确实给我们带来了很大的折磨。尤其是她，因为我毕竟是男人，而她却是一个女子。那块土地，总是对女子比较苛刻的。所以，鲁新云能经历那场风波，无论听到怎样的闲言碎语，无论有多少人不看好我们的交往，觉得我是在玩弄她，我也跟她说过，我将来会争取到外地去上大学，我们会有很长时间的分别，她也仍然没有退缩，一直守在我的身边，无怨无悔地等到现在。而令我感到欣慰的是，我后来实现了梦想，也一直在做一些对世界有益、令她感到自豪的事情，总算是没有叫她白等。

　　有趣的是，我后来听一个读者说，在他所在的环境里，学生仰慕老师，是一个很常见的现象。哪怕老师后来也对学生动了心，两个人谈恋爱了，他们也不会引以为怪。因为，他们在乎的是爱情，而不是别的。只要那个老师和学生是真心相爱，而不是玩一场情感游戏，他们就会衷心地祝福。再者，"学生"和"老师"只不过是一种暂时的身份，走出学校，这身份就过去了，何况我跟鲁新云只差一岁。他们说得也有道理，但是，在我们那个年代，在那块非常闭塞的土地上，这是人们眼中的一件大事，在一些卫道士眼中，这是有伤风化的，非常扎眼。现在想来，后来我被调往小学，也许跟我和鲁新云的恋爱有关。

从前面的很多日记中，都可以看出，我的天性很多情，眼前的许多东西总能感动我。对于文学创作，这当然是好事，因为，有着丰富的情感世界，才有可能诞生文学创作。没有丰富情感的人，是当不了作家的，因为他对生活细节没有太大的感觉。不过，对于修心，多情却是一件很麻烦的事。因为，当你的心不属于自己时，就很容易受到外界的影响，从而产生波动。

所以，到了后来，我只好闭关了。那时节，我最喜欢的一句诗是："避人得自在，入世一无能。"在生活中，我也在实践着这诗中的内容，让自己尽量地躲到静处，避开一些是非。

到南安中学后，我的小屋里，因为挂着前面说过的那些地理挂图，就总是一片漆黑，寻常时候，只亮台灯。我非常喜欢那种昏暗的感觉。后来，我将这一习惯保持了二十多年。至今，我的关房里——三十多年中，我一直保留了关房——还是这样。

这篇日记还透露了一点：我一直很注意跟同事的关系。所以，尽管我有着特立独行的个性，但与同事的关系却算正常，有好的，也有不好的。那些不好的，不是因为我处理得不好，而是因为他们看不起我。一来我年纪小，二来我代音乐课，一些老师就以为我没有别的学问。后来，因为这个问题，我还跟人有过纠纷。

跟同事的关系很有意思，你的学问若是不如他，他会看不起你；你要是超过了他，他又会嫉妒你。后来，我在家乡遭遇了很多故事，多由后者引起。

我一直想处理好这个问题，却一直没有处理好这个问题，或许，对于非常显眼的人来说，这本身就是一个不好处理的问题。人们总说"枪打出头鸟"，确实是这样的，无论在什么地方，无论在什么领域，那些引人关注、比身边人都优秀的人，总会引来很多人的嫉妒。因为，对那些平庸者来说，他的优秀本身就是一种挤压。

我就是这样，因为在外表上追求独特——早年是衣着独特，后来是大胡子和长头发独特，你想，这样的造型，在人群中怎么会不显眼？所以，我从小到大都是毁誉参半的，喜欢我者，是因为我的独特；不喜欢我者，也是因为我的独特。因此，我总是很欣赏那些低调的人，也总是提醒自己要向他们学习。

至于日记中谈到的学生父母，也是我一向注意的。那时节，我面对学生时，总是会想到他们面朝黄土背朝天的父母，觉得他们省吃俭用，把孩子送到学校学习，自己如果不好好教学，就对不起他们。当时，学校里常说"误人子弟，如杀父兄"，这句话对我的影响很深。

到了现在，我还是这样。所以，我对身边的专职志愿者们，要求总是非常严格，我总是怕教育不好他们，对不起他们的父母。也正是在我比较严格的要求和教育下，他们才能快速地成长。

# 9月20日　被窝里的脏衣服

下面的日记提到了几个内容，首先就是晨修的问题，日记中的我，觉得如果不能进入状态，不能专注地好好修，就等于是在浪费时间，因此就在日记里自责，目的是提醒自己，让自己收拾心情，不要让烦躁的心绪影响该做的事情。

从这一点就可以看出，从一开始，我就知道修心是为自己修的，永远不会把仪轨当成一种自我安慰，觉得自己今天修过一座，也就心安理得了，我永远要求自己能做得好一些。这是我能不断成长的重要原因。

人永远都是这样的，虽说命运掌握在自己手上，但面对的态度不同，即使掌握同一种方法，也还是会有不一样的结果。

日记里还提到了一个沈老师，他是我的一个好朋友，人很好，跟我拜过把子，但是，因为我闭关写《大漠祭》时拒绝了一切的交往，出关之后，就跟他失去了联系。《大漠祭》出版后，他也没来找过我，也许是伤了心，觉得我已经忘掉了旧情吧。其实，我从来没有忘记过旧情，每逢想起他，我都会怀念过去的那段日子，2012年陈亦新回武威办婚礼，我也向旧日的朋友打听过他的联系方式，可那位朋友也已经跟他失去了联系。失去了这样一位朋友，还是很让我遗憾的。

## 1982年9月20日　星期一　多云转晴

晨修，效果不好。

这几天我心情烦闷、急躁，甚至影响了晨修，感觉没以前那么静了。白白浪费了许多时间，真后悔。不过，昨天晚上沈老师到了这儿，他的一些话使我有了前进的勇气。

今天，几个女生来给我洗衣服，衬衣和裤子实在太脏了，我藏到被窝里也给翻了出来，真没办法。她站在外面，远远地看着那些女生，脸上带着一种忧伤的表情，或许是嫉妒了。她会不会以为我爱上了别人？要真是这样，就有些幼稚了。

就写到这儿吧，今天实在太累了，休息吧。

从很早开始，我对时间就很敏感，要是我发现自己浪费了时间，就会觉得非常懊恼，整个人变得烦躁不堪。有时，这也会形成恶性循环，让我继续浪费时间，因为心情烦躁时人容易分心，一旦分心，不能专注，效率就会降低，甚至会不由自主地做一些无关的事情。后来，我才发现，顺其自然才是最好的，只要能战胜自己，减少自己的贪婪习气，让自己不断地趋向无我，随缘地做些事情，就够了，没必要追求成就的速度，如果太急躁，人反而容易迷掉。

日记中还谈到了女学生帮我洗衣服的事，这类事，现在看来有点奇怪，但那时很寻常，学校里很多男老师的衣服，都会叫几个大点的女学生来洗。早年我爱干净，能换的衣服又不多，记得只有两件，到了夏天，因为练武出汗多，衣服就脏得很快，有时得每天洗，花很多时间。班上的女生们看到小陈老师每天洗衣服，觉得不忍心，就主动来帮我洗。有时，她们还会帮我收拾房间。

写日记的那天，鲁新云刚好来找我，我看到了她，可她始终没过来，而是一脸忧伤地望着那些女学生。我发现这个细节的时候，就觉得她可能是吃醋了。到底是不是，我没有问过她，不过，这天以后，她就经常带着另一个女学生来帮我洗衣服。也许，这是问学习上的问题之外，她找到的另一个见我的理由；更也许，她只是不希望其他女生帮我做这个事情。

世间的爱情有一种占有欲，自己所爱的人，哪怕没有确立关系，哪怕对方不爱自己，自己的内心深处也不希望有人分享。无论男人还是女人，都一样。但我在《新疆爷》里也写了另一种爱情：那个老人在新婚的第二天被抓兵，九死一生逃回家乡，却发现新婚妻子被卖给另一个人做老婆了，后来，他没有再结婚，而是一边赚钱，一边把赚到的钱拿给曾经的老婆。这个故事非常美好，尤其是现代人看来，它美好得就像是童话，几乎不可能在现实生活中发生，但它确实发生了。它的原型是西部的一个老人，他守了曾经的老婆一辈子，却从来没有发生过常会发生的那类故事。听说这个老人的故事之后，我被深深地感动了，于是就专门去采访他，然后对他的故事进行了一种艺术化的创造，就有了《新疆爷》。

不管人们相不相信这个故事，它确实感动了很多人，英国的《卫报》甚至全文刊登了它，还将它称为最优秀的五部短篇小说之一。

当然，也有人不喜欢它，这类人将新疆爷的一切都理解为无奈，觉得他之所以会接受一切，是因为无奈，之所以能无功利地守住爱情，也是因为无奈。这种说法固然有道理，但也不尽然。因为，世界上有一种精神，它确实是超越世相的，它不是无奈地接受世间变幻无常的一切，而是明白变化的必然性，然后坦然地接受，没有怨言，也不追悔。因为这种精神，或者说这种智慧，新疆爷才能把贫苦的日子过得充满诗意，而不是像《白虎关》中的王秃子那样，被迫地忍耐现实生活中的一切，把自己活成了一个炸药包，最后杀了别人，也杀了自己。

王秃子是一个比较极端的例子，但他是寻常人可以触摸的，有些人之所以觉得他有个性，就是因为他身上有红尘的感觉，他疯狂地杀了人，很恶，但他同时又有自己的善良之处，老顺的鹰跑到他家院子里时，他没开任何条件，就让老顺把鹰带回去了。因为这个细节，王秃子后来的杀人，就有了一种浓浓的悲剧色彩，还有杀了疯儿子的瘸五爷也是这样，他们虽然犯了很大的罪，但在读者眼中，他们都不是坏人，而是被现实踩塌了脊梁骨的人，他们只能用一种极端的手段，来向命运抗争，寻求一个他们可以触摸到的所谓解脱。到头来，他们会发现，那根本就不是解脱，而是更深的苦难的开始。

那个时代的西部生活确实过去了，很多人都不会再像那个时候那样贫苦，但人性的弱点还在，无数个有弱点的人，组成了一个有纷争的社会。有些人在弱点中挣扎，想要做一个更好的人，想要做一些更好的事；有些人却没有这种向往，只想顺从弱点，让自己过得更好；还有一些人，会通过自己的努力和训练，战胜弱点，努力去减少现实中令人无奈的东西——或从物质下手，或从精神下手，或从智慧下手。所以，人与人之间的区别，从本质上说，就是向往的区别，以及面对向往的态度的区别。

我就是第三类人。从这些日记中，你会看到一个熟悉的人，这个人也叫雪漠，但他又分明不是雪漠。为啥？因为他已经走完了那段挣扎的岁月，他的日记陪着他完成了灵魂的升华，最终成为了今天的这个人。这个人也是活生生的，也有自己的感受，但他的内心已经没有了狭隘，他的心里总是装着文化传播，他心心念念的，就是把优秀的传统文化传播出去，让更多的人受益，同时，为世界培养更多的能够传承优秀文化的人才。他得到的一切，都是这份公心带来的。

我在写这些日记的时候，没有想过我和鲁新云将来的故事，那时的我，还在想着考大学，想着改变自己的命运。虽然也想为弱者做一些事情，也想培养人才，也想贡献社会，但我的心里还有自己，我还是一个有着复杂人性的个体——我说的复杂，是比现在的我更复杂，因为他还有欲望，还有执着，还有需要世界去配合的自尊，这一切，都是现在的我没有的。这就是四十年后，作为生命个体的我的一些不同。所以，人的梦想是不断扩大的，随着不断扩大的梦想，他的命运走势也会不同。不过，也有一种情况是，当你的内心深处种着一颗想要伟大的种子，命运就会在冥冥中推动你，让你不断地破除一些东西，不断变得比过去更加伟大，除非你断了那个伟大的念想，心甘情愿地做一个平庸的，甚至堕落的人。

所以，只要你的内心有不灭的追求，就不要过于在意眼前的景象，努力做好当下的自己——哪怕还有一些事情是你无能为力的，也要尽心尽力，做到当下的最好，接受当下的一切，在积极进取的同时，把一切都交给命运，命运总会给你答案的。

# 9月21日　文学上最早的困惑

前面的日记里谈文学的内容不多，但实际上，这个问题是我经常思考的。下面的这篇日记，就记录了我的思考。回想起来，为了寻找合适的文学笔法，我苦恼过很长一段时间。而且，从这篇日记可以看出，虽然后来的我不再迎合世界，不再追逐世界的喜爱，而只是说我该说的话，但过去的我，也跟很多作家一样，思考过如何赢得读者的问题，并且曾经因为这个问题，在文学求索时走过一段弯路。不过，几十年过去后，我又开始想如何赢得读者的问题了。但这时跟过去不一样，过去，我的想，是为了赢得读者，为了让自己成为一个更成功的作家，能通过写作来改变命运，这里面不单纯是一种公心；现在，我的想，却纯粹是为了传播，为了让更多的人能看到我的书承载的文化，为了把大善文化的理念传播到世界上的每一个角落。为了这个目的，我在随缘的同时，又变得非常积极进取，不断在学习那些看似功利的方法，用它们来改善我们的传播。

但是，与此同时，我又非常怀念写"大漠三部曲"时的自己，非常珍爱"大漠三部曲"。我知道，有了大功利的自己，再也不可能写"大漠三部曲"这样的文字了——不是写不出来，而是没有这个契机，当下的世界需要的不是"大漠三部曲"这样的书，它就像那片遥远的乡土，每个人都怀念它，怀念那片淳朴天然的大天大地，却几乎没有人愿意回到那里，在那里生活——这个世界需要的，是《佛陀的智慧》《空空之外》《老子的心事》那样的作品，需要的是《爱不落下》《无死的金刚心》那样的小说，因为人们需要解决自己心灵的难题，这是世人的另一种功利。

并不是每一种功利阅读都是我们所反对的，功利指的是一种目的，无功利指的是一种享受，人们可以在纯文学中享受，但更多的人，都在做着一道值得和不值得的选择题——单位时间内，他们只能读一些自己更需要的文字。我可以理解这种心情，因为我也是这样的，我也在选择中分配着自己的时间。我和很多人不同的地方，其实是价值体系和衡量标准。

说得有点多了，还是先看看下面的日记吧。

# 1982 年 9 月 21 日　星期二　多云

今晚我很迷惘，我爱优美的笔调，但我又怕用这种笔调来写农村生活不太合适。农村题材的作品笔调一般比较朴实，但人们好像不太喜欢这种朴实的风格。不过，我的文笔是我的性格决定的，要改过来，好像不太容易。

在写日记的那时，我最喜欢的是那些语句优美、修辞华丽的文字，像歌德的《少年维特的烦恼》之类。从十二三岁起，我就开始抄一些自己认为的好句子、好段落、好文章了，至今，我还保留着很多这样的笔记本，其中摘抄的大多是一些文字优美的句子。所以，我才有了日记中的那种纠结。

从日记中可以看出，我一直对文体很感兴趣，也一直进行着属于自己的训练和探索。这种探索我进行了很多年，那过程在《一个人的西部》中写得比较详细。那本书的前半部分着重写我在文学方面的修炼，后半部分着重写文化对我的影响，以及我在灵魂方面的修炼，可以说，它是对我的整个朝圣经历的记叙，有缘的朋友，可以去看一下。

这篇日记的六年后，我写出了第一部小说《长烟落日处》，它是一部中篇，代表了我第一阶段的练笔成果，已能看出我较强的叙述能力和营造氛围的能力；又过了十二年，我写出了《大漠祭》，这是我第二阶段的练笔成果，按《文汇报》的说法，它"有着惊人的叙事状物的笔力"，其中所有的场景和人物都是活的，包括那些在许多小说中充当背景的存在，如沙漠、骆驼等；2009年的《西夏咒》代表着第三阶段的成果，那时节，我已能自如地进行灵魂化的叙述了。此后，我就不再注重文字了，我的作品，再也没有了文字相，它只是我心的流淌。

就像这本书，我的文字已经十分随便了，没有了任何的推敲。它很像一个人在自言自语，没什么目的，也不太考虑读者的需求。我享受这样的流淌，如同在巨大的静默中，闲了心，漫无目的地行走着，沐浴着阳光，享受着微风，嗅着花香。我此时的笔，只是根据那些日记所激起的一些记忆，随缘地流出我的心声而已。

这说明，我对写作已经完全没有了功利化的追求。我不在乎发表，不在乎稿费，甚至不在乎人家看了会怎么想，我只想说说话。或许，像我这样只想随意说说话的并不多，我就只管享受自己的随意吧。

我甚至想用这样的文字，来消解那个被一些人神化了的雪漠。

我非常喜欢一位青岛朋友送给我的一幅字，上面写了"人间雪漠"。比起供台上的雪漠，我更愿意做这个人间雪漠——有毛病、有缺点、有烟火气的雪漠。

我也更愿意当一个平平常常的有点孩子气的雪漠。以前，我总想逃到一个人们找不到的地方，现在，我也不逃了，索性就这样吧。

我已不在乎世界了。

当一个人真的不在乎世界和别人时，其实是一件很开心的事。所以，我能像孩子一样涂鸦，像孩子一样画画，像孩子一样玩一些别人觉得没意思，而我却玩得心醉神迷的东西。

有学生说，他记得一个场面，那时的我特别像个孩子：某次学习班，中午大家都睡了，我就一个人推着婴儿车，里面躺着我的小孙女，我像个孩子那样，推着她来回在会馆的走廊里小跑，在有些昏暗的走廊里，只能听见我轻轻的脚步声。他说，这个场面给他留下了很深的印象。

呵呵，我自己倒是不记得了。

从我十九岁的日记中可以看出，早年的我，已经开始自觉地追求文字和文学形式了，这也是我一登上文坛，就有自己独特风格的原因之一。

在文学艺术上，没有个性，就没有生命力。

当然，我早年专注于文学形式上的探索，也不仅仅是在追求个性，那时我的人生经历很简单，没多少阅历，对现实也不太了解，我只能从形式上入手，训练自己。后来，我对《飞天》杂志的冉丹老师谈过这一打算，他就严厉地对我说："雪漠，作家必须关注现实。"于是，我开始有意地介入现实，恒常地深入生活，训练自己做个生活的有心人，始终在生活中发现独特的东西，也不断地有意识地采访各种人。后来，我就走出了自己狭窄的视野，心也渐渐变得大了起来。多年后，人们读我的小说，大多会惊叹于我笔下那种真实而丰富的生活。这时，我也能自如地运用文字了。

# 9月22日 对刻画人物的思考

　　下面的日记中再次谈到了看电影，说明我还没有完成这方面的对治。不过，我的看电影跟很多人确实不一样，我无论做什么；都会借它来学习，包括看电影的时候。我永远不会沉浸在一件事情里，忘掉自己要干吗。这是我的一个很重要的特点。比如，对日记里提到的这部电影，我就是用看书的心态去看的——我不仅仅是在看它表达的故事和思想，也是在看它如何塑造人物。这种思维，我一直保持到现在。

　　最近几年，我看了很多电视剧，尤其是美国的一些电视剧，比如《权力的游戏》，它是从小说改编过来的，喜欢的人很多。它让我发现，将小说语言转化为镜头语言的时候，只要把握好其中最重要的、最能体现人物性格的细节，就可以产生很好的效果。最怕的是，拍摄影视作品的时候，本身对人物的个性和心理把握就不深，或者说对人心的把握不深，这时，你想刻画出让人印象深刻、活灵活现的人物，是很难的。美剧在这方面做得很到位，他们会通过人物的选择、语言和肢体动作等——也就是一些很有代表性的细节——来让人感受到人物的内心和他的个性。这些原理其实跟文学创作一样。所以，很多东西都是相通的，当一个故事、一群人在你心中真正地活过来时，你无论选择镜头还是文字，都可以把它塑造得非常鲜活。

　　当然，这句话说起来很简单，但要想让它落地，也就是真正地实现，却不是那么容易的。我们的很多电影电视也有细节，但并不是所有细节都能准确地表达人物，表达事件。所以，无论做什么事，要想将道理运用到实践之中，让它发挥最大的作用，都要付出大量的心血和努力。据说，美剧的编剧会利用多种手段——包括心理学和科学测试等等——来推敲细节的真实性和标志性，这些都是很值得我们学习的。


## 1982 年 9 月 22 日　星期三　阴转晴

今晚看了《但愿人长久》，颇有感触。这部电影里谈到了那场浩劫的受害人的后代，意思是不应该让他们承担父辈的债务。

我认为其中对呼延子谦的刻画，不如对何荆夫人那样深刻，劝说阿梦时的理由也不太充足，就像喊口号似的。


日记中谈到的电影讲了什么，我已经记不清了，日记中的记录，也一点都没有唤起我的记忆，说明这部电影真的不优秀，没能给我留下深刻的印象。

在我看过的书和电影中，有很多都没有给我留下印象，但即便如此，我看的当下，它们也定然为我提供过营养，正是那点点滴滴的营养，汇集成了我的学养，让我慢慢地有了见识，慢慢地扩大了胸怀和格局。就像吃饭，过去的几十年都吃过什么饭菜，你肯定不会记得，但不管你记不记得，它们都曾经为你提供了能量，如果没有它们，你就不会健康地活到今天。对我来说，文学和艺术也是这样。所以，虽然我一直希望自己别再看电影，别再看电视，要更节省时间，但是在很长一段时间里，我都没有做到。在我心里，它们不只是我的一种兴趣，也是我了解世界的窗口，看它们的过程中，我不只是在享受，也是在学习，学习它们的故事，学习它们讲故事的方式，学习它们塑造人物的方式——当然，有时不一定是要学习它们的做法，也可能是从它们的做法中吸取教训，就像这篇日记中所说的，我发现这样刻画人物不够深刻，不能让人物活过来，劝说时的语言也不真实，不像是现实生活中的对话。我在日记中记录这个观点的同时，也等于是对自己的一种提醒，让自己在以后的创作中有所警觉，不要犯同样的错误。所以，即便是现在看来没那么好的作品，也曾经在某个生命阶段给过我滋养，让我能长大。

其实，如果以现在的眼光来判断，我看过许多不值得看的书和电影，但那时，我还没有这样的分辨能力，根本就不知道什么是好东西，什么没那么好。后来才发现，原先觉得好的，并不一定真的很好；而原先不感兴趣，只能囫囵吞枣的，却有可能非常优秀。比如，小时候我读不进托尔斯泰的书，长大后，才发现他的书竟然这么好。所以，成长是需要过程的，人处在什么阶段，就只能吸收什么阶段的营养，多了，就会吸收不了，甚至营养过剩。

不过，假如当时有老师教我读书，告诉我该如何判别好书，如何从好书中汲取营养，也许我的成长就会快一些。所以，后来我看到弟弟妹妹不爱读书时，就会后悔过去对他们的忽略。我比他们大几岁，他们到了该读书的年龄时，我对很多东西已经有心得了。当时，我知道他们需要我的辅导和提醒，但我没有时间去辅导他们，于是就想等一等，有时间再去帮助他们培养读书习惯，可我并没有想到，等到我终于有空关注他们时，他们却已经养成了不爱读书，只想轻轻松松活着的习惯。这时，再想改变他们，就很难了，因为他们已经有了一种固定的生活方式，不想再去改变些什么了。于是，没有及时地提醒他们，让他们错过了最佳的学习时机，就成了我的一种遗憾，但我也只能随缘了。

　　由此，我明白了一个道理：人处于每一个阶段时，都有应该汲取的营养，假如错过了，就很难再补回来。就像大树的年轮，哪一年雨水多，哪一年雨水少，哪一年的成长很正常，哪一年的成长过于缓慢，年轮上都有相应的显示，一目了然。可即便我们能看出这一切，也仅仅是知道而已，改变不了什么，因为一切都已成定局了。

　　人生也是这样，在该做一些事情的时候，就要及时地去做，积极地去努力，假如过了时机，再想做成一些事情，再想汲取一些营养，恐怕就很难了。所以，现在我总是提倡读书，总是提倡家长给孩子多买书，给孩子建立好书库，帮助孩子养成读书的习惯。对于我来说，这是一种经验分享，也是在通过另一种方式，弥补我心中的一些遗憾。

# 9月23日 对某次睡眠的忏悔

　　我会因为很多原因而自责，其中的一些原因，在很多人看来甚至是不用自责的。比如，下面这篇日记里，我因为睡了两个半小时的午觉，把自己狠狠地批评了一通，甚至说了"心理却是这样的不正常""怎么能算人"这样的话。不过，在我对自己的监督中，这是很正常的，过去我写文章时，总会用到"一个真正的人"这样的话，因为我心中真正的人，必须是能够自律的有道德的人，他不会为了享受而忘掉目标，更不会为了一己私利而伤害别人，还有诸如此类的一系列要求，都是我对自己"算不算人"的衡量标准。就是这样的标准，让我成为了今天的自己。所以我常说，我成功的秘密其实只有三点，那就是自省、自律、自强。只要能恒常地做到这三点，任何人都可以成为雪漠。

　　如果不知道该如何自省、自律、自强，你可以参考我的日记，也可以参考《老子的心事》《佛陀的智慧》《大师的秘密》等书中对智者的表述。过去，我就是以它们为参照系调整自己的。虽然书中不可能把每一个细节都写到，因为生活中的现象瞬息万变，不可计数，但最根本的东西，里面都有了，你只要一对照自己，就知道自己做得够还是不够。

　　不过，你不要单纯照抄那形式，要按书中的方法训练自己，从根源上——也就是从心灵层面上——升华自己，否则，就算你在形式上做到十全十美，也没有意义，因为你的心不是那样。如果心不是那样，只是强迫自己那么做，你是不会快乐的。修心的目的，除了让自己升华，就是让自己快乐，让自己自由，让自己成为真实的自己，不要再被贪嗔痴的情绪所干扰，不要再做出一些错乱的举动，不要再给人生种下负面的种子。如果没有后者，一切的形式都无法产生真正的意义。

## 1982 年 9 月 23 日　星期四　晴

今天下午，我贪恋舒适的热被窝，浪费了整整两个半小时，真让人懊恼啊。

每当我想到人的青春只有短短几年，我就有些心寒了。我多么羡慕那些天真的儿童啊！虽然我成熟得并不晚，虽然我对事业的追求超过了对生活的渴望，但我却实实在在地感到了痛苦。

我明白，一个人即使能活上一百岁，也不过只有三万六千天，浪费了一天，就意味着耗费了生命的三万六千分之一，多么可悲！

虽然我早上比别人起得早，但是今天我午休浪费的时间，却超过了我比别人早起的时间。每天晚上，我都不愿早睡，不愿让自己过早地进入甜甜的梦乡，还想多看看书，多写点东西。所以，一到了晚上，我就盼望着天明，而到了天明，我却又因为一些不如意的小事，而变得心灰意冷。

我的房间是那么的幽静，我的身体是那么的健康，但我的心理却是这样的不正常。有时，我为自己有坚强的意志而欣慰，有时，又会让情感的潮水淹没了理智的堤坝。我真不明白，我自以为坚强的意志，竟然连一点小小的瞌睡都控制不了吗？那么，我还有什么好引以为荣呢？我有时，还会不知羞耻地用"休息是为了学习"来为自己开脱。以后，我不能再这样了，我要尽量把睡眠时间控制在六到七个小时之内，不能让睡魔降伏我强壮的身体。

最近的许多天里，我的计划每次都被摘抄给打乱，以后——就从明天开始，我要严格遵守计划，如有摘抄之类的事，最好中午不休息做完它，不能影响后面的事情。

我一定要做到这一点，不然，我怎么能算人呢？

最近一直在读《少年维特的烦恼》，我要多留意里面的一些景物、情感描写，汲取营养，形成自己独特的风格。

这种内容，以后会经常出现在我的日记中。那时节，我给自己定了计划，有时却因为摘抄一些好句子而耽误了。比如写日记的头一天晚上，我睡得很晚，第二天早上又起得很早，中午就忍不住睡了两个半小时。过后，我非常后悔，觉得自己把省下的时间又给浪费了，于是就有了日记中的这些忏悔。

日记中还谈到了我对儿童的羡慕，几十年来，我常会羡慕别人，十九岁时羡慕儿童，五十岁时羡慕青年，差不多六十了，又羡慕三四十岁的人，因为他们有更多的时间。尤其在十几二十岁的时候，一旦浪费了时间，我就会非常焦虑，好像实现梦想的可能又少了一点一样。于是，我就会更抓紧时间，至少会时刻提醒自己珍惜时间，尽可能地节省生命。

因为这种对时间的重视，做很多事情时，我都会衡量值不值得。如果不值得，我就不想为它浪费生命，宁愿把这个时间用来做更值得做的事情；如果值得，我就会尽力去做。这种衡量看起来有些功利，但如果没有这种思维，我是不可能写出那么多或许能留下去的书，也帮不了那么多人，培养不了那么多人才，不可能让他们在某种意义上改变命运的。

年轻的时候，我最大的敌人便是睡魔，我太爱睡觉了。现在，你当然看不出来，因为我能控制自己的心了，但在十八九岁的时候，我的瞌睡真是很多的。好在过去我总是警觉，总是提醒自己，睡眠才没有过多地占用我的时间。在我的生命中，自省和警觉，是很关键的两个内容。

说到这儿，我想起有个学生的一些学习心得。他说，他前段时间有个心结，后来看到我在文章中说的一句话，大意是：年少时的自己虽然也自省，但还是会在别人身上找毛病，以此为自己开脱，可见，那时我还没有真正地发现自己的问题。他反反复复地回想这句话，同时对照自己的一些经历，尽量深入地审视自己，慢慢地就接受了自己的毛病，不再从外界找原因了，于是，他的心结也就慢慢地打开了。

所以，很多时候，人不是不能改变自己，而是没有下定决心在当下改变自己，或是不甘心承认错误，始终想给自己找理由。要知道，不打碎所有犯错的理由，你就不可能改变自己，也不可能升华的。因为，所谓的升华，就是扔掉心里多余的东西，让灵魂飞得更高。

我过去能一直进步的原因，就在于一直自省，不允许自己找任何理由。虽然有时我还是会下意识地在别人身上找毛病，用别人的不好解释自己为啥生气，但是通过一天一天的自省和警觉，我也就慢慢地改变了这个毛病，收回了向外的眼光，只审视自己的内心，后来，很多东西就真的改变了。

三十岁可以说是我的分水岭，我的命运就是在三十岁改变的。而且，三十岁之前，我习惯于熬夜，三十岁之后，不再熬夜，而调整为早起。那时，我总是在凌晨三时起床。四十多岁后，就改为五点起床了，保持到五十多岁，近来因为精力充沛，我总会早上两点多自动醒来，然后开始做事。不过，这个习惯你最好不要学，它对我合适，对别人就不一定合适了，因为我们休息的质量不一样。一般来说，五点钟起床是个比较好的时间，现在，我要求家人和身边的志愿者们都在五点起床，先听我在拼多多的直播，然后再学习其他的。这样，即使一整天都忙于其他事，他们也能保证早上的学习。

最初发愿早起的时候，我是起不来的。我虽然买了闹钟，但常常是闹钟响过了，人还是不醒，即使醒来，有时也会关了闹钟，安慰自己再躺五分钟，结果，再惊醒时，已是半小时后的事了。后来，我只有大量喝水，这样，就会因为憋尿不得不醒来。只是老做噩梦，梦里的我老是在找厕所，我跑呀跑呀，最后就憋醒了。醒后的我，总是那样的疲惫，总是头昏脑涨，啥事都做不了，于是就只好去练武或是跑步。但是，哪怕做不了啥事，我也要求自己坚持天天早起。大约三个星期后，身体适应了，日子就好过了，早晨醒来，就不太瞌睡了。

在成为专业作家前的多年里，我每天都有计划和任务，每天读多少书，写多少文章，都会安排得清清楚楚，而且我每天都会按计划检查自己。后来，就没任务了，因为我不再浪费时间，任何时候都在修心，任何时候都能做事。这时，我也就不需要形式上的监督了。

写这篇日记的那时，我睡得仍然很晚，想学习古人头悬梁锥刺股，效果当然不好，我常常被瞌睡打败，早起晚睡节省的时间，一不小心就又被浪费了，然后就会引来日记里的忏悔和提醒。同时我也发现，简单地学习古人是不对的，我们应该结合自己的实际，选择最有效的方法，才能更好地学习和修心。

# 9月24日 为何说敬小人如敬父母

下面的日记依旧谈到了学习计划，那时节，我总在调整自己的计划，目的是寻找更合适的学习方式和作息方式，让自己能有最好的状态和效率。经过多次的尝试和调整之后，我也确实找到了最适合自己的安排。这说明，科学地安排自己的时间，然后让它形成生活方式，确实是有意义的。

从我的日记里你可以看出，十九岁的我虽然跟同龄人有相似之处，比如喜欢看电视看电影，喜欢抽烟，憧憬爱情，但我对生活的态度跟同龄人不一样，我一直都很向上，一直都渴望升华和成长，一直都不希望自己懒散懈怠地过日子，也一直都希望自己能有所作为，不要庸庸碌碌地过一生。而且这种追求是主动的，不是别人附加在我身上的。所以，我才能坚持一生。

## 1982 年 9 月 24 日　星期五　多云

今天，我重新科学地规划了我的计划，改在晚上十一点休息，早晨五点起床，背诵经典四十五分钟后静修，上午十一点到十二点练习武术，中午休息一个小时，共休息七个小时，习武一个小时，其余的时间，除静修上课之外全部用于读书学习。我想，只要有恒心，总会成功的。

最近梁老师又在戏弄我了，他总是戏弄我，我总是忍让，但他太过分了。仅仅因为我是新来的，就以为我软弱可欺。以后，为了维护我的尊严，我要时不时地反击一下，让他尝尝下马威的滋味。

另外，鲁姑娘最近不知怎么了，不来找我，甚至不敢多看我几眼，也许是我显得太冷酷了。真的，我也许太冷酷了，但是对我来说，时间实在太宝贵了，就算命运给我上大学的机会，也肯定需要我勤奋学习去争取，我是丝毫不敢耽误的。否则，后果不堪设想。

也许，对我来说，事业和爱情是不能并存的。

我最近老是在抽烟，这很不好，以后我白天决不允许自己吸烟，每天仅限一到两根，否则不算男子汉。

克制吧，开红同志！为了你的事业。


写这篇日记之前，我是习惯熬夜的，在十九岁那年，我开始要求自己不再熬夜，但那计划也总是断断续续，没能坚持下来。在我的记忆中，后来在创作的时候，我还是会时不时熬夜，每次觉得有感觉，能写点东西时，我就会任由自己一直写下去，有时一抬头，才发现已夜半了，有时，甚至到了凌晨。我虽然贪恋夜晚的清凉，但是在很长一段时间里，熬夜确实伤害了我的身体，但由于我一直在练武，才没出啥大问题。

可现在的孩子不是这样。据说，现在，越是搞创作型工作的孩子，就越是喜欢熬夜，甚至有的人专门要等到晚上，万籁俱寂了，再抽上一支香烟，喝上一瓶啤酒，让自己沉浸在一个将醉未醉的氛围中，然后写一些东西，而且平时还不运动。这样的生活，虽然是他们的一种情调，但是对身体，确实没有好处。好多人年纪轻轻的，就患上了各种疾病，憔悴不堪，这跟喜欢熬夜，生活习惯不规律，有很大的关系。

尤其是熬夜。熬夜是非常糟糕的一个习惯，长期熬夜，等于在自杀。因为你在身体应该休息的时候，却不让它休息，非得叫它劳动，就相当于让一头筋疲力尽的骆驼强行在沙漠里跋涉一样，短距离没啥，过了一定极限，它就会力竭而亡的。所以，四十岁左右的时候，我就不再熬夜了，而改为早起。为了多争取一些时间，做我该做的事情，我就总是在凌晨三时起床。那时，同样有很好的氛围，同样有很清凉的空气，还有一个完成了新陈代谢，时刻等待着发动的身体。所以，你也一样，为啥不叫自己早睡早起呢？有了好的身体，有了健康的心态，有了充沛的精力，灵感也会多一些的。

这篇日记中的梁老师，是当时老师们眼中的一个小人。他教体育，对领导和我这样的人，总是两副面孔——对领导说话时，他总是毕恭毕敬，对我说话时，却总是一边狞笑，一边嘲弄我，没有任何顾忌，也没有一点尊重，语气非常不好。

我虽然在日记里下了决心要反击他，但后来，我还是忍了好长一段日子。原因是不想招惹小人。他多次当众嘲弄我，我却总是一笑了之，虽然那时我心里也会生气，但我总是觉得，那些话无论多么难听，听完也就过去了，要是我跟他发生冲突，很多事就说不清了。比如，我们很可能会打架，一打架，就会出现多种可能性，我不慎伤人的可能性是最大的，因为我的武功很好，但要是我伤了人，性质就变了。我很可能会惹上官司，一惹上官司，我可能就成不了今天的雪漠了。所以，古人说，小不忍则乱大谋。

后来，那梁老师不仅侮辱我，连当时的校长他也侮辱，说校长夫人如何偷汉子，尽是小人的那套流言，其结局如何，可想而知。所以，小人生了小人心，就一定会有小人的行为，最后也会有小人的命运。不想有小人的命运，就不能有小人的行为；不想有小人的行为，就不能有小人的心。一个人如果有了小心眼，就要自觉地改正、升华自己，但大部分的小人，都很难生起自省、自律、自强的心，遇到问题时，他们往往会从别人身上找原因。在他们心里，始终都有个放大镜，放大自己优点的同时，也会放大对方的缺点和不足，从而百般挑剔。换句话说，真小人的命运之所以很难改变，是因为他们不想改变，而不是不能改变。所以，古往今来，人们对于小人，总是很恭敬。

郭子仪对待小人的故事就很有意思，他不拘小节，却对卢杞非常恭敬，因为卢杞是小人，郭子仪最怕小人惦记。某次，卢杞来访，他马上屏退妻妾，人问原因，他说卢杞貌丑，要是妻妾们一笑，卢杞就会怀恨在心，日后要是卢杞当权，郭家就会大祸临头了。后来，有意或无意得罪卢杞的人家，果然都遭了祸，只有郭家，由于郭子仪的小心，才免遭祸患。

这故事，我很早就知道，也从里面汲取了营养，所以我总是提醒自己，不要得罪小人。

后来的多年里，我确实很少得罪小人——不是我没遭遇小人，而是因为我从来不跟小人计较。我信奉"敬小人如敬父母"，像我的朋友裴树唐，就是因为得罪了小人，小人给他下了套，诬陷他强奸，原本很有才华的人，一辈子就差不多完了。后来，看他的卷宗时，我总是会冒冷汗，因为要是那些小人，像对付裴树唐那样对付我，我定然也是躲不过去的。为啥？因为我没有小人那么多的小心思。

所以，在后来的很长一段时间里，我都是敬小人如敬父母的。再后来，我的眼中就没有小人了，所有给我制造违缘者，我都把他看成命运中监督我的逆行菩萨。

现在，我不仅仅敬小人如敬父母，也视众生如父母了，这当然是随着我修心的情况而变化的。

日记中还提到了鲁姑娘。鲁姑娘就是鲁新云。在写日记的那时，我跟她还没有谈恋爱。日记里的内容，说明我一直很警觉，不想在情感上花费太多的时间。过去我也是这样，虽然我很渴望爱情，还写过所谓的情书，但总的来说，我不愿在爱情上面花费太多的时间。便是这样，在后来的岁月里，我还是浪费了不少时间。陈亦新说过，我骨子里是一个文人。这是对的，像我这种个性的人，爱情或许是无法避免的一种经历。而且，要是没有那时的"浪费"，也许我的生命就会缺少一种东西。有时候，人生是需要一种经历的，不谈恋爱的雪漠，是不完整的。

日记的结尾谈到了抽烟，我从十七八岁开始抽烟，一直想戒，在这篇日记中还规定了每天抽烟的次数，但因为那时还不能控制心，后来我抽得越来越凶，有时写长些的文章，快要抽死了，我就索性彻底戒了。

我一直有这样的习惯，当我离不开啥时，我就会选择戒了它，除了读书、修心和写作。正是这样的习惯，成就了今天的雪漠。

# 9月25日　一次公开审判

我有个习惯，就是观察身边的人和日常经历的事情，从中寻找一些我可以吸收的营养。所以，在经历很多事情的时候，我都会得到旁人不一定能得到的启迪。日记中记录的就是这样的一件事。

这件事发生在我上师范的时候，为啥写这篇日记的时候会想起，我已经不记得了，也许是在提醒自己，不要人云亦云，要有自己的主见吧。

我常会这样提醒自己，最早的时候之所以留胡子，也是这个原因。我身边的世界，在当时，是充满庸碌气息的。虽然也有很多人喜爱文学，有梦想，但真正像我这样，踏踏实实为梦想付出努力的人，并不算太多。大部分人都沉浸在日常生活的琐事之中，明明是混着日子，却浑然不知。所以，我一直在日记里提醒自己，不希望自己变成一个庸碌的细胞。而最终，因为我持之以恒的提醒和自省、自律、自强，我不但没有变成一个庸碌的细胞，还升华了自己。这也是我的经历中，一个非常宝贵的经验。

## 1982 年 9 月 25 日　星期六　晴

记得，还在上师范时，发生过这样一件事：

有一次，全校师生参加了公开的审判大会，被审判的对象，都是一些犯了拦路抢劫罪或强奸罪的青少年。我发现，仅仅是陪审的青少年，就有一百多人，而且大多相貌堂堂。当时严惩了一批人，其中有些人还被枪毙了。回来后，班主任就组织全班同学，专门对此事进行了讨论。

直到今天，我还记得当时一些人的发言。

"真开心！就应该这样整治这些坏家伙！"陈栋发出铿锵的声音。

"就是，我也觉得特别畅快。"潘维也插话了。

"我也觉得很开心！"

"我觉得特别解恨！"

…………

当时，整个教室里充满了这样的声音，大家都觉得那场判决大快人心。

我却突然站了起来，大声地说："不！我感到特别难过，我们国家的青少年犯罪率这么高，有什么好开心的？看到这种事，只有敌人才会暗暗叫好呢！天下兴亡，匹夫有责，我们应该感到脸红。想想今天被判刑的那些青少年，我就觉得我们责任重大。如果不改变这种状况，我们还叫啥'人类灵魂的工程师'呢？"

我这么一说，整个教室就鸦雀无声了。

好半天，许多人才点着头，长长地叹了一口气。

现在想起这件事，我的感触还是很深。

从中，我悟出一个道理：干啥事，都要有自己的主见，不可人云亦云。

今天，我感到特别烦闷，莫名其妙的烦闷，不知道是在思念她，还是其他原因。但是我知道，对她的感情，如果不加以控制的话，定然会烧毁我的心。

日记中记录的那件事，至今我还记得。

我永远忘不了它当时带给我的震撼。

那时，这类公审很多，其目的，是为了震慑一些人，可见当时的社会有多混乱。不过，有些人是不需要震慑，也不会做啥坏事的。我就是这类人，我从来没有想过要做啥坏事，除了道德因素的自律外，还因为我知道，做坏事的成本太高了，有时，它甚至是以一生为代价的。像那些杀人者，像那次公审中被枪决的青少年，他们本来可以有很好的人生，至少可以修正自己的一些错误，但是因为某个瞬间的某个念头，让他们犯下了大错，他们就没有修正自己的机会了。背着"杀人犯"或"强奸犯"的名义死去，无论是他们，还是他们的亲人，都不会好受的。但是这也没有办法，因为他们必须为自己的行为付出代价。他们定然很后悔，因为他们定然也发现了，干坏事得到的东西，很快就消失了，但他们的生命却因此而过早地结束了。那些没有被判处死刑的人，其实也一样，那罪恶，也会伴随他们一辈子乃至生生世世的。

要是很多犯了错的人，在犯错之前，就有这样的眼光，不知道还会不会犯错？

从年轻时起，我就有一种独特的思维，看问题总是跟一般人不太一样，有人说是慈悲，也有人称之为智慧，对我来说，都一样，都只是名相而已，叫什么都可以。我从来没有求神保佑过自己，但我平平安安地走到了今天，从一个一无所有的孩子，变成了一个能帮助别人的作家，我凭借的，其实就是那种思维。

记得有一次，一位老人给我们讲了他的人生经历，说他如何受到冤枉，如何受到不公平的对待，他的第一个妻子如何抛弃了他，他后来又是如何娶到第二个妻子的。他讲得声泪俱下，好多人听了都在叹息，但别人问我感受时，我却笑了。我说，他真幸福，能娶两个老婆，像我们一般人，只能娶一个老婆。我们村的光棍汉，连一个老婆也娶不上，这样一想，他有啥不满意的呢？好些人听了我的话，就笑着骂我，说哪有这样说话的。其实，我的这种想法，也不是没有道理。有时候，你只要换个角度看，坏事就成好事了。

后来，逆向思维和换位思考，成了我的一个习惯。

我老是说，当无数的水流滚滚向东的时候，那逆向腾起的浪花，便是天才。我当然不是天才，但我们要向天才们学习。有时候，逆向思维和换位思考显得很难，但你只要多训练一段时间，思维习惯也就变了。

不过，我所说的思维习惯，其实是一种直觉。我的思考能力并不强，但我有着很好的直觉，这得益于我经年累月的修心。后来，我也着意地训练过一些理性思维。修心需要理性，更需要感性。它们是相悖的，有时也确实会互相纠缠。当你掌握不好度时，就很难让它们达到和谐。要想让这两个方面达到和谐，是需要训练的。每个人适合的训练方法可能都不一样。

回到这篇日记。

总而言之，我早年的训练之一，就是不人云亦云，面对很多现象时，我总会选择跟一般人不一样的思考角度。久久坚持，就有了一种与众不同的思维。

日记的最后，我提到了自己的心绪。看来那时，我无论如何警觉，红尘中一股巨大的力量——情爱的力量，都已不可避免地向我袭来了。

在后来的三四年中，它几乎席卷了一切，但幸好，它没有吹熄我的智慧之火。这才有了我后来的闭关写作。

# 9月26日 日记是人生百宝箱

从我的日记里，你还可以看出另一个非常明显的特点，就是正，我的心从小就很正，没有动过歪脑筋，始终就是想要成长，想要向上，想要战胜自己。当然，十九岁时，我还想考上大学，成为作家，出人头地，这是最接近红尘的愿望。但我想要出人头地的理由，只是想要争一口气，而不是想得到财富地位和虚名之类的东西，这一点，跟很多人还是不一样的。所以，我能走到今天这一步，跟我生命中的正能量有很大的关系。

下面的日记里，就谈到了我生命中的其中一种正能量：向往。我向往的对象，不只是善知识，也包括那些承载了积极向上精神的普通人，比如这篇日记里谈到的中国女排。每逢感受到这类的正能量时，我总会充满向往，想要向他们学习。当然，我向往的不是这些人物本身，也不是他们取得的成就，而是他们那种艰苦奋斗、永不言败、为国争光的精神。这种向往一直在鼓舞着我，让我不断地往前冲，即使再苦再累，也从来没有打过退堂鼓。

这是我的一个非常重要的特点。

## 1982 年 9 月 26 日　星期日　晴

昨天，我听到一个笑话，有人开玩笑说，他每天晚上都会糟蹋一个儿子，这说法很有意思。

　　她长着一双大眼睛，双眼皮，眼睑总是羞怯地低垂着，脸上始终带着一种不好意思的微笑，脸蛋上有两个甜甜的酒窝。别人讲话时，她总是害羞地低着头，脸上仍旧带着笑。人问话时，她就慌乱地抬起头来，显出不知所措的样子，脸也涨得通红，依然甜甜地微笑着，然后才回答你提出的问题。

　　今天，中国女排夺得冠军。当中国国旗在秘鲁体育馆升起，中国国歌在异国的土地上奏起的时候，我热血沸腾，快要发狂了。真的，中国女排在夺得世界杯冠军之后，又拼起奋战，转败为胜，夺得了世界锦标赛冠军，能不令人振奋吗？

　　我要向她们学习！

　　在很长一段时间里，我都将日记当成了写作的训练场和人生的百宝箱。

　　为啥说日记是人生的百宝箱？因为，我在日记里记录了很多有趣的素材。比如，在这篇日记的开头，我写了一个前一天听到的笑话，当时觉得很有意思，就记了下来，现在，我早就不记得它具体讲了啥，可见它的意思并不大，但它确实很有趣。那时节，为了积累素材，方便以后的文学创作，我记下了很多类似的事情。慢慢地，对生活细节的捕捉，就成了我的一种习惯——当然，这种捕捉不是简单的记录，其中也有观察和思考，所以，生活中一切抓住我眼球的事件，都会给我提供营养，同时也告诉我，有些东西应该尽量避免。于是，生活就真的成了我的老师，我在任何时候的耳闻和目睹，都会变成一种对生活的体验。时间一长，我积累的素材就非常多了。

　　你想，当时的我只是一个平平常常的乡村老师，没有多少经历，没去过多少地方——当时我还没进教委，没有到处考察的机会，只能观察身边的生活，采访身边的一些典型人物——而且非常年轻，如果没有形成上面所说的习惯，我怎么可能写出《长烟落日处》？很多时候，没有大量的真实细节，小说中的人物就不可能鲜活，小说也会显得没那么饱满。后来我写《西夏的苍狼》时，就大幅减少了细节的使用，而加入了大量的思想和议论，于是，有些人就给我提意见说，小说里的人物不再鲜活了，显得非常虚。当然，那部小说之所以用那种方式来写，并不是因为我的素材储备不够，而是因为我的创作目的跟"大漠三部曲"不一样，我不是在写一群人如何活着，而是想让一群人演绎一个故事，在演绎的同时，说出许多我想说的话。但他们说的是对的。《大漠祭》里的人物之所以鲜活，就是因为其中有很多生活细节，有人甚至称它为"生活的森林"，我的很多其他书也是这样，尤其是《猎原》和《白虎关》。包括我的《一个人的西部》，里面的很多细节描写，比如对亦新婚礼的描写，都是跟我一同经历的其他人留意不到的。

日记的第二段对一个女孩进行了描写，我描写的对象，就是鲁新云。当时她十八岁，身上充满了少女独有的纯真。对她的描写，几乎占据了我此后两年的日记。当然，除了描写她，我也会写些别的，但看得出，她给我留下的印象，比一天里发生的所有事都要深刻。有时，我一提起笔，她的样子就会浮现在我眼前，非常清晰，每一个细节都不需要我着力去回忆。可见，对青春期的我来说，鲁新云占据着一个非常重要的位置，我总是处于对她的思念之中。在南安中学的时候，我们虽然几乎每天都能见面，但要不了多久，我就会开始想念她，尤其在写日记的时候。可见，那时的我，是很容易动情、很浪漫的，跟其他十九岁青年没啥两样。但是在另一方面，我跟他们却是截然不同的，那就是我在动情之外，还有一种对自己的观照和约束，哪怕在跟鲁新云谈恋爱之后，我也依然是这样。两人相处时，我总是全心全意地对她，没有任何保留，也从来不会心不在焉；而跟她分开，做我该做的事情时，我又会放下对她的思念。

那段时间，我在学习方面抓得很紧，因为我还是想考大学。我着力的科目主要是历史和地理等，因为我文科学得比较好，理科却非常差，无论怎么学，数学的成绩都很低。对这件事，《一个人的西部》中也有记录。除静修之外，我也练站桩。我的站桩功夫很好，下盘很稳，马步一次能蹲一个多小时，而且纹丝不动。当时，我们学校的所有男老师都挑战过我，想在我蹲马步的时候，把我的脚给抬起来，但他们谁都没有成功。后来，这甚至成了我们常玩的一个游戏——虽然我总说我的人际关系不好，但每逢回忆过去，我都会想起很多温馨的画面。可见，哪怕当时的处境真的不太好，时不时就会有人刁难你、嘲弄你，让你当众出丑，时过境迁之后再去回忆，那种愤怒或疼痛也会消失，取而代之的是一种温馨，因为，那毕竟是你生命的一部分，而它又远远地过去了，再也不会回来了。这种无常感，会消解掉很多痛苦的感觉，让你沉浸在温馨画面所带来的幸福感中。但这种幸福感，也同样是无常的，很快又会消失。所以我常说，一切都是梦，生命就是一个巨大的梦境，梦中的一切，都在不断被无常所吞噬，我们能做的，就是好好地珍惜当下，让自己从得失的幻觉中超脱，安详幸福地活着。

另一个验证世事无常的例子是，我前几天还在为瞌睡太多而犯愁，但如果我没记错的话，写这篇日记的时候，我已经能在规定的时间起床，也能把自己的计划执行得很好了。便是后来谈恋爱了，我的生活方式也是雷打不动的，所以，我才有了后来的升华。

这篇日记里记录的第三件事，是中国女排的夺冠。那时节，中国女排是全国人心中的神话，因为，那时中国很少在世界上夺冠，能在一些项目上夺得世界冠军，在几乎所有的中国人心中，都是很了不起的，贺龙元帅更是把体育上升到了国运的层面，所以，每逢有运动员夺得世界冠军，国内总会举国欢庆。现在想来，贺龙元帅是对的，当时的那种氛围确实激励了一些人，从这篇日记中，你就能清楚地看到这一点。

在我的生命中，只要是正能量，就能推动我努力、前进、向上。当然，任何人都是这样，只要生命中不断有正能量注入，他就几乎不可能过得糟糕；如果在此基础上，他还能开启本有智慧，那么他就几乎不可能不成功。因为，面对任何挫折和困境，他都会正面应对，决不会逃避、退缩或是消极对待，而且他不但态度积极，还知道怎么做可以成事，你说，他有什么可能不成功？——除非他自己不想成功，只想躲在山洞里自娱自乐，但这样的可能性很小，因为，只要你的生命中充满了正能量，你的心中就会充满激情，非常积极，这时，你只会想着怎么把事情做得更好、更大，几乎不可能放弃自己肩上的担子，过一种自了汉的生活。

我就是这样，我从来没想过躲起来不做事，相反，在正能量的推动下，我的愿望越来越大——一开始，我只想做个侠客；后来，我开始憧憬着当作家；到了现在，我当上了作家，又想当个能够培养人才、将中华文明传向世界的作家。而我的舞台，也随着梦想的不断升级，变得越来越大了。生命不息，梦想不止。从某种程度上说，这就跟我生命中源源不断的正能量有关。

理解了这一点，你就会明白国家为啥提倡主旋律，虽说有些人对主旋律很反感，总是喜欢发出一些怪声，但这其实是一种偏激，国家提倡主旋律、提倡正能量，其最终的受益者，其实还是老百姓。

信息有正负之分，让人向上的，是正能量，让人向下的，是负能量。如果一种信息能让人升华，能让人奋发图强，能让人清凉、放下、快乐，它就是正能量；反之，就是负能量。我们要避免传递后面这类信息，也要避免制造这类信息。

从我的日记中看，我很少怨天尤人，无论面对什么事，大多会从正面的方向去考虑，用正面的信息来激励自己。所以，即使在困难重重，身边充满了质疑、非议和嘲弄的时候，我也没有退缩放弃。相反，遇到难关时我更会振奋精神，要求自己做得更好，因此心里总是充满了成长的力量。如果我不是这样，而是老写一些负面的东西，也许就没有今天的我了。

我身边有太多这样的例子了，比如，我的一些习惯于抱怨的朋友，几十年前在抱怨，几十年后仍在抱怨，无论是生命质量，还是智慧和成就，都没有大的长进，有些人甚至还退步了。所以，人生如电脑，不要老是装一些不好的程序，不仅如此，还要定期地清理一些垃圾。

所谓不好的东西，除了埋怨他人，埋怨命运，也包括埋怨自己。自怨自艾和怨天尤人一样，都是不好的习惯。如果你总是想着一些令自己不开心的事，无论是别人带给你的不开心，还是你给别人带来的不开心，你都不会升华的。如果总是沉浸在过去的一些错误中，懊悔不已，当你自责到一定的程度，心里就会有很沉重的负担，时间久了，就会变得非常敏感、多疑，草木皆兵。很多患抑郁症的人，前期就是这样。这是一种明显的执幻为实。所以，最好的自省就是当下改正。

我在第一篇日记中就写过，我虽然自省、自责，但不会后悔，因为后悔会让人变得消极。过去的事已经过去了，最重要的是当下你怎么做。如果一个人永远停留在过去的错误里，永远只能看到一些负面的东西，他当下也是做不好的，还会把负担传递给别人。所以，我常常强调，一个想要伟大的人，不能显得伟大，而要真的伟大。完成自己的人格修炼，才是真正的利众。

# 9月27日　爱和向往都是正能量

我有一个习惯，就是看书时喜欢思考，如果跟作者有不同的意见，就会在文章里提出，或直接在书上标注。现在，我很少这么做了，除非它影响很大，在重要观点上却是错误的，这时，我就会写文章批评它。小时候跟现在有点不一样，如果有不同的观点，我一般都会在日记或文章中提出来，这既是一种表达，也是在训练自己的思维和文笔。

下面的日记中就记录了我的这种写作，我当时对自己的评价是"语言虽然不够完美，但逻辑是严密的，应该坚持"。可想而知，我当时有多努力。

很多人都觉得起点很重要，这是有道理的，你在什么样的家庭、什么样的环境里长大，决定了你身上承载了怎样的文化，你的思维会有怎样的特点。在你没有分辨能力的时候，这些几乎是你不能选择的。所以，在有教养的家庭里长大的孩子，本身也会很有教养，即便不经过后天的许多训练，在与人交往的过程中，也自然会很有分寸，因为他受到的教育就是这样。但是，如果一个孩子像我当年那样，在偏僻乡村里长大，很多东西就要从头训练、从头学习，因为我最初受到的教育、形成的习惯，跟书香世家长大的孩子肯定不一样。不过，虽然最早的时候我不如他们，但经过几十年的努力，我已经在某些方面超过了他们——他们每一个人的身上都有值得我学习的东西。

换句话说，不管什么样的人，不管有什么样的缺陷，只要能好好地努力，并且知道方法，就一定能升华自己，活成自己期待的样子。

## 1982 年 9 月 27 日　星期一　多云转晴

今天，我写了一篇文章，批驳了 1982 年第八期《甘肃青年》中的《谨防坏书害人》一文，语言虽然不够完美，但逻辑是严密的，应该坚持。

她真的很讨人喜欢，她看人时，既不像别的姑娘那么害羞，也不像一些女子那么狂热，她总是一脸庄重地把你打量好一会儿，才害羞地低头微笑。她笑时，也与众不同，既没有使劲地憋住不让自己笑，也不会夸张地狂笑，而是像我表妹有时候那样，自己偷偷捂着嘴笑，好像笑得很厉害，却听不到声音。哈，真美！

虽说日记是我的文学练兵场，但在早年的时候，我除了日记，也会写一些很短的小文章，这篇日记里谈到的文章，就是其中之一。但这些文章都没有保留下来，我年少时写过的文字中，只有日记保留了下来。这也是我喜欢将一些事写入日记的原因。

在那时的我眼里，日记相当于我的史书，因为它记录了我最主要的灵魂历程。所谓的灵魂历程，就是我变化的过程——当你翻开我的日记，一篇接一篇地读下去时，你就会发现我在变化。这时，有些人可能会非常感慨，因为他们会发现，原来我不是为了安慰他们，才故作谦虚地说自己起点不高，而是我的起点真的不高。那么，为啥我就算起点不高，也能自信地前进，永不言败呢？因为我热爱这种生活。因为热爱，我可以承受这个过程的漫长，也可以承受这个过程中遇到的一切挫折，包括前面谈到的那些嘲弄，以及我对自己的失望等等。很多人之所以会因为起点不高而放弃向往，也许就是因为少了这份热爱。

在这个世界上，有些人也许真的天生就很优秀，但这样的人不会太多，绝大多数的优秀者，都是从不优秀变得优秀的。也有一些人放弃了这个念想，不再向往优秀，也不再为此而奋斗。不过，就连这些人的心中，大概也会有一个火种，它始终想要燃烧，想要照亮自己的世界。而它之所以没有燃烧，只是因为它在乎结果，不敢承担努力后仍然失败的疼痛，或是已经承受了太多这样的疼痛，再也不想继续承受下去了。这就是人性的脆弱。然而，人性无论多么脆弱，都会有正邪两面。人之所以会脆弱，往往就是因为内心缺少正的力量，或是邪的力量压倒了正的力量，让人不能自控地选择了欲望和妥协。

什么是正的力量？爱和向往都是正的力量，比如希望自己更加光明，更加向上，更加伟大，更加善良，更有良知，这些都是正的力量。邪的力量，则是欲望化的力量，它的特点是强调享受，提倡占有，拒绝失去和失败。这两股力量对人的争夺，就是灵魂的纠斗。面对灵魂纠斗时，正的力量更大，人就会飞向更高的天空；邪的力量更大，人就会坠落谷底，甚至万劫不复。我在《西夏咒》中，就写了一个这样的故事：有个叫琼的年轻人从小活在父母的争夺中，父亲希望他堕落，做强盗头子，母亲却希望他升华，最好能出家。因为父母的争夺，他受了很多折磨，最后终于看破了，放下了所有的欲望，才走上了母亲希望他走的那条路。

其实，琼也是我，他的父母就是我内心的两种力量，早年的时候，这两种力量一直在争夺我的心，一个叫我升华，一个希望我堕落。为了战胜后者，我总是通过各种方式为自己注入正能量，日记就是其中之一。我在日记中剖析自己的内心，在日记中直面自己的欲望，在日记中提醒自己牢记向往，最后，才终于战胜了自己。所以，每当翻开这些日记的时候，我就会感激当年的自己，感激自己一直没有放弃。但另一方面，我也为那个始终坚持的自己感到心疼。因为，我记得他有过的心情，记得灵魂的挣扎对他的折磨——不过，那些放弃了挣扎的人，又何尝不在承受着折磨呢？而且，他们的放弃让自己失去了改变的可能，那折磨，就真的变得永无止境了。

如今，当年有过的挣扎，已经从我的世界里消失了，只有在读到这些日记的时候，我才会想起很多事和很多人，但他们的身影也远去了，远得就像一个个清晰的影子。然而，正是那一个个远去的影子，让我的生命变得异常丰富，否则，我也许仍是当年那个天真幼稚的孩子，写着天真幼稚的文字，发着天真幼稚的议论，而自己却浑然不觉。

瞧，我又跑题了。先说说这篇日记。

日记中提到的文章也丢了，但观点我还大致记得。《谨防坏书害人》的观点是，年轻人要读好书，别读坏书，而我当时的观点却是，要是不读书，如何知道书的好坏？那时看来，我的观点是对的，但现在看来，就不一定对了。因为，在过去的三四十年中，我确实发现，有很多人就是因为读了坏书，结果学坏了，而且那些读了貌似正确的坏书者，不但自己学坏，还往往会去害别人，让别人也跟他一起学坏。

那么，如何保证自己读的是好书呢？

答曰：读经典，能流传千年的经典，肯定是好书。如果不会选择，就先读经典。等你读了经典，有了正确的见地，知道什么是对的、什么是错的时，你也就有了一种判断的标准，不但选书时不会选错，读书时，也会知道什么是值得汲取的营养。

在当今这个信息爆炸、鱼龙混杂的时代，正确的见地太重要了，如果没有正确的见地，你不但分辨不出什么是好书、什么是坏书，在接收外界的信息，或是选择朋友和老师时，也很容易会出现错误。

从日记里你肯定能看出，书一直都是我最好的朋友，在我最迷茫、最无助的时候，让我能看到希望，心中充满力量的，就是书。如果不读书，尤其是不读好书，我大概不会有这么强大的意志力和毅力，因为我看不到更大的世界，我的眼前，只有身边的那些人、那些事，他们很快就会把我的心填满，我很难有大的志向。假如没有一定想实现的志向，我的意志力和毅力从何而来呢？就像骆驼，它们的个性虽然坚韧，但是如果没有使命，没有必须送到某个地方去的东西，它们还会那么拼命地在沙漠里赶路吗？所以，我生命中许多有益于成功的特质，除了源于我的个性，也源于好书给我的滋养。没有好书，肯定没有今天的雪漠。

这些年，我换过好几个地方，有时在樟木头，有时在沂山，有时在广州，有时在北京，但无论在哪儿，无论空间和装修如何，它们都必然有一个共同的特点，那就是书多。沂山不用说了，那儿是书院，藏书的空间很大，我当然会放很多书，樟木头的关房也放了很多书。武威老家更是这样，有一次，我打包了六十包书，邮寄到广东，但老家的那面书墙，仍是满当当的，看不出少了啥书。

小时候，妈就给我起了个外号——书虫，她说，我就像书里的虫子一样，可以整天待在书的世界里不出来。我觉得这个外号特别好，我甚至认为，我就像那书里的虫子一样，只有依靠书，才能活下去，要是没了书，我也就活不下去了——当然，这只是我的一种猜想，并没有经过验证，因为我自从有了工资，生命中就没有少过书，再苦再难，我也会想尽办法买书，哪怕自己吃不饱肚子，也没关系。总之，我是离不了书的。

当然，一些骗子也读书——不然他们骗不了人——他们之所以会变成骗子，是因为，影响他们的，往往不是好书，而是坏书。好书承载着清凉的信息，能让人放下欲望，放下仇恨，但坏书却承载着贪婪的信息，会让人更加执着，更加功利。所以，从小读好书的人，是坏不了的，但要是从小读一些知见不好的书，那肯定就变坏了。

当然，还有一些人读书目的就有问题，他们之所以读书，既不是因为爱书，也不是想从书中学到好东西，让自己成长，而是想要积累骗人的资粮，让自己能骗更多的人。这时，在他们的心中，好书就被异化了，变成了骗人的工具，他们自然不会因为读了好书而成长。但这是另一个层面的事情，我暂且不谈，我只谈好书和坏书对大部分人的影响。

那么，如何分辨知见的好坏呢？看它对世界有啥影响。要是它能给世界输送清凉的信息，让人们变得更幸福、更知足、更宽容、更豁达，它就是好的，值得提倡；若是相反，它就是坏的，应该反对。

当然，这是我对知见好坏的判断标准，别人也许会有其他的标准。许多时候，知见也好，书也好，其好坏都是相对的，人心不同，目的不同，好坏自然也会随之变化。就像一个人坐飞机去北京，另一个人坐火车去北京，虽然目的地一样，但路线和交通工具都不一样，他们沿途看到的风景怎么会一样？遇到的问题和解决方法又怎么会一样？

所以，很多时候，具体问题还得具体分析。但可以肯定的是，要是读了真正的好书，也真的读进去了，人生定然会改变的。因为，他会因此有了智慧，懂得分辨和选择。

日记的第二段又是对鲁新云的描写，但这段描写不仅仅是出于一种思念，它的主要目的，其实仍然是练笔。我是借助对她的关注，在练习如何描写人物细节。这种做法很有意思，现在想来，倒有点像《大师的秘密》中谈到的一种修炼诀窍——有个人跟妻子非常恩爱，可他的妻子却突然去世了，在这个时候，有一位瑜伽士为他开示了心性，教他如何把对亡妻的思念转化为观修，最后，他果然成就，升华为一位了不起的大成就者。

当年，虽然没有人告诉我可以借助爱情来训练文字，但我不知不觉就这样做了，在无数的日记中，我都写下了跟鲁新云有关的内容，或描写与她相处的细节，或杜撰一些故事。由此可见，一场情感的风暴，在我十九岁那年就遥遥而至了。过不了多久，它更会席卷我的生命，让我像《无死的金刚心》中最初的琼波浪觉那样，因为爱情和事业之间的矛盾而纠结不已。

但是，在我的生命中，爱情是一种正能量，它不但没有让我堕落，还为我提供了很大的动力和便利。因为鲁新云也像莎尔娃蒂那样，从一开始就理解自己所爱的那个男人，而且下定决心要为爱等待一辈子，并且竭尽所能去帮助自己所爱的人。所以，只要你能选择一个正确的伴侣，也能找到正确的处理方式，有坚定的、大爱的发心，爱情就不一定是洪水猛兽，让你陷入"女难"。

# 9月29日　当李太白需要资格

　　我是一个很容易发现他人优点的人，而且我从来不会嫉妒对方，只会积极地向对方学习，让自己也变得更加优秀。

　　这也是一种让我受益一生的个性，甚至可以说，我之所以能不断进步，超越原本的生活圈子，就得益于这种个性。如果没有这样的个性，我就会像很多狭隘的人那样，通过寻找别人的缺点来抬高自己，建立自己的自信。而假如我是一个这样的人，那么我就会庸碌一辈子，永远都不会变得比过去的自己更优秀，只会在刚愎自用、自我欣赏中错失一个个善缘，最终一事无成。但我刚好相反，我总是在发现别人的优秀，也总是在学习别人的优秀，永远不去拒绝任何一种值得汲取的营养，于是，在一次次的向往、打碎、重建之后，我实现了一个个新的成长。

　　所以，我总是对学生们说，生活中不缺乏美，只缺乏发现美的眼睛。而我所说的美，不仅仅是感官享受上的美，也是一种精神的美、智慧的美和升华的美。

　　瞧，这篇日记中的我，甚至想从李太白的身上汲取营养，做一个李太白那样的人呢——当时的我并没有意识到，李太白的命运，就跟他的个性和做派有直接的关系。

## 1982 年 9 月 29 日　星期三　晴

　　今天晨修感觉很好。

白天读的书，意思不大，倒是晚上看的那部电视剧——《飘然太白》，让我深有感触。

李白性格豪放，不为权贵折腰，又才华横溢，真可谓"谪仙人"。

人就应该像李白这样。

我要学习李白。

青少年时代，我很喜欢李白，除了喜欢他的诗歌之外，还喜欢他的个性。后来，我发现，喜欢李白的为人不要紧，但要是机械地模仿他的个性，命运中就会出现许多坎坷。你想，李白才高八斗，命运都这样，要是你没有大才，却想模仿大才的做派，命运怎能好？

当然，李白的性格决定了他的成就，也决定了他命运的坎坷——要是他没有那样的个性，就不会写出那样豪放不羁的诗来，但要是他的个性一直那样，他的命运就注定不会太平顺。大家想，一个"天子呼来不上船，自称臣是酒中仙"的人，在别人眼里，该是怎样地傲慢与狂妄？尤其在"君叫臣死，臣不得不死"的时代，天子呼你，你都不予理睬，你怎么会尊重世界呢？如果你不尊重世界，没任何敬畏，又怎会有好的命运？

所以，早年想学李白的我，定然是领导不喜欢的。这也是我一直得不到重用的原因。后来，我自己也不喜欢无太白之才却效太白之行的人，这种人，便是狂慧之徒。再后来，我不但不喜欢无太白之才效太白之行的人，连太白之行本身也不喜欢了——当然，我仍然喜欢李白的诗歌，仍然赞其为"谪仙人"，但我不再喜欢那种目中无人的做派，反而开始信奉"人低为王，水低为海"，总是抱着学习的心态处世，这样，慢慢就有了一些喜欢我的人。

不过，现在想来，也有个悖论：要是我当初没学李太白，虽然有可能会讨人喜欢，领导也会任命我做个小官啥的，但我就不是今天的雪漠了。所以，古人说"文章憎命达"，也不是没有道理的。人对生命的所有感受，都是经历带给他的，只有在自己真正经历过一些事情之后，对很多人所承受的痛苦，我才会真正地感同身受，这时，我才可能用自己的笔流出他们的心。但也只有在超越这种疼痛，放下一切站起来时，我才能点亮心中的那盏灯，告诉人们该如何超越疼痛。否则，单纯地经历疼痛，知道人性，意义并不大。

如果从修道的角度看，就更是这样了，因为，命平顺了，人就不容易生起出离心，命不平顺，总有东西在折磨着他，他才可能生起坚定不移的追求解脱之心。哪怕在智慧生起之后，也仍然是这样，因为，人在荣耀时往往很快乐，努力得到认可、付出得到肯定时，也往往很快乐，这些都不会对他的心灵构成冲击，也不需要启动智慧去应对——当然，珍惜自己所拥有的，不患得患失，不害怕失去，这也是一种智慧，但真正的考验，往往还是发生在遇到挫折的时候。这时，如果他仍然能平静如水，笑对一切，就是真正的智者；如果他受到了干扰，情绪开始波动，就说明他的心还没有圆满。所以，人需要锻炼，需要考验，需要在一次次的冲击中调整自己的心，圆满自己的心性，唯有这样，心中的污垢才会彻底被清除，心性训练才会真正地完成。所以，挫折带来的疼痛虽然难受，但也是一种修道的助缘，而命运不平顺者，也比一帆风顺者更容易圆满心性的修炼，其人生，也会增加许多精彩的内容。但前提是，他必须一直向上，一直寻求突破，一直积极面对所有的锻炼和考验，最后还能站起来。如果他不能站起来，而是萎靡不振，这一切就没有任何意义。

我曾说过，"小痛小安，大痛大安"，真是这样的。在这个世界上，人格上的得失，往往跟世俗意义上的得失成反比；出世间法上的得失，往往也跟世俗意义上的得失成反比。因为，一个人在失落、失重的时候，才容易把傲气放下，放低心态接受外界的营养，真正地进行自我反思。当然，这有个前提，就是他真的重视人格多于得失，真的重视出世间法多于世间法。否则，我所说的这些，就不会成立了。

一个学生跟我说过一个故事：某人白手起家打下了一片天地，在自己所在的领域深受尊重，可谓叱咤风云，可惜有一次，他为了营救女友，做了违反行规的事情，被人抓住了把柄。如果这时他能承认错误，放弃一切，那么他或许还能换个领域从头再来，但他不能接受失败，也放不下自己苦心经营的一切，于是就被恶人摆布，不断堕落，最后终于一无所有。类似的故事，在生活中并不少见。

很多人在面对类似的冲突时，都会做出跟他一样的选择——想尽办法掩盖错误，不想承担责任、付出代价，但越是掩盖，错误就越大，代价也越大，到了最后，往往会导致整座人生大厦的崩塌，让亲者痛仇者快，更有人走到了众叛亲离的绝路上，不但没有人为他流一滴泪，更有很多人高呼痛快，觉得他的失败是大快人心。你想，活到这个份上，是多么可悲？所以，懂得选择的人永远不会打破底线，更不会为了掩饰罪行而不断犯罪，无论多么痛苦，面对多么残酷的抉择，都是这样。真正的信仰者更是这样，他们永远不会为了过眼云烟般的东西，放弃自己的人格和原则。

什么是过眼云烟般的东西？金钱、地位、名声、权力等等，因为它们都是无常的，都在变化，没有人能永恒拥有。信仰者在进入真正的信仰时，就已经把这些东西都给放下了，他们追求灵魂的自由、执着的破除和心灵的圆满，因为对他们来说，后者才是真正的永恒。甚至包括爱情，也不能动摇他们的原则，因为爱情也是无常的。我在《西夏的苍狼》中专门讲过何为爱情——世人多为情爱所困，但世俗的爱情，其实也充满欲望。欲望得到满足时，爱情让人感到甜蜜；欲望若是得不到满足，爱情就会让人产生仇恨。《呼啸山庄》的男主角那么爱自己的恋人，后来却又残酷地对她进行报复，就是因为爱情引起了仇恨。当然，这个爱情，并不是我所说的真正的爱情，而是一种情执，只要有执着，变化就会带来痛苦。想要不痛苦，只有一个办法，那就是破执、放下，坦然地接受一切，明白世间万物都必然变化。当你能够接受一切时，才可能真正地爱别人，因为你的心已经圆满了，对别人已经没有期待和要求了，只想奉献，只想对别人好，只想看到对方开心幸福。很多人就是不懂这个道理，才会失去自己的爱。所以我才说，只要你值得爱，就赶也赶不走你的爱；要是你不值得爱，就锁也锁不住你的爱。

其实，不只爱情，很多事情都是这样，无论面对什么，都要从自己的心入手，把一切都当成帮助自己升华心灵、强大灵魂的助缘，这样才能不留遗憾，自己也会越来越好。

这也是我的成功秘诀之一。

说回这篇日记的主题，我虽然已经不再向往李白的个性了，但我身上还是有一种李白的东西，只是它在我的骨子里，外面看，已经不明显了。正是因为它的存在，我至今没有进入任何一个圈子。有时，我明知求一下人，就能得到大益处，却还是不愿去求人，因为我发现，无论啥益处，都会很快过去的。人的一生中，除了人格能属于自己，别的东西，尤其是那些心外的东西，都是过眼烟云。所以，从某种程度上说，我还是将小时候的某种坚守维持了一生，而我的生命轨迹，也跟这种坚守有很大的关系。

# 9月30日　一个堕落故事带来的警觉

　　从小，我就经常提醒自己要拒绝诱惑，保持心灵的清醒和干净，不要在人格和道德上出问题，便是在婚后，也仍然这样。尤其在看到一些让人遗憾的故事时，我更是会提醒自己，让自己不要犯同样的错误。这是我后来能成功的原因之一。

　　当然，我之所以在日记里写下这个故事，不仅仅是为了提醒自己，也不仅仅是为了收集素材，更是因为我当时觉得很难受。我知道，那位朋友之所以把这么私密的事情告诉我，除了担心我会跟他一样之外，也是因为他一直放不下这个心结，需要有人听他倾诉。

　　听他说起这件事的时候，我才十九岁，没什么智慧，记得我当时心里很沉重，同时也有一种浓浓的无力感，因为，我觉得他本该活得更好，却又不知道该怎么帮他。类似的感受，曾无数次地出现在我早年的生命之中，每一次，我都会因此产生一种强烈的渴望，希望自己能早日得到智慧。因为，这样的事情总是让我发现一个事实：如果没有智慧，我谁也帮不了——当然，没有智慧，我连自己也帮不了。所以，对身边人的关怀，也是我成长的动力之一。

## 1982年9月30日　星期四　阴

　　早上练功两小时。

　　人的情感爆发时，理智往往显得无力。

一位老师是我的朋友，他向我讲述了这样一个故事：

一天，他在公社大礼堂看电影《少林寺》，有位姑娘站在他的身后，而且时常侧着身子面对着他。他坐在椅子上，这样，姑娘的下腹正好顶到他的肘子上，并且似乎在用着力。后来，那女子开始诱惑他，做出各种奇怪动作，并将整个身子靠在他肩上，时不时捏他一下。后来，女子说："今晚我心里不好受，不想看了，我要出去。"他听到女子咽唾液的声音……后来，这位老师禁不住肉欲的吸引，走了出去……她怀孕了，他也被迫娶了她。他——一位才华横溢的英俊青年就这样堕落了。

人啊，你要控制自己的欲望。


日记中的故事，那时是常常发生的。因为那时节，很多乡下女子都想嫁个老师。按乡下人的说法，当老师好，"月月有个麦儿黄"，意思是月月都有收入，一般农民一年才有一次收入，因为一年只有一次收成。所以，很多乡下女子都对婚姻寄予厚望，一心想靠结婚跳出"农门"。凉州人好说"嫁给秀才当娘子，嫁给屠汉翻肠子"，也是这个意思——在那时的凉州人眼中，能嫁给老师，脱离靠天吃饭的生活，就等于"当娘子"了。

但年轻老师一般不想娶乡下姑娘，因为，虽然他有工资，但他的工资不会太高，往往很难养活一家人，这时，他的妻子就不得不待在乡下种地，他也不得不在工作之余帮妻子种地，这样，就没法跳出"农门"了。

我日记中谈到的那位老师，一定也是向往双职工的，所以，他娶了农村丫头，不得不回乡种地之后，就觉得自己再也跳不出"农门"

了，于是就不再进取，放弃了过去的梦想。因此，他才会好心提醒我，叫我一定要当双职工，千万不要娶农村丫头。

当然，他不是唯一一个这么说的人，在我结婚之前，每年都有很多人跟我说类似的话，所以，我也一直这样提醒自己，生怕自己在婚姻上做错选择。写这篇日记时也是这样，最后，我说"一位才华横溢的英俊青年就这样堕落了""人啊，你要控制自己的欲望"，其实都是在提醒自己。

那时，我跟鲁新云还没有捅破那层纸。她是女孩，又是我的学生，当然犹豫不决，而我之所以那么纠结犹豫，除了因为她是我的学生之外，也是因为我不确定自己将来会不会娶她，更怕自己要是跟她在一起，也会像那个朋友那样，在情感冲动下做出傻事，失去选择的余地。但是，不久之后，我还是跟她确定了关系，最后也跟她结婚了。所以，我虽然无数次地提醒自己，却还是做出了跟朋友一样的选择——不过，娶了农村丫头，我也没有堕落。

因为这个选择，婚后的几年里，我不得不回家种地，在当老师的同时当农民，但我的选择还是正确的。因为，婚姻不但没有给我带来啥麻烦，还给我提供了助缘。一位看过《一个人的西部》的学生说，要是没有师母，很可能便没有今天的雪漠老师了。所以，就算娶的是一个农村丫头，而不是正式职工，也不代表自己就不能上进，婚姻就不能幸福。最重要的，不是对方的身份，而是对方的人品。

我一直强调，无论在哪个方面，人品都是第一位的。选对了人，你在很多事情上都不会浪费生命，也不会遭遇违缘，尤其是婚姻。相反，选错了人，你一生的轨迹都可能受到影响。我有几个朋友就是因为选错了人，选择了错误的婚姻，影响了自己的心境和事业。所以，凉州人说："种不好庄稼是一年，娶不好老婆是一生。"

直到现在，鲁新云还是农村户口，但每一个见过她的人都很尊重她。所以，很多事情不能一概而论。只要能改变自己，升华自己，让自己不断成长，哪怕娶的是农村丫头，哪怕一开始过着非常贫苦的日子，后来也能带着她走出桎梏，走向更加广阔的天地。只有不努力的人，才会把自己的不成功归咎于别人。

# 10月1日 洪祥公社的民间艺术展

　　下面的日记写的是我们老家的一次民间艺术展。

　　那时节，凉州乡下虽然比较贫瘠，生存条件也比较差，但文艺生活一直很丰富，有文艺爱好的人也很多。当然，也许正是因为生活的贫瘠和艰苦，人们才更需要文艺生活，因为文学艺术给人带来的快乐，是超越环境、超越客观条件的。

　　有人也曾说过，对喜欢书的人来说，好书是最好的避风港，我很认同这个观点。我很难想象，在过去那段压抑的日子里，要是我没有好书，或没有读书的习惯，会怎么样，我还能不能坚持这么久。不过，如果我没有读书的习惯，或许就会追求另一种东西，而当初的那份坚持，也就不复存在了。想来，文艺爱好对那些民间艺术家来说，大概也是如此吧。他们固然不能靠文艺爱好赚来生存之资，却可以在这种爱好中收获幸福和快乐，扫去生活的贫瘠和琐碎带来的很多痛苦，这未尝不是一种宝贵的收获。

## 1982 年 10 月 1 日　星期五　晴

　　回老家了，早上练功两小时，别人还在睡觉时，我就起了。在家人的呼噜声中静修，也挺有意思的。

　　今天是国庆节，南安公社无动于衷，洪祥却热火朝天。

　　上午去看了洪祥公社的民间艺术展，感触颇深，我真的没有想到洪祥的人才竟然那么多。这次展出的那些书法，可与一些名家媲美。尤其是那些刺绣，栩栩如生，有婀娜多姿的仙女，有清秀碧绿的山水，还有各种花草树木。绘画上的猛虎，气势磅礴。

洪祥公社，真是人才济济。

日记真有意思，因为它的存在，很多我不可能记住的事情，就被定格了下来。比如，四十年前的国庆那天，我去了哪里，做了什么，今天的我早就不记得了，但那天我刚好写了日记，于是，重温这篇日记时，那段记忆就被唤醒了。连带着想起的，还有那时家乡人对文艺的喜爱。

日记中说到的洪祥公社，是我的老家。所谓的公社，是那时农村的一种行政机构，这种机构消失之后，我们老家就改名为洪祥乡，后来又改名为洪祥镇，沿用至今。

在我早年的印象中，那时的公社，几乎每年都有一些大型文体活动，多集中在"五一""六一""七一"和"十一"。一般由官方——也就是公社——组织，有运动会，有文艺会演，还有书画艺术展。运动会多是篮球比赛，以村为单位。在正式比赛之前，各个大队都要先选拔队员，进行一段时间的训练。那时，每天晚饭后，我们村里几乎所有人都会集中到学校的操场上，看村里的篮球队员训练，比赛时更是如此，那人山人海、热火朝天的阵势，真有点像现在的NBA了。当时的我们，是十分在乎比赛结果的，有夸的，有骂的，七嘴八舌，热闹非凡。

此外，还有社火碰班之类的节目——这类节目只在过年时举办，老百姓称其为闹社火。届时，各村都会自发组织社火队，先是给各家各户拜年祈福，然后再选择一个吉日（一般是正月十五），在公社大街上碰班，有点群英荟萃的味道，也非常热闹。关于闹社火的来历，有多种说法，有说来源于远古图腾崇拜的，也有说源自宋朝杨家将的。相传宋初，胡寇将杨家将围困在姑臧城内，杨家将内无粮草，外无援兵，形势危在旦夕。守将与众部下商议对策，却始终得不到好的结论，此时，突然有人出列，说，他愿冒死突围出去，搬来粮草和救兵，但需要一众将士配合，大家一起演一场戏。守将聆听了他的想法后，也只好由其一试。翌日中午时分，只见城门突然大开，走出一队戏子扮相的人马，为首者扮作官爷形象，后面的人击鼓敲锣，前呼后拥，高举旗幡，如戏子般粉墨登场，扮作罗汉道士和历史名人、文臣良将者则跟在最后。敌人感到十分意外，又不好贸然出击，于是驻足围观，挡住去路。有人就告诉敌人，这是当地的习俗，敌人信以为真，便没有阻拦。就这样，杨家将从敌人眼皮底下唱唱跳跳地走出城去，搬来粮草救兵，最后保住了姑臧城。不过，这不是正史所载，而是一种民间传闻，真也假也，难以判断。可以肯定的是，闹社火的习俗确实由来已久。至于社火的组成和闹的规则，我在《一个人的西部》中写得比较详细，感兴趣的朋友，可以看看。

比起过去，现在的乡村就非常冷清了，几乎看不到啥热闹事了。村里的年轻人都外出打工了，整个乡村，像是睡着了一样。但是，在这样的年代，就算年轻人还待在村子里，对老祖宗留下来的习俗，还有没有那么大的兴趣，闹社火还能不能像过去那么热火，真的不好说。

我继续说这篇日记里的故事。

公社时期的乡下，文化气息总是很浓，公社领导为了丰富农村的文化生活，常会举办一些书画展、艺术展啥的，有时，也会排个名次发个奖状。这篇日记里写到的艺术展，就是这个类型。现在想来，当时的展品非常丰富，品位也不低，有些展品给我留下的印象很深，至今，我还能清楚地想起它们的样子。比如，有个女子当时绣了鞋垫去参展，那鞋垫绣得很美，上面的鲜花和蝴蝶都像是活着的，尤其是那蝴蝶，就像随时都会扑腾着翅膀，从鞋垫上飞起来似的。在凉州方言中，蝴蝶也叫"扑腾子"，因为它们总是扑腾着一对美丽的翅膀，轻飘飘地从这儿飞到那儿。于是，看到鞋垫上活灵活现的蝴蝶时，我的心也扑腾了起来，某个瞬间，我甚至想要娶这个绣鞋垫的姑娘为妻，我想，她的手这么巧，心一定也很灵，要不，老人为啥总说心灵手巧呢？

我的一个朋友从小喜欢写写画画，他在画画方面的启蒙老师，就是他心灵手巧的妈妈。他的妈妈只读到小学二年级，几乎不识字，也没有受过什么美术方面的教育，但非常善于观察，手也很巧，总是喜欢绣花。他很小的时候，就总是看到妈妈在一块布上画些花花草草，或是小动物，再一针一针地照着图案绣出来，当时，他觉得妈妈绣出来的图案特别好看，于是就爱上了画画——当然，这是题外话了。但我们那块土地上，确实有过很多这样的男子和女子，他们非常浪漫，非常热爱生活，哪怕生活给他们的东西很少，日子过得很艰辛，他们也仍然会在心底里保存一份诗意，保存一份对艺术的憧憬和向往。

可惜，随着商业文明的入侵，人们变得越来越实惠，时间变成了赚钱的工具，年轻人再也闲不下心，做这类换不来钱的事情了。所有的年轻人，无论男女，无论有没有能力，心里都充满了对城市的幻想，他们都想离开家乡，到城市里寻找另一种命运。而那些不得不留在乡下的人，心里也充满了功利，再也没有了画画写字的闲情逸致。对艺术的爱，其实是需要资格的，太功利的人，往往不会对艺术产生兴趣。

手工艺品也一样。过去，凉州的乡下有很多能工巧匠，我上面谈到的那个艺术展上有很多好作品，其作者却大多是些普通的工匠和农民，名不见经传。那时，他们只是单纯地想要传承技艺，做出好作品，如果能有人喜欢他们的作品，他们就非常开心了。但年轻一代却大多功利，如果辛苦付出不能让他们过上很好的生活，他们是不愿花一辈子来传承技艺的。于是，过去曾经非常活跃的凉州手工艺界，就渐渐出现了日暮西山的气象。为了改变这种局面，前几年甘肃省妇联提出"陇原巧手"的概念，将民间手工艺人组织到一起，让他们发挥个人所长，在创作优秀手工艺作品的同时，培养未来的传承人。据说，他们着力的领域主要是剪纸、刺绣、草编、泥塑等。效果如何，我不得而知，但我对他们充满了祝福。

其实，艺术作品是可以换钱的，尤其是书画。很多人以为画画赚不了钱，只是因为他们没有商业意识。那时节，凉州乡下虽有很多展览，也有很好的展品，但没人想过艺术品可以换钱。所以，早年的凉州虽然有很多书画人才，但没几个人会把作品拿出来卖，大家都习惯了送，包括一些当地有名的书画家。后来，一位老画家开始卖画，最初一张五十元，慢慢地价格开始上升，于是，知道他的人越来越多，凉州的画家们，也便学着他走向了商业化。所以，这位老画家，是凉州书画界第一个走向市场的人。但即便如此，凉州的书画家也还是不习惯卖作品，但凡有了新作品，他们往往会送给自己的朋友，而不会想办法卖出去。

在这一点上，凉州的作家也一样。十几年前，有个凉州作家出了一本书，举办了一场宣传活动，也邀请了一些人。吃饭前，他的一个朋友提出给他一份礼钱，不要白白拿他的书，以此表达自己对文化的尊重，但在座的很多人都不随喜，也不愿这么做。为啥？因为大家都习惯了送书。

可想而知，在这样的环境下，我这个作家在网上卖涂鸦小品，竟然还卖出了很好的价钱，很多人都不会随喜的，甚至就连我的妈妈，也觉得奇怪，不明白城里人为啥花那么多钱买我的字画。她说，要是把我的字画拿到村里，哪怕只卖几百元，人们也会嫌贵的。当然，妈妈不是觉得我的字画不好，而是因为凉州的乡下没人会收藏字画，他们没有那个意识——不光是乡下，即便在凉州城里，也没多少人有这种意识，所以，凉州城里那么多人写字画画，其中不乏优秀的作品，但一直都是有价无市，卖得最好的，也不过千儿八百。

要说，其实凉州真的不缺书画人才，尤其是早些年，凉州乡下几乎每个村都有一些艺术能人。我的二舅舅也属于艺术能人，而且，在我们老家，他是很出名的。我在《一个人的西部》里写过他的故事，他被当地人称为畅半仙，在传统文化方面很有造诣，业余时间里也爱画虎。很小的时候，我就老是见他画虎。那时节，他用的是工笔重彩，那外形，倒是很像，只是缺了点意蕴，没有达到艺术品的层次。但乡下人不管啥艺不艺术的，在他们眼里，只要像，就是好的，那些有境界的写意画，他们是看不懂的。我的涂鸦小品中，那些令城里人拍案叫绝的作品，要是拿到凉州乡下，给老家的亲戚朋友们看，一定会被他们笑称为胡画的。只是，到了现在，便是那些没啥境界的字画，在凉州的乡下也不多了。

所以，重温这篇日记，想起当年的凉州乡下，想起我当年有过的一点悸动时，我还是觉得非常温暖。毕竟，那是一段再也回不去的美好岁月，它不只是我的青春，也是家乡大地的青春。如今，我还是当年那个充满诗意的青年，而家乡，却已成了迟暮的老人。我很希望，将来雪漠书院正式落成时，可以为那块土地注入一些新鲜的血液，让它恢复一点青春的光彩。但结果如何，我并不执着，因为我无法执着。就像我不执着这些青春时代的记忆，因为它们早就过去了，如果不是我的日记定格了它们，它们就只是时光长河泛起的一点波光，无论多么美好，都会很快消失的。

当然，当初那所谓的悸动，也只是几个一闪而过的念头而已，我并没有去结识那位绣鞋垫的姑娘，更没有去追她。不过，在我正式恋爱之前，每见到一个打动我的女子，这号念头就会出现——瞧，我真的很多情的！

要知道，男人的成长需要经历，没有经历，男人是不可能成熟的；不成熟，就不知道自己要的是什么，自然就抵挡不了爱情的诱惑。

女子的成长亦然。有许多女孩子，在结婚之后，才会长大，也只有在长大之后，才会发现啥是最美好的。可惜的是，她们在历尽沧桑之后，虽然明白了啥是最值得珍惜的，却往往已经失去了选择的机会和权利，这是最大的无奈和遗憾。

在洪祥公社，除了书画人才，还有许多曲艺人才，像我在以前的文章中提到的李林红、贾福山等人，便是在整个凉州，也是很优秀的曲艺人才。他们的三弦子弹得非常好，其神韵，甚至超过了一些专业剧团的演员。因为那些专业演员的演奏不一定能打动我，而贾福山们的三弦子，我每次听时，都会被深深地感动。在我听来，那不是简单的三根弦的颤动，那是天地间一场撕心裂肺的剧目，那里有他们流淌的灵魂。在写"大漠三部曲"时，听他们弹三弦子，几乎是我唯一的艺术享受。

如今，这些人，也渐渐老了，有些已离世了。前些年回家乡时，我见过贾福山，他已经不弹贤孝了，说是没人听了。既然没人听，他也就没必要弹了。市场经济就是这样，有需求，才有供给。但不弹贤孝的贾福山，生命里就只剩下孤单了——他没有妻子，没有儿女，没有读书的眼睛，唯一可做的，大概就是听听收音机。你想，一个年近八旬的老人，一天天待在黑暗的世界里，连个陪他说话的人都没有，如果没有信仰，这种寂寞是多么可怕啊？好在他有手机，可以跟外界联络。不过，因为电话费太贵，他一般不打电话，那手机的功能就只剩接电话了。于是，时不时地，我就会给他充些话费，他想说话时，可以打电话给我，我就会陪他在电话中聊上几句，他也就不至于太寂寞了。再后来，我又给他买了一部新手机，让一个学生送过去，并教会了他如何使用。电话接通的那一刻，听到他高兴的声音，我的眼前浮现的不再是他那张苍老的脸，而是一个孩子得到喜欢的玩具时开心满足的笑容，这时，我的心也是暖暖的。

现在，虽然母亲健在，贾福山也健在，但我心中的乡村还是远去了。我说的那远去的，是当年乡亲们的那种质朴和热情，是家乡的那份淳朴和热闹。我想，就是现在的洪祥镇，再搞这类艺术展，参与的人又能有多少呢？这真不好说。

但我时不时还是会想起，那个很穷却很快乐的年代。

# 10月2日　爹和佬佬的恩怨

这篇日记中提到了我爹和他弟弟之间的恩怨，后来，它成了我写《长烟落日处》的缘起之一。虽然日记中说，"回学校时，我一定写"，但我当时并没有写成，过了差不多六年，我才完成这部一定要写的小说。可即便这样，也很难得，因为，如果没有日记中的记录和提醒，我很可能就把这件事给忘掉了。毕竟，当时无论有多深的感触，都只是一些念头和情绪，生活中不断发生新的事情，不断有新的念头、新的情绪产生，如果不经常提醒自己，很多不该忘掉的东西，就会在不知不觉中被遗忘。在生活的洪流中，很多人连自己的梦想和人生目标都忘了，何况某个瞬间的一些感触？所以，日记真的很重要。

但日记里一定要写正面的东西，不能把日记当成发泄情绪的垃圾桶。如果你的日记里盛满了垃圾，偶尔有些好东西，也会被负面的信息给淹没。你要是时时重温，就等于时常待在垃圾堆里。你想，这样一来，你的心灵世界能干净到哪里去呢？

当然，仅仅不写还不够，心里最好也不要想，负面的念头就像毒药，很多时候，生命中的贪嗔痴，就是依托这些念头发挥作用的。如果你能用正念填满生命时空，贪嗔痴就会失去用武之地，久而久之，你生命中的正能量就会越来越强大，贪嗔痴的毒素就会被稀释，最终变成眼泪或汗水，流出你的生命，你的生命中就只剩光明和洁净了。这时，你的心就圆满了，无论经历什么，无论得与失，你都会非常安详，非常宁静，还会不断在生活中发现新的营养，智慧也会不断增长。

日记中那个有烦恼的雪漠，就是这样一天天变强大的。

我们先看日记：

# 1982 年 10 月 2 日　星期六　晴

我应该以我们家和格年两家之间的故事写一部小说，专门反映家庭生活。

格年佬家里的小孩啼哭时，我父亲很是替他着急，说过"娃娃终究是娃娃"这样的话。这句话说得多好啊！最打动我的，就是这个细节。

回学校时，我一定写！

日记中提到的格年，是我的叔叔，凉州人管叔叔叫佬佬，所以，我有时会叫他格年佬。

小时候，妈教育我时，总是会提到佬佬对我们的小看。那时节，爹也很气格年佬，令爹最生气的，不是什么大事，而是生活中一些微不足道的细节。后来，它出现在了我的小说《长烟落日处》中：

八爷有个兄弟，当煤矿工人，能吃苦，能没日没夜加班，票子捋得刷啦啦响，女人的肚子又死活不往圆里撑，光阴过得红堂堂的。兄弟二人不睦，原因很简单，八爷的兄弟无子无女，想讨灵官，给五百块钱，被八爷骂了一顿。此后，兄弟不承认有哥哥，哥哥更不认兄弟，连见了面都要吐口唾沫。八爷的兄弟一探亲回家，就要请上三朋四友喝酒。一喝酒，便要高声吆喝："王凤香，给我把牡丹烟拿来，再提一瓶金徽酒。"王凤香是八爷兄弟的媳妇，眼睛微微有点斜。八爷好骂她"眼斜心不正，心比驴还狠"。八爷的兄弟一吆喝，八爷的胡子便抖，鼻孔里也呼哧呼哧出横气。在工人兄弟第七次吆喝女人拿酒拿烟的那一夜，八爷的嗓门格外高，全西山堡都听得清——

"大娃子——给老子拿烟锅来——二娃子——给老子拿烟袋来——三娃子——给老子装烟来——四娃子——给老子点火来——灵官——给老子捶捶背。"

从此以后，工人兄弟便再也没有高声吆喝过。据说还大病了一场，病好后抡了女人五个嘴巴，四天后便领着脸青青的眼圈红红的女人上了煤矿，再也没有来过。


那小说中写到的细节，几乎全是真的。只是我爹只有三个儿子，而不是四个，而且，后来，佬佬也有了儿子，也就是我的堂弟。堂弟是个很好的青年，那时节学习好，上完初中后，他想上高中、上大学，可佬佬不供，堂弟就只好退学了。跟他一起上高中的，后来都考上了大学，改变了农民的命运，而堂弟，却仍是农民。一提这事，陈亦新就说二爷爷不负责任，害了小佬佬。但佬佬有佬佬的道理，他当时只有六万块钱，要是供儿子上大学，就盖不了房子，盖不了房子，就娶不了儿媳妇了。在过去的凉州乡下，如果没一院好房子，是不容易娶到媳妇的。所以，在双方订婚以前，有一个非常重要的仪式，那就是看家道。当然，看家道还包括看很多内容，比如对方的家境和家人的待人接物等，但最主要的目的，还是看那一院房子，看那家里殷实不殷实。不过，也有例外。像我家，房子就很破，但我们兄弟三个，都娶了很好的媳妇。妈一提，就很自豪，说咱家的媳妇是全村最亮活的。

堂弟结婚时，已过了三十岁，在西部农村来讲，这是个危险的年龄。一般情况下，小伙子一过三十岁，如果还没结婚，就有可能打光棍了。所以，佬佬那几年很着急，老是托媒人，也老是一次次被人骗，最厉害的一次，叫骗了几万——订婚后，女方打发女儿去了南方打工，丫头的老子既不说退订金，也不叫丫头回来，反正拖延了很长时间，后来听说佬佬要回了一些钱，但没有要全。这种事，据说在南方也多。一些人说是要跟人家谈恋爱，等拿到城市户口，或是一份好工作，就立马会提出分手；一些人甚至还专门跟那些快要出国的人结婚，一移了民，拿了绿卡，就会跟人离婚。这种事，给婚姻和爱情蒙上了浓厚的功利色彩。只是我不知道，是功利色彩导致了这样的婚姻悲剧、爱情悲剧，还是婚姻悲剧、爱情悲剧伤害了人们对纯真爱情的向往和信心？

直到陈亦新结婚时，堂弟还没有对象，这让佬佬一家人很尴尬，因为连侄儿都结婚了，佬佬的婚事却八字不见一撇。所以，对亦新的婚事，佬佬一家人都不热衷。婚礼那天，堂弟也跟队里人一起来吃席，搭了一百元钱，这是队里其他东客的礼钱数，知情者都说他不像话，说这点儿钱，连成本都不够。其实，在我眼中，他能来就很好了。之后不久，堂弟也结婚了，那时，我在岭南，正忙着。妈问我搭多少礼，虽然按我们的规矩是照钱送礼，但我还是叫妈多搭了一些礼。对堂弟的婚事，我们很随喜。我知道这事一直是佬佬一家人的心结，能打开心结当然很好，而且，据说那女子还很漂亮。堂弟的条件也很好，因为佬佬用那本来能供他上学的钱，在凉州城里给他买了一套楼房，有了楼房，娶媳妇就容易多了。

在过去的农村，兄弟多，离得近，生活又不富裕，所以，常常就会听到兄弟之间不睦的事情，一家人老是因一些鸡毛蒜皮的小事而产生摩擦。于是，凉州人就说，兄弟是上辈子的仇人。不说这话有无道理，反正父亲和他弟弟真是相互仇恨了一辈子。从我记事起，他们就不说话。妈说，这事要说也怪佬佬，他不该嚣张我们。很早的时候，我们住在一个院里，就像《长烟落日处》中写的那样，他老是扯着嗓门喊一些很嚣张的话。那时，他们只有一间住屋，明明不用多大声，说话就能听见，但在叫新娘——佬佬的妻子——拿啥东西时，佬佬总是音高八度，声音满院子灌。他一高声，妈就对我说："娃子，长大好好念书，给妈争口气，听，他又嚣张了。"早年的妈，是最善于做思想工作的，她会将所有她眼中的嚣张，都当成教育我的材料。

就是在妈一次次的激励中，我一天天成长了。

按妈的说法，当年佬佬当工人时，是她与爹招待的人，也是他们联系的媒人，给佬佬介绍的新娘。在那个年代，条绒布是非常珍贵的布料，但佬佬送婚时，实在没什么可送的，妈就将自己的条绒布拿出来，给佬佬撑了门面。所以，妈后来也会念叨，说自己当初那样帮他，我们在上学时，他却连两分钱一根的铅笔也没给买过。妈还说，在那个缺衣少吃的年代，佬佬每次回来，总会带些饼干之类的好吃的，在我们喝山药米拌面的时候，他们也总能吃上面条，但无论是饼干还是面条，他们一般都不会分给我们。有时，佬佬的新娘还会当着我们的面，把那碗里的面条故意挑得很高，可我们从不眼热，更不会围上去。妈说，这在当时，是最令她欣慰的，所以她老说，娃娃们虽小，但也争气哩。

爹也老是提到一件旧事。当时，佬佬有辆自行车，他一离开家，就会将那自行车吊挂到梁上，而那时，我正上初中，家离学校很远，因为没有自行车，每天我只能甩开脚丫子跑。爹便嫌他弟弟没将自行车借给我。现在想来，这是没道理的。借，是人家的情分，不借，是人家的心，我们凭什么要求人家呢？

就是这些小事，让他们兄弟俩不愉快了一辈子。

但大人的恩怨是大人的事，我跟佬佬还是很好。后来，无论他们老一辈如何别扭，我都安顿妻子，一定要对佬佬一家好。他们对我们也很好，陈亦新出生后，佬佬一家很喜欢，常常给他煮鸡蛋吃。对此，爹也很随喜，说，这样好，他们不好是他们的事，我们的娃娃们不要学他们。

晚年的爹老是生病，多次住院，村里人都来看，佬佬却从来不看他。后来，爹快死了，队长就骂佬佬，说，人家都快死了，你还不去看，过几天人落气了，你咋进人家的门？这样，佬佬就来了我家。见到佬佬时，爹很高兴。次日，他就死了。

临死前，因为佬佬的探望，爹原谅了佬佬。

那马上就要降临的死，让他们哥俩终于和解了。

在死亡面前，多大的仇恨，都会烟消云散的，因为你不会再去考虑活着时的利益和得失，那些东西对你已经没有意义了，在死亡面前，一切都微不足道。所以，如果人在活着时，就能想到这一点，不论有多少放不下的东西，也自然会放下的。如果做不到，肯定是还没有真正地意识到，自己有一天是会死的。

# 10月3日　父亲的呼噜声

再次看到这篇日记的时候，我的父亲已经去世十几年了——父亲寿终于2007年3月29日丑时。十几年的岁月，好像一转眼就过去了，我也总是忘了回顾往事。偶然回头，才想起父亲已经不在了。然后想起他憨憨的笑，想起他洗得有点发白的外套，想起他短短的白发，想起他眼神中深沉的爱，我的心里就一阵阵地酸楚。日记里说，半夜里父亲的呼噜声总会干扰我的睡眠，可那时我并不知道，从某一天起，我会再也听不见父亲的呼噜声。

人世间总有太多的别离和变迁，虽然因为看破，我的心里再也没有痛苦，但想起那些已经离去，或已经离世的人，我还是会觉得伤感。比如父亲，比如弟弟，比如雷达老师。但世界就是这样，无论一个人多好、多伟大，做出了多大的贡献，他都终究会离开这个世界，离开所有爱他的和他爱的人。坦然接受这一切的人，就会珍惜活着时的每一天，做好自己能做也该做的事，让身边的人开心；不能坦然接受的人，就会痛苦、恐惧、焦虑，却依旧改变不了必定会发生的一切。

从写日记到后来的几十年里，我最主要的功课，就是学会坦然——不是在某些事情上坦然，而是在任何事情上都坦然，无论外相如何，一旦事情发生了，就要坦然地接受，对一切都不去拒绝。

这句话说起来简单，但真正地实现它，我用了很长时间。

这一点，你从我的日记中也可以看出。

过去的我，虽然在很多事情上都做到了问心无愧，但面对有些际遇时，我的心里还是会产生情绪，有时，甚至会被情绪影响了行为——当然，比起很多人，尤其是同龄人，我的自控能力已经很好了，因为我对自己有要求，自律性比绝大多数人都要强。但我的心一天还没有圆满，一天就会对外界有要求，只要对外界有要求，不能做到自足，我的心就不是自己的。心不是自己的，就会出现失控的行为，但警觉性强、对自己要求很高的人，哪怕失控，也会很快找回自己，然后忏悔，改过。这样，失控的行为就不会造成无法挽回的恶果，人生的列车也不会脱轨。

这些都是题外话了，我们先来看下面的日记。

## 1982 年 10 月 3 日　星期日　晴

在家晨修，效果没有学校宿舍那么好，毕竟跟家里人在一起，心里还是有牵挂。而且，爹的呼噜声总是很大，睡眠是他的强项。无论遇到什么事，他的头只要一挨着枕头，鼻子里就会扯出一串悠长的呼噜声。

这些天，又有人给我介绍对象了，那女子长得清秀饱满，举止也雍容大方，十分得体，并非一般女子可比。更令人惊奇的，是她的学习精神，她一不受热闹场面的影响，二不为某才子俊逸潇洒的风度所动心，大有"清水出芙蓉，天然去雕饰"之美。

此外，她还有一种特有的风度，既不像新云那样爱笑，又没有玉兰那样的娇态；既不像有些女人那样近乎狂热，更不像一些女人那样冷若冰霜。总的来说，她给人一种清高又不冷酷的感觉，让人想要亲近又不敢亲近，想要远离又不忍远离。她那丰满俊秀的脸蛋，红润健康的肤色，也让人眼前一亮。

国庆节时，我做了一件错事，很后悔，可我又没有足够的勇气承认错误。我发现，有时候，理智是无法克制情感的。真的，我真傻。

那年的国庆长假，我是在老家度过的。自从参加工作，我很少在家里待太长的时间，因为家里的那种氛围，不是学习的氛围。那时，只要待在家里，我就会懒洋洋的，什么都不想做，时间一长，意志力就会消退。不过，家里的那个环境，也有它可取的地方。比如，我每次回去，都爱跟老人们聊天，《西夏咒》中的许多故事，就是过去听那些老人讲的。此外，我也喜欢跟唱贤孝的瞎贤们聊天，因为了解得多，对这种曲艺，就像对自家的掌纹般熟悉，后来，它也就成了我小说中最重要的营养。

日记中说到父亲的呼噜，对父亲的呼噜声，我的印象至今仍然很深。不只是因为对父亲的怀念，也是因为过去我老和父亲睡一间房，那呼噜声，就响在我耳边。于是，我就理解了好多老公打呼的女子。也觉得，她们为了爱情，确实忍耐了很多不那么浪漫的细节。不过，若是老公有一天不在了，便是那恼人的呼噜声，也会成为甜蜜的记忆。还有一些女子，到了后来，据说要是不听那呼噜声，便会很难入睡。这经历，我倒是没有，因为我枕边没有一个好打呼噜的女子。我所有关于呼噜的记忆，都来自我的父亲。可如今，一看这日记，我也怀念起父亲的呼噜了。要是晚上入睡，枕边还能传来父亲的呼噜声，我说不定会流泪的。

结婚之前，我一直没有属于自己的房间。从我出生起，家里就只有两间房，一间是睡房，一间是厨房，睡房不大，而且只有一张炕，我们一家七口人都睡在那张炕上。现在想来，很不方便，但那时因为从小就这样，别人家里也大多这样，我就没有憧憬过别样的生活。再后来，陈开禄和父亲都去世了，每次想起一家人睡在同一张炕上的日子，我就会觉得特别温馨，但也特别遥远，远得再也回不去了。所以，日子苦不苦，都是心的作用。没有欲望，或没有对比，当下就不会觉得苦。即便有了对比，失去之后还是会怀念，因为时光消解了情绪，记忆里剩下的，就全都是美好了。就像有些夫妻吵架吵了一辈子，总是喊着要离婚，但其中一人要是先离世了，另一人就会忘掉所有的抱怨，沉浸在过去那些美好的画面里，满心期待那个死去的人能回来。可要是他或她真的活过来，他们就能幸福地生活在一起吗？很难说。有些人，要是失去之后能重新拥有，真的会比以前更懂得珍惜，而有些人，却仍是被习气所困，该吵架的时候还是吵架，该抱怨的时候还是抱怨，曾经的痛心疾首，也成了翻篇的书页。当然，这也是因人而异的。在这个世界上，并不是所有人都能知错就改，也不是所有人都会知错不改。能不能改正，啥时候改正，跟向往有关，也跟习气有关。有时，人在习气面前，是很无奈的。他们唯一的武器，就是真理，因为真理会让他们找回自己，找回内心的爱和光明，在善变的世界里，这是他们唯一可以依靠的东西。

所以，明白得越多，我就越是不想轻易地批判别人。我们总说，自己的感受只有自己明白，别人其实也一样。我们永远都不知道，别人的内心正在经历什么。有时，那些草率的评判，就是划在别人心上的刀子。所以，我一般只会论事，而不会论人。便是有时我看起来是在评论别人，也只是在批评对方的一些习气，以及这些习气所激起的某种情绪。

继续说我家的房子。

后来，我家修过两次房子，其中一次，多盖了一间书房。凉州人所谓的书房，是典型的有名无实，它指的是两大间的那种房子，里面不一定真的有书。之所以叫书房，只是因为凉州人重视文化，对书有一种说不清来由的热爱。有了那书房，我们一家人就从原来的睡房里搬了出来，原来的小屋就用来盛放杂物了。那里，堆满了虽然没用但被妈视如珍宝的东西。以现在的眼光来看，那差不多都是垃圾了。

其实，很多老人都是这样，自己或亲人用过的每一个小物件，哪怕只是一块手表，一张票据，一支笔，或是一个箱子，在他们看来，都是不能舍弃的宝贝，因为它们承载了珍贵的回忆。我有个学生的妈妈就是这样，她一辈子最宝贝的，就是自己陪嫁时的箱子，哪怕那个箱子烂了，长了虫子，她也舍不得扔掉。她在乎的，其实不是箱子，而是送箱子给她的人——她死去的父亲和母亲，还有她年轻时的那段岁月，以及那段日子里发生的很多事情。

我的妈妈也一样。很多我们看来的垃圾，在她眼里都是回不来的过去。

当然，也有一些东西真是杂物，因为我们家以前很穷，妈妈已经节省惯了，即使手里有了钱，那些能用的东西，哪怕不值几个钱，她也还是舍不得扔。

过去，我们家真是没啥值钱的东西，别说那时没小偷了，就算有小偷，也没啥可偷的，所以我们家一般不锁门。那时节，乡亲们大多也这样。后来，我去印度朝圣，发现印度至今还是这样，许多农民的房子都不上锁，有很多人家甚至连门都没有。这情形，令一些年轻的同行者非常惊讶，因为他们没有经历过那样的年代，他们不知道，几十年前的中国，尤其是偏僻的西部乡村，也是这样的，只是中国早就变了，而印度却还停留在那个时代。

因为小时候一直跟父母住在一起，所以，后来即使小屋空了，我也没有想到把它收拾出来，作为自家读书写作和静修的地方。可见，那时的我，也陷入集体无意识了——你想，我自小就跟一大家子人挤在一起住，从来没有自己的独立空间，长大后，又怎么会有独自居住的意识呢？不过，即使当时我有这个意识，也是没桌子、没铺盖的。所以，被分到南安中学教书，有了自己的独立宿舍时，我是第一次体会到独处的妙处，当时的那份开心，真的有点像现在那些租惯房子的人，终于买到了自己的第一套房子。

前面我也说过，自从十八岁起，我就习惯于晨修，即使在老家，跟父母弟妹睡在一张炕上也一样。起床后，我就坐在床上观修，效果当然是谈不上的，只是做完自己给自己规定的功课而已。因为爹的呼噜声总是像雷声一样，呼噜走我的清静。而我的动静再大，却总也不会吵醒他。

爹的睡眠真好，一入夜，他就能轰隆到天亮。有时的白天，他也会睡觉，他白天睡觉时，也有很大的呼噜声，别人是很难叫醒他的。一天，爹睡觉时，同村的另一个马车夫——我爹是村里的马车夫，给大队放马、拉煤等——人称大话者，来到我家。他恶作剧地点了一根火柴，烧爹的手，满以为爹很快会醒来，哪知，一根火柴烧完了，爹才醒来。倒也没听爹说过，那次他到底有没有烧伤——也许没有，因为，爹的手上，满是老茧，很像赵树理小说《套不住的手》中的那个主人公。爹不但手大，脚也很大。凉州人老说"脚大手大，要啥有啥"，但大手大脚的爹，却受了一辈子穷，只有到了晚年，在我的孝敬下，他才享了几年福。

除了呼噜声，爹还习惯在早上清痰和咳嗽。这些特点，我后来都安在了《大漠祭》中老顺的身上，老顺便是以爹为原型塑造的。

我们一家人，都习惯了爹的呼噜声和清痰、咳嗽声。后来，爹去世了，院子里就总是显得很静。

日记中还谈到了有人给我介绍对象的事。

前面也说过，在我上师范后，家乡就有许多人开始给我介绍对象了。但大多时候，爹妈都会拒绝。在那时的农村，能考上学，就等于鲤鱼过了龙门，以后自然是公家人。许多人都想把女儿嫁给公家人，能"月月有个麦儿黄"。这是那时的乡里，许多人的一个梦想。

这篇日记中提到的女子，当时还在上初中，人们之所以给我介绍她，是因为她肯定能考上学。日记里也说了，她很爱学习，不太容易受到环境的影响。日后，她一考上学，我们就能成双职工了。虽然我不记得当时对她有啥感觉，但是看日记里的描述，我对她的印象大概是很好的，给我介绍她的那位堂哥也说，只有那女子能配得上我。但是我没有答应。除了怕影响她的学习之外，还因为我的心中已隐隐约约有了对象。不过，对她的好感，还是让我把她写入了日记。那女子后来真的考上了学，当了老师。多年后，我见过她，她已经显得有些老了，早没了日记中我记下的那些特点。

日记中最后一段，说我做了一件很傻的错事。那事我还记得，并不是啥大事，只是些鸡毛蒜皮的小事，但在追求完美的我心中，那是一件不可饶恕的大事。在很长一段岁月里，我一直在追求完美，这当然是不可能的。只我的形象，就不完美，不说别的，只个子，在那时一些女子的眼中，就是二等残疾。后来，一些读者见到我后，也总会大失所望。因为书中的照片和文风总会欺骗他们，让他们产生"雪漠很高大"的错觉，好在有一把大胡子，只要我坐着，也能虎虎生风。不过，再到了后来，也没人觉得我个子矮了。因为我的人格和行为得到了他们的认可，他们也就忽略了我外表上的矮小。

所以，追求完美的我，即使不能改变自己的身高，也一样可以通过完善自己，改变自己在人们心中的印象。

不过，我自家，便是在青年时代，也没把个子矮当成啥心病。跟鲁新云结婚后，我们也会开玩笑斗嘴，有时我赢了，她就会开玩笑道，你赢了又不能长高一些，我则回嘴，你赢了又不能长胖一些。在那时的凉州人眼里，女孩子还是胖一些好，但鲁新云一直很瘦。无论她如何吃，也没见胖过。没想到，后来，追求苗条却成了一种时尚，有好些人还花大钱想让自己瘦呢。

# 10月4日　托翁式的痛苦也令我纠结过

十八九岁的时候，我读过很多书，其中不乏一些外国文学经典，但我真正能读进去，而且觉得写得很好的，都是我那个年纪能看得进去的书，比如《少年维特之烦恼》等。这也是没办法的事，因为，就像前面写到的，什么年龄就有什么年龄的阅历和心境，很多时候，人都不可能超越自己的心境，去喜欢一些东西，尤其是书。所以，人的爱好，有时也显示着自己目前的心境。

有意思的是，我的书，也有了一些年龄很小的读者。《深夜的蚕豆声》出来的时候，就有很多初中生在读。很多上过雪漠创意写作班，或是上过陈亦新的写作班的孩子，写出的文章，都远远超越了他们的年龄，可见，如果有了很好的家庭教育，接触到了很好的文化，人的喜好、品位和智慧，有时也会超越自己的年龄和阅历。

不过，虽然我在十八九岁时读不进托尔斯泰的书，但他的经历还是给了我很大的冲击，尤其是婚姻对他的折磨。下面的日记就记录了这一点。

## 1982 年 10 月 4 日　星期一　多云转阴

近几天，我看了一本关于托尔斯泰生平的书，忽视了晚上的学习，真有点后悔，明晚再不能这样了。

看到婚姻给年老的托尔斯泰带来的痛苦，我对婚姻有了一种恐惧心理，真怕结婚会让我陷入无数的麻烦，而影响我的人生。

还有，以后，对小侯应该敬而远之，不该跟他争论，也不该跟他辩论，我发现他有些看不起人，是个势利眼。而且，他这个人不讲信用，说要在星期一还我《少年维特之烦恼》的，却没有做到，他不该失信的。此外，他拿我的《中国历史故事》已经好长时间了，还没有还。

我对托尔斯泰了解得很早，但他的小说我读得却不早，因为我一直读不下去。直到三十岁，我的生命中发生了许多变故，我才终于读懂了托尔斯泰，甚至迷上了他，觉得他确实是一位伟大的作家。他心中的向往、无奈和纠结，没有一定的阅历，是读不进去的。我的书其实也是这样。

有一次，我跟几位朋友去书店，我问他们，要是我的《大漠祭》《猎原》《白虎关》摆在这儿，会不会有人买？他们说可能不会。我问为啥，一人说，当代人已经无法进行深度阅读了，他们读不进去；另一个说，现在的人大多很浮躁，不配读您的那些小说。我说，你不能这样说。他说，您不是说读托尔斯泰的书需要资格吗？读您的"大漠三部曲"也是一样的，能读进去的人，心一定要静。

虽然我不一定完全同意他的观点，但我还是同意他的部分说法。因为我也知道，这个时代的人，确实很浮躁，不要说我的"大漠三部曲"了，就连一般的长篇小说，他们也不一定会读的。因为，他们已经习惯了更方便的阅读方式，比如图文阅读、手机浏览等等，像这种大块头的小说，哪怕很好看、很值得看，他们也不一定会买的。他们会买的小说，是他们能摸得到底，不用深入灵魂去感受、去思考的，他们尤其不喜欢的，是那种会带来灵魂阵痛的小说，比如那种叩问人性、揭示真相的书。因为，并不是每个人都能在疼痛中觉醒的，很多人，都会回避痛苦，甚至在痛苦中沉沦。

恰好因为这一点，我觉得很多人真的错过了一种很好的享受——灵魂交流的享受。这种享受，只可能发生在深度阅读的时候，因为，只有深度阅读的时候，你才会静下来，收回所有的心思，全心全意地投入阅读，专注地感受作者的精神世界。这时，你就会进入一种你没有体验过的生活，一个你曾感到陌生的灵魂，通过这个灵魂的思考和感受，你会拥有一种新的生命体验，也会对自己的生活、追求和境界产生反思，甚至生起向往，想要成为一个更好的人，想要为世界做出更大的贡献。这种精神享受是最高级的，因为它可以升华你的生命，改变你的人生和命运。但很多人却偏偏拒绝了它，只愿意选择那些轻松的享受，比如旅游、看电影、睡懒觉、吃好吃的、在咖啡馆里聊天、唱歌、摄影等。这类享受，虽然我也喜欢，但我很少去做——除了旅行和看电影之外——因为我知道时间的宝贵，也知道这类事带来的愉悦，就像消遣类的好书带来的愉悦一样，很快就会消失。有时，它们还会在你心上留下一种黏糊糊的感觉，让你的心失去清凉，失去宁静，失去一种清晨的空气般的清爽，因为它增长了你的欲望，让你渴望一些自己得不到的东西，或是一种自己过不上的生活。所以，很多书虽然看起来轻松，但它们带来的副作用，却需要你花费成倍的时间和精力去清除。电视、电影和谈论是非式的闲聊也是这样。而滋养灵魂的书，则像美酒或好茶，一开始会让你觉得辣口，或是有点苦涩，但你越品越香，回味无穷。"大漠三部曲"或许就属于这类书。

不过，我问过许多入迷地读我的文化书的人，他们也没有读过"大漠三部曲"。我问他们为啥不读，有些人说读不进去，有些人则是不想花时间读。他们当然不属于上面说的那类人，他们的心灵相对宁静，对灵魂也有叩问和追求，而且有着很强的向往，很想完善自己，也很想为世界做出自己力所能及的贡献。但他们对我的小说还是没有兴趣，或者说，他们觉得没必要读小说，只要读我的文化著作就够了——当然，他们大多爱读《无死的金刚心》，因为《无死的金刚心》是一本不像小说的小说，你说不清它到底算是什么书，里面有小说的剧情，也几乎在赤裸裸地谈文化、谈思想、谈智慧，所以，有些专家认为，《无死的金刚心》作为小说并不成功。可他们不知道，《无死的金刚心》在我的读者们心里，也许是我最好的一部小说，其原因，正是它不像小说。有趣不？

其实，就像我在前面说过的，不读雪漠的小说，你就永远不可能真正了解雪漠；不读《一个人的西部》或《一个人的西部·成长日记》，你就永远不可能了解雪漠的成长历程。真正向往雪漠所承载的文化，或是想了解雪漠这个人，只读雪漠的文化书，是肯定不够的。

所以，人们有时不读好书，不一定是因为没有"资格"，也许只是因为他们不了解，或不想花时间读那类书，只想读一些自己的心灵目前需要的书。但真正的好书，确实是值得读的，它能带给你的，往往是你从理性角度无法想象的。所以，十九岁时读不进托翁作品的我，三十岁却迷上了托翁的作品，这时，我才明白人们为啥说托翁是大作家，他的作品到底好在哪里。

不过，十九岁时，我虽然读不进托尔斯泰的书，对他的经历——尤其是成长历程——我却是很感兴趣的，这篇日记里就说到，我读记录他生平的书读得入了迷，连晚上的学习都忘了。这本书中对我触动最大的内容，就是婚姻对他的折磨。我在读到这些内容的时候，心里甚至产生了一种恐惧，害怕自己将来要是结婚了，也会落得这样的结局。

其实，这个纠结是我一直都有的，我并不是看了托翁的故事才开始恐惧的。前面说过，我一直很珍惜时间，也不想分心，但爱情的出现，让我明显地分心了。那时节，我总是不由自主地想起鲁新云，也总是不由自主地盼着她出现，这让我在感到甜蜜的同时，也觉得非常懊恼。毕竟，追求梦想需要专注，如果不能全心全意地前进，本身就很遥远、很庞大的梦想，就会变得更加遥不可及。但如果要我放弃鲁新云，全心全意地追求梦想和事业，我又舍不得。当时，我真像《无死的金刚心》中的琼波浪觉那样，有一种进退两难的纠结。看了托尔斯泰的故事之后，这种纠结变得更强烈了，我怕鲁新云将来也会像托翁夫人那样，不但侵犯我的私人空间，还想干预我、操控我的人生，把我变成一个没有抱负的小男人。如果是这样的话，我宁可独身。但如果我已经结婚了，再选择独身，就要离婚，一旦离婚，就伤害了鲁新云，我不想伤害鲁新云。所以，在这个问题上，我纠结了很长时间，即使后来跟她正式谈恋爱了，我也还是没有下定决心娶她。就这样过了好几年，我上大学的希望彻底破灭了，我才跟她结了婚。跟她结婚之后，我担心的一切都没有发生。在我闭关的那些年里，她不管多牵挂我，也没有给过我任何阻力。现在，我和家人分居两地已经很多年了，但我们一家人仍然和睦美满。我的婚姻，并没有让我陷入托尔斯泰的那种命运。

其实，托翁的夫人也是一个好女人，甚至可以说是一个伟大的女人，因为她成全了托翁在文学方面的梦想——她也照顾着家庭，让托翁能专心创作，还帮托翁抄过七遍《战争与和平》，而且，托翁之所以能准确地把握女性心理，就得益于她。所以，对托翁来说，她定然非常重要。如果她没有晚年的计较和嫉妒，她就是一个完美的女人、一个完美的老婆，但她只是一个平凡的女子，不管多有见识，都很难超越情爱、超越家庭。所以，她在成就托翁的同时，也给晚年的托翁带来了巨大的痛苦。否则，托翁是不会离家出走的。如果托翁没有离家出走，就不会在一个简陋的小站里染上肺炎；假如托翁没有感染肺炎，就能多活几年，多写几部大作品。当然，我很同情她，因为她只是做了一般女子认为自己该做的事，但我也很为她感到遗憾，因为她不知道女子还可以有另一种选择，也不知道如何让家庭和睦幸福。

所以，婚姻幸不幸福，取决于婚姻的双方有怎样的价值观，如果双方的价值观能够匹配，那么彼此就会幸福地生活在一起。我的学生说，她的外公活到九十多岁，一辈子没跟妻子吵过一次架，就是因为两人的价值观是一致的。相反，有些人的价值观不一致，却因为爱情或孩子勉强生活在一起，于是争吵了一辈子，两人都活得很不开心。这时，唯一让家庭幸福的方法，就是双方都——至少其中一方——改变自己的价值观，放下所有的小情绪，放下所有琐碎的对错是非，站在一个更高的地方看问题。当然，做到这一点很难，因为它需要清醒且持续的实践。在我见过的所有家庭里，只有信仰者组成的家庭，才能做到这一点。因为，想要改变自己本身就是一种信仰，而真正地改变自己，则是一种真正的修心。达不到这种程度的人，很难改变自己和家庭的命运——相反，能够做到这一步的人，就一定能改变自己和家庭的命运。

这篇日记的结尾提到了小侯，这个人是我的同事，他身上的很多小毛病，其实我都不太在乎，之所以把他写进日记，第一是因为他伤害了我的自尊心，第二是因为他没有在约定时间里还书。不过，这也是一时的情绪，在下一篇日记中，你就会发现，我的这种情绪已经消失了，对他的评价也变了。所以，世界是无常的，一切都在变化。想要从痛苦和纠结中解脱，你就要看破这种变化，不要纠结于一时一地。

# 10月5日　80年代的武侠片

上一篇日记中，我抱怨小侯没有把书如约还我，说他是个不守信用的人，但第二天，也就是下面的日记记录的这天，他就把书还我了，于是我也就云淡风轻了。因为，他虽然没有严格地遵守承诺，但只是迟了一天，而不是不还。

通过这两篇日记，你就可以看出我的另一个特点：视书如命。当然，把"视"换为"嗜"也可以，因为我确实很喜欢书。现在，如果生活中没有书，我作为人类个体的最后一点享受，也就消失了。三四十年前，我更是这样，书对我来说，不但是享受，更是希望，那种重要性，是很多轻易就能看上好书的孩子很难理解的。而且，那时我的工资很低，我的那些书，用凉州老人的话来说，都是"喉咙上捋下的"——这个形容，是节衣缩食的另一种说法，特别形象，比"扎紧裤腰带"更进一步，来源于20世纪60年代初的那段困难时期。那时，我老是为了买书压缩生活费，甚至仍然会像读书时那样，为了多买几本书，饭都可以不吃。你想，这样买来的书，如果别人借去不还，甚至还不懂得珍惜，我是啥心情？所以，那时最让我反感的事，就是别人借书不还，但偏偏经常有人会借书不还，于是，我就渐渐地不愿借书给别人了。不过，二三十年后，我慢慢地变了，虽然我仍然爱书，但却不再执着于书，要是有人想看，我就会送给他，甚至还会把很多收藏已久的好书捐出去，或转让给别人。只是，有些好书，我还是会舍不得，捐出或转让之前，总有一种割肉喂鹰的感觉。一笑。

除了书的事，这篇日记还提到了一部武侠电影。虽然我在前面的日记中下定了决心，想要约束自己，戒掉看电视的习惯，但这时我还没有做到。毕竟，我还不到二十岁，还没戒掉对精神享受的渴求。我喜欢新鲜事物，总是对新的生活感到好奇，这固然会让我对生活、对世界充满激情，但也容易让我忘掉自我约束，把时间花在一些当时需要节制的事情上面。不过，在下面的日记中，我并没有意识到自己多花了时间。这不是因为我忘掉了自省，而是因为，看电影对我来说，确实跟看书一样，也是我学习和体验新生活的方式之一。如果不是因为自心的控制力还不够，需要用到时间的地方又太多，我其实是不需要戒掉电影的。

先看下面的日记：

## 1982 年 10 月 5 日　星期二　晴

今日早上小侯把书还给了我，还讲信用。

今晚我到和平看了场电影，很为主角精湛的武艺和豪侠的个性所动心。可惜故事编造得有点离奇，令人难以置信。

那时的我很爱看电影，尤其是武侠片。那个年代，武侠片也非常热门。当时正是改革开放初期，人们的生活条件开始有了改善，对娱乐生活，也便有了需求。于是，电影除了传达正能量之外，也被赋予了娱乐的使命。

最初，这个使命是由武打片来实现的。在这方面，港台电影的发展更早一些，据说在五六十年代就已兴起，叫粤语长片，很受大众欢迎，但多是花拳绣腿，70 年代开始没落，国语片，也就是内地电影开始兴起。这也许跟内地武侠片的拍摄手法有关，因为，内地武侠片找的都是实打实的武术运动员，电影里可以看到原汁原味的中国功夫。对于我这个武侠爱好者来说，看这样的电影，是最过瘾的。后来，受内地电影的影响，港台电影人也开始到内地找有真功夫的人出演武侠片。

相较于现在的追求新奇，重视特效所营造的感官刺激，那个时代的武侠电影还是以内容为主的，洋溢着饱满的民族精神，并且强调伸张正义、惩恶扬善的文化价值观念。所以，那时节，看完一部武侠片后，我总会热血沸腾，心情激动。当然，这也跟我本身就有武侠梦，向往那种行侠仗义的生活有关。

日记中提到的电影叫什么名字，我现在已经想不起来了，但"精湛的武艺和豪侠的个性""故事编造得有点离奇，令人难以置信"，正是当时武侠片的重要特点。那个时代的武侠片虽然很受欢迎，但受到审美水平和拍摄水平的局限，剧情的设计大多比较粗糙，逻辑也不够严密，很多情节总是不够真实。像《神秘的大佛》，当时就被批评情节纯属编造，没有教育意义，还制造了恐怖气氛，让很多人不喜欢。不过，得到这种批评，也是跟当时的政治环境有关。90年代港台的很多武侠电影，内容也是纯属编造，却仍然受到了大众的喜爱，比如《笑傲江湖》《新龙门客栈》《东方不败》等，至今，它们仍然被很多人视为武侠片中的经典，一次次重播。它们就像是诞生在武侠爱好者心里的一个梦，这个梦里有红尘的故事，也有精神的追求，更有一种梦想被现实撞碎，却依然守候梦想的悲剧色彩。不过，这类电影，重点已经不在武术本身了，武术只是其中的一个元素，它们展示的武术也不完全是真正的中国功夫，所以，严格地说，它们并不是真正意义上的武打片。真正的武打片，还是《精武门》《少林寺》那类电影，中国功夫成就了它们，而它们也让中国功夫广为人知，甚至走出了国门。

我写这篇日记的那一年，《少林寺》正好在内地和香港上映，广受喜爱。它讲了一个发生在隋唐时期的故事，李连杰在里面扮演一个叫觉远的和尚，这个人物武功高强、匡扶正义，非常正面，这部片子的气息也很正面明亮，非常符合当时的政治氛围。而且，除了李连杰之外，其他的几位演员也都有真功夫，比如昙宗师父的扮演者于海，他是螳螂拳的传人，在多部影视作品中展示过螳螂拳，后来还跟儿子一起办过武术交流中心；王仁则的扮演者于承惠拿过青岛全能武术冠军，早年参加过山东体育学院的武术队，也做过宁夏武术队的教练；反派计春华早年是浙江武术队的运动员，多年来演过很多武打片，打的也都是真功夫。正是这些有实力的打星，成就了武打片。

除了《少林寺》，1984年公映的《木棉袈裟》给我的印象也很深，它的功夫演员阵容比《少林寺》还要强大，导演徐小明本身也是能打的，拍过电视剧版的《霍元甲》。男主角徐向东是全国武术冠军，女主角林秋萍据说也是太极拳冠军。还有演反派的于荣光，他的父亲是京剧艺术家，他自己最早的专业是京剧武生，身上也有功夫。这些人都在80年代给我留下了一些印象。如今想来，武侠电影真是陪我度过了激情澎湃的青年时光。

# 10月6日　计划的实施如此艰难

前面说过，十九岁的时候，我的自控能力还不够，虽然我已经很自律，意志力也很强了，但仍然有一些东西我控制不了。比如，当时定下的计划，总是一会儿实施得了，一会儿实施不了，很难真正把很好的学习状态稳定下来。那时节，这让我非常苦恼。我一次次在日记里忏悔，一次次在日记里发愿，却一次次失败，但最终我还是没有放弃，还是在努力着。正是这份永不气馁的坚持，让我从一个有梦想也有烦恼的人，升华为一个能够实现梦想，也消除了烦恼，能够自主心灵的人。所以，任何一个有梦想有追求的人，在前进的路上都会遇到相应的困难，这些困难，最终到底会成为压死骆驼的最后一根稻草，还是成就的垫脚石，取决于追求者能不能坚持，知不知道该如何坚持。

十九岁那时，虽然我没有真正的智慧，但有一点我是很明确的，那就是对治自己的习气，因为有了这种自觉，我就有了衡量对错的参照系。什么会引起我的欲望，让我的心变乱，我就会戒掉什么。所以，成长的过程中，必须给自己设定一个固定的参照系，而且要确保它跟你的理想是匹配的，否则，它就不能很好地发挥指导作用。

## 1982 年 10 月 6 日　星期三　阴

白天学习影响太大，晚上学习恐怕我支持不住，而且大脑也许承受不了，怎么办呢？我想还是尽量排除干扰吧。

以后不看电视。

计划啊，我怎么对你有点无可奈何。


前面说过，十八九岁时我很爱看电视，那时，我们村里没人买得起电视机，唯一一台电视机，是南安大队集体买的，放在大队的大礼堂那儿。电视屏幕很小，大概只有十四英寸，跟现在的笔记本电脑差不多，离远了就很难看得清楚，但看电视的人还是很多，每到晚上，周围村子的男男女女老老少少，就会自己提了小板凳，来大礼堂看电视。为了能占个好位置，看得相对清楚一些，很多孩子刚吃过午饭，就会端了凳子去占位。我要上课，还要学习、读书等，自然没时间去占位，所以，每次看电视，我一般都没有坐的机会，只能跟大家一起挤。有时，一些年轻的女孩子也会跟我们一起挤，但她们不是为了能好好看电视，而是为了跟我们这些年轻男老师拉近距离，好给自己找个好一点的结婚对象。

在那些女孩的心里，能嫁给老师是最好的选择，为了实现这个梦想，她们愿意把握任何一个机会，甚至放下女孩的矜持，非常主动地寻找和创造机会。尤其是那些年轻漂亮的女孩，她们总是做着嫁给年轻老师的梦，于是不顾一切地追逐，但往往是追了很多年，却始终追不到对方的心。我讲过一个女学生跟男老师闹绯闻，最后堕落的故事，其实，那个男老师跟那女学生发生关系后，是可以跟她结婚的，他们只要一结婚，风言风语自然就会停止，那个女学生也不会混迹街头，但那时节，男老师即便跟女学生发生了关系，也不一定会娶对方的。我见过一些女孩子，她们满心以为只要把对方的身子追到手，对方的心也就属于自己了，自己就能嫁给老师，从此脱离贫困生活。但有些女孩子能成功——比如前面提到的诱惑我朋友的那个女孩——有些却成不了。甚至可以说，农村女孩不管多么年轻漂亮、想要嫁给年轻的男老师，也几乎是不可能的事。

我的初恋——也就是跟鲁新云的恋情——当时点燃了很多当地女学生的希望，她们都觉得，自己也有机会跟男老师谈恋爱，于是就想尽办法去追求男老师。比如，我当时的学生中，有个女孩长得非常漂亮可爱，她直截了当地告诉我，她爱上了我的一位男同事，那个老师跟我的关系很好，所以，她希望我能撮合他们。于是，我就把她的心事跟那同事说了，可那同事没有答应，只是笑了一下。我知道，他跟绝大多数年轻老师的梦想一样，也是双职工，无论一个女孩多漂亮、多可爱，只要没有正式工作，或是学习不好，将来找到工作的可能性不大，他就不可能娶她。这就是那时的现实。

你可想而知，在这样的现实下，我跟鲁新云谈恋爱以及决定娶她的时候，身边有多少反对和议论的声音。能够超越这些声音，超越环境从小到大给我灌输的观念，除了因为我天性中对爱情的重视之外，也是因为修心让我保持了心灵的独立性，所以我才能屏蔽身边所有的声音，坚持自己的决定。

你从日记里就可以看出，我的先天条件真不高，明心见性之前，我想改掉一个毛病，也不是那么容易的。比如看电视，写这篇日记的这天，我又违背自己的发愿，忍不住去看了电视。这样做的直接后果是，我浪费了时间，学习计划没有完成。所以，有时并不是这件事有多不好，而是它会带来怎样的影响，如果它确实会影响学习，影响心的宁静和自主，那么戒掉它就不是对自己苛刻，而是一种对自己的保护。我一次次地忏悔，说自己不该看电视，这说明我已经发现了看电视对我的影响，它也许让我变得懒散了，也许让我变得浮躁了，但就算没有，它也必定是一种对时间的消耗，而这种消耗又几乎是没有意义的。人对自己的监督，就是要及时地发现这类事情，然后避免自己重蹈覆辙。其关键，就在于诚实地面对自己，看看此刻自己在做什么，这件事是不是该做，如果该做的话，你是否尽了全力。只要时时从这几个角度考察自己，就会明白自己应该戒掉什么。否则，人就很容易变得浮躁懈怠。

　　修心也是这样，不能因为自己现在做得很好了，就找到了松懈的理由。我常说，修心是一种生活方式，所谓的生活方式，就是每时每刻都这样。如果做不到这一点，就说明你还没有修到家，并不是像你以为的那样，已经"做得很好了"。如果不能认清这一点，而是随顺自己的懒惰，就是自欺欺人。这世上，很多人都在自欺欺人，但真正能改变自己的人，必定不会自欺欺人。因为欺人没意义，而自欺，则会让自己看不清到底该往哪儿走。尤其是那些没有老师的人，比如当初的我——如果我自欺欺人的话，今天可能还是一个愤世嫉俗的小学老师，甚至连梦想都没有了。所以，我总是提醒自己要把心态摆正，不要觉得自己在为别人改变自己，我是在为自己改变自己。只有改变了自己，才不会一而再再而三地犯错。可惜，有人一辈子都不明白这个道理，才会一步步把自己逼上绝路，最后活成一个悲剧。

　　你也看到了，最初的我其实很平凡，唯一不平凡的，就是我对待梦想的态度——还有一点也很重要，那就是我追求内心的完美。虽然我常说，完不完美是自己的感受，没有分别心，一切就很完美，但事实上，内心真正的完美，是圆满无缺。它虽然是一种感受，但也不仅仅是感受，它同时还是一种境界。心灵圆满无缺的时候，你是无我无求的，你不会觉得自己没有得到什么，也不会羡慕别人得到了什么，这时，你会觉得自己非常自由，非常富足，就算两袖清风地走在天地之间，你也会觉得自己是世界上最幸福的人。过去，我不知道修心就是要达到这种境界，才会兜兜转转地走了很久，所以，我常说我的学生们很幸福，他们从一开始就知道的东西，是我用了二三十年摸索出来的。

但即便如此，这些日记里记录的过程，他们也还是避免不了。因为修心不只是知道，更是做到，而要想做到，就要在生活中实践。所谓的实践，就是在烦恼生起的时候对治它，或是把心安住在一个非常宁静的状态中，面对任何事都能不生烦恼。

这需要你好好地安排自己的时间，真正让自己精进起来——所谓的精进，有时不是外相上的东西，而是一种珍惜时间的心灵状态。就像我刚才所说的，心始终安住在一种宁静到极致的状态时，就是最好的精进。这种精进，只有你自己才知道，外人看你时，你可能只是在闭目养神，或是在做一些非常普通的事情，甚至看不出多勤奋。相反，很多看起来忙忙碌碌的人，也许反而是在懈怠之中，因为他们忘掉了观照自己，心随着外境不断波动而不自知。所以，时间是自己的，精进是自己的，懈怠也是自己的，与他人没有关系。只有自己记住保持正念，提起警觉，才能真正地克服懒散的习气，生命才会与真心打成一片。至于什么是真心，你可以去看看《真心》《空空之外》《雪漠心学概论》等。

我常说，真正的宝藏就在我们自己心里，而这个真正的宝藏，其实就是真心，你可以理解为智慧的可能性，它时刻等待着我们去开启。我从十八岁一直在寻找的，就是这个东西。但当时我并不知道，因为我一直只是在积累资粮，还没有进入见道的阶段。好的是，我一直在努力，从来没有停下，也从来没有敷衍过自己——当然，我也有过哲学化的信仰，也就是说，我的信仰也曾停留在哲学的层面，还没有完全影响我的生活方式，比如在我受到侮辱，心里还会觉得愤怒的时候，就说明我的信仰还是一种哲学，我并没有从生命深处觉得一切都会过去。但这也是必然的。《无死的金刚心》中的琼波浪觉也是这样，他从寻觅之初，就是本波的法主，但寻觅到一半的时候，甚至在被卖进神庙，修了很长时间的忍辱，破除了心中的傲慢之后，他仍然用了很长时间，经历了一次次的波折，甚至经历了魔桶中漫长的历练，才开启了智慧，证得了觉悟。所以，每个人，无论有什么基础，在红尘中磨炼的过程都是不可能省去的。我们只能精进地前进，用心地体悟，不能懒散，也不能走一步停一步，否则，生命中的宝藏，是不会对我们开启的。

有人问我，该怎么理解"我是谁"这个问题，我告诉他，每个人都在追问"我是谁"，但是，对每个人真正重要的，其实不是"我是谁"，而是"我想成为谁""我如何成为谁"，因为，人的一生，是由自己来打造和把握的。当你确定了"我想成为谁"，也知道了"我如何成为谁"之后，只要以此为坐标系来抉择，并且踏踏实实地付出努力，最后，你就会成为那个你想成为的人，做些你想做的事情。

你也看到了，日记中的我，一开始就是个不起眼的青年教师，如果没有炽热的梦想，没有追逐梦想的行为，我就跟其他人没什么两样。那个平凡的青年，之所以能成为今天的雪漠，不是因为他在追问"我是谁"，而是因为他在寻觅"我如何成为谁"。这个寻觅，一直在推动着我往前走，一直在帮助我判断和拒绝每一个诱惑，越过每一个障碍，修复每一道伤口。因此，我才走出了迷惘的岁月，走进了智慧的光明。

每个人都是这样，在梦想产生的时候，一定要自己为梦想负责，不要跟别人讨价还价，也不要跟自己讨价还价，因为，路就在那里，选择只有两个，一是走，二是不走，完全由你自己决定。如果我当初跟自己讨价还价，可能就不会强迫自己戒掉看电视的习惯了，我会告诉自己，人也是需要娱乐、需要放松的，不能把自己绷得太紧，那么，我的很多东西都会慢慢异化，从一开始的老老实实追求梦想，到后来的装装样子、安慰自己，再到最后，梦想就死了，通往光明的路也断了。

为啥？因为人的本质也是动物，虽然人能思考，也有精神追求，还有自己的一套文明，但人的天性跟动物一样，也是喜欢舒适安逸的。如果不去主动地对抗这种天性，安逸的喜好就会消解人的向往和激情，让人安于现状，得过且过。这一点，对有梦想的人来说，是很致命的。所以，懒惰的习气发动时，有梦想的人一定要提起警觉，及时地对治，否则，自己就会一天天懒散下去，什么都不想做，最后，梦想就死了。

在最早的二十年里，我一直都是这样，即使后来已经战胜了懒惰，不再懈怠了，我追求梦想的路也还是走得很艰辛，至今想起后来那五年梦魇般的练笔，我都会觉得很温馨，因为，那段像攀登悬崖的日子，我竟然一步一步地走过来了。人生就是这样，奋斗的当下，你可能很费力，尤其在遇到巨大的困境时，哪怕只是往前走上一步，也要调动自己全身的力气。因为欲望几乎是人的本能，想要拒绝欲望，守候向往，就像走在一条水流湍急、充满漩涡的大河里，稍不留神，或脚下的力量稍微小了一点，都会被水流给卷走，或被漩涡给吞没。我的一个学生，曾亲眼看见自己的朋友被大浪卷走，而且一切都发生在电光石火之间，他还来不及做出反应，人已经没了。那时，他们正好在开开心心地庆祝毕业，想不到极乐顷刻间就变成了极悲。但人生就是这样。人生的大浪，永远都会在你没有做好准备的时候扑来，这就是人生的残酷。所以，每个人想要远离痛苦，活得幸福安心，都必须改变自己，都要用一颗无我无执的心，面对眼前发生的一切，不管它会给你带来什么。

十九岁的我，虽然还没有深刻地体会到这个真相，却非常幸运地产生了一种不可动摇的升华的向往，这种向往，让我即便在前进的途中气喘吁吁了，很难再有力量往前了，觉得眼前一片黑暗，几乎不再相信曙光会降临了，也仍然在往前迈着步子。这时，推动我的，并不是生命的惯性，而是我不能磨灭的向往。

# 10月7日 给自己一块灵魂的自留地

　　下面的这篇日记，开始显示出了一种焦躁的情绪，这就是向往和现实产生冲突时，我心中产生的诸多情绪，比如对自己的自控能力不够而感到不满，对浪费时间而感到后悔和愧疚，为计划不合理而感到懊恼，为学习和爱情之间的冲突而感到无奈，为梦想的遥远而感到焦虑……总之，在实现梦想之前，尤其在找到最佳的训练方案之前，人是最不安、最恐慌的，因为，面对一个巨大的未知，自己几乎是赤手空拳，没有任何东西可以依靠的。如果这时，我有一位老师，他能告诉我，你该如何训练，如何学习，如何练笔，我的心就会安定很多，就能按部就班地去做，可没有。何况，我只是一个十九岁的孩子，虽然已经为人师表了，但在面对这个庞大的未知世界时，我仍然是懵懂的。而我的父母又是农民，他们连如何改变自己的命运都不知道，更不可能告诉我该怎么做。

　　实际上，父母根本不明白我为啥要改变命运，在他们眼中，能做个老师，有个安安稳稳的正式职业，能"月月有个麦儿黄"，就已经很好了，他们没有更大的奢望。很多凉州人都是这样。当然，也有一些凉州人有更大的野心，但也大多是当官之类，包括那些有着文学梦想的文学青年，也几乎没人像我这样，真正为实现梦想而付出努力。他们最多就是抽时间读书练笔，但仅仅是坚持这个习惯，也已经很难了。很多人因为久久看不见希望，也因为身边环境的熏染，都把文学梦想给丢了，甚至连小说也不看了。这时，曾经的梦想就成了一根木刺，稍微一碰，他们的心就会疼痛。他们，也成了我的警钟。

人多么可悲啊，有些人活了一辈子，也吃了不少苦，却只是活成了别人的教训，比如史书上的那些反面人物——他们若是知道自己是这样名垂青史的，还会不择手段地去"建功立业"吗？更有很多人，得到的是现世报，比如李斯，他如此努力地得到功名利禄，又如此努力地维护功名利禄，到头来，却被腰斩于市。腰斩是什么？就是将人拦腰斩断。腰斩的可怕，在于人不会立刻死去，而会半截身子躺在地上呻吟，直到失血量足以致死了，他的痛苦才会结束。所以，有些人以为自己追求的是幸福，却不知道，自己正在把自己推上绝路。

## 1982 年 10 月 7 日　星期四　晴

晨修两小时后，我开始背诵庄子的《逍遥游》。

今天，我做了一个实验，想看看自己能不能白天休息，晚上学习，可是我白天竟然睡不着觉，还白白浪费了几个小时，真不合算。

到了晚上，情况更是糟糕，我一会儿觉得没什么事干，一会儿又觉得什么事都需要去做，处于一种坐卧不安的状态，莫名其妙的烦恼也让我不知所措，又白白浪费了几个小时，真是祸不单行。

以后，我还是白天学习，晚上睡觉吧！不过，睡前的那段时间，真的要重新安排一下了，否则，许多个晚上就会像今天一样，在无聊中度过的。我打算，以后有写作激情时才写作，没有写作的兴趣时就静修，或是学习其他的东西，如历史地理等。

我这个被爱情遗忘的人，对爱情总是很淡漠，应该与世隔绝。如果不像苦行僧那样学习，我将一事无成。

真的，将一事无成。

　　这篇日记记录了我遇到的一次学习瓶颈。这种事，很正常。前些时，有些学生就老拿这事问我，他们将偶尔出现的高原期当成了天大的事，其实，大可不必的。这不，我以前也遇到过这种情况呢。

　　只要你学会反省，便是真遇到高原期了，也没啥。

　　我曾有五年时间，写不出一个想写的字。咋办？只能修心。那时节，我在写字台前，静静地坐了整整五年。每天三点起床后，我就静静地坐在那里，一边观修，一边等待灵感。后来，随着修心的进步，灵感就蜂拥而来了。再后来，我啥时想写，啥时便有灵感。

　　很早的时候，我就接触了《庄子》和《老子》。这让我看问题的眼光比一般的孩子高出很多，也使我在面对选择时，总能做出最好的决定，也总是能放下一些东西。

　　后来，我就直接读经了。于是，我亲身体验了啥叫"深入经藏，智慧如海"。老祖宗的说法，确实有它的道理。不过，那经藏，其实不只是经书，也包括承载了究竟智慧的好书。只要一本书讲出了世界的真相、生命的真相，你用心去读，便一定会受益的。

　　所以，真遇到高原期了，也可以像我一样，时时调整自己，能写了，多写些，不能写了，就静修，或是读书。到了后来，便是在最忙的时候，我也会写很多东西——在日记中记录的这段日子里，我慢慢地学会了更好地利用时间，后来，因为工作内容多了，成块的自由时间少了，我甚至养成了同时做几件事，把零散时间也充分利用起来的习惯。

　　许多时候，高原期的出现，说明你正在进步。因为，以前觉得自己很好，没有毛病，说明你的眼睛还瞎着，看不到生命中的垃圾——也就是说你没有智慧，不懂得分辨，现在有了智慧，才会觉得自己这也不好，那也不好，所以，这其实是一种进步。老是沾沾自喜、老是自满的人，其实是没有进步的，因为他不懂得自省。因此，当你发现自己的不足时，一定要高兴才是。当然，最重要的还是改正，没有改正的行为，即使自省得再深刻，也没有实质的意义。

在这篇日记中，我说自己对爱情很淡漠，这其实是一种矫情。我天性很多情，那时，别人一个不经意的眼神，一句无心的话，或是一个随便的动作，都会引起我的许多联想。但我并没有因为多情而滥情，像花花公子那样老是追逐女性，我只是把它妙用在了写作上，因此，我的文字充满了情感，过去常有女性读者误会了我的形象，以为我是一个文静的书生，结果一看，发现我是一个留着大胡子的西部汉子，于是大吃一惊。

其实，很多花花公子的文学天分都很高，因为他们充满了想象力，既多情又浪漫。如果他们能把天赋和激情用于写作，也许就会写出很多好文章。可惜，他们把天分都用来谈恋爱了，而且见一个爱一个，于是，他们的一生很快就混掉了，一事无成。要是我也像他们，放纵自己在情感上乱来，我就不一定能写出那么多文章了，因为，人的生命很有限，能量也很有限，做了这个，就定然做不了那个。

所以，我和很多人的区别，其实不在于天分，而在于对待事物的态度和选择。你想，大家都混，我却不混，我怎么会不成功？同样，如果别人也像我这样，将所有生命都用来做一件事，而不是混日子、欺骗自己，他们怎么会不成功？

我还有一个秘密，就是日记中提到的与世隔绝，在十八岁后的任何一个生命时段里，我都尽量地与世隔绝，有时是几年，有时是几个月，有时是几天。这会让我时时能退出现实生活，观照我自己。按我的朋友纪天材的说法，就是"留下一块灵魂的自留地"。这能让自己尽量地保持警觉和清醒，不被滚滚红尘卷了去。

许多孩子一开始都很纯洁，后来在充斥了各种价值观的人群里迷失了自己，被社会的声音给改变了、迷惑了，就是因为他们没有给灵魂留下一个独立的空间，不懂得在该退出的时候退出，让自己及时地清醒。很多时候，在价值观混乱的人群中保持清醒，需要很强的自主性，没有形成这种自主性的孩子，是很容易迷失的。尤其是那些没有自信的孩子，他们一旦丢了自己，想要找回来，就要花上一段很长的时间。很多孩子如果没有一个灵魂的掌舵人，就会被社会所改变，最后永远地丢掉自己，永远都找不回自己灵魂的追求。所以，最好的方法就是保持警觉和清醒，不要丢掉自己，哪怕你必须待在人群中，也要给自己留下一些独处的时间。

# 10月12日　结拜兄弟今何在

在前面的日记中，我谈到过一位沈老师，也说过我们曾经拜过把子。下面的日记里，再次谈到了这位沈老师，也谈到了我们结义时许下的诺言。从这段诺言中，你可以看出，我们最初都是有抱负的，但四十年后，他们都变了。可见，环境对人的影响是巨大的，如果不修心的话，我很可能也会像他们那样，放弃当时看来遥不可及的梦想。所以，能在十七八岁时开始修心，也是我实现成长的一个重要原因。

当然，并不是只有修心才能让人成长的，任何一种高于人类的信仰，都能让信仰者成长。因为，虔诚的信仰，会为信仰者提供一个正面的小环境，屏蔽一些负面信息，也会让信仰者始终有个学习和参照的对象，这样，信仰者就可以时时自省、时时自律、时时自强。所以，有真信仰的人，一般都不会太差。

先看下面的日记。

## 1982 年 10 月 12 日　星期二　晴

今日沈兄到此，使我想到卧龙湖结义之场面。那誓言我至今记在心头：

"苍天为证，我四人在此乌云密布之时结为生死之交，立志献身文学，不为权贵折腰，虽居卧龙之地而胸怀天下大业。"

言实为诚。

　　除了沈老师，我当年的结拜兄弟还有两人，他们分别是董老师和陈开桔。陈开桔是我的堂兄，也是我在南安中学的同事；沈老师和董老师都在永昌，其中沈老师在永昌职中，董老师在永昌中学。在我十八九岁那时，我们四人的关系特别好，时不时就会相聚，后来，我们还效仿"桃园三结义"举行过结拜仪式，立誓结为生死之交，发愿胸怀天下、献身文学，且不为权贵折腰。概括说来，就是立志成为国家栋梁，将来为国家做出杰出贡献。可后来，除了我离开教育系统，如愿成为作家之外，另外三人，都留在了教育系统里面，成了自己那个小环境里的成功人士。

　　其中，董老师是我家乡的乡镇辅导站站长，管着一个学区；沈老师是学区辅导站的工作人员；开桔成了我家乡的乡镇学区工会主席，但前面也说过，他没到退休年纪就回了家，估计是位置叫人给顶了。要是我当年没有离开教育系统，继续当老师的话，后来，他们刚好就是管我的人，而我也肯定是最让他们伤脑筋、最常挨批的那类人，因为我的个性太鲜明，毛病又多，又不爱守规矩——那时节，我对自己的评价当然不是这样，否则我就会收敛一些，可当时我并不知道这些，等到我知道的时候，已经是很久之后了。

　　跟那三位老师结拜之后，大约有十年，我们一直走得很近，真的有一种亲如兄弟的味道。后来，因为多种原因，我们渐渐疏远了。现在，唯一跟我有联系的，就是堂兄陈开桔，亦新结婚时，他自己虽然没来，但他妻子来了。至于董大哥和沈大哥，前者，我打通了电话，对方语气却很不友好，后来也没来吃席；后者，我很想见见他，却找不到他的联系方式，请东客时问过董大哥，董大哥只是冷笑一声，说了句"早就不联系了"。

董大哥和沈大哥之间发生了啥事，我一直不知道，但我跟董大哥之间，其实并没有发生过什么大事，他大概只是不好意思见我。因为，《大漠祭》初稿（原名《老顺一家》，上百万字，后来寄给出版社，考虑到出版需要，就分成了三本，也就是后来的《大漠祭》《猎原》《白虎关》）完成后，我曾开过图书公司，鲁新云就是在那个时候当的老板。那间图书公司虽然没开多久，对我们却影响巨大，因为，它让我们阅尽了人间百态。

那时，武威的教育系统多在我们店里进书，几乎每个乡镇都有我们的客户，但也因为这个原因，几乎每个乡镇都有人因为欠我们书款，跟我们绝交，其中有朋友，有学生，有熟人，有亲戚，甚至还有我过去的老师。欠款数额也不等，从几百元到几万元都有。那段时间，因为这事，我心里非常难受，但让我难受的不是那些钱，而是情谊的脆弱。你想，原来关系挺好的一些人，为了几千元、几万元，甚至只是几百元，就能从此再也不跟你见面，这是多么让人寒心的事？所以，我常会觉得金钱很可恶，在它的诱惑下，很多曾经很好的人，都变质了。但我也知道，可恶的并不是金钱，而是人对金钱的欲望，如果没有欲望，只有善心，金钱就能成就很多好事。可惜，这世上的善心，往往比欲望脆弱。所以，后来我们开香巴书轩淘宝店时，就定了一条规矩：不赊账，必须先打款才能发书。不过，后来发生了一些跟钱有关的事，有些人还是因此变质了。没有变质的，只有那些把信仰看得高于金钱的人。于是，金钱就成了信仰的试金石。

再说那董大哥，其实，要是他能问问我，我就会告诉他，我根本不在乎他欠我的那点钱，在我眼里，我们的友谊，比那笔钱重要得多。至今，我仍然怀念和感恩他在许多年前对我的善意关怀，只可惜，无论是他，还是其他欠我书款的人，都没有因为我的邀请而释怀，亦新的婚礼，他们都没来参加，真是很令人遗憾。其实，他们真的不用这样的，早在很多年前，我捐书的款项，就已经超过那欠款几十倍了，我从来没有问谁要过那笔钱，甚至没向对方提过任何要求。只是，我心里对情谊的这份重视，却很难传递给那些欠我钱的人。这也是没办法的事，对很多人来说，钱都比情谊重要得多。很多人并不会像我这样，觉得不值得为一点钱失去朋友。

很多年前的某次，我在武威的书店里碰见过他，本想打招呼，他却黑着脸避开了——其他的一些欠款者也是这样，我回家乡时，偶尔也会在街道上碰到他们，只是，一见我，他们就像董大哥那样，远远地避开了——在他心中，我也许还记挂着那钱，想要跟他见面，也是为了追讨那钱，但事实上，我从来没有向他或其他人追讨欠款的想法，在我心中，有些东西比那欠款更加重要。

在《读者》杂志上，我看到过一则故事，那故事的主角，跟我有着相同的想法，他在遭遇这类事后，就一把火烧掉了朋友们的欠条。其实，看到这个故事之前，我也有过这想法，但我终究还是留下了那些欠条。它们对我来说，已经不是欠条了，而是那些朋友的墨迹，那些朋友从我的生命中消失后，剩下的只有这点点痕迹，若是烧掉它们，就连这点痕迹也没有了。我不知道对方有没有怀念过当初的情谊，有没有过想要跟我和好，却又放不下金钱的那份挣扎。但我在心里，还是保留了一份对他们的想念。毕竟，他们在我的生命中出现过，给过我很多温暖的回忆，本质上说，他们也是我生命的一部分。所以，我感恩所有出现在我生命中的人和事，不管是好是坏，对我来说，都是一份温暖。

不过，我跟沈大哥之间没发生过这类故事，虽然他也进过我们店里的书，但他没有欠款。在我心中，他一直是位热情讲义气的好人。

我的日记里，也记录了他当年对我的鼓励。那时节，在他和几位大哥的眼里，"开红小弟"定然会成为优秀的人才，尤其是沈大哥，对这一点毫不怀疑，至少在我们相交的那十年里是这样，所以，那时每次见面，他都会鼓励我。有时，我正好有些沮丧，觉得前途渺茫，正是他的鼓励，让我再一次鼓起了前进的勇气。至今，想起他，想起那段往事，我都会觉得非常温暖。

在这里，我记下沈大哥的名字吧，作为我们友情的一种见证。

沈大哥叫沈天雄。

当然，虽然怀念他们，但对于他们的远离，我已经不再执着。只是，每当想起过去的他们，想起他们曾经的豪情壮志，我还是会忍不住唏嘘：他们曾是多好的大哥啊！

比如董大哥，他虽然因为一点欠款远离了我，却并不是一个不可取的人。二三十年前，他也热爱艺术，还苦练过书法，他只是因为没有信仰，被欲望化的环境异化了，做人上才会出现问题。可见，单纯的艺术救不了人心，救赎人心必须靠信仰的力量。所谓的信仰，首先要有信，要相信一种无我的伟大存在；然后是仰，不但用心灵去仰视它、向往它，还要用行为去效仿它，不能空谈。有了信仰，人就能守住自己，不会执着于一时的得失，这样，就不会迷掉，做人也会跟没有信仰的人不一样。

说句实话，我十九岁那时，三位大哥都比我优秀，我跟他们的区别，正是信仰赋予我的定力。否则，我肯定也会像他们那样，中途更换了梦想，开始向往一些实惠的东西。

在这个层面，他们其实也实现了梦想，因为他们的生活都过得很滋润。那时，在乡下的学区，哪怕只是当个普通的工作人员，也是很有好处的。因为，要是有机会到学区管辖内的学校去考察，就能享受很好的招待，比如吃到很多好吃的。以前，辅导站工作人员下乡时，顿顿土鸡肉是少不了的。那时节，乡下的生活还不富裕，能吃肉，就是很好的享受了。所以，调进教委之后，我每到一个学校视察，都会有十多人成群结队地跟着。最初，我不了解情况，还以为他们是热心工作，后来才发现不是这样。那时每次会餐，学校都会杀七八只土鸡招待我们，十几天后，我们完成视察回到教委时，已经有上百只鸡丢了性命。后来，再去乡下视察，我就坚决不让学校里杀鸡招待我们了，于是，跟我一起下乡的人就非常生气，都黑着脸。这时，我才知道他们是专门来吃鸡肉的。

这还是一般的工作人员，要是当了学区辅导站站长，就更厉害了，我十八岁后的工作，就是那时的辅导站站长决定的。他因为不喜欢我，所以随意地惩罚我、调走我，甚至不让我考大学，我的大学梦，当时就是被他扼杀的。但现在想来，他其实是早年我生命中另一种意义上的贵人，是我的逆行菩萨，也是上帝派来抽我的鞭子。最早，正是因为他，我才一直没有忘记现实的严酷，我始终能勇猛精进地追求梦想，也是因为他。我想，要是他看好我，只要让我当一个学校的教导主任，我这辈子就完了，因为我不可能再实现梦想了。所以，虽然我毛病很多，不讨人喜欢，以至于年轻时得不到重用，但对我的一生来说，这反倒是一种幸运。

当然，不管怎么样，发现了自己的毛病，就要改正。年轻时，之所以有些毛病我没有改正，一直让领导觉得不舒服，并不是我不想改，而是我不知道那是应该改正的毛病，我只把它当成了我的个性。后来，我的想法才变了，才明白一些小情绪是不该执着的。毕竟，无论遇到什么事，都跟我的心有关系，很多事情，都是我当时的心态造成的。而且，好也罢，坏也罢，都会很快过去。一切都会很快过去。所以，对很多人、很多事，现在我只会珍惜，不会轻易放弃；而有人一旦要离开，我也绝对不会纠缠不清。因为我知道，不管我多么珍惜、多么不想放手，归入黄土时，也不得不放手。在任何事情上，我都只能随缘、坦然，守住那份明明朗朗的安详，此外，我能做到的事情非常有限。很多人不相信，或不愿接受这一点，总是极力地想要改变一些东西，可到头来，他们却失去了更多的东西，人生的故事变得混乱不堪，很多本想珍惜的人和事，也反而因此离得更远了。所以我总说，人是握不住流水的，只有把手摊开，放进流水之中，它才不会离开你。

你看，世界多美啊，清风很美，孩子的笑声很美，小鸟的鸣叫很美，行人的脚步声很美，天上的云彩也很美，一切都很美。最美的是什么呢？是你还活着，还能感受到这一切的美好。当然，如果你不但活着，而且有信仰，就更好了，因为，这样，你就会把这份美好牢牢地印在生命里。你会感到幸福，感到生命里充满了阳光，感到自己充满了力量。力量和幸福一样，永远都是自己的东西，跟别人没关系，跟环境也没关系，只跟内心的明白和安详有关系。所以，假如有一天，你觉得自己失去了力量，不再感到幸福了，就要反省自己，从自己身上寻找原因，不要去责怪环境，因为，决定你的内心世界的，只有你自己。

当年，我有很多毛病，心里也曾经感到很不快乐，但我跟很多不快乐的同龄人不一样，我从不怨天尤人，而是总想改变自己，总想让自己拥有智慧、变得更好。我永远在期待着自己的改变，也永远不觉得自己会一成不变，我相信，只要守住内心的戒律，时时自省，我就一定会变得越来越好。这种积极的态度，也是我的一个很重要的特点。如果没有这份积极，我是很难坚持下去的，因为我会不断地看到困难，也会很难相信自己能克服困难，很难相信一切都会好起来。所以，人一定要有积极的心态，永远要明白一切都会过去，永远活在当下、享受当下，永远不要执着眼前的一切，永远不要执着过去犯下的错误，也永远不要执着未来有可能发生的事情，不要执着外界对你的态度，甚至不要执着你能不能改变自己、超越自己。你只需要守住自己的戒律，尊重别人的戒律，在戒律面前保持一种敬畏——但也不要被戒律给吓坏，要知道，戒律是一种生活尺度，也是一种向上的智慧，它不是枷锁，更不是恐吓你的道具，它的目的是帮助你活得更好——同时，一直按老师的教导训练自己。只要有信心，只要有真的向往，只要肯实践，你就一定能进步。不要觉得进步有多难，我总说，一念迷，一念觉，意思是，改变只是一个念头的事情，念头变了，人也就变了。当然，念头的变化，有时只是暂时的，因为念头和情绪总是在变。这会儿，你变得光明了，清凉了，下一刻，你可能又会掉进黑暗里，热恼不堪。所以，要用持久的仪式去稳固正面的变化，让它慢慢变成你的本质。

我之所以能改变自己，就是因为我很珍惜自己修出的清凉。对我来说，它是这个善变的世界里唯一的永恒，没有任何事比它更重要，因为，一切都会过去，唯一能留下的，只有这份清凉。所以，你也可以试试看，如果能品尝到那份清凉，就好好地守住它，不要像丢掉玩具那样丢掉它。

当然，实修之中，你会遇到很多考验，有时，小困难、小挫折会接连不断地发生，但即便如此，你也不要放弃，毕竟世界一直在变化，没有什么是过不去的。只要对真理有信心，对信仰有信心，就没有任何人能动摇你，让你放弃自己的梦想和使命。但你还有一个敌人，那就是你自己，如果你不再相信、不再向往了，那么过去不管建起了多么宏伟的大厦，也会在顷刻间崩塌，就像从来没有建起过一样。所以，不要轻易对自己妥协，要直面自己的毛病和不足，要深入挖掘自己内心深处的阴暗，用光明去照耀它。当你内心有丽日高悬时，所有的阴湿和霉变都会消失无迹。哪怕乌云暂时挡住了阳光，也不要怕，摔倒的人，只要能爬起来，就依旧是一条好汉。真正的信仰者，一定是百折不挠的，因为他无法忘记，更无法放弃心中那炽热的追求。

# 10月23日　生命中的美好

好几天的日记里都没有出现鲁新云，我现在已经不记得是为啥了，但我们一直都有见面。从下面的日记里，你还会发现，我们的关系已经很亲昵了，至少鲁新云对我的态度已经很亲昵了。这说明，我们之间那种心照不宣的东西，不仅我知道，她也知道，只是我们都没有捅破而已。这时，我仍然没有放下内心的纠结，但显然，我是享受这种淡淡的温馨的。

鲁新云年轻时是个特别可爱的女孩子，甚至可以说是那时的校花，但我的日记里一直没有出现别的男生追求她的记录，可见，当时我虽然喜欢她，却还没有把她当成我的女朋友，所以并没有感受到占有欲对人的折磨。这时，是相爱中最美好的阶段，因为彼此之间只有互相吸引，互相关注，没有互相伤害。但要说到伤害，其实也有，那就是纠结对我和她的伤害。在后面的日记中，你会看到她在态度上的一些变化，这说明她的心思也在变化着。其实，这也难怪，喜欢老师的女学生虽然很多，但面对这种特殊关系，面对将来的舆论压力，女性需要比男性拥有更大的勇气。

说起来很有意思，鲁新云当时是初中生，亲戚给我介绍的相亲对象中，也有初中生，但人们不会觉得后者跟我谈恋爱有啥不妥，我跟鲁新云传出绯闻时，人们却一致反对。这其实不只是因为鲁新云学习不好，将来很可能是农民，更多的还是因为一种偏见——当然，我不是鼓励师生谈恋爱，只是在探讨一个现象：在很多事情上，人们都容易被偏见干扰，产生一种混乱的态度，但这也是正常的。

## 1982 年 10 月 23 日　星期六　晴

今日我劳动回来时，她原在前，我在后，她先看到别人，紧接着向他后面看，自然看到了我。看到我时，她先是一怔，紧接着红着脸笑了。

我吃饭时喜欢菜是煮得烂烂的。辣子不要太多，我不吃辣。

"哼，几个辣子也不敢吃。"她白了我一眼，像新婚的妻子数落丈夫似的。

我笑了笑。


这篇日记中写到的，是一次劳动回来后发生的故事和细节。那时节，学校里经常劳动，不但学生们劳动，老师们也一起劳动，劳动的过程中以及劳动完之后，常会发生一些令我感到非常温馨，至今记忆犹新的小细节，后来，我写《大漠祭》的时候，就把它们嫁接到了灵官和莹儿身上。所以，灵官和莹儿之间的很多感觉，其实是我当年恋爱时的感觉。

比如，《大漠祭》中写到了一个叫西湖坡的地方，灵官和莹儿第一次捅破彼此之间的那层纸，变得暧昧起来，就是从西湖坡上的第一次独处开始的。《大漠祭》中关于那件事的叙述，充满了一种幸福和禁忌交杂的眩晕感，虽然有个毛旦在旁边捣蛋，他还用死娃娃来吓莹儿，却仍然没有破坏那种甜蜜的氛围。这种感觉，就源于我的亲身经历。因此，虽然我曾经为是否接受爱情而纠结过，但爱情在我的生命中，其实是一个非常重要的内容，如果没有经历过那样的一场爱情，我定然是写不出好小说的——你想，如果没有经历过刻骨的暧昧和心动，怎么会明白什么是"整个宇宙都在等待一个信号的发出"？所以，想要写出饱满的小说，就必须有相应的经历，尤其是情感的经历。当然，我说的情感，不一定是男女之情，也包括朋友之情、师生之情、患难之情等等。这种种诗意的情感体验，都在完整着一个作家对人生的感受。

生命中发生的一切诗意的经历，我都会记住，有时，它们印在我的记忆深处，有时，我会用录音或文字记录它们。但真正滋养我的，其实不是语音或文字，而是记忆中那浓得化不开的美好，以及这份美好生发出的很多感悟。这些体验不仅仅在触动着我，也在改变着我。我的生命中有过的很多升华，就源于生活中得到的一些感动和感悟。作家的创作，本质上也是这样。故事可以千千万万，因为想象可以千千万万，但内在的核心，却仍然是生活留给你的那些东西。当然，其中除了美好、幸福、甜蜜，也包括纠结和创痛等等，它们都是生活赐予你的诗意，也都是艺术的源头。当你用文字、旋律、画面等方式来呈现它们时，艺术就出现了。

生活中永远都不缺美，也不会失去美，即使在最孤苦的境地，在最残酷的经历中，一个敏感的有向往的人，也还是会感受到生活的诗意。有时，这种诗意源于外界的帮助；有时，这种诗意源于内心的向往——如果你不知道贝多芬患有严重的耳疾，怎么能想到，一个几乎听不见声音的人，能创作出《命运交响曲》这么有力量的乐章？所以，诗意是内心的力量，不管有没有外界的施与，它都会存在。在一颗诗意的心中，不管是一阵拂过树叶的微风，一抹跳跃在水面上的波光，还是心爱女子眼中关爱的情愫，饥饿时别人递来的温热的馒头，失意时得到的一句真心的鼓励，平淡清苦的生活中的相携而行等，都可能是感动你一生的美好。所以，在敏感的、情感丰富的人心里，生活中充满了美，也充满了艺术的种子。

我就是这样，看过《一个人的西部》的朋友，都知道我的情感有多么丰富——在那部书中，我感激了很多人，也写出了很多保存在记忆深处的细节。有意思的是，有些我在书中花了大篇幅感激过的人，自己并不觉得有帮过我什么忙。

每一个有梦想的青年，都需要遇到他们的伯乐和贵人，而这个时代，愿意无功利地帮助别人、成就别人的人，也许不会太多了。如果我们不树立一些榜样，让一些有志向的青年有个学习的对象，将来，这样的人就会越来越少。

我最大的遗憾，是没能在雷达老师健在时好好采访他。要是采访到足够的资料，我就会为他写一本传记。有些事，只要你做了，就肯定会有一些人获益；如果你没做，就肯定没有意义。那意义，就是做的行为本身。正是抱着这样的想法，我才会写出这么多书。虽然我时而也会发出感叹，觉得写这么多书不知道有没有意义，不知道有多少人会用心去看，但我时不时就会发现，有些读者真的需要我的书，也真的因为读了我的书，改善了生活和命运——因为他们改变了自己，所以，有些行为还是有意义的。

雷达老师真的应该要有人为他写一本传记的，这个世界真的需要"雷达精神"。

我永远记得，《大漠祭》出版时，我只是一个崭露头角的青年作家，没有背景，也没有团队，没有任何运作的资金，如果不是雷达老师全无功利、不遗余力的推荐，我就有可能被埋没。我这样的青年作家，全国还有很多很多，他们都需要雷达老师这样的贵人，可世上却再无雷达。每当这么一想，我的世界就灰了。

所以，如果不做一些有意义的事，活着是很没意思的。因为，你不管咋享受，也很快就过去了。车子、地位、金钱、业绩，甚至作品，也会很快过去。当然，对很多人来说，赚钱买房是最重要的，也是最大的生存压力。据说，疫情还没过去，房价已经上涨了，现在的年轻人，买上房子的可能性越来越小，只能租房。但越是这样的生活，就越是需要寻找活着的意义，如果找不到这个意义，人就会更加压抑痛苦，因为不知道自己为啥要忍受这些。很多人真正的压力，并不是来自生存，而是来自欲望，也就是想过更好的生活而不可得，于是就形成了压力。

当然，条件好些确实能过得更舒服，也更方便，比如，我的房子如果大一些，我就能收藏更多的书，但不管我收藏多少书，最后也还是留给世界的。除了智慧和行为所产生的功德，我什么都带不走。那么，我为啥不在活着时，做些有意义的事，让活着更有意思呢？

要说我跟别人有啥不同，这种想法，或许也是其中之一。不过，它除了跟天性有关之外，也有修心的原因。很多最初只想自我解脱的人，因为修心慢慢扩大了心量，最后就迷上了利益世界，觉得利益世界才最有意义。这就是修心的力量。

修心带给我的，除了前面说过的那些之外，还有一种对美好的感知力。我的天性和家庭教育告诉我，受人滴水之恩当涌泉相报，所以，我从小就是一个特别习惯于感恩的人。别人对我好，我心里就会觉得非常温暖，总会想尽办法地回报别人，如果实在找不到回报的方法，我就会在文章里写他。这是我记忆中的一点美好，它不但温暖了过去的我，也温暖了每一个想起它时的我。

每次感到温暖的时候，我就会告诉自己，要多给别人一点鼓励，因为在我需要鼓励的时候，也曾有人这样鼓励过我，正是他的鼓励，让我多了一点前进的力量。所以，美好和温暖虽然只是一种情绪、一点念头，但它们对生命的影响，有时却是一生的。也正是这种美好和温暖的感觉，以及心中的那份情谊，让我在虚幻无常的世界里，感觉到了一种真实。我想，我定然不是唯一有这种感觉的人，定然有很多人像我一样，每次感觉到美好和温暖，内心都会生起向往，想把同样的美好和温暖带给别人。所以，美好和温暖，也是有力量的。

而作家的先天优势，就是能用自己的笔，将很快就会消失的美好留下来，传递给别人，让别人也感受到自己所感受到的温暖。那么，美好和温暖的"寿命"，也就无形中延长了。

当然，作家的特点不仅仅是传递美好，也是感知美好，因为作家往往很敏感，对生活有很强的感知力。如果一个作家失去了对生活的感知，他的写作生命也就结束了。至今，我还没有这种感觉，我眼前的世界一直都是鲜活的，我总能感受到生活中点点滴滴的美好，也总能感受到人们对美好的追求。拥有这种感知，无疑是幸福的，而且，得益于它，我总是不断地发现新素材。因此，我总有写不完的书，也总有说不完的话——倒不是我不说不快，而是有人需要这些话。就像解读这些日记，其实也不是我自己需要怀旧，而是有人需要从我的变化中汲取营养。不过，在解读这些日记的时候，我自己也很开心，因为很多本来已经遗忘的美好，又一次在我的心中醒来了。所以，人们总说"予人玫瑰，手有余香"，这是有道理的。

# 10 月 24 日　80 年代的武术热

下面的日记第一次谈到了我的静修，甚至还谈到了观想的方法，但没有详细说，只是简单地提及。日记中谈到的这个方法，修的主要是身体，但如果能进入状态，达到极致的宁静和专注，当然也可以开启智慧。

这篇日记里，我再次谈到了计划的不能如期实施，表示了懊恼，但只是一带而过，很快，我就开始纠结到底是着力习武，还是着力习文的问题。不过，这时的纠结，并没有让我放弃武术，我直到三十岁，才停止了习武，专注于静修和写作。写日记的这时，我对武术还是很痴迷的，仍会每周到武术师父贺万义那里学拳。当然，这跟当时的大环境也有关系。

我们先来看下面的日记。


## 1982 年 10 月 24 日　星期日　多云

早上还是静修，主要是意守下丹田，观火中有莲花，随了呼吸一开一合，配合六字真言。

昨天今天两天没有学习，昨日上半天劳动，今日星期日看电影，没有按计划进行，极不应该。

我擅长腿法，拳则是我的薄弱环节，以后要练，可是我更应该刻苦学文啊，我将来的出路前途在于文而不在于武。

20世纪80年代初，全国兴起武术热和气功热，凉州也不例外。十年特殊时期，武术曾一度沉寂。因为武术与僧道结合紧密，"破四旧"时是重点打击对象。那时，少林寺里有许多身怀绝技的僧人都被遣送回家，被迫还俗了。那段时间，人们都生活在压抑当中。改革开放的春风吹来之后，整个社会环境都变得宽松了，人们也解决了温饱问题，这为武术的发展提供了良好的外部环境。再加上武术本身的魅力，于是，很多人开始习武，武术便呈现出一派欣欣向荣的景象。

80年代，大量影视作品中都包含了武术的内容，更是让人们向往一种武功盖世的状态或者侠义精神。那时，也出现了不少武术学校，报名的孩子很多。有的孩子是为了锻炼身体，有的希望有朝一日能成为功夫明星，哪怕是替身演员也好。但后来，随着经济的蓬勃发展，人们又将重心转移到了经济上，武校热也便渐渐消退了。

凉州自古就是一个军事重镇，兵事频繁。少数民族，如月氏、匈奴、鲜卑、吐蕃、党项等先后在河西地区繁衍生息，他们擅长跑马、射箭、摔跤、使棒。汉武帝后来又带来了中原的武功。在不断的战事、争斗、生活的融合中，武艺在凉州民间也广泛传播起来，不少人会拳术、刀剑等功夫。凉州也形成了以八门拳为主体的武术体系。

由于凉州武术有这样的发展脉络，因此，凉州的一些武术师父是有兵家背景的。前面说过，我的师父贺万义是苏效武的徒弟，而苏效武是马步青骑五军的十大武术教官之一。马步青是国民革命军骑兵第五军军长、第四十集团军副总司令，所以，苏效武在当地很有名。他精通少林拳和八门拳，作为他的亲家的贺万义基本学到了他所有功夫。

前面还说过，贺爷收徒，从不看钱，宁可靠孵小鸡度日，清贫地活着，也不将功夫随便传人。贺爷重情义、重人品，收徒最看重的也是武德。他认为，学武的人，一定要有武德，否则，学了本事，如果心坏了的话，就会惹事，毁了门风，他担不起。所以，他择徒甚严。这是他的一种做人姿态。

跟贺爷学拳那时，我首先学的是关拳。这是一套很好的拳种，几乎囊括了中华武林的所有架势，一招一式，要求都非常严格。按凉州拳师们的说法，学好关拳，你就能学好其他拳。那时节，除了关拳，我学的武术中还有其他，比如达摩易筋经。因为对身体很有益处，后来，我又教给了鲁新云。

陈亦新后来也学功夫。他跟的是窦爷。窦爷是贺爷的徒弟，算是与我同门。但我们没有同时学，后来才知道是同门。陈亦新专门跟他学了关拳、燕青刀、提袍剑、六合条子。

在凉州时，我还结识了一个有趣的拳师，他叫白和平，人称白爷，也是苏效武的徒弟。陈亦新结婚的时候，我邀请了他作为东客，和窦爷一起。

白和平在凉州的拳师中，算是个异类。他的故事可以多说些。

白爷的"异"，一是性情柔和，不露锋芒，不事喧嚣，不飞扬跋扈。因吃多了麝香，一嘴的利齿被"烧"光，他的口唇便内收了，看上去，就是一副慈祥老太太的模样。老伴常常训他，他也总是一脸恭敬，双腿直立，猫腰拱手，口中诺诺，那样子比虔诚的信徒见了祖师还要悚栗万分。而且，他常常夸他老婆。在习惯了用老拳教训女人的凉州男人中，他真是个异类了。

一身好功夫的白爷，不仅在内柔，在外面也是柔的。从没听过他打谁，或是跟谁走过拳比过武。他老说，我当然不打人了，我只打自己。确实，他真是经常打自己。后来演戏，在演母子时，他双掌互击，啪啪直响。

其实，他的柔，就是他的武德。

白爷的"异"还表现在口无遮拦、心无城府上。心里怎么想，就言如飞瀑。你是看不出他有什么心机的。就算偶尔使个小心机，也如小儿游戏，你很容易就能识破。我很欣赏他的率真。因为这样的个性，他朋友很多。

白爷待人很厚道。那时，他家老是会来一个画家。那画家很潦倒，画总是卖不出去，但白爷对他敬若神明，总是向人推荐他的作品。白爷想靠自己的热情来挽救艺术的没落。对于画家的落魄，他常常有种愤愤不平的情绪。为了解决画家的困难，他花了几千元积蓄来买画，还动员他的子女收了那画家很多画。白爷和他老伴都没有工作，却能有这样的善举，实在叫人敬佩。

初遇白和平，是在三十多年前。一脸慈祥的他，打起拳来，却是虎虎生风，目射精光，面露霸气，身姿矫健，捷如猿猴。而且，他的姿势很好看，拳势很有音乐感。他常谈起他幼年学拳的故事。因为那时家贫，为了供养师父苏效武等，他便同伙伴去脱土坯，每挣得一点钱，便买些食物，孝敬师父。

虽有话说穷文富武，但凉州武师大多清贫度日，他们拥有武术珍宝，却不知如何将其"销"往世界。便是教授徒弟，凉州的武术师父也大多不会收费。在广场里，不乏免费授徒数十年的人。白和平也是如此。他虽然生活清贫，但从不向徒弟叫穷，从不以是否孝敬钱物作为授拳的先决条件。他最初以拉板车为生，后来搬运社倒闭了，他就失业了。特殊时期，他卖布票等物，比同行的手头还是松活些。于是，每每有了一点钱，他就会买酒肉请同行们吃。后来，他又干脆卖起了腊肉。他卤的肉，味道极好。

有意思的是，他在五十岁时，又学了秦腔。俗话说"人过三十不学艺"，何况秦腔那么难的艺类。当时，白和平省吃俭用买了秦腔的碟子，为了学秦腔，就像坐月子的婆娘一样，不事交游了。整日里，他闭门缩首，听着音，哼着调，干鼓锣镲的，反复操练，十余年功夫后，竟从著名武师摇身一变成了梨园行家，常有人请他上场助威。有一次，我在北关见到他的表演，只见他一人操作多种乐器，十分酣畅自如。我想见识他的唱功，就给他挂红一匹，点名听他的秦腔。没想到，他那老太婆似的口中，竟也吼出了阳刚气十足的乱弹来。

生计问题解决之后，白和平又重拾拳法。但此时的他，练武为的就是传承了。他跟随过诸多名师，学得数十种拳法器械，一生视如珍宝。可惜能跟着他坚持练习的人太少，有传承武学意识的人更是寥寥无几。每想到此，他就慨叹不已。我真的理解他。凉州文化中，有好些绝活都面临着被历史淹没的危险。凉州贤孝、凉州武术，等等，无一不是如此。白和平之忧，何尝不是时代之忧呢？

# 10月25日　心随着她起起伏伏

下面的日记，可能会叫很多朋友感到惊讶，因为，也许很少有人能想到，我年轻时也有过这样的故事，也叫一个女子这样牵动过心。但你要知道，那时的我，还没有破除对爱情的执着，心还不属于自己呢。所以，我在恋爱的时候，除了比一般的男性更自律，不会随着欲望乱来之外，其实跟其他的男孩子是一样的，也会嫉妒，也会猜疑，也会期待，也会相思……也正是因为有过这样的经历，我在《大漠祭》中，才能把那么多爱情故事给写活。

当然，有些故事是我没经历过，完全靠观察、采访和想象创作出来的。毕竟，不管有着怎样的外壳，内在的情感都是相通的——触机不一样，但恐惧是一样的；对象不一样，但欲望是一样的；内容不一样，但焦虑是一样的；原因不一样，但孤独是一样的……依此类推，只要有过相应的情感体验，就可以创造出各种各样的人物和故事。

不过，在此之前，要让自己静下来，只有真正地静下来，进入那个跟大自然相融合一的境界，你才能自如地调用生命深处的经验，就像说你自己的故事一样，叙述一个从未发生过的真实故事。相反，如果你的心不够静，只是靠理性去编造故事和人物，你笔下的世界就不会有感染力，因为它不够真实。这也是我在完成人格修炼之后，才能写出《大漠祭》的原因。

生活中的一切，无论是创作、工作，还是待人处事，想要做到极致，都需要人格和智慧的支撑。

## 1982 年 10 月 25 日　星期一　阴

晨修时，小腹有热感。

今日我又见她时，她竟是那样冷漠，对我不理不睬，一反往日对我脉脉含情的神态，不知怎么的我心中竟有一种莫名其妙的痛苦感，原来她在我心中竟有一定的地位。过了一段时间，不知是我谈笑自如的神态影响了她，还是我大方优雅的谈吐吸引了她，反正她仍显得那样纯真可爱，天真地笑着，有时还不解地望着我，始终给我的是甜甜的微笑。

我正脱帽子——我理了个光头，不小心被她看到了，她笑着望了我一眼，远了，仍然笑着给我做了个鬼脸。

以后我的武术应该放到周二、周四、周六中午，否则我的时间会不够用的，星期日要为我的练武抽出一定的时间。

我对人的观察特别敏锐，也许是天生的，也许是后天修炼的。不看这日记，我根本想不起来，当年对一个女孩子的观察竟如此细致入微。她什么时候含情脉脉了，什么时候冷若冰霜了，什么时候在乎我了，什么时候又漫不经心了，她的一举一动、一颦一笑、一点点细微的变化，都逃不过我的眼睛。现在想来，真是苦了当年的那个小伙子。那时，他虽然也每日静修，但他的心总是由不得自己，总是随着那个女子在起起伏伏着。如今想来，爱情真是很好的调心道具。只是，当时我真的没想到，那个不怎么说话的大眼睛女生，居然会影响我好几年。

　　但由于每天有一定时间的静修，出离的种子还是在我心中埋下了。我剃光头，除了受《少林寺》的影响，也是因为心底有一种想要做出尘人的意向。只是后来，我还是没能抵挡爱情对我的诱惑。但尽管这样，尽管因为陷入了对鲁新云的喜爱，影响了自己的心绪，我仍然始终保存了一份清醒。我知道爱情不过是短暂的情绪，我很明白，我此生命定的坚守，不是爱情，而是信仰。有的人可以把爱情当作信仰，但我绝不可能。我的信仰只可能是精神上的追求，是梦想的实现。

　　在最终的挣扎中，我失败了，我败给了内心对爱情的渴望，选择了跟她恋爱。在跟她的恋爱之中，我还发现她不仅美丽可爱、善良可人，更有一种闪光的品格——她是无我的，在爱情中，她可以奉献一切，甚至看不出一点妥协的味道。后来，信仰让我放下了自己，也放下了爱情对内心的干扰，我越来越明白，生命是短暂的，梦想就在前方召唤我，我必须将生命中几乎所有时间都交给静修和写作，但我放不下对她的愧疚。我知道，她对我的感情很深，如果我跟她分手，她就会非常痛苦，我实在不忍心。于是，我在强烈的挣扎之后，还是选择了婚姻。但婚后，梦想的召唤却变得越来越强烈了，我知道自己永远不可能安于家庭生活，如果我像其他人那样，沉溺于家庭生活，我的人生就没有意义了，我会活得非常痛苦。所以，在这个阶段的挣扎后，我毅然走入了关房。但我并没有把她放在心外，我始终在祝福着她，希望她能明白，自己的内心只有靠自己把守，真正的幸福是心的圆满和安详。幸好，她明白我的心意。经历过痛苦的等待和认真的修炼之后，她也得到了内心的自由。

　　鲁新云的一生，说简单也很简单，她似乎不需要自己的世界，也没有这个概念，她的世界就是我和我的家，我的世界就是她的世界。从年轻时，她就一直等我，现在我们不住在一起，她依然在等我。她和我，既是夫妻，更是道友。三十多年来，她总是始终如一地支持着我的一切选择。尤其在我闭关的那段日子里，她真的为家庭付出了很多。她默默支撑着整个家庭的生活，甚至，为了维持一家人的生计，同时让我能专心改稿，她这个看似柔弱的女子，竟独立经营和打理了一家书店。别的女子，一般很难做到这一点，因为她们会衡量这值不值得，但她非常质朴简单，从来不想这一切值不值得。所以，我一直非常崇敬她。

我虽然有着出世间的梦想，也早已不受尘世关系的牵绊，但我还是没有选择出家。这不仅仅是因为文化传播的便利，也是因为我珍惜和感恩鲁新云所做的一切。我觉得，既然我已经是别人的丈夫，是别人的父亲，那么就应该做个好丈夫、好父亲，即便外相上跟别的好丈夫、好父亲不一样，也要尽我的能力，给他们一份关怀和好心情。

另外，如日记中所说，练武也是那时节我很看重的一件事。对于我来说，它除了可以锻炼身体，让我更加了解武术的魅力外，也是静修的一种方式。所以，虽然我知道学习很重要，却还是希望多放一些时间在武术上。每个阶段，我都有自己想要做成的事情，一旦我决定要做好某事，就会全力去做，做到我认为的最好。在那时，练武就是这样。我当然不是为了成为什么武林高手，我只是觉得，既然想学，就要尽量学得透彻些。在上初中的时候，我的喜好基本上就确定了，如文学、武术、神秘文化等。这些喜好我保持了很多年，直到后来闭关，为了保证有足够的时间静修和写作，我才有意地舍去了一些。

我还有一个特点，就是学什么迷什么，迷上一个东西时，学起来就很快，比任务式的、功利式的学习要快得多。所以，决定练武后，我的武术很快就十分精湛了。虽然从三十岁进入关房后，我就没怎么练过武，但前段时间，为了配合志愿者拍《凉州词》的新书宣传视频，我打了几套拳，想不到，过去的功夫倒也没有生疏。前几年，我又打起了太极拳，精通太极拳的学生看了说，我打太极拳，是直接抓住了太极的要领。这话说得没错。因为，练了几个拳种之后，我发现，虽然拳种的套路和招式不同，但真正的武术，练到最后都是一样的，就像太极所提倡的，无招胜有招——从真心中流出的招式，反而是最契合武术本义的。

# 10月26日　鼓励别人也有一份功德

下面的日记再次谈到了时间安排的问题。

你大概也发现了，对如何善用时间的叩问，贯穿了我在追梦之初的大部分时间。那时节，我总是在调整自己，总想让自己做任何事都事半功倍。从1981年第一次发出这叩问起，到下面这篇日记，已经差不多一年了，我却仍然没有找到自己比较满意的方法。在我的所有计划中，只有晨修是雷打不动的，那时，就算天塌下来，我也肯定不会改变这一安排。后来，从清晨一直到中午的所有时间，除了上课外，我几乎都用来静修了，看书一般被安排在下午，晚上要是有感觉了，就写作，要是没感觉，就仍然静修。

不断想要调整，说明我的心还在波动，生命还没有进入一种比较稳定的状态，在这个阶段，想让心完全属于自己，几乎是不可能的。但这也是正常的，在人类有载的几千年历史中，几乎所有人都是经历过漫长的苦修，才真正得到觉悟的。在这个过程中，人的心情难免会出现波动——有时信心百倍，但有时却意志消沉，觉得觉悟遥遥无期，更有一些时候，人会感到绝望，觉得自己被黑暗吞没了，即便用尽全身的力气，也无法从困境中超脱出来。这时，别人真心的鼓励，对自己来说就是非常重要的。我之所以能走出过去的阴霾，成为今天的雪漠，就跟困难时得到的那些鼓励和帮助有关。所以，我一直很感谢那些支持和鼓励过我的人，也愿意在一些人需要的时候，给予他们一些鼓励和支持。

先看下面的日记。

## 1982 年 10 月 26 日　星期二　晴

今天，我终于完成了静修和学习的计划，尤其是晚上，收获极大。以后，上午我不休息，下午课外活动的时候稍微休息一下，晚上就可以静修了。这样，会让我节省不少的时间。

我还收到了表妹的来信，很感动，她仍然像过去那样关心我。三年后，我决定以新的身份去见她。

另外，地理位置、气候之类的判断题，我最好认认真真地多做一些，多训练训练，为将来打好基础。

早年的时候，晚上是我最黄金的时间段，我一般会在夜晚来临之前养足精神，然后在晚上做一些很重要的事。

这篇日记中说，我有时会上午休息，因为有的时候上午课不多，空下来的时间，就可以自己掌握。但是，如果上午没有被碎片化的话，学习效果一般会比下午好。到了下午，人通常会比较疲惫。尤其是我给自己安排了很多计划，平时又要上课，身体常会觉得很累，所以，我就把休息时间安排在了下午。因为，那时的下午五点到五点半左右，一般是学校的课外活动时间。只要在那个时候休息上一会儿，晚饭也不要吃得太多，晚上，我的精力就会比较好，状态也会相对好一些。

但有时，我也会在课外活动时间里练武，因为我过去有一种误解，以为体魄只要足够强健，睡眠就可以少一些。这当然是不对的。可是，在过去的很长一段时间里，我一直维持着这样的观点。而且，为了鞭策自己，让自己减少睡眠，我时时提醒自己，说拿破仑每天只睡不到五个小时。在后来的闭关中，我甚至每天只睡三四个小时。这种习惯，定然会损伤我的健康，但当时我是没这种自觉的。幸好我一直练武，身体素质还可以，要不，可能梦想还没有实现，我的健康就被摧毁了。

现在，我不会再像过去那样了，我非常注意保护自己的健康，除了每天中午一般会锻炼一小时之外，我也会尽量保证充足的睡眠，不让自己的肉体过于疲惫。所以，我现在的身体很好，精力也很旺盛，虽然已经接近六十岁了，但精力比三十多岁闭关时要好很多。

千万不要以损伤身体的方式来做事，哪怕是做利众的事，也尽量不要这样。这世上，没啥比健康更重要了，做任何事——无论是世间事，还是出世间事——都需要你有很好的身体。没有很好的身体，没有足够的生命长度，没有足够的精力和体能，你做任何事，都很可能会事倍功半的。

在日记的第二段，我谈到了表妹对我的鼓励。

早年，我身边有很多人看不起我，认为我是吹牛大王，因为他们觉得我跟他们差不多，甚至还不如他们。也许，比起其中的一些人，我确实没那么优秀，但我不管多么平凡，都始终自强不息，而他们虽然非常优秀，却早早地放弃了梦想，随波逐流。所以，最后我完成了自己，实现了梦想，证明了自己不是在吹牛，而他们，却还停留在过去，有些人甚至不如过去了。

但我身边也有一些总是鼓励我的人，包括我的父亲、母亲，以及我的表妹，等等。过去，表妹虽然跟我联系得不多，但她一直对我充满信心，她不觉得我平凡，反而坚信我将来会有大出息。正是因此，她走进了我的日记，我甚至想在三年后，以成功者的身份去见她哩。即使后来，因为种种原因我们不再联系，我也一直感恩她那时对我的鼓励。在我陷入迷茫、不自信的时候，她的善行，确实给过我一点动力。除她之外的人们也是这样，所有在成长过程中鼓励过我的人，都给过我前进的力量。他们当时对我说过的话，尤其是那些对我有过重大影响的话，我至今仍然记在心里。因此，我在《一个人的西部》中感谢了很多人。除了想以我的方式回报他们之外，也是在告诉世界，不要小看善行，哪怕只是一句善意的鼓励，有时也能影响别人的命运。

只是，想起表妹时，我一方面感恩她，另一方面也为她感到遗憾，因为她也曾经有过梦想，假如她也能像我这样自强不息，就一定会成为她曾向往的杰出人才的，可惜，她过早地放弃了。不管多美的梦想，一旦自己放弃，也就真的破灭了。

至于那"三年"之说，其实只是我的一种期待，我当时希望自己能在三年后考上大学，或是发表作品，但那时的命运，却捉弄了我。三年后，我不但没考上大学，没发表作品，身份还反而下降了，由中学老师变成了小学老师。类似的东西，虽然我自己不在乎，但我身边的很多人是在乎的。在他们眼里，这些标签都代表着一个人的价值。他们不关心这个人的人格、思想、境界有没有提升，只关心这个人得到了怎样的世俗成就，混得好还是不好——你看，其实很多人也知道自己在混，但那混，已经成为了他们眼中的人生。

虽然我在1988年写出了《长烟落日处》，得到了一点小小的成功，但是我梦想的实现——比如《大漠祭》的出版——是整整十二年以后的事情。十二年，对很多人来说，真的是太长了。其实，对那时的我来说，也一样漫长，但除了坚守，我别无他路。真应了自己诗中的那句话了："相约的日子遥遥无期，如百年一夜的漫漫长路。"现在想来，我能坚持下来，也算奇迹呢。不过，那时的我是不管未来的，因为知道自己这辈子就是来做这件事的，所以我只管每天尽力地去做，而不注重结果。

日记中谈到多做地理方面的训练，还说，这是"为将来打好基础"，这里讲的是我借教学之便学习地理。当时，我不但在地理方面用过功，在历史和语文方面也用过功，好几篇日记中都有相关记录。那时节，我之所以在这些方面用功，一方面是教学需要，另一方面也是为将来考大学做准备。后来，大学虽然没考成，我在写作和日后教授学生方面，却获了大益。比如，它让我的文字功底变得很扎实，语文基础知识也很过硬；也比如，我因此学会了因材施教，刚认识一个人没多久，就能发现他的长处和短处，这时，假如他是我的学生，我就会让他侧重于扬长避短，做自己擅长的事，等到适当时机，又会着意地让他磨炼自己的短处，好让他将来成为复合型人才，为社会做出更大的贡献。所以，我从一种经历中学到的东西，常常是别人的好几倍。当然，这跟我每学一样东西，就想把它学透、吃透有关。这个习惯，我一直保持到现在。

我还有一个始终保持的习惯，是一心两用，也就是说，在单位时间内，我总会尽量多做一些事。比如，我会在扫地的同时听《道德经》和《庄子》的录音，在泡脚的同时写文章，在走路的同时背诵唐诗宋词，在坐车的时候校对书稿，在一切生活行为的同时修心，等等。有人说，爱因斯坦一天只睡一个多小时，生命利用率比常人高出很多，其实我也一样，我虽然比他睡得稍多一些，但我也像他那样，总是尽量在日常生活中多挤出一些时间。因为我知道，人的生命其实很宝贵，也很无常，我们不知道自己能活多久，我们能做的，就是尽量珍惜当下的生命，多做一些事情，多为实现梦想创造一些可能性，此外，我们能控制的东西，其实很有限。

现在想来，上面谈到的两个习惯，都是在当老师的时候养成的，所以，当老师这段经历，在我的一生中是必不可少的。假如直接跳过它，或许我就再也没有时间补充很多营养，我的知识结构也不会像现在这么全面了。尤其是后来，我不再去想考大学的事，而是专注于修心和写作，时间也抓得越来越紧，这样，我就更加没有时间专门学历史和地理，甚至也不会专门补充语文知识了。

不过，要是换了别人，就不一定了，因为，很多老师不一定有我这么认真，他们就算有时间，也不一定会把握机会学习，有些人，只是抱着应付工作的态度，一年又一年地混过去，自己学不到什么，学生也教不好。这样当老师，意义就不大了。所以，就算经历相同、环境相同，能汲取多少营养，还是说不清，它取决于每个人自己。

真正的聪明人，对待自己的人生是很认真的，他从不觉得时间很多，只会觉得时间很少，需要学习的东西却很多。于是，他总会抓紧他能抓紧的每一次机会，尽量多学一些东西。这种人，往往更懂得把握自己的经历，从中最大限度地汲取营养。

相反，有些人缺乏主动学习的意识，而且还有短视和心量不够的问题，因此，他们很容易就会错过生命中非常重要的营养，比如关于生命真相的领悟等等，把专注力放在不值得关注的地方。这时，他们就会错过升华的最好时机，让生命被毫无意义地消耗掉。

我几乎从小就是第一种人——这不是谁教我的，而是一种自主的追求。我总是想要升华自己，总是想要变得更加优秀、更加完善，所以，我不会浪费任何一次经历，总会认真地反思和思考，深入挖掘自身和环境的特点，以及诸多因素之间的联系。因此，我的每一次经历，都会成为一个让我向上的契机，同时也在丰富着我对他人和世界的认知。

　　换句话说，我能从经历中汲取最多的营养，源于我的主动学习意识。当这种意识被转化为行为，再被转化为习惯时，我就能时时刻刻都学习，不管是在生活中，还是在工作中，都会随时发现值得自己学习的细节。后来，这确实成了我的一个非常重要的生命习惯。

　　所以，要想不断进步，就要具备积极主动的心态和向往，而真正决定你能走多远的，也是这两个因素。

# 10 月 27 日　说真话是我的重要特点

前面的日记中说过，说真话是我的一个重要特点，从小到大，这种性格没有丝毫的改变。唯一变化了的，就是现在多了一份包容，不需要说真话时，自家也就不会开口；若是需要说真话了，哪怕我明知会惹恼很多人，也一定会说的。

瞧，四十年前日记中的许多性格因素，直到今天，我还保留着。真是江山易改，本性难移了。不过，这不是我刻意为之的，而是我的基因。我也没有办法。

先来看看这篇日记。

## 1982 年 10 月 27 日　星期三　晴

晨修如法。

今日，县文教局到我校座谈，学校准备了许多酒肉招待他们。

"哎！随便吃点就行了。"一位领导模样的人说。

嘿！他们在南安吃上一顿，到永昌再吃上一顿，到和寨再吃上一顿……反正一路地吃。说是来座谈的，也只是一个名目罢了，他们总是吃了就走，也没见谈啥东西。刚开始，我不明白学校领导们为啥都在献殷勤，问人，也没人回答。后来听说，国家拨下了一笔教学经费，所以上面下乡视察，看哪个学校困难些，就把经费发给他们。

哦，原来如此。

不知道那笔经费有多少？想来，数目应该不小吧！十多个文教局干部，十几个地方干部，再加上校长、教师，总计七八十人，一个学校一顿饭就要花费好几百元。说是要给困难的学校拨款，看这阵候，应该是拨给招待最好的学校吧？国家经费竟被人当成了交易的筹码，该领导有多么"善良"，可见一斑了。

上次厅长来视察时，曾经明确表示反对请吃请喝，反对浪费，对到口之肉拒不肯吃，堪称领导的表率。谁知仅仅过了二十多天，一个小小的县文教局干部，竟然就公然地大吃大喝，看来中国的风气主要不是坏在高层，而是坏在中下层。高层有的领导虽然有时也想吃喝，但还考虑到影响问题，而中下层的地头蛇则不管三七二十一，大多会多吃多占。只要手里有国家经费，他们就可以招摇过市，换来美味的酒肉佳肴。

"哈……"

中午吃饭时，我发表了一通关于此事的议论，谁知下午，校长就找到我，规劝说："社会是个大染缸，再正直、再纯洁的人，都会多少染上一点杂色。人无论有理没理，都要让人三分，万事不要强出头，说话也要小心谨慎，不可太放肆。过去，有个才学很好的人，就是因为骄傲，被人看不起，所以被压制了整整几十年。"

的确，以后无论干什么事，都要让人三分，不可因争强好胜，跟人争得面红耳赤，有时得适当地人云亦云，否则，在这个地方我待不下去的，更不会讨人喜欢。以后吃饭时，我也最好闭口不谈任何事，"逢人只说三分话，未可全抛一片心"，"两耳不闻窗外事，一心只读圣贤书"。

在哪个地方跌倒，就要从哪个地方爬起来。

瞧，我终于原形毕露了。

写这篇日记，是因为我第一次发现了，作为教书育人之地的学校，竟然也有腐败。我想，那时的我，定然很吃惊，也定然说了很多怪话，不然，校长是不会找我谈话的。

在日记中，我也多次规劝自己"逢人只说三分话，未可全抛一片心"，但是直到今天，我仍然没有做到，一跟人相交，我就会捧出一整颗心来，虽然也带来了一些不良后果，许多人在我"原形毕露"后，就毅然离我远去了，但如果再遇到那样的情形，我想，我也还是会捧出自己的心的。明白这，你也许就明白了那时的我，也明白了我那时的处境。在凉州，没人会喜欢一个狂妄的"二杆子"——这是凉州人对不安分者的一种特殊称谓。

从小到大，我一直有一种人们所说的正义感，也一直没有被同化。我虽然没有权力，管不了很多人，但我自己，却一直在自律。成了教委干部之后，下乡检查时，我就拒绝那种腐败的行为，请客吃饭时，我坚决不让杀鸡。虽然我知道这会招来别人的反感，但我还是坚决这样做了。我计算过，只要我自己坚决拒绝这样的请客吃饭，几个学区加起来，大约就会有二三百只鸡不会被杀。你想想，要是在全县的学校里检查，能省下多少只鸡？至少有五千只以上。因为陪同检查干部一起下乡的，一般有十多人，每次学校请客，就要杀上十几只鸡，一个学区有十多个学校，全县有四五十个学区，你想，这样下乡一次，会有多少鸡被杀？

虽然这样能救下很多生命，也会减少很多无谓的浪费，但那时，很多人都不喜欢我的清醒。在那个时代，人们生活水平普遍不富裕，物资也短缺，学校里请这么一次，不但干部们能吃上好吃的，就连学校的教师们，也能沾光。有时，这样的机会是很多老师都很渴望的，也是很多跟我同行的教委干部们渴望的。不管我只是说说，还是强烈阻止，他们都定然不会高兴。其实，他们不明白，多好吃的东西，也只是一顿饭的时间，过了，就消失了，留不下什么的。有时，吃得太好，以后吃不上时，心里还会生起热恼，觉得人家有条件吃这么好的东西，自己却没有。所以，有时的享受，尤其是那些超过自己能力的享受，其实不是一件好事。这就像一个故事中，有个富人往快乐的穷人家里扔了一些钱，反而让他们陷入热恼，失去了原有的快乐一样。所以，只要知足常乐，简朴生活其实也有简朴生活的好，不一定每个人都要做物质和金钱的奴隶，不一定每个人都要赚很多钱。

说到这儿，再分享一个朋友对真话的感受。他说，真话虽然不如好话好听，但是有一次，他却因为相信真话而躲过了一个危险的陷阱，后来他想起那陷阱，还觉得冷汗直冒，觉得当初如果没有人说真话，他可能就掉进那陷阱里去了。因为人很容易被自身的动物性所控制，如果不能时时警觉，时时自律、自强，人就很容易趋向动物的那一面，有时的失足，是很可怕的。所以，如果因为一些原因而扼杀了真话，使正义消失，人类将会朝什么方向发展，可想而知。

不过，那时我竟然在日记中写了"在哪个地方跌倒，就要从哪个地方爬起来"这样的话，可见，我定然觉得自己做错了事，闯了大祸，造成了非常严重的后果。但这也正常，记得那校长当时跟我谈话的语气确实很严厉。只是，在日记里这样说过之后，我依旧没有改掉这个习惯，遇到不平事时，我还是会说出真话。这说明，我虽然觉得说真话会闯祸，应该注意，可心底里却不觉得说真话不对。

但我也知道，校长的话是有道理的。后来的我，正是因为骄傲和幼稚，受到了长期的压制。其实，甚至从小学起，我就因为这种个性，不断受到外界的压制。尤其在《大漠祭》出版后，那时的武威市委领导就召集宣传部、文化馆等相关部门的领导开会，叫他们不要宣传我。那时节，《人民日报》《文汇报》《光明日报》等上百家媒体都评价过我，但即使在这样的情形下，我在家乡也还是不受待见。当然，我不怪他们，因为我明白，这都是我自己感召的——为了反映西部老百姓的疾苦，也为了不违背自己的良心，我必须说真话，于是，在《大漠祭》中，我就真实地描写了那时的一些乡镇干部的飞扬跋扈和所作所为。但这么做，固然能真实展现西部百姓的生活，引起外界对西部的关注和帮助，同时也引起一些人的反思，却必然会刺痛一些家乡领导的神经。所以，我的为人、为文，决定了我定然是个有争议的作家。但要叫我伪装成一个四平八稳的人，我又不愿意，也觉得没什么意义。

其实，比起现在报纸上揭露的那些腐败行为，这篇日记中记录的事，就太小儿科了，那时节，我也有点太小题大做了。现在，虽然我的风格没有变，那份正义感没有消失，说真话的习惯也一如既往地存在，没有一点进步，但我的心变了。我明白了，有时候，随便地说真话，不是一个好习惯，也明白了啥时该说真话，对谁该说真话，说话应该对机。

# 10月29日 一直没有长大

下面的日记虽短，却集中体现了我的几个特点：第一，重视修心；第二，能够反省；第三，珍惜时间；第四，没有长大；第五，眼里揉不得沙子。其实还有一个特点，就是在乎别人的看法，总是希望给人留下好印象，不想被人轻视。这个特点，在早年的时候，确实给我带来了一些烦恼，因为我总是没有做到日记里写到的这些。我的知识储备固然越来越丰厚了，但我总是流露出一种孩子般的稚嫩感，所以，很多人并没有像这篇日记中说的这样，被我"折服"。

现在，我跟过去真是太不一样了，我从来不求折服别人，却总是有人被我折服，甚至还有很多人主动来神化我。于是，我只能一次次糟蹋自己，一次次给自己"揭短"。很多人一旦被放上神台，就下不来了，生怕有一天自己会人设崩塌，可雪漠刚好相反，他生怕别人往自己身上贴金。其实，无论是展示不成熟时的自己，还是展示成熟后的自己，我的目的都只有一个，就是告诉大家，人是可以成长的，成长前的一切烦恼，成长后都会消失。但成长的前提，就是有信仰，肯修心，能时时自省、自律和自强。

## 1982 年 10 月 29 日　星期五　多云

晨修，觉受很好。

下午做了个台灯底座，浪费了两个多小时，真不值得。

别人一见到我，就说我太年轻了，这说明我显得很幼稚。以后，我应该更像一个有修养的人，让人一见面，就被我渊博的学识和大方的风度所折服。我要向这方面努力。

最近，小学民办教师为了巴结刘站长，给刘站长做了一个柜子。此事虽小，足见党风的不良。

从十八九岁起，我一直为自己显得不成熟而自责，这种自责伴随了我多年。我一直想成熟，但一直没有成熟。直到快四十岁的时候，我还在往这个方向努力，只是，再怎么努力，我还是童心一颗，按妻的说法，跟孙女清如差不多。其实，她这是抬举我了，我哪有清如那么成熟。我们的清如，在别人问她一些事时，从来不表态，只是笑，而且显得有些高深莫测，而我，总爱原形毕露。所以，我要向清如学习。我觉得有些"高僧大德"就很像她，总是笑，总是说"好，好"，对事对物，都不表态。这样，就既不得罪人，也不会惹来人们的非议和质疑了。

于是，一个学生就开玩笑，给我设计了一组常用词："嗯，好""有道理""有意思""我考虑考虑""有趣"，等等。他说只要我常说这些词，不要讲太多其他的话，就像大师了。大师轻易不能表态，喜怒还要不形于色，不能轻易说"是"或"不是"。我觉得有趣，也玩了几天，后来，连我自己也恶心自己了。索性还是回到咱的本来面目吧。

我的本来面目，就是个孩子，一颗童心，天真烂漫，无忧无虑，总是带颗玩心在做事。我总觉得，当下的明白高于一切，待人时，也恨不得掏了心，所以，一见那些伪装大师的混混，我总想像《皇帝的新装》中的孩子那样，喊出真相来。

真没治了。

不过，这辈子，就这样了吧。因为我实在找不到一个不当孩子的理由。健康、衣食、明白，我都有，凭啥叫我不当孩子，去装大人呢？小孩有啥不好？大师，叫那些想当的人当去，我只管当我的孩子，活出一派天真烂漫，玩出一片不一样的风景，就够了。我教给一些学生的，除了如何做事，如何做人，其实就是如何去掉机心，去掉算计，去掉成人世界的一切污染，当一个明白的孩子，玩出自己的一片天地。

日记中写的做台灯之类的事，我也喜欢，有很多台灯都是我自己做的，除了省钱外，还因为好玩。那就玩吧，可那时，我又常常后悔自己浪费了时间。唉，我总是这样，在这篇日记后的多年里，我也总是在玩，也总是在后悔，可谓屡教不改。因为，每次一想到梦想的遥远和生命的易失，我就觉得玩是一件太没有意义的事。好在我终于在某个时刻幡然悔悟，放下了一切，进行了闭关专修。要是没有那次的放下，我的一生定然也就混掉了。毕竟，生命只有那么点时间，你不在早期的时候，为自己做好一切的准备，到了六七十岁，再想上进，也很难建立一些东西了。那时，生命的习惯已经成顽垢了，各种成见和概念都很深，如果没有一种很强的东西比如信仰，帮助你打碎那一切，让你的心灵变得独立、丰富，能快速地汲取生命和世界的营养，你是很难战胜自己的生命惯性的。

此外，这篇日记里还谈到了党风问题。那时节，我最看不起的行为就是巴结领导。这篇日记里，我就将一位老师给刘站长送柜子的事，跟党风联系到了一起。那时我觉得，站长是学区教育系统里最有权力的人，现在想来，那所谓的权力，其实很有限，不过是随意地调动几个老师，随意地骂人几句，此外，也没个啥大权，但在那时的我眼中，他差不多跟天一样大。不过，虽然我觉得他的权力很大，却仍然不想巴结他。因为我不巴结他，他就一直在随意调动我。有时把我调到偏远的小学，有时不给我分配工作，有时又不批准我报考大学，还多次在教师大会上随口骂我。尽管这样，我们的缘分好像又很深，磕磕绊绊地合作了多年。

前几年回家乡，与旧日的朋友们聚在一起聊天时，还有人会说起刘站长当初如何刁难我，他们总是将他跟帮过我的原教委主任蒲龙做对比，说他不爱才，蒲龙爱才，等等。其实，这样说对他不公平，因为在他做领导的那时，我似乎还不像是一个人才。别人能看出的，只是我着装的怪异和我的执着练武，后来还多了大胡子，而且我又喜欢开玩笑，无论说话还是做事，都让人觉得非常幼稚。只那样子，就很少有领导会喜欢的。若是没有《长烟落日处》的发表，蒲龙主任大概也是看不到我的。所以我一直强调，成果很重要。没有成果，世界就没有尊重你的理由。当然，作品是成果，行为也是成果，它们都会告诉世界你是一个什么人。其他的，是你自己的事，世界是不关心的。

然而，正如日记中说的，我一直想长大，但我一直都没有长大。成年人玩的游戏，我一直不感兴趣，比如当官、经商啥的。我总是沉浸在自己的世界里，乐此不疲地修，乐此不疲地读书，乐此不疲地写作，就像小孩子玩积木一样，把成人的世界拒绝到心外。哪怕我在做一些成人也做的事情，其实，我的心里还是把它当成了玩。所以，无论做什么事，无论巨细，我都会爱上它。

我不知道，这算不算我成功的秘密。

# 10月30日　一位我误解过的长者

从过去到现在，我都是一个很容易被人误解的人，因为我的很多做法都跟别人不一样。但在早年的时候，我也误解过别人。下面的日记，就记录了我对一位领导的误解。写这篇日记时，我并不知道自己误解了他，他当然也不知道。但后来，因为一个偶然的机缘，我才知道他原来不像我认为的那样。再后来，我一直都很尊重他，再也没有了日记中的这种情绪。所以，无论对自己的看法，还是对别人的看法，有时都不用太在意。世界一直都在变化，看法更是这样。

为了表述这种心态，我写过一句诗："静处观物动，闲里看人忙。"意思是，宁静着一颗心，看世界的万千变化，深知眼前一切都不会永恒，于是，不再执着任何一帧景象，只管活好当下，做好当下的事情。


## 1982 年 10 月 30 日　星期六　晴

晨修后，又练武一小时。

上午，齐主任说，我早上练武会影响学生们的学习。我不明白，他为啥这样说我。过去，我练武时间早一些，他说我影响老师学习，晚一些，他又说我影响学生学习。我不明白，我自己练武，咋能影响别人呢？难道别人看到我起得早，会惭愧得不好意思，会影响他们的情绪？

这个似乎有点政治野心的教导主任，到底用意何在呢？难道他自己七点半起床，也只许别人在七点半起床？他自己窝囊了一辈子，别人也得像他那样过一辈子？其实，我早上练武的时候，并没有多少人围观，只有几个爱好武术的学生看了看而已，也仅仅是一两个早晨。

因为我五更起床，先要静修，然后学习，最后才练武，没办法赶在学生们上学之前结束练武。我的主要任务是静修和学习，而不是练武。如果我单纯练武的话，更愿意三更起，五更睡。

不过，要是齐主任知道我还静修的话，不知还会说出啥话呢。

面对任何一个人时，都必须要有多年的观察，才能真正了解他。我对齐主任，就是这样。

从日记中看，当年的我，对齐主任的印象很不好，因为他总是阻止我练武。那时节，我在南安中学教书，齐主任当教导主任。他很能干，做事也很认真，写得一手很好的颜体字，很有功力，但因为当地人多不识颜体，便认为他写得并不好。

当年，我曾于无意之中，看过齐主任的日记，那日记有厚厚的几本，写得密密麻麻。看得出，他的一生里，也想大干一场呢。他是一个有能力的人，要是有个好机遇，想必也能成为大领导。在我旧日的那些同事中，有许多人真的有干才，也能实干，但后来，却大多在教育界当了个小官，没能走出来。这一点，跟地域有关。

2010年4月，中国作家协会开我的小说研讨会时，一位著名评论家就谈到了地域的重要性。他说，雪漠要是在北京，早就出大名了，但是他在甘肃，所以名气就不如一些作家那么大。这也是没办法的事。也许因为同样的理由，后来，我的几部小说虽然也得到了很高的评价，但名气还是没有多么大。其实，甘肃有很多作家，都摆脱不了这样的命运，甘肃的文学青年想要成功，比别处要难得多。所以，凉州大地上的很多人才，慢慢就被淹没了。

齐主任虽然没有大的发展，只能在教育界当个小官，却也不算被淹没，在凉州，他算是比较成功的人，因为他当过区教委的人事科长。提拔他的伯乐，是当时的教委主任李宝生。李宝生也是我的贵人之一。在他的任期内，我一直很逍遥——除了每个月出一期报纸，我一般没啥工作内容，因此几乎不用上班，常年躲在郊外的关房里静修和写作，却还领着教委的工资，所以好多人都看不惯，心里不舒服，都想整我。但他们的嚷嚷，最后，都叫李宝生止住了。那段时间里，在李宝生的支持下，齐主任也变成了齐科长。

但是，因为教委的权力斗争非常厉害，李宝生主任又是个书生，老是犯一些官场的忌，也老是被人说坏话，这样，齐主任的权力也就受到了制约。虽然他是人事科长，但他在任期间，真正的权力是不大的。这样也好，他一直没有因为权力而异化。

在南安中学的时候，齐主任也是常常批评我的人之一，但自从我看过他的日记，对他有了了解之后，就一直对他保持着好感，因为他其实品质极好，是个典型的宽厚长者，很少听到他有啥鸡零狗碎的事。陈亦新结婚时，我专门去找过他，却找不到他，后来正好在街上碰到他，他正跟老婆悠闲地散步，我就把陈亦新结婚、想请他吃席的事说了。大街上请客，在凉州人眼里是很不礼貌的，但齐主任并没在乎这些形式，还是参加了我儿子的婚礼。

按一般凉州人的眼光，那时节，我几乎是个无用的人了，因为我已经到了广东，不能给他们带来什么利益。在教委（后来改为教育局）有很多人都是势利眼，你要是没用的话，不管你当初跟他多好，他们也不会在乎你。这是官场对人的一种异化。一个人就算本来很好，在官场里待上几年，也会不知不觉沾染上功利的习气，始终在心里保留着一杆秤，时时衡量别人值不值得他去交往。在他们眼中，所谓的值得交往，就是能给他们带来利益，若是带不来利益，就没必要花时间去交往了。而在当官者的眼中，没权没势的作家，恰好是最没用的，所以，当年教委的同事，没几个来参加我儿子的婚礼。齐主任虽然当了人事科长，却没有被异化，没有变成那种势利眼，我当然很高兴。

别处的人虽然也想当官，但跟凉州人的想当官比起来，也许还是有点不一样。在凉州，人们很崇尚权力，"官"在凉州人心里的地位非常高。那些年，在凉州的许多老师眼中，区教委的人事科长，也算得上大官了。多数凉州人崇尚权力，无论大官小官，都会有很多人跑（凉州方言中，这是暗中活动的意思，同时也有竞争的成分），不管能不能跑得上，他们都要跑一跑。当初我在凉州的时候，因为张绪胜书记待我好，就有很多人托人，想给我送礼，让我帮他们说句话，我当然拒绝了。就连自己的事，我也从来没有跑过。张书记倒是一直想给我帮忙，甚至想解决我妻子的工作问题。我虽然很感谢他，但仍然拒绝了。后来，他又想在文联主席的选举中给我帮忙，但在一些朋友的集体干扰下，最终也没帮成。尽管这样，我仍然感恩他帮我的那颗心。

我一直很珍惜别人对我的好。哪怕那好，并没有给我带来什么。我在乎的，其实不是结果，而是那份心。有时，心比结果更重要。因为结果可能很快就会消失，但那份心带给我的温暖，却能让我品味很久。

齐主任也是我感恩的人，他当人事科长时，也没有刁难过我。在我过去共事的同事中，只要没有刁难我的，我就都算到帮过我的人里面了。我感恩那些刁难我的人，因为他们帮助我进一步升华了自己，也感恩没有刁难过我的那些人，因为他们的没刁难，为我节省了时间。齐主任便是其中之一，所以，当我们不能帮助别人时，至少做到不要刁难他，这本身就是一种美德。

在过去的几十年里，我跟齐主任有着较深的缘分，时不时地，我们就会相遇。他一直是以宽厚长者的面目出现在我生命中的。日记里的这些叙述，不过是当时的一些小情绪，源于我对他的不了解。而当年的我，也早就忘了自己写过这些话。可见，对于别人的看法或误解，有时真的不用太在意，最重要的，还是自己到底是啥人。要是别人真的误解了你，时间长了，一起经历的事情多了，误解终究会解除，或被忘掉；要是别人没有误解，就好好地改正，争取做个更好的人。

瞧，我现在看到自己过去这样想过，也有点脸红了。不过，对于那个敏感的十九岁青年，也实在没办法要求太多，毕竟，虽说觉悟是他的梦想，可那时的他，还没有觉悟。

我留下了这篇日记，并没有删去，是想借这个机会，将他留在我的作品里。我之所以写《一个人的西部》，也有这个原因。对于我生命中出现过的朋友，我总想把他们保留在我的回忆性散文里。写其他作品时，因为体裁关系，我可能会漏掉一些人和事，但像现在这样，用文字来说话，就很自由了，我想到什么就说什么，就像跟老朋友聊天一样。这样，在我生命中出现过的那些值得我写的人和事，就会因为我的文字，留在这个世界上。我的作品要是能相对永恒，他们也就相对永恒了。

写到这儿，我又想起了齐主任的那本日记，我一直记得那本日记，我还记得，上面写满了字，密密麻麻的。那些文字，都在展示着他的梦想，而那么多年里，他也确实在一直努力着。只是，后来当了人事科长的他，不知算不算实现了自己的梦想。

# 11月2日　黑夜里的自由

很小的时候，我就学习道家功夫，十八岁起，我的静修虽然以禅修为主，但同时也会修内丹。这时，我的生命中已经出现了一些看似神奇的征兆，比如下面的日记中所说的电弧光。它的出现，说明我在内丹方面修到了一定的境界。但这不是我的重点，我最重要的追求，还是破执解脱。

一加入这些内容，我日记的感觉就不一样了，一下子有了一种令人敬畏的东西。这是信仰独有的氛围。当然，在日记的开头部分，还是可以看到平凡的痕迹，看到内心一种淡淡的忧伤。这种忧伤，来自对环境的期待。当你希望环境是完美的，能完全符合你的期待，而环境却偏偏不是这样时，你的心里就容易产生这样的感觉。你可能还会觉得孤独，觉得寂寞，觉得周围无论多么热闹，你都只有自己一个人——当然，我当时不完全是这样，我当时的心情其实是矛盾的，我既渴望并且依恋朋友之间的温馨和爱情的甜蜜，却也享受甚至贪恋着静修独有的静寂和安宁。

不过，随着修心的进步，这种拉扯的感觉越来越淡，因为我的出离心越来越强，世俗生活的诱惑越来越不足以影响我的出离。当我的出离心覆盖了一切，一切在我眼中都显出了善变的本质时，诱惑对我来说，就完全消失了。我唯一的念想，就是改变自己，迎来觉悟。日记中记录的那时，我还没有走到这一步，但我已经在路上了。

## 1982 年 11 月 2 日　星期二　多云转阴

　　我真希望永远是黑夜，没有外来干涉，没有别人的忌妒，一个人能静静地修。我修内丹感觉很好，时不时，有电弧光划过。

　　几乎每天早晨，我都能修两个小时了，晚上还会再修两个小时。

　　在很长一段时间里，我都喜欢在黑暗中待着，不喜欢光亮，这甚至成为了我的一种习惯。后来，大概是四五十岁的时候，这种习惯慢慢地变了，比起黑暗，我现在更喜欢屋里充满了光明。

　　早年静修的时候，我总觉得亮光会让自己的心乱，所以一般情况下，我会限制光线。那时节，我常常关了灯，静静地坐在黑暗的房间里，在这种环境中，就算心有点浮躁，也会慢慢沉静下来。同时，半闭着眼睛，静静地观自己的鼻尖，也就是"眼观鼻，鼻观心"，这同样是为了拒绝和防止光线的干扰，让自己尽快地静下来。

　　因为我的窗户上总是蒙着油布，将外面的光线和世界都拒绝了，我那时的记忆中，就多是黑夜，还有那盏亮着的台灯。在那段日子里，鲁新云的出现也像是一盏灯，现在想来，那时要是没有她，我的生命定然会少了很多色彩。

　　但我也爱那漆黑中的寂静。四十年过去了，看到这篇日记，想起四十年前的自己时，我还是会想到那一个个黑夜。那时节，我特别喜欢黑夜，因此特别喜欢熬夜。我锻炼身体的一个主要目的，就是为了让自己的身体更好一些，能多熬夜。但现在想来，那时的熬夜，还是影响了我的健康的。我现在的精力比十八岁时还要好，说明我十八岁时的精力并不算好。那时，我还会觉得累，也还会瞌睡，现在，就算每天只睡很短的时间，早上三点多起床，晚上十一点才睡觉，我也不会觉得累，甚至不会觉得自己有身体。当一个人感觉不到身体的时候，他的身体就处在最好的状态。这种变化，除了跟修心的境界有关，也跟我不再熬夜有关。早年的我，真的太喜欢深夜了。白天，校园里总是很喧嚣，说话声此起彼伏，从不间断，入夜后就不一样了——当地人睡得很早，老师们也睡得很早，九点多十点之后，校园里就万籁俱寂了。世界一片沉寂的时候，我就喜欢走出宿舍，在只有我一个人的校园里散步。我总是默默地走着，默默地看着，默默地听着，默默地感受着，尽情享受一种"众人皆睡我独醒"的快乐。我也喜欢看夜空，喜欢看那闪个不停的星光，我甚至能听到它闪动时发出的哗哗声，还有月亮那静默的脸——我总是觉得，月亮这会儿正看着我，在跟我交流，于是，我就总在与它的对视中，忘记了时间，也忘记了空间……后来，我离开了南安中学，再后来，我告别了教师生涯。但当年的很多回忆，并没有真正从我的记忆中消失。有一天晚上，我听到了一首叫《寂静的天空》的蒙古歌曲，那旋律让我想起了南安的那些月夜，那些年的很多回忆，一下子就在我的生命中复活了。

其实，我真的挺喜欢当老师的。教委的工作虽然也很好，让我得到了很多便利，开阔了眼界，但相比之下，我还是更喜欢当老师。因为，当老师可以经常跟书本和文化保持联系，而在教委工作时，如果不能提起警觉，自主地保持看书的习惯，用好书来给自己营造一种文化氛围，就会渐渐离书本和文化越来越远。所以，当老师其实是一种很好的生活方式。现在，我在当专业作家之外，其实也在当老师，只是，这不再是我的职业，而是我的一种选择。我最好的读者也大多是学生和老师。他们之所以能读懂我的书，还能爱上我的书，就是因为他们没有离开书本和文化，很容易读懂我倡导的生活方式，也能明白这种生活方式的好处。

瞧，说着说着又跑题了，我继续讲十九岁时的静修。

前面也说过，上师范时，我跟松涛寺的吴乃旦师父学过静修，虽然没有后来学得系统全面，但对于那时的我，够用了。他教我将持咒跟呼吸结合起来，跟数息观的原理相同，但同时还伴有冥想。那时，每天夜里的那一座，效果都会很好，一入定，就时时有哗哗响的电弧光出现。我很喜欢那种感觉，所以，在日记中总是希望永远是黑夜，不要有人来打搅我。

所谓的电弧光，就是有些修道者所说的"阳光三现"，修道者的内丹功夫修到一定程度时，他的生命中就会出现一些相应的征兆，比如光明、电弧光等等。电弧光看起来很像电流，忽隐忽现，黑暗中显得特别耀眼，出现的时候，还伴有轻微的哗哗声，跟真正的电流一样。它出现的位置，一般是胸前，总之是围绕着我的身体，如果屋里这时还有别人的话，他就会以为我在发电。这种现象，我早年是无法解释的，但也不需要向人解释，因为没人知道我静修。如果不是为了保存文化、传播文化，我是不会公开自己曾经的觉受的。

写这篇日记的几年以后，我跟其他修道者交流，才知道电弧光相当于一种信号，它的出现，意味着体内的真气已经开始凝聚，当它出现到第三次时，修道者就要学会采药——这里的"药"，指的就是体内的真气，道教认为，恬淡的境界，就是在真气运行的过程中出现的——否则，聚到一起的真气就会散掉。这是当时的一种说法。

从小，我对静修就有一种莫名的喜爱。在《一个人的西部》中，我也说过，我天生就比较安静，虽然个性很是开朗活泼，也喜欢开玩笑，思维还特别活跃，只要有一点小小的刺激，我的心里就会产生很多内容，但总的来说，我是很容易静下来的，不会像其他孩子那样，总想去外面玩。也许正是这个原因，我学新东西的时候，才会特别容易着迷。相反，如果我的心很浮躁的话，就会像很多好动的孩子那样，刚开始觉得很新鲜，很好玩，过不了多久，就会厌烦，又想追逐其他的新鲜。不过，即便是这样，要是没有遇上鲁新云，我后来也很可能不会去闭关的。因为，我本质上其实是一个诗人。诗人的特点，就是感情丰富，对爱情总有一份憧憬，总想找到一份完美的爱情，找到命定的另一半。如果没有找到，他就会不断地寻找，只有找到时，他才能安下心来，专注地做他该做的事。我就是这样，遇到鲁新云，并且一天天认可了她之后，我就再也不想去追逐了。尤其是跟她结婚之后，我更是死心塌地地专注于修心和写作，因此，才有了后来很多年的与世隔绝。我想，要是没有遇上鲁新云，或是没有遇上她这样的女子，我也许始终都会对爱情有一份憧憬，始终想要找到一份很美的爱情，这时，我很可能就会受到影响。所以，我看似在爱情上有过很多纠结，也因此浪费了时间，但无论对写作还是修心而言，能跟鲁新云相遇，都是我的幸运。虽然恋爱看似让我浪费了时间，但恰好因为很早就在情感上实现了专注，我也节省了很多时间。

# 11月3日　我对一个家庭的拯救

前面的日记中说过，我调解了父母之间的矛盾，让家庭恢复和睦，下面的这篇日记，则记录了我是如何说服堂哥，叫他不要跟堂嫂离婚的。

看过"大漠三部曲"的朋友都知道，女人在西部家庭里的地位不高，往往是作为弱势群体存在的。兰兰和丈夫白福之间的故事，在西部并不少见。我堂哥人虽然很好，但他对堂嫂的态度也不好。其原因，主要是环境的影响，而且他是被迫跟堂嫂结婚的，所以对堂嫂一直有一种怨恨心理，觉得堂嫂误了他的前程。堂哥这么想，我也可以理解，但我更理解堂嫂的难处。他们毕竟已经结了婚，堂嫂的身体又不好，如果两人离婚，堂嫂将来的日子一定会非常艰难。何况，在我看来，堂嫂对这份婚姻已经足够珍惜了，如果堂哥能理解她的难处，跟她和睦相处，两人不一定不能幸福，并不是非要闹到离婚这一步的。

对于婚姻问题，我一直的态度就是不要轻易离婚——当然，也不要轻易结婚，甚至不要轻易恋爱，更不要轻易同居。我谈恋爱的时候，父亲就对我说过，叫我不要伤害人家女孩子，后来我也是这样对儿子陈亦新和侄子陈建新说的。我觉得，你要么不选择一份感情，一旦选择了，就要对女孩子负责，不能做出伤害人家的事情。

后来，我也做过很多这类调解的事情，我发现，要想化解冲突和矛盾，就必须改变他们的心，让他们从自己的角度跳出来，学会站在对方的角度考虑问题。一旦他们能站在对方的角度考虑，而不是一味地去想自己要怎样，僵局就会被打破，问题也会变得比较容易解决。当然，我说的解决，不一定是解决什么客观问题，但一定是彼此都能放下，能够理解、谅解和包容对方。

## 1982 年 11 月 3 日　星期三　晴

今天晚上，和堂兄谈了一夜，他决意要离婚，理由是妻子有病、不能生育、不温柔、影响他的事业，等等，要我帮他想想办法。我决意反面说服他，于是出了三个主意：1.先领妻子检查，若发现她真有难治之病，也是可以离婚的。如果没有大病，就好好培养感情，保持夫妻关系。这是上策。2.说服她。理由是她和他的结合是一场误会，更是一场悲剧，应该尽早结束，让各自有个好的归宿。这是中策。3.以她不孝敬父母为由，强迫她同意离婚。这一来可以达到离婚的目的，二来可以保护他孝子的名声。这是下策。

然后我说："要离婚的话，其实是易如反掌，但以一个男人的智慧和一个懦弱的女子斗，如虎斗羊，在道德上和良心上都会过意不去的。"

我还说："你想过没有？你即使离婚成功了，又能怎样？如果再娶一位，那得多少钱？少则一千，多则两千。你的兄弟也不少了，应该再考虑。"

我接着说服他："她有病，需要医治，你却一分钱不给，人家要买香皂、洗衣粉、香油、吃药，一月最少得几十元，你不给她钱，她只有向娘家要。而且，每次娘家问她：'他不给钱吗？'她都说：'给。'可有时问你要钱，你竟给了一角二分钱。一次向娘要，二次，三次……要是经常要，她还好意思吗？她的病那样重，血流不止，要吃药又没钱。你想想，你要是到这种程度，你的心情会咋样？一次她咳嗽不止，你竟烦恼地骂道：'出去咳嗽去！'她哭着说：'我就像没有你这个男人一样。'她只有哭，只有偷偷地哭，背着你的父母，常常也背着你。如果你变成她，你会怎么样？她身体有病，不能做重活，而你一回到家，却强迫她干活。她流血过多，身体虚弱，浑身发软，你竟大骂不止，她咬着牙干活，病又重了，而看病又没钱……

"她多么懦弱啊，只有哭，她整夜地哭。圆胖红润的脸，变得瘦长苍白，心灵的创伤、身体的疼痛、你对她的冷落，多像三座大山，她一个懦弱的女子受得了吗？她只有流泪，只有无休止地流泪……

"她多么善良啊，对你是那样体贴，她怕你冬天受冻，挑了毛衣给你，她爱吃果子，但把妈妈给她的果子留给你。你每次回家，她总是把可口的饭菜端到你面前，尽管她的心在流血，但还是装出笑脸侍候你。而她这一切换来的，却是你对她的打骂、白眼、愤怒，甚至尖刻的话语。难道仅仅因为你是个国家干部，她是个农家女子吗？

"她有着中国劳动妇女特有的传统美德，逆来顺受。对你的打骂她能原谅，对你残暴的性格她能理解，对你尖刻的语言她能忍受，多好的人啊，可你……

"当你在受到挫折的时候，你才能懂得她的宝贵。当你和她离婚，和另一位女子结合时，你才会发现她的品德是那样可贵。那时候，懊悔的毒蛇会缠得你喘不过气来。你会谴责自己，你会在良心上欠她的债，你会因此而痛苦的。"

我还说了很多类似的话。

堂哥沉吟半晌，长叹了一口气："我没有想到这些，没有想到她的苦处，如果不是你，我会走上一条危险路的。"

我又告诉堂哥："我发现，她并非寻常女子，她有着古代女子的风韵，有着现代女郎的性格。她的外貌也很好，丹凤眼，樱桃口，还有匀称的身材。更重要的是她是个有个性的、善于思考的女子，非庸俗之辈。你还需要啥样的呢？"

堂哥说，那我不离了。

日记中记录的这事，是我堂哥堂嫂一生的分水岭，从我劝说的那天起，直到今天，他们还幸福地生活在一起。

当年，堂哥和堂嫂除感情的原因外，还有堂嫂不生育的问题，经医院检查，说是输卵管不通。那时，这是个不好治的毛病。后来，我也以我能想到的方法，帮她进行了补救——请二舅舅用一种神秘的方式进行禳解。现在想来，那几乎是迷信了。但对于那时的堂哥，也不失为一种方法，至少可以让他有盼头。只是不可思议的是，禳解后不久，堂嫂就一连生了两个儿子。天知道，那看起来迷信的办法，到底是如何疏通她那管儿的。

后来，二舅舅还做过很多这样的事，怪的是，那些被医院认为不可能生育的，最后都生下了孩子。

二舅舅会些道术，被称为畅半仙。就是说，在人们眼里，他能顶得上半个神仙。他在大半生的江湖行走中，帮过不少人，最后，大家就得出了一个结论：畅半仙的符咒很灵。记得小时候，有一天，我妈牙疼，脸肿得老高，输液输了好些天，消不了肿，更止不了疼。妈实在受不了，要去找二舅舅。我说，你是牙疼，又不是叫鬼毛了，没用的。妈说试试。去时，她一边抽气，一边抱着脸。二十多分钟后，妈就像个没事人一样回来了。我问，舅舅用了啥法子？妈说，他判了一道符，叫我冲水喝了。很怪，喝上就不疼了。

《西夏咒》中的吴和尚有两个原型，一个是吴乃旦师父，另一个就是二舅舅了。我的神秘文化启蒙者也是他。前面说过，他在我小的时候，就带着我坐静、练功。后来给我介绍吴乃旦师父的，也是他。他比我大二十多岁，一辈子研究西部的神秘文化，没有结婚。他懂得很多咒语和法术，也知道许多稀奇古怪的故事。小时候，我最喜欢听他讲故事，也喜欢叫他教我一些神秘的咒子。在我记忆力最好的时候，就不自觉地记下了许多神秘文化的东西，也记下了好些流传于凉州的咒语。我的小说中，就有了好多非常独特的文化信息。在这一点上，二舅舅对我的影响很大。

比如，《西夏咒》里有个止血咒，瘸拐大剥皮时，就会念那咒子：

> 阴山血，阳山血，打个刀子快如铁。我看刀子快不快，割断筋骨不见血，如果见了一点血，朝着太阳踢三脚。今今风清，吾奉太上老君。

《西夏咒》中的金刚家在跟明王家抢水之前，也会念一种护身咒，让自己在打斗中不要受伤：

> 天护身，地护身，五大金刚护我身。护了前心护后心，护了鼻子护眼睛。护得两耳不灌风，护得身体如铁棍……

还有雪羽儿进老山时，也用了一个禁野兽的咒子，野兽听了，就会打瞌睡，不会咬人。这些咒子，都是小时候二舅舅教给我的。不过，平常人念，就不一定管用。据说，施咒者本身必须修出一种能量，才能借助咒语，调动某种神秘力量，来达成愿望。所以，在我不到十岁时，二舅舅就教了我很多修炼方法，比如修定、坐静、存想，等等。

直到现在，神秘文化在凉州仍然极为盛行。有些老百姓头疼脑热了，不去医院也不吃药，请些民间师父给禳解。管用吗？只要师父有功夫，大多时候会管用。

西部盛行神秘文化，是因为老百姓相信它，觉得它有用。所以，精通神秘文化的二舅舅，就一直很受村里人的敬重。村里一旦有人想知道点啥，或者生了怪病，就会找二舅舅打卦、治病。比如，村里人丢了东西时，总会请二舅舅帮忙，二舅舅就会画上一张符，贴在擀面杖上，然后把擀面杖立在门后，念一阵咒子，让门神和土地神帮着找。怪的是，一般情况下，都能找得到。有一次，邻村有人丢了抽水机的电机，二舅舅就是这样帮他找回来的。如果念一次咒子找不到，二舅舅就会把擀面杖倒过来，再念一次。

治病时，二舅舅用的也是这种功夫，他会先给来人算上一卦，看看对方是不是被哪个"鬼"冲了，再找对治之法。这种方法很像神婆的禳解，可二舅舅说，他的东西跟神婆的东西有本质上的区别，因为他们有本草，也就是经典。后来，他把那些经典都给了我。

在二舅舅的身上，我发现了很多有价值的东西。他用了一辈子时间，去深入研究本土民间文化。因此，在文化层面，他的身上，有许多我可以不断深挖的宝贝。我对本土文化的了解也罢，我作品中的素材和营养也罢，有很大一部分，就源于跟二舅舅聊天。每次跟他聊天，他都会告诉我很多本土文化里容易被人们忽视的宝贝。当然，二舅舅的宝贝，指的不一定是功能，它更多的是一种文化。而功能，只是人们在实践那文化时，产生的一种现象。

我越是研究，就越是发现这种文化的深厚，同时也发现了它跟整个人类文明的联系——它也承载了人类的一种心灵、灵魂、梦想和信仰，代表了中国西部人的精神追求，这种追求跟整个人类的追求是一体的。发现了这一点，我才能写出后来那些既有西部气息，也有人类全息的小说。

所以，在我的生命中，二舅舅是一个非常重要的存在，尤其在我的童年、小学、初中时代，他直接影响了我很多。其中最重要，也是我最重视的，就是神秘文化的熏染。他教的那种修炼虽然不能升华我的心，却给我打下了很好的基础。

陈亦新结婚的时候，二舅舅也来了。六十多岁的二舅舅，已是一脸的皱纹了。他还是提着他的小黑包，那是他随身带的吃饭家伙，里面装满了各种黑得发油的手抄本。记得在我小的时候，他就带这种黑包，包里常有一些怪模怪样的书，我在二十多岁时，就跟妻一起，抄下了很多这样的书。

那次，我专门采访了二舅舅，给他录了音，摄了像。他又给我系统地教了符咒、下镇、送替身、挂袍、送包、禳解术及流行于凉州的许多法术。当然，我想留下的不仅仅是影音资料，我更想以一种文化传承者的身份，来保留这种文化。

舅舅也明白我的这份心意，最后，他就将随身带的那些宝贝书都给了我，自己留下了复印本，说是给了我传承，要我将它们传下去。虽然我知道，二舅舅眼里的这些宝贝，在一般人看来可能就是迷信，但我还是想要为它写本书，从文化的角度挖掘它的意义，把它保留下来。然而我也知道，很多人大概不会理解我的，他们会觉得，一个作家，怎么也在乎这些神神道道的东西。其实，我当然不一定需要它，但世界需要，它也需要。在这种西方文化席卷而来的势态中，我们自己的宝贝要自己保护，要是我们自己也不在乎，许多东西就真的没了。

# 11月8日　让学习成为生命习惯

　　我有个非常明显的特点，就是重视学习、强调学习，这也是我的一个重要基因。如果没有这个基因，很难想象，我这个西部小村出来的普通教师，怎么能走到今天这一步——别说西部小村的普通教师很难，大城市里的大部分人，如果没有学习精神，也是很难走到这一步的，很多人甚至连这样的梦都不敢去做。为什么？因为他们没有自信。

　　很多时候，自信是需要实力来支撑的。所谓的实力，有时不是你目前的水平，而是你认为自己能够拥有的水平。这个水平是怎么来的？就是靠学习得来的。你只要能不断地突破自己，不断地学习过去自己不懂的东西，你就会一天天超过过去的自己。这种成长，会让你产生一种做梦的勇气，觉得自己的未来也许同样是值得期待的。所以，学习精神很重要。它既是一种积极的态度，也赋予了梦想一种踏踏实实的可能性。有坚定信念的同时，必须要有学习精神和务实精神，才可能让梦想成为现实。

　　所以，我在与人接触的时候，经常会告诉他们要好好学习，下面的这篇日记中，就提到了我鼓励一个偶然相识的女孩，叫她一定要好好学习的事情。

## 1982年11月8日　星期一　晴转多云

　　一天两座的任务完成了，我渐渐尝到了那种所谓的禅乐。

昨天进城了，取回了杂志。

我终于知道了那个卖杂志的女孩的名字，她叫宋杰，好一个富有诗意的名字。

今天，我跟她谈了足有一个小时，天南地北，无所不谈，她眼中显露出一种敬慕的光。当我说到希望她能发奋学习时，她的脸却一下子变红了，好像我指责她不好好学习一样。其实，她很有个性，也爱学习。但是，她说，他们单位上的人，对爱学习的人不是打击，就是挖苦，所以她根本不能安心学习。

"那你白天看点别的，如文学作品，到了晚上再复习其他功课，尽量避开不必要的麻烦。"我出了个主意。

她只是红着脸点头。


写这篇日记的那天，正好立冬。立冬的时候，凉州的老百姓一般会包饺子吃。那时，多数人只吃洋芋麻腐的素馅饺子，只有条件好一些的人，才会买点猪肉，做成荤馅。麻腐是当地人很喜欢的一种食品辅料。具体做法是先把麻籽弄碎，加些水拌匀了，再用过滤器过滤一下。过去，老百姓没有精细的过滤器，女人们就会找些干净的纱布，充当过滤器。她们将过滤过的液体沉淀一下，把多余的水清掉，然后，再放入蒸笼中蒸一个小时。在做馅的时候，拌入适量的麻腐就可以了。一般在做洋芋麻腐馅的时候，为了提味，她们还会放些葱。不过，现在人们不怎么做麻腐了，因为太麻烦，尤其是年轻人，大家都热衷于外卖了，一个电话，就能吃到想吃的东西。

这篇日记中又提到了学习。我一直希望所有人都能像我那样学习和修心，因为只有这样，才能让一个人真正改变命运。所以，在很长一段时间里，每见到一个人，我总要说一些鼓励的话。后来，我渐渐发现，我的絮絮叨叨、一心只为他人好，其实都只是我一厢情愿的事。因为，在这世上，有许多人是不爱学习的，很少有人能尝到学习的乐趣，尤其是当那学习带不来看得见的利益和好处的时候，很多人就不去学了，对写作，人们也是一样。

有一天晚上，我和陈亦新去广州参加活动，回到酒店时已很晚了，但第二天早上，我三点就醒了。我有个习惯，只要自然醒来，就不再睡了，因为要是身体需要睡眠的话，它不会自己醒的。既然醒了，说明它的睡眠已经够了，就不需要再去补觉了。陈亦新五点起床后，我已经写完了三篇文章，修改了一篇文章。回来，我就问陈亦新，在同样的环境中，我做了这么多事，你做了什么呢？当然，他也做了，他在晨修。其实，我也在修，我写作时，是安住于空性的，还持着宝瓶气呢。在很多年前，我就是这样了。

那天早上，陈亦新还在睡觉时，我就写了六千多字，然后我们一起吃早餐，一起回到樟木头。到了樟木头时，正好九点多。我又打了些开水，一边泡脚，一边继续写作。

我为什么要说这些琐碎的生活细节呢？因为我想告诉你一种生活方式。写作对我来说，就是一种生活。当时写的那些文章，其实就是这本书的初稿。当然，当初写得很随便，没有经过打磨，真正集结成本书时，我已做了很多修改，内容有大量的增补。因为毕竟过去了这么多年，发生了很多事情，我也学到了很多新东西。但如果我当初没有坚持下去，也就没有"成长日记"这个系列了。

前段时间，我看了托尔斯泰的日记，有一点我觉得很可惜的是，他的日记没有他自己解读的部分。虽然我能从日记的只言片语中看到他，但这些小小的片段背后，有着怎样丰富的内容，比如他的思想，他的感悟，使他形成这些感悟的那些人生经历等，我却无从知晓，世界也无从知晓。而且，这种失去，是没法挽回的，因为托尔斯泰已经死在了那个小站。死亡对他来说，定然是猝不及防的，如果他能想到，这次的出走会夺走他的性命，他会不会多为世界留一些东西，多说说他还没说完的那些话呢？我同样无从知晓。所以，我要尽量在活着时，说完我该说的话。也是因为这个原因，我的每一本书，在我的一生中，都不是可有可无的，对读它们的人来说，同样如此。比如，《一个人的西部·成长日记》出版了，很多读者就会发现，原来所谓的高深、神秘的修道，是他们能够得着的一种生活方式。这时，他们就会对自己生起信心。我想用这本书告诉大家，每个人从一开始都有自己的弱点和局限，人跟人之间真正的区别，在于向往和选择。所以，要让修心和学习成为一种生命习惯，只管耕耘，莫问收获。

从十几岁起，我就在鼓励身边的人，很多人也听得进我的劝，但其中的大部分人，只能坚持上一周，一周过后，他们看不到明显的收益，也没有一个能量化的标准，就放弃了，或变得懒散了——也有超过一周的，但一般坚持不了太久，能一直坚持下去的人，并不太多。他们其实不知道，静修虽然不能在短时间内产生收益，但他们要是能坚持下去，就能获得大益，而且，这种益处是能扭转命运的——我所说的扭转命运，主要是改善生命质量，消除烦恼，让自己不要受到习气和欲望的控制，能够自主人生，不要在人生中留下遗憾。对人的一生来说，这才是最重要的。

有个著名的"荷花定律"，它认为，池塘里荷花的成长速度是逐日增加的，今天的成长量，一般是昨天的两倍，但如果整个池塘在三十天后就能开满荷花，那么在第二十九天的时候，池塘里荷花的盛开量，其实只有第三十天的一半。为啥？因为，第三十天盛开的荷花会非常多，相当于前二十九天的总和。人的成功也是这样。很多人之所以不能成功，是因为他在离成功一步之遥的时候放弃了，他不知道，要是他能坚持再走一步，可能就成功了。所以，成功需要厚积薄发，需要沉淀积累，需要坚持到底，人格和智慧上的成长更是如此，因为只有这样，你才能改变生命习惯，最终真正地改变心灵。

一位专职志愿者曾经问我，他该如何定位自己？该往哪方面努力？我告诉他，不要问我这些太具体的问题，没有什么比"成长"二字更重要。不要把术看得太重，要注重人格的修养。就像我过去对陈亦新说的，不要为将来的衣食操心，当你成为雪漠时，还怕没饭吃吗？所以，你只要成长就行了，别的不用去管。

这些日记中的我就是这样，当时，他不知道自己将来会怎么样，也不知道这条路到底要走多久，会有多长，而且他的起点并不高，甚至不如我身边的那些志愿者，但他不问结果，只求成长，于是就一天天坚持了下来。最后，他实现了超越，成了今天的雪漠。

你想想，如果当年那个平凡的孩子也能做到，你为啥不能做到呢？为啥不去养成良好的生活习惯，不去为自己的梦想和向往努力一下呢？如果你能把学习和修心融入生活，在生活的每一个细节中都不忘掉它，还有什么是你做不到的呢？当然，很多人听到我说这些，都会激情澎湃，都会跃跃欲试，但他们赢不过时间。当他们看不到收获，而且长年累月如此时，他们的激情就被耗尽了。所以我常说，真正的向往不是激情，而是一种理性的选择，它的产生，必然发生在看破人生，真正明白自己需要什么之后。

这篇日记中提到的宋杰，是一位很好的女孩子，但是后来，她似乎也没有按我期望的那样去学习，而是过着很平常的生活。或许，每个人都一样，别人一时的忠告，远远比不上环境和惰性对他的影响。他一旦对环境和惰性屈服，就很难再成长了。如果你不想屈服，就必须拥有一种大力和意志，而且，还要承受一种"生长痛"——你不见孩子长个子时，老是嚷嚷腿疼吗？有些人承受不住这种痛，也会放弃。不过，这也没什么，因为他可能会生活得很快乐、很安逸。其实，每个人都有他自己的人生选择，当一个人选择了一种自己想要的生活，而且觉得那也很好时，我当然也会随喜他的快乐。

四十年过去了，我的生命中有太多人都像这篇日记中的女子一样，一闪而过，有些，我还记得名字，更多的，连名字也忘了。那些我还记得名字的人，往往以各种不同的形式帮过我，或给过我某种启迪、让我感受到了某种美好。而之所以我在当年的日记中，写下了"宋杰"这个名字，也是因为她曾帮我订阅过一些杂志。我一直感激她对我曾经的帮助，因为，在我看来，她其实不用为我操这份心的。她也许不知道，自己一点点力所能及的帮助，会对一个人的成长起到很好的推动作用，这会让那个人在四十年后仍然记得她，仍然感恩她，还会把她留在一本或许能留下去的书中，让她能留下生命的印迹，温暖很多需要被温暖的人。在她的心中，可能自己就是一个非常平凡的人，生命中最好的可能，就是养家糊口，快乐平淡地过完一生。如果她知道自己的生命能创造更大的价值，自己的人生能有更大的格局，也许，她就不会心甘情愿地庸碌一辈子了。

很多人都是这样，他们之所以平庸了一辈子，并不是因为他们只能这样活着，而是因为他们没有自信。他们不相信自己有更大的力量，能创造更大的价值，于是，很多本来能为社会做出更大贡献的人，就被庸碌的生活给埋了。不过，也有一些人的不自信，是因为愿力不够，他们明知假如勤奋一些、好学一些，自己就能创造更大的价值，却提不起劲，宁可平庸地活着。

这样埋掉的人，是不计其数的。偶尔想起，我也只能叹息。

# 11 月 11 日　感谢命运中的逆缘

　　下面的日记谈到了一个问题：我的学习热情减退了。写日记的那时，我觉得自己是退步了，甚至有些自甘堕落了，开始向往过去的那种精进，希望自己能回到过去的状态中。其实，这是我对自己的误解，我在学习上的放松，并不是一种自甘堕落，而是修心带来的一种变化。

　　很多时候，静修的世界跟世俗世界就像两个不同的系统，因为两者的价值观是刚好相反的。很多世俗人认为的懒惰、不进取，在修道者看来，恰好是不执着的体现——当然，有些人的懒惰也确实是懒惰，因为他们对名利物质也有欲望，只是害怕吃苦，不愿用功而已，这跟修道者的不进取是两回事——不过，我现在也不赞同那种不进取，我觉得，你可以不在乎名利，但你不能不做事，如果你不做事，一味地享受恬淡之乐，你就是在虚度光阴，浪费大好生命。人既然活着，就该做些只有活着才能做的事情，否则，活着跟不活，有啥不同呢？所以，我虽然对世俗中的很多东西都不在乎，但现在依然会非常努力地按世俗的活法而活着，比如开网店、带货、讲座等。因为，你必须有世界认可和理解的东西，才能走入世界的视野、介入世界的运作，从而为世界贡献一些你独有的东西。

　　总的来说，人在不同阶段，就有不同阶段该做的事情，也有不同阶段该有的精进。知道当下该在何处用力、该在何处精进，也是一种智慧。

## 1982 年 11 月 11 日　星期四　晴

近日情况很好，多修了几座，所以前几天忘了写日记。

连续几天的学习计划都没有完成，以后要尽量完成才行。我想，最好每晚都抽出一两个小时来练笔，白天复习，为将来考大学做准备。不过我知道，我的出路和前途不在于那张大学文凭，而在于文学创作。考大学，仅仅是走出家乡的一个跳板罢了。

我没想到，她的成绩竟然那么差，我真不明白，她聪颖的脑袋里，装的到底是糨糊还是智慧呢？如果是后者，就应该发奋学习才对。我现在已经有工作了，但仍然在发奋苦读，何况她呢？

人不应该自满，更不应该自甘堕落。上高中时，我的学习抓得很紧，热情也很高，现在有了舒适的环境，有了幽静的独立空间，我的学习热情反而有所减退了，这是多么可悲、可怕的事啊！我多么向往以前的学习生活啊！

我的天。


许多时候，当我修得很好的时候，学习上就不那么用功了，因为我对文凭不再执着，对于能不能考上大学，我不再像以前那么在乎。这时，面对那些为考试而学的东西时，我就会热情不大。所以，消解我热情的，并不是我当时认为的懒惰和懈怠，反而是一种无执的智慧。

不过，我天生就不是一个功利的人，所以我不喜欢跟功利的人相处，也不喜欢做功利的事。要是让我为了某个功利目的而做事，我就总是没什么激情。过去，我因为太想走出家乡，太想报答父母和弟弟，太想为母亲争一口气，所以在学业上非常用功，但即便这样，我还是学不好数学。

就像日记中所说的，我不在乎大学文凭，我之所以一直想要考大学，只是希望通过考学走出家乡，到外面的世界看一看而已。那时节的我，有些像《大漠祭》中的灵官。后来，我们都没有考上大学，但都离开了家乡。不同的是，他的离开，是一种逃离，是对现实的回避，是在没有任何准备，包括心理准备的情况下，走进了一个巨大的未知。而我的离开，却是在外部条件的推动下，走进了一个更大的世界。灵官在进入一个更大的世界时，能不能脱胎换骨，让心灵也走出家乡，还很难说。基本上不可能，因为这不但需要学习的习惯，还需要一种巨大的定力和慧力，你要分得清自己该学什么，该拒绝什么，还要有拒绝的勇气和能力，而灵官没有像我那样修心，这些，他都不具备。很多在地域上走出家乡的人也是这样，要么被大城市拒绝了、排斥了，要么被大城市吞噬了、同化了，能守住自己的纯朴，还能升华灵魂的人很少。

其实，很多人都知道自己该拒绝什么，包括那些受贿的人。最初，他们定然不想受贿，也定然有过一段忐忑不安的时期，但在环境的熏染之下，他们慢慢地接受了灰色收入，觉得收受灰色收入理所当然。渐渐地，他们就被环境同化了，被一种贪婪的游戏规则所改变了。如果不想这样，就要拒绝游戏规则，不参与这个游戏，而拒绝需要放下欲望。

过去，我之所以能拒绝官场上的许多规则而洁身自爱，就是因为我不在乎那个游戏。要是他人或环境逼着我堕落，我宁愿被"流放"到别处。如果放不下很多人都觉得必须有的那些东西，比如金钱名利等，你就很难拒绝环境对你的挤压。

几十年前，我就不在乎金钱之类的东西，我只想考上大学，走出家乡，到一个更大的环境里去学习，去深造，然后成为作家，用文学改变自己的命运。所以，对文史哲我下过苦功，而且我的记忆力很好，几乎能过目不忘，要是不用考数学，也没有当时那学区辅导站刘站长的刁难——他一直不给我在介绍信上盖公章——我就会圆了我的大学梦。但相应地，如果我在二十岁左右的时候考上大学，就不可能有后来的闭关了，没有那将近二十年的闭关，我就会成为另一个人。所以，虽然我到二十五岁发表了《长烟落日处》后，才第一次去了兰州，看到了黄河，三十七岁完成《大漠祭》时，才第一次去了上海，见识了发达城市的繁华，但是，从一生的轨迹来看，刘站长那时对我的反感和刁难，其实在另一种意义上影响了我命运的走向，给我带来了巨大的益处。他干扰了我的一个小梦想，却成就了我的一个大梦想，就像他给我关上了一扇窗，却打开了一道门一样。虽然他是无意的，但我还是很感恩他。

过去，我的命运中出现过很多这样的善知识和逆行菩萨。他们都在我应该做出一些选择的时候，用另一种方式给了我一种助力。比如，刘站长曾用自己的权力掐断了我的大学梦；一些朋友也利用群体的力量，掐断了我想留在凉州的最后一丝念想；再后来，一些人士又逼着我走出书斋，去著书立说，弘扬大善文化……没有他们，真的不会有今天的雪漠。

所以，我们要感谢命运中所有的逆缘。

只要你的生命有足够的韧力，只要你一直不放弃，你就要相信，那些逆缘总有一天，会成为助缘，会助你成就一份更大的事业。

日记中谈到的"她"，仍是鲁新云，那时，我发现她的学习成绩不像我期望的那么好。写这篇日记的时候，虽然我对爱情比对双职工更重视，但环境的熏染，还是让我对鲁新云的成绩有些期待，因为，成绩好一些，才能考上学，考上学，才有正式工作。相反，如果考不上学，她就只能回家当农民了。但正如日记中写到的，鲁新云的成绩没有达到我的期待。而后来，她也确实没有考上学，所以读完初中就回家了。

在她上初三的那年，也就是我们相识的那年，为了帮助她提高成绩，我给她定了很多学习任务，她大多完成了，却没能一直坚持。她很难真正地生起学习热情，就算勉强完成一些学习任务，也不过是为了达到我的要求而已。倒是我给她布置的静修任务，她一直坚持了下来，因此，她没有像一些女孩子那样，被内心的占有欲所左右。在人格修炼上，她用的心也许不亚于我，而命运也因此掌控在了她自己的手里。

表达了对鲁新云的担忧之后，我再次批评了自己。那时节，每次完不成学习计划，我都会非常愧疚，觉得自己不够用功，不够努力，没能充分安排好时间。后来，我也发现了这一点，于是就调整了计划，在某个时期专修一样，不再贪多贪快。比如，这段时间的重点是静修，那么我就专注地修，其他的都放下；下一个重点是写作，我就专心写作，把万缘放下；再下一个重点是学习，我就专注于学习，其他的不费太多心力。这时，我就能把每一样都做得很好了。所以，放下一切，拒绝外缘，闭关专修，是一种非常有效的学习方法。

写到这里，说一段闲话。

几年前，凉州的未央发表过一封公开信，她在信中向凉州的文联主席提到了我，为我在家乡的不被重视抱不平。我很感谢她这份心，毕竟，在凉州，能这样公开为我说话的人极少。她说，其实那些话不仅仅是她的心声，也是很多凉州人的心声，因为我的作品是明摆着的，我对家乡的贡献也是明摆着的。当然，我没觉得自己在贡献啥，我的写作，只是为了流出心中的爱，但她的话还是让我非常感动，我将她的挺身而出，当成了一种来自家乡的温暖。

以前，区法院的张万雄也为我说过话，他给张绪胜书记写过一封信。后来，张书记一直想给我换个工作——那时我在小学当老师，实在太忙，没时间写作——但被一些朋友搅了。此前，武威地委的杨兴昌书记也一直想帮我，他亲自给当时的文联谢主席写了推荐信，但谢主席坚决不帮。

大家想，要是我真的进了武威文联，当了主席，我哪有今天这样充分的写作时间？哪能像现在这样，经常搞些公益文化活动，经常去外地采风、采访，挖掘和保留一些优秀文化呢？所以，我从来没有怨过当初搅局的朋友，也没有怨过谢主席，或其他刁难我的朋友，相反，我一直感谢他们，正是因为他们，我才一直没有懒惰，一直在打碎自己、不断进步，我之所以能走出武威，走出西部，全在于有这样一些朋友。

人们把一条鱼从池塘里往大海里赶的时候，其实是在帮它，是在打碎它庸碌的梦，打碎它安逸的生命惯性，让它在一时的阵痛之后，进入一个更大的世界。正如鹰妈妈把小鹰蹬下悬崖的时候，真正的目的，是逼着它学会飞翔。

我的命运中，有许多"鹰妈妈"，他们每蹬我一下，都是在成就我，让我在每个跌落的时刻学会振翅高飞。

所以，生活其实很公平，它就像跷跷板，某方面矮了，另一方面就定然会高起来。古今中外，有许多作家、艺术家，以及很多伟大人物，都是这样，他们看似遭遇了厄运，但他们的名扬天下、风雅千古，恰好跟这些"厄运"息息相关。

很多人都说，我的《白虎关》是象征主义小说，且不说它到底是什么主义，但它确实充满了象征。包括"白虎关"本身，其实也是象征，它象征了厄运。那部小说中，每个人物都经受了不一样的厄运，这些厄运，就是他们的"关"。其中，有些人过关了，比如兰兰；有些人却倒下了，比如王秃子们。两者的区别，在于能否实现超越。兰兰超越了自己，超越了小爱，向往信仰之大爱，追求觉悟和利众，于是实现了升华，不再痛苦；王秃子无法对厄运释怀，内心的愤怒无法排解，因此才会彻底失控，杀人杀己。所以，想要渡过生命中的白虎关，就必须超越当下的自己，实现升华——从这个角度看，白虎关又何尝不是命运给我们的机遇？顺境时，人不需要成长就可以前进，只有在厄运来临，人受到重压，不升华就会倒下时，人才会逼着自己进步，逼着自己超越，逼着自己把一切都放下。所以，厄运反而是最大的机遇，有时，没有厄运，就没有真正的机遇。无论个体、群体还是人类，都是这样，都有自己必然经历的关口，也都有升华、超越和倒下的可能，其决定权，永远掌握在自己手上。

# 11月12日　与睡魔较量

十九岁的时候，虽然我静修时的状态不错，但生活中，我其实是很苦闷的，这种苦闷，源于现实和梦想之间的差距。所以，坚持梦想是需要勇气的，它意味着你始终要和自己搏斗，始终要跟时间搏斗，始终要让自己保持一种积极正面的心态，永远相信自己能够战胜自己，战胜难关，实现梦想。如果没有这种信念，你是很难走出命运的。而所谓的走出命运，就是走出烦恼，走出忧虑，走出躁动，走出恐惧，走出孤独，也走出沮丧和痛苦，走入一种祥和安宁的境界。

下面的日记记录了我当时的一个梦，那几乎可以算是一个噩梦。通过这个梦，你就可以看出我当时承受的压力。这种压力，一方面源于梦想的遥远和庞大，另一方面也源于外界对我的质疑。对一个成长中的青年来说，外界有一点质疑的声音也没关系，但如果质疑声太多，他就容易怀疑自己。因为，所有负面的信息都有一种负面的磁场，负面的磁场过于强大的时候，就会扰乱人的心灵，让人变得不安。面对这种情况时，人必须增强自己内心的正念，用巨大的正念的力量，去化解负面能量对自己的干扰。比如正面暗示、自我鼓励和信仰仪轨等，这些都是世间法层面的正念。它们能起作用，却不是最好的正念，最好的正念是真心，安住于真心，任眼前一切景象、耳边一切声音自来自去，才是最好的化解之法。但当时我还不明白什么是真心，自然也谈不上安住。所以，我只能不断给自己打气。

## 1982 年 11 月 12 日　星期五　阴

今天早晚都修了，状态不错。

昨晚，我做了一个梦，梦到我和新云骑着车子回家，一路上杂草丛生，荒无人烟，到处都是弯弯曲曲的羊肠小道，我不知道该走哪一条，迷路了。她笑着给我指路。当我们进了密林深处时，突然有两个强盗冲出来拦住我，想抢劫。不过他们打错了算盘，我使出拿手的少林拳法，把他们打得屁滚尿流。最后，他们还不死心，就各自抽出一把雪亮的长剑，向我扑来。我后退时，不小心摔倒在沟中，他们就趁势把剑插入了我的额角。梦中，我一点儿都不疼，只觉得自己在流血。然后我拔出额角的剑，向他们刺了过去。不知为什么，那剑明明刺入了他们的喉咙，可他们仍然狂笑着。不过，最后他们还是被我打败了。

我跟强盗对决的时候，她始终在远处注视着我，没有逃开，显得很担心，也很焦急。

不知我为啥会做这样的梦？

我真恨自己，整整两个下午都在睡梦中度过，我深深地感到，实现计划需要很大的自我克制力。鬼才晓得，冬天的我，为啥反而比夏天更能睡呢？

以后，我坚决白天不睡觉，争取完成自己的计划。

此处非久留之地，但是，要想被人尊重，被人重视，要想有其他的出路，就必须有学历。发奋吧，开红同志！

复习时，要更加系统、全面、深刻，尤其是数学，乱学是没有用的,要对自己更严格一些。现在的学习,只是在欺骗自己罢了。

　　从上面的日记中,你可以看出我那时的挣扎。那时节,我最难对付的,是睡魔。这一点,有点像丘处机。丘处机当年也是这样。最开始修时,他老是睡觉,一打坐,就想睡,后来,他用尽了心力,才终于打败了睡魔。

　　我跟丘处机不同的是,我静修时的状态一直很好,很清醒,一点都不昏沉,也没什么杂念。不过,因为我有午休的习惯,一不小心,就会睡过头。当时总是很后悔,一边写着日记,一边诅咒自己,觉得自己不该浪费时间,但现在看来,那时就算多睡一会儿也没有错。因为,我那时的睡眠一直不足,正是那偶尔的睡过头,才让我的身体没有彻底垮掉。现在,我仍是醒来即起——无论半夜还是凌晨,也不管到不到五点,只要醒了,我就会立刻起床。起床时,我还会自言自语:谁叫你自个儿醒了呢?这可怪不得我,又不是我叫醒你的。

　　四十岁之后,我的睡眠越来越少了。五十岁时,就更少了。写这篇文章时,大约不到三点,我就被蚊子咬醒了。既然醒了,就起吧。起床后,我会一边泡脚,一边写文章。哪怕在最热的时候,我也要泡脚,这是我给身体的一份礼物。天最热时,我一泡脚,就满身是汗,像蒸桑拿。有人说早上泡脚不好,我却发现,早上泡完脚会一身通透,精力充沛,要是多喝水,多出汗,也会多排毒。总之,对身体是有好处的。可见,人要学会观察自己的身体,寻找对健康最有益的生活方式,不能人云亦云。

　　这篇日记,没谈环境对我的挤压,但是可以看出,我一直想走出那个小地方。在这一点上,我跟其他很多凉州人不一样。凉州的传统,是外面多好都不如家好,与其瞎折腾,不如在家好好过安稳日子。所以，我这样的人在凉州人眼里，就是典型的二杆子。当然，时代变了，凉州也变了，凉州的很多年轻人也想往外跑了。现在，凉州的村子都空了，一回去，就只见几个老头老太太在远远望着我，看着挺可怜的，但我也知道，这是时代的必然发展趋势。若是家乡没有好的发展，年轻人就一定会往外走。便是我自己，也不想把自己封闭在一方小天地里，也想到外面去学更多的东西，见更多的世面，何况年轻人呢？所以，我能理解那些离开家乡的年轻人，却也觉得，空荡荡的家乡，显得更加苍老了，让人看着很是心酸。

早年，因为想要离开家乡，我一直想考大学，还坚持学了好多年数学。其实，数学是我最伤脑筋的学科之一，我一见就头疼，但我还是没有逃避它。因为我明白，"此处非久留之地"，我必须走出去。我也相信，只要我努力，只要我不放弃，我必定会走出去的。

人在很多时候，都必须跟自己作对，不能老是妥协。这世上，有很多自己不想面对的事。要是每件事都妥协，人就不可能进步。我从来不对自己妥协，要是觉得什么事必须要做，我就会想尽一切办法去做，一次不行就两次，两次不行就三次。我就像沙漠里的骆驼一样，坚韧不屈，即使背着很重的行李和货物，我也会一直走到绿洲，决不中途放弃。就是因为这种个性，四十年来，我改掉了自己身上的好多毛病。而很多时常对自己妥协的人，四十年前怎样，四十年后仍然怎么样，没有好的转变，所以，他们的际遇也没什么转变。

所以，逃避不是好的习惯。人不怕失败，只怕放弃，当然也怕逃避。因为逃避自己的人是不可能进步的，他始终会在同一个坑里跌倒。这已不仅仅是懦弱了，也是一种愚痴。

这篇日记中谈到了一个打斗的梦。我在早年的梦中，老是跟人打斗，身边也老是有她，而她老是会在梦中感动我。这说明，那时的我是很孤独的。读我的文章时，很多人也会读出那份孤独。但梦中只要有人，就说明梦中的我不孤独，再后来的许多梦里，连人都没有了，我的诗中，才有了"孤独的日子你不入梦，孤独的梦里总是独行"的句子。

在那些孤独的日子里，我总是感到环境让我窒息，总是觉得自己得不到他人的尊重。如今，回头看时，却不禁为自己的敏感感到好笑。其实，那时节，学校的老师们都待我很好。不过是我特立独行的个性和好谈理想的豪情，让他们觉得我有些狂妄罢了。后来，有一次，我对一位朋友谈了我的理想，他当面唯唯诺诺附和着我，没想到转过身，就对别人说我爱吹牛。我便明白了，一个爱谈理想的人，在不爱谈理想的人眼中会显得不正常。从此以后，我就慢慢变得低调了。除了偶尔和堂兄开桔聊聊理想，我几乎不再跟别人深谈理想了。

最近因为整理这些日记，我时不时就会感叹，时不时也会心酸和感动：那时节，根本没有人相信我能成功。但是，这也不能怪他们，因为那块黄土地确实埋葬了无数个不甘寂寞的灵魂，他们眼中，像我这样的又能算什么。我也相信，那一个个灵魂中，虽然有为我唏嘘的，有为我鼓劲的，但更多的，是想拉住我，壮大他们庸碌的队伍。所以，虽然我有梦想，但在那时，一切的显现，都让我看不到哪怕一丁点的希望。我所有的动力，仅仅是我的那点自信，而那所谓的自信，说白了就是生命本有的一份热情——真的！人活着，总得做点什么，总得有份上进心吧。幸好我有这打不碎的热情，也幸好，我总是"一根筋"，才没有被环境摧毁我那时的梦想。

那时，我一直在定计划，但总是完不成，因为总有许多不可预见的事会发生。比如，到了应该学某课的时候，往往会有同事来串门，一聊天，学习计划就泡汤了，只有早上和晚上——他们起不了那么早，晚上又喜欢打扑克——他们顾不上到我这儿来，我才能做点自己的事。于是，我就只能在早晚坚持静修、读书和写日记。

早年的练笔，我就是以日记的方式来进行的。直到两年后，我被调到一个叫北安的小学，在站长明确告诉我，不同意我考大学后，我才开始创作一本叫《风卷西凉道》的小说。那手稿今天还在，后来，其中的一些素材，我用到了《野狐岭》中，其中有些精彩章节，我也想用到《野狐岭》中，但后来还是放弃了。编辑陈彦瑾也认为放上后文气不对，就只好删了。小说是有气的，有时候，别人要是改了我的一个字，每次读到那个地方，我就会觉得很扎眼。十多年前，有人曾改了我《大漠祭》中的一个词，现在，每次读到那儿，我都会觉得气不对。这种我独有的气，便得益于早年的日记中，那灵魂历练般的练笔。

那时的环境，对我的成长也是充满挑战的。我总是惜时如命，但有时候又不得不被裹挟而去。那时，学校里流行打扑克，四个人一组，玩升级之类，输了的把纸条贴在脸上，充当胡子。我很少玩，技术就很差，有时，他们人不够了，我也会被强制顶数，但总是会挨伙伴的骂，因为我总是出错牌，害伙伴们被贴胡子。我也不明白，过目不忘的我，怎么连张牌都会出错——估计是因为我潜意识里觉得浪费时间，想早点结束，好回去做我该做的事吧。从这一点上，也可以看出我的变化，因为我现在虽然也惜时如命，严禁别人浪费我的时间，但每逢过年之类的重要假日，我还是会抽出时间，陪一陪我身边的志愿者。有时，也会打牌、唱歌和看电影等，但早没了当初那记不住牌的问题，总是全情投入地玩。为啥？因为当下在做的事，就是最重要的事。要是心里还记挂着别的事，不能好好地陪伴，那就失去了陪伴的意义，还不如回到关房里做事。所以，在不同的生命阶段，人总会有不同的想法。

现在想来，当时我总觉得自己不被尊重，也许就是因为那时的被骂吧。不过，那个学校里后来出的许多人才，都不爱打牌，也打不好牌。可见，就算打不好牌，被骂上几句，其实也没啥。是不是人才，值不值得尊重，跟这没啥关系，甚至跟别人尊不尊重也没啥关系。

# 11月13日　良苦用心是情分

　　在很多人眼中，我不是一个严厉的人，虽然看起来很严肃，不常笑——其实也常笑，但公开场合很少笑——但对于学生之外的人，我是很少批评的。原因很简单：我批评人不是因为发怒，也不是因为有情绪，而是因为要调教对方。就像下面的日记中说的，当温和的做法不奏效时，我就会表现出一种发怒的样子，让对方感觉到问题的严重性。但这个对方，必须是真心向我求教的人，如果只能给他带来一份坏心情，而无法给他带来益处的话，我也就没必要批评什么了。

　　多年来，我批评得最厉害的，就是陈亦新。但最近我很少批评他了，因为他的毛病已经差不多全改掉了，心也调柔到了极致。谁都说，现在的他，看不出一点火气，整个人散发着一种柔和宁静的气场。用很多人的话来说，他的进步，是肉眼可见的。他能有这样的进步，就得益于我不遗余力的修理。我像工匠雕琢艺术珍品一样，一点点地雕琢他，把他身上所有多余的东西都剔掉，最后就形成了现在的他。所以，虽然我平时对他表扬得不够，还经常拿他来开玩笑，但每次想起他，或谈起他，我都是非常欣慰、非常自豪的。能有这样的儿子，是我的幸运。

　　当然，也有人说，您从小培养到大的孩子，自然跟别的孩子不一样啊。这话有道理，因为家庭环境几乎决定了孩子的一切，我是怎么走过来的，我经历过什么，我是如何活着的，陈亦新一直都看在眼里，受我的影响自然也是最深的。所以，陈亦新有很多方面都很像我，比如爱看书、爱写作、擅长讲课等等。近年来，他甚至也留起了胡子。最初，他的胡子怎么留都留不多，近来似乎也越来越浓密了。我过去常打笑他说，大胡子也是福报，不是谁都能留得起来的，按这个说法，他的福报是越来越大了。只是，留起大胡子的陈亦新，越来越不像过去的那个俊秀书生了。看到他的变化，看到一天天长大的陈清如，我就会感觉到时光的流逝。

瞧，日记里的我，还在琢磨着怎么教好班里的学生，解读这篇日记的我，已近六旬了，我有了家庭，有了孙女，日记里那个牵动我心的女孩，也早已成了奶奶。一切都在飞快地变化着。偶一回顾，我的心里总是充满沧桑。所幸，这些年，我没有白活，做了许多对世界有益的事，也算是对得起这飞逝的光阴了。

## 1982 年 11 月 13 日　星期六　晴

晨修感觉弱了。

我对初三学生本来是不打、不批评、不刺激的，原为人家着想，怕他们害羞，可是他们却认为我是好欺负的，满不在乎。

以后要注意，该严则严，该骂则骂！

小时候就听老人说，对娃娃们，能给个好心不能给个好脸。但我对学生的态度，一直都不错。这从很多学生喜欢问我问题就可以看出。可是，正是因为有时我的态度太好了，反倒让他们变得嚣张。我是个老师，要对他们负责，道理要给他们讲通，威严也必须要有。所以，写这篇日记的那天，本着为他们好的心，我打定主意，要是他们下次再嚣张，我就集体整顿一下班里的学生。

现在，我虽然不做老师了，但也在培养人才。我对学生们的态度一般很好，以尊重友好为主，偶尔遇到恰当的机缘，也会批评他们一下。很多学生竟然还说，真希望雪漠老师能骂一骂我，因为，他们不一定能看清自己的问题，但我能看清他们有什么问题。每当不能修正自己时，他们就希望，有个人能给他们更严厉的提醒。这提醒，对他们来说有一种大力，能促使他们去对治习气。甚至还有人认为，我的骂，可以给他们消除业障。

至于是不是真能给他们消除业障，我不评论，但是按传统的说法，是可以的。所谓的业障，其实就是行为带来的反作用力，是你需要偿还的东西，你受了批评，受了挫折，其中一部分的反作用力就抵消了。所以，他们的说法，或许也有道理。而且，可以肯定的是，我的批评肯定是为他们好，也肯定是语出真心的。

瞧，我从十九岁起就是这样了。

从这篇日记，还可以看出一点，就是人与人之间的感情是相互的。当我柔和地对待学生，他们却因此不尊重我，不听我的教导时，我就不得不狠狠地教训他们。因为，我是老师，老师要是做老好人，就会误人子弟。当然，就连背后嘲笑刁难我的人，我也没有记恨过他们，何况这些不懂事的孩子？所以，虽然情感是相互的，但我并不会因为学生的顽劣，就失去对他们的爱心。我信奉的永远是"宁可人负我，不可我负人"。

现在也是这样，很多人觉得我太严肃，不知如何和我相处，有些怕我，与我相处时又把自己弄得很紧张，往往因此而做出不适当的事来。其实，一般情况下，如果一个人能真诚对我，成为学生又能积极向上，我心中都是欢喜的，我虽然也会发怒，怒其不争，但并不代表我的心就是发怒的状态。其实，经过几十年的修心，我的心早如婴儿一般柔软了。你一定不要被我表面上的威严吓住。要记住，我的威严是一种自然而然的东西，你不必惶恐，更不必乱了自己的阵脚。如果你与我相处，总是小心翼翼，总是战战兢兢，不仅你累，我也会很累的。

我始终崇尚的是真心相待。

我确实很怕别人打搅我，因为我每天要处理的事情很多，上一篇日记里也说过，我每天都有相应的安排，一旦别人贸然打扰我，我原本要做的事情，就会受到影响，我的工作也会被打乱。虽然我现在不再打卡，也不再制订具体的工作计划，但我仍然没有浪费过时间。前面也说过，我就连泡脚时都写文章，你可想而知，我有多珍惜生命。我时时提醒自己，在写作和培养人才两个方面，都要抓紧，尤其是培养人才这方面。秦始皇的故事总在提醒着我，不管你把事业发展到什么程度，一旦你不在了，将事业传承下去，就要靠你的接班人，以及辅佐他的那些人——我说的，当然不是世俗人所说的事业，比如企业、产业啥的，我说的，是文化传播事业。不管一种文化现在传播到什么程度，它都需要不断地传播下去，需要通过各种手段，让它的生命能延续下去。

托尔斯泰的书为啥能一直畅销，百年后还有人在读？因为不断有人在出新的版本，新版本的发行，往往伴随着新一波的宣传。新的宣传，意味着对图书市场的又一波刺激，这样的刺激，激活的可能不仅仅是这一本书，而是托尔斯泰的所有书。因为，很多淡忘了他的人，都会想起他；很多原来只知道他名字的人，也许会对他产生好奇，想知道他的书究竟有多好；原本连他的名字也不知道的人，可能就会知道他，甚至购买他的书——当然，这种情况还是比较少见的，托尔斯泰代表了世界文学的巅峰，他的名字，不管在哪个时代，都是很难被忽略的。或许，这也跟托尔斯泰有更多的利众行为有关。他的托尔斯泰主义，当时确实感动了很多人。有人来到他的身边，只为跟他一起，实践他倡导的生活方式。不过，他倡导的生活方式，最终也没有造成太大的影响，这一点是值得我们思考的——为什么他的文学作品那么出名，他的影响力这么大，他想改造人心，却仍然这么困难？

其实，这不难理解，改造人心本来就很难，要想让托尔斯泰主义在托尔斯泰本人死后，仍然对世界造成影响，就需要一些优秀的传承人像他过去那样，不断为这个事业做出努力——这是所有文化的共同命运。

我之所以在培养人才方面那么用心，花那么多时间，就是为了确保文化传播事业有很好的传承人，他们能在我离开这个世界以后，继续把大善文化发扬光大，让它影响世界，为世界输送善美的养分。所以，我希望大家都能记住，我们不是在做一个只玩一辈子，曲终人就散的游戏，我们不要把目光集中在一些小东西上。每个走入这个群体的人，都应该有更大的抱负，都应该把文化传播视为己任，勇敢地升华自己，让自己成长起来，有所担当。

# 11月15日 "美美地修"其实不对

我早年之所以会走入修道，除了二舅舅的启蒙之外，还有一个很重要的原因，就是我十岁时发现了死亡。

对当时的我来说，这是一个很大的冲击，它让我突然意识到，爸妈随时都有可能消失，我自己也随时都有可能消失，一旦消失，就会很快没了存在过的痕迹，就像村里的很多老人死后，很快就没了存在过的痕迹一样。人们的生活将会如常继续，甚至就连他们的亲人，也会在一段时间的悲痛之后，恢复正常的生活。他们的内心也许仍然会刺痛，尤其在想起一些温馨画面的时候，但更多的时候，他们的心里并没有那些已经死去的人，因为，后者已经从他们的生活中消失了。当我发现这一切时，我眼中的世界就变了，虽然我仍然热爱它，却知道，它随时都在变化，我随时都可能被死亡带走，不得不离开它。所以，十几岁的时候，我对人们趋之若鹜的很多东西，就没有很强的欲望了，宁愿一个人躲在宿舍里，静静地修。

先来看下面的日记。

## 1982 年 11 月 15 日　星期一　晴

周末闭了两天关，美美地修了几座，没写日记。

我太贪恋静修了，没有完成其他功课，不知算不算浪费时间？

我觉得，即使静修很重要，每天也要尽量完成学习计划才对。

而且，我对数学和外语抓得不够紧，以后要抓得更紧一些。

这篇日记再次忏悔了学习上的懈怠。

这个阶段，因为尝到了禅乐，我也生起了贪恋，觉得世间一切的享受，都不如静修时的那份安详、喜悦和酣然。这时，我就把大学啥的都给忘了，甚至连写作都给忘了，只想沉浸在静修的氛围之中。

所以，日记中我说自己"美美地修了几座"。但这"美美地"，在凉州话中除了"享受"的意思之外，也有"用了大力"的意思，类似于"好好地"。而真正的静修，是不能用大力的，甚至丝毫不能着意和着力，要顺其自然，让自己放松、警觉地走在中道上。就像晚上下班时，你完全放松了心，一边感受着夜晚清凉的空气，一边安安静静地走在回家的路上，心里没有任何杂念时的那种状态。这种没有杂念的安详，源于你暂时地放下了一切，没有任何牵挂，但因为你并没有真正地放下，所以这状态是不稳定的，如果你接到一个电话，对方告诉你工作中出现了意外，你需要马上解决某个重大问题时，你立刻就会紧张起来，巨大的压力会占据你的心，让你无论如何都放松不下来，如果不能放松，你就回不到那种安详喜悦的状态之中。而修心的目的，就是帮助你破除执着，放下一切，不管眼前发生了什么事，都能淡然处之，不会生起烦恼，感到痛苦。

我经常谈到一个故事：苏东坡临终的时候，朋友提醒他，现在正是你着力的时候，他却说"着力即差"，意思是，你错了，如果我这时着力，就解脱不了了。他是对的，着力就会偏离中道，偏离中道的状态，定然不是觉悟的状态。我也总是告诉一些孩子，静修虽然不能懒散懈怠，但也不能紧紧张张，因为过犹不及。做事的时候也是这样，你越是想要尽快完成一件事，心中的压力就越大，这种压力会对你造成极大的障碍，让你事倍功半，于是你的压力就会更大。如果你不能及时地醒悟，那么用不了多久，你就会被压垮，更谈不上做好事情了。所以，我总是对那些心急的孩子说，又不是赶着去死，你这么着急干吗？

我为什么这样说？因为，人活着时的一切目的，都只是人生过程中的一个节点，每个人真正的目的地，只有死亡。所以，对一切的目的，其实都不用执着，你也执着不了，不如认认真真地耕耘，在耕耘的过程中，对治一切的烦恼，扫除一切的愚昧和欲望，破除一切的习气，破除到最后，你的心中就会一片光明，宽坦自然。

从这篇日记中可以看出，那时的我，还没明白修心的真正意义，还会把舒适的身体感受，作为一种状态好坏的衡量标准。其实，虽然心静如水时，身体确实会有一种喜悦舒适的感受，但如果执着于它，就跟贪求世上其他事物一样，也是一种贪欲，同样是需要克服的。从这个角度上说，我确实有点不太应该，因为我贪恋美好的觉受，忘掉了自己决定要做的事。所以，一定要保持清醒，要时刻审视自己的心灵状态，否则，你很容易就会走到岔路上去。

我倒是没有走到岔路上去，我对禅乐的贪恋，其实是静修过程中的一个必然阶段。每个人都会经历这个过程，这种乐受会让他们感到非常幸福、非常满足，觉得红尘中的那些快乐，跟这种快乐相比，简直不值一提。但他们的师父会告诉他们，对这种乐受的执着，也是要破除的，如果不能破除，它就会变成障碍，让你无法进步，甚至让你产生痛苦和烦恼，因为它也是无常的，也会变化和消失。所以，后来我也破除了对禅乐的执着，进入了另一个阶段。

过去的我，就是这样一步步往前走的，没有任何捷径。我的路，远比其他人更加漫长和坎坷，但即便如此，我也一步步走了过来。所以，就像我的母亲曾经说过的，"不怕慢，只怕站"。意思是，无论做什么事，都不要害怕成功来得很晚，只要你一直前进，哪怕速度慢一点，你也能越走越远，最后，你就会到达目的地。可一旦你停下来，不再前进，你就再也不可能到达目的地了。这时，才是真正的失败。所以我常说，世上没有失败，只有放弃，凡事只要顺其自然，坦然地接受一切，然后坚持下去，最后就一定会成功的。无论世间法，还是出世间法，都是这样。

# 11月16日　爱情风暴遥遥而至

下面的日记写于 11 月中，距离 9 月中我第一次见到鲁新云，已经过去了将近两个月，虽然时间不长，但我对她的感情却是与日俱增。

现在想来，这其实也可以理解，毕竟，我只是一个十九岁的青年，即便有着老师的身份，也改变不了我对爱情的憧憬。

一个憧憬爱情的青年，遇上了爱情，他怎么可能不沉醉其中呢？除非他有很强的定力和智慧，能够看破爱情的虚幻，放下心中的欲望和执着。可那时的我，显然还没修到这一步。于是，爱情的风暴，就遥遥而至了……

## 1982 年 11 月 16 日　星期二　晴

最近我特别想瞌睡，身上就像爬满了瞌睡虫似的。今天，由于我的贪睡，浪费了将近一个小时。

虽然我对静修抓得很紧，但她的样子还是时不时就浮上心头，我从来没有像今天这样渴望见到她。一种难以抑制的感觉填满了我的心，我多想见到她欢笑的面孔……真不明白，我为啥会有这样的感觉？也许我爱上了她。有时候，我有正当理由见她，可是我不敢，我的心情，就像自己在偷东西，怕被人发现一样。

不过，想她归想她，我还是要自律，如果太放纵自己，成了习惯，就很难改正了。

以后，每天晚上修完，还要练习写作，一定要记住，文学才是我将来的出路。

今晚，我构思了一篇小说：一个高中女生爱上了一个年轻教师，那教师有着出众的才华、精湛的武艺和动人的歌喉。有一次，她意外地发现老师还在为考研而奋斗，于是就惊呆了。她想，老师有那么舒适的工作和令人惊叹的才华，却还在不懈地奋斗，而自己却只知道醉生梦死，实在是太不应该了。所以，她决心赶上他。从此，她发奋学习，老师也给了她很大的帮助，不但辅导她，还到处为她找资料。两年后，她考上了大学，但她深深爱着的老师，却早已有了对象。虽然他们没有成为恋人，但她却因为这段爱情而成功了。


看过去的日记时，我一次次为自己当初的文字感到好笑。这篇日记中的所谓构思，更是笨到极点了——这也算是小说吗？它只不过是日常生活的堆砌和很少的一点想象罢了。幸好，我没有写它，不然，它定然是一篇很丑的小说。

不过，从我构思的故事中可以看出，我一直希望鲁新云能好好学习，能考上学。另一方面，我其实也一直在说服自己，想要告诉自己，我跟她的交往，也是在为她好。那时，我还是不愿意承认，自己总想见到她，是因为爱上她了。

但不管怎样，从这篇日记中还是能看出我的心事。

无论我如何修，六世达赖诗中的情景，还是在我的生命中出现了："入定修得法眼开，祈请三宝降灵台。观中诸圣何曾见，不请情人却自来。"在那段时间里，萌芽的爱情对我来说，真的是魔，因为它干扰了我做其他事，让我不能全情投入了。我既感到甜蜜，又有点害怕，怕自己会因此而虚耗生命。尽管我在极力地让心静下来，但是，理性的克制，并没有遏制住即将汹涌而至的爱情。

除了爱情，在日记的开头，我还提到了瞌睡的问题——我再一次因为睡过头浪费了时间，于是，我又在日记中忏悔。看得出，当时的我很愧疚，也对自己很失望，觉得自己很不争气。但表达这种懊恼的同时，我也是在对自己提出要求，希望自己能战胜睡魔，不能再因为贪睡而浪费时间。

这个纠斗，以及其他的一些关于时间的纠斗，是我明白前的日记里始终存在的内容。因为，明白之前，我一直不能很好地运用时间，时不时地，就会出现各种原因的浪费。然后，我就会在日记里自责，懊恼自己没做好时间管理，不能合理地分配时间。其实，我"浪费"时间的原因不是别的，正是我过于勤奋。前面也说过，早年的我老是打疲劳战，老是不愿早睡，每个深夜，我都舍不得睡觉，总想多做一些事情、多读几页书、多写几句话。于是，那时的我就老是熬夜。但熬完夜后，第二天还是会早起，因为我早起后要晨修。这样久了，我的身体怎么可能受得了？身体情况不好，我怎么会有足够的精力？本身就精力不足，一天里又有那么多安排，晚上还不早点睡，我白天怎么可能不打瞌睡？所以，作为一个十八九岁的孩子，我对自己真是很苛刻的。

不过，不管白天怎么打瞌睡，我静修时是不打瞌睡的。因为我一旦有睡意，就会用传统的方法去对治：一是动中修，比如做大礼拜，或是一边走路一边持咒观想——运动的时候，你是不可能睡着的；二是持宝瓶气，也就是憋住一口气，让它沉到下丹田的位置，即肚脐往下三指的位置，小腹微微鼓起，以意念守住那口气，不让它乱走，也不呼吸，实在憋不住时，可以吸气，新吸入的空气，仍然沉到下丹田位置。就这样，一次次延长持气的时间。只要持着宝瓶气，你就不可能睡得着。

现在想来，当时为了战胜自己，我真是一直在跟自己做斗争。我不断地纠斗，不断地忏悔，不断地反思，不断地寻找出路……就这么一天天地斗下去，才终于迎来了觉悟。我不知道，现在那些十八九岁的孩子，还会不会像当年的我那样，严格要求自己？我也不知道，他们能不能像当年的我一样，坚守自己的梦想？我更不知道，他们会不会像当年的我那样，在任何情况下，都能捍卫自己的人格，将其看得高于一切？我有时也会想，在这个价值观混乱，神圣遭到亵渎，人们普遍失去敬畏的年代，付出自己全部的真诚，将高尚人格作为毕生追求的人，还有多少？能为此承受压力、承受诱惑、承受打击、承受一切的人，又有多少？即便能做到这些，他们又能坚持多久呢？有时，人最需要的其实不是别的，而是毅力，是恒心，当你一直能坚持下去的时候，你就能成功。

写这篇日记的时候，我虽然清醒地知道自己将来的出路在哪儿，但我离成功实在太远了。从那篇极不成熟的小说构思，你定然也能看出这一点。同样的十八九岁，有些大作家已经写出很好的作品了，当代文坛一些年少成名的作家，也在很小的时候，就写出了很好的文章，而我，却连一篇像样的文章都写不出来，只能构思一些现在看来非常幼稚的故事，外加写一些流水账般的日记——你看，这篇日记就是纯粹的大白话，而且就算是大白话，也不够流畅，逻辑顺序还是混乱的，看不出任何才华。从严格意义上说，它连练笔都算不上。难怪陈亦新当年看了它们，顿时信心大增，觉得自己将来一定能成功——他在日记中的我这么大时，文章已经写得很好了，他那时的很多文章，即使放到现在来看，也是优秀的散文。雷达老师在世时，对陈亦新的评价就很高，他甚至认为，陈亦新的散文写得比我更好，因为陈亦新的文章很漂亮，而我的散文就像大地一样，质朴笨拙，随随便便，就像一个老人在漫不经心地说话。

不过，陈亦新比我好是应该的，因为我的起点实在太低了。我在《一个人的西部》中谈过我童年的环境，那时，我几乎看不到什么好书，村子里连一本好书都没有，我想看书，要付出很多努力，有时，连肚子都吃不饱。而那些南方的才子，比我就幸运多了，他们随便就能看上好书，他们咏诗背词的时候，我可能还在河滩上放马。当时，我唯一的文学熏染，就是贤孝——这时，你或许就能理解我对贤孝的爱了，它真的是陪着我长大的。陈亦新懂事后，我已经积累了很多书，还能告诉他什么是好文章，怎样能写出好文章，他的起点比起我，实在高出了太多。当然，现在的很多孩子，比起当年的我，起点都高出很多，不只是陈亦新。陈亦新之所以能有今天的成就，最主要的原因，还是他自己足够努力。

一个人要想实现梦想，不管起点低还是起点高，都必须努力。只有努力，才能走得更远，飞得更高。如果不愿努力，就算拿着一手好牌，你也终究会输得一无所有。相反，如果愿意付出超人的努力，就算拿着一手烂牌，也能笑到最后。我就是一个典型的例子。

我固然算不上拿了一手烂牌，但我这手牌，最初也实在没有什么可观之处。除了努力的方向，我的眼前一片迷茫，看不到希望，更看不到旅途的长度。我就像一只蜗牛，不断地攀爬着，哪怕爬到了刀刃上，把娇嫩的身子都划破了，我也还是在艰难地爬着。慢慢地，血止住了，伤口也愈合了，那厚厚的痂，便成就了我生命的厚度。最后，我终于爬到了我想爬到的那根树枝上，终于能看到远远的地方了。这时，我又看到了伸向更远处的树枝，于是我没有停下爬行，仍然一直在爬着，直到现在，我也还是在爬着。生命不息，攀爬不止。因为，远方永远有不一样的风景，我永远都有打碎和升华的可能。

这就是我的人生态度，无论写作，还是修道，我都是这样一路走来的。走到后来，回头一望，我才发现自己已经走了很远，几乎望不见那来处了。只有在翻看这些日记时，我才会想起自己走过的那些路，吃过的那些苦。

比如，写这篇日记时，虽然我觉得自己修得还行，但事实上，我仍处于初级阶段。这时，虽然也能品出乐来，但作意的成分很多，有时因为太苦，还要逼着自己坚持。这就是资粮道的特点。积累资粮的时候，人的心里是很苦的，因为这时连门都还没进，还有很多烦恼。而且，这个阶段非常漫长，时间越长，心里就会越苦，因为人会非常忐忑、焦虑，不知道自己到底能不能修成。我就是这样，一直苦苦地坚持了大约十年，才让我看到了改变生命的希望。又过了几年，我才真正摸清门道。在此之前，我所训练的，其实不是真正的智慧，而是专注力和反省力。但它们也很重要，正是因为它们，我才能始终坚持下去，始终没有放弃。只是，这时还破不了执，我既没有降伏睡魔，也没有降伏情魔。

所以，在后来的五六年里，我进入了一个爱情占主要位置的时期。

# 11月17日 "胡子学生"的未来

　　十八九岁时，虽然我无数次地提醒自己，我的人生不该在风花雪月或鸡毛蒜皮中度过，但我在很长一段时间里，还是被爱情裹挟了。我的日记中充满了她的存在——她的样子，她的品质，她的可爱，对她的期待，对她的猜测，甚至也包括后来对她的埋怨等等。这所有的内容，除了显示爱情强大的力量之外，也展示了过去那个有血有肉的雪漠。你会看到，一个有理想、有抱负的人，是如何身不由己地在爱情的漩涡中挣扎的。

　　读那些日记的时候，我甚至很难想象，日记中的自己，是怎么从那种状态中超脱出来的。我也知道，假如超脱不出来，我这辈子就会是一个小男人，不管我的内心深处藏着多大的梦想，不管我为梦想付出了多大的努力，这一切都会成为泡影。当然，在爱情让我尝尽苦头，让我感到身心疲惫时，我也会想起梦想，想起那些遥远的、为梦想而日夜努力的美好日子。那时，我就会为自己感到心酸，但我依然会继续那种柴米油盐、被爱情和婚姻左右的日子，继续痛苦地活着。这就是很多人的人生，甚至是很多人为自己设定的意义。

　　我相信，很多人都有自己的梦想，人与人之间的不同，就在于面对梦想的态度。有些人敢做梦，也能想尽办法地守住自己的梦；有些人却连做梦都不敢，只能把梦想当成一幅美丽的油画，自己留在世俗世界里，为柴米油盐而奔波，但时不时地，就会望向心底里的那幅油画，看一看别人在作画时的幸福，然后发出感慨，却依旧没有改变的勇气和魄力。他们其实不知道，所有人在幸福地"作画"

之前，都经历过漫长的磨炼和等待，所有的成功，所有梦想的实现，都不可能是一蹴而就的。而梦想的力量，也恰好就在于实现它的难度——实现一个小梦想相对不难，但你在实现它的过程中，也增长不了太多的力量；实现一个大梦想很难，几乎不可能，但你在实现它的过程中，却会不断地积蓄力量，不断地变得更加坚强、更加坚韧、更加强大。所有的人生轨迹，都是自己铺就的。所有的人生蓝图，其墨迹都是自己的血汗。你的人生蓝图有多么宏伟，取决于你愿意付出多少血汗，当你能用生命和人生为梦想献祭时，你挥洒出的，就是比《清明上河图》更加伟大的画卷。

## 1982 年 11 月 17 日　星期三　晴转多云

早上练了功。

人生应该怎样度过？是沉浸在花前月下，还是在奋斗中寻找幸福？我当然有自己的答案。我希望自己是一个有益于人民的人。

我本来不想批评初三的学生，可是他们却认为我好欺负，对我满不在乎。以后要注意，对待学生时，该严则严，该骂则骂。

今天，我就狠狠地批了初三甲班的学生们一顿。但是我没有说过分的话，基本上是晓之以理，批完后，他们都羞愧地低下了头。我多希望他们能好好学习，改变命运。真有些恨铁不成钢。

我也想借这个机会敲打她一下，让她把心思放在学习上，不要光讲究吃穿和胡思乱想。如果她自己能刻苦地学习，我也许就不用说这号话了。当然，虽然批评他们的时候，我像一头发怒的雄狮，足以使一般的人发抖、吃惊，但我并不是真的生气。过了一会儿，她到我房间问问题，我仍然热情地迎接了她。

我当老师的时候，有很多学生的岁数都比我大。因为，那时节，很多孩子是来补习的，为的是能考上小中专。

当时，武威的小中专有三家学校，一是师范，二是财校，三是卫校。其中，初中生眼中最好的学校是师范，因为一出来就能当老师，属于文化人。所以，一茬茬的学生在初中毕业后，都会留级复读，为的就是能考上师范。有些人初中毕业后复读了六七年，岁数当然就比我大了。在一篇小说中，我称之为"胡子学生"。

那时，那些"胡子学生"因为复读了太多年，大多都皮了，对岁数比他们小的我，他们常常嬉皮笑脸，尤其是初三甲班，里面有些是官员的孩子，对我更是没大没小。

那天，"蓄谋已久"的我就狠狠地批评了他们，当时说过的一些内容，我到今天还记得。比如，我对一位区领导的孩子说了这样一番话："你之所以成为公子哥，只不过是偶然的出身；我之所以成为我，则全靠我自己。"这话，本来是贝多芬说的，我变了一下，就用在了自己身上。那些孩子哪听过这类话，他们一下就叫我镇住了，觉得小陈老师能说出这种话，简直太有水平了，此后就再也不敢小看我了。

在很长一段时间里，复读生一直是武威教育广泛存在的问题。当时的招生政策不限制初中复读，只规定高中学生不得报考小中专。而当时的初中生大多想考小中专，于是，大量的初中生在中考失败后，都会选择复读，继续报考小中专。这一方面是因为很多人不愿吃苦，不想再上三年高中然后考大学，另一方面也因为有些家庭没有条件，供不起孩子上高中、上大学，而且，那时节的小中专是分配工作的，这样，他们就能在短时间内端上铁饭碗。于是，大量的复读生，不仅造成了各年级学生人数的比例失衡，以及高中生源短缺和教育资源浪费，也影响了武威那些年的高考升学率。那时节，人们对大学是不感兴趣的，只想马上有个铁饭碗。表面上看来，这是人们没有远见，但也正好说明，在那时，生存还是当地人最大的问题。

于是，复读生现象，一直困扰了武威教育十多年。

大约在写下这篇日记的九年后，我被调到武威教委，当时就跟着时任教委主任的蒲龙调查过这个问题。他带了我们，从学籍入手，到各地逐一清查复读生，还设立了举报箱，在广大人民群众的监督协助下，对那些隐瞒真实情况的校长，毫不犹豫地予以撤职处理。经过几年的整顿，这个困扰多年的教育问题才算得到解决。

不过，自从不叫初中生复读后，许多初中毕业生就没了希望，也就退学了。那时，他们很难把希望寄托在上高中、考大学这方面，对他们来说，那是一个非常遥远的梦。很多人是不敢有这类梦想的。他们只想有个生存的保障，只想尽快有份工作，减轻家庭的负担。于是，在很长一段时间里，数以千计的初中生只好结束学业，出去打工。我的两位弟弟也在初中毕业后退了学，没有上高中。

二弟放弃学业的主要原因，是那时我们家只能供一个高中生，三弟则是因为实在读不进书。我跟他们最大的区别，就是我爱读书——不过，也不能这么说，二弟其实也爱读书，二弟失学的原因，还是贫穷。《大漠祭》中憨头的许多性格，就跟我二弟相似，他就是我以二弟为原型塑造的，他出院后去文庙的情节也是真实的，当时就是我陪二弟去的。二弟提出这个要求时，我很震惊，但我非常理解他，也很为他心痛，因为这个细节告诉了我，读不上书，对他来说，是一个多大的遗憾。这个遗憾，跟有没有更好的工作无关，而关乎一个年轻人的梦想。后来，每当我想到热爱文学的二弟，不得不远离他向往的世界，在繁重的体力劳动中度过整个人生，甚至没有改写命运的机会时，我的心就会抽疼。这个世界上，大概有很多人都是这样，包括那些把梦想强加在子女身上的父母。所以，我一方面觉得他们不对，另一方面，又很同情他们，因为，他们给子女施加了多大的压力，就说明他们的心灵承受着多大的疼痛。这个世界上，没有人理应痛苦，所有的痛苦，都是一个个原因堆积成的大山，可一旦这座大山形成，除非能像《宝莲灯》里的沉香劈山救母那样，用爱和智慧的力量把它击碎，否则，人们就只能承受痛苦了。而我跟很多人的不同，就是眼前的大山不管多么庞大，我都不会放弃击碎它的信念，也不会放弃击碎它的尝试，于是，最后我就击碎了它，实现了灵魂的自由，也实现了一个关于救赎的梦想。但很多人却没有做出这样的选择，也没有做出这样的努力。后来，二弟逛文庙的故事被我写进《大漠祭》中，打动了无数读者的心，很多人都读出了一份命运的无奈和疼痛——或许，这也是他们自己心中的疼痛。但我想传递给世界的，不仅仅是这样的一份疼痛，更是改变的力量，所以，在《白虎关》中，兰兰、莹儿和月儿有了各自的寻觅，也有了各自的蜕变。

有时我也会想，要是二弟活到现在，我能不能帮他改变命运？答案是不知道。因为，如果我改变不了他的心，就没办法改变他的命。能改变心的可能性，才叫缘。这个缘，不是世俗所说的缘，而是信心，是他相信只要照我说的去做，就能改变命运的意愿。有了这种意愿，有了这样的行为，我们之间也就有了缘，我就有可能帮助他改变心灵，进而改变命运。所以，如果你真的想与我结缘，就不必在意我在不在乎你，而应该问自己一句，你是否能照着我说的去做？

真正的信仰，是无条件的，不是我在乎你，你就信我，我不在乎你，你就不信我。其实，我不需要任何人的信仰，我只是随缘地提供一些帮助罢了。在提供助缘的同时，我也想留住一种有可能会消失的宝贵文化。就这么简单。

现在，我当初的那些"胡子学生"也都进入中年了，他们早就不看书了，都忙于谋生了。但是，由于他们没受过商业文明的洗礼，做生意啥的，就老是亏本。无奈之下，他们只能回乡种庄稼，可因为化肥、种子等成本增加，他们没有好的收入。要是出去打工，他们又不如年轻人。所以，他们想要改变命运，确实很难。

在凉州，五十岁左右的人，大多当了爷爷，爷爷是不出去打工的。过去凉州有一句话："人上五十，夜夜防死。"在我准备走向世界的时候，家乡的很多同龄人，已经在"夜夜防死"了，而防死的另一种表述，就是等死。换句话说，他们的心已经死了，已经没有任何追求、没有任何激情了。上次回家，我发现，就连比我小的一些人，也显得很老了。

在一篇文章中，我这样写道："在雪漠第一次走向法兰克福书展的那年，家乡的一位有名的作家死了。"

他比我小好几岁，我当然想到了自己。

每次看到死去的人，我总是会假设：假如此刻死了的，不是他，而是我，我会怎么样？

这一问，我就知道该怎么做了。

我当初的很多学生中，只有考上小中专的那些人，还有着体面的工作，没考上小中专的人，大多过得不怎么宽裕。可见，凉州百姓真的有他们独到的眼光，虽然你可以说他们短视，说他们没有大的野心，但他们还是看到了一些问题的本质——在他们眼中，生存是第一位的，所以，他们最关心的，就是如何让自己尽快过上相对好的日子，不用再为温饱发愁。

几年前，一位上海记者跟我走了一遍我工作过的地方，借那机会，我也见到了当初的一些学生。他们已成了地地道道的农民，听我的劝告，能好好学习改变命运的人寥寥无几。

我就想，要是我那时没考上学，会不会有今天？答案是不会。因为，考上学之后，我参加过几年的劳动，在黄土地里风吹日晒、挥汗如雨地苦上一天，回到家中时，我是真的一点儿也不想翻书了。那辛苦的劳作抽干了我的所有精力。那么，如果我做了农民，每天都过着这样的生活，我会怎么样？一年，或许我还能坚持梦想，但我能不能像现在这样，坚持四十年？真的很难说。

要是一直被困在农村，没有走出来，哪怕有盖世的才华也会被淹没的。

凉州有一位很好的书法家，他是个农民，患了病，字又卖不出去，所以生活很潦倒。在我眼中，他的字比很多有名的书法家只上不下，但因为他是农民，他的字就没人买。西安也有一位很好的书法家，功力极深，还获了很多奖，但直到临死，他的字也没有卖出几幅，据他的亲人说，他也曾将字挂在网上，却只卖出了一幅，售价十元钱。

现实很势利，势利到已近乎残酷。虽然我现在领着国家的工资，很自由地做着自己想做的事，但我也会常常设想，要是我当初没有考上学，就不可能当上专业作家，那么，我的未来又会怎样呢？每次想到这个问题，我都会对我的父母充满感恩。

虽然明白后的我，眼前有了无数的路，但是在不明白的那时，我的眼前，其实只有一条看不见尽头的路。它很小，弯弯曲曲，沟沟坎坎，尽管这样，它毕竟是一条路，我就这样一直向前走。

如今，我真希望一些与我有缘的读者、学生能坚持自己的梦想，在繁忙的生活之外为自己的灵魂留一片空间，为自己的梦想付出一些力气，走出自己的路。时光很快就消逝了，我们的生命也很快会走到尽头，我们不要在生命将尽的时候，才悔不当初。

这里的"她"，仍是鲁新云。在她面前，我也体现了老师的严厉，但比起其他学生，我对她自然是多了一份不一样的关怀。我很希望她能明白我的良苦用心，在学习上多用功，提升一下成绩，日后能有好的出路，可这些我都没有表现出来，反而时不时就用冷漠的表情，来掩饰心中对她的那份情愫。不过，她始终没有被我的冷漠和严厉给吓到，虽然她在成绩上没什么提升，但我还是可以感觉到她的在乎，因为，她虽然被我批评了，但仍然会来找我问问题，还能听从我的意见，照我说的去做。这说明，她也希望自己能进步。在她对我的态度中，我可以感受到她心中的那份爱慕。对此，我其实很高兴，于是，当时就热情地接待了她。

# 11月21日、22日　青春只有四千天

前面的日记讲到，那时我借批评初三甲班的学生，也点拨了鲁新云几句，下面的日记中，我再一次跟鲁新云谈到了这个内容。原因是，我觉得鲁新云没有在学习上多花心思，把心思都花在其他事情上面了。从日记中的语气可以看出，我真的有些替她着急。而且，我对她说的话，其实也是我常对自己说的。可见，我是真正把她当成了自己人，只是，她当时不一定能明白这一点。不过，就算她不明白，也仍然没有因为我的批评而远离我。这还是让我很欣慰的。

不过，这段时间里，虽然我一直在鼓励她学习，但我自己的状况也并不是太好。从11月21日的日记就可以看出，我对自己的未来，也有点忧虑，但我能做到的就只有坚持，只有不问结果地埋头耕耘。

很多时候都是这样，你永远不知道等待自己的是什么，你能肯定的，只有你想做一个怎样的人，你想做一件怎样的事，其他的，都不是你能考虑的。所以，与其过多地左思右想，给自己造成干扰，让自己不快乐，不如不断给自己打气，不断地自省、自律、自强，让自己能坚持不懈地在理想之路上奔跑。

我走过很长的一段前路未知的岁月，我不知梦想何时才能实现，我不知何时才能完成人格历练。但后来，我变了，不再期待那个确定的答案，而只是过好当下，做好当下的事，做当下最大的努力，于是，一切也就水到渠成了。

这些都是后话了，我们先看当年的日记。

## 1982 年 11 月 21 日　星期日　晴

晨修如常。现在，能坚持的，也就只有这了。

几天没写日记。


## 1982 年 11 月 22 日　星期一　晴

晨修很难静了，因为老是会想到她。

她竟然又到了我的房间，真没办法。我给她谈了许多学习方法和利害关系。不知她是个聪明人还是个蠢材。

"坐。"我指指椅子。

"不啦，就站站吧。"她羞怯地望了我一眼。

"嘿，我最讨厌扭扭捏捏的，别人在我这里饭都吃，你来都不坐。"我几乎动气了。

"你只要给饭，我也吃。"她神秘地笑了笑。

我愕然了。

一会儿，我说："一个人活着应该有点意义，如果碌碌无为，虚度年华，那不如死了，人的青年时代只有四千多天，不拼搏将终身后悔，吃几年苦赢得一辈子幸福，而追求安逸舒适，则会痛苦一辈子，人应该有点理想。"

她低下了头，长叹了一口气。

我接着说："华贵、漂亮的服装是容易得到的，而渊博的学识却是金钱无法买到的，我唯一值得骄傲的就是我把别人追求物质享受的时间都放到了追求精神生活上，我相信我到晚年的时候，不会因为虚度年华而悔恨，也不会因为碌碌无为而羞耻。"

她的脸变红了，一脸痛苦相。

"学不进去。"半天她嚷嚷了一句。

"哼！想要获得超人的成绩，就必须付出超人的代价。你吃了多少苦呢？吃苦吧，为了你的将来。"

她只是长长地叹气，还没有一种发狠学习的表情。

"光叹气有什么用呢？它只能使人更消沉，任何一个人都可以成才的，只要刻苦地学，有目的地学。"

她的眼中露出了一种倔强的光："以后你看我的吧。"

我笑了。


看了这篇日记，我对陈亦新说，你妈骗了我一辈子，她说要好好学习，可也没见她如何学。她把我骗到手后，就再也不学了。

陈亦新反驳道，你才说错了，我妈是我见过的最好学的人。每天三四点就起来诵经静修，这时代了，谁还能这样？

这倒是。虽然鲁新云没有学出一张文凭来，但她一直在看书，尤其是一直在用一种批判的眼光看我的书。她不希望我多说自己，尤其不喜欢我用"自夸"的语气说自己，更不喜欢我的作品中谈论些怪力乱神的东西。后来，我的作品越来越朴素，就跟她的喜好有关。

不过，从古到今，像我这样谈恋爱的人，也许不多见。现在肯定没有多少女孩子愿意听这些话了，因为这不是恋人间说的，而是父亲说给女儿的。而且，一般情况下，这些话父亲说多了，女儿也不愿意听。

在过去恋爱的许多记录中，我常常高谈阔论，说些大话。像这篇日记中，我说的那些，大多是从名人名言中学来的，但在那时说来，也竟然很溜。

不过，这篇日记，可以看出当初我的许多想法，我在劝别人时，其实也在劝自己。劝鲁新云的那些内容，也是我时时自省的内容。我一直都很清醒地知道自己需要什么，明白自己该怎么做，同样希望她能做到这一点。

我把对她说的那些话说了一辈子，给儿子说，给读者说，给学生说，给朋友说，当然，最主要的还是给自己说。正是在那一次次的"说"里，我不知不觉地成长了。现在，精进已成了我的生命习惯。任何时候，任何地方，我都不会再浪费时间了，我永远都知道当下该干什么，永远都同时做着两件以上的事，比如读书写作时也安住于明空持着宝瓶气，散步时也记一些需要背诵的内容，泡脚时也写文章，吃饭时也处理一些邮件，或是审一些稿件……便是这样，我仍然觉得时间不够用，仍然觉得有许多事在等着我处理。前些时，一些学生对我说，他们读不及我的书。我告诉他们，要是他们不精进的话，肯定读不及，因为我每天都写，读者不一定每天都读。所以，生命是需要精进的，需要明明白白地知道自己需要什么，要干脆利落地做出取舍。

给鲁新云算过的那笔"青春只有四千天"之类的账，在后来的岁月中，我也给许多人都算过，儿子、学生、朋友都是听我算账的对象。只是后来我算得更加详细——我以一生为长度，按一般人必须做的事算起，最后得出了一个结论：生命是个负数。也就是说，要是你按部就班地做正常人必须做的事，那你就干不成自己想干的事了。因为除去你不懂事的十多年，老了的十多年，必须工作的时间（生命的三分之一），必须睡眠的时间（生命的三分之一），还有其他一些你必须做的事，包括吃饭、恋爱、生病、教育孩子、看望朋友、照顾老人、逢年过节的应酬等，你的生命剩不下多少时间，要是不小心再浪费一些，你的生命就成负数了——就是说要是你不会运筹的话，你的时间就会不够用。

这也是为啥那么多人一生忙碌却一生平庸的原因。

明白这个道理后，我就尽量地拒绝了一些事，比如应酬，比如工作——我在很长一段时间里是不称职的，只要领导忘了我，我就总是偷偷地溜出单位去闭关清修。在原武威教委的十年中，除了个别非我参加不可的工作，我总是溜进关房，很少在单位上露面。所以我特别感恩曾经的两任教委主任（蒲龙先生和李宝生先生），他们不但默许我这样，还为我提供了一些正当理由。比如，蒲龙主任叫我编没有具体完成时间的《武威教育志》，李宝生主任叫我编一份不定期的、没有具体出版时间的报纸，上面总是发一些领导讲话。但即便这样，我也曾经提出过辞职，因为我发现自己编的那份报纸没有意义，是在浪费生命——那时，我连编报纸的几天时间也不想浪费了。后来到了小学，我索性就以勤工俭学的名义（前提是返还工资）不上班了，再后来，我当了专业作家，单位领导对我更是照顾有加，我常年在外闭关写作，享受着极好的待遇，却没有具体的工作安排。所以，我一直很感恩为我提供过方便的领导们，因为他们完全可以，也完全有理由不这么做，而他们却这样做了。

对于我生命中的很多贵人，我其实是无以为报的，他们不需要我为他们做什么，我也给不了他们什么。而且，能为我做到这些的人，一定也相信我在做的很多事情的意义。所以，在我心中，对他们最好的感恩，就是拒绝和珍惜——拒绝更多可以拒绝的，珍惜所有应该珍惜的，把自己想做的事情做好，以自己的成长和贡献来回报他们。

类似的选择，以及这些选择所带来的成长，都源于我对生命清醒的把握。而这基因，也表现在我二十岁以前的日记中。

想来也有趣，谈恋爱的时候，我也在教育女友。要是一生都这样，她怎么会不优秀？所以，要是你有个不如意的老公或老婆，你不要埋怨，因为那是你的责任。要是他（她）跟了你几年、十几年、半辈子或一辈子，却一直没有进步，反而越来越堕落的话，说明你在他（她）生命中扮演的角色，是恶友，而不是善知识。

# 11月24日　风言风语的苗头

　　回头看，其实命运真是挺有意思的，当你犹豫不决、举棋不定的时候，它总会干脆利落地为你做出选择。比如，最早的时候去不成金昌，到了南安，还有后来的考不成大学，安心当老师、训练写作等。这些选择，都是命运以它的方式帮了我一把。

　　爱情也是这样，我当时根本不知道，爱情虽然让我产生了纠结，干扰了我做其他事情，但它后来却成就了我的梦想，成为我的助缘。

　　不过，有时也说不清，看似被动接受的命运，其实还是我自己选择的。因为，假如我的心不够清醒、不够坚定，被分配到南安中学之后、大学梦破碎之后，或是选择了爱情之后，我都可能放弃自己的梦想。那么，以后再来回想相应的际遇，我就会觉得它是一种违缘，是命运对我的打压。但其实，命运给我的东西是一样的。所以，虽然我是被动地接受了命运的安排，但说到底，它之所以能成为助缘，而不是违缘，在于我的一种主动选择。换句话说，不管命运为我做出怎样的选择，只要我的信念足够坚定，就能将它化为我实现梦想的助力。所以，对一个清楚自己想要什么的人来说，命中的一切，都是最好的馈赠，甚至也包括我接下来要面对的流言蜚语。因为，再也没有什么比外界的压力，更能逼迫一个人变得更加坚定了，就像雪地里的梅花总是更加动人一样。

## 1982 年 11 月 24 日　星期三　晴

　　晨修，电弧光更强了。一下一下的，总是划破夜空。

　　近日和开桔有点小矛盾。

　　她多次到我房间，老师们已有议论。我也没办法，有心不让她来我房间，可她的理由是问问题，我不好拒绝。但这样下去，老师学生们都会议论，我就有点不好处理了。

　　以后要旁敲侧击，让她少来。

　　老师和学生之间的恋爱，无论是现在还是过去，在寻常人看来，都是一件不那么寻常的事情。虽然有人说，他们那儿，很多女学生都会暗恋老师，但那是暗恋，两人如果真在一起，就一定会引来风言风语和旁人的指指点点。尤其是那学生的家长，几乎一定会感到非常愤怒，不是气自己的孩子不学好，就是觉得老师诱惑了自己的孩子。其实，相爱是一种缘分，跟学不学好没关系。但偏见往往是挡在人心之间的一堵墙，一件事不管多美好，在偏见的映照下，都会显得非常奇怪，甚至很难让人接受。所以，老师跟自己的学生谈恋爱，是需要很大勇气的，假如处理不好，就容易被人泼脏水。当初，我的纠结，就有这个原因。

　　现在想来，在爱情方面，鲁新云其实比我勇敢，也比我要更加不顾一切。因为，我们刚认识的时候，我对她只是动了心，还没有深深地爱上她。假如她没有一直来找我问问题，我对她的了解就不会越来越深，也不会越来越被她吸引。这时，惯常的概念，就容易让我掐灭那点爱情的火苗。很多刚萌芽的爱情，就是这样被扼杀的。所有遭遇偏见，却没有被扼杀的爱情之中，要么有一方是超越偏见和理性，不顾一切地追求爱情的，要么就是双方都很浪漫，都把世俗偏见抛在了脑后。后来，我也能为了爱情而放下偏见等很多东西，但刚开始的时候，我确实是缺乏勇气的。

不过，这也是很难避免的，因为，在面对爱情的时候，女人往往比男人更加纯粹，也更少考虑爱情之外的东西，男人却会考虑名誉、事业、金钱、地位等等，因为，这些东西对男人来说非常重要。很多男人为了维护某种心外的东西，都会放弃爱情。虽然我不是这样，但我毕竟是在这样的土壤里长大的，早年的时候，从小耳濡目染的东西，仍然会影响我的情感，让我产生纠结。

从这段时间的日记来看，虽然我不愿承认自己也希望她来找我，反而说，她是来问问题的，我不好拒绝，但事实上，我已经习惯了跟她之间的来往，若是她真像我说的那样，以后少来找我，我定然会觉得失落的。然后，这种失落感就会加深我对她的想念，让我不得不承认，自己是真的爱上了她。再然后，我要么忍受痛苦，放弃这份感情；要么下定决心，承受一切的压力，接受这份感情。她的纯真、简单和对爱的坚持，确实感动了我。我对这段感情越陷越深，更多的是因为一种灵魂深处的认可，而不仅仅因为她外表上的美丽可爱。不过，不可否认的是，一个有着美好心灵的美丽女孩，往往会更容易打动别人。

从很久很久以前，美丽就成了一种工具。李夫人深知汉武帝爱的是她的容貌，所以临终时不让汉武帝见她。她明白，如果汉武帝心中的自己始终很美，那么她临终的请求——照顾她的家人——汉武帝就会放在心上，但如果汉武帝看到了她病弱憔悴，不再美丽，就会很快把她忘掉，也不会履行这个承诺。所以，李夫人因为美丽得到了富贵生活，得到了显赫地位，得到了天下最有权势的男人的宠爱，但她也是一个可怜的人。因为，她从一开始就把美丽当成了入场券，于是，直到最后，她也不敢让丈夫看她最后一眼。这样的生活，对一个女人来说，大概并不幸福。

幸福是什么？是安心，如果你始终生活在风雨飘摇之中，你会有多幸福呢？当然，就算在风雨飘摇的生活里，你也能感受到另一种幸福，那就是奋斗和坚持的幸福，你会为自己的勇敢和坚韧感到自豪，也会因为内心充满激情，行为非常积极，而觉得每一天都很充实。但这种幸福，还是比不上安心带给你的幸福感。我曾经对一个学生说过，最大的幸福不是别的，而是外界无论发生什么，都改变不了你的安详。这就是经历了几十年的风风雨雨后，我对人生的总结。

# 11月26日　也曾为爱纠结

在接下来的日记中，你会看到很多不像我的表述。就连我自己看到时，也忍不住笑了——这就是十九岁青年在爱情中的必然反应，哪怕我已经修了两年，哪怕我的身份是老师，也改变不了这一点。除非我已经修到了一定的境界，真正地觉悟了，心属于自己了，那么我在爱情中才会有另一种反应。不过，如果当时我已经觉悟了，可能就不会选择爱情了。当年那些可爱的反应，虽然看起来不太像我，却是我生命中必然出现的一个组成部分。

从另一个角度看，当年那个在爱情中如此平凡的大男孩，也能通过自省、自律、自强，走到今天，放下爱情对他的牵绊，迎来觉悟，获得灵魂的自由，这大概可以让很多为情所困的人看到希望吧。

## 1982 年 11 月 26 日　星期五　晴

女人本是水性杨花，果然不错，以后尽量少和女性接触，多抓学习。古希腊哲学家说道："与其出现在一个女人梦中，不如落到杀人犯手里。"

大概是从这篇日记开始，我进入了一段比较长的纠结于爱情的时光。有些朋友看了这部分日记之后，都劝我不要公开，担心这会影响我的形象。但是，对雪漠来说，这是一段不能抹去的轨迹；对阅读这本《成长日记》的朋友们来说，它同样非常重要。甚至可以说，正是因为类似的内容，这本《成长日记》才有存在的意义。

那段日子里的雪漠，就像一只顽劣的猴子，将各种躁动的习性显露无余。比如偏激、多疑、爱折腾，甚至还会仇恨等等。那时，他爱也爱得死去活来，恨也恨得咬牙切齿，显示出了一种跟所有年轻人无二的本质。但与此同时，他又是一个有梦想的人，虽然内心有着很多不能自主的东西，他却依旧期待着有一天能超越自己，实现梦想。梦想和爱情一直在他的心里打架，爱情带来的烦恼想扯住他的脚步，不让他前行，梦想却不顾这一切，仍然用尽全力地拉着"他"往前走。这样的状态，大概持续了两年，在那两年里，恋爱占据了我很大的生命空间，几乎想挤掉我的梦想，成为我生命的主题了。但我终究还是没有迷掉——有人也许觉得这是一种幸运，但我自己知道，这不是幸运，而是一种选择，并且是每个人在任何时候，都有能力做出的选择。只是，你必须非常清醒，知道什么更值得追求。这时，就算你受到了极大的诱惑，你的心发生了巨大的波动，你觉得非常痛苦，身心都受到折磨，有些东西，你也仍然不会放弃。所以，我的幸运，是每个人都可以拥有的幸运，前提是，大家真心地向往这种幸运。

从这个角度看，为爱纠结的这部分内容，就变得至关重要了。因为它会让你真真切切地相信，雪漠也很平凡，他也有自己很难战胜的东西，他也需要为了成长付出巨大的努力，他也是一步一步走到现在的。从我的很多书中，你都看不到这个历练中的雪漠，你看到的，是雪漠完成历练后的境界，只有在《无死的金刚心》和《一个人的西部》中，你才能看到雪漠走过的那段历练之路，但即便是那两本书，也不可能有这本《成长日记》这么直观。比如，不管我怎么告诉你，"我也有过烦恼，也有过执着，但我放下了执着，消除了烦恼"，你也不会像看了这篇日记这样，真实地相信雪漠真的有过烦恼。对不？所以，很多读者真正了解雪漠，也许会是读完这本《成长日记》后的事情。他们会明白，我之所以把这些内容展示出来，就是为了让大家看一看我有过的纠葛和历练，看一看我是如何在梦想和爱情上纠结，又是如何从这种纠结中走出来的。其中的很多经验，是大家可以直接复制的。所以我常说，"雪漠"是一个案例，他的成功，是任何人只要照做，都能实现的。

而这些可以复制的经验，就是我们所说的文化，它是我汲取了世界上各种优秀文化的营养，然后总结出来的，也是我用生命验证过的。正是它，以及多年来我对它的汲纳和实践，让我从日记中的我，变成了解读日记时的我。如今，它已经融入了我的血液，与我合为一体了，因此，它才能真正地改变我。现在，我能做也想做的，就是保留它，传承它，弘扬它。很多来到我身边，跟我一起做事的孩子，除了想像日记中写的那样，升华自己、实现超越之外，为的也是传承这种文化，将它保留下来，并发扬光大。所以，他们也在等这本《成长日记》的出版，他们也想看看我是如何实践文化，如何解除心灵困境的。他们相信，我的心灵历程和我战胜自己的经过，一定会给他们很多启迪。也正是因此，我才不光是展示日记，还要用现在的眼光去解读它们，讲出它们背后的故事。

日记代表了什么呢？日记代表了观照。四十年来，让我能一直自省，一直自律，一直自强的，除了对梦想不懈的追求之外，就是一份自我观照的警觉。在过去的日记里，我所记录的人或事，都是我观照自己的镜子。尤其在写完这些日记，情绪早已过去之后，我再一次翻开这些日记，就会发现自己的问题。现在，更是如此了。

如你所见，我对这些日记的解读，更像是在自我解剖——过去的我为啥会有这样的情绪，为啥会遇到这样的问题，怎样才能解除这样的问题，等等，都是我更想传达给大家的。可以说，如果没有这部分内容，单纯地展示日记，意义是不大的，因为它是一个单向的过程，只能让你认识一个完整的雪漠。但我出版这本《成长日记》的目的，甚至包括《一个人的西部》，以及所有其他书的目的，都不是自我表白，而是为了告诉你，如何从一个不完美的、会烦恼的自己，变成一个心灵圆满的、自由自在的、幸福安详的自己，以及如何能自主地选择命运。这些，日记里的我是说不出的，因为他还在山脚下努力地往上爬，只有当他爬到山顶上，将世间一切尽收眼底时，他才能告诉你山顶的风光，以及他如何一路爬上来，如何应对半路上的那些荆棘和险阻，如何让自己不要在意外中掉下山崖，等等。只要能把这些信息传递给你，我的目的就达到了。

当然，我也理解那些为我捏了把汗的朋友，他们的担心也是有道理的，即便是我自己，在看这些日记的时候，也有过很多种情绪，其中不只有欣慰、心酸或心疼，也有感慨和脸红。脸红的原因，在于我也曾因为爱情而失去理智，做出谩骂甚至诅咒之类的事情——瞧，人性之恶，在早年的我身上同样存在呢，向往高尚的我，也经历过一个走向高尚的过程。

这些事，我早就忘掉了，可见它们对我并不重要。但这些情绪却留在了日记里，也在我的生命中留下了痕迹——我固然可以把它们删掉，让它消失，但这就不是我真实的心路历程了。而且，假如这样，这本《成长日记》也就失去了意义，我还不如用这些时间来写小说。

先讲讲上面的这篇日记吧。

这篇日记透露出的情绪，显然跟鲁新云有关，但我已经想不起当时发生了啥事，我怎么会发出这样的抱怨。不过，看得出，我一定是吃醋了。当一个男人为一个女人吃醋时，就说明他认为那个女人属于他自己，如果有其他人想接近这个女人，在他看来，就像是在侵犯他的领地，或是想要夺走原本属于他的东西。这时，他就会发怒。

但这个时候，我和鲁新云并没有确定关系，我没有向她发怒的立场，也没有向她发怒的权利，因此，我就只能在日记里生生闷气，不为人知地抱怨几句。其实，这纯粹是气话。那时节，我定然知道鲁新云不是这种人，如果我真的认为她是这样的人，也就不会为她纠结不休了。因为，早年的我是一个追求完美的人，水性杨花的女子，自然不是我眼中的完美对象。如果没有灵魂和人格上的认可，我是不会爱上她的。

然而，即便在这样的时候，我也还是没有忘掉自己的文学梦。当然，我也没有忘掉修道。我仍然每天静修，每天自省，每天都祈求成为更好的自己，不要活在一种狭隘的心境里。正是因为这样，我的心才一天天变得更加博大了，我从想要改变自己的命运，慢慢地变成想要为家乡百姓说说话，帮助家乡百姓改变命运，再然后，我又想为人类留下一些优秀文化，让它能活下去，照亮世世代代的人心。就这样，我一天天变化着，一年年变化着，差不多二十年后，我终于写出了"大漠三部曲"。再然后，我又成为现在的雪漠，无论在文化著作还是文学创作方面，都有了更多的收获，用很多人的话来说，真有点"著作等身"的味道了。但是，直到今天，我的创作激情也依旧饱满充沛，我总感觉有无数的作品在等着我去创作，有无数的事情在等着我去做，有无数个世界在等着我探究，有无数颗心灵在召唤着我……不过，这所有的无数，都不是我的压力，因为我心中有爱。我总是轻轻地对它们说，再等等，瞧，我不是正在向你们走近吗？

因为有爱，所以我总是在关注世界，总是在关注人类，也总是在关注文化的走向。无数的生命，都在我的心里活着，都在我的心里喜怒哀乐着，都在用它们的眼睛巴巴地看着我，等着我将它们带入世界的视野。因此，我总会忘掉很多事情，专注在我该做的事情里。也因此，我一步步放下了自己，放下了爱情，放下了很多我原本放不下的东西，同时，也打碎了自己的很多习气。这时，我的心灵反而得到了自由，我的舞台也越来越大了。所以，所有看似利益别人的行为，到头来，最大的受益者还是自己，但前提是，在利益别人的过程中，你仍然要自省、自律、自强，要把心的升华放在首位，时刻审视自己。久而久之，你就会从一切的纠结和痛苦中解脱，其中也包括爱情给你带来的折磨。

现在，你是不是也觉得这段经历很重要了？

当然，不同的人，看到这些内容定然有不同的看法，有人会感动，有人会感恩，但也有人会觉得好笑、不耐烦，甚至对我产生怀疑。他们会觉得，雪漠怎么会是这样的人？——注意，这是早年的我，不是现在的我。早年我有过这样的毛病，但随着修心，它早就在我生命中消失了。日记里记录的那个雪漠，也早就消失了。不过，就算他们有这样的看法也没关系，随他们就好。不管看者有什么心态，我想做到的，只是自己的坦诚和尽责。

人生就是这样，每一段经历都是自己选择的，在单位时段里，你想怎么度过，永远取决于你自己——如果你不知道该如何选择，不知道选择之后会发生什么、接下来该怎么做，你可以看一看过来人的故事。因为，人性是一样的，人性之恶会导致障碍习气，人性之善会导致善美追求，这些，很多人都一样，甚至包括很多的苦乐感受，也都是一样的。所以，每个人的故事，对别人来说都一定有所启迪。区别是，有些人提供了正面启迪，有些人提供的却是负面启迪。我当然希望，我的读者们，以及很多有向往的人们，都能给世界留下一个美好的故事，而不是一个反面教材——永远要记住，没有任何一个人的人生，理应活成一套反面教材。所以，即使人生路上发生了一些不如意的事，犯了一些令自己懊恼的错误，你也不要放弃，要接着走下去，改写自己的人生，给它一段柳暗花明的剧情。

同时，也要接受自己的经历，接受自己全部的样子。全然接受虽然是一件很有挑战性的事情，但只要你做到了，就会发现它其实很有趣。

我有个学生曾经喜欢舞台剧，也受过一些训练。其中的一种训练，给他留下了很深的印象：没有任何预设的场景、剧情和人物，自主地选择一段往事，把它演绎出来。当时，他第一个想到的是大学时光——他高考失利，上了一所不太好的大学，这让他很难受，平时也不太愿意回忆，但是，当他接到这个命题的时候，首先想起的，竟然就是这所大学。为啥？因为，他当时并没有沮丧堕落，反而特别努力，于是，本该不太快乐的大学生活，就变得有趣了起来，毕业之后，他也找到了很好的工作。回忆起这桩往事的时候，他没有去想那所大学好还是不好，只是觉得非常感动。他说，自己从没想过，那个努力的自己竟然深深地留在了记忆里，至今仍然会给他带来一份感动。当时，他又接着回忆了很多东西，他发现，很多他认为不好的东西，比如不好的情绪、不好的性格、不好的心理、不好的习惯等等，这时都成了自己的一部分，没有好坏，只有怀念。因为，那毕竟是自己的一段人生经历，不管好还是不好，都已经过去了，而且，没有过去的它们，就没有今天的自己。于是，他就全然地接纳了自己。接纳之后，他才发现，原来自己也有值得欣赏的地方。

所以，不管过去的自己是否完美，都要接纳自己。全然地接纳，本来就是一种饱满的生命状态。至于自己可不可笑，好还是坏，都不要紧，重要的是如何超越不完善的自己，成就一个完善的自己。相反，如果始终纠结于过去，不肯放下和接受，你就永远不可能从往事里走出来，永远不可能进入觉悟的生命状态，永远都会犯更多的错，有更多的理由去纠结。所以，不要纠结，要学会接纳。我之所以能坦然地公布一些让我脸红的往事，也是这个原因。

# 11月29日　爱情来了

从我的日记中，你可以清晰地看到爱情对我的干扰越来越大了。我从一开始欣赏她，享受彼此之间点点滴滴的小暧昧，到不由自主地想要拥有她，想要将爱情给我的感觉，定格在最让我感到幸福的那个节点。但我的人生目标又不是爱情，于是，在很长一段时间里，我都在反反复复地纠结着，总是找不到一个让自己心安的办法，似乎，无论这段感情让我感到甜蜜还是痛苦，我的内心都会因为爱情的存在而躁动。

在这个阶段，修心给我注入的力量，就是让我不要忘掉自己的人生目标，不要彻底被爱的欲望给吞没，它还不能让我破除情执。于是，你会看到，从上一篇日记开始，我就进入了一个显得有些狂热、痴迷，而且躁动不安的阶段。甚至，有时我都会忘记了挣扎，完全沉浸在对她的爱情之中，无时无刻不在记挂着她，无时无刻不在观察着她，她的点点滴滴，都能牵动我的心弦。这时的我，真的跟一个热恋中的寻常男子没啥两样了。

但慢慢地，我开始有了变化。因为我一直没有停下静修，它会增强我的出离心，有一天，我的心里会出现另一种看待事物的角度，这时，我就会发现爱情的无常，发现爱和欲望之间的区别。但这些都是后话了，我们先来看下面的日记。

## 1982 年 11 月 29 日　星期一　晴

晨修正常，没有中断。

我对她是又恨又爱，有时我气得心都痛了，可一旦见不到她，心中反而有一种难言的苦痛，使我窒息、气闷，喘不过气来。我不明白，她有什么可爱的，可我又离不开她，这难道是所谓的爱情吗？对于我这个尘外人而言，爱情应是被拒之门外的。好吧，事业为重。

今天，她又来了，竟是那样冷漠，我也还是那样冷酷。对于我这个尘外人，的确算不了什么，但心中确实憋得难受，我更想打拳。

不知是她有意疏远，还是受我情绪的影响，有待我继续考察，但给我的时间只有五天，五日后即做决定。

上面的日记，记录了一个年轻人在情感方面的纠结。

其实，多么难言的苦痛和纠结，都会成为过去，当它过去时，你再来回想，就会觉得那段人生很有意思，因为它毕竟是自己的一段经历。但在当时，我还无法自主心灵，无法看透爱情和痛苦的本质，所以，对我来说，那种痛苦就是实实在在的，那种纠结也是实实在在的。不过，正是因为深深地感受过爱情的甜蜜和痛苦，我才明白红尘是什么滋味，活着是什么滋味。如果没有为情所困的话，我的人生也许会很乏味、很无聊的，也不可能写出那么多细腻深刻的小说了。所以，所有的迷失、纠结、折腾和寻觅，都是我必然经历，也必须经历的，这段关于爱情的历练，更是我生命中非常重要的历程。

没有这些体验，我的智慧就不会有温度，没有温度的智慧，是没有力量的。而且，如果一个人从生下来就很洒脱，把一切都看得很透，人生将多么无趣啊？——世上也没有这样的人，所有人都是经历过痛苦，才明白什么叫解脱；经历过迷失，才懂得什么叫觉悟的。

当你觉悟后，再来看过去的执着和痛苦，就会觉得自己非常愚蠢，就拿我在这篇日记里记录的心事来说，那时节，我也知道自己该做什么，更知道时不我待，生命经不起折腾，但我还是被爱情左右了心思，把大量的时间和精力用来对治爱情带来的折磨。其实，再刻骨铭心的爱恋，也没什么值得折腾的，因为所有的折腾，都不是源于爱本身，而是源于欲望。想要占有，却不可得，于是就不由自主地折腾。这折腾的本质，无非想证明对方对自己的在乎，而不是在表达自己对对方的爱。当你知道让你死去活来的是欲望而不是爱本身时，你心中那种浪漫的、凄美的色调就会整个消失，一切都会显得苍白无力——因为，没有足够的理由支撑你这么做。而过去的我，虽然一直在静修，也一直认为自己不该执着，却在很长时间里看不清这个真相，反而沉浸在爱情带来的执迷和痴狂里。

你瞧，写这篇日记的那时，我可是真的放不下！她不来吧，就为想念而痛苦；她来虽来了，却态度疏远冷淡，就焦虑不安，甚至生出怨恨；她态度亲昵吧，又怕爱情会干扰静修，或引起流言蜚语……好一个左右为难。

我想，对一个没经历过深刻爱情的年轻人谈放下，确实有些勉为其难。生命中的很多东西，你必须亲自经历，如果不经历，它对你来说就是一个概念。然而，真正经历之时，你又容易陷在其中，无法超脱。所以，经历了深刻的爱情后，过了好几年，我对情感才真正看破。人的一生中，最难看破的可能就是情感，因为，人对情感的执着往往是最深的。相较而言，人对金钱、名利、物质的欲望会淡一些，更容易看破——当然，有时也说不定，有些人为了金钱、物质和名利，也可以出卖情感，比如那些为了钱而手足相残、为了钱而杀掉父母的人，但这毕竟是少数，尤其在被欲望异化前，情感对很多人来说，还是重于一切的。许多时候，有些人表面看破了，但遇上"那一个"后，仍然会被卷进去。所以，在传统说法中，修道最大的魔障就是情魔。对女性而言，尤其如此。冯梦龙在小说中写过一个名妓杜十娘，这个女人阅人无数，最后却还是因为情伤而自杀了。这样的女人，在现实中并不少见。许多女人以为爱情可以一生一世，于是抛弃了一切，世界里只剩她爱的那个男人，可那男人却不能一辈子爱她，往往是过上几年，爱情的激情和新鲜感消失了，他就去追求其他女子，或受到其他女子的诱惑。于是，很多女人都在情伤中痛苦了一辈子，这就是爱情的魔力。爱情，如果不认真，就会觉得没趣味，可一旦认真，它又会给你带来巨大的痛苦。真的就像彼特拉克所说的："我结束了战争，却找不到和平；我发烧又发冷，希望混着恐怖；我乘风飞翔，又离不开泥土；我占有整个世界，却两手空空。我并无绳索缠身枷锁套颈，我却仍是个无法脱逃的囚徒；我既无生之路，也无死之途，即便我自寻，也仍求死不能。我不用眼而看，不用舌头而抱怨；我愿灭亡，但我仍要求康健；我爱一个人，却又把自己怨恨。我在悲哀中食，我在痛苦中笑，不论生和死都一样叫我苦恼。我的欢乐啊，正是愁苦的原因。"爱情的甜蜜和幸福，是以无尽的痛苦为代价的。

在这段时间的日记中，你可以清楚地看到我心中的焦灼。思念带来的痛苦和甜蜜，常常让我无法静下心来，无论做什么，眼前都有她的影子。而且，越是往后，这种痛苦就会越强烈，因为我已经确定了自己对她的爱，再也没有犹豫不决和举棋不定了。我对她投注的感情越来越多，于是，我就陷得越来越深，烦恼也越来越多了。这时，我唯一可以依靠的，就是静修，我希望它可以带给我清明，让我的心不再躁动不安，让我心中的喧嚣全部消失。而慢慢地，这种祈愿就真的实现了，我的心越来越静，对她的思念被一片澄明吞没，心里也终于一片朗然了。这时，对爱情的欲望就影响不了我了，曾经占据我整个心灵的情绪的雾霾，也像被狂风暴雨洗礼后那样，全部消失了。我终于发现，任何情绪，无论是痛苦还是幸福，抑或是仇恨等等，都会很快过去，一切都像是水中之月，虚幻不实，不能跟着它，更不能执着地想要抓住它。

明白这个道理，还能照着去做，你就是智者；不明白，不相信，也不愿照做，总是想要抓住什么，你就是傻瓜。

要知道，太多东西不值得我们花费精力去计较和在意。只有可怜的、愚蠢的人才会被这些微不足道的东西给控制，千方百计地争一个"最爱我""唯一爱我"，甚至无止境地为此而怀疑、猜测、折腾和怨恨。执着就是愚，放下就是智，就这么简单。不要老是被过去的，或者不可能抓住的东西把你的生命捆死。有些人的痛苦，就在于被捆了一辈子，甚至被捆了几辈子。我们不要为了那些蝇营狗苟的东西和死去活来的爱，把自己弄得失魂落魄，白白来人间一趟。

你看看那段时期的日记，再看看现在的我，就会明白还是不执着比较好。而且，你要对自己有信心，因为，只要你照做，也完全可以做到不执着。所以，不要在意纷纷纭纭的世间事，不要在意身边人的来来去去，要让自己的心有更大的容量，能够包容这一切，更要有高尚的向往，为自己设定一个更高的梦想和人生目标。在追求这个梦想和目标时，也要更加精进，更加努力，同时，坦然自在地做人，坦然自在地做事。

# 11月30日、12月1日　女难非难

虽然上一篇日记中说，我会对她的心意进行观察，五天后做出决定，但事实上，当时我做不出其他的决定。所以，在下面的日记中，你会发现，我第二天就推翻了前一天的决定，从这一点上，就可以看出我面对爱情时的挣扎和无奈。

跟其他陷入爱情的年轻人不一样的，是我这时仍然在精进地修心，甚至还在方便闭关，并没有因为承受着爱情的折磨，就自甘堕落、放纵自己——当然，很多人看到我这么说，心里可能会不太高兴，因为他们并不觉得这是堕落和放纵。对他们来说，这当然不是堕落和放纵，因为我们的追求不一样，对一个想要通过修心实现超越的人来说，增长欲望的行为，就是一种堕落和放纵。所以，虽然我暂时没能超越爱情的干扰，却仍然在努力地挣扎，努力地想要从这种境地中挣脱，这就让我后来的超越有了可能性。我遭遇的女难最后并没有成为难，反而成了我的助缘，就跟这一点有关。

## 1982 年 11 月 30 日　星期二　多云

我的心中无法挥去她的印象。她那样天真，那样纯洁。

## 1982 年 12 月 1 日　星期三　晴

因为闭关静修，浪费了许多读书的时间，明天起补上。

我越来越思念她，我也许爱上了她。她天真善良。以后我们应当接触，我也应该帮助她。


在传统说法中，跟一个女子相爱叫女难，因为它会影响修道。幸运的是，我的女难却成就了我。早年间，我曾去松涛寺找过吴乃旦师父，我想出家，可他不同意。他说我的因缘不在出家，我有着另一种因缘。按他的说法，我的生命中，应该有个卓玛。他还给我讲了很多理由。

不过，即使有多种理由，在最初的时候，我也仍然遭遇了女难。因为在那几年里，我虽然用功依旧，但心中眼中都是她。

我已经害怕了，心中尽是挣扎，但我却不敢面对自己，一直在找一个能让自己光明正大地接受她的理由：帮她。

现在想来，如果当初我没有娶她，我可能会有另一种人生。但我仍然会成功。就像一位先生说的，雪漠做什么都会成功的。

我相信他说的是真的，因为我做什么都会投入我所有的生命。

有这样一个故事：一位秀才中了状元后，在骑马夸官途中，碰到一位屠夫，那屠夫明知迎面而来的是当朝状元，却不让路，说他也是状元。还说，你是秀才中的状元，我是屠夫中的状元。说完，他在伙伴鼻尖上抹了面粉，一斧抡过去，面粉净了，却没伤鼻子。那秀才笑了，说，你真是状元，要是我当屠夫，也会像你这样优秀，要是你当秀才，也会中状元，因为我们都有状元的潜质。

这故事也许有道理。

我只是说也许，是因为除了那努力和潜质之外，还会有其他因素，如宿慧。像我，当官肯定不行的，因为我不适合。不管是纵观人类历史，还是在真真假假的故事里，我总能看出官场斗争的无意义来，便兴趣索然了。

所以，理性地看来，我的女难，成全了现在的我。

其实，鲁新云不但成全了我，她还是我的善知识。在我的生命历程中，有过各种各样的可能性，每到一个关键时刻，鲁新云就会跳起来干预我。她一直反对我经商，反对我投资，只希望我在健康有饭吃的时候，抓紧写我该写的文章。对于那些通货膨胀、美元汇率上涨之类的事，她一向不叫我关注。她的理由是，白菜一直没大涨，大米虽然涨了却还能接受，吃饭是没问题的，那么，我就应该安心写我的书。

因为她坚决的干预，我们虽然也开过公司，有过一些能挣大钱的项目，但是都中止了。后来，我们就有了一个共同的理念：我们不能做大，我们要随时能放下，随时能抽身，随时能出离清修。

在世间法意义上看，她也许是我的女难，因为要不是她的干预，我也许会成为世人认为的企业家。

在出世间法意义上，她似乎也是我的女难，要不是跟她谈了几年恋爱，也许我的成就会提早几年，毕竟，我二十五岁后，大多只能每天修一两座，一天四座的方便闭关，只是在假期和周末。我完全出离的清修，是二十八岁以后的事。真正的证悟，是1995年才发生的。

有时我也会想，要是我没经历女难，会咋样？后来得出的结论是，要是仓央嘉措没经历女难，也许就不会有我们喜欢的那个诗人。同样，要是我没有经历女难，也许就不会有今天的雪漠。

我甚至常想，要是我出家会怎么样？追问下去，我同样发现，要是我出家，就不会有今天的我。便是到了现在，也不会有一个能叫我常驻的寺院。也曾有僧人向我学习，可一旦他们发现很多人对我生起的信心比对他们大时，状况就很微妙了。自家学生都这样，何况别的僧人。

总之，所谓的女难，除了叫我在最初的时候走得慢了点之外，似乎也没给我带来什么灾难，反而还叫我规避了很多灾难——至少是麻烦。所以，对我来说，女难非难，反倒是一种福气了。

不过，在我的女难中，最大的受益者还是鲁新云，因为她从此改变了命运。

这也行，只要能叫人变好，我就无所谓了。

# 12月2日　努力的人是非常动人的

虽然我以帮助她为借口，允许自己向鲁新云靠近，但我确实也是想帮她的。我始终觉得，即使她学习不好，只要肯好好用功，也不代表不能进步。不过，我之所以希望她能在学业上进步，一方面是希望她将来能考上学，能找到一个好出路，不用被困在乡下，一辈子种地，但另一方面，我也是希望她有一个努力向上的态度——其实，后者才是我最希望在她身上看到的。

后来我才明白，有些人不是不上进，而是天生就不在乎一些功利的东西，对于这些，他们提不起劲，也就显得不积极进取了。古印度时有个懒汉，他懒到了极致，世俗中的一切，他都不感兴趣，甚至连坐起来都不愿意，最后他越长越胖，胖成了一个球，就被极度失望的家人给扔到了尸林里。就在他伤心地躺在尸林里等待死亡的来临时，有个瑜伽士出现了。这个瑜伽士在了解了他的处境之后，为他传授了一种观修法门，于是，他变得前所未有地精进，最后证得了大成就。其故事在古印度民间广泛流传，后来走进了古印度的一部关于大成就者的民间史书。再后来，我又对他，以及其他的古印度八十四大成就者，进行了详尽的解读，所有的解读汇集在一起，就成了《大师的秘密》。

## 1982年12月2日　星期四　晴

任何一个人只要下苦功都有希望成才，包括她。

　　如果她愿意上进学习，我会尽力帮助她。

　　我一直很欣赏愿意下苦功的人，只要他愿意上进，我都会尽力帮助他。现在更是这样。下苦功努力做一件事的人是非常动人的。一段时间后，他的身上就会有一种光彩，这种光彩虽然是当下的，但它展现的是他的生命全息，其中也包含了他曾经付出的所有努力。他付出过多少，用过多少心，在每一个当下都会呈现。有的人就算站在舞台上一动不动，也有人喜欢看他，这就是因为那人散发的气息足以感染别人，不需要他做任何动作，也不需要他再说一句话、再唱一个字，他的生命本身，就有一种浑厚的气场，那气场里写满了故事，自己就是一台戏。这样的生命是有质感的，因为他真真实实地为命运努力过，留下过自己的痕迹，而不是疲于奔命东奔西窜，为了欲望而失了魂似的追逐。他诚实努力地面对了自己的生命，生命便用气质和质量来回报他，这是人生中真正的公平。

　　我常说自己在培养大师，我现在培养的，其实就是这样的人，他们能踏踏实实地实践文化、传承文化，也能踏踏实实地为世界贡献善美，带来清凉，让世界能多一些美好。而他们自己，也定然会因此而拥有一种不一样的生活，实现一种不一样的价值。我当然希望身边能出现越来越多这样的人，但这不能强求，因为，这是一个人自己的追求，不可能是别人强加给他的。这里面若是带了一点勉强，最后就不会有大家都满意的结果。因为，这需要付出很多努力，需要担当一些别人担当不了的重负，需要牺牲一些别人牺牲不了的享受，还需要经受很多非常人能忍受的考验，需要真诚地体验生命中所有的苦乐感受，真诚地剥除灵魂中所有的污垢。对很多人来说，这种活法都太不容易了，没有"死亦不退心"的魄力和坚守，几乎是不可能做到的。所以，大部分人宁愿选择更轻松的活法，也不想升华生命，改变命运。当然，这也是无可厚非的。

人的生命好像有一种固有程序，每当他们做选择的时候，这个程序都会告诉他们，对他们来说什么更重要，然后，他们就会选择对自己更重要的，放弃相对来说没那么重要的。而随着这个程序的改变，他们的参照系也会变，过去重要的，可能现在就不重要了，过去不重要的，现在反而觉得很重要。所以，他们怎么选择，对他们来说什么才是正确的，取决于他们安装了怎样的程序。安装了智慧程序的人，生命中一切的抉择都是智慧的、远离欲望的；安装了欲望程序的人则刚好相反，他们的心总是在追逐念头和情绪，总是被念头和情绪所裹挟，不能由自己的真心来做主，因此，他们的一切抉择都是屈从于欲望而远离智慧的。

在这个世界上，第一种人不能说没有，但必定比第二种人要少得多，包括我身边也是如此。我明明知道，那第二种人只要一转念，不再被生命中那股欲望的力量牵引，就可以改变很多东西，甚至改变整个命运轨迹，但他们就是转不了；我明明知道，那第二种人只要用一生去坚持一件事，就必定会成功，也能改变自己的心，让自己有更高的智慧，拥有一个重装生命程序的可能，但他们就是坚持不了。所以，有时，我也就只能叹息了。另外，每当我发现这种人，就会减少在他们身上投入的时间，甚至不再见他们，将更多的时间放在那些愿意改变，也能持之以恒的人身上。

# 12月3日　人要有一种责任感

1982年第九届亚运会

　　你从前面的日记中，大概就能发现我是一个很有国家荣誉感的人，祖国在国际上取得一些成绩的时候，我会非常开心雀跃。记得前些年，莫言得了诺贝尔文学奖时，我们一家人都很开心，但在随后的国际书展上，我却发现，中国文学还是没有得到世界的认可。这让我有了一种使命感。我将作品翻译到海外，除了想要传播文化，让世界感受到中国文化的清凉之外，也是希望中国的文学和文化能得到世界的关注。我始终认为，中国有优秀的文化，我们缺的仅仅是很好的传播而已。如果我们能把传播做好，中国文化一定会在世界舞台上大放异彩的。

　　这种个性特点，同样体现在我早年的日记之中。比如前面的日记里，我曾记录了中国女排夺冠时自己的激动，而下面的这篇日记中，我同样记录了中国运动员在亚运会上的好成绩。然而，在欢喜雀跃之外，我却仍然没有忘记心里那个美丽的影子……

## 1982 年 12 月 3 日　星期五　多云转晴

　　伟大的祖国，我太高兴了！中国队为亚洲金牌总数第一！伟大的祖国呀，你不为你有这样的儿女感到骄傲吗？

　　我没有想到，她是那样有个性，有自尊心，多好的少女啊！你越冷漠，我越爱你！

1982 年 12 月 3 日，中国运动员在第九届亚运会中一共夺得六十一枚金牌、五十一枚银牌和四十一枚铜牌，在金牌总数上超过了历届亚运会第一名的日本队，首次位居第一。于是，我满怀激情地记下了当时的感动。

80 年代的时候，年轻人对祖国的感情都很深，都有一份民族荣誉感，我也一样。而且，直到今天，我仍有这份荣誉感。之所以我总想将中国文化展现在世界舞台上，也跟这份荣誉感有关。当然，更主要的，还是因为中国文化真的很好，它具有独特的价值，同时也具有普世意义，目前，世界对它是严重低估的。2015 年我去北美考察时，这种感觉尤其明显——出国前，我以为我们国家很落后，有很多地方不完善，直到我走出国门，亲眼见到北美人真实的生活，尤其是中国新移民的生活，才知道很多人对他们的羡慕，都是一种想象。在那里，我每次想到祖国，心里都会特别温馨。

其实，许多时候，爱都需要一个投注的对象，热爱祖国也好，热爱家乡也好，热爱人类也好，热爱众生也好，说到底，都一样，都是心里的爱有了安身之所。不过，爱有大小之分。从小，我的爱就比较博大，不会只爱自己和家人，不爱其他人。那种"天下兴亡，匹夫有责"的情感，也一直贯穿着我的一生。从我 1981 年的日记，你大概就能看出这一点。直到今天，我仍在关注一些宏大的话题，包括国际关系问题、环保问题、民生问题等等。这并不是因为我对政治感兴趣，而是因为我心中有一种家国情怀，以及作家的一种责任感。正是这份责任感，给了我很多做事的理由，也让我所做的很多事有了意义。

我的一位朋友年轻时出了国，在外面做了很多事，但他一直找不到意义。后来，他年迈的母亲得了阿尔兹海默症，需要人照顾，他就回国了。回国之后，他发现母亲变得像个孩子，任何事都不能自理，他要像照顾孩子那样，时不时地哄哄母亲，还要帮母亲清理弄得到处都是的粪便，有时，母亲一个人走丢了，他还要满大街地寻找母亲。这个经历，对他肯定是很大的冲击，他看到母亲的时候也一定会感到心痛，但他心中的那种无着无落的感觉却消失了，他觉得自己"落地了，回到了生活里"，因为他找到了自己应尽的责任。这时，活着对他来说，就有了乐趣，也有了意义。或者说，正是因为他找到了活着的意义，才能真切地感受到生活的乐趣了。

所以，责任可大可小，不管是对自己的责任、对集体的责任，还是对国家的责任、对文化的责任，只要你能真实地感觉到自己身上的责任，你的生活就会变得充满意义。你做的每一件事情，在你心里都有一个实实在在的理由。这时，你走的每一步都会踏踏实实。人活一辈子，这其实才是最重要的，其他的，都会不断地变化，就算你觉得很重要，也留不住它们。所以，能留得住的东西，才是对你最重要的。这个东西，可以是智慧，可以是慈悲，可以是清醒，也可以是责任。它就像你人生的落脚点，只要你找到这个落脚点，而且踏踏实实地去做事，你的人生就会充实而幸福。

不要在乎那些没有意义的东西，像名利、金钱啥的，甚至也包括爱情，因为它们都在变化。很多从高处跌落谷底的人都知道，当你在高处时，所有人都会为你喝彩，但这种喝彩声是短暂的，也未必是真心的，很多时候，它不过是一种流行情绪；而当你跌到谷底时，人们对你的态度，才会显露出他们对你真实的认知和情感，你会因此看到众生百态——有人会在人前人后非议你，有人会为你的失败而幸灾乐祸，有人会出于某种目的来编派你，有人会抱着某种想法刁难你、让你雪上加霜，有人会从此远离你、从你的生活中消失，但也有一些人，他们对你仍会抱有善意、信心和鼓励，哪怕出于各种原因，他们不会为你做什么，但他们心里那份心疼和祝福，还有一点恨铁不成钢的情绪，仍会传达到你心里，让你感到温馨，感到生命的寒冬还是有暖流穿行。

这一切我都没有经历过，因为我没有从高处跌落过，我只是在一步一步地走路，走得够远了，就走出了生命的阴霾和低谷，走到了人们认为是高处的地方，但我并不觉得它就是高处，而且我依然在向前走着。人生中的很多经历，对我来说就像生生灭灭的水泡，不断在消失着。但那样的事太多了，无论哪个领域，都比比皆是。有时，我也会叹息人性之恶，因为我知道，很多人只是借机发泄自己的情绪，而这种情绪，可能跟落难的这个人并没有关系，只是他们在日常生活中的一些不如意而已。

我印象很深的有一件事：多年前，我应邀去上海书展签售，去的路上，我看到很多人迎面走来，他们都是从书展场地里出来的。当时，有志愿者问工作人员，为啥这会儿有这么多人离开？工作人员告诉他，因为某某明星刚才在签售，这些人都是奔着这个明星来的。当时，好多人都感叹地说，这个时代对明星的关注，永远都高于对作家的关注。谁能想到，短短的几年之后，这个明星就人设崩塌了，不知道当时参加过这场签售的人中，有多少人也参与了后来的咒骂和抵制？所以，德行是恒久的真理，没有德行，一切都是暂时的，都像树上的叶子，迟早会在尘风中飘落。

早年，我虽然不明白这个道理，但比起很多欲望性的东西，我确实更重视德行。我从小修心的其中一个原因，就是对德行的向往。我总是希望自己能成为一个更好的人，能有更高的德行和智慧，能为国家、为世界，做出更大的贡献。于是，我从小就放弃了一些大家都想要的东西，去追求精神领域那些我向往的东西。

这种向往，在三四十年前，也体现于我的热血——那时的我，真是典型的热血青年，我总是发出一些豪言壮语，其内容，大多跟祖国有关。而且，那是我发自内心的热情，不是作秀给自己或别人看的。

志愿者雷贻婷曾发出感叹，说这些日记中的那个青年——她指的是过去的我——多可爱呀。我也这样认为。一个老是为祖国而激情澎湃，老想让祖国为自己的儿女感到自豪的孩子，虽然非常幼稚，但也非常可爱，在如今这个时代，也许很稀罕了。即使是今天的我，也不再是这个样子了——也许比过去更可爱了，因为我没有了欲望和执着；也可能不如过去可爱了，同样因为我没有了欲望和执着。但三四十年来，属于雪漠的很多基因，都没有改变，我依然想为帮过我的人，以及所有我爱的，带来一份荣耀，并且为此努力着。

早年的我，对祖国的荣誉看得很重，对家乡的荣誉也看得很重，我一直想要为家乡争光，也觉得自己一定能为家乡争光。写这篇日记的几年后，我参加过一次研讨会，当时我没有任何作品，自然也没什么名气，但是当在座的作家们讨论甘肃文学为啥不能走向全国，并且找了很多理由时，我却说，因为我出生得太迟了。在座所有人都以为我在活跃气氛，说了句玩笑话，所以哄堂大笑，但也不排除有些人觉得我很狂妄。其实，我虽然有些开玩笑的语气，但这句话却是真心的，它不是在说我有多厉害，而是说，我将来一定要为甘肃文坛争光，要为家乡争光，这是我的一种志向。前几年的某一天，我还发现了一篇大概写于 1984 年的自述性文字，其中，也有一些类似的表述，显得非常狂妄可笑。在这里也给大家分享一下：

瞧，这个狂徒……
——西凉笑剑自述

我是个孤独的夜行人，暗夜使我愈加孤僻。多年的夜行，使我有了一双能透视黑暗的眼睛，但在杂草丛生的坳处，还时时有毒蛇扑向我疲惫的脚踝……

曾有人问我，为何要苦行僧般的求索？我说，为了武威，为了甘肃，为了这块长满牙齿的碱地，为了这片不结浆果的黄土——我愿变成一个肥沃的粪池。

惭愧啊，偌大的甘肃，竟没有一人能傲视文坛横空出世……

曾有人议论，为什么甘肃文坛至今仍这般沉寂？我说，也许是我生得太迟。狂傲吗？不，我懂得脚踏实地。为了我心中的那丝光亮，我可以狂吞大漠的风沙，我可以在冰天雪地中冰水洗头——仅仅为了驱走向我袭来的倦意。

于是，我禁闭了多年，学习哲学，深研历史；于是，我走了上万里路，为了对农民的心理做较深的剖析；于是，我忍受着灵魂被剥离的痛苦，彻夜奋笔疾书，但血泪写成的作品至今命运未卜；于是，在这个现代生活进程的凝滞点上，我开始了艰难而质朴的跋涉；于是，在荒芜泥泞的小道上，我留下了蹒跚而坚实的足迹……

现在想来，其实我当时说的也有道理，因为后来正是这样。《大漠祭》出版后，立刻引起了全国的反响。在《甘肃日报》工作的作家彭中杰先生甚至认为，《大漠祭》出来之后，甘肃小说才走出了陕西小说的阴影，在全国范围内有了实质性的影响。所以，我当年的责任心，确实让我做出了足以令家乡自豪、为家乡争光的事情，也让我有了一定的成就。相反，如果我当年没有这份责任心，大概就不会产生这个梦想，更不可能成就自己的一番事业了。

引文中的"西凉笑剑"是我早期的笔名，1988 年完成《长烟落日处》，投稿到《飞天》杂志时，我用的仍是这个笔名。但冉丹老师说这笔名不好，武侠气太重，于是我才改名叫雪漠，这笔名一用，就到了今天，很多不了解我的过去的人，反倒不知道陈开红是谁了。

关于上面分享的文章，我现在暂不详谈，日后再写解读文章。但你大概不难看出，那时节，我一直是激情澎湃、充满正能量的，也一直想给跟我有关，尤其是相信我、对我好的人，以及我所在的群体争光。因此，我也一直都很喜欢充满激情的，有正能量的，在乎祖国荣誉和集体荣誉的孩子。我认为，如果一个人对自己所在的群体都不在乎，他就一定没有出息。而我之所以能有一番作为，就是因为我一直在乎自己的荣誉，一直想让父母、子女、伴侣、家乡、民族、国家为我骄傲，过去，也想叫我的老师、我的师父为我骄傲，我最不希望的，就是叫跟我有关系者因我而蒙羞。于是，我一天天地努力，后来就成了今天的雪漠。

这篇日记的第二段，我再一次提到了鲁新云，还说，她是一个自尊自爱、有个性的女孩。这里讲的具体是啥事，我不太记得了，不过，鲁新云一直都是个自尊心很强的女性。我最欣赏她的地方在于，她跟托尔斯泰的夫人刚好相反，托翁的夫人不给托翁一点个人空间，无论托翁把日记藏到哪里，她都会翻出来读。但鲁新云在我们相识的几十年里，一直没有做过类似的事，而且，她不但不翻我的日记，对于我的其他私人物品，她也不会乱动。这种高贵，也体现在我们相识之初的一些细节上，比如，她绝不会黏黏糊糊，也绝不会因为爱情而失去尊严，她从来不乱翻我的东西，也不随便打电话给我。所以，在跟她交往的过程中，我一直都很自由，也保存了我自己的个性和追求。因为这一点，我一直很尊重她，真是"欲叫人尊重者，必须先有自尊"。

# 12月5日　进步是爱情的养料

　　下面的日记，写的仍然是与鲁新云的交往，而且这次的记录非常详细，把整个过程都写出来了。你大概不难看出，虽然这个过程很短，但在我心里留下了一种非常甜蜜的印象，直到写日记的那时，我还一直在回味着，为鲁新云当时的每一个表情而心动。结尾处，我又情不自禁地发出了感慨，说"我真喜欢她"。类似的话，在这段时间的日记里老是出现，因为当时我已经承认了自己的感情，虽然还在找"帮她"之类的借口，但我已经不否定她在我心里的地位，以及我对她的超越师生关系的情感了。那时，内心的挣扎少了，整个心几乎都被恋爱的感觉占据了，对她的感情也在迅速升温，甚至有点痴迷的味道了。不过，这篇日记里虽然没说，但我仍然在静修，并没有因为被爱情吸引，忘掉精神上的向往。

　　另外，从这篇日记里，你大概也能看出一个有点特别的小细节——在没啥特殊事的情况下，男老师可以到女学生家里去串门，女学生还会邀请男老师住下。在城市里，这是不太寻常的事情，除非老师跟学生家长很熟。但在我们老家，这没啥奇怪的，因为凉州人本来就热情好客，平时也爱串门，不像城市人那样，彼此之间总是保持一定的距离。尤其是现在，住在商品房里的人，哪怕彼此就住隔壁，也可能几年不来往一次，要是上下班不刚好碰上，可能连自家隔壁住了什么人，都不会知道。这样的生活难免少了点人情味，人与人之间也会离得越来越远。直到今天，想起凉州乡下那种人与人之间的亲近和热情，我还是会觉得非常温馨。

## 1982 年 12 月 5 日　星期日　晴

今日到她家。

刚进门，她唱着《军港之夜》。唱得那样真挚、优美、动人。不过是在厨房里唱的。

"你唱得真好。"我进屋后由衷地说。

"是我妹妹唱的。"她的脸红了，辩解道。

她想热情接待，到厨房做饭去了。我们准备走，她妹妹连忙跑到厨房，"姐姐，老师要走，老师要走……"

她连忙跑了出来，那样慌乱，脸因发急而变得通红："坐一会儿再走吧！"眼神充满了恳求，太美了。

我们执意要走，她急了，把庄门关了，用背堵住："太晚了，别回去了，今晚住这儿吧，书房闲着。"

她父母不在家，只有她的姐姐和弟妹，我们怎么能住呢？

我找出理由："我们的炉子可能要灭，非得回去不可。"我自然编了一个不是理由的理由。

"明天一大早，我去给你生火。"她微笑着恳求。

我急了，要出门，可她把门堵得那样严实。

"今晚太晚了，住下吧，我和我姐到小屋去睡，你们去书房睡。"她那样任性地说，好像非要让我们住下不可。

她姐姐笑着，用眼神在我们身上扫来扫去，好像发现了什么秘密似的。

她急得脸都通红了，但我们一定要走，她才失望地开了庄门。

但我们的衣服口袋里被她强行装满了瓜子。

我发现，她是那样热情，又是那样温柔，但不乏天真、任性。我真喜欢她。

在前面的日记中，我引用过一句名言："与其出现在一个女人梦中，不如落到杀人犯手里。"这句话的本意是，被女人牵挂，比遇到杀人犯还可怕。但我想表达的不是这个意思，我想说的是，我已经感受到了一种危险的味道。因为我发现，修了两年、天生定力就不错的我，在爱情面前竟然不由自主了。鲁新云的一颦一笑，就像我各种情绪的钥匙，我的眼睛、我的心灵都围绕着她，跟着她变化，都不是我的了。对于想要修道的我来说，这太可怕了。而更可怕的是，就算我知道这很可怕，却还是受到了诱惑，一步步向她走近。瞧，我甚至想要参与她的生活了。于是，后来写《无死的金刚心》，写到琼波浪觉和莎尔娃蒂的故事时，我就说了这样一段话：

> 我真的理解了为啥老祖宗将爱上一个女人称为女难，真是女难。要是没有足够的定力的话，那所谓的爱，就会成为不可救药的女难。许多有可能成为高僧大德的人，就是在遭遇了他们很爱的女人之后还俗的。你想，唐代的玄奘大师要是爱上了一个女子，他还会成为玄奘吗？

当然，我想这些，是因为我有信仰，想要实现超越，如果你没有信仰，也不修道，就不用拿这些来套自己的生活，给自己和家人带来烦恼，更不用拿这些去套别人的生活，让别人烦恼。

继续说日记中的事。

我说过，那时节，鲁新云家离南安中学很远，骑自行车要四十多分钟，所以她一般中午不回去，在我那儿打了水，跟弟弟两个人吃馍馍。有时，他们也会到我屋里来，在我那儿吃午饭，喝热水。冬天时，学校里很暖和，她还会把棉衣放在我房里，因为她爱美，也嫌棉衣累赘。那时，我们熟悉得很快，走得也很近，我已经习惯了生活里有她，习惯了记录我们相处的点滴，记录每一句有意或无意，却给我留下深刻印象的话，记录她每一个含情脉脉的眼神。我总是在她的眸子里，搜索她爱我的痕迹；也总是在她的言语里，揣摩她心中到底有没有我。

日记中记载的那次，陪我一起去的是开桔。我们去他们村的学校参加一个集体活动，顺便去了她家。虽然说是顺便，但也是提前计划好的。那时，开桔已经知道了我的心事，对我的师生恋，他一向是赞同的。

鲁新云的老家是南安一个叫安全的村子，那村子很大，有很多小队，她家人称之为鲁贺家庄子，因为村民大多姓鲁和姓贺。

那时在武威，鲁贺家庄子也算得上美了，因为那儿有池塘，有芦苇，还有一个叫长湖的活水湖。《大漠祭》中那西湖坡，也就是莹儿和灵官第一次互吐真情的地方，就是以鲁贺家庄子为蓝本写的，我在他们家的地里跟鲁新云一起干过活，结婚后的几年里，她又到我家的农田里干活。有时放学后，我会去找她，那时，远远地，我就会看到正在地里干活的她。她那时的衣服总是很艳，就算离得很远，我也能一眼看出是她。二三十年后，我移居岭南，有一天夜里，却梦到自己回了家乡，去地里找她。在梦中，我远远地就看到了她，一大片绿油油的麦田里，穿着红衣的她，很是夺目，我竟有些激动，快步走向了她……醒来后，我流泪了——逝去的时光竟在梦里重现，自己却早已回不去了。想想，写这些日记的那时，我还有着很多的时间，有着很多的梦想，非常自由，也没人干扰。现在，虽然实现了梦想，却也有了许许多多的身不由己，对那些散淡的日子，也就非常怀念了。

那时，鲁贺家庄子比陈儿村富足，而她家更富足。我家却很穷，屋里总是空荡荡的，炕上没几床被子——小时候，全家只有一床被子。后来，有了三床，一床旧的，冬天常焐在炕上，两床是相对新的，大多是我回家时或是来客人才盖的。凉州农村人家的被子很大，小时候，若是我们都乖乖地躺着的话，那被子就会盖住我们全家，要是有人蹬腿，我们就全得裸着。

记得鲁家的被子很多，按当地人的说法，是个富窝窝儿。他们家炕的上墙和右墙都码满了被子，让人一看，就知道是个殷实的家庭。按乡里人的眼界，要是我不是老师的话，这样的人家，是看不上我们家的。后来，我有时候跟她开玩笑，就会说，要不是我妈供我念了书，你还不会嫁我呢，所以，我要感谢妈，无论她有啥毛病，只给我供书这一点，就够了。我还说，你要是想报答我，就好好地孝敬妈。后来，她做到了这一点。

因为她家殷实，后来她有时会非常自满，每到发现我身上的习气时，她就开玩笑说："毕竟是小家里出来的，习气实在不好。要没有我，哪有你的今天？"然后，她就叫我吃饭不要张着嘴嚼，不要出声，多吃菜，等等。我的好些习气倒真是她教育过来的。比如，我生来就不爱吃菜，她教育了二十年后，我差不多成了"菜饱吃"——这是取了小时候玩过的二人游戏"猜宝吃"的谐音。"猜宝吃"的游戏说白了，就是石头剪子布。所以，有时候选择了一个女人，就是选择了一种生活方式。

那时，鲁贺家庄子有点像西部的江南，还有很多水，那个叫长湖的所在，夏天常常有孩子们游泳，当地人把游泳叫打澡儿。那时，打澡儿的多是半大不大的男孩子，因为水深，就老有淹死的孩子。后来，我们恋爱时，长湖因为人少，就成了我们常去约会的地方。

鲁贺家庄子有很多故事。《大漠祭》中猛子跟双福女人的故事原型，就发生在那儿。那原型故事比书中还有趣，但因为有点黄，所以叫我改了。《西夏咒》中的许多故事，也发生在那儿。

鲁新云的母亲叫徐存英，有文化，人很聪明能干，有一般女子没有的大气。她是《凉州词》中徐氏的生活原型。

那时节，在村里演样板戏时，徐存英演过阿庆嫂。鲁新云的父亲叫鲁卫国，也是个能人，会做粉丝，曾去北京专门学过，后来成为南安公社粉丝厂的创始人之一。鲁新云的爷爷也很会过日子，早年挑个货郎担儿走街串巷，所以，她们家自然就比我们家富足。

现在，那长湖早就干了，池塘也不见了，芦苇也死了。我去她家的那时，记得村子里到处都是树，现在，只有不多的几棵树了，整个乡村都像是得了瘘症，大自然也像得了瘘症，一切都变了，到处都弥漫着一种破败之气。

这一切，我都写在了《白虎关》中。

我想叫逝去的乡村活在我的小说里。

# 12月9日　凉州的待客之道

下面的日记，仍然在记录与鲁新云的相处，内容很有意思，涉及了凉州的一些独特的习俗。

另外，我也简单记录了进城找宋杰取杂志的事。前面说过，从师范起，我每月的绝大部分生活费，都用在了买书上。工作后也是这样。记得1982年时，我的工资大概是三十九块五毛钱，不多，但我还是拿出十多块来买杂志。那时的杂志倒也便宜，十多块可以买上几十份。只是，以现在的眼光来看，当时买的杂志大多不值得买，也不值得看。可那时节，它们却给我带来了无穷的快乐。后来我被调到小学，也是这些杂志陪我度过了漫长的岁月。我能一直坚持梦想，除了得益于修心之外，也得益于我一直在读书（包括杂志）。

其实，什么阶段有什么阶段该读的书，什么时代有什么时代的营养。有时，不用太严格地划分这书有深度，值得读，那书没深度，不值得读。比如，那时的杂志经常谈到理想和奋斗之类的话题，充满了那个时代所需要的正能量，也给我带来了一些正面的影响，我能始终充满激情，除了跟自己的天性有关之外，也跟读这些杂志有一定的关系。所以，每当想起读那些杂志的岁月时，我仍会感到非常开心，也仍会感到非常温馨。

## 1982 年 12 月 9 日　星期四　晴转多云

她前天来到了我的宿舍。

她说："我妈把我骂了一顿。"

"怎么了？"我一惊。

"你连水都没喝一口。"她脸上显出了很委屈的样子，噘着嘴唇，似乎很痛苦。

"你只把水放到我面前，连请喝水都没说，我敢喝吗？"我故意取笑她。

"就是我姐不好，我去炒瓜子，是她没有招待好。"她埋怨起她的姐姐。

"你不是说要到庄门口去接我们吗？我在庄门口等啊等啊，却不见人影，我才发现姑娘说话有口无心。"我心中想什么，口中也说出了什么。

"胡说些什么呀！我若知道你在等我，我就去接。我怕我去接了，你不来，那我就羞死了。"她后悔不已。

今天，我进城，见了宋杰，取了杂志。

前面讲的是上次我去她家，没坐多久就走了的事。从这段对话你可以看出，那时我们已经很亲近了，彼此对这段感情心知肚明，但谁都不肯踏出第一步。因为，就像鲁新云后面说的，要是对方没回应，或是不答应，自己就羞死了。这就是男女之间朦朦胧胧的爱情。

日记中，我还谈到了一个细节：鲁新云的妈妈骂她没有招待好客人。

在凉州，客人到了你家，要是你连水都没让他喝的话，是非常失礼的，会叫人笑掉大牙，何况那时我还是她的老师。按凉州人的待客之道，那天他们应该给我们杀鸡，或是炸油饼。但我们走得早，因为时间关系，她只来得及炒瓜子。所以，我们走时，她就在我们的衣袋里装满了还发烫的瓜子。

在我的印象中，凉州人是最好客的人了，按一些现代人的观点，那种好客，甚至都算得上失礼了。

某年正月，我爹在公社街上碰到了我干爹。爹想请干爹到我家，可干爹说他有事。爹以为他客气，就强迫他来。干爹坚决不来，两人就在街上扭成一团，时而爹抱起了干爹，往我家的方向走，时而干爹挣脱了爹的强拉，往他家的方向逃。爹就追，追上再一下子抱住，往我家的方向走。干爹再挣脱，再逃。两人就这样搏斗了很长时间，最后，干爹没力气了，就叫爹"劫持"了来。

这种场面，在那时的凉州老是出现。

每到过年闹社火，时不时地，就会见到有人往自己家里"劫持"客人。外边不知实情的人，以为两人在打架，但细瞧，却见双方脸上都带着笑。

为啥凉州人要"劫持"客人？因为，一般的凉州人遇到别人请他，总是会客气几句的，这时，你一定要"劫持"他。要是你不"劫持"他，他就会觉得你是虚情假意，不是真心想请他。凉州人总是通过这些细节，来判断对方是不是真的欢迎自己。所以，外地人到了凉州，要是不了解凉州的习俗，就容易产生误会。

还有，在凉州，客人来做客时，主人会用家中最好的吃食来待客。三四十年前，只有过年时才杀猪，平时没地方买肉，所以主人会杀鸡招待客人，若是家里没鸡，或有其他情况，就会打荷包蛋泡馍，或摊煎饼、炸油饼。后来，我成了鲁家公开的女婿后，每次上门，鲁新云的妈妈都会摊煎饼给我吃。三十多年前，那是我能吃到的最好的食物。

十八九岁的我，是很能吃的。我的纪录是连续喝了十碗稀饭，还不是用小碗，而是用大碗——当时我跟人打赌，一口气喝光了他全家六口人的饭。此外，我还吃过七碗水饺并喝了三碗汤。现在想来，真是有些后怕，但在那时，却是符合礼节的。对主人来说，客人吃得越多，说明自己做得越好，他们宁愿自己挨饿，也希望客人吃好。所以，在凉州，你吃饱后，主人一般都会劝你："少吃一些！少吃一些！"外地人不习惯这种说法，以为主人嫌他吃多了，其实，主人是希望他即使吃饱了，也能再少吃一些。某年，我们村里来了一个外地的工作组，有个组员听到主人叫他少吃一些，就越吃越少，最后实在饿得忍不住了，才向大队干部告状："我吃得越来越少，他们还是叫我少吃一些。"大队干部这才解释了"少吃一些"的真正含义。

在《大漠祭》中，我写了灵官妈去看女儿时，白家亲家的待客之道。那一章，得到了很多人的喝彩，他们都认为那是书中最精彩的章节。正是从那凉州人的待客之道中，人们才能看出其文化。在凉州，人与人之间的许多小疙瘩、小矛盾，都是在经历了那热情的待客之道后，不知不觉被化解了的。

凉州人解决矛盾的方法，一般有两种，一种是在婚娶之类的大事上赏脸，陈亦新结婚时，一些平日对我有误解的朋友正是通过他们的"赏脸"，表达了自己的某种歉疚，和对过去一些不愉快的不在乎。第二种，是在畅快的酒场上，晕晕乎乎地说出平日里不好意思说的话，哈哈几声之后，一切的怨气就化解了。

另外，凉州人还将上门做客，当成是修补关系的一种重要方式，逢年过节，就会去看望亲友。这时，就算彼此之间有过摩擦，也会在无形中得到化解。那时候，凉州人去看亲戚，一般都会带十二个炉盔子，被看望的亲戚就会酒肉招待几日，待到他走时，还会回上八个炉盔子，叫他带回去吃。有时，要是他会顺便再去别人家，他也会说明情况，要求亲戚家再多添上几个，添成十二个。这时，亲戚家也会遂他的意，并将他的要求当成关系很好、不见外的一种表现。于是，一些喜欢贪占小便宜的亲戚，就会拿着十二个炉盔子，出去吃上一圈，回到家时，十二个炉盔子一个没少。不过，做亲戚时间久了，谁喜欢贪占小便宜，大家都心知肚明，但即使这样，他们仍会将对方的上门，当成是看得起自己而开心。凉州人就是这样，只有看得起你，才会上你的门，正所谓"贫居闹市无人问，富在深山有远亲"。

所以，要是客人到了你家，无论你多穷，也要酒肉相待。而且那酒，只要客人自己不刹车，你是不能劝停的。否则，你就失格了。在凉州人眼中，这是十分不礼貌的事。

明白了凉州人的待客之道，你就明白鲁新云的妈妈为啥骂她了——按凉州的传统，客人来了她家，却连口水都没喝，说明她家"失格"了。

"失格"是凉州人常说的一个词，意思是做了不符合自己身份的事，或说了不符合自己身份的话。

在凉州，招待不好亲戚，会让你在亲戚中臭不可闻。

所以，二三十年前，我写给亲戚的那封绝交信，让很多亲戚都以为我不近人情。前些年，舅舅的儿子结婚，我送了一千元，有人当场就说："陈开红也很讲人情的呀，他们咋胡说？"呵呵，要是没有那钱，别人就会骂我没良心。许多时候，金钱代表的，其实是一种态度。

# 12 月 10 日　一张白纸的色彩

前面也说过，我谈恋爱跟别人是不一样的，我没有那么多的甜言蜜语，反而总是说些一般女孩子不爱听的话，比如要求她做得更好，要求她更加勤奋，要求她更加用功，要求她有理想有抱负，要求她对待人生不能得过且过，等等。但鲁新云也跟其他人不一样，她不仅不排斥我说这些，还因此被我吸引，总是愿意照我说的去做。所以，她跟我其实是一样的，她虽然对功利化的学习没有兴趣，却也是一个很向上的人。正是我们灵魂深处的那点相似之处，让我们能突破很多东西，长长久久地在一起。

在我看来，这种能让彼此都升华、都成长、都变得越来越积极向上的恋爱关系，就是最好的恋爱关系；相反，如果让彼此都堕落，都失去向往和升华的愿望，就是最坏的恋爱关系。婚姻更是如此，如果夫妻双方都有向往，都能自省、自律、自强，那么这段婚姻就几乎不可能不和睦、不幸福。我跟鲁新云虽然聚少离多，分居两地，却一直都能和睦，正是这个原因。也许，我和鲁新云的故事，可以给一些正有感情烦恼、家人之间不太和睦的朋友一点启迪。不过，一切的改变都要从心做起，自己不变化，身边的人也是不可能变化的。

## 1982 年 12 月 10 日　星期五　晴

今天，她来了。

　　我满口刺言，说得那样可畏，我也许给了她一个印象——悭吝。可是，她哪里知道我的心。我了解到，我每次给她的书都被另一个人抢着看了。我不愿这样，我是想等她一个人来的时候把好书给她。

　　有机会我说给她！


　　前面也说过，我很爱惜书，早年的时候，我对书的爱惜，会让人觉得我很吝啬。这也难怪我的，那时书少，经济又不宽裕，书对我太珍贵了，要是我看见有人不爱惜书，那种心疼，真是不爱惜书的人难以想象的。日记中的"我满口刺言，说得那样可畏""悭吝"，就是这么来的。现在，我当然不是这样了，我的老读者都知道，我从好几年前起就捐了很多书，而且，我的书也多了，无论哪里的关房，我都会买很多书，简直有点书满为患的味道了，但对于这种"患"，我是很享受的。

　　对书的爱，贯穿了我的一生，也见证了我从概不外借到主动捐书的升华。

　　在我的影响下，鲁新云很快爱上了读书，日记中写的，就是借书引发的一件小事。事情虽小，我却很怕她会误解，影响我在她心中的形象，于是，就在日记中自我辩解了一下，还打好了主意，要找机会向她解释。

　　不难看出，这时，我对她已经非常在意了，但内心那个警觉的声音并没有消失，它始终在提醒我爱情的危险。前面的日记中出现过的气话，也时不时地在我心里出现，阻止我去爱她，比如"女人是水性杨花的"，等等。我当然知道她不是这种女人，但我还是不敢任由自己陷在爱情里，我知道，一旦完全地陷入爱情，我就会忘掉向往，失去自己——写这些日记的时候，我已经很少提到梦想了，虽然平日里的功课我仍在做着，但显然已经分了心。于是，我对她的态度就忽冷忽热了。但不管我对她多么冷淡，她都会一如既往地来我房间。对此，我既感到甜蜜和欣慰，又有一种风暴即将来袭的无助和恐惧。因为这种警觉，也因为早已养成的习惯，我在静修上仍然非常用心，还时不时地提醒自己，叫自己一定要守住梦想和向往，不能让突如其来的爱情把一切都摧垮。另一方面，我也像自己之前说过的，一直在帮她，除了劝她好好学习，为她制订了一些计划，告诉她如何学习之外，我还在教她如何读书，也给了她一些好书。后来，她就爱上了读书。我的很多学生都是这样，他们原本对好书的兴趣不大，尤其不喜欢读小说，只愿读一些能解除他们灵魂痛楚的文化书，但因为我的言传身教，他们慢慢地变了，到了最后，他们也爱上了读书和买书。他们还总是叫我推荐书，只要是我推荐的，他们就一定会买，几乎不考虑价钱啥的。因为，他们相信我推荐的一定是好书，也一定是适合他们的。他们还说，就算现在读不完这么多好书，能置身在书堆里，闻着书的味道，也是非常幸福的。有些朋友买书，就是为了让家里有一种书香味，他们觉得这对孩子的成长有好处。确实是这样的，你送给孩子多少玩具，孩子都会很快玩厌，但好书带给他们的营养，却会利益他们一生。所以，有智慧的家长就会收藏书，将来再把这些书传给孩子。人的时间是有限的，你被什么分去了时间，就代表你的生命有怎样的价值，你的人生也会呈现出怎样的气象。

也像前面的日记中谈到的，我时不时地就会替她着急，还提出她爱美的问题，希望她不要把太多的心思放在华美的衣服上，要好好学习，把成绩提上去。当时，我还感叹过，不知道她是真笨还是假笨，她的小脑袋里是不是装了糨糊呢。想来，那时我对她真是用心良苦。

我在她的身上花了那么多心思，除了希望她也能拥有向往，还能像我一样努力，不要被情欲的快乐消解了向往之外，也是因为我在她的身上看到了改变命运的可能性。她很简单，很天真，我觉得，或许我只要给她填上一些东西，她就会改变一辈子跟田地打交道，做个农妇的命运。后来，她的改变也证实了我当年的判断。虽然她现在的生活很简单，也没有朋友，她的世界里只有几个家人，但她过得很充实，每天都静修、读书、散步、做家务、带孙女，少了很多家长里短的是非，没有谋生计的焦虑，日子过得倒也平淡惬意。对我来说，这就是改变了命运。

这些，都是她那颗澄澈的心带给她的。

也许，她在等我的过程中受了些苦，但她有信仰，信仰把这种痛苦变成了升华的契机，不管等待多煎熬，前路多渺茫，她都一直坚守着，她的心，也在等待中变得更大、更坚定了。

我当然不想给她带来痛苦，但我的人生是注定要奋斗的，我的理想和抱负决定了我的生活方式，我不可能像一个小男人那样，心满意足地守着一个小家庭，在琐琐碎碎的事情里终此一生——我不是否定小男人的追求，如果守着家庭，为家人付出能让他们感到充实，那么这就是他们适合的生活。每个人都有自己适合的生活，也有自己相信的意义，我不会用自己的意义去评判别人，也不会跟随他人的眼光，改变自己的意义。我吸引鲁新云的，其实也是这样的一种品质。

在她眼中，我身上有一种激情和劲头，始终在刷新着生命，始终对未来有憧憬。虽然她就像白纸一样简单，甚至没有自己的追求，但她能看上我骨子里的这种劲头，说明她骨子里也有同样的东西。后来，许多事都证明了这一点——她的品质很好，说好要做的事，绝对会做。前阵子，我们说好要每天走一万步，于是她就算走到晚上十二点，也会把这一万步给走出来。而且，这些年她一直在诵读《金刚经》，每天都会诵好几遍，从不懈怠。她没有太多的想法，只想完成那些她认定该做的事，因此，她从不曾为自己找理由开脱，只会踏踏实实地去做。

她这样的人，是不多的。

## 12月12日 爱情上，我是完美主义者

我早年的日记中，记录了很多当时觉得非常重要，现在看来却没啥意义的内容，其中，有很多是记录恋爱场景的画面。那时的我，总认为那是生命里非常重要的内容，有时感觉，好像生命就是为它存在的。但事过境迁之后，很多当时认为刻骨铭心的东西，都变得云淡风轻了。

所以，许多时候，我们认为有意义的不一定真有意义，同样，我们认为的没意义，也不一定全没意义。

下面这日记便是典型的没意思的内容。我之所以想在这儿解读一下，是因为其中透出了一个讯息。这讯息，让我想到了四十年前自己的一个心结。

## 1982 年 12 月 12 日　星期日　晴

昨晚，她一个人到我房间，不知是什么缘故，天真活泼的她竟那样害羞，沉默寡言，始终不先开口，就是回答我的问题时，也没有面对着我。我给了她几本书，然后问她：

"对于考试你有信心吗？"

"当然有。"她笑了。我长叹了一口气。

"那但愿你不是口是心非。"

"你等着瞧吧。"她的语气显得那样坚决。

"可是，这些书我怎么拿呢？让别人看到，又会抢去看的。"她有点忧虑。

"这好办，我把书拿到开桔房里，你放学来取。"

放学前十分钟，她到开桔房中。院里其他姑娘嘀嘀咕咕，神秘地笑着，我都有点害羞了，可是她全然不顾，真大胆。

"你为什么叫新云呢？"我问。

"我怎么能知道呢？"她微笑着反问。

"大概意出'姑娘的心天上的云'吧。"我趁机相讥。

"云也有好的么，又不都是坏的。"

"可它毕竟飘忽不定。好！但愿你是稳定的。"

她笑了。

那时的很长一段时间里，我一直在追问自己要不要结婚，因为有朋友告诉我，这世上没有真正的爱情。他说"女人的心天上的云"，是最多变的。因为这个原因，我最早听到"新云"这个名字的时候，是很不喜欢的。在上面的日记中，我其实已经说出了那时的不喜欢。

二十岁左右的我，一直在寻找一份真正的爱情。那时节，老师们每次吃饭，都会谈到相似的话题：一些漂亮女子如何多情。鲁新云在当时算是校花了，一些老师也看出了我喜欢她。在那个敏感的年龄，一个女孩子常去年轻男老师房中，哪怕是去问问题，也是不正常的。在这篇日记中，我们的约会已换了一个地方：开桔房中——前面说过的，开桔是我的堂兄，他一直赞同我的师生恋，不但没有规劝过我，还给我提供了各种帮助。当时，他给了我一把钥匙，每到我约好鲁新云的时候，他就躲了出去。现在想来，也真是难为了他。但在那时，他做这些时，显得是那么的自然和理所应当。

无论在那时，还是现在，师生恋都不是一件值得提倡的事，尤其在那个年代，这种事要是处理不好，就真的会臭名远扬。几年之后，凉州另一所中学就发生了类似的事，那原本说是在恋爱的女同学，竟突然反咬一口，说老师强暴了她，那老师就被判刑了。听到这事后，我甚至有些后怕了。

那时，我十九岁，她十八岁。我时不时就会纠结，因为我老是听到有人说漂亮女子大多多情，当地也流传着很多漂亮女子不守妇道的故事。那时节，金川的姑爹也反对我娶漂亮女孩，他讲了几个流传于当地的俗语，如"丑妻近地家中宝"，"漂亮女人是别人的妻，房子不漏是自己的家"。虽然我能看出鲁新云是啥人，但这类话从小听到大，而且谁都这么说，我的心也就摇摆了。我想，这会儿正是热恋，她自然特别认真，若是我们结婚了，朝夕相对，激情也过去了，她会不会是另一副样子？

所以，每次听到这样的故事，我的心里就会冒出怀疑的念头，我就不想结婚了。那时，在爱情上，我是完美主义者，要是得不到真正的爱情，我就宁愿独身。所以，便是在谈恋爱时，我也一直在一次次地重提这个话题。记得几年后，我们结婚的那夜，我看到她笑了，就说了一句当时很不应该说的话："你别笑，要是你以后不正派的话，我还会离婚的。"她有点不高兴，说："今天不要说这号话行不？"现在想来，在洞房花烛夜说这类话，是真的有些过分了。

从十九岁起，我将这个话题提了很多年，我一次次地告诉她，爱情上的专一，是赢得爱情的唯一条件。这一点，成了我们婚姻的重要基础。陈亦新也常常会发出感叹："这世上，像妈这样的女人，怕是绝版了。真是可遇不可求的。"

这世上，有许多规则。你玩啥游戏，就一定要遵守啥规则。玩政治，就要遵守政治规则；玩商业，就要遵守商业规则；对于爱情，也是一样的。遵守规则，就是对那游戏的最大尊重。这是我几十年来一直认为的。我们不要用世间法的规则，去干预出世间法的规则；同样，也不要用出世间法的规则，去破坏世间法的规则。在西方，有相似的一种表述："上帝的事归上帝，凯撒的事归凯撒。"

目前，很多修道者将自家的生活搞得一塌糊涂的原因，就是不遵守这一原则。有些人经商，跟师兄弟有了合作，就因为信仰关系，不遵守商业的游戏规则，结果被骗；有些人想修道，却连自己的家庭角色都扮演得非常糟糕，还把修道当成一个大棒，举了它乱抡一气，将生活打得混乱不堪。

早年的时候，我曾细细地想过一些问题，当时，我将见过的，或是追求过我的很多女子，一一代入鲁新云的角色，看她们能否接受我后来那段闭关生活。答案是未知的。现在的雪漠，很多人都能接受，但那时的雪漠，贫穷、自恋、孤独、清高、离群索居，还堂吉诃德味十足，老是梦呓一样谈自己的梦想，真不是谁都能接受的，更不是谁都能守候的。但鲁新云却在我最不起眼的时候爱上了我，并且一直守候着我，陪着我从不成功走到了成功。所以，婚姻上的选择太重要了。当我们埋怨自己的爱情和婚姻时，先要看看，我们是不是遵守过它的规则，是不是为它付出了生命和心血。

这世上，你播种啥，你就收获啥。

所以，不要羡慕别人的收获，那是人家的汗水浇灌的。

# 12月17日　一个随便死去的乡村老人

最近有一位很受人们喜爱的演员死去了，他去世的消息算不上铺天盖地，却每天都会出现在百度热搜上，每逢我想查点什么资料，就会看到跟他有关的消息。于是，我只从新闻标题上，就知道了他离世后的很多动态。

据说，他活着时虽然没有取得太多成就，但他是一代人青春的记忆，听到他离世的消息时，很多人都觉得非常伤感，也突然意识到，原来青春已经离自己很远了。还据说，之所以有那么多人怀念他，是因为他是一个特别敬业爱国的人，在临终前几个月，他还在拍一部爱国题材的电影。但这种种说法、种种情绪，以及依托它们存在的热度，不知道能持续多久。死亡，往往能轻易让一个人从世界上消失。不管他是富翁还是明星，抑或是一个寻常人。

富翁、明星的死亡，也许会举世皆知，但过上一段时间，仍然会被世界遗忘。这就是生命的真相。生命就像一个幻觉。

但演员有作品，如果作品能留在这个世界上，让一代又一代人不断去看，他的存在也会在世界上留得更久一些。比如，一个有名的演员死去了很多年，但每年他的忌日那天，总会有很多人在当年他死去的地方举办纪念仪式，或是放一些花圈，等等。而网络上，也总会出现跟他有关的新闻和专题。人们对他的怀念，甚至超过了对托尔斯泰等伟大作家的怀念。这大概是因为，很多伟大人物离人们的生活很远，而这些演员却活在人们的生活里，活在人们的青春记忆里，在一些困难痛苦的时刻，他们的作品和音乐感动了人们，给了人们奋发振作的力量，也给了人们一份难得的好心情。而托尔斯泰等作家的作品虽然很伟大，现代人却不一定读过，也不一定能读懂——不过，对那些读过他们的作品，被他们的作品所震撼的人来说，他们是永恒的，他们永远像星星一样闪烁在人类的上空，永远不会因为时间的推移，而隐没了光芒。

下面的日记中，则提到了一种完全相反的死亡：没人在乎的死亡。

死亡的老人很寻常，只是无数人中的一个，有一天，她死了，死得无声无息，没多少人能注意到，世界上已经没有了她。

这就是绝大多数人的命运。

那一小部分人的命运之所以不太一样，是因为他们为世界贡献了某种不能被忽略的东西。于是，世界就有了记住他们、怀念他们的理由。

## 1982 年 12 月 17 日　星期五　晴

今天她又到我的房间。

她看到一个电影明星的照片，就说，这是达式常。

"请问，等差数列的中项式定理是什么？"

"我们没学过。"她不明白我的用意。

"那你为啥不记？而单单记下达式常。背下达式常，就能考上学，就能给你碗饭吃？"我反唇相讥，脸上一副微笑的神色。

"我又没专门去背。"她的脸红了。

"那你以后也把那些定理无意记下。"

一个女子提起她前不久死去的姑母，她极力制止，狠狠瞪了那女子一眼，嘴一噘，真有点小孩脾气。

我发现她的眼中溢满了泪，脸也变得红了。

"什么时候死的？"我把话岔开。

"就是我没来的那天。"她有意地望着我。

"我知道你啥时候没来？"我本来时常注意着她，但表面上却不愿承认。

……她的脸一下子红了，失望极了。

这篇日记中多了一个不一样的讯息：鲁新云的姑妈死了。

日记中没说的是，刚听到这事时，我感到了一阵心疼。

鲁新云姑妈的家，离学校不远，我一口气吃了七碗饺子喝了三碗汤的事，就发生在她姑妈家。鲁新云的姑爹显得很老了，瘸着腿。她姑妈是个典型的农村妇女，头发老是乱着，平时经常在晒太阳。

她姑妈的死因是一场感冒，不是别的大病。老人感冒后，舍不得花钱治病，就干拖着，拖了一些日子，忽然就死了。

听到这事，我的心一阵阵痛。在那时的凉州，有许多相似的故事。许多死去的人，其实得的不是啥非死不可的病，但不去治，后来就死了。再加上生活上的一些不好的习惯，凉州就成了全国癌症高发区。我的亲戚中，有很多患癌症死去的人，我父亲、我弟弟、我岳父……我可以数出一大串来。每听到一个死去的人，一打听，差不多都是因为癌症。这跟过去当地老百姓的生活习惯有关，因为那时，他们吃不到新鲜菜，只好吃"白花"了的浆水菜，这种菜，几乎家家户户都会做，每到深秋，等白菜胡萝卜下来后，就腌一大缸咸菜，吃上一整个冬天。如果卫生不好，或是温度过高时，那菜很快就会飘一些白色的发霉物，它的化学名是亚硝酸盐，是一种致癌物质。而且，那时老百姓腌这类咸菜时，用的大多是不加碘的"苦盐"。你想，在那些年代里，一家人一生都吃这，能不患癌吗？

所以，后来听到某人患癌死去时，好些人都麻木了。但听到一个活生生的女人因为患一场感冒去世，我还是感到非常心疼。

鲁新云的姑妈死后，我又去过她家一次，见到了她留下的两个女儿、一个儿子，从他们的脸上，我没有看出多少悲痛。这让当时的我更加心酸。

一个人，说没就没了，却好像连一点水花都激不起。世界冷漠得可怕。

后来，一位批评家评论我小说的时候，说我记录了西部农民的一种"牲口般"的活着，看到这，我心里很不舒服，但想到鲁新云的姑妈时，我有些理解他的话了。不过，那批评家其实说得不对，在西部，农民有时是不如牲口的。在那个年代的乡下，要是死了一头牛、一头猪，家里人会号啕大哭的。在《大漠祭》中，灵官妈哭猪的情节，就发生在我家。我妈当时的哭声，整个村子都能听到，那是一种撕心裂肺的号哭。因为那时的一头猪，是我们全家开支的主要来源，妈当然很心疼。后来，爹患了癌症那年，我家又死了牛，爹也会叹几口气，但没哭。因为那时，我已能挣钱了。我老是吹牛说挣了多少钱，叫他们放心花，他们的心就没因牛死了而绝望。

大家想，姑妈死的动静，似乎都没有我家猪死的动静大，这说明，在一些人眼中，人是不如猪的。在凉州，生病吃药的孩子总会被看成是前世的仇人来要债，大人骂他们时，也多用"要债鬼"这样的词。所以，家里要是有了个病人，在那时的凉州人看来，差不多等于天塌了。这时，病人的死，对家人来说，反倒成了一种解脱。

鲁新云姑妈家是我常去的地方。我跟鲁新云的表哥很熟，在一段时间里，我还给他教过拳。后来，因为我调到了另一个地方，就不再去了。听说，后来因为抢劫，那表哥叫抓了。那时，他已结婚了。在我认识的人中，那个时段里，有很多人都被抓了，其时，正是在"严打"的时候。

表哥被抓走后，他的老婆就到处求人，想救他早点出来。那是一个非常质朴的女子，很老实，是乡村里常见的那种普通妇女。听说她花了很多钱，却没把表哥给救出来。再后来，他从监狱里带出话来，叫我帮他找些旧报纸、毛笔和其他用品，说是要练毛笔字。我找了一些，托人带给他，却不知练得如何。再后来，听说他进城了，开了一家信息公司，正跟妻子闹离婚。

后来，我就再没有见过他。

从十九岁那年到今天，我从没听任何人谈起过，那位因患感冒无钱医治而死去的母亲。

# 12月18日　雄年佬补兔唇

我在《猎原》中写过一个豁子，在《野狐岭》中也写过一个豁子，这两个豁子的个性完全不一样，但都给读者留下了很深的印象。尤其是后一个豁子，也就是《野狐岭》中的豁子，他的一些细节，就源于下面这篇日记里提到的我的一个亲戚。不过，两人的性格很不同，《野狐岭》中的豁子，是一个人们普遍认为的小人，他因为嫉妒和仇恨，出卖了自己的亲人，而作为他原型的那个亲戚，却不是这样的人，他跟《野狐岭》中的豁子最大的共同点，就是对"豁子"这两个字很在乎。他的这种在乎，深深地刻在了我的印象里，所以，我在写这部小说的时候，就以这个特点为原型，塑造了一个充满小人气的人物。不过，看过《野狐岭》的朋友都知道，书中的人物，包括豁子出卖的那个被人们公认为英雄的亲戚，也有自己的不足。因为他确实取笑过豁子，因此才在豁子心里种下了仇恨的种子。

除此之外，下面的日记，写的主要还是我的恋爱故事。在后面的几篇日记中，你会不断地看到这类内容。看到它们，你就会明白，当时的我，已经对爱情没有招架之力了。即使心里还有一点想要遏制的理性，但更多的，仍是对一份美好爱情的憧憬，以及这份憧憬和爱情本身带来的巨大的冲动。

## 1982 年 12 月 18 日　星期六　晴

晨修三个小时，感觉很好。小腹热感非常强。

今天中午，她来到我的房间。

谈到尊敬老师，她说："我们就像尊敬父母那样尊敬老师。"

我笑了笑说："说得倒好，上课进教室站都不站。"

"一见老师进教室，吓都吓起来了。"

"这就是尊敬？"

"怎么？难道还得让人下跪不成？"她说。

"那么今天下午应该给你们教什么歌？"

"有一首歌，我不敢说。"

"放心说。"

"下次再说。"

"不么。"

她用那双秀美的大眼睛深情地看了我一眼，望了望旁边坐着的一位老师，又含笑注视着我。

我知道，她的意思是，等那位老师走了以后，只我们两人在一起时再说。

这个黄毛丫头，心眼倒不少。

陈雄年年近五十岁了，要去补自己先天的缺陷——兔嘴唇。这无疑是一个特大的新闻，在乡村中都传开了。多数人把它当成笑料，只有我知道，这是多好的小说素材啊！

我早年的日记中，有大量关于恋爱过程的记录，在这一点上，有《白虎关》中莹儿想留下自己爱过的证据的意思在。但时不时地，总是会夹一些当时引起我兴趣的别的讯息。这些讯息，在写日记的那时，是作为边角料记录的，但在现在，却成了我眼中撒在沙中的金子。

这里提到的陈雄年，是我的一个叔叔，按凉州人的习惯，我叫他雄年佬。雄年佬当了几十年队长，在生产队那时代，他差不多一直是队长或是副队长。在村里，能当队长的人，必须有统筹和组织的能力，什么时候该干什么活儿，他心里一定要有数，要是队长心中无数，那么多的社员就乱套了。李田夫老师写过一篇小说叫《虎子敲钟》，小说里就讲了正队长生病，副队长也不在家时，他儿子想为社员安排活儿时发生的一些故事，写得很传神。

在六七十年代的时候，队里一般有个钟，或是用铧犁啥的替代，每天早上——一般是鸡叫三遍的时候，社员们会听到那钟声。听到钟声，社员们就会到那吊钟的所在，听队长安排当天的活儿，队长就会告诉他们，男社员干啥，女社员干啥，然后一天的辛劳就开始了。男女社员一般是干一天活儿可得到十工分，十工分大约值一两毛钱。小孩子也可以挣工分，在我很小的时候，妈就叫我们扛了榔头跟社员们一起打土块，干一天能拿到三分工，大约值六分钱。但我干了几天就不想干了，原因是记工员老是骂我们，说刚从蛋壳里出来的娃娃也来挣工分了。话很难听，我就坚决不去了。虽然这样，每到打场的时候，我还是会去挣那工分，在酷热的太阳下，干上几个小时，也能挣到三四工分。那时节，雄年佬就当队长。

雄年佬是我的当家子——在凉州，当家子是指同一宗族的人，雄年佬的父亲跟我的爷爷是亲弟兄，所以算是我们的亲门子。他养了四五个丫头，一直没有儿子。在《长烟落日处》中，我也以他为原型塑造过人物，但他比我写的人物好很多。要说哪个角色的个性跟他更为接近的话，就数《猎原》里的豁子了。那豁子，也算是个老实人，平日里一般靠收水费生活，养活着自己和一个买来的俏媳妇。比起他，很多读者都更喜欢他的媳妇，因为他的媳妇个性很鲜明，也很讲义气，叫人感动。但实际上，那豁子的个性也很可爱。他一方面对猛子吃醋，觉得猛子可能跟媳妇有一腿，可即便如此，他也还是叫猛子住在自己家里。可见，他的小气，也不是真的小气。

雄年佬生下来就是兔唇，村里人就私下叫他豁子。当时，不知为啥，凉州有很多这样的人。当队长时的雄年佬，虽然是兔唇，但没影响大家对他的尊重。这一点，也跟《猎原》中的豁子相似。

他的老婆叫崔菊香，跟我妈妈的关系很好，我叫她崔菊香娘。在凉州，这是婶婶的意思。我弟弟住院的时候，以及我父亲生病的时候，因为我们家有很多东西都在庄门外，崔菊香就陪着我妈在庄门外值夜。有很长一段日子，因为这个原因，我一直很感激雄年佬和崔菊香娘。后来，崔菊香娘得了食道癌，她的女儿——小名叫招招——来找我帮忙，我就帮她找了医院里最好的大夫。那大夫是我的好朋友，我问他要不要动手术，他说不要，免得人财两空。但招招说不行，无论如何，得动。因为她的老公是招来的，要是不动手术，庄子上的人会说闲话，说他们不管妈的死活。于是，崔菊香娘就动了手术。可就像那医生说的，一年后，崔菊香娘还是死了。

我写这日记的时候，崔菊香娘还没有死。当时，雄年佬做了一个重大决定：去医院补上他的兔唇。在改革开放，包产到户，西部农村家庭的生活稍微好了之后，他做的第一件事就是去补自己的兔唇。这事儿，在庄子里引起了强烈反响，大家都说，老都老了，花那个钱，没意思。但雄年佬不听，就补上了。因为以前，村里人要是吵架，有人就会"豁子""豁子"地骂，雄年佬听了很不舒服。这下好了，补了之后，就没人骂了。

补了兔唇的雄年佬，不像雄年佬了，大家都有些不习惯。妈问过雄年佬，补上好还是不补好，雄年佬说，当然补上好，能吃个满口饭了。

这就好。

当时，听了这故事后，我就想把它写成小说，谈一谈改革开放带来的某种变化。当时要是真写了，也许会有点《李顺大造屋》的味道，但后来，不知啥原因，没有写成。现在想来，还是觉得可惜，这个素材其实很好，如果在那个时候写的话，定然会是很好的小说。

雄年佬也许是个普通的人物，但是，作家可以对这样的角色进行挖掘，比如，可以将他放回到一个生活场景里，放回到错综复杂的人物关系里，放回到他的内心世界里，然后聚焦观察，放大，思考，演绎，形成丰富的素材。这是创作的乐趣。当这样的创作能传递某种精神的时候，又会有另外的意义。

你想，五十多岁的人了，理应对自己的外貌没什么执着了，但他有了钱之后，想做的第一件事，就是把自己的兔唇给补了。他的这个心理是很有趣的。那时节，村里的很多人都不理解他的这个行为，拿它当了笑料。但是我觉得，他想填补的或许是内心的某种缺口，而不仅仅是他的兔唇吧——可能兔唇是他此生的一个遗憾，也可能补上兔唇会让他觉得有了希望，或者只是突发奇想……无论什么原因，都很有意思。

从生产队时的"豁"了几十年，到80年代的"补"，雄年佬定然有过一些心理变化。这种变化，不仅是因为有钱了，更也许是跟他的心情有关。比如，他一直想要个儿子，却一直没有儿子，本来没有心思去补兔唇的，但后来，他接受了现实，放下了对拥有儿子的渴求，心情自然也变了，他也许就想好好地享受生活了。

他让我有些感动，也有些佩服。因为他对自己很好。他没有在兔唇的阴影下，死气沉沉，而是一有机会就去改变。

雄年佬虽然没有儿子，但他的女婿很孝敬。他的女儿招招是个好孩子，很懂事，也很能干，以前上学时学习非常好，要是坚持学下去，定然能考个学，但后来却退学了。不过，退了学的招招也还是那个人见人夸的好孩子。

在我的家乡，这些人都是每次想起，都让人感到温暖的人。

另外，从日记里的对话中可以看出，当时的学生们非常喜欢我教的音乐课。因为我的歌唱得好，孩子们都喜欢我。

当然，这些内容比较琐碎，其实并没有什么特殊的意义，只是生活中的一些寻常片段。我将写日记当成了一种训练。

当然，也是一种生命的记录。

# 12月20日　疼着你的疼痛

　　我有个特点，就是总会感受到别人心里的疼痛，这一点，在恋爱中特别明显——就算鲁新云有意掩饰自己，不想把痛苦表现出来，我也仍然能通过一些言语，或是她表情上的一些细节，感受到她内心的痛苦，于是，我也会觉得痛苦。

　　正是因为这种细腻的感受，我后来塑造女性角色的时候，就加入了很多精彩的心理描写。《白虎关》最引人入胜的部分，就是对三个女主角的心理描写——当然，男性角色的心理描写也很出色，例如猛子等，但最打动读者的，还是那些命运坎坷的女人。有读者说，我对西部女性的心理描写，让他读懂了那个时代的西部女人心中的疼痛，他很想知道，这个时代的西部女性还是不是这样。

　　时代变了，人和家庭当然会变化，西部也不例外。不过，西部女人在家里的地位，仍然不会太高，大部分西部女人都像家庭和男人的附属品，没有自己的野心，甚至没有自己的梦想。在这一点上，鲁新云很幸运，因为她虽然没有自己的梦想，却总是想要成全我的梦想，以我的梦想为她自己的梦想。于是，她的人生就因为这个梦想，变得充实快乐了。她之所以能在这么漫长的等待之中，仍然活得幸福自得，就跟她的这个梦想有关——她知道，她的丈夫在做对世界有益的事情。她也不希望丈夫因为儿女私情，或是对家庭的牵挂，而耽误了做事。所以，鲁新云的身上有很多非常美好的东西，总结为两个字，就是：无我。一个无我的人，无论自己能得到多少，都是幸福和满足的。

## 1982 年 12 月 20 日　星期一　晴

晨修。

今天她竟然说要去死，尽管说时脸上带着笑，但却深深地刺痛了我的心。也许她的家庭并不幸福，早上连饭都吃不上，早起时扰乱家里人的休息还要挨骂。

她的心里也许有许多难言之处，可为什么不倾吐啊！但愿她把我当成她的亲哥哥。我的心情极为沉重，可以说我的心在发抖。她有时像一个天真的女孩子。

在凉州人的口中，"死"是一个寻常的字眼，很多时候，凉州人说出那"死"字，并不是真的想要去死，而是为了表明自己的某种态度。但在那个年代，动真格的还真不少见。前面也说过，我在过去的生活中，老是会听到有女孩子寻死。

我的表姐就是自杀的。我的表姐叫玲玲，她长得非常美，像电影明星一样。大约十八九岁的时候，她爱上了一个"二杆子"——当地人对不务正业不安分者的称谓。此人偷过村里的树，事发后被公社押了游街。在凉州，一个人要是有了贼的名声，大家都会看不起的。但玲玲爱了他，家里人不同意，玲玲寻死觅活，非他不嫁，姑妈只好答应了。我对表姐夫印象不好，此人没有人情味，也过于精明，后来，他和一个女人鬼混，表姐闹过几次，也改变不了啥结果，就喝农药自杀了。表姐死的时候，只有三十多岁。

她有点像我早年的短篇小说《丈夫》中的改改妈。改改妈也很美，但婚姻生活不幸福，村里的女人因为嫉妒而欺负她，丈夫也不帮她，她伤心欲绝，就自杀了。

我的作品中有好些自杀的西部女人，其中最有争议的，是《白虎关》中的莹儿。复旦大学开《白虎关》研讨会时，很多专家都对莹儿的死——其实我没有明写她的死——不以为然，他们都觉得，莹儿面对豺狗子、面对沙漠里的迷路，都竭尽全力地活下来了，现在只是改嫁，怎么就自杀了呢？但他们不知道，类似的事，在西部确实很多。

我在南安中学教书的时候，曾有一位农村女孩来找我，说想跟我学武术，我问她为啥学武术，她说现在社会太乱，她要保护自己。然而，我还没来得及教她，她就吞鸦片自杀了。听到那消息时，我的心里一阵震动，因为，一个想学武术保护自己的珍惜生命的女孩子，却走到吞鸦片自杀、放弃生命的份上，她的生活中定然发生了许多故事，她的心中也定然有过很大的纠葛。

也许，后来我写莹儿时，就受到过这个故事的影响。

那时节，我总是为凉州乡下的女子而疼痛，因为，一个女子要是嫁了乡里人，那男人又没本事，她的命运就能从这头看到那头，结局几乎不会有什么惊喜。

不过，现在凉州女子的日子比以前好过多了，地里的活儿也不很苦了，许多都是机器操作，再加上当地要节水，种的亩数有了限制，好些人就出去打工了。乡村里的女孩子也不多了。有时候，村子里的青年也会带着外面打工的女孩回来。前些年，我的一位堂弟就带回了一个女子，那女子长得很清秀，但没了一只手，听说是打工时弄断的，老板给她赔了一些钱，她就跟着我堂弟回到了凉州。在凉州乡下，要是没有手，是没法干农活的，她就在空地上盖了几间房，用那只断手换来的钱，开了个小卖部，没想到，开了一年多，再也开不下去了。后来，我就再也没有见过那女子。

我最关注的是一个人的心灵、灵魂和他的疼痛，所以，我总是知冷知热，贴心贴肺，也总能感知到别人的疼痛。这既是我天生的感知力，也是我的生命惯性，之所以我眼中多是别人的好，就是因为我能感知到他心里的疼，要是你也能感受到别人的疼痛，就不会觉得有什么所谓的不好了。

人其实都有体恤能力，只是很多人都会首先关注自己的感受，让自私自利占了上风，让不安占了上风，让焦虑和计较占了上风，这时，就感受不到别人的疼痛了。尤其在陷入爱情的时候，我们常常会忘了对方究竟是怎样的人，她现在是开心还是难受，她身上有什么优点，她的个性里有哪些方面需要迁就和包容，等等。一些莫名其妙的问题也总会久久盘桓在我们心头，比如她是否真的爱我？她爱我什么？她对我说的那些话，是不是还会对别人说？……就这样，在无数的思量与计较中，在人性的自我博弈中，我们不但把自己折腾得疲惫不堪，也看不见对方的心了。可一旦良心发现，明白自己忽略了对方的感受，又会觉得对不起对方。不过，很多时候，我们的这种歉意也是作秀，也是为了博取对方的好感，得到对方的宽谅，仍然很少能真的进入对方的世界，去感知对方、为对方着想。

当然，生活中的彼此需要，也是一种情趣，不然要爱情干什么？而我们的需要，也是与对方的一种交流，是为对方提供一个成长的机会。只是，这种需要，一定要有底线，如果我们不能自主情绪，老是折腾对方，老是给对方带来困扰，让对方压力太大，或许就会引起争吵，让对方不开心，甚至让对方想要逃离。

所以，要学着让自己的内心变得富足，让自己不用一直向对方索取，不用借对方的施与，来填补自己内心的空洞。做到这一点时，你就能感知到对方的心灵。然后，你要慢慢地把这种感知变成习惯，让它贯穿你的生命。而这种习惯所生出的爱，也会反过来滋养你的心灵。

所以，疼爱别人，其实就是对自己最大的爱。

# 12月21日　揣着明白装糊涂

写这些日记的那段时间里，从日记的内容看，我似乎完全沉浸在爱情里了，但其实也不完全是。我确实对爱情无法抗拒，但在为爱情纠结之外，我仍然在修。而且，我的生活习惯没有变化，依旧会在很早的时候开始晨修。在当时，对静修的坚持，仍是我生命中最重要的事。

只是，那时我不一定每天修四座，但我会尽量保证一天里能修两到三座，除了早晚之外，中午有时候也会修一修。所以，你从我在日记里不多的叙述中可以看出，我的命功修炼确实是有长进的。

至于什么是命功修炼，我接下来会说，现在先来看一看那时的日记。

## 1982 年 12 月 21 日　星期二　晴

晨修，小腹炽热。

今天中午，她来到我的房间，请她吃馍，她不吃，我很生气，冷落了她，没理她，也不哄她。她呆呆地坐在凳子上，不敢笑，也不敢说话，看来真可怜，原来欢乐的天鹅受到冷落也如此难堪！

下午，她来了，我自然对她热情多了。她吃了我的馍，我很高兴。

"现在女子地位真下贱。"她说。

"不，现在最值钱的就是毛驴和姑娘，"我挖苦道，"再说，地位的高低是你们自己造成的。"

"也不一定，现在有的小说上把母亲写得那样凶恶，其实，母亲大多数都是善良的。"她有点愤愤不平。

前天，我烧卷了她的一点头发，她把卷的剪了，扔到了门外。

今天，我问："那天，把你头发烧了，你生气了？"

"没有，也就是你，要不我真的要生气。"她笑着说。

"哼！没有？你嘴上带着笑，而眼中却含着泪。其实没有头发有什么了不起。"

"当然，我也真想剪掉算了，不过得等到无可奈何的时候。"她仍然笑着说，不过，眼中露出了忧郁的光。

"那有可奈何又如何讲？"我明知故问。

"我怎么说呢？"她羞红了脸。

最早的时候，我的修，是一种介于内丹和宝瓶气之间的静修。修到后来，我的小腹会一直很热。小腹发热，丹田运行，周天运行，都是很好的征兆。但我后来发现一个问题：命功的修炼需要持之以恒，也就是一直修，经常修。一旦停下来，热就没有了。它也是一种成住坏空的东西。

所谓命功，说的是肉体修炼，是性命双修中的命；而性功则为精神修炼，是性命双修中的性。命功的修炼很重要，是性命双修中不可缺少的部分。上乘功夫的内丹修炼，是要性命混融，无有性命之别的。因为，人的肉体是一个易损的东西，如果身体的修炼没有跟上，体弱多病，性功的修炼也会寸步难行。相反，如果身体修得很好，气脉通畅，性功的修炼就会如虎添翼。所以，命功的修炼对性功的修炼是促进还是阻碍，就看你的命功修炼到不到位。但就像我前面说的，命功是有为法，需要持续地修才能保持身体的状态，不是修到什么时候就可以不用修了的。而性功不一样，性功是无为法，如果你明心见性了，也能安住真心，慢慢地打成一片，状态非常稳定。它就像你生命中的程序，一旦这个程序安装成功，就会自然而然地对你的生命产生作用。而且它有自动防御机制，任何病毒都无法将其破坏，反而会被它同化，成为生命的营养。这时，你也就无修而修了。哪怕你的身体出现了病痛，甚至损坏到不可逆转的程度，你的智慧也不会减退，更不会消失。

当然，身体非常重要，但过于重视身体也不好。有的人老是养生，吃一些保健品，老是干预身体本身的运作，干预身体的规律，反而会弄坏身体。有一个美国的博士做过一个实验：在吃保健品之前，他把身体全面检测了一遍，然后吃了三个月保健品再检测，结果发现数据没有太大变化，反而身体出现了一些不良的反应。这是因为，那些保健品干预了身体自身的规律。所以，过分的在乎和不在乎都不好。

对这篇日记来说，上面的都是一些题外话了，但在我十几岁至今的人生中，它们却是我生命中最重要的内容。而占据了日记中大量篇幅的爱情，现在看来，反倒成了生命中的插曲——虽然它是我生命中最美的插曲，但它毕竟还是插曲，因为我的追求不是爱情。

不过，即使在那些追求爱情的人的生命中，爱情仍然只是一个插曲，只是他们在寻求幸福时的一种选择。人们在追求爱情的时候，其实是在追求一种对美好的期待和想象，以及一种幸福的可能。但生活会告诉你，爱情带来的幸福，往往是易碎的。你瞧，哪怕我爱上了一个非常完美的女人，我们之间非常契合，爱情也依然给我带来了很多折磨。所以，一个人如果想依托爱情变得幸福，他就很难真正地得到幸福。

只是，沉浸在对爱情的迷醉中时，你是很难看清这一切的。

当时的我就是这样，虽说其中也有训练写作的目的，但我之所以写了那么多跟鲁新云的对话和相处，主要是因为我心里总是想着她，总是在一遍遍地回忆跟她有关的一些画面。

上面的这篇日记同样如此，在看似琐碎没太大意义的对话中，我们进行着一种心照不宣的情感交流。显然，那时节，我既享受这种交流，又希望对方能透露心事，将我们的关系明朗化。正是这种既复杂又简单的心情，让这段琐碎的记录显得很是生动有趣。

不过，其中有个细节，有些读者可能会不太理解：我请她吃馍，她不吃，我就生气了。大家可能会觉得，不就是没吃馍吗，这么小的一件事，还值得生气？其实，我气的，不是她不吃馍本身，而是她的作假——在凉州方言中，作假主要指客气，但又比客气多了一分作意——在凉州人的观念中，如果一个人对你作假，就说明她跟你是有距离的，真正亲近的人之间，是不会有假的。所以我就生气了。

回头看这些日记时，我总是会笑自己。那时，我们两人对彼此的感情都心知肚明了，但就是谁也装糊涂，谁也不先开口，谁也不去挑明。因为我们都有很强的自尊心，都有一种骨子里的傲——当然，你也可以称之为高贵啥的。不过，在好笑之余，我也被当初我们之间的那种含蓄打动了。你想，在一切都讲求效率的今天，在"爱"字满口吐的年代，两个少男少女欲言又止、相互探究的样子，是很有意思的！正如一首歌中唱的："再唱不出那样的歌曲，听到都会红着脸躲避。"

一切，都是因为爱情！多美！

# 12月22日　快要说出口的衷情

从下面这篇日记开始，我的初恋进入了一个痛苦的过渡期，这个时期很短，但也持续了几天。她被内心的纠结折磨得痛苦不堪，我看到她痛苦，就想告诉她我也爱她，她不用那么痛苦，而她却偏偏不说，于是我也感到了痛苦。

从这几天的日记中，你可以清楚地看到爱情令人痛苦的一面。所以，并不是所爱非人，爱情才会让人痛苦，而是世俗的爱情必定会让人痛苦。因为世俗的爱情会渴望拥有，并且是永恒的拥有，稍微有一点点不确定，人就会患得患失，陷入痛苦。再美的爱情，都很难避免这种痛苦。

人生有八苦，其中两苦是"求不得"和"爱别离"——想要却得不到，人就会感到痛苦；相爱却偏偏要离开，人也会痛苦。在过去的日子里，思念让我们如此痛苦，就是因为"爱别离"。所以，修道者不追求世俗梦想的达成，也不追求世俗生活的圆满，它追求对执着的破除，以及对欲望的超越。因为，无执才会心无牵挂，心无牵挂才能安心。

当年，我之所以选择了修道，就是这个原因，但爱情一来，我还是受到了诱惑，陷入了痴迷，把真正的安心之法给忘掉了，可见爱情对人的诱惑有多大。

## 1982 年 12 月 22 日　星期三　晴

她又来了，我问："你喜欢幸福还是喜欢痛苦？"

她长叹了一口气。

"我发现你只会笑，不会哭。"我说。

她忧郁地笑了笑。

"昨晚，我哭了一夜。"她说。

"怎么了？"

"反正我也说不上，只想哭。"

她又说："我的痛苦有谁知啊？"眼中露出了悲伤的神色。

"有我的多吗？如果我把我的痛苦谈给你，你愿意把你心中的一切告诉我吗？"我这样说。

"那你的日记让我看看。"她想耍滑头。

"不行，要不，咱们互相交换。"

　　这篇日记写的仍然是对话，你大概不难看出，那时的我，很想找个机会把心事给说出来。

　　爱情就是这样，刚开始朦朦胧胧的，大家都觉得很享受，但时间久了，你就不会觉得朦胧是一种美了，你会很想打破这层朦朦胧胧的屏障，让一种不确定的东西变得确定。如果始终不能确定，你的心就会越来越焦虑不安，等待也会变得越来越煎熬。这就是未知给你带来的痛苦。

　　大多数人都是害怕未知的，对未知的关系、未知的未来、未知的生活，很多人都会感到恐惧，也都会下意识地做出一些事情，试图让未知的东西变得确定，哪怕结果不是自己想要的。有些人的行为有时很荒谬，明知某种做法不对、会让事情向负面方向发展，但他们还是这么做了，这就是因为未知让他们不安。他们觉得，与其无止境地等下去，无止境地活在一种不确定、不安定的感觉之中，他们宁愿把一些东西打碎。人的放弃、自毁，有时就源于这种心理。很多人之所以自杀，也是源于这种心理。换句话说，他们并不是真的想要毁掉什么，更不想毁掉自己，但他们想要安心，为了能够安心，他们不惜毁灭自己。

很多神秘文化都认为，死亡背后还有另一个空间、另一种生活，按这种说法来看，那些带着痛苦死去的人，其实并不是结束了痛苦，而是去另一个空间继续忍受痛苦。而且，自杀之类的自我放弃，将会使自杀者或放弃者更加痛苦，但自杀者和放弃者在做出这类选择时，却丝毫不知道自己将要面对的是什么——有时，他们也知道，可业力的裹挟让他们无能为力，内心的痛苦已经压得他们喘不过气了，除了放弃挣扎，让一切尘埃落定，他们不知道自己还能怎么做。所以，很多悲剧的产生，都源于人不知道如何才能安心，总是用了错误的方法——伤害自己或伤害别人——去试图让自己安心。

日记里的我和鲁新云，也正在纠结带来的焦虑中受苦，我明知她怎么想，却没有勇气把一切都挑明；她不知道我怎么想，始终觉得我不可能爱一个农民，将来也不可能跟一个农民结婚，却也开不了口，不敢直接问我。就这样，我咄咄相逼，她步步后退，虽然不至于远远逃开，却还是在逃避。

看到这儿，有些读者可能会为那时的我们着急，觉得我们既然都不是胆小懦弱的人，为啥面对自己的感情，却如此的畏首畏尾呢？

尤其是鲁新云，她面对外界的时候，可以如此大方，几乎不顾一切地接近我，但面对我时，却又退缩不前，不敢握住那一伸手就可以握住的幸福。

可你要知道，那个时代不同于这个时代，西部的农村也不同于发达城市。我们小时候没看过那么多西方电影电视，对于爱情，我们看得很重，不能随随便便地张口说爱。我们也都知道，一份感情一旦被挑明，就只有两个选择：第一是在一起，第二是分开。但假如我们真的在一起，这份爱情到底会永恒，还是会轻易地改变呢？让当时的她纠结痛苦的，就是这类问题。在后面的日记所记录的对话中，你会看到她当时那颗纠结痛苦，却又渴望幸福的心。

有时，人最纠结、最不安的时刻，不是明知自己得不到的时候，而是马上就要得到，可一旦处理不好，就有可能失去的时候。这时，人会局促不安，不知如何是好，于是陷入痛苦焦虑。很多人在临门一脚时，反而退缩了，也是这个原因。其实，他们如果想一想，最糟糕的结果不就是失去吗？如果他们有勇气接受失去，又何必过早地放弃呢？所以，很多时候，人的对手是自己，如果不能在灵魂的博弈中胜利，结局往往就是放弃。而那些走到最后的人，往往都有一颗强大的心灵，无论他们的内心发生多么惨烈的战争，获得胜利的，都是他们心中的向往。为了守住向往，他们可以忍受一切。

当年的我就是这样，我从一个有些寻常的青年，成长为今天的雪漠，内心发生过多少次这样的战役，不需说了。光是1981年到1982年的日记中，你就看到了很多。寻常人会有的很多心灵纠斗，我都有过，只是因为我从小就懂得自省、自律、自强，所以我总是能走出黑暗，一直充满正能量、充满阳光。但不管内容是什么，纠斗的本质都一样，都是人心之中的贪嗔痴慢疑，再加上嫉妒，所以，如果我可以通过静修，通过自省、自律、自强走出内心的阴霾，其他人也一定可以。只是，看破和放下需要时间，每一个想要走到最后，想要实现超越的人，都要首先接受过程的漫长和艰辛。

你瞧，我已经修了快两年，却仍然在爱情中浮浮沉沉，时而觉得自己很幸福，时而又陷入了痛苦，这样折腾了很长时间，我才终于看破和超越。所以，生命中最宝贵的成长，往往不是一蹴而就的，灵魂的升华和超越尤其如此。

# 12月23日　不让《书生之歌》重演

《书生之歌》是一首凉州民歌，讲的是一个姑娘如何想念她的爱人，如何一个月一个月地等待，如何在等了十二个月，却仍然等不到她爱的人之后痛苦地死去。

就像日记中说的，这首歌的内容很悲凉，曲调也很悲凉，每次唱这首歌，我就会觉得很悲伤，忍不住流泪。

## 1982 年 12 月 23 日　星期四　晴

静修。

当我追求小腹的热时，热反而弱了很多。

今天，我的房间里来了几位女生问问题。

一会儿，她也来了，她表面上仍是那样平静，但一会儿之后，我发现她的眼睛里噙满了泪水。她误解了，她哭了，心中也许太伤心了。唉，我不正是为了她好么！你想，如果她们不来，只她一个来，那会引起多少闲话啊，而且她将受到多少姑娘的嫉妒啊！明天，我一定要挑明。

我太爱她了，每当我唱起那使人心醉的《书生之歌》便悲痛极了，眼泪忍不住流出来。因为，一听到那悲伤的曲调，我便想到了她。她也许会出现那位可怜的少女的命运，一想到这，我的心就碎了。

　　这两天中午，她没有来喝水、吃东西，大概饿坏了，可是你为什么不来啊？你也许不会知道，整整一个中午，我都是那样煎心地等待着你啊！我的天使，要知道，一离开你，我的心中就有一种莫名的惆怅。我没有心思学习，更没有心思干别的，只想尽快见到你，见到你那清秀俊美的面容。

　　快来吧，我的天使。

　　昨晚，我做了个梦，梦见她哭了。梦中的她哭得那样动情、伤心，我也哭了，从梦中惊醒时，我的枕头上浸透了泪水。她哪里知道，我冰冷的表情掩盖下的却是一颗火热的心啊。


　　爱情真磨人，对吧？不过，我那时的很多情绪波动，除了因为内心还有纠结之外，也有一点作秀的成分。包括我在日记中说的，一唱《书生之歌》，我就会悲伤流泪，这里面也有一点自我催眠、自我作秀的味道。我总是让自己沉浸在一种自我营造的情绪里，自己感动着自己，让自己的心都碎了。

　　人就是这样，有时觉得很悲伤，却不过是自己在折腾自己，并不是真有什么事值得去悲伤。比如，我为啥听了那首歌，就怕鲁新云也会那样？因为日记开头提到的那个小误会。当时，我看到她流泪了，于是很心疼，又不能立即向她说明一切，只能看着她难受，所以我的心里也很难受，只能告诉自己，她现在虽然不明白，但总有一天会明白我的苦心的。

　　现在再看这件事，我当然觉得很小，根本不值得伤心难过，但在当时的我眼里，这是天大的事，让我不能不痛苦。人们说，"爱情让人盲目""恋爱中的人都是傻子"，这些说法是有道理的。陷入爱情的人，小题大做的能力总是很强，总是喜欢营造某种情绪，作秀给自己和对方看。我们当时总是不明白，很多时候，我们认为的痛苦，不过是自己折腾自己，自己伤害自己，并不是真的发生了什么天大的事。当然，有时也有例外，比如生离死别等。我常说，人的一生中，除了生死，没有大事，很多我们认为的大事，本质上说并不大，之所以我们觉得很大，是因为某种心结让我们产生了错觉。

当然，不管为啥痛苦，不管值不值得痛苦，只要有痛苦的情绪，对人来说就是一种折磨。比如《书生之歌》里那个相思而死的女孩，还有古今中外很多文学作品中的痴男怨女们。我一直很怕鲁新云受苦，所以，我一直没有变心，一直没有抛弃她。再后来，面对友谊和师生情等任何情感的时候，我都是这样，永远不去伤害别人，除非对方自己放弃，自己远离我。

我始终都很在乎别人的痛苦和幸福，这种在乎会让我尽量对他人好，轻易不去触碰别人内心脆弱的一面。这已成为我的一种生命习惯。比如，一个女孩子非常敏感，但多愁善感的她一直想改变自己，为生命创造点价值。那我们就不要老是去刺激她的情绪，而是要保护她，给她指引和方法，鼓励她，让她能在一种比较宽松的环境下成长，让她心里那颗向善的种子慢慢发芽、长大。只有在她习气现前，却又无法自己刹车，被情绪裹挟而去，并且做出不合时宜的事情的时候，我才会批评她。但这个批评是帮助她认识自己，帮助她破除执着的。也许她跨过去，就会有很大的突破。这是另一种意义上的对人好，也是最究竟的、真正的对人好，因为，这能让她接触到智慧光明，进而走向智慧光明。

日记的开头，我仍然写到了晨修，那时节，我最喜欢修的是《吕祖百字碑》，它的原文是一首五言诗，一共二十句一百字，将内丹功从筑基、炼己到金液还丹尽述无遗。当年，一位道家师父给我系统地讲解了这种丹法怎么修，我按他教的修了很多年。在这里，我也把《百字碑》的原文跟大家分享一下：

养气忘言守，降心为不为。动静知宗祖，无事更寻谁。

真常须应物，应物要不迷。不迷性自住，性住气自回。

气回丹自结，壶中配坎离。阴阳生反复，普化一声雷。

白云朝顶上，甘露洒须弥。自饮长生酒，逍遥谁得知。

潜听无弦曲，明通造化机。都来二十句，端的上天梯。

# 12月24日　太容易得到便不会珍惜

下面的日记中，我们仍然在犹豫。就这样，一整天都在痛苦的纠缠和等待中煎熬。到了晚上，我写下了这篇日记。

那时，我竟然觉得夜太长了。从这一点上，你就可以看出我的反常。在过去的我心中，夜总是眨眼就过去，我多希望能把夜的时间拉长些啊，这样我就可以多看书，多写东西，多静修。那时，对时间无比珍惜的我，在爱情的纠缠中挥掷着宝贵时光，却一点都不觉得懊恼，可见，恋爱是会让人失去自我的。不过，就像这一章的题目中说的，正因为爱情的开始是艰难的，是兜兜转转、让人苦苦等待的，得到之后才会珍惜。假如爱情呼之即来挥之即去，得到的人就会等闲视之。

## 1982 年 12 月 24 日　星期五　多云转晴

今天，她来了，我和她谈了一下午。

"昨晚你哭过？"我看着她红肿的眼睛说。

"……"她只是笑着。

"我昨晚梦到你哭，我也哭了。"我觉得我的脸在发烧。

"是吗？我实话告诉你，这几天我每天平均哭一次。"

"为什么？"我的心紧紧一缩。

"不能告诉你。"她的脸红了。

"那你真脆弱，干吗平白无故地哭呢？"我明知故问。

"谁平白无故地哭，哭总是有原因的，不痛苦谁愿意哭。"她忧伤地叹了一口气。

"那请你告诉我，你的痛苦是什么？"

"我不能告诉你。"她自言自语地摇摇头。

"如果我把我的痛苦告诉你,你愿意把你的痛苦告诉我吗？"我说。

"那自然愿意。"她低着头说。

"可是我现在不能告诉你，因为我的遭遇太悲惨了。"

"那我更不能告诉你。"她望着我说出了这句话。

我甩出了这样一张王牌："如果你相信我，就把你的痛苦告诉我。如果你不相信我，那尽可隐瞒。"

"你是我遇到的老师中最好的一个，我当然相信你。"她望着我深情地说。

"那请你告诉我。"我恳求道。

"不，不能，尤其对于你。"

"为什么？"

"有痛苦我一个人受吧，我不愿意让你也痛苦。"姑娘眼中闪着泪花。

"不，难道仅仅你一个人痛苦吗？要知道，当我昨天在梦中看到你眼中的泪水时，我的心都碎了，我的鼻子一酸，真想哭。"

她低下头，我看得出她是痛苦到了极点："可是……"

"你也许不知道，昨天晚上，我听了《书生之歌》，很是忧伤，而晚上梦中听到你的哭声,我的泪水也浸湿了枕巾。我一闭上眼，就想到你那噙满泪水的眼睛，我也就哭了，难道你不想让我分担一点你的痛苦吗？"我简直带着哭声。

"不，说出来也没用，有痛苦就让我一个人承担吧！"她的脸上仍然布满痛苦的乌云。

"你一人承担……你也许不知道，你流一次泪，我陪着你流了多少眼泪啊，难道你成心让我陪伴着你多哭几次吗？"

她的肩头一抖，像是打了个寒战。

"告诉你，以后没有时间了。如果今天你不把一切告诉我，那我以后星期天回家，中午去练武，假期我也不愿看校了。"

她浑身一哆嗦，脸部的肌肉在颤抖，眼中露出了绝望而又期望的光。我从那紧闭苍白的嘴唇上看出她的心在挣扎。

"你不看，我也没办法。"她说着便流出了泪水，声中也带着哭音。

"告诉我吧，相信我，我会像对待亲妹妹那样对待你。"我恳求着。

她的身上又颤抖了一下："请让我想想……"

"告诉我吧，我会对你尽力而为。"

"好吧。"她牙一咬，下了决心。

可是，仅仅十几秒钟，她又犹豫了："不，我不能告诉你，你会更痛苦，我也会更痛苦的。"

"不，以后我会告诉你的。"她在请求。

"以后，没机会，而且以后你会更没勇气。"

"不，以后会有勇气的，现在我没有。"她低声说。

"我可以给你勇气。"

"不，你给不上。"她的声音更低了。

"能不能让我考虑一下，写到纸上给你。"过了一会儿，她说。

可话刚出口，她又颤抖着说："不，我不需要纸，我需要的是勇气。"

以后的几次都是这样，她下了狠心要说，可话刚到嘴边又咽了下去。

"怎么说呢，唉！我没有勇气。"她痛苦地说。

一会儿，她话锋一转："不，我不说，你一个男子都没那个胆量，我不过是个弱女子。"

"我以后会告诉你的，现在我想听你的。"

"怎么说呢？"她话到嘴边又咽了下去。

突然来了一个人，把我们的谈话打断了，我就用调虎离山计将他支了出去。

"要么明天，我写到纸上给你好吧？"她说。

有什么办法呢？我无可奈何，为了给她添勇气，只好说："好吧，明天。"

我知道，她的痛苦无非是爱了我，而怕得不到我的爱，更怕我以后当陈世美式的人物，要么就是她看到我给别的女生说题时，忍不住痛苦流泪。可是，我亲爱的，既然要爱一个人就要永远都爱，不管将来你考上学与否，都无关紧要，爱是永恒的，无条件的，是不受双方地位条件限制的。

可是，明天会怎么样？但愿她勇敢点。

夜哟，真长，何时到明天。

明天，明天，明天……

这篇日记仍然以对话和场面描写为主，它虽然没有太多的心理描写，但清晰地展示了当时的状态。

现在想来，那真是个可爱的年代。那时的少男少女，即使恋爱了，也会像我们这样，羞于将爱情说出，总有一种欲言又止的羞涩、犹豫不决的思量，和想说又不能说的胆怯。这些，在这个时代也许不多见了。

前段时间，有个学生对我说，他如果爱上了一个人，就一定会向对方清楚地表白，哪怕被对方拒绝了，他也不会觉得丢脸，因为爱情并不丢脸。虽然爱情遭到拒绝，他肯定会觉得痛苦，但干干脆脆地表白，总好过暧昧地拖延。这是他的爱情观，也是时下非常流行的爱情观。很多现代人看了这篇日记，肯定都会问，说一个"喜欢你"有那么难吗？但在当时，真的就是这么难。别说鲁新云说不出口了，就连当时的我，一个天天练武、在很多事情上都不胆怯的青年，也很难站出来挑明我们之间的爱情——在前一篇日记里，我其实已经下定了决心，第二天一定要把事情挑明，可真到了第二天，我就说不出口了。所以，那时的爱情，有一种纯净的、神圣的、不容亵渎的味道，不是相爱的双方能轻易说出口的。也正是因此，那时缔结的婚姻关系，往往比这个时代要牢固很多。

后来，写《大漠祭》的时候，我就把这时的很多情感体验加了进去，灵官和莹儿的很多相处，就有我们当年的影子，包括那种偷偷恋爱的压抑感。那些经过加工的情节，感动了很多读者，没有人去道德审判，反而在很多人的眼里，莹儿是一个完美的女人，没有一点污垢。甚至，有些读者就是因为她的完美，觉得她缺乏了一种真实感，不如《猎原》中的豁子女人鲜活可信。可见，道德审判也是一种概念，当你忘掉这种概念，直接感受另一个生命的存在，以及两个生命的相遇和疼痛时，给你触动最深的，就是那种心碎的感觉，而不是道德上的对或不对。当然，莹儿有点不一样，她的婚姻本来就不是自己选择的，她在花一样的年纪，就失去了恋爱的自由，被父母像货物一样卖给了别人，不得不跟一个自己不爱的陌生男人生活在一起。

她虽然结婚了，虽然是灵官的嫂子，但她更像是一个渴望爱情的少女。所以，我不是为婚内出轨的人洗白，我只是想说，心里没有那么多概念的时候，感受到的世界是不一样的。

有一部电影叫《山楂树之恋》，它讲了一种纯净如水的爱情。虽然这段爱情发生在两个知青之间，比我们的年代更早。电影里的那对恋人，后来因为男的调到了其他地方，所以就分隔两地了，但女孩子似乎没什么变化，还是默默地爱着那个男孩子。因为他们本来就没有太多的时间在一起，他们之间的感情，只是精神上的互相吸引和认可，非常纯粹，也非常凄美，带着一种淡淡的悲剧色彩。这样的爱情，很难发生在这个时代，它几乎只可能是那个特殊年代的产物，但正是因为难得、罕见，它打动了无数的观众。

我的短篇小说《新疆爷》也是这样，它之所以能打动那么多读者，还被英国《卫报》全文发表，并且被誉为中国近年来最好的五部短篇之一，正是因为里面写到的爱情和那个老人身上，有一种这个时代少见的纯净。

现在的很多年轻人，已经没有这种信仰式的爱情了，他们随随便便就会恋爱，随随便便就能上床，同时也会随随便便地放弃。一切都太随便，爱情就少了一份诗意。

那么，怎样的爱情才是诗意的呢？至少彼此都要真心相待，你是真的爱对方，不是想借对方来填补你内心的空洞，否则，你就会无止境地索取。我的一些学生就遭遇过这样的伴侣，他们无时无刻不想知道对方在哪里，在做什么，有时甚至还要视频检查，或是像托翁的夫人那样，偷看伴侣的手机或邮箱，他们之所以这么做，就是因为他们不安心，总想让伴侣给他们安全感。这样的生活过久了，他们的伴侣就会觉得非常压抑，甚至会感到窒息。最后，他们就只能离婚。当然，有些人之所以会这样，也是因为他们的伴侣确实有问题，比如，托翁的夫人之所以这样，是因为托翁也曾经风流过，所以他的夫人总是怕他故态复萌，总是不能安心。不过，她明知自己给托翁带来了困扰和痛苦，却仍然这么做，这还算是爱情吗？真正地爱一个人，是不求回报地奉献，宁可自己受苦，也要成全对方的梦想和幸福。所以，真正的爱情，确实是很神圣的。

那些随随便便就说爱，随随便便就在一起的人，往往也会随随便便地爱上别人，随随便便地想要分手。比如，他们一旦觉得对方不够爱自己，就会开始盘算要不要分手。如果这时，他们刚好遇上其他投缘的人，就很容易会变心。这样的爱情，怎么可能是诗意的爱情呢？

当然，彼此都很开心的时候，你也会感觉到一点诗意，甚至觉得整个世界都变得诗意了。但这种感觉是短暂的，只要其中一方觉得对方做得不够好，这种感觉就会马上消失。有些情侣刚开始还卿卿我我，结果遇上一点小事就吵得不可开交，不欢而散，就是这个原因。所以，向外索取的爱情不是真正的爱情，它只会给彼此带来烦恼和困扰，哪怕你索取的只是爱或关怀。

所以，我们当年的犹豫不决，其实不是因为胆怯，而是因为对爱情太过重视。也是因为非常重视，我们才能一起渡过那么多难关。相反，太容易得到的爱情，总会让人觉得廉价，有时，也会让表白的那一方缺乏自信，觉得对方可能只想玩玩，所以才随随便便地答应——当然，不自信的，也不一定是表白的那一方，有时反而是被表白的那一方，因为他／她可能会觉得，对方这么轻易就把爱给说出来，是不是一个对爱情不太认真的人呢？如果有了类似的想法，感情就注定很难长久了。

# 12月25日　终于表白了

　　我在《一个人的西部》中说过，我们之间先把爱说出来的，结果还是鲁新云，下面记录的，就是当年她向我表白的情景。不过，其实我们也说不上谁先谁后，因为，看过我日记的朋友都知道，我已经给了她太多的提示，就差直接把"爱"字说出口了。只是，我兜兜转转地提醒，她却仍然害怕，可见，当爱得很深，又缺乏自信的时候，人往往会很难相信美梦能成真。可一旦它成真了，变成了现实，又会面对一个更大的问题：如何呵护这份爱情？

　　呵护爱情，跟呵护友情和亲情是一样的，本质上就是呵护人与人之间的关系，它的秘诀虽然很简单，只有五个字——为别人着想，但真正做的时候，却需要你具有一份无我的感知力。鲁新云为什么能呵护我们之间的爱情？就是因为她在这份爱情中做到了无我，同样，她在家庭关系中也做到了无我，无论是面对我还是面对陈亦新、王静、陈清如，她都只是奉献，完全没想过索取。所以，鲁新云能有美满的人生，还能改变命运，就跟她的这种个性有关系。

## 1982 年 12 月 25 日　星期六　多云转晴

　　天亮，我等了整整一夜。虽也静修，但因为心乱，感觉没以前明显。有时候，胡思乱想得厉害。

　　她来了，把衣服放到我的床上，显得慌乱而羞涩。我问："东西呢？"

她红着脸指了指衣服，逃走了。

我从衣服口袋里掏出了纸，还有一个口罩，湿淋淋的，显然是刚刚摘下。我打开纸，上面写着："你问我的苦处，我该怎么说呢？也许不必要说，但我禁不住你的一再追问，我只好说出来（过去的就不必提了）。就拿现在来说，我承受着别人对我的讽刺、嘲笑，还有不堪入耳的脏话，尤其我最近听到别人说你的话，更使我痛苦难忍。我不知道生活为什么这样折磨我，为什么这样冷酷无情，为什么这样可怕，我在人生的道路上没有信心，但我不愿意离开我亲爱的老师、妈妈，还有同学。你问我在家中的苦处，我不敢说，我怕……我希望你也把你的苦水倾倒出来，让我也知道知道，有苦应该我们共同来受。也许你还在生我昨天的气，请你不要给自己带来不必要的痛苦（也许对你是不必要的）。就在昨天晚上，我做了一个可怕的梦……我哭了，我知道你也许也哭了。"

看着这沾满泪水的信，我哭了，失去控制的泪水浸透了这封信……

下午，别的同学去看电影，我没有去，她也没有去，房间里只剩下我和她。我问："你做了什么可怕的梦？"

"我不说。"她的脸红了。

"说吧，放心说吧！"我真希望她痛快地说出来。

"好吧！"她叹了一口气。

"昨天晚上，我梦到我和你一块儿走路，你突然倒地死了，我就哭了，泪水浸透了枕头。惊醒时，我姐姐问我为什么哭。"

她再没有说下去。

"你知道吗？昨晚，我等了整整一夜，没有睡着，谁知道你竟然耍了滑头，通篇没有一个字是真诚的，都是偷换概念、以假乱真的假话，我没有想到我真挚的感情换来的却是虚伪的托词。"我说。

"不，这是真实的情感。"她慌乱地为自己辩解。

"哼！一连串莫名其妙的词藻，对你的痛苦却避而不谈，既然你把我当成哥哥，为什么这样折磨我呢？"我吐出了我心中沉闷的怨气。

"不，那是我真正的痛苦。"她红着脸，继续辩解。

"哼，我真不明白，你竟然如此地虚伪。实话告诉你，既然你把我当成你哥哥，就应该真诚相待，可是你却写了些什么？我真不愿意这样在痛苦中熬下去了。现在我只有一句话，如果你愿意告诉我你真正的痛苦，我可以永远把你当成我的妹妹对待，否则，请你自便。好了，如果你现在愿意把痛苦告诉我，那就直接点说。如果不愿意，那你就别说话。"

她没有说话，低下头叹气。

"行了，你可以走了，我不愿意为这件事再分我的心，更不愿意让这件事毁坏我的身体。为了这，我失去了多少宝贵的时间，为了这，我茶饭不思，本来圆润的脸上已经瘦骨嶙峋。如果你再沉默，你就可以走了，以后再也别来了。"我狠心地说。

"啊？"她痛苦地低声呻吟了一下，顷刻间脸色变得煞白。

"你可以选择了。"我又狠狠地催了一下。

"我怕……"她又呻吟了一下。

"那我走了。"我站起了身。

"不，我……"她慌乱极了，眼中露出恳求的目光，脸更加苍白了。

"好吧，不愿说就算了。"我真的想出去了，因为此时，我的心已痛苦得几乎麻木了。

"别……"她的脸变得那样呆板，随即用颤抖的手撕了一页纸，狠着心哆嗦着写了几个字。然后她呆呆地坐了一会儿，刚要撕碎那张纸，被我夺下来，几个字闪电般地扑入我的眼帘："我最大的痛苦就是不能和你在一起。"

我的心一阵狂喜，简直要跳出胸膛，但我克制住了自己。

她深深地低着头，用一本杂志遮住自己的脸，我只听到她急促的呼吸声，只看到她哆嗦着的肩头。

好一会儿，我用平静的声调说："这有啥痛苦的，我现在不就和你在一起吗？"

"不，我指的是永远！"她的声音颤抖着，几乎听不到。

"那好办，你愿意来就来么！"我尽量控制住感情，用不在乎的语气说。

"可是，等你将来考了大学就会离开我。"她的声音中带着哭腔，我感觉到她的心在颤抖。

我终于无法抑制自己的感情，欣喜地问："你爱我吗？"

"爱，可是你不爱我。"她抬起了头，脸变得通红。

我感情的潮水一下子冲垮了理智的堤坝："我也爱你！"

"真的？"她的眼睛里闪出了一点光华，但旋即暗淡了，"等你考上大学就看不起一个农村姑娘了。"

"不，不会的。"我恨不得把我的感情完全倾吐出来。

"会的，一定会的，每当我想到这些，我就流泪。"她摇摇头，自言自语地说，泪水几乎溢出了眼眶。

"不，不会的。"我肯定地说，我相信我自己不是无义之人。

"我不相信。"

"难道你不相信我？"我急了。

"我相信，可是……"她又摇摇头，"那时候，你是个大学生，而我则是一个乡下姑娘。"

"请你相信，我不会是那种人，我不会见异思迁，更不会忘恩负义。请你相信，我不会玩弄一个人的感情。如果我是那样的人，根本不会让你看那篇文章，里面劝告女青年不要感情用事，轻易以身许人。"

"可是……"她欲说还休。

"请你相信我，我爱的是一个人，而不是一个人的地位、工作。我发现许多所谓'双职工'的家庭并不幸福，没有感情的结合，跟禽兽有什么两样？我爱的是一个懂感情的活生生的人，我不会那样庸俗。"

她的眼中真的出现了光华，再没有暗淡下来："我相信你。"

"我并不愚蠢，如果我只想'双职工'的话，那我早已定亲了，因为曾有一位有工作的女子追求过我，被我拒绝了。不信，你去问开桔。"

她笑了，真挚纯真地望着我。

"希望你不要辜负我，好好学习，如果你是个有上进心的女子，而且肯下苦功，那你即使考不上学，我也永远爱你，因为成才之路并不是考学一条；如果你是个堕落的人，那即使是天仙女，即使考上大学，我也不会爱你。"

"我不会辜负你。"她笑得那样美。

但愿真是如此。

这篇日记清晰地写了两个青年彼此表白的过程。在人的一生中，这是一个重大事件。我写的时候，也非常认真，不愿意漏下任何一个细节——再说，对一个作家来说，这种文学训练非常必要。

那几天我虽然沉浸在爱情里，有些不能自己了，但我的梦想还在，并没有因为受到干扰，而失去前进的激情和力量。但影响是肯定有的，就像我上篇日记中说到的，我连看书学习的心思都没有了，整个人失魂落魄的——你瞧，能让我连看书的心思都没有，可见爱情的力量有多大。所以，我们确认关系的这天里，我非常开心，而且是那种纯粹的开心，没有想太多未来的事，只是享受着爱情带来的诗意。但第二天，我就开始纠结了，甚至在之后的很长一段时间里，我都活在纠结的状态之中。

我纠结的原因有两点：第一，我怕爱情会影响修道和事业，让我在不知不觉中放松，不再像过去那么努力；第二，虽然我向她承诺了永不变心，但未来到底会怎么样，我心里还没底，我固然觉得专一很重要，可我一旦考上大学，她就要等我好几年，那几年里到底会发生什么，我也实在预计不到。于是，我就把自己的心事跟鲁新云说了，但鲁新云比我更有勇气，她说愿意等我，等多久都行。她说这句话的时候，不知道有没有想到自己会等我一生，但她后来就是这么做的。在这个过程中，她承受的东西，肯定比这篇日记里写到的更多，压力也更大，因为她毕竟已经跟我谈恋爱了。但也许正是因为感情已确定，她的心里少了纠结和挣扎，反而不像过去那么痛苦了——痛是痛，可还有一种坚定的东西，这个东西会不断地消解她内心的疼痛，让她有一种崇高的使命感，觉得自己是在成全我、成就我，是在做一件了不起的事情。后来，我写《无死的金刚心》时，就加入了我们当年的这段故事——当然，我对具体情节进行了艺术的加工，可背后的很多情感，却是真实存在过的。所以，鲁新云就像莎尔娃蒂，她的一生，就是奉献的一生，她甚至就像是为了奉献而来到这个世界上的。对我，她从来没有提过什么要求，反而总想把最好的东西给我。对我和我的家人，她比对自己要好得多，她真的做到了无我。甚至，她的无我不完全是修出来的，她好像天生就有这种基因。从这个角度看，她真的有点天生圣人的味道了。不过，她的圣，主要是依托对我的好、成全我的大愿来体现的。她甚至没有想过要建立自己的事业。

当然，无论纠结还是享受恋爱，上进都仍然是我们之间的话题，我总是跟她讲道理，鼓励她成长，就像我们互相表白时我说的那样，我希望她能上进，能努力，只要她肯努力，那么不管她能不能考上学，都是我的爱。这是我对自己的要求，我觉得，人可以不优秀，但不能自甘堕落。因此，当我非常在意一个人的时候，就会用这种观点来教育他，希望他能跟我一起成长，不要落在我的后面——我的意思是，在成就上，他可以不如我，比如他不需要去写作，不需要成为大作家等，但他要有梦想，对人生要有一种永不言弃、奋发图强的态度，有了这种态度，他就会认真地对待每一件想做的事，然后把它做好。鲁新云想做的事很简单，第一就是对我好、照顾我、爱我；第二就是修道、超越自己。事实证明，因为积极和永不言弃，她在这两件事上都做得很好。

对于愿意上进的孩子，我是愿意花时间去教育的，因为，我虽然不执着别人怎么样，就算他们不完美，有很多缺点，我也不在乎，但我欣赏那些想要改变、追求进步的人，也愿意花时间去帮助他们，我会把自己知道的东西一一告诉他们，教他们一些对治毛病、追求向上的方法。我发现，有些人实践之后，确实在心境上变得更加平和宽阔了，而他们在梦想上付出的努力，也实实在在地改变了他们的人生。比如，我的很多读者，都是因为读了我的书，才爱上读书的；前几年，我们开创意写作班时，我告诉学生们什么是好书之后，他们便买了很多好书，有些人是开车来的，回去时，车尾箱已经装了满满一箱书，有个学生告诉我，他把家里的电视柜撤了，做了个大大的壁式书柜。我还告诉他们，书是最好的投资，因为它不但能丰富自己的学养和心灵，还可以传给自己的孩子，丰富孩子的学养和心灵。在书香、书海中长大的孩子，跟在电视节目里长大的孩子，定然是不一样的，因为他们的生长环境不一样。孟母三迁，就是为了给孩子一个更好的环境，而孟子也确实因为环境的改变，最终成为了中国的"亚圣"。我的生长环境不太好，我选择不了大环境，我就靠读书，为自己营造了一个很好的、向上的小环境。没有这个小环境，我就不可能成为今天的雪漠。我觉得，很多家长与其为买不起学区房而苦恼，不如给孩子多买点好书，跟孩子一起读书。我的读者们都在读书，所以他们的孩子也养成了读书的习惯，慢慢地，家里就会形成一种书香氛围，孩子们的喜好和价值观也会随之改变，这一点，有时比读一个很好的学校更重要。

当年对鲁新云，我倒是有点执着，因为当时我还没有超越自己，无论对自己，还是对自己在乎的人，我都有要求。比如，谈恋爱之后，我对鲁新云提出了很多要求，无论学习还是静修，我都希望她能做好。她学习成绩总是上不去，我就苦口婆心地劝导她，希望她加强学习，有时甚至会有些严厉。但因为基础差和时间问题，她没像我期待的那样考上学。初中毕业后，她只能回家种地。

不过，人的命运，跟学业的关系不是很大。学业上的成功，固然可以给你创造一个相对较好的学习环境，但最后怎么样，还是取决于你自己的德行和追求。就像我常说的，鲁新云后来之所以有了一种大家公认的好命运，就跟她守候一生的信仰有直接关系。有没有信仰，一天内看不出区别，但几十年后，一辈子过去之后，就会显出不同。信仰对命运有直接的影响，有信仰，命运就会很好，不但自己会健康快乐，家里也会吉祥安康。相反，如果没有信仰，不修心，就容易被情绪干扰，家里也会出现许多不吉祥的现象。像鲁新云，虽然我当年要求她做的事，除了信仰，她大多没有做到，但有信仰、肯实践、肯奉献就够了，足以改变她的命运，让她生活得幸福安详。

很多人以为，信仰是有时间再去了解的事情，其实不是，信仰就是一种生活方式，它不是脱离世俗生活存在的另一个东西。有信仰的人，即使过着世俗生活，态度、心情和行为，也会跟没信仰的人不一样。

信仰对鲁新云最明显的影响是什么呢？是她的内心一直很稳定，极少被情绪所控制，更不会轻易来折腾我。我不可能为了她的情绪而放弃使命，不可能被困在家庭的安逸生活里。我的使命，注定了我要去面对世界。

说回这篇日记，这几天的日记，明显比以往更长，也更细致了。其最大的特点，就是总以对话的形式出现，而且有些地方文绉绉的，不像一般的日记，想到哪写到哪。可见，我即使沉浸在爱情里，即使被等待的焦虑占据了心，也仍然没有忘掉自己一直坚持的文学练笔。这也算是我的一个特点。所以，我在人生中很多算得上重要节点，也给了我很大冲击的事情上，依然能保持梦想的独立和某种程度的清醒。比如，这篇日记所处的这个阶段，我自然是不够清醒的，但我仍然没有忘掉自己该做什么，所以在风雨飘摇中，依旧抓住了牵着风筝的那根绳。后来，我就越来越清醒了，因为我超越的东西越来越多，最后，我不但超越了爱情，甚至也超越了梦想，于是，我就得到了自由。

现在，我的心里已经没有写作的概念了，无论写小说，还是散文，其实我都是在自言自语。写小说，就是写出活在自己心里的那个世界；写散文，就是流出灵魂中的那些话语。我曾说，我的写作是一种自由流淌的写作，就是这个原因。所以，你看不出我在写作，甚至不能用某种体裁来限制我，我总是在人们所认为的各种体裁中游走，说着回响在我灵魂中的话。但即便是这些话，也不是我刻意想说的。它们更像是我生命深处的喧哗，还有我进入某种状态之后，跟一种更伟大存在的共振。这一切，都是自然而然发生的，因此也就谈不上什么写作训练了。

只是，你不可能一开始就达到这一步，因为你肯定在乎自己写得好不好、有没有达到一个作家的水准，在乎自己的文字有没有漏洞等，只要评判的思维出现一点端倪，你就不在那个自然而然的状态里了。而我所有的训练，其实都是在让自己进步——不仅仅是在驾驭文字的能力上进步，更是在人格上进步，在智慧上进步，在慈悲上进步。进步到后来，我的心圆满了，文字也就得心应手了。

你可能也发现了，上面的这篇日记，跟我的第一篇日记相比，已经有了长足的进步，所以，人总会在不知不觉中成长，而成长的结果，也会自然而然地体现出来。你永远不可能走一步就到达巅峰，就像凉州人老说的，"一口吃不成大胖子"。做很多事情，都需要慢慢积累。积累到一定程度时，某个瞬间，你会突然发现，自己原来已经不一样了。我就是这样。我不是一个很有天分的人，但我是一个有心人和一个能坚持的人，我至今实现的一切进步和成就，都得益于我的有心和坚持。

# 12月26日　爱情和事业的纠结

　　下面的日记，写于我和鲁新云彼此表白的第二天，这时，前一天的甜蜜，已经被清醒后的纠结取代了，我的心又被痛苦占据了。你从我当时的日记中，就可以清楚地感受到我内心的挣扎和疼痛。

　　不过，即便这样，我在修心上，也还是有长进的。

　　首先，我能静下心来，不会胡思乱想了。这说明，虽然爱情对我的牵绊很深，但它还是不如静修在我的心中那么重要。爱情确定之后，即便心里还有纠葛，我也还是可以约束自己，让自己安住在该有的状态里——当然，我说的安住，还不是真正的安住，因为此时我还不明真心。

　　另外，我的身体也出现了新的征兆——以前，只是丹田部位很烫，现在两个肾也开始发烫。在道家的功夫中，这叫两肾汤煎，是小周天中非常重要的征兆之一，说明真气这时已经入肾了。它跟之前的丹田火炽一样，也属于一种正能量的状态。按道家的说法，修到这一步时，就算有肾病也会痊愈。不过，这一步不好修，它需要相当长时间地意守丹田，时间不长的话，热感是不可能明显的。

　　当然，下面的日记还是以爱情为主的，我上面讲到的这些，其实是有点偏题了。不过，虽然它偏离了这篇日记的主题，却没有偏离我人生的主题，也没有偏离我著书的主题。所以，有时的偏题，或许才是真正地进入主题。

## 1982 年 12 月 26 日　星期日　晴

晨修。

能静了。小腹的感觉非常热。两个肾也很烫。

昨天夜里，我的一位朋友对我说："一个伟大的人物应该控制自己的感情，事业和爱情是相互干扰的。"但是，我不相信，我认为爱情和事业是可以并驾齐驱的。

但一个可怕的数字却跳入我的大脑：等两年后，我考上大学，再上五年学，得整整七八年。她能等得住吗？我真不愿意使她在等待中受苦。她应该生活得更幸福。

今天，她又到我的房间，我说出了我的忧虑："你大概不知道，我得走七八年，你很可能等不住。我劝你别再这样了。"

"不，别说八年，就是十年、二十年，我也愿意。"她倔强地说。

"不，你和我结合，你是不会幸福的。"

"如果我和你不能生活在一起，那我只有一条路。"

我大吃一惊。我知道"只有一条路"意味着自杀。

"我想请你现实点。现在你满可以找一个比我更好的，在近几年结婚。为什么要去追求这缥缈的幸福呢？真的，对于我，爱情的痛苦可以忍受。"

她低下头不再言语。不知是我的话打动了她的心，还是她误解了我的用意，认为我这是有意推脱。如果是前者，那她的性格真像她的名字，飘忽不定，朝秦暮楚，根本不配我爱。可是我却相信后者，因为她的脸变得那样可怕阴沉，眼中露出了一种不是她那种年龄的人应有的阴森、忧伤而又冷酷的光。我的心在流血。

"你说呢？"我试探着问。

"这有什么好说的。"她冷冷的一句。

我的头一昏，我并不希望听到这句话。我只是希望听到她的肺腑之言，比如向我表示自己决心的话之类。可是，我失望了。

我狠心走了出去……

我痛苦极了，一阵难忍的饥饿使我发昏，谁知道这是精神上的，还是我二三十个小时没有吃过东西造成的。我只想唱歌，用歌声来发泄我心中的闷气，可是我胸膛里憋得发痛。我更想借打拳来使自己心情愉快。我便挺着软乏的身体，和一位学生对打，但毫无效果。我的心仍在往下沉。当时我真想一狠心，掐断情丝，专攻事业，可是我一想到她那使我心碎的泪水和憔悴的脸庞，我的心发软了。

我爱她，可又不得不违心地说出我不该说的话，这是多么痛苦啊！（这时候，我又想起她以前的一次过错：她对一位男子看了几眼，又转过来看着我，反复几次，似乎在挑选商品似的，我心中一下子升起了一股怒气，还曾写下这样一句话："与其出现在一个女人的梦中，不如落到杀人犯手中。"她也许真是一朵云，不值得我爱。但，我原谅了她。）想到那件事，我很想永远地离开她，为了我的事业，我宁愿忍受揪心的苦痛，终身不娶，独身一生。

她真是个神秘的女孩子。有时候，我气她怨她，但又不得不为她那善良温柔的性格所陶醉。但愿她不是一朵云，而像一块金刚石，坚韧不渝，那么我将永远爱她。可是，谁能证实她不是云呢？……我感到害怕。

我终于又回到我的房间。

她的眼圈发红，似乎流过泪，但是却冰冷如霜。难道得不到爱情就该这样吗？她太脆弱了。但我的良心也在谴责我，我不该使这天真善良的女子伤心。可是一件更让我痛苦的事又浮现在我脑海里，刺痛了我的心……这几乎变成了她不太坚贞的唯一证据……

我说："你想好了没有？如果你愿意等我，那我永远不会抛弃你；如是你等不住，那就请便。"

"我愿意等十年，甚至二十年。"

"你和我结合，你不会幸福。"我极力提醒。

我接着说："我脾气暴躁，性格孤僻。你究竟爱我什么呢？"

她没有说话。（记得她曾经说过她爱我的意志坚强、活泼可爱、事业心强。）

"那你什么时候开始爱的我？一开始就如此？"我问。

她点点头。

"那这种爱没有基础。"

"不，我是从你骂了我那次开始爱的你。"她说。

（写到这里，我被前面那件不愉快的事情搅走了情趣，真不愿意往下写了。如果她是一个忠贞的女子，值得我爱——可是她那挑选商品似的目光和另一件不愉快的事，始终在我脑海中反复出现，破坏了她那纯真、可爱、温柔、善良而且执着的形象。我心中像塞了一团羊毛，吐又吐不出，咽又咽不下，难受得要死。我强迫自己写下去，但感情不强烈，肯定干巴巴的，味同嚼蜡。）

我说："我家里很穷。"

"但我不嫌。"她说。

但那挑选商品似的目光又使我说出了一句话："如果你家以后多要钱，那我家的驴拉到你家。"

"欺人太甚！"她嗔笑着骂了一句。

（我心情坏得可怕，不愿再往下写了。每写一颗字，都会想到那目光和另一件痛心的事情。我想呕吐。）

也许她的深情是造作的，誓言是编撰的。在我之后，她也许会垂青于另一位男子……

爱是自私的，只能奉献给一个人，可是她……

也许我仅仅是个"唱歌的"，又得等八年……太不值得。

真可怕！我真想把前面写的东西撕碎烧毁，然而我忍住了。

对我含情脉脉，信誓旦旦，难道对别人不会吗？

我爱她，但那两件事像毒蛇一样缠住我，使我喘不过气来……我真想狠心。我对她那样真挚、热情，也可以说是钟情，但换来的是什么呢？

她应该像一只天鹅或白鹤，忠于自己的侣伴，宁死不从别的。但她也许在爱了我之后，又对另一位男子发生好感，而好感往往是爱的开始。我真怕。

难道她对"我还不如个唱歌的"这句话，没有听到吗？不知她是无动于衷，还是暗自欢喜呢？

我是个多疑的人，但只要她解释清楚，我是可以谅解的。我不是个笨蛋。

如果她对我有顾虑，稍有犹豫，对另一位男子产生好感，我可以忍痛放弃。我不是个蛮不讲理的人。

只要她坚贞不移，钟情于我，并能取出我胸中的那团"羊毛"，永远爱我，不见异思迁，那我以后别说成为大学生，就是成为研究生也不会抛弃她。我的爱是专一的。我懂得做人的美德，也深知"糟糠之妻不下堂"这句诗的含义。更何况，她是一个如此可爱、如此善良、如此温柔的女子。

我爱她，就看她了！

我不会抛弃她，就看她能否坚贞，能否等待。

（前面，那件事引起的不快，引起了一连串的牢骚。真不应该。可是我的牢骚却是我火热感情的痛苦流露。但愿她能谅解。如果她能够像白鹤、天鹅那样忠于我，我也会那样忠实的，永不变心。而且，等我考上大学以后也不会抛弃她。我可以发誓。我爱她，执着而深情地爱她，只要她永远能钟情于我，则我可以永远爱她。）

我想试试她。我说："请你告诉我，你愿不愿意让我去考大学？如果我考上大学，你得承受八年等待。如果不考大学，我过几年就可以结婚。"

我等待着她的回答。我想看她是不是庸俗的女子。如果她不支持我上大学，那她是不值得我爱的。可是她说："我当然支持你上大学，你不能因为我放弃你的事业。"

我的血液在沸腾了，大脑被一阵欣喜的冲动折腾得发昏。她理解我，配做我的妻子。于是我说："我不在乎生命的长短和金钱的多少，我只追求人生的价值。"

她点点头。

她难道不知道，一个对自己所爱事业如此倾心并坚强、坚贞不渝的人，是决不会辜负他所爱之人的吗？爱情对于人类，也许可以是事业的一部分。我的感情是永恒的。

"我永远爱你。"她低声深情地说。

…………

"昨晚，我们吃饺子时，我想到你，深深地出了口气。妈妈问我。姐姐说我在想着你。妈说：'那么明天你叫他到家来。'我姐说你不会来。"她在等待我的回答。

"我怎么好意思去呢。"我有点害羞。

亲爱的，你也许不知道我的性格。去年我仅因为我的一句誓言，就愿意吃十年二十年的苦，难道我对你爱的倾吐就是那样廉价而不可信吗？我的感情是丰实的，我曾为你流泪、失眠、不思茶饭。但我是个意志坚强的人，我可以控制自己的情感，不让它流露出来。你也许认为我是个冷酷可笑的男子。

谁能了解我呢？

我爱她，有时候真想吻她，但我始终没有那样做。我要尊重她，对得起她以后可能要爱上的那个男子。如果她认为终身只爱我的话，敢不敢吻我？我等待着。

我对她说："我和你的爱情建立在事业的基础上，否则，这种爱情，只是一潭苦水，不久就会干涸。真正的爱情要时时更新、创造。"

"当然，我相信我自己会发奋的。"她也许真的下了狠心。

"我相信。"

我怎么才能消除她的疑虑呢？我恨不得掏出这颗心捧给她，来换取她片刻的安宁，可是我不能。也许在别人眼中，一个大学生怎么会留恋一个乡村姑娘呢？可是我却愿意这样。我认为感情的融合是不应受客观条件限制的，更不应该把工作学历放到首位。我宁愿和一个我爱的姑娘去讨饭生活，都不愿和我厌恶的公主结婚享荣华富贵。

我的爱是永恒的，如果我真正爱上一个姑娘，我会爱一辈子的。我已经真正爱上了她，只要她能永远爱我，我即使将来当了教授，也不会嫌弃她。

我爱她。我如果爱上一个女子，最怕看到她和别的男子亲昵，更怕失去她。我曾经受过一次创伤。伤口再不能流血。我爱她，但是她如果重新爱上一个青年，则我可以放弃，让我的事业陪伴我度过痛苦、孤独的一生。真的，我爱我的事业胜于一切，其中包括爱情，我不相信连自己的事业都不爱的人，能真正爱上一位女子。

好吧，我重申一遍，我永远爱她。

我发誓，永远爱她！（可是她呢？）

希望她以后到别的老师房间去的时候，要慎重注意自己的神态，不要随随便便地把热情外露。但愿她像一株带刺的玫瑰，让别人喜欢她而得不到她。

我爱她，毫不变心地爱她。


前面也说过，爱情和事业的纠结，在很长时间里一直占据着我的心，我一时觉得爱情和事业是冲突的，因为它会干扰我，让我分心；一时觉得爱情和事业不一定会发生冲突，只要我能好好处理就行。但事实证明，这种纠结确实干扰了我，我的情绪很不稳定。不过，也是因为这种纠结，我时常在日记里倾吐着心声，而这种倾吐，也帮助我完成了一种写作训练——看本篇日记中的一些内心活动，有点像陀思妥耶夫斯基的味道了。因为，在陷入爱情之前，我没有太多的杂念，常常忘了写日记。但自从认识鲁新云之后，我的日记就多了很多，而且大部分日记里都有她。时间越是后移，我的心就越是痛苦，越是纠结，并不会因为她也爱我，对我又很好，就有什么不同。所以，欲望的满足，并不能让人快乐，有时反而会让人陷入更深的痛苦。

日记里的我就是这样。等待她的表白时，我忘了一切，也包括那些让我不快的画面和细节，可确认了彼此相爱之后，我却开始猜疑她，往日观察到的两个细节，也像扎在心上的针一样，让我难以释怀。想要相信她的忠贞，相信她会像她承诺的那样，一辈子忠诚于我，却又无法驱走那两个画面所引起的怀疑。人们的很多说法，确实也对当时的我造成了巨大的干扰，我总是觉得美丽的女孩会遇到很多诱惑，如果我不在身边，她面对漫长的等待，是不是还能像现在对我这么深情，就说不清了。甚至，当我产生这种怀疑之后，就连她现在的深情，有时我都会怀疑了。

但当我冷静下来，想起她是一个多么温柔善良的人时，那两个画面带给我的刺激，就慢慢地没有那么强烈了。我不记得当初有没有问过她这件事，或是有没有叫她不要去找其他男老师，就算一定要找，也不要表现得太热情、太好接近。但不管有没有，我都一定给她带来了伤害，而且，她的回答，也定然不会像我想象的那样，消除我的疑虑，让我信任她。因为，我的纠结，在于我越来越爱她，却怕她有一天会变心，爱上其他人，背弃自己的诺言。到了那时，我就会受到巨大的伤害。所以，我一次次地要求她表态，要求她承诺，却又不敢相信她的承诺，觉得她此时这样说，不代表以后一直都会这样。换句话说，她不管怎么做，都不能驱走我的忧虑，让我安心，因为，让我忧虑的不是她，甚至不是那两个画面，或那八年的等待，而是我对她的在乎，以及因此产生的怀疑。

人都是这样的，在放下占有欲，真正地学会爱对方之前，每个人都会因为欲望而患得患失，非常痛苦。对方一个不经意的细节，就可能被自己解读为多情的证据。比如，如果我当时没有占有欲，没有受到嫉妒心的干扰，就一定会理解鲁新云，不会轻易地误解她，觉得她太多情。我正是因为受到了欲望的干扰，才会忘记自己的房间也来过其他女学生，自己的态度也不算严厉冷淡，但自己并没有对那些女学生动心。所以，被欲望裹挟的时候，人永远都会戴着有色眼镜看人。这个"有色眼镜"，有时是自己的成见，有时是自己的偏执，有时也是自己的欲望和恐惧。反过来说，只有放下欲望，破除执着，我们才能真正地摘掉有色眼镜，理解身边的人，给他们带来幸福。

不过，我也理解当年的自己，因为我是一个有着精神洁癖的人，在爱情方面，对忠贞、专一有着极高的要求，我宁可孤独一生，也不愿接受一段有瑕疵的爱情，更不愿自己的伴侣是个多情种子，到处留情。那两个画面，之所以久久停留在我的记忆里，让我每次想起，心里都很不舒服，就是这个原因。如果我不是心底里也明白，可能是自己误会了，我是绝不会包容她，也绝不会像之前那样，想尽办法让她吐露真情的。我甚至不会允许她再来我的房间，因为，这样的爱情，不是我追求的，我不允许自己陷入这种爱情。

直到今天，我在情感方面依然要求很高，对我来说，对方可以有毛病，可以不完善，但不能不纯粹。这就是我在交往方面的最高准则。当然，我可以允许世界上有各种存在，不会轻视他们，也不会对他们抱有偏见，但我不会把他们带入我的生命。换句话说，我可以没有学生，也可以没有伴侣和爱情，但如果我有，他们就必须是纯粹的。因为，只有纯洁的关系、纯粹的人，才值得我投入生命去对待。而我的习惯是，只要选择了，就要投入生命和真诚，否则，就辜负了那些选择我的人。

过去，我一直没有女朋友，也有这个原因——我总会发现有些人在情感方面很随便，有点朝三暮四的味道。一旦发现她们是这样的女子，我就会远离她们，哪怕一开始对她们确实有点好感。所以，在鲁新云出现之前，我虽然有过几次心动，却一直没有真正地爱上过别人。

《白虎关》中莹儿的洁癖，就源于我的这种性格。比如，莹儿过去有一块非常珍爱的玉坠，可有一天，她哥哥朝上面吐了口唾沫，于是，她虽然很舍不得，却还是忍痛割爱，把那玉坠给扔了。因为，她不管把玉坠洗得多干净，也洗不去自己心里的画面，每次看到那玉坠，她都会想起上面沾了唾沫的样子，就会觉得很恶心。所以，莹儿的原型不只是鲁新云，也是我。

实际上，除了洁癖之外，莹儿的很多个性和心理都源于我，尤其是她的纯粹和忠贞。很多读者之所以喜欢莹儿，就是被她的这种个性所打动的。他们觉得，莹儿就像仙子一样，纯洁得让人不忍亵渎，跟时下很多随便的男子和女子不一样。

为什么一个人既然爱了，却又不能忠贞，还会朝三暮四呢？因为他的心里有一种考量，总是觉得别人比眼前人更好。但这种考量的存在，正好说明他所谓的爱根本不是爱。因为，真正的爱情是没有选项的，爱了就是爱了，没有值不值得，也没有谁更优秀，谁更合格。有时，甚至连理由都没有——当然，真正的爱情需要精神上的认可，这种认可，也可以算是一种理由。如果没有精神上的认可，只有一时的好感，就算不上真正的爱情，因为它会非常善变。除非像我那样，对鲁新云一见钟情之后，又默默地观察了她许久，对她的品质有所了解，才真正地爱上她。这时，爱才可能是牢固而长久的。

现在的很多夫妻，为啥刚注册没多久就离婚？正是因为彼此之间没有精神层面的认可，光凭一时的激情就走向了婚姻。结婚之后，彼此在生活理念上出现隔阂，彼此的生活习惯也发生了很多冲撞，于是，激情和好感慢慢地消失殆尽，剩下的只有厌恶和后悔，所以，他们就像草草地结婚那样，又草草地离了婚。

人与人之间的感情，不管是爱情还是友情，抑或是师生情等等，都是需要呵护和珍惜的，如果不懂得呵护和珍惜，随随便便地对待，有些过去曾经很亲近的人，就会慢慢地跟你产生隔阂，慢慢地渐行渐远。等到有一天，你发现自己当初不够珍惜时，就已经来不及挽回很多东西了。所以，人生最大的幸运，就是能够对治习气，消解欲望，珍惜自己拥有的一切。不要伤害，不要怀疑，真诚纯粹地对待生命中的每一份真情。

# 12月27日　害怕对方会变心

在前一篇日记中，我不断地强调自己不会变心，在这篇日记中，我再一次强调了这一点。可见，就像我怕鲁新云会变心一样，鲁新云也怕我会变心。只是，我们害怕的原因不一样：她之所以害怕，是因为自己的学习不好，将来很可能会当农民，别说我有可能考上大学，有更好的前途了，就算我待在家乡做个普通教师，按我们那儿的习惯，也是不会跟农民结婚的，她虽然觉得我不是这种人，但因为约定俗成的一种观念，她还是很难安心；我之所以害怕，是因为我将来很可能会离开七八年，而按照约定俗成的一种观念，像她这么美丽可爱的姑娘，常常会因为选择太多而轻易变心，我虽然知道她不是这种姑娘，但因为这种观念的影响，我很难安心。

不过，前一篇日记中的痛苦显然是告一段落了，我的心情平复了一些。因为她多次承诺，宁愿等我，也不希望耽误我实现梦想。这些都像强心剂，一方面让我非常感动，另一方面也让我安心。只是，这种安心非常善变，一旦我捕捉到一些细节，心里产生了疑虑，就会开始怀疑她，觉得她不一定能守住我们之间的爱情；或是当我发现爱情让自己分了心，自己不能集中精力好好静修和学习时，我也会开始焦虑和纠结，思考爱情和学业是不是真的不能共存。所以，真正的安心，只有在消除了欲望习气、心灵达到圆满时，才可能出现。

## 1982 年 12 月 27 日　星期一　晴

晨修。

虽然也会想她,但还是能静下来。今天小腹的热没有昨天好,但还是很明显。

我如果不答应、不接受一个女子的爱情则罢,一旦接受,则终生不变心。这请她放心。

每日的静修让我得到了定力。虽然热恋了,虽然小情侣在闹着些小情绪,我的脑海里也总是有她,但我并没有因此而停下练功,我还是一如既往地要求自己稳定在我的观修上。

很多人一提起打坐、观修之类就没有信心,说自己总是杂念纷飞,无法安静,其实不用这样,就是因为没法安静,才要去修的。所以,只要学会将注意力集中在呼吸和观修的内容上,心就会慢慢静下来,身体也可能会发生一些变化。这时,你只管看着纷飞的念头,知道它来了就好。那些杂念很像一只只顽皮的小猴子,它们上蹿下跳,千方百计地想要引起你的注意,但你千万不要上当,你只管继续做你的事,不要理睬它们。只要你不管它们,它们自然就会觉出无趣而离开。当然,不管它说起来容易,做起来难。因为,这不但需要你将心放松,还需要你训练收摄注意力的能力,其方法就是前面说的,将你的注意力保持在你的呼吸和观修上。你要清楚,此刻你的主要任务就是这件事,所以,要放下其他的一切,心里不要有任何牵挂。也许刚开始,你只能做到几秒钟的专注,但坚持下来,慢慢地，你就会做到半分钟的专注，然后是一分钟，甚至更长。时间久了，你就能熟练地掌握面对杂念的能力，守住从容呼吸的状态，一呼一吸，你都清清楚楚，了了分明，你也能进入你观修的世界。这样，外面的世界虽然是存在的，那一声声鸟鸣，一阵阵轻风，一声声汽笛，还有那一张张孩子的笑脸，你都能听见、看见，但是，那一切再纷繁，都干扰不到你。

只要坚持去做，猛然间你就会发现，自己有了定力。

我不是上天的宠儿，我也是苦修出来的。在面对爱情，以及其他的一些刺激时，我也曾无法控制自己的心。原因在于，我没有看破，一切在我眼中都不是虚幻的，而是实实在在的——伤害是实实在在的，困难是实实在在的，挫折和障碍也是实实在在的，所以，我的心总在外来刺激下不能稳定。天生的敏感，自然也是干扰因素之一。但正是这种不能稳定，以及我心中的大愿，才促使我精进地修。那时节，我不但上学时修，谈恋爱时修，就连办结婚酒席时，我也修。后来也一样，日子不管再忙，我都会保证每天静修的时间。再后来，我的行住坐卧，就都安住在那种状态中了。

人在放松的、放下万缘的状态下，身心是最为和谐舒畅的，这也是生命最本原的状态。但因为各种原因，比如欲望的生起，坏习惯和概念、成见的形成等等，人的心灵会受到各种干扰，很难自觉地恢复本原状态。即使偶然地回归本原，也往往是下意识的，不能安住，外界一有信息输入，人就会立刻进入妄心的状态，真心于是被遮盖。长期静修之后，人就会慢慢地形成一种放松、从容的心态，在这种心态下，只要不忘记警觉，时刻知道自己在做什么、有没有生起念头，并且能够对治念头，修出来的状态就会越来越稳定。需要强调的是，修出来的状态虽然不是你本有的状态，但在这个过程中，你看淡和放下的东西会越来越多，这时，你的习气就会越来越少，焦虑和执着也会越来越少，你的心，就会自然而然地变得越来越豁达宽广。到了最后，那种清明安详、没有杂念的状态，就会贯穿你的生命，用老子的话说，你也就复归于婴儿了。这时，你就真正地有了定力。

# 12月29日　每个人的命运都是自己选择的

　　下面的日记很短，看得出，写这篇日记的时候，我觉得很幸福。但这种幸福之中，又有一种脆弱的东西，因为那时的我还会抗拒变化。我就像对上天祈祷一样，希望她能永远爱我，希望当下的幸福能永恒。但这偏偏是不可能的。只要出现一些让我纠结的现象，这种幸福立刻就会被打碎。而正是因为我对永恒爱情的期待，这份纠结是一定会出现的。因为我一旦有期待，就有了欲望和执着；一旦有了欲望和执着，也就有了焦虑和恐惧。人对无常的恐惧，就源于人对永恒的期待。

　　此外，下面的日记还透露了另一个信息：她的家人也喜欢我。从这个信息你就可以看出，那时，我对鲁新云已经很在乎了，而且也希望以后能跟她结婚。但另一方面，这一切的细节，都在透露着那时节我的不自由。而这种不自由，因为有了幸福的外相，又是很容易被人忽略的。

　　很多时候，认知无常，就是要明白和接纳一切的善变，你不管期待哪方面的永恒，都会因为这份期待本身而受到桎梏，受到干扰。而你心灵的不安定，又会反过来影响你期待的永恒。很多时候，过于想要永恒的人，反而失去得更快，就是这个原因。

　　我在《西夏的苍狼》中写过一个寻找永恒的故事，后来，我又把那个故事加进了史诗《娑萨朗》里——准确地说，它不是《娑萨朗》的其中一个元素，而是《娑萨朗》的起点、核心和线索。同样，它是我们每个人人生的起点、核心和线索。我们总是下意识地寻找永恒，渴望永恒，甚至为了这份渴望而做出很多不太有智慧的事情。但到头来，每个人都没有找到自己期待的永恒。有些人豁达一些，能够接受，于是知足地活着；有些人很执着，接受不了，于是就焦虑痛苦。我们一生中很多的剧情和选择，本质上都是这样。包括我当年的很多日记，本质上也是这样。不同的是，我就像《娑萨朗》里那个从故乡出走的小女孩奶格玛，我也从惯有的认知中出走了，我从小就在修道中寻找，在生活中验证，用修道中找到的答案，来对治生活中一切的懵懂和迷茫。最后，我才找到真正的永恒——永恒的自由，永恒的爱，永恒的光明，永恒的智慧。而我的这些日记，就记录了这个过程。我相信，每一个看过这些日记，还能鼓起勇气去寻觅，并且能百折不挠、始终如一的人，最后都一定能找到他们生命中的永恒。

## 1982 年 12 月 29 日　星期三　晴

　　我爱她，永远爱她。
　　她的弟弟也是喜欢我的，她的家庭也是如此。
　　但愿她永远爱我，并永远努力向上。

　　这篇日记提到了她的弟弟。虽然我说，她的弟弟喜欢我，但事实上，在我们的接触中，他一直没有跟我走得很近。原因是他没有信仰。我的生命中来过很多人，但很多人只是擦肩而过，原因也是没有信仰。因为没有信仰，很多人在与我短短地接触之后，都渐渐地淡出了我的视线。后来，每当出书，我就会给一些朋友送书，或是大量地对外捐书，其实，我不是想从他们那里得到些什么，而是想给他们一个机会，让他们进入我的世界，从我这里得到一些智慧经验。但很多时候，送了也就送了，真正起作用的不多——当然，我说的作用，不是让他们来找我，而是对他们产生一些正面的影响，让他们对人生有更深的思考，从此能更明白、更积极、更向上地活着。

为什么没有信仰的人会离开我？因为我总说真话，而他们却不需要真话。

不同的人，在看到同样的内容时，总有不同的理解，比如，在《一个人的西部》中，有人看到了凡夫如何升华为觉者；有人看到了一个真实的、有过烦恼的雪漠，以及他的一些平凡的故事；有人看到了雪漠的大无畏精神；有人看到了卢梭写《忏悔录》时的那份真诚……总之，人们有褒有贬，有赞美有非议，有感动有愤怒，说什么的都有。不过，不管别人怎么解读，那本书也确实让很多人受益了，里面的很多话，甚至让很多人改变了命运，因为他们改变了选择、改变了活法，对我来说，这也就够了，不枉我花了那么多时间写它。只是，想起那些因此离开我的人时，我还是会觉得可惜，但面对他们渐行渐远的背影，我能做的，也只有默默地送上祝福。

我的生命中，有太多人来过又走了，光是这篇日记里就记录了很多，比如我的结拜兄弟，我的表弟表妹，我暗恋过的女子，等等，他们都在我的生命里出现过，甚至还走入了我的日记，但最后，他们都跟我擦肩而过了。直到2009年之后，我才有了一些文化意义上的学生。他们有着与我相同的梦想和追求，也做着与我相同的事情。其中的一些人，从很多年前，就跟我一起做事，我们同甘共苦、风雨同舟地走到了今天，所以，对我来说，那些擦肩而过的人也许很好，但远远不及一直陪伴我的人重要，我也不会再去回顾。毕竟，每个人都有自己的因缘和选择，人和人之间的情感是不能强求的。当一个人离开你时，你就要明白，他／她是注定与你擦肩而过的，这时，你不要去留恋，也不要频频回头。

我们常常会执着人和人之间的情感，但真挚的情感其实不会太多。人们都有自己的生活，没多少人会真的在乎你，你真正在乎的人也不会太多。有共同向往的便一起做事，没有的，维持君子之交，平淡如水，也很好，就算擦肩而过也没什么，不用太过执着。我们要随喜和祝福任何一个来过的人。

很多人就是因为不明白这个道理，情感断了时，才会觉得生活无望，或者心情非常低落。比如那些失恋之后非常痛苦，感觉自己都要活不下去的人。其实，这世上没有谁离不开谁，他们只是不能适应新的生活，于是就以为自己离不开对方。

我们应该明白，珍惜感情是对的，如果有缘相遇、相处，就要好好相待、好好珍惜，但要是对方离开了，也要坦然地接受，珍惜当下的生活，就当他没有来过——这不是无情，而是一种智慧。就像我常说的，生命不过是幻觉，因为，生命中的每一个片段，以及跟这些片段有关的每一个人，都在迅速地消失着——有些人看起来没有消失，但他们的想法不断在变，他们的态度也不断在变，他们的身体也时时在变。所以，你记忆片段中的他们，其实已经消失了，他们的存在跟你的生命一样，也是一个幻觉。既然是幻觉，就没必要痛苦了，因为不管你痛不痛苦，它都一定会消失。

当然，对那些做出过贡献的人，我是不会当他们没有来过的，因为他们留下了自己存在的痕迹。同样，对那些有向往的学生，我也不会当他们没有来过，我会一直帮助他们——当然，我的帮助，有时跟一般的帮助看起来不一样，因为我的目的是帮助他们破执，而不是实现他们的世俗愿望。

我的身边有一些这样的人，他们放下了世俗生活中的一切，只想实现自己的向往，同时做些值得做的事情。这时，他们也许有很多毛病，也许很不完善，甚至还会给我带来一些麻烦，但我还是不会放弃他们。相反，我会给他们搭建一个平台，让他们在这个平台上做事，在做事的同时破执升华、贡献社会。于是，他们就一天天进步着。

在最初的时候，他们的进步，也许是旁人不以为然的，因为人们不一定理解他们追求的价值，也不一定理解他们想要创造价值的那颗心，但他们依然会义无反顾。因为他们明明白白地知道，世间的很多东西都会很快消失，只有行为所创造的价值，才能相对地永恒，因为它可以影响别人。当这种影响不断扩散时，它甚至可以影响世界。我的书最初只在国内发行，但慢慢地，它们走向了世界，被翻译成多种语言。这里面当然有我自己的努力，然而，如果没有那么多志愿者跟我同舟共济，比如那些兢兢业业做直播的志愿者，那些兢兢业业做整理、编辑、校对的志愿者，那些兢兢业业做后勤工作的志愿者，我的书想要走到这么远的地方，走到世界上的很多个角落，也许就会晚上很多年。

那么，他们为什么要尽心尽力地做事，尽心尽力传播呢？因为我写书的行为影响了他们，我写出来的书利益了他们，他们感受到了大善文化的力量，知道它虽然看似无形，却可以扭转人的命运，让烦恼的人不再烦恼，可以自由自主地、安心快乐地活着。于是，他们想把承载了这种文化的图书传播出去，让更多的人看到。这就是他们选择的使命和责任。

在一天天的坚守中，他们感动了身边的人，有些人为他们送去了祝福，有些人给与了他们支持，有些人被他们打动，也走向了这种文化，成为了这种文化的受益者和传播者……然而，在这个过程中，受益最大的还是他们自己，因为他们的人生变得充实了，他们的心灵也变得博大包容了，他们的生命程序在一天天变化着，内心的污垢也在一天天减少着，到了最后，他们就会像老子所说的那样，"为道日损，损之又损，以至于无为。无为而无不为"。

当然，每个人都有自己认可的责任和意义，也只有自己认可的责任和意义，才会让自己感觉到活着的快乐，感觉到人生的充实。并不是每个人都要像他们那样选择。

除了专职志愿者外，读者中也有很多感人故事。在修建武威雪漠书院时，胡敏球放下单位的优厚待遇，带着刚出生一个月的孩子来到西部，过着非常艰苦的生活，亲自监督工程质量；王韩梅远离家乡来到西部，和制造修建障碍的当地人斗智斗勇，受尽诸苦而不改初心；河南的魏自宽年过七旬，来到甘肃武威，没日没夜在工地上奔波，其行其心，令人动容。还有李宏圆、蒋孝存等人，也放下手头的项目或工作，来当义工……也许有人会说他们很傻，但是，在他们看来，这样的生活是最让他们快乐的，因为他们在创造价值，而且，这种价值是相对恒久的。在他们心中，这个意义远比享受更让他们快乐，也更让他们觉得自己活得无悔。所以，有些人在见证了他们经年累月的奉献之后，说，他们是一群精神的富翁。

我想，大概说这话的人，也很羡慕他们的活法吧。但这个世界上，并不是所有人都敢于这样活的。有时，人们被家庭的责任束缚着；有时，人们被自身的欲望束缚着；有时，人们被自身的惰性束缚着……总之，总有一个东西比精神上的向往强大，于是，他们就遮住了眼睛，遮住了心灵，不去看那个让他们羡慕和好奇的世界，不去看那些他们觉得在发光的人。所以，能够追求向往，其实也是一种福报，而且是一种真正的福报。

拥有自己的心灵，听起来很简单，却是世上最难的事。因为，人要战胜内心的欲望和固有的惯性，没有明师指导，没有刻苦的静修，没有点点滴滴的历练，是不可能做到的。你想，我很小就学过坐静，到了十八岁又开始修心，但我真正证悟，却是三十二岁的事情。可见，这条路确实很漫长，也很艰辛。但你也看到了，在过去的岁月里，我总会被外界发生的事情扰乱了心，面对顺境，我就快乐；面对逆境，我就有坏情绪，甚至陷入痛苦和纠结之中。我可以依靠的是什么？就是读书和修心。修心让我有了一颗宁静的心，在浮躁的、充满功利的环境中，我才没有丢掉读书的习惯，也没有丢掉梦想和坚持。所以，说到底，我改变命运的希望，还是修心。

因此，我深深地明白文化的重要，以及传播的重要。

如果没有文化，没有传播，我今天在哪里？在做什么？我所做的事情，在不了解的人看来，或许是微不足道的，也不像捐钱捐物那样立竿见影，只有受益了的人才会明白，有的东西，是多少钱都换不来的，它才是改变命运的钥匙。

当然，我更深知文化传承的重要。每一个因为文化而受益的人，其实也是文化的传承人，只要他们能在生命中验证文化，在生活中实践文化，把文化变成自己的思维方式和生活方式，他们的存在，以及他们对世界的影响，就会让文化传承有了可能。所以，我总是对学生们说，最好的传播，就是完善自己，用自己的生活和人生，去展示文化的力量。

我的很多学生也真正做到了这一点，他们总是默默地做事，竭尽全力地传播，其中的一些人，甚至隐去了自己的存在，只想把文化传播到更远的地方。虽然他们还不完善，还有自己的习气，但只要他们能一直坚持，使命就会赋予他们更大的力量，让他们战胜自己，消除贪执，在传播文化、贡献世界的同时完成自己。这，也是我强调做事，提倡在做事中成长的原因。

此外，我还会给他们提供经费，让他们能在践行梦想的同时，有尊严地活着，不用向家人伸手。这是我对他们的另一种珍惜。而他们的成长和努力，则是他们对我的珍惜。就这样，我们陪伴着彼此，走过了许多个年头，也共同见证着这趟文化列车上的人来人往。

没办法，修心的路不好走，注定会有很多人离去。因为，你一旦选择了修心，就意味着要打碎小我，融入大我，从此，你就没有了自己——我所说的"自己"，是自己的执着、自己的贪婪和自己的习气，也就是所有局限你、干扰你、让你变得狭隘偏执的东西。愿意做到这一点，并且不论艰辛困苦，不管长夜漫漫，都能持之以恒，真的不容易。甚至，愿意放下执着去向往超越，就已经很不容易了。所以，对于那些已经下车的人，我虽然觉得遗憾，觉得他们不必如此，但我也只能尊重和祝福，因为，每个人的命运都是自己选择的。

# 12月30日　一场自编自演的戏

我过去的日记中，还出现过一种很有意思的现象，就是根据想象，描写一些并没有发生过的场景。下面的日记就是这样。

记得那时，我因爱生疑，总是对鲁新云产生怀疑，于是就想跟她问个清楚，看她会不会瞒我。但我并没有直接问她，而是在日记里首先进行了一波演练，比如我这样说，她会这样回答，然后我再这样说，她又会那样回答，等等。看这些日记的时候，你可能会哑然失笑，因为我自己看的时候也笑了。当时的我写下这些内容的时候，没有任何戏谑的成分，反而是非常认真非常严肃的。

不过，看这些日记时，我不由得感叹：幸好自家老老实实地修，最后改变了自己，不然，这样一直反复、一直猜疑，再坚固的感情，也迟早会崩塌的。

## 1982 年 12 月 30 日　星期四　晴

晨修不是很好。时间虽然够了，但状态不是很好。我终于明白了修道为啥要斩情丝。

对于修道者来说，爱情是可怕的东西。

今晚我哭了，真正伤心地哭了，我想起我病在床上的父亲，他满以为我在这儿很好地温习功课，准备考大学，可是我却在学校饱食终日。真后悔！悔恨的泪珠，成串地掉到了枕头上，渗透了枕巾。我后悔自己轻率地答应了她。

明天或后天我要向她求教一件事。

"有一位姑娘在向我赠袜垫，我该不该收？如果赠这类礼物意味着接受爱情，那我不收；如果这是同志之间的正常情义，则我接受。我不懂姑娘的心，你认为这赠袜垫意味着什么？"

看她怎么回答。

如果她说："姑娘如果向一个男人赠送鞋垫，就意味着把一颗心献给对方。请你不要接受。"

那我就这样说："好吧，我不接受。"

我还会再问："你是不是以前和别人谈过恋爱？"

她肯定会说："没有。"

我一定要这样提醒她："请你明白一点。如果你现在把一切都告诉我，我可以原谅，甚至可以理解你。因为这意味着你相信我，我仍然会爱你。如果你骗我，为了说明自己只爱我而否认自己谈过恋爱，根本是不现实的。等我以后调查清楚，我可以马上和你决裂。因为这意味着你对我不忠诚，你不配我爱。"

她也许会说："我没有。"

"你可以发誓吗？"

"我发誓。"她肯定会发誓。

"你的心也没有随意给过别人。"

"没有。"

"好吧，我告诉你，"我要这样推理，"你说过，姑娘送人鞋垫意味着把心献给别人，你又曾把鞋垫送给过别人，这就意味着你把你的心送给过别人。你爱上我就要开诚布公，要相信我，并要把自己的一切告诉我。只有忠实，才算真正的爱。可是你却欺骗了我。这意味着你根本不爱我。以前就算我瞎了眼，爱上了一个对我并不忠实，本身充满虚情假意的女子。这更可以推理出，你以前对我爱的表白纯粹是一席谎言，满纸骗话。"

此时，她会怎么办呢？如果解释清楚，我仍会爱她。就怕……

如果我问袜垫的事情时，她说出："送袜垫是人之常情，没有什么。"

那我就说："那么我就接受。"

如果她说："可以……"

那她是一个真正的奇女子，我会加倍爱她。

任何青年男女在青春期总会或多或少地对异性产生向往，心中也总有一个未来的"他（她）"。这本来不足为怪，但如果在真正恋爱时，他（她）向对方隐瞒自己的心情，隐瞒自己的过去，就不可理解了。这就的确意味着他（她）不诚实。

也许她真是个水性杨花之辈，不值得我爱。也许现在她真正爱上了我。但如果不把她的过去告诉我，谁能保证她以后不向比我好的男子表达爱情呢？她既然能轻率地对我说"我爱你"，难道就不会向别人同样流露？

我说过，我轻易不表露自己的感情，只要流露，就坚贞不渝，我更不希望别人玩弄我的感情。我不明白，我的恋爱为什么这样多灾多难，充满痛苦？说实话，即使她以前失去过贞操，只要把真情告诉我，并能改过，我也仍然会原谅她，爱她。可悲的是她根本不了解我，更不要说把实情告诉我了。

我真不愿意再这样下去了。我了解我自己，我是多疑的，但能谅解原谅别人，只要别人相信我。

也许我根本不能谈恋爱，我是个适应过孤独生活的人，和别人共同生活会使我痛苦一辈子。这次如果失意，那我愿意终身不娶。真的，我有这个决心。只要我的家庭、社会允许。

有人也许认为这是我嫌弃她而发出的托词。不，要知道这正是我火热感情的痛苦流露。如果我对那些流言闲话听而不闻，感到事不关己而无动于衷，难道算是真正爱她吗？不，恰恰相反，只有真正爱她，才会被她过去的不理解的行径所激怒。否则，关我啥事？何必动怒。

爱情的世界真是丰富，两人猜来猜去还不够，还有大量的无中生有。尤其是那时的我——我一边觉得自己不应该谈恋爱，后悔接受了这段感情，另一边又琢磨着怎么试探她，看看她对我到底忠不忠诚，甚至在脑袋瓜里演练了许多想象中的对话。所以，那时的我，对自己到底想要咋样，并不是特别明确，内心的纠结也始终没有得到答案。

假如我能更加相信鲁新云，也许心里的纠结就会少一点，因为我会把担忧变成动力，让自己更加努力，变得更加优秀，不但对得起父母对我的供养，也能给鲁新云更好的生活。但不明白的时候，这个想法是很难转化过来的，因为我更在乎自己的感受，更害怕自己的付出得不到回报，所以，我很难孤注一掷地享受爱情，总会因为一些小小的刺激，就对鲁新云产生怀疑。不过，我虽然生起了怀疑的情绪，但内心深处还是相信她的，我希望通过试探得到答案，就是为了证实我的担心是没必要的，我确实可以信任她。而并不像我在日记中写的，觉得她真是一个水性杨花的女子。

陷入爱情的人就是这样，总是因为不安而折腾，其原因就是怕自己吃亏上当、受到伤害，于是就想从外界得到一些保证，让自己能安心。现在想来，这类心思真的没啥必要。若是两人真心相爱，心意相通，又何必去试探？何必要求对方解释？若是对方真的心里有鬼，就算解释和保证，又能起什么作用？所以，执着就像一块遮眼布，总会让人看不清事实的真相。明明心里知道是怎么回事，口中却非要说出另一番话，仿佛这样才能驱走执着带来的焦虑，让自己的情绪能够得到发泄。但这样的行为定然会伤害彼此，也会给美好的爱情带来一丝阴影。虽然那阴影迟早会消失，两人又会恢复之前的甜蜜和幸福，但只要两人没有实现超越，还执着男女之间的小情小爱，类似的剧情就会反复上演，最终，就会让两人的感情产生裂痕，让彼此遍体鳞伤。所以，情侣之间可以小打小闹——据说这还是一种情趣呢——可以适当地磨合，但如果你总是服从私欲，动不动就发泄自己的负面情绪，还把多疑当成理所当然，你的这段感情还能走多远，就说不清了。因为，再深的感情，也禁不住无休止的彼此折磨。

我听过这样一个故事：有个女人怀疑她的丈夫跟另一个女人有暧昧，于是就不断回忆各种细节，在幻想中一次次证实自己的猜测。但因为没有确凿的证据，她不敢发作，也不敢正面质问丈夫，就只能暗自痛苦。然而她很爱丈夫，也不想跟丈夫分开，于是就下意识地寻找维持婚姻的理由，在怀疑和信任之间摇摆不定。后来，她的丈夫出差了，而那个女人也刚好出差，她听到这个消息时，瞬间就崩溃了。可过了一会儿，经过打听，她发现两人去的是不同的地方，而且后来丈夫也会每天给她打电话，看她有没有好好照顾自己，于是她放弃了猜疑。但假如她的疑心还在，那么她迟早又会故态复萌，为了另一个理由怀疑老公出轨。久而久之，这种心理就会影响她的夫妻关系，最后，她担心的事情可能就真的发生了。可即便如此，也不等于天就塌下来了，因为，只要她活着，生活就要继续，伤心的情绪也迟早会被时光冲淡。所以，执着不但不能让你留住自己在意的人或事物，反而有可能让你更快地失去他们。

我之所以能和鲁新云一直和睦，并不是因为我执着爱情，而是因为我放下了爱情。因为放下了爱情，我才能不再猜疑，不再纠结，全然地信任。这时，我们之间就自然是和谐的，不需要我再去试探什么，也不需要鲁新云再向我承诺些什么。就像我常说的，如果你值得爱，那么你赶也赶不走你的爱；如果你不值得爱，那么你锁也锁不住你的爱。做人，永远都要首先完善自己，才谈得上和谐幸福。一有欲望和执着，很多东西就会变味，更谈不上永恒。

需要说明的是，放下爱情，不等于不要爱情，也不等于厌恶爱情，而是看透之后淡然处之——两人能在一起，就好好珍惜，如果不能在一起，也坦然接受，送上自己的祝福。这时，你的爱其实已经不再是世俗的小爱了，而是一种大爱。只有大爱，才能不受执着的局限而包容一切的变故，因为你不计较自己的得失，只希望对方能幸福。

不过，想要做到这一点，实在太难了，很多人终其一生都做不到，一辈子活得非常痛苦。因为他们没有智慧的信仰，他们的信仰是爱情。当他们把人生目标设定为爱情时，爱情中的得失、爱情的结局，对他们来说就会非常重要，他们就会为情所困。可一旦他们看破爱情的虚幻，不再以爱情为信仰，转而追求一种智慧的信仰，实现超越、破执，他们的命运就会不同。

那什么是爱情的虚幻呢？善变、无常，就是虚幻。比如，我在表白那天说了很多让鲁新云放下担忧的话，也真真切切地想要给她幸福，让她不再痛苦，但过不了多久，我的执着就会发作，不惜给她带来痛苦，也要发泄自己的情绪，对她造成伤害和压迫。所以，爱情总是在变，总有太多的东西扼杀爱情。整个世界都是这样，生命本身就是无常的，生活中也必然充满了无常，爱情怎么可能不无常呢？等你真正明白这一点时，就会像现在的我一样，每逢回想过去，都会为自己曾经的纠结感到可笑。

现在想来，当年干扰我静修和学习的，其实不是爱情，而是我对爱情的执着，如果没有这份执着，我就会督促自己，让自己变得更优秀，做一个更值得让对方相守一生的人，而不是迷失在自己制造的困境之中。所以，人生中的所有烦恼，所有冲突，所有干扰，本质上说，都是自己人性的体现。没有人性中的弱点，就没有那么多的纠结和怀疑，爱情也好，世界也好，都会呈现出它最真实的样子。

幸好，我不管多么纠结，多么执着，都没有忘掉梦想、信仰和修心，所以我后来才能战胜自己，看破自己过去看不破的东西。当我的胸怀非常宽广，格局越来越大时，对于过去在乎的那些小东西，就会慢慢地看淡，觉得不值得在意。这时，很多纠结就自然会像阳光下的露珠那样，消失得干干净净，不需要我再去刻意地对治什么。于是，爱情才不再让我们受苦，反而成就了我们，让我们实现了自己认可的价值。

不过，这些都是后话了，对于写这篇日记时的我来说，这条路还很长，我连方向在哪里都还不知道呢。如此一想，我就对当年的自己有些心疼了。

毕竟，不管他多么幼稚，多么天真，多么可笑，都是今天的我的基石，没有过去的我，就不可能有今天的我。而我今天的很多感悟，很多可以被称为智慧的经验，正是源于当初的迷茫、彷徨、纠结和寻觅。而且，如果没有当初的纠结和痛苦，我又怎么会如此坚定不移地去寻觅呢？所以，所有看似可以省略的过程，都有它存在的意义。

正是因为如此，我没有像一些朋友建议的那样，将这类日记删去，而是直接公布出来。这样你就会发现，过去的雪漠也跟你一样，在爱情中受过苦，但他通过修心走出来了，实现了后来的觉悟和自由，他再也不是日记中那个烦恼的自己了。

另外，如果没有这段时间的纠结和折磨，我就没有那种难舍难分、苦苦相思、想要放弃又不忍放弃的体验；如果没有这类体验，我怎么能写活《无死的金刚心》中琼波浪觉和莎尔娃蒂的爱情呢？所以，生活中一切的苦乐感受，对于艺术工作者来说，都是可贵的素材。当你用这种眼光去看待自己的经历时，也会产生另一种感受，至少不会陷在痛苦里不可自拔了——不过，就算你不可自拔，也是一种难能可贵的体验呢。

世上一切莫非体验，世上一切莫非历练，只看你有没有一颗做好准备的、接纳一切的心。如果你有，那么爱情也好，挫折也好，都会成为生命赐予你的宝贵礼物，帮助你成为一个更好、更有智慧、更懂得珍惜、更懂得去爱的人。

# 光阴中的秘密（跋）

看到这里的时候，你是不是已经明白了我写这本书的用意？

是的，我之所以写这本书，就是想要让你看看，雪漠早年是啥样子，他是从什么样的状态，慢慢升华到今天这一步的。当然，我过去也不是一个多么糟糕的人，但无可否认的是，我远比很多人以为的更普通。比如，我不是从母亲肋下出生的，更不是从莲花中出生的，出生时也不是一个肉蛋。而且，我早年除了杂念少一些，比很多人都容易沉得下来，正义感特别强，总是知恩图报，也始终有梦想，始终很真诚、很纯粹，始终在自省、自律、自强和修心、读书、写作之外，跟寻常人的区别并不大。

早年时，我也爱睡懒觉、爱看电视、爱抽烟，而且屡次下定决心要改，却屡次没有做到；旁人恶意挑拨，让父母产生误解和矛盾时，我也会非常愤怒；多次受到轻视时，我也会感到受辱，心里很不舒服；没有明显的长进时，我也会失落迷茫，感到沮丧；爱上一个人后，我也会敏感多疑，因为自己的纠结而伤害对方……所以，我是从一个平凡的起点上，一步步走到今天的。我能超越自己实现梦想，不是因为我天赋异禀，而是因为我懂得选择，也能在实践文化和信仰的过程中，做到永不言败、持之以恒。

就拿文学来说吧，跟我一起乘上梦想的列车，甚至比我天赋更好的人，别说世界、国内了，光是我身边，在四十年前就有很多，无论是我读书的时候，还是我当老师的时候，身边都不乏热爱文学，梦想将来成为作家的人，我至今还记得他们当年的那份激情。但他们之中的很多人，并没有像我那样，因为知道自己不足，也向往变得更好，于是踏踏实实地一直训练，不欺骗自己，也不在人前作秀。更重要的是，他们没有像我一样修心。

说来也怪，我们在同一块土地上出生，在同一个环境里长大和工作，甚至同样有过大抱负、大梦想，但我们在面对梦想、面对抱负、面对人生的态度上，却是如此不同。一开始，这一点不同所造成的区别，还不是特别明显，因为刚开始我还不能自主心灵，也还没有实现自己的梦想，但慢慢地，我们的人生走向就越来越不一样，最后，我们就完完全全地走在了不同的路上。尤其在看到这些日记，想起过去的一些事情时，我的这种感觉就会特别明显——时光就像筛子，筛掉了很多不能坚持梦想的人。

同样的环境，同样的文化土壤，却造就了不同的人，不同的命运。

虽然这是一个屡见不鲜的现象，每一块土地上都会发生，但为什么有人可以成为为数不多的那些人之一，而更多的人却成了庸碌的大多数呢？为什么很多人听到平庸或庸碌这个词时，心里都会感到刺痛，觉得自己遭到了冒犯，却没有太多的人能打破这个魔咒，超越平庸，为自己活一次呢？因为，这并不容易，这需要你一直坚持，无论遇到怎样的困难，无论心灵受到怎样的冲击，都不能放弃，都要积极、自信、勇敢地，向着正确的方向前进。而且，就算有一天，你觉得自己已经超越了庸碌，超越了自己，也仍然要这样活着，直到死亡结束了你的这一生，让你被盖棺论定为止。这时，你才是真正地超越了庸碌。当然，如果你经过修炼，证得了超越智慧，让心属于自己了，无论世界如何变化，无论生活如何变化，无论眼前出现怎样的景象，你的心都能宁静安详，都能坚定自主，那么你就算没有被盖棺论定，也定然超越了庸碌，而且是从根本上超越了庸碌，上升到了另一个境界，那是生命最本原的一种状态，也就是一种不受欲望干扰的，如晴空般澄明的状态。我常用一种比喻：它就像镜子，能照出世间万象、人心百态，但它不动不摇，既不会因为见到美女而心猿意马，也不会因为见到大火而恐惧失态。只是，这种境界不是物质，它是你看不见摸不着的一种心的高度和状态。你达到这种状态之后，自然就会明白这种状态的作用，如果达不到，仅仅是理论上理解的话，你就跟它隔着一层，得不到真实的受益。

　　早年的我就是这样，虽然看过一些经典，在道理上，我很早就明白了很多。而且，我对死亡的体悟很深，从大概十岁起，我就开始用生死的坐标系去衡量得失，也因此放下了金钱物质等东西。我这辈子，哪怕一开始有些寻常，还会犯一些或许会让人笑话的毛病，但我的心灵始终很纯粹，我从来没有追求过金钱和物质，永远只会向精神世界发出追问、进行寻觅。这直接导致了我早年的贫穷，却也让我获得了充足的时间，和相对自由的心灵，能做一些我真正想做的事情。所以，我的早年生活虽然有些不如意，充满了烦恼、纠结和焦虑，但我始终是为自己活着的。我从来没有为别人的眼光活过，也从来没有为迎合别人而失去过自己。无论我做什么职业，无论我在哪里工作，都不曾影响我的梦想和追求。用时下很流行的一句话说，就是"归来仍是少年"。

　　是的，不管我长出了多少白胡子和白头发，不管我的声音多么沧桑，也不管我的脸上有没有皱纹，以后会不会长出老年斑，我都仍然是日记里的那个青年，只是比他少了很多烦恼，少了很多纠结，少了很多火气，我的高贵和尊严也不再需要外界的应和。如此而已。

但正是这些看起来很简单的变化，改变了我的整个人生。而这种改变，以及改变的过程，就是我希望大家能从这本《成长日记》中直观感受到的。因为，过去的我，也许就是现在的你，甚至是正在读这本书的你，而现在的我，则代表了你未来的某种可能性。所以，我在书中所写的很多东西，也许会解开你在成长过程中的一些迷惑，或当下正看不开、放不下的一些纠结。

你想，雪漠当年也遇到过这一切，但他跨过去了，成就了一个没有烦恼的、自由自在的自己，你为啥不行？

所以，祝福你，我亲爱的读者朋友，希望你能透过这本书、这个系列，读懂一个光阴的故事，一个追梦的故事，同时也是一个青年如何改变命运的故事，一个普通人如何成长的故事。有一天，它也许会变成你的故事。

最后，感恩我们在本书中的相遇。

2021 年 9 月 21 日中秋节定稿